위대한 이야기 유산

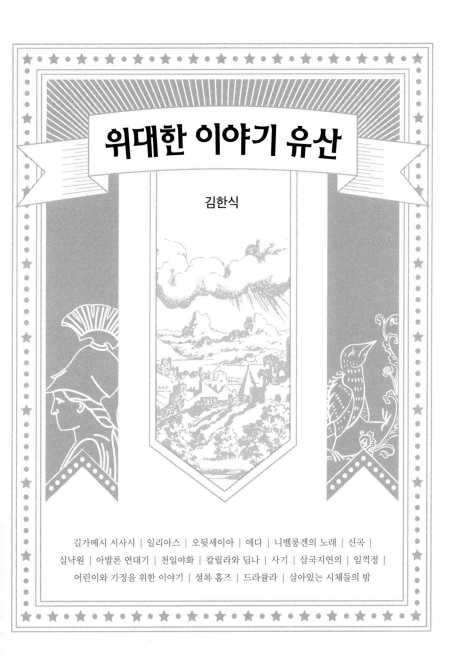

위대한 이야기 유산

김한식

역락

이야기라는 문화유산

인간은 이야기하는 동물이다. 인간은 이야기를 만들고, 이야기 안에서 살며, 이야기에 지배당한다. 자신의 감정을 표현하거나 누군가를 설득하기 위해서 인간은 끊임없이 이야기한다. 다른 이들의 이야기를 들으며 경험을 쌓고 자기를 돌아보기도 한다. 이야기는 고도의 논리적 활동이며, 정보와 지혜가 담겨 있는 귀중한 문화유산이다. 이러한 이야기를 통해 인간은 세계를 이해하고 서로 소통하며 문명이라는 놀라운 결과를 만들어 냈다.

이야기는 보통 시간과 공간 그리고 인물로 구성된다. 매일매일의 일상을 놓치지 않고 기록하여 중요한 일과 사소한 일을 구분해 엮어놓으면 바로 이야기가 된다. 어제 옆집 암소가 송아지를 낳은 일은 중요하지만, 오늘 아침 식사 때 입술에 붙은 밥알을 떼어먹은 일은 그리 중요하지 않다. 한편 인간에게는 실제 벌어지지 않은 일도 이야기로 엮어내는 능력이 있다. 이런 허구가 가미된 이야기를 통해 인간은 위안을 얻고 기쁨을 느낀다. 반대로 실제 벌어졌던 일이라 할지라도 이야기로 구성될 수 없으면 신뢰를 주지 못한다. 남을 속이기 위해 만들어 낸 그럴듯한 이야기가 실제보다 더 강한 힘을 가질 때도 있다.

이야기는 인류의 사고와 경험을 공유하는 가장 중요한 수단이다. 이야기는 타자를 이해하는 방법과 주변과 어울려 사는 방법, 나아가 힘겨운 사회와 자연에 대응하는 방법을 알려준다. 이를 통해 위험과 갈등에서 헤매는 인간들에게 해결책을 제시해 준다. 이야기가 갖는 이런 교육적 효과는 인류가 집단생활을 한 이후로 한 번도 달라진 적이 없다. 인류는 과거의 이야기를 미래에 전해주었고, 먼 곳의 이야기를 이웃에게 들려주었다. 이야기가 없었다면 인간은 지금처럼 큰 집단을 이룰 수 없었고 여타 동물과 다른 특별한 지위에 오를 수도 없었다.

이야기는 산만하고 불규칙한 일상에 맥락을 부여해준다. 먼저 벌어진 사건과 나중에 일어난 사건, 중요한 사건과 그렇지 못한 사건이 이야기 속에서 질서 있게 정리된다. 질서 있게 정리된 이야기는 특정한 방향을 가리키기도 한다. 발생한 모든 일이 아니라 중요하다고 판단되는 일만이 선별에서 살아남을 수 있기 때문이다. 굳이 특별한 의도가 없더라도 이야기 안에는 창작자와 소비자들의 입장이 담겨 있게 마련이다.

이야기는 인류의 공감 능력 향상에도 중요한 역할을 한다. 어린 시절부터 우리는 이야기를 통해 자연스럽게 정서를 발달시켜 왔다. 동물 이야기, 무서운 이야기, 바보 이야기, 착한 사람 이야기, 악당 이야기를 접하다 보면 인간은 자연스럽게 타자를 이해하고 공감하는 능력을 얻게 된다. 교육 선진국일수록 어린이의 교육에서 이야기가 차지하는 비중이 높은 이유가 이 때문이다.

현대사회에서는 모든 것이 빠르게 변하고 새로운 것들이 오래된 것들을 금방 대체하는 듯 보인다. 하지만 이야기에 관한 한 꼭 그런 것만은 아니다. 변형되고 세련되어 못 알아볼 뿐 우리는 과거로부터 전해진 이야기를 반복해 사용한다. 반복되는 이야기에는 인간과 사회의 보편적인 원

위대한 이야기 유산

리 그리고 보편적인 윤리, 감정들이 잘 보존되어 있다. 따라서 오랜 시간을 견디고 우리에게 전해진 이야기는 매우 소중한 문화유산이다.

현대 문화산업에서 이러한 이야기들이 갖는 가치는 아무리 강조해도 지나침이 없다. 대중들에게 친근하게 다가가기 위해 이 이야기 유산은 끊임없이 재활용되고 있다. 대학 연극학과 졸업 공연에서 어떤 작품이 공연되는지, 유행하고 있는 게임의 캐릭터들은 어디에서 온 것인지, 사극에서 반복되는 소재와 주제가 무엇인지, 공상과학 영화의 상상력은 어디서 비롯되는지만 생각해도 답은 충분하다.

캐릭터와 문화콘텐츠

이야기는 일상 속에 다양한 형태도 존재한다. 그것은 노래로 불려지고, 신화로 전승되며, 역사로 기록되기도 한다. 근대 들어 소설이 주요한 이야기 양식으로 부상되긴 했지만, 영화·드라마·연극·만화·애니메이션·뮤지컬·게임 등도 이야기를 품고 있거나 이야기에 기대고 있다. 이야기 유산의 특징은 과거의 텍스트에 머물지 않고 끊임없이 새로운 텍스트를 만들어 낸다는 데 있다. 우리가 일상적으로 접하는 문화콘텐츠에는 이야기 유산에서 나온 일화, 삽화 그리고 소재나 주제가 다양한 방식으로 녹아들어 있다.

〈스타워즈〉의 제다이들은 우주선을 타고 다니지만, 중세 기사처럼 검을 들고 싸운다. 〈반지의 제왕〉의 중간계, 요정의 땅, 난쟁이의 지하세계는 북유럽 신화 『에다』의 세계와 같다. 악의 세력에 의해 세계가 종말을 맞이한다는 설정도 유사하다. 반지라는 소재는 말할 것도 없다. 드라마 〈왕좌의 게임〉의 칠왕국은 아서왕 사후 색슨족과 바이킹이 유린하던 브리튼 섬을 떠올리게 한다. 수도인 킹스랜딩은 로마인이 건설한 도시 런던

일 터이고 독자 세력으로 오래 버틴 북부는 노섬브리아를 연상하게 한다. 죽은 자들의 땅 성벽 북쪽의 위협 역시 그리 낯설지 않다. 중세 초 브리튼 섬 북쪽 스코틀랜드 지역에는 무시무시한 문신을 한 픽트족이 살고 있었다. 아서왕 전설을 낳은 역사가 〈왕좌의 게임〉도 만든 것이다.

원작을 새롭게 해석하거나 모티프를 빌려 창작된 작품은 몇 문장으로 나열할 수 없을 정도로 많다. 고전 소설 『춘향전』은 자주 활용되는 콘텐츠이다. 원작을 그대로 살린 것은 물론 〈방자전〉처럼 주제를 변형한 작품도 적지 않다. 소설 『셜록 홈즈』를 콘텐츠로 한 작품은 최근까지 여러 매체로 전환되어 제작되었다. 모더니즘 소설의 고전이라 할 제임스 조이스의 『율리시스』는 호머의 서사시 『오뒷세이아』를 염두에 두고 쓰인 작품이다. 애니메이션은 물론 실사영화로도 제작된 〈알라딘과 요술 램프〉의 원전은 『천일야화』이다.

이야기에서 문화콘텐츠의 핵심은 캐릭터, 즉 인물이다. 인간이 빠진 이야기는 존재하지 않거나 의미가 없다. 우화의 선명한 캐릭터도 인간의 이야기를 대신 해주기 때문에 의미가 있는 것이다. 전체 이야기의 기승전 결을 온전히 기억하기는 어려워도 이야기를 이끌어가는 인물의 이미지는 쉽게 지워지지 않는다. 같은 말이지만 선명한 이미지를 가진 개성 있는 캐릭터만 창조할 수 있다면 그 작품은 독자들에게 오래 기억될 수 있다.

로키의 가계나 능력은 기억하지 못하더라도 그가 오딘이나 토르의 적이 되어 세상을 파멸로 이끄는 인물이라는 사실은 기억하기 쉽다. 탐정의 대명사가 된 셜록 홈즈는 잘 알고 있지만, 그가 주인공으로 등장한 대표적인 소설을 꼽으라면 머뭇거릴 독자가 적지 않다. 최근에 유행하기 시작한 좀비라는 캐릭터는 뱀파이어를 비롯한 언데드 전통과 무관하지 않다. 정신분석이라는 근대 학문의 용어로 오이디푸스, 엘렉트라, 신데렐라 등의 이름이 소환되는 이유도 캐릭터가 가진 힘 때문이다.

위대한 이야기 유산

동아시아 한자 문화권은 고전에 등장하는 수많은 캐릭터를 공유하고 있다. 『사기』에 등장하는 항우와 유방, 『삼국지연의』에 등장하는 유비와 조조는 웬만한 현대사의 인물보다 유명하다. 그들과 관련된 일화들도 동아시아에서는 하나의 상식으로 통했다. 사면초가(四面楚歌), 금의야행(錦衣夜行), 삼고초려(三顧草廬) 등의 사자성어는 현재도 자주 사용된다. 토사구팽(兎死拘烹)을 당한 한신, 일모도원(日暮途遠)으로 마음 급한 오자서, 와신상담(臥薪嘗膽)하던 월나라 왕 구천, 칠종칠금(七縱七擒)으로 맹획을 복종시킨 제갈량 역시 우리 문화 속에 깊이 들어와 있는 인물이다.

임꺽정은 명종 때 사람으로 조선왕조실록에 약간의 흔적을 남긴 인물이다. 벽초 홍명희는 소설 『임꺽정』을 통해 그를 되살렸다. 하층 계급으로 부당한 사회 구조에 항의하는 영웅적 인물을 보면 우리는 쉽게 임꺽정을 떠올린다. 임꺽정 이야기는 지금까지 많은 만화, 애니메이션, 드라마, 영화로 제작되었다. 신경림의 시 「농무」에는 "보름달은 밝아 어떤 녀석은/ 꺽정이처럼 울부짖고 또 어떤 녀석은/ 서림이처럼 해해대지만"이라는 구절이 있다. 임꺽정이라는 인물과 그의 저항이 갖는 상징성은 지금도 여전히 살아 있다.

이 책의 구성

이 책은 과거에 향유되었고 현재도 우리가 즐기고 있는 중요한 이야기 유산의 가치와 그 의미를 살펴본다. 고대의 길가메시, 오디세우스, 관우에서 시작하여 아서왕, 셰에라자드, 임꺽정의 중세를 거쳐 드라큘라와 셜록 홈스의 근대에 이르는 긴 시간을 대상으로 한다. 지역도 한반도에서 브리튼 섬까지 유라시아 대륙 곳곳을 넘나든다. 다양한 작품을 다루지만, 논의의 초점은 텍스트에 담긴 '이야기'와 '캐릭터'에 맞추어질 것이다.

책은 전체 4부 12장으로 구성되었다. 1부는 지중해와 북유럽의 오래된 이야기 유산을 대상으로 한다. 『길가메시 서사시』, 『일리아스』와 『오뒷세이아』, 『에다』와 『니벨룽겐의 노래』를 다루었다. 2부는 유럽과 중동의 중세 이야기이다. 『신곡』과 『실낙원』, 『아발론 연대기』, 『천일야화』와 『칼릴라와 딤나』가 대상 작품이다. 3부는 동아시아의 이야기 유산이다. 『사기』, 『삼국지연의』, 『임꺽정』을 차례로 살펴보았다. 4부는 근대 이후 수집된 이야기들을 다루었다. 『어린이와 가정을 위한 이야기』, 『셜록 홈즈』, 『드라큘라』 그리고 '좀비'를 대상으로 한다. 각 장은 독립되어 있으므로 굳이 순서대로 읽지 않아도 된다.

대부분 관련 이야기의 원전 혹은 정전을 텍스트로 선택했지만 선택한 작품 중에는 원전이라 부르기 어려운 것도 있다. 『아발론 연대기』는 여러 아서왕 신화를 하나의 체계 아래 모은 책이다. 주지하다시피 아서왕 신화에는 정전이 없다. 판본에 따라 내용도 다르다. 이 책은 켈트 신화와 성배 전설을 두루 수용하였고, '시토 수도회'의 영향까지도 보여준다. 『드라큘라』는 현재 유행하고 있는 뱀파이어와 언데드(undead)를 다루기 위해 선택한 소설이다. 이 주제와 관련해서는 가장 중요한 책이라 판단했다.

각 장은 비슷한 구성으로 이루어졌다. 먼저 텍스트의 의의와 가치 등을 다루는 가벼운 서론을 두었다. 익숙한 현대 문화 속에서 발견되는 이야기 유산의 흔적을 보여주거나, 특정 텍스트에 대한 개인적인 경험을 언급하면서 시작하였다. 『에다』를 다룬 장은 토르와 로키, 바그너와 절대 반지 이야기를 서두로 삼았다. 『삼국지연의』 장은 어린 시절부터 읽어온 번역 판본들을 추억하며 시작하였다. 본론의 전반부에서는 출판 상황, 판본의 장단점 등을 설명하였다. 이야기 유산이라 부를 만한 작품은 대부분 여러 판본이 나와 있다. 각각의 차이를 점검하는 일이 필요하다고 생각했다. 이어 각 텍스트가 고전으로 평가받는 이유와 문화콘텐츠로서의 가치를 차례로 살펴보았다. 본론의 후반부에서는 작품의 구체적인 내용과 특징을 살폈다. 전체 맥락에서 벗어나더라도 꼭 필요한 내용이라 판단될 경우 따로 설명을 추가하였다.

다른 고전도 그렇지만 이 책에서 다룰 작품도 원전을 그대로 읽는 것이 좋다. 축약본 혹은 소개를 통해 접하는 고전과 원전으로 읽는 고전은 확연히 다르다. 그럼에도 불구하고 좋은 안내서는 필요하다. 보통의 독자들은 고전이 지루하고 어렵다고 생각한다. 실제로 내용이 어려워서이기도 하지만 고전이 쓰이고 유통된 맥락을 이해하지 못해서 그렇게 생각하는 경우가 많다. 그런 독자에게 누군가 작품 이해의 맥을 짚어준다면 고전을 읽는 일은 한결 수월해질 수 있다. 말하자면 고전 안내서는 아름답고 거대한 성 입구에 놓인 문화 관광 안내도와 같은 것이다. 성안의 풍경을 감상하고 성을 쌓은 기술에 감탄하는 일은 독자 각자의 몫이지만, 성을 제대로 이해하기 위해서는 입구에서 어느 방향으로 움직이는 것이 좋은지, 정원사가 어떤 의도로 연못을 파고 나무를 심었는지 정도는 미리 알아둘 필요가 있다.

모쪼록 이 책이 이름과 분량에 눌려 고전에 쉽게 접근하지 못했던 독자들에게 도움이 되었으면 한다. 나아가 문화콘텐츠로서 이야기 유산이 갖는 의미를 제고하는 데 조금이나마 기여할 수 있기를 바란다.

차례

3부 : 영웅과 호걸의 시대

4부 : 일상의 불안과 공포

1부
신화와 인간의 시간

문명화 과정, 점토판에 새긴 최초의 신화

『길가메시 서사시』

우주와 인류의 시간

길어야 백 년을 사는 인간이 우주의 시간, 지구의 시간에서 현실감을 느끼기는 쉽지 않다. 그 시간에서는 천 년, 만 년을 넘어 수십억 년이 하나의 단위로 사용되기 때문이다. 이는 평범한 어린이가 최신 전투기 가격이나 정부의 일 년 예산을 비현실적인 숫자로 느끼는 것과 비슷하다. 우주는 고사하고 인류의 시간을 다룬 이야기 속에서도 우리는 현실감을 느끼기 어렵다. 사실 일상에서는 몇 년 전에 벌어진 일도 먼 과거처럼 느껴질 때가 있고, 며칠 전도 아득하게 느껴지곤 한다.

그렇다면 인간은 왜 손에 잡히지도 당장 생활에 영향을 미치지도 않는 우주와 인류의 시간에 관심을 가지는 것일까? 무엇보다 과학적 탐구욕이라 부를 수 있는 순수한 지적 호기심이 우리의 관심을 그곳으로 이끈다. 우리를 둘러싼 현재의 환경과 과거의 역사를 알아가는 과정은 다른 무엇 때문이 아니라 그것 자체로 즐거움을 준다. 우주와 인류의 시간은 인간이 상상할 수 있는 가장 큰 신비와 경이의 영역이다. 꿈이나 이상이라는 말이 현재 여기가 아닌 어딘가를 지향한다면, 우주는 그것이 다다를 수 있는 가장 먼 곳이기도 하다.

인문학적으로 보면 우주와 인류의 시간에 대한 관심은 현재 우리의 존재 의미를 확인하는 데 도움을 준다. 우주 생성, 별들의 거리, 지구의 역사, 인류의 역사를 돌아보면서 인간은 잠시나마 겸손해질 수 있다. 그 무한에 가까운 시간 속에 놓인 인간은 사실 우연에 의해 만들어진 하찮은 존재일 뿐이다. 지구의 역사에서 인류는 바이러스나 미생물보다 중요한 역할을 맡았던 적이 없다. 하지만 계산하기 어려울 정도로 희박한 가능성 속에서 탄생한 '나'는 더할 나위 없이 특별한 존재이기도 하다. 지능을 가진 영장류, 그중에서도 '나'라는 개인은 존재 자체가 우주의 기적이며 미스터리이다.

수천 년 전부터 과학자들은 우주와 인류의 시간을 밝히기 위해 노력해 왔다. 현재까지 밝혀진 바에 따르면 빅뱅으로 탄생한 우주의 나이는 137억 살이고 태양은 약 46억 년 전에 생겼다. 흔히 별이라 불리는 항성의 하나인 태양은 약 100억 년쯤 타오를 수 있다. 현재 태양은 반생을 산 셈이다. 지구의 모든 생명은 태양의 빛과 온기를 받으며 그 에너지로 살아간다. 태양이 식으면 지구의 생명도 종말을 고하겠지만 인류가 살아남아 그 순간을 보게 될 가능성은 거의 없다. 태양은 우리 은하의 중심이 아니어서 하루에 약 2,000만 킬로미터의 속도로 우리 은하의 중심을 돈다. 우리 은하는 각각 약 1,000억 개씩의 별을 가진 1,000억 개 이상의 은하들이 있는 우주의 중심을 돌고 있다.[1]

지구는 약 46억 년 전 태양과 비슷한 시기에 탄생했다. 지구상에 나타난 최초의 세포는 박테리아인데 약 38억 년 전에 나타나 20억 년 동안 쉼 없이 일하며 생명의 토대를 만들었다. 그들은 공기 중의 질소를 고정하거나 탄수화물을 합성하는 등의 다양한 화학 작용을 발명해냈다. 기왕에 100만분의 1에 불과하던 대기 중 산소의 양을 5분의 1 수준으로 높인 것이 박테리아였다. 청록색 박테리아는 산소량을 조절하면서 산소 호흡

위대한 이야기 유산

을 하는 방법도 개발하였다. 이렇게 하여 지구상의 세포는 산소를 생산하는 광합성과 산소를 소비하는 호흡 작용을 모두 할 수 있게 되었다.

호모 사피엔스로 불리는 현생 인류는 포유류에 속한다. 포유류는 비교적 늦은 시기에 지구에 나타난 생물군이다. 포유류가 지금처럼 득세하기 전 지구에는 두 번의 거대한 멸종이 있었고, 여러 번의 빙하기가 있었다. 포유류에 속하는 초기 영장류는 약 3,500만 년 전에 나타났으며 2,500만 년 전에는 유인원이 나타났다. 유인원 집단에서 호미니드가 분리된 것은 약 700만 년 전에서 500만 년으로 알려져 있다. 300만 년 전까지는 오직 아프리카에만 호미니드가 살았다. 180만 년에서 100만 년 전 사이에 호미니드의 한 종인 호모 에렉투스가 지구의 다른 지역으로 퍼져 나간 것으로 보이고, 약 20만 년 전에서 10만 년 전 사이에 호모 사피엔스로 발달한 또 다른 집단이 아프리카를 떠나 여러 곳에 정착하였다.

우주의 역사를 알아내기 위해 과학자들은 우주를 떠다니는 다양한 입자들을 분석하고 관측한다. 일례로 우리가 눈으로 볼 수 있는 별의 빛은 몇 년 혹은 몇백 년 전의 시간을 보여준다. 지구의 역사는 화석과 같은 지질학적 자료를 통해서 알 수 있다. 물론 이들을 통해 알아낸 시간에는 많은 빈 자리가 존재한다. 독립된 학문 분야로서 '역사'는 약 5,500년 전의 문자 기록에서 시작되었다. 문자의 기록을 통해 우리는 과거 인간의 삶을 알 수 있다. 고고학적 유물에 의존해야 하는 역사 이전 시대와 달리 역사 시대는 풍부하고 다양하며 신뢰할 만한 기록을 가지고 있다.

사람들은 실감이 안 나는 이런 우주와 인류의 시간을 간단히 압축하여 우주 시간표를 만들기도 한다. 우주 시간표에 따르면 우주가 13년 전에 시작되었다면 지구는 약 5년 정도 존재했다. 다세포를 가진 대형 생명체는 7개월 전에 나타났고, 공룡을 멸종케 한 운석은 3주 전에 지구에 충돌했다. 호미니드가 지구에 산 시간은 불과 3일 정도이다. 현대인의 조상인 호모 사피엔스는 53분 정도 존재했다. 농업 사회는 5분 정도, 인류 문명이 기록된 역사 시대는 3분 정도 된다. 현재를 포함하는 현대 산업 사회는 6초 정도 유지되고 있다.

지구의 시간을 통해 생명과 인류가 살아온 기간을 표현하는 방법도 있다. 지구의 나이를 하루로 본다면, 최초의 단세포 생물은 새벽 4시쯤에 모습을 드러냈다. 최초의 바다 식물은 하루가 다 지난 저녁 8시 30분쯤에 출현했고, 동물과 식물이 육지로 올라온 시간은 저녁 10시쯤이다. 공룡은 밤 11시가 되기 직전에 나타나서 밤 11시 39분쯤 멸종했다. 인간이 나타난 시간은 밤 11시 58분쯤이다. 인간이 2분을 살았는데 공룡은 40분이나 살았던 셈이다. 농업이 시작되고 도시가 건설된 시각은 자정에서 불과 몇 초 전이다.[2]

수메르 문명과 쐐기 문자

이제 우주의 시간이 아닌 인류 문명의 시간에 대해 생각해보자. 신석기 혁명이라 부르기도 하고 농업혁명이라 부르기도 하는 인류 최초의 문명은 기원전 3500년경 아프리카와 유라시아 대륙의 네 지역에서 비슷한 시기에 발생했다. 이라크 남부의 티그리스강과 유프라테스강 유역, 이집트의 나일강 유역, 파키스탄과 인도의 인더스강 유역, 그리고 중국의 황하강 유역이다.

문명이란 무엇인가를 한마디로 정의하기는 쉽지 않다. 역사 발전 과정에서 일어난 중요한 변화들을 복합적인 기준으로 삼는 게 일반적이다. 거기에는 식량의 저장, 신전 건축물의 건설, 중앙집권화된 정치, 농사를 짓지 않는 전문가, 사회계층, 무역의 증가, 문자의 발명, 외곽에 사는 사람들에게 강제로 거둬들인 공물, 군대와 상비군의 발전, 거대한 공공건물,

성 불평등의 확산 등이 포함된다.[3] 어찌 되었든 농업혁명은 산업의 발달과 도시화 그리고 인구 집중이라는 돌이키기 어려운 변화의 시작이었다.

굳이 네 문명 중 어느 것이 최초인가를 따지자면 학자들은 이견 없이 메소포타미아 지역의 문명을 꼽는다. 메소포타미아라는 말은 두 강의 사이라는 뜻으로 북쪽의 티그리스강과 남쪽의 유프라테스강 중간 지역을 가리킨다. 두 강의 하구에 해당하는 이라크 남부는 삼각주를 이루었는데, 약 5,500년 전 이곳에 여러 도시가 건설되고 운하와 수로가 만들어졌다. 이 도시들에서 인류의 문명이 시작된 것이다.[4] 이 문명을 건설한 이들은 투르크어와 수메르어를 사용했다고 한다. 그래서 이 도시들의 연합체를 '수메르'라 불렀고, 이 지역의 문명을 수메르 문명이라 한다.

메소포타미아

수메르 문명 이후 메소포타미아에서는 여러 문명이 흥망을 반복했다. 수메르는 기원전 20세기 엘람 인들에 의해 중요한 도시 우르가 멸망될 때까지 유지되었다. 이후 아시리아, 히타이트, 바빌로니아가 차례로 비옥한 수메르 지역을 차지하였다. 이중 바빌로니아는 오랫동안 전성기를 구가했고 수메르와 관련된 많은 기록을 남겼다. 수메르의 신화와 전설 등을 보존하고 계승한 셈이다. 이어 페르시아가 수메르와 비옥한 초승달 지역을 점령하였다. 비옥한 초승달 지대는 티그리스강과 유프라테스강의 상류를 포함하여 아나톨리아 서쪽 지역에까지 이르는 긴 땅을 부르는 이름이다. 지금의 이란 지역에서 일어난 페르시아는 메소포타미아와 이질적인 문화를 가진 제국이었다. 이어 마케도니아의 알렉산드로스 왕이 이 지역을 점령하면서 수천 년의 수메르 문명은 마침내 막을 내렸다.

메소포타미아 지역의 왕으로 가장 유명한 인물은 함무라비이다. 그는 바빌로니아 제1왕조의 6대 왕으로서 기원전 1792년에서 1750년까지 통치했다. 그는 주로 강 하류 지역에 머물러 있던 메소포타미아의 역사 무대를 북방으로까지 확대하는 데 지대한 역할을 했다. 무엇보다 그는 성문 법전인 함무라비 법전으로 유명한 인물이다. 이 법전은 8피트 높이의 딱딱한 돌기둥에 새겨져 공표되었기에 현재까지 원형이 보존되어 있다. 내용은 바빌로니아 이전 수메르나 아카드인 때부터 존재하던 법을 정리한 것이라 한다. 이 법전을 통해 당시에는 귀족, 평민, 노예의 세 신분이 있었으며 각 신분 안에서는 비교적 평등하게 법이 적용되었음을 알 수 있다. 더 관심을 끄는 것은 신분의 차이에 따라 법의 적용이 달랐다는 사실이다. 문명의 발생이 곧 계급의 발생이었음을 보여주기 때문이다. 법전에는 상해에 따른 벌금이 신분에 따라 어떻게 달랐는지 분명하게 기록되어 있다.

메소포타미아 문명은 주기적으로 범람하는 두 강 덕분에 가능했다. 삼각주 지역은 봄이면 홍수로 범람했고 그때마다 강 주변은 비옥한 새 흙으로 덮었다. 그 흙을 이용해 사람들은 농작물을 경작하여 부를 쌓았고, 수로와 운하를 만들어 경작지를 확대해 갔다. 이런 경작지를 중심으로 성벽과 지구라트를 가진 도시가 발달하였다. 농사를 위해 천문 관측이 이루어졌고 그 결과 수메르인들은 일식과 월식까지 예측할 수 있었다. 기원전 26세기에 이미 일 년을 12달로 나누고 태양과 달의 주기를 맞추기 위해 윤달을 사용했다.[5] 개, 양, 염소 등의 가축을 길들일 줄 알았으며 바퀴 달린 수레를 사용하였다. 그들이 사용하던 60진법은 지금도 시간의 표시, 각도의 측량 등에 사용되고 있다.

당시 이 지역에서는 축축한 점토판에 날카로운 갈대 끝을 찍어눌러 자국을 남기는 쐐기 문자가 사용되었다. 쐐기 문자가 처음 사용된 것은 기원전 3300년경으로 알려져 있다. 최초의 알파벳이 사용된 것이 기원전 17~16세기였고, 갑골에 한자를 기록하기 시작한 것이 기원전 1200년경이었음을 생각하면 점토판의 쐐기 문자가 얼마나 이른 시기의 기록인지 짐작할 수 있다. 그리스 알파벳은 기원전 730년경부터 사용되었고, 북유럽의 룬 문자는 기원후 2세기가 되어서 사용되었다. 한글이 발명된 것은 15세기 전반기였다.[6] 돌이나 진흙, 나무나 파피루스 등에 문자를 기록하던 인류가 종이를 발명한 것은 기원후 2세기에 이르러서이다.

점토판에 새긴 수메르인들의 초기 글자는 상형문자에 가까웠다. 이후 수 세기 동안 그들은 자신들의 문자체계를 개선해 나갔다. 그 결과 수메르 문자는 처음의 상형문자 성격을 완전히 벗어버리고 양식화된 표음문자 체계로 발전하였다. 기원전 2500~2000년 사이의 수메르 문자는 복잡한 역사적·문학적 기록도 어렵지 않게 남길 수 있는 감각과 유연성을 갖추게 되었다.[7] 그래도 대부분의 점토판은 실무적인 기록을 위해 사용되었다. 현재까지 출토된 점토판의 다수를 이루는 것은 영수증이나 차용증, 계약서 등이다.

그중에서 수메르의 문학작품으로 분류할 수 있는 점토판들의 제작 시기는 고대 바빌로니아 시대 이후이다. 현재 전하는 수메르 문학작품은 대략 30여 편의 신화와 15편의 영웅전, 500여 편의 찬양 시, 수십 편의 잠언집, 30여 편의 우화, 십여 편의 논박, 백여 편의 사랑 노래, 각각 수백여 편이 넘는 여러 종류의 애가와 주문, 그리고 작품의 첫 행을 수록한 수십 개의 문학작품 목록을 포함한다. 이들은 바그다드에서 100마일 넘게 떨어져 있는 고대 수메르의 유적지 니푸르에서 주로 발견되었는데, 기원전 10세기 이후 제작된 점토판에 새겨져 있다. 수메르의 문학은 바빌로니아와 아시리아로 전승되어 그 주변 문화인 히타이트, 우가리트, 히브리, 고대 그리스 등으로 전달되었으며, 성서에서 중세 문학에 이르기까지 유럽과 중동 문화에 지대한 영향을 미쳤다.[8]

신들과 함께 한 시간

수메르 문명을 발전시킨 수메르인들의 문화 속에는 신과 인간이 분리되어 있지 않았다. 각 도시에는 고유한 수호신이 있었고, 그들을 섬기기 위한 공간인 지구라트가 있었다. 수메르인들은 인간의 운명이 신의 의지와 분리될 수 없다고 생각했다. 이는 정착 생활을 하면서 자연의 변화에 민감할 수밖에 없었던 당시 인간의 형편을 보여주는 것이었다. 폭풍이 불거나 가뭄이 들면 농사를 망칠 수 있었고, 전염병이 돌거나 강이 범람하면 당장 모두의 생명이 위태로웠다. 수메르 시대의 신들은 이런 자연을 관장하는 역할을 했다.

신화를 종합해보면 수메르 시대에는 일곱 명의 중요한 신이 존재했다. 이 신들은 바빌로니아 시대까지 이어지고 이후 지중해 지역의 신들에게까지 영향을 주었다.

수메르 이름/바빌로니아 이름	역할/관장 영역	도시
안/아누	하늘신/하늘	하늘
엔릴/엘릴	대기 신/바람과 땅	니푸르
닌누/닌후르상	대기 모신/산기슭 언덕	키쉬
엔키/에아	지혜의 신/지하수, 연못	에리둑
난나/신	하늘 신/달	우르
우투/사마쉬	정의의 신/태양	라르사
인안나/이쉬타르	사랑의 여신/금성	우루크

수메르의 주요 신들

수메르인들은 위 일곱 신의 모임에서 세상의 운명이 결정된다고 생각했다. 수메르 신화에는 이들 외에도 많은 신이 등장하는데, 수메르인들은 큰 신들과 그 자식들을 가족관계로 엮어 설명하였다. 하늘의 신 안과 땅의 여신 '키' 사이에서 태어난 아들이 대기의 신 엔릴이며, 엔릴과 배우자인 대기의 여신 '닌릴' 사이에서 태어난 아들이 달의 신 난나이다. 난나와 위대한 부인 '닌갈' 사이에서 생긴 자식들이 태양신 우투와 금성 인안나이다. 산기슭 언덕 여신 닌누는 엘릴의 누이이며, 이 둘 사이에서 전쟁신 '닌우르타'가 탄생했다고 한다.

한편 하늘신 안과 지하수 여신 '남무' 사이에 생긴 아들이 지하수와 연못의 신 엔키이다. 엔키가 양의 수호여신 '두투르'를 택하여 낳은 아들이 양치기 '두무지'고, 두무지의 누이가 포도주 여신 '게슈틴안나'이다. 사랑의 여신 인안나와 두무지는 부부이며 저승 신화에 의하면 두무지와 그의 누이는 인안나를 대신하여 저승에 반년씩 머물게 된다.[9] 시대와 도시마다 중요하게 섬기는 신은 달랐으며 천상의 신 안과 땅의 신 키, 물의 신 엔키, 대기의 신 엔릴이 4대 주신으로 여겨졌다. 관장하는 영역으로 보아 이들이 농업과 직접 연관된 신들임을 알 수 있다.

수메르 신화에 새로운 신화가 추가되면서 바빌로니아 시대의 주요 신은 일곱으로 재정비되었다. 이때 일곱 신은 대기의 신 엘릴(토성), 지하수 신 에아(수성), 마루둑(목성), 신(달), 사마쉬(태양), 이쉬타르(금성), 열병과 가뭄을 일으키는 역신 에라(화성)이다. 고대 바빌로니아 신들의 이름은 로마의 신들(Mercury, Venus, Mars, Jupiter, Moon, Sun, Saturn)과 동일시되면서 일주일의 이름으로 쓰이고 있다.[10] 바빌로니아 신들의 가족관계나 역할의 배분 역시 이후에 자리 잡게 되는 그리스 신화에 영향을 미치게 된다. 그리스 문명이 근동에서 가까운 크레타 섬에서 시작된 것을 생각하면 그들의 신화가 메소포타미아 신화의 영향을 받은 것은 매우 자연스러운 현상이다.

수메르 신화에는 신들이 인간을 만든 이유, 즉 인류 창조 이야기도 담겨 있다. 인간 이전에는 지위가 낮은 신들이 노동을 담당했고 지위가 높은 신들은 그들의 일을 지켜보며 편히 쉬고 있었다. 홍수를 방지하고 농사를 잘 짓기 위해 작은 신들은 강과 수로 밑바닥에 쌓인 침적토를 파내야만 했다. 그들의 노역은 점점 더 힘들어졌고 작은 신들의 불평불만 역시 점점 많아졌다. 노역을 더이상 감당할 수 없게 된 작은 신들은 마침내 큰 신들을 비난하고 연장을 부수겠다고 협박했다. 지하수의 여신 남무는 아들인 지혜의 신 엔키에게 그들의 고통을 알려 주고, 그들의 노역을

＊**두무지 신화** 두무지는 목초지와 목동의 신이었다. 그의 아내 인안나는 지하세계로 내려갔다가 저승의 주인 에레시키갈에게 잡힌다. 자매인 인안나와 에레시키갈은 서로 증오하는 사이였다. 인안나는 자신을 대신해 남편인 두무지를 바치겠다고 약속하여 간신히 저승에서 벗어난다. 어이없이 저승으로 끌려온 두무지는 누이인 포도주 여신 게슈틴안나의 도움으로 저승에 있는 시간을 줄이는 데 성공한다. 이렇게 하여 두무지는 1년의 반은 저승에서 나머지 반은 살아있는 세상에서 보내게 된다. 두무지 신화는 풍요의 신과 관련된 다양한 신들의 이야기가 종합된 것으로 보인다. 그리스 신화의 페르세포네 이야기와 유사한 점이 많다.

위대한 이야기 유산

대신할 피조물을 만들자고 제안했다. 엔키는 지하수가 흐르는 압주(Abzu, 심연)의 천정에서 점토 덩어리를 떼어 내어 그 속에 '이름이 있는 피'를 섞어 생명을 창조하는 방법을 남무에게 알려 주었다. 그리고 여러 출산 모신들과 함께 훌륭한 신 닌마흐를 협력자로 삼으라고 충고했다.[11] 이런 신들의 협조로 점토 속에서 인간이 만들어졌고 인간은 작은 신들을 대신해 힘든 노동을 하게 되었다.

이처럼 수메르 신화에는 다수의 자연신이 등장한다. 문명의 발생 과정에서 다신교의 발달은 매우 자연스럽고 보편적인 현상이었다. 수메르 신과 이집트 신, 그리고 인도의 신은 자연에서의 역할을 나누어 서로 경쟁한다. 이들 중에는 사이좋은 신과 사이가 좋지 않은 신이 있고, 착한 신과 악한 신이 있다. 대부분 희로애락을 드러내는 매우 인간적인 신들이다. 이들의 경쟁과 싸움은 자주 인간의 삶에도 영향을 미치는데, 그것은 자연이 인간에게 미치는 영향의 은유라 할 수 있다. 또 강력한 신은 인간이 가장 두려워하거나 인간의 삶에 절대적 영향을 주는 자연과 관련된다.

대표적인 유일신이라 할 수 있는 기독교, 이슬람교, 유대교의 신은 메소포타미아와 이집트 두 발달한 문명 사이에서 부족 신으로 살아남아 경쟁하던 야훼에 뿌리를 두고 있다. 하지만 이들 유일신교에도 다신교의 영향은 여전히 남아 있다. 천국, 죽은 자의 심판, 부활, 태양절, 악마 등 그 예는 쉽게 찾을 수 있다. 위 세 유일신교의 공동 조상이라 할 수 있는 아브라함은 실제 우르에서 비옥한 초승달 지대를 따라 레반트 지역으로 이동한 하비루(떠돌이 유목민)였다고 알려져 있다. 그는 메소포타미아의 여러 신을 숭배하다가 개종하여 팔레스타인 지역의 신을 섬기게 된 인물이다. 구약의 야훼는 다신교의 신처럼 끊임없이 다른 신들과 경쟁하는 모습을 보인다. 출애굽 기간은 물론 이스라엘 왕국이 성립된 후에도 유일신 체제가 확고히 완성된 것 같지는 않다. 바알 등 여러 신의 이름이 거론되고 우상 숭배라는 이름으로 많은 사람이 단죄된다. 그만큼 메소포타미아와 이집트 지역 다신교의 영향력이 광범위하게 오랫동안 유지되었다는 증거로 볼 수 있다.[12]

수메르 신화에 자주 등장하는 길가메시는 기원전 2650년경 도시 국가 우르의 왕으로 실존했던 인물이다. 수메르어로 기록된 길가메시 영웅담은 현재 다섯 편이 남아 있으며 고대 바빌로니아 시대에 와서 12개의 점토판으로 편집된 완성본이 만들어졌다. 서사시 내용으로 보면 길가메시는 2/3는 신이고 1/3은 인간이다. 신과 인간 사이의 존재이지만 보편적인 인간의 감정을 가진 인물이라는 점에서 헤라클레스, 페르세우스 같은 그리스 신화의 캐릭터들과 비슷하다.

융성했던 도시 우르의 지배자였던 길가메시는 인간과 갈등을 빚는 인물은 아니었다. 그는 신을 대리하는 괴물이나 자연의 힘에 상응하는 존재를 무찌르고 정복한다. 이를 통해 자연을 개척하고 도시를 건설하는 인류의 문명화 과정을 보여준다. 절대 권력을 가진 최고의 인간이지만 그는 신이 아니기에 인간이 마주한 운명에서 벗어나지는 못한다. 죽음 앞에서는 슬픔과 두려움을 견디지 못하는 평범한 인간으로 내려오고 마는 것이다. 이처럼 신과 인간 사이에 놓인 존재 길가메시는 인간의 한계와 그를 극복하고자 하는 의지를 모두 표현하는 흥미로운 인물이다. 변하지 않는 인간의 보편적 욕망과 그 좌절을 보여주는 살아있는 캐릭터이기도 하다.

모험을 떠난 영웅

『길가메시 서사시』의 완전한 판본은 바빌로니아 시대인 기원전 1000년 전반기에 제작된 12개의 점토판에서 확인할 수 있다. 이 판본에도 빠진 내용이 많아 메소포타미아나 아나톨리아 등에서 발견된 다른 자료로 내용을 보충하여 지금의 서사시 모양이 완성되었다. 각각의 점토판은 하나의 독립된 주제를 다루고 있는데 그들 사이의 연결이 자연스럽지 않은 부분도 있다. 길가메시 이야기 전체를 포괄하는 원전이 바빌로니아 이전에 이미 존재했는지는 지금 확인할 수 없다. 다른 고대 문학처럼 이 서사시 역시 오랜 전승 끝에 문자로 기록되었다는 점은 분명하다.

오랜 시간에 걸쳐 완성된 현재의 『길가메시 서사시』는 수렵 채집 단계의 인류가 농경과 정착 생활을 하며 도시를 건설하는 과정을 다루고 있다. 인류 문명이 어떻게 발전하였는지를 보여주는 한 편의 재미있는 우화인 셈이다. 이 작품은 기본적으로 모험담에 기초하고 있지만, 영웅의 경험을 늘어놓는 데 그치지 않고 그 과정에서 겪었을 인물의 복잡한 감정까지 잘 표현한다. 지금의 기준에서 보아도 '문학적'이라 판단할만한 요소가 많은 작품이다.

서사시의 내용을 요약하면 이렇다.

길가메시는 지상에서 가장 강력하고 무서운 왕이었다. 백성들이 그의 압제에 불만을 터뜨리자 하늘의 신 안은 길가메시의 힘을 견제하기 위해 엔키두라는 힘센 야만인을 만든다. 초인적인 힘을 지닌 길가메시와 엔키두는 치열하게 싸우지만 결국 둘은 친구가 된다. 그들은 괴물 파수꾼 훔바바가 지키고 있는 향나무 숲을 정벌하는 모험을 성공적으로 마친다. 한편 사랑의 여신 인안나는 자신의 유혹을 거부한 길가메시를 벌하기 위해 아버지인 안에게 하늘의 황소를 내려달라 부탁한다. 길가메시와 엔키두는 신이 보낸 하늘의 황소마저 무찌른다. 훔바바와 황소의 죽음에 분노한 신들은 엔키두를 병에 걸려 죽게 한다. 친구의 죽음으로 충격을 받은 길가메시는 영생의 비밀을 듣기 위해 죽지 않는 유일한 인간인 우트나피시팀과 그의 아내를 찾아 나선다. 길가메시는 고생 끝에 우트나피시팀을 만나 대홍수 이야기를 듣고 영생을 얻을 기회도 두 번이나 얻는다. 그러나 모두 실패하고 우르로 돌아온다.

이상에서 확인할 수 있듯 『길가메시 서사시』는 크게 두 부분으로 나뉜다. 길가메시가 엔키두와 함께하는 모험이 첫 번째이고 엔키두의 죽음 뒤 길가메시가 겪는 모험이 두 번째이다. 첫 번째 모험 이야기에는 인물에 대한 개성적인 묘사나 심리적 통찰이 거의 없다. 사건들은 정적이고 관습적인 방식으로 간단히 서술된다. 심지어 길가메시는 영웅이지만 도덕적으로 그리 뛰어난 인물도 아니다.

작품 초입에서 서술자는 길가메시에 대해 다음과 같이 말한다.

> 지금부터 길가메시의 행적을 알리노라. 그는 모든 것을 알았고, 세상 모든 나라를 알았던 왕이다. 슬기로웠으며, 신비로운 사실을 보았고, 신들만 알던 비밀을 알아내었고, 홍수 전에 있었던 세상에 대해 우리에게 알려주었도다. 그는 긴 여행 끝에 피곤하고 힘든 일에 지쳐 돌아와 쉬는 중에 이 모든 이야기를 돌 위에 새겼노라.　　　　(11~12쪽)[13]

> 길가메시는 자신의 쾌락을 위해 종을 울린다. 그의 방자함은 밤낮으로 끝이 없구나. 그가 아이들까지 모두 빼앗아 가니 아들이 아버지 곁에 남아 있질 못한다. 왕은 그 백성들의 목자여야 하건만 군인의 딸이건, 대신의 아내이건 가리지 않고 빼앗아 자기의 색욕을 만족시키니 처녀들이 애인의 곁에 남아 있을 수 없게 되었다. 그러나 그가 바로 슬기롭고, 관대하고, 단호한 도시의 목자란다.　　　　(17쪽)

위대한 이야기 유산

두 예문을 비교해보면 같은 작품 안에 길가메시에 대한 모순된 평가가 공존함을 알 수 있다. 서술자는 한편에서는 영웅을 칭송하지만 다른 편에서는 피지배자들의 설움을 토로한다. 동시대인들 혹은 전승 시대 사람들이 권력자를 바라보는 이중적 관점이 작품에 그대로 드러나는 셈이다. 길가메시가 실존 인물이라는 점도 이런 모순된 평가와 관련 있을 것이다. 이런 일관성 없는 서술은 독서에 혼란을 가져오기보다 흥미를 불러온다. 하나의 작품을 통해 한 사람의 서술자가 아닌 여러 사람의 서술자를 만날 수 있기 때문이다. 사실 인간에게서 완벽한 인격 혹은 결점 없는 위대함을 기대하는 일은 불가능하다. 최초의 서사시로 불리는 이 작품에서조차 인간을 바라보는 사람들의 관점이 그리 단순하지 않다는 점을 확인할 수 있다. 나아가 권력이 가진 폭력성에 대한 인식도 지금과 크게 다르지 않았음을 알 수 있다.

첫 번째 예문은 길가메시의 위대함을 말하고 있다. 그가 신비로운 사실, 신들의 비밀을 알았다는 것 그리고 긴 여행을 떠났다 돌아왔다는 사실을 보고하듯이 건조하게 기술한다. 그가 보통 사람 이상의 능력을 가지고 있었고 보통 사람이 하지 못한 대단한 일을 했다는 점을 부각하고 있다. 이후 문학에도 자주 반복되는 영웅에 대한 전형적인 찬양이다. 두 번째 예문은 길가메시의 방자함을 지적한다. 여기서 길가메시는 백성의 목자가 아니라 무한 권력을 휘두르는 폭군이다. 그는 아이들과 여인들을 마음대로 끌고 가 자기 욕망을 채우는 못된 군주이다. 이런 행위에도 불구하고 그가 '슬기롭고, 관대하고, 단호한 도시의 목자'로 불리는 것에 대한 서술자의 불만과 조소도 담겨 있다. 왕이 백성의 목자라는 개념이 등장한 것도 주목해 볼 만하다.

두 번째 예문에서 보듯 길가메시에 대한 불만은 문명화 과정에서 나타난 권력 집중을 경험한 피지배자들의 불안과 관련되어 있다. 길가메시의 권력은 농경으로 인한 생산력의 발달과 인구의 집중에서 비롯된 것이다. 밀을 심고 가축을 가두어 기르는 농경 생활이 전체 인류의 생산력을 높인 것은 사실이지만 모든 인간의 삶을 행복하게 하거나 윤택하게 만들지는 못했다. 잉여생산의 증가는 총량의 문제일 뿐이었다. 그것을 독점하는 계급이 생기면서 지배 계급과 피지배 계급이 생겼고 길가메시는 그 지배 계급의 정점에 있던 인물이었다. 잉여생산의 독점이 여성 등에 대한 독점으로 이어진 것도 역사적 사실이다.

농경문화와 도시의 발달을 긍정 일변도로 그리지 않았다는 점은 이 작품이 지금도 신선하게 읽히는 이유이다. 인간은 농사를 짓기 위해 땅을 개간하고 집을 짓기 위해 커다란 나무를 베어내야 했다. 신성하게 여겼던 동물들을 한낱 가축으로 전락시켰다. 이 과정에서 인간은 자연을 정복한다는 쾌감을 느꼈을 것이다. 그러면서도 자연과 개인의 삶이 유리되는 데서 오는 가슴 아픔도 함께 경험했을 것이다. 『길가메시 서사시』는 이런 과정에서 느끼게 된 인간의 모호한 감정을 잘 보여준다. 새로운 생활 방식에 갈등하고 자신이 저지른 일에 대한 회의로 괴로워하는 인간의 모습도 적절히 그려내고 있다.[14]

야만에서 문명으로

길가메시의 친구 엔키두는 야만 상태의 인간이 문명화된 인간으로 변화하는 과정을 보여주는 인물이다. 그는 폭정에 시달리던 우르 백성들의 원성이 높아지자 시끄러운 소리를 잠재우기 위해 신들이 진흙을 던져 만든 피조물이다. 그는 거친 몸뚱이에 긴 머리카락을 늘어뜨리고 있었고 온몸은 털로 덮여 있었다. 문명의 세계에 대해서는 아무것도 몰랐으며, 영양 떼와 같이 언덕에서 풀을 뜯어 먹고 짐승들과 어울려 웅덩이 속에 숨

위대한 이야기 유산

어 살았다.

하지만 엔키두의 야성은 그리 오래 가지 않았다. 동물 무리 속에서 엔키두를 발견한 사람들은 엔키두를 두려워하게 되고, 그에게서 야성을 빼앗으려 하였다. 엔키두를 순화된 인간으로 만들기 위해 사람들은 아름다운 여인을 이용했다. 그 여인은 엔키두에게 빵이나 술과 같은 농부의 음식을 주어 마을에 정착하도록 도왔다. 이에 엔키두는 몸에 난 털을 밀어버리고 기름을 발라 '한 남자'가 된다.

물론 이러한 변화가 쉽게 이루어진 것은 아니다.

그동안 그는 숲속에 있는 집을 잊고 있었다. 그러나 이제는 싫증이 났다. 그는 다시 동물들에게로 돌아갔다. 그러나 영양들을 비롯한 모든 동물들은 그를 보자 뛰어나갔다. 그도 같이 뛰어가려 했으나 그의 몸은 마치 끈으로 묶어 놓은 것 같았고, 뛰려는 순간 무릎을 삐고 말았다. 그의 날램도 사라져버렸다. 동물들은 모두 도망가고 그는 점점 야위어갔다. 왜냐하면 이제 그의 머릿속엔 지혜가 자리 잡게 되었고 가슴속엔 인간의 생각이 자리 잡게 되었기 때문이다. (22쪽)

샴하트라는 여인에 이끌려 새로운 삶을 시작했지만 엔키두는 여전히 숲을 향한 그리움을 간직하고 있었다. 다시 숲으로 돌아가려고도 해보았다. 하지만 이미 야생을 떠나 도시의 삶을 경험한 그는 과거의 삶으로 돌아갈 수 없었다. 예전의 동물들이 그를 동료로 받아들이지 않았고 그의 몸도 이제 야생에 적응하기 어려울 만큼 약해져 있었다. 위에서는 엔키두가 과거로 돌아갈 수 없는 이유를 그의 머리에 '지혜'와 '인간의 생각'이 자리하게 되었기 때문이라고 말한다. 야생과 대비되는 자리에 지혜와 생각을 두었다는 점이 흥미롭다.

엔키두의 변화는 농업을 시작하면서 달라진 인간의 운명을 비유한다. 초기 정착민의 생활은 여러 면에서 매력적이었을 것이다. 생산물의 양을 늘려 많은 인구를 부양할 수 있었고, 이동으로 발생하는 피로에서도 어느 정도 자유로울 수 있었다. 하지만 정착을 통해 나빠진 것도 적지 않았다. 정착민의 생활은 강도 높고 긴 노동을 요구했다. 거기에 생산에 종사하는 계급과 그렇지 않은 계급이 나뉘면서 사회 구조가 수직화되어 갔다. 앞서 보았듯 길가메시가 무소불위의 권력을 행사할 수 있었던 것도 이런 사회 구조의 변화 덕분이었다.

생산에 대한 욕망은 다른 욕망으로 이어져 끝없는 탐욕을 재생산하게 되었다. 그런데 문제는 한 번 변화된 사회 구조를 이전으로 돌릴 수 없다는 점이다. 엔키두가 다시 숲으로 돌아갈 수 없듯이 한번 문명을 이룬 사회가 과거로 돌아갈 수는 없다. 노동하는 피지배자들의 삶이 그리 나아지지 않음에도 불구하고 말이다. 그런 면에서 문명화를 경험한 엔키두가 점점 야위어가고 활기를 잃어간다는 묘사는 매우 인상적이다. 좀 비약해서 말하면 위 예문의 엔키두는 더이상 수렵이나 채집을 하지 않게 된 인간들의 절망과 후회를 보여준다.

작품 초반에 두 영웅이 벌이는 모험 역시 문명 발전 과정으로 해석할 수 있다. 길가메시와 엔키두가 생명의 숲으로 들어가 숲을 지키는 훔바바를 무찌르고 나무를 베어오는 일련의 행위는 도시를 건설하기 위해 벌였던 수메르인들의 침략 행위를 암시한다. 길가메시의 우르가 삼각주 저지대에 있었던 점을 생각하면 먼 숲으로의 여행은 실제로 있었을 만한 일이다. 메소포타미아 하류 지역에는 진흙이 풍부했고 이 지역 건축에는 벽돌이 흔하게 사용되었다. 메소포타미아 문명을 상징하는 지구라트 역시 진흙 벽돌로 쌓아 올린 신전이었다. 반면에 강 하구에는 돌과 나무가 부족했다. 도시 건설을 위해 먼 곳에서 나무를 베어올 필요가 있었을 것이다. 먼 곳의 나무를 베어오는 일은 다른 의미로 보면 일종의 침략 행위였다. 훔바바에 대한 길가메시의 승리는 신화적으로 해석할 수 있지만 역사적으로 해석할 수도 있는 사건이었다.

그리고 그는 첫 번째로 향나무를 베어 산기슭에 깔았다. 훔바바가 불을 뿜어냈으나 굴하지 않고 계속 앞으로 나아갔다. 훔바바가 일곱 번이나 막아 보았지만 그는 그때마다 향나무를 베어 산기슭에 깔며 나아갔다. 일곱 번째 불길이 사라졌을 때엔 그들은 이미 훔바바의 집 앞에 도달하여 있었다. 그는 증오에 가득 차 자신의 넓적다리를 쳤다. 그리고 마치 산에 매여 있던 길든 황소처럼, 팔을 묶인 포로처럼 걸어 나왔다. 눈에선 눈물이 쏟아지기 시작했고 얼굴은 창백해졌다.   (50쪽)

훔바바는 세상 누구도 건드릴 수 없는 강력한 '괴물'로 두려움의 대상이었지만 길가메시의 힘에 쉽게 쓰러지고 만다. 훔바바와 길가메시의 대결은 자연과 개척자들의 대결, 과거와 현재의 대결이었기 때문에 승패는 이미 정해져 있었다. 싸움은 길가메시 일행이 나무를 베어 훔바바에게 나아가고 훔바바는 불을 뿜어 그들의 전진을 막는 방식으로 전개된다. 때리고 피하고 물고 뜯고 하는 전사나 괴물들의 싸움이 아니라 숲을 정복하느냐 아니냐를 두고 벌어진 두 세력 간의 싸움이다. 길가메시가 훔바바의 집 앞에 이르자 그는 길든 황소처럼 포로가 된다. 숲이 정복되자 훔바바 역시 정복된 것이다. 괴물로 불리던 그는 일단 패배하자 눈물을 흘리고 얼굴이 창백해지는 약한 모습을 보인다.

이 모험에서 또 하나 주목할 것은 패배자인 훔바바에 대한 서술자의 시선이다. 훔바바는 엔키두에게 길가메시가 관용을 베풀도록 말해 달라고 부탁한다. 살려주면 자신은 종이 될 것이며 산의 나무도 모두 길가메시의 소유가 될 것이라고 말한다. 저항을 포기하고 완전히 항복한 셈이다. 그러나 엔키두는 길가메시에게 훔바바를 죽여야 한다고 말한다. 훔바바가 한 번 더 부탁하지만 엔키두는 단호히 거절한다. 결국 훔바바는 길가메시의 칼에 찔려 죽고 만다. 이 부분에서 서술자는 애처로운 패배자의 모습과 잔인한 정복자의 모습을 대비해 훔바바에 대한 동정 어린 시선을 유도한다. 앞서도 말했듯 이 글의 서술자가 온전히 영웅 길가메시 편은 아니라는 것을 알 수 있다. 엔키두는 훔바바에게 모질게 대한 일 때문에 신들의 미움을 사게 된다.

신들을 분노하게 한 다른 사건은 하늘 황소의 죽음이다. 사랑의 여신인 인안나는 길가메시를 유혹한다. 하지만 길가메시는 인안나의 옛 애인들이 맞은 비참한 운명을 거론하며 그녀의 사랑을 거절한다. 이에 분노한 인안나는 하늘의 신 안을 설득해 하늘의 황소로 보복하려 한다. 하지만 길가메시는 엔키두와 함께 하늘의 황소를 무찌른다. 수메르 신화에서 하늘의 황소는 가뭄을 상징하며 그를 무찔렀다는 것은 곧 가뭄을 극복했다는 의미로 해석된다. 길가메시의 승리는 수로와 운하를 만들어 안정적으로 물을 공급할 수 있었던 당시의 문명화 수준을 보여준다고 할 수 있다. 훔바바에 대한 불관용과 황소의 죽음에 분노한 신들은 엔키두를 병에 걸리게 하여 보복한다. 이에 황소가 죽은 며칠 후 엔키두 역시 죽음을 맞는다. 그의 죽음은 인간이 신의 뜻을 거스른 대가라 할 수 있고, 문명화와 잔인한 정복의 대가라 할 수 있다. 그의 죽음으로 인해 서사시는 새로운 주제로 넘어간다.

죽을 운명의 인간

영웅을 다룬 이야기가 대부분 그렇지만 영웅은 목표를 달성하기 위해 온갖 어려움을 극복하는 초인적인 능력을 보여준다. 때로 좌절하고 절망하는 일이 있어도 그들은 결국 승리한다. 영웅이 극복해야 하는 대상은 자연의 재해나 인간에게 해를 끼치는 악이다. 하지만 영웅도 극복하지 못하는 상대가 있다. 그것은 죽음이라는 운명이다.

가장 오래된 영웅 이야기인 『길가메시 서사시』의 후반부 주제는 죽음이다. 이 주제는 아마도 인간이 문명을 일구고 안정적인 삶을 영위하게 되면서 마주한 가장 심각한 문제였을 것이다. 하루하루를 힘겹게 살아가면서 현실이 지옥인지 지옥이 현실인지 구분하기 어려웠던 다수의 사람과 달리 지상의 권력을 충분히 누리던 이들에게 죽음은 극복해야 할 유일한 장애였다. 불로초와 불사초를 찾아다니고 병마용을 만들었던 진시황의 이야기가 이를 상징적으로 보여준다. 지상의 권력을 마음껏 누리던 길가메시 역시 죽음을 두려워하고 그 운명에서 벗어나기를 원했다. 죽음 앞에서 그는 영웅도 초인도 아닌 한갓 인간에 불과했기 때문이다.

죽음을 두려워하는 길가메시의 심리와 감정을 묘사한 작품 후반부는 이 서사시의 다른 어느 부분보다 더 문학적으로 느껴진다. 동료이자 신하로 궁정에서 함께 생활하던 엔키두를 잃고 길가메시는 슬픔에 빠진다. 그는 며칠 동안 엔키두를 위해 눈물을 흘렸다. '마치 새끼를 빼앗긴 어미 사자'처럼 울부짖었고, '머리카락을 뜯어 사방에 날렸'고, '화려한 옷을 벗어 역겨운 것을 버리기라도 하듯' 팽개쳐 버렸다. 그는 엔키두의 몸이 썩어 자연으로 돌아갈 때까지 기다린 후에 대장장이와 석공들을 불러 친구의 동상을 만들어주었다. 그리고 동상을 신에게 바치고 여행을 떠난다.

　내 어찌 편히 쉴 수 있겠는가! 어찌 편안히 지낼 수 있겠는가! 내 마음은 절망으로 가득 찼다. 내 형제는 지금 어디에 있는가? 내가 죽는 날, 나도 또한 그럴 수밖에 없지 않겠는가? 죽음이 두렵다. 있는 힘을 다해 '머나먼 곳'이라 불리는 우투나피시팀을 찾아가리라. 그는 신들의 모임에 들어갈 수 있었으니까.   (77쪽)

길가메시는 엔키두의 죽음에서 자신의 미래를 본다. 언젠가 자신도 죽을 수밖에 없는 운명이라는 것을 새삼 깨달은 것이다. 그는 '죽음이 두렵다'는 속내를 여과 없이 드러낸다. 친구의 죽음에서 느낀 슬픔이 자기 운명에 대한 절망으로 이어지는 셈이다. 그리고 모험가답게 죽음에서 자유로운 인간 우투나피시팀을 찾아 다시 한번 먼 여행을 떠난다. 우투나피시팀은 대홍수에서 살아남은 사람으로 신들은 오직 그에게만 영원한 생명을 주어 태양의 정원인 딜문(Dilmun) 땅에 살도록 허락했다. 죽음이라는 기준에서 보면 그는 유일하게 신이 된 인간이다.

딜문으로의 여행은 고난의 연속이었다. 그것은 영웅적으로 괴물을 무찌르거나 기세 좋게 자연을 정복하는 모험이 아니라 자신의 불안을 해소하기 위해 미지의 세계를 찾아가는 기약 없는 고행이었다. 평범한 인간으로 신들이나 가능한 영역에 도전하는 무리한 여행이기도 했다. 인간 세계에서는 대적할 자 없었던 길가메시도 이 여행에서는 마르고 초라해져 갔다. 죽음이라는 문제에서 인간은 약할 수밖에 없다는 사실을 잘 보여준다.

길가메시여, 어디로 급히 가려 하십니까? 당신은 생명을 찾을 수 없을 것입니다. 신들이 인간을 만들 때 인간에게 죽음도 함께 붙여 주었습니다. 그리고 생명만은 그들을 보살피도록 남겨 두었습니다. 길가메시여, 당신에게 충고를 드리죠. 좋은 음식으로 배를 채우십시오. 잔치를 벌이고 기뻐하십시오. 깨끗한 옷을 입고 물로 목욕하며 당신 손을 잡아 줄 어린 자식을 낳고, 아내를 당신 품 안에 꼭 품어 주십시오. 왜냐하면 이것 또한 인간의 운명이니까요.   (83쪽)

여행에서 우연히 만난 여인이 길가메시에게 들려주는 말이다. 그녀는 죽음을 두려워하는 길가메시를 안타까워하며 인간의 타고난 운명이 무엇인지를 알려준다. 그리고 죽음을 생각할 것이 아니라 현생에서의 삶을 어떻게 즐길 것인지를 생각해야 한다고 충고한다. 좋은 음식을 먹고, 잔치를 벌이고, 가족을 돌보는 것이 인간이 살아서 할 수 있는 최선이라고 말한다. 이 부분에는 당시 사람들의 현실적인 사고가 담겨 있다. 그것은 행복을 위해서는 불사의 욕망을 접고 인간의 운명을 긍정하고 세속적인 즐거움을 찾아야 한다는 생각이다.

사실 죽음을 거부하려는 욕망과 죽음에 순응하려는 열정은 인간 내면에서 벌어지는 가장 원초적인 갈등이다. 어느 하나가 완전한 승리를 거둘 수 없기에 평생 인간이 안고 가야 하는 고뇌 중 하나이기도 하다. 정신분석학자 프로이트는 에로스적 욕망과 타나토스적 욕망이라 정의되는 이 모순되는 감정이 인류의 문명을 발달시키는 강한 동력으로 작용했다고 주장했다. 불멸의 욕망과 소멸의 열정이 현재의 자기 존재를 넘어서는 결과물 즉 문명을 낳았다는 말이다. 수천 년 전 수메르인들은 『길가메시 서사시』를 통해 이 모순되는 욕망의 존재를 훌륭하게 그려냈다.

여인의 충고에도 불구하고 길가메시는 뱃사공 우르샤나비를 만나 딜문으로 건너간다. 이 과정에서도 길가메시의 절망과 분노가 드러난다. 그는 뱃사공이 자신을 건너 주려 하지 않자 폭력을 행사하여 그의 배를 파손한다. 이 어리석은 행동으로 길가메시는 강을 건너는 데 어려움을 겪게 된다. 죽음에 대한 두려움이 이런 과격하고 어리석은 행동으로 나타났다고 해석할 수 있다. 보통 인간처럼 길가메시 역시 한번 죽음의 두려움에 사로잡히자 다른 어떤 것도 그의 두려움을 제어하지 못한다. 5,000년 전이나 지금이나 인간의 이런 어리석음은 전혀 달라지지 않은 듯 하다.

근대 문학과 철학에서도 죽음은 가장 중요한 주제였다. 괴테의 『파우스트』는 죽음의 문제를 구원의 문제로 풀어낸 작품이다. 반대로 『도리언 그레이의 초상』은 죽음에서 벗어나고자 하는 인간의 욕망을 아름다움에 대한 악마적인 집착으로 표현하였다. 실존주의를 비롯한 철학에서는 존재를 우연으로 죽음을 필연으로 전제한다. 죽음의 문제에 집착하기는 종교와 과학도 마찬가지이다. 사후 세계에 대한 언급이 없는 종교는 세계종교가 되지 못했으며, 현대 과학의 가장 뜨거운 주제는 생명 연장이다. 육체의 불사가 불가능하다고 느낀 인간은 영혼이라는 대안을 발명해내기까지 했다. 공상과학 이야기에 자주 등장하는 기계 인간 역시 불사의 꿈을 실현하기 위한 발명이라 할 수 있다.

길가메시가 어렵사리 방문했던 딜문은 이후에 다양한 이름으로 역사와 문학에 등장한다. 수메르인들이 생각한 낙원인 이곳은 페르시아만에 존재하는 풍요로운 섬 중 하나였을 것으로 짐작된다. 아서왕 신화에 등장하는 아발론은 딜문과 가장 유사한 곳이다. 사과나무 섬이라고 불리는 아발론은 죽은 자들이 영생을 누릴 수 있는 곳으로 영국 섬 서쪽 어딘가에 존재한다고 전해진다. 전설에 따르면 아서왕은 죽은 후 그곳으로 옮겨졌다. 그리스 신화에 나오는 엘리시움 역시 딜문과 유사한 낙원이다. 지중해의 끝 스페인 너머 어딘가에 있다고 알려진 이곳은 '행운의 섬', '축복받은 자들의 섬'이라 불린다. 엘리시움에는 언제나 꽃이 피고 따스한 바람이 분다. 춥지도 않고 비가 오지도 않는 이곳에는 신이 선택한 사람이나 영웅만이 갈 수 있다. 영국 작가 제임스 힐턴의 소설 『잃어버린 지평선』에 등장하는 샹그릴라 역시 딜문을 닮았다. 소설 속에서 샹그릴라는 티베트 쿤룬산맥에 실존하는 신비로운 라마교 공동체로 그려진다. 중동유일신교에서 말하는 천국 역시 딜문과 같은 아이디어에서 출발하였다. 죽은 자들의 세계가 물 건너에 있다는 생각도 여러 지역 신화에서 발견할수 있다. 그리스 신화에는 아케론, 스틱스, 레테 등의 강이 등장하고, 동양에서도 황천이라는 강이 삶과 죽음을 가른다.

대홍수 이야기와 낙원

강을 건너 생명의 땅이라 불리는 딜문에 이른 길가메시는 우투나피시팀을 만난다. 우투나피시팀은 자신이 홍수에서 살아남아 영원한 생명을 얻게 된 사연을 길가메시에게 들려준다. 구조상으로 볼 때 전체 서사의 흐름과 어울리지 않는 면이 있지만, 우투나피시팀의 이야기는 당시 전해지던 홍수 신화를 온전한 형태로 확인할 수 있는 귀중한 자료이다.

> 그 당시에는 세상이 사람들로 꽉 차 마치 거대한 들소처럼 소란했고 그로 인해 거룩하신 신들은 편히 쉬지 못하고 있었다. 엔릴이 참다 못해 신들에게 말했다. '인간들의 반란을 더이상 보고 있을 수 없구나. 소란스러워 도저히 잠을 잘 수 없으니.' 그러자 신들은 인류를 심판하기로 결정하였다. 엔릴이 이 일을 맡았다. 그런데 엔키가 꿈에 나타나 이 사실을 내게 신탁을 통해 알려주었던 것이다. (93쪽)

홍수 이야기만큼 지구상에 널리 퍼져 있는 신화도 드물다. 전 세계 약 500개의 신화에 홍수 이야기가 등장한다고 한다. 홍수 이야기는 빙하기가 끝날 무렵 해수면 상승을 목격했던 인간의 경험과 관련된 것으로 알려져 있다. 지질학적 증거로 보면 기원전 5600년 무렵 지중해의 수위가 높아지면서 바닷물이 터키와 불가리아를 이어주던 육교를 강한 힘으로 때려 보스포루스 해협을 만들었다. 그때 지중해로부터 유입된 바닷물이 조그만 민물 호수였던 에욱시 호를 거대한 내해인 흑해로 바꿔놓았다. 언어분석을 통해, 이때 흩어진 사람들이 헝가리, 슬로바키아, 이라크 등 다양한 장소로 이주했다는 것도 밝혀졌다.[15] 우투나피시팀 이야기는 기억으로 전해지던 이 시절의 홍수 경험이 문자로 기록된 초기 판본에 해당한다.

『길가메시 서사시』에서 홍수는 세상에 대한 징벌이라는 성격을 띤다. 위에서 볼 수 있듯이 신들이 화가 난 이유는 인간들의 소란과 반란 때문이다. 신들이 인간처럼 '성질'을 부린다는 것도 재미있지만, 더 중요한 것은 인간의 잘못으로 육상의 모든 생명이 희생 대상이 된다는 사실이다. 홍수 신화가 생길 때 이미 인류는 자신이 세상의 중심이며 주인이라는 생각을 하고 있었던 셈이다. 지혜의 신 엔키의 계시를 받은 선택된 인간 우투나피시팀은 방주를 만들어서 구할 수 있는 생명을 구한다. 일주일 동안 쉬지 않고 비가 내려 온 세상이 물로 덮인다. 물이 빠진 뒤 우투나피시팀은 새를 날려 보내 마른 땅을 찾는다. 이렇게 홍수에서 인류를 구한 우투나피시팀은 인류 중 가장 위대한 인물이 되고 딜문에 머물 자격을 얻는다. 그와 달리 신의 피가 섞인 영웅이자 왕이었던 길가메시는 딜문에서 살 자격을 얻지 못한다. 이 역시 권력자에 대한 당시 사람들의 생각이 이야기에 담긴 것으로 볼 수 있다. 인류를 구한 보통 사람과 신의 피가 흐르는 권력자 중 누가 더 존경받을 만한지 사람들은 잘 알고 있었다.

가장 잘 알려진 홍수 신화는 노아를 주인공으로 한다. 성경 창세기에 등장하는 노아는 야훼의 분노로 세상이 물에 잠길 것을 알고 큰 방주를 만들어 세상을 구한다. 비둘기를 날려 마른 땅을 찾고 더이상 홍수가 없으리라는 약속으로 무지개를 만나기도 한다. 노아가 우투나피시팀과 매우 비슷한 인물이라는 점은 쉽게 짐작할 수 있다. 굳이 순서를 따진다면 메소포타미아의 홍수 신화가 비옥한 초승달 지대를 따라 레반트 지역으로 흘러갔다고 보아야 마땅하다. 하지만 노아의 방주 이야기는 그때 살아남은 이들이 어떻게 인류의 조상이 되었는지까지 보여준다는 점에서 더 완결성이 높다. 반대로 인류의 구원 문제를 특정 부족의 구원 문제와 관련시켰다는 점에서는 편협한 서사로 후퇴했다고 볼 수도 있다.

길가메시는 모진 고난을 겪고 딜문을 찾아갔지만 죽을 수밖에 없는 인간의 운명을 재확인하고 돌아온다. 돌아오는 길에 그는 젊음을 회복할 수 있는 바닷속 약초를 캐내는데 성공하지만, 그마저 잃고 만다.

> 길가메시는 찬물이 솟아오르는 샘을 보고 내려가 목욕을 했다. 그러나 그 웅덩이 깊은 곳에 뱀 한 마리가 살고 있었는데, 뱀은 꽃의 향기를 맡고 웅덩이 위로 올라와 그 꽃을 빼앗아 도망쳤다. 눈 깜짝할 사이에 뱀은 껍질을 벗고 웅덩이 속으로 사라졌다. 길가메시는 주저앉아 울었다. 눈물이 그의 볼을 타고 흘러내렸다. 그는 우르샤나비의 손을 잡고 푸념했다. "오! 우르샤나비. 내 손으로 애써 얻은 게 결국 이것이란 말인가? 내 심장의 피를 다 쏟은 결과가 이것이란 말인가? 나는 아무것도 얻은 것이 없다. 땅 위 짐승이 나 대신 (식물의) 즐거움을 누리고 있구나."
> (107쪽)

어렵게 얻은 식물을 훔쳐 간 동물이 뱀이라는 점이 우선 눈에 띈다. 실생활에서 부딪친 문제 때문이든 단순히 외형 때문이든 뱀에 대한 인간의 비호감은 아주 오랜 역사를 가진 것으로 보인다. 위에 묘사된 허물을 벗는 뱀의 습성도 조상들에게는 흉하게 보였음이 분명하다. 예문에는 인간이 갈 수 없는 가장 먼 곳까지 가서 아무 성과 없이 돌아오는 주인공의 서글픈 심정이 잘 표현되어 있다. 작품 초반 감정도 갈등도 없는 영웅으로 그려지던 길가메시가 작품 후반으로 가면서 감정을 가진 평범한 인간으로 변해 가고 있음을 다시 확인할 수 있다.

위에 등장하는 뱀의 의미를 다르게 해석할 수도 있다. 우선 불사초 이야기는 딜문 여행과 잘 어울리지 않는다. 이미 인간의 운명을 확인하고 돌아오는 길가메시에게 운명을 극복할 새로운 기회가 제공된다는 설정은 무리가 있기 때문이다. 다른 판본으로 전승되던 이야기가 하나의 서사시로 통합된 것이 아닌가 의심해 볼 수 있다. 찬물에 몸을 씻는 행위도 단순한 목욕 이상의 의미일 수 있다. 물은 오래전부터 정화를 의미했다. 길가메시의 목욕 역시 새로운 생명을 얻기 위한 정화 과정의 하나로 해석할 수 있다. 이때 뱀은 길가메시의 이러한 시도를 좌절시키는 신의 대리인이 된다. 눈 깜짝할 사이 허물을 벗고 달아난 존재는 잠시 뱀의 형상을 빌린 신일 가능성이 크다. 이후의 신화에 등장하겠지만, 사탄처럼 나쁜 신일 수도 있다.

길가메시의 딜문 여행은 이후에 반복되는 '저승 여행' 모티프의 초기 형태라 할 수 있다. 『길가메시 서사시』열두 점토판에는 포함되어 있지 않지만 「길가메시와 엔키두의 저승 여행」이라는 설화는 이 저승 여행 모티프를 더 본격적으로 다루고 있다.[16] 서양 문학의 고전인 『오뒷세이아』나 『신곡』의 주인공 역시 죽음 후의 세계를 경험하고 돌아온다. 그리고 현재의 삶에 새로운 의미를 부여한다. 앞서도 말했지만 죽음과 관련된 『길가메시 서사시』후반의 에피소드들은 모험과 관련된 전반의 에피소드들보다 잘 정제되어 있고 인간의 보편적인 고민에 깊이 닿아 있다.

오래된 이야기의 가치

실제 우르의 왕이었던 길가메시는 오랫동안 인기 있는 캐릭터였다. 가장 잘 정리된 것으로 평가되는 열두 개의 바빌로니아 점토판 외에도 다양한 내용이 담긴 길가메시 이야기들이 전해진다. 길가메시 이야기 속에는 당시 사람들이 관심을 가졌을 법한 여러 주제가 포함되어 있다. 자연에 대한 공포와 그것을 정복하고 느끼는 환희, 문명을 발전시키면서 잃어버린 과거에 대한 향수가 작품 곳곳에서 드러난다. 캐릭터로서 길가메시의 매력은 그가 영웅적인 면모와 인간적인 면모를 함께 가지고 있다는 데있다. 이들은 한 인간에게 공존하기 어려운 특성으로 보이지만 사실 보통사람의 내면도 한가지 성격으로 가득 차 있지는 않다.

이 작품에서는 이후에도 반복되는 문학의 원형적 모티브를 많이 발견할 수 있다. 특히 예정된 죽음 앞에 선 인간이라는 모티프는 현재까지문학의 중요한 주제로 자리 잡고 있다. 홍수 설화, 저승 여행, 괴수와의 대결 역시 이후 이야기들에서 자주 반복되는 모티프이다. 작품에 등장하는신들의 모습도 우리에게 익숙하다. 어느 지역에서든 자연에 의지하며 살아야 했던 인간들은 자연에 신격을 부여하려 했다. 그들은 신들에게 철저히 복종하고 그것을 운명으로 받아들이는 것이 삶을 유지할 수 있는 좋은방법이라 생각했던 것 같다.

가끔 우리는 아주 오래전에 살았던 인간들이 현재의 우리와 얼마나닮고 얼마나 달랐을지 상상해본다. 과거보다 자연을 지배하는 인간의 능력이 엄청나게 발전한 것은 틀림이 없다. 기술의 발전은 과거에는 불가능했던 수많은 일을 가능하게 만들었다. 하지만 그런 만큼 인간관계나 감정을 지배하는 인간의 능력이 발전했는지는 의문이다. 『길가메시 서사시』에서 우리가 오래되었다고 느끼는 요소는 시대 환경일 것이다. 하지만 작품 속 인물들의 감정에서 오래되었다는 느낌을 받지는 않는다. 지배자의폭정이나 친구의 죽음을 받아들이는 인간의 감정은 그때나 지금이나 크게 다르지 않다. 길가메시가 느꼈을 죽음의 공포, 사랑과 증오는 현재 우리도 일상적으로 느끼는 감정이다. 다른 어떤 텍스트보다 문학 텍스트가긴 생명력을 갖는 이유가 이 변하지 않는 '감정' 때문이 아닐까 생각한다.

운명과 명예, 서유럽 인문학의 시원

『일리아스』, 『오뒷세이아』

트로이 목마 이야기

'트로이 목마 바이러스'는 컴퓨터를 자주 사용하는 사람들에게는 매우 익숙한 이름이다. 이 바이러스는 주로 무료 다운로드나 이메일 첨부 파일 등을 통해 몰래 다른 컴퓨터로 잠입하는데, 유용한 프로그램처럼 겉모습을 꾸며 사용자들이 거부감 없이 설치하도록 유도한다. 감염에 의한 대표적인 피해는 개인 정보 유출이다. 사용자가 누른 자판 정보를 통해 신용카드번호나 각종 비밀번호가 빠져나갈 수 있다. 또 컴퓨터의 속도 저하나 파일 삭제 등의 피해를 주기도 한다. 짐작하겠지만 이 바이러스의 이름은 트로이 전쟁을 승리로 이끈 트로이 목마에서 비롯되었다.

여러 판본에 기록되어 있는 트로이 목마 이야기를 간단히 정리하면 이렇다. 아가멤논을 대장으로 하는 그리스 연합군[1]은 십 년 동안의 공격으로도 트로이 성을 함락하지 못한다. 영웅 아킬레우스마저 죽어 정상적인 공격으로는 성을 함락하기 어렵다고 판단한 그리스군은 속임수를 쓴다. 패배를 인정하고 돌아가는 척하며 성문 앞에 목마를 남겨두는 작전이었다. 그리스군은 첩자를 통해 남겨둔 목마가 그리스군의 안전한 귀환을 기원하는 제물이라는 소문을 퍼뜨린다. 트로이인들은 그 소문을 믿고 목마를 성안으로 들인다. 밤이 되자 목마 안에 숨어 있던 병사들은 성문을 열어 그리스군을 불러들인다. 그날 밤 강하고 아름다웠던 트로이는 처참하게 파괴되고 만다.

트로이 성에도 목마를 성안으로 들여오면 안 된다고 주장한 사람들이 있었다. 아폴론 신의 신관 라오콘이 대표적이다. 그는 그리스군의 목마를 트로이 성으로 들여오는 것을 끝까지 반대하다 신의 노여움을 샀고, 결국 끔찍한 죽음을 맞는다. 그리스 편이던 포세이돈 신은 무시무시한 바다뱀을 보내 라오콘과 그의 자식을 죽인다. 유명한 조각 '라오콘의 군상'은 그렇게 고통스러운 죽음을 맞는 신관의 모습을 형상화한 작품이다. 트로이 왕 프리아모스의 딸 카산드라 역시 목마를 성안으로 들이면 안 된다고 주장하였다. 카산드라는 미래를 볼 수 있는 능력을 지닌 여인이었다. 하지만 트로이 사람들은 아무도 그녀의 이야기를 귀담아듣지 않았다. 이는 아폴론의 심술 때문인데, 그는 카산드라가 자신의 구애를 거절하자 그녀의 말은 누구도 믿지 않게 되는 저주를 내렸다. 신들의 계략이 아니었으면 지혜로운 트로이 사람들이 적의 목마를 성으로 들이는 어리석은 짓은 하지 않았을 것이다.

수많은 인간이 죽고 다쳤지만 트로이 전쟁의 발발 원인은 신들의 질투였다. 어느 날 여신 테티스와 인간 펠레우스의 결혼식이 열린다. (이들은 영웅 아킬레우스의 부모가 된다.) 행사에 초대받지 못한 데 격분한 불화의 여신 에리스는 '가장 아름다운 여인에게'라 쓰인 황금 사과를 신들 앞에 던져 놓는다. 아름다움에 자신 있던 올림포스의 세 여신 헤라, 아테나, 아프로디테는 그 사과가 자신의 것이라 주장한다. 세 여신은 자존심을 걸고(?) 다투게 되었고 결말을 내기 위해 트로이의 왕자 파리스에게 심판을 부탁한다. 파리스의 환심을 사기 위해 헤라는 최고의 권력과 부를, 아테나는 위대한 지혜를, 아프로디테는 가장 아름다운 여인을 주겠다고 약속한다.

파리스는 아프로디테의 제안을 받아들여 아프로디테를 승자로 선언한다. 아프로디테는 약속대로 세상에서 가장 아름다운 여인을 파리스가 차지할 수 있도록 해준다. 그런데 하필이면 그 여인이 스파르타의 왕 메넬라오스의 아내 헬레네였다. 신의 도움을 받은 파리스는 헬레네를 데리고 스파르타에서 트로이로 도망간다. 아내를 뺏겨 격분한 메넬라오스는 친형인 미케네의 왕 아가멤논과 함께 대군을 이끌고 트로이로 쳐들어간다.

한편 헬레네가 메넬라오스와 결혼하기 전 많은 그리스 왕들은 헬레네가 선택한 남자에 대한 의무를 지겠다는 맹세를 했다. 이 맹세와 아가멤논이 가진 영향력 덕분에 그리스 연합군의 위용은 막강했다. 선단을 이끌고 연합군에 참여한 대표적인 영웅은 아가멤논, 메넬라오스를 비롯해 아킬레우스, 아이아스, 디오메데스, 파트로클로스, 오디세우스 등이다. 당시 그리스에서 가장 크고 강력한 도시국가는 미케네였기에 아가멤논의 선단이 가장 화려했다. 전쟁의 영웅이자 주인공이지만 아킬레우스와 오디세우스는 상대적으로 작은 규모의 선단을 이끈다. 트로이 역시 주변 동맹 도시들의 지원을 받아 만만치 않은 군대 진용을 갖추고 있었다. 트로이 측 장군으로는 파리스를 비롯해 헥토르, 아이네이아스, 사르페돈이 유명하다.

전쟁에 참여한 인물들의 이야기는 각각 독립된 신화로 전승된다. 트로이 전쟁이 끝나고 난 후 오디세우스와 아이네이아스는 『오뒷세이아』와 『아이네이스』의 주인공이 되어 오랜 시간 지중해를 떠돈다. 승장 아가멤논은 귀국과 함께 아내와 정부에 의해 살해되어 유명한 아트레우스 가문의 비극을 이어간다. 장자의 책임을 지고 장엄하게 죽지만 영웅의 대우를 받지 못하는 헥토르, 헤라클레스의 활과 히드라의 독이 묻은 화살을 소유한 명궁 필록테테스,[2] 전쟁 이후 파란만장한 삶을 살게 되는 헥토르의 아내 안드로마케, 불화의 원인이었지만 무사히 메넬라오스의 아내로 돌아

위대한 이야기 유산

가는 헬레네 등도 독자적인 이야기를 갖는다.

거기에 전쟁의 승패에 결정적인 영향을 미치는 신들의 이야기도 빼놓을 수 없다. 황금 사과 하나로 갈라진 신들 역시 두 진영으로 나뉜다. 헤라, 아테나, 포세이돈, 헤르메스, 헤파이스토스가 그리스 편이고, 아프로디테, 아폴론, 아레스, 레토, 크산토스가 트로이 편에 선다. 헤라와 아테나의 판단 이유는 분명하다. 그들은 아프로디테를 사과의 주인으로 지목한 파리스의 트로이 편을 들 수는 없었다. 다른 신들의 판단 이유는 각기 달랐고, 최고 신 제우스는 중립을 선언한다. 하지만 한쪽으로 전세가 기울어지면 때로 제우스의 중립은 위태로운 모습을 보인다.

트로이 전쟁을 포함한 그리스·로마 신화는 어떤 동양 신화나 현대 소설보다 우리에게 익숙한 콘텐츠이다. 일상에서 자주 만날 수 있는 콘텐츠이기에 과거의 유산이라는 생각이 들지 않을 정도이다. 소설이나 영화는 물론 게임이나 광고 등 광범위한 문화 영역에서 활용되고 있다. 단순히 신화의 모티프를 반복하는 것을 넘어 거기에 기초한 새로운 이야기가 풍부하게 만들어지고 있다.

그리스·로마 신화의 텍스트

앞서 트로이 전쟁이라는 사건을 둘러싼 여러 이야기를 살펴보았는데, 위 이야기들을 연대기나 소설처럼 읽기 좋게 기록한 한 권의 원전은 존재하지 않는다. 사건이나 인물을 중심으로 쓰인 그리스나 라틴어 고전 작품에 일부 이야기가 산발적으로 실려 전해진다. 심지어 텍스트에 따라 같은 일화의 내용이 다르게 기록되어 있기도 하다. 트로이 전쟁을 다룬 최고의 작품으로 알려진 『일리아스』[3]는 그리스인들이 트로이에 도착한 지 10년 후, 헥토르의 사망을 전후한 며칠 사이에 벌어진 일들만을 다룬다. 『일리아스』에는 아가멤논의 출항이나 아킬레우스의 죽음, 트로이 목마 등에 대한 언급이 없다. 아트레우스 가의 비극에 대해 상세히 알고 싶으면 『오뒷세이아』나 아이스킬로스의 비극 〈오레스테스 3부작〉을 읽어야 한다. 라오콘의 비극이나 트로이 목마 등 파괴되는 트로이의 모습은 로마시인 베르길리우스의 서사시 『아이네이스』에 상세히 나와 있다. 물뱀에게 물린 필록테테스가 렘노스 섬에 남겨졌다는 사실은 『일리아스』에 잠시 나오지만 이후 이야기는 소포클레스의 비극 「필록테테스」를 보아야 알 수 있다.

이처럼 트로이 전쟁 이야기는 매우 방대한 규모를 가지고 있다. 하지만 전체 그리스·로마 신화에서 보면 트로이 전쟁 이야기도 일부에 불과하다. 흔히 말하는 그리스·로마 신화는 세상과 인간의 창조에서 시작해 사물의 유래 등 자연과 문명에 대한 다양한 이야기를 포함한다. 올림포스 신들과 거인족의 전쟁, 제우스가 최고 신이 되는 과정 등은 인간이 존재하기 전에 벌어진 일이다. 신과 인간 사이에서 태어난 영웅들의 모험담도 신화에서 큰 비중을 차지한다. 헤라클레스, 페르세우스, 테세우스, 이아손은 아킬레우스만큼이나 유명한 신화의 영웅들이다. 역시 독자적인 자기 이야기를 가진 프로메테우스나 오이디푸스, 나르시스는 현대 문학이나 심리학에도 자주 등장한다.

그리스·로마 신화를 포함하고 있는 고전 텍스트들을 크게 분류하면 ① 트로이 이야기 ② 테베 이야기 ③ 신들의 이야기로 나눌 수 있다. 각각의 텍스트를 간단히 살펴보자.

트로이 전쟁 전후를 다룬 서사시들을 통칭하여 '트로이권 서사시'라 부른다. 『일리아스』와 『오뒷세이아』는 트로이 이야기의 원형이자 가장 잘 정리된 텍스트이다. 이 밖에도 『퀴프리아』, 『아이티오피스』, 『소일리아스』, 『일리오스의 함락』, 『귀향』 그리고 『텔레고네이아』가 여기에 속한다. 이 서사시들은 트로이 전쟁의 유래와 경과, 결말 그리고 전쟁 이후 영웅들의 귀환과 모험에 대한 전체적인 이야기를 전하고 있는데, 『일리아스』와 『오뒷세이아』 전후의 맥락을 보충해 준다.⁴ 특히 『퀴프리아』는 『일리아스』의 이전 역사를 다룬 작품인데, 제우스의 전쟁 의도, 불화의 사과, 헬레네의 납치, 그리스 인의 회합과 트로이 상륙을 서술하고 있다. 하지만 『일리아스』와 『오뒷세이아』를 제외한 서사시들은 전편이 전해지지는 않는다. 일부만 전해지거나 다른 문헌을 통해 존재만 확인된다.

테베는 그리스의 오래된 도시이다. 테베 이야기에 등장하는 주요 인물은 카드모스, 오이디푸스, 안티고네, 디오니소스이다. 신화에 의하면 카드모스는 제우스에게 납치된 누이 유로파를 찾기 위해 그리스 반도로 갔다가 이 도시를 건설했다고 한다. 이 테베를 배경으로 하는 4개의 서사시가 존재했다고 하는데 지금 전해지는 것은 없다. 하지만 기원전 5세기 소포클레스, 에우리피데스를 비롯한 작가들이 테베 서사시의 이야기를 연극으로 올렸다. 오이디푸스와 그 후손들의 이야기가 가장 유명하다.

신들의 관계를 정리한 책 중에서는 헤시오도스의 『신들의 계보』가 가장 널리 알려져 있다. 이 서사시는 태초에 세상이 만들어지는 이야기, 제우스가 신들의 왕이 되는 과정, 다양한 신들의 탄생 등을 다루고 있다. 땅, 하늘, 바다와 같은 자연물은 물론 잠, 꿈, 죽음, 싸움 따위의 현상들도 신들과 관련해서 풀어낸다. 신화 혹은 전설이라는 이름에 어울리는 일화들로 가득한 책이다. 이 서사시의 작가 헤시오도스는 기원전 740년경 ~670년경 그리스에 살았던 것으로 알려져 있으며, 농사와 일반인들의 일상을 다룬 『일과 날』이라는 서사시도 남겼다.

그리스 이름	로마 이름	주관 영역	출생 및 위치
제우스	유피테르	신들의 왕, 올림포스의 지배자, 하늘과 천둥, 정의의 신.	올리포스 12신의 우두머리
헤라	유노	신들과 하늘의 여왕, 여성과 결혼, 양육의 신.	제우스의 누이이자 아내
포세이돈	넵투누스	바다의 지배자, 말을 창조한 바다와 지진의 신.	제우스의 형제
데메테르	케레스	풍요와 농업, 자연, 계절의 신.	제우스의 누이이자 내연녀
아테나	미네르바	지혜와 기술, 전략의 신.	제우스와 메티스의 자녀
아폴론	아폴로	태양신, 광명과 의술, 음악, 시, 예언, 궁술, 진리의 신.	제우스와 레토의 자녀
아르테미스	디아나	사냥과 처녀, 달의 신.	제우스와 레토의 자녀
아레스	마르스	전쟁과 격분, 증오, 유혈의 신.	제우스와 헤라의 자녀
아프로디테	베누스	사랑과 아름다움, 욕망, 다산의 신.	우라노스의 자녀
헤르메스	메르쿠리우스	신들의 사자, 상업과 체육, 도둑, 목동, 나그네의 신.	제우스와 마이아의 자녀
헤파이스토스	불카누스	신들의 대장장이, 불과 대장간의 신.	제우스와 헤라의 자녀
디오니소스	바쿠스	술과 황홀경의 신.	제우스의 자녀

'호메로스 찬가'라 부르는 시들도 신화를 노래한다. 「데메테르 찬가」는 데메테르의 신성과 페르세포네 일화에 대한 중요한 전거가 된다. 「아폴론 찬가」는 아폴론의 탄생과 델포이 신탁소 건립, 피톤과의 싸움을 다루고 있다. 「헤르메스 찬가」는 헤르메스와 아폴론의 일화를 소개한다. 「디오니소스 찬가」는 디오니소스와 해적들의 일화를 소재로 하고 있다. 이 작품들은 다른 작품에 없는 이야기를 포함하고 있어서 전체 신화의 체

위대한 이야기 유산

계를 보완하는 데 중요한 자료가 된다. '찬가'들은 기원전 5세기에 창작된 것으로 보인다.[5]

신화를 소재로 한 비극으로는 아이스킬로스와 소포클레스, 에우리피데스의 작품들이 현재까지 전해진다. 세 작가는 기원전 525년경에서 406년경까지 활동한 것으로 알려져 있다. 아이스킬로스의 작품으로 남아 있는 것은 「페르사이」, 「테바이를 향한 7인」, 「케티데스」, 「묶인 프로메테우스」, 〈오레스테스 3부작〉이다. 〈오레스테스 3부작〉은 「아가멤논」, 「제주를 바치는 여인들」, 「에우리메니데스」를 말한다. 소포클레스의 작품으로는 「안티고네」, 「엘렉트라」, 「아이아스」, 「오이디푸스 티라노스」, 「트라키니아이」, 「필록테테스」, 「콜로노스의 오이디푸스」가 남아 있다. 에우리피데스의 작품은 19편이 전해지는데, 「히폴리토스」, 「미친 헤라클레스」, 「트로이아데스」, 「헬레네」, 「바카이」, 「아울리스의 이피게네이아」, 「키클롭스」 등이다.[6]

지금까지 그리스 작품을 살펴보았는데, 라틴어로 쓰인 몇몇 작품도 그리스·로마 신화의 고전으로 꼽힌다. 그중 베르길리우스의 『아이네이스』는 단연 뛰어난 작품이다. '아이네이아스의 노래'라는 뜻의 이 작품은 로마의 건국 신화이기도 한데, 트로이 전쟁 이후부터 로마 건국까지를 다루고 있다. 여신 아프로디테와 트로이 사람 안키세스의 아들 아이네이아스는 트로이 멸망 후 제2의 트로이를 건설하라는 신탁을 받고 가족과 추종자들을 데리고 아나톨리아를 떠난다. 아이네이아스 일행은 트로이를 떠난 후 카르타고 등을 떠돌며 7년 동안 방황하다 이탈리아 라티움에 상륙한다. 아이네이아스는 그곳의 왕 라티누스의 딸 라비니아와 결혼하여 새로운 도시 라비니움을 건설한다. 『아이네이스』는 호메로스 등이 이룩한 그리스 신화의 세계에 바탕하고 있지만 새로운 로마 신화를 만들어낸 작품이라 할 수 있다. 이 작품의 작가 베르길리우스는 이탈리아에서 최고 시인으로 대접받는다. 단테가 그의 작품 『신곡』에서 베르길리우스를 지옥과 연옥의 안내자로 선택한 이유도 『아이네이스』와 그 작가에 대한 존경을 표현하기 위해서였다. 이 작품은 호메로스의 작품과 비교해도 뒤지지 않는 뛰어난 장면 묘사를 보여주는데, 특히 아이네이아스가 가족을 데리고 무너지는 트로이를 탈출하는 장면에서는 최고의 비장미를 느낄 수 있다.

오비디우스의 『변신 이야기』는 제목 그대로 자유자재로 모습을 바꾸는 신들과, 그들의 사랑 혹은 분노 때문에 변해 버린 인간들의 이야기를 담고 있다. 전체 15장 128편의 에피소드로 구성된 재미있는 우화집이다. 작가 오비디우스는 베르길리우스와 같은 기원전 1세기 사람이다. 트로이권 서사시와는 겹치는 부분이 거의 없으며 나르시스, 박카스, 오르페우스, 에우로페, 이오, 미노타우르스, 다이달로스, 켄타우로스 등 익숙한 캐릭터들의 이야기가 다수 포함되어 있다. 『변신 이야기』의 신화들은 시대를 뛰어넘어 수많은 작가와 시인과 화가의 상상력을 자극하는 예술 창조의 원천이 되어왔다. 근대 이후 편집된 '그리스·로마 신화'가 가장 많이 빚지고 있는 책이기도 하다.[7]

이처럼 다양한 판본을 가지고 있기에 그리스·로마 신화 전체를 이해하기 위해서는 많은 텍스트를 섭렵해야 한다. 그래서 단순히 상식 차원에서 신화를 이해하려면 고전을 쉽게 편집한 현대물을 읽는 것이 편할 수노 있다. 이런 대중들의 요구를 만족시켜주는 텍스트도 여럿 존재한다. 그중 가장 널리 알려진 책은 19세기에 미국인 토마스 불핀치가 편집한 『그리스·로마 신화』이다. 이런 종류의 책들은 흥미 있는 에피소드 중심으로 대중들이 원하는 정보를 제공해 준다. 하지만 일관된 주제나 형식을 갖고 있지는 않다.

가벼운 흥미를 위해 편집된 최근의 텍스트와 달리 신화를 포함하고 있는 고전들은 인간의 삶에 대한 깊은 통찰을 담고 있다. 이들 서사시나 비극에도 신들이 등장하지만, 이야기의 중심은 인간이며 작가는 그들의 운명과 명예에 대해 말한다. 『일리아스』와 『오뒷세이아』 그리고 『아이네이스』가 고전으로 대접받는 이유는 단순히 신들과 영웅들을 다루고 있어서가 아니라, 그들을 통해 시대를 뛰어 넘는 문학적 감동을 전해주기 때문이다. 또, 「제주를 바치는 여인」, 「안티고네」, 「엘렉트라」가 지금도 무대에서 공연되는 이유는 이 작품들이 창조해낸 인물의 성격이 현대사회를 이해하는 데 여전히 유용하기 때문이다.

에게해 문명과 도시국가

지중해 문명은 아시아에 면한 동지중해 그중에서도 에게해 주변에서 시작되었다. 에게해는 서쪽으로 발칸 반도와 동쪽으로 아나톨리아 반도, 남쪽으로 크레타섬에 둘러싸인 지역이다. 북쪽으로는 흑해와 이어지고 남쪽으로는 북아프리카와 이어진다. 동쪽 해안을 따라서는 아시리아, 페니키아 등의 발전된 문명이 존재하였다. 수많은 섬이 징검다리처럼 이어진 에게해 지역에서는 오래전부터 무역과 교류가 활발히 이루어졌다. 에게해는 알파벳을 비롯한 동쪽의 선진 문명이 유럽으로 유입되는 통로 역할도 했다. 동쪽의 영향을 받아 꽃을 피운 에게해 문명은 이후 그리스 반도를 넘어 로마의 문화로 수용된다. 로마는 공화정과 제정을 거치는 동안 유럽 최고의 문화를 꽃피웠고 로마 문화는 이후 유럽을 지배하게 되는 게르만 문화에도 지대한 영향을 미쳤다. 에게해에서 시작된 헬레니즘 문화를 유럽 문화의 뿌리라고 부르는 이유가 여기에 있다.

에게해 문명은 트로이 문명, 미케네 문명, 미노아 문명을 함께 이르는 말이다. 트로이는 스카만데르 강 북쪽과 헬레스폰트 해협의 남쪽 어귀

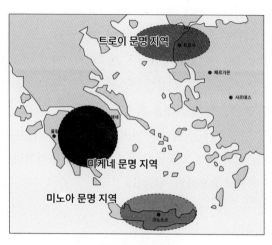

에게해 문명 지역

로부터 약 6.4km 떨어진 트로아스 평야에 있었다. 이곳은 지중해에서 흑해로 들어가는 해협의 길목이며 아나톨리아에서는 발칸 반도와 마주 보고 있는 지역이다. 이곳에 도시가 존재했다는 사실은 문학과 소문으로만 전해졌는데 유적 발굴을 통해 점차 사실로 밝혀지고 있다. 1870년대 슐리만이라는 독일인에 의해 최초의 발굴이 시작된 이후 여러 차례 도시 발굴이 이루어졌다. 하지만 사람들의 오랜 관심사 가운데 하나이자 호메로스 서사시의 사건 배경인 '트로이 전쟁'의 역사성에 대해서는 결정적인 증거를 찾아내지 못했다.[8]

트로이 문명의 배경지인 아나톨리아 지방은 다양한 문명의 흔적이 남아 있는 땅이다. 히타이트, 페르시아, 오스만 제국 등의 중심지였으며 메소포타미아를 비롯한 동방의 문화가 서쪽으로 이동하는 통로이기도 했다. 흑해를 사이에 두고 슬라브 문명과 마주하고 있으며 보스포루스 해협은 유럽과 아시아를 잇는 오래된 통로였다. 그리스 문명의 전성기 때 아

위대한 이야기 유산

나톨리아의 서쪽 지역에는 그리스인의 도시가 건설되었다. 이 도시들이 이루어낸 고대 문명을 이오니아 문명이라 부른다. 그리스 철학사에서 자주 언급되는 탈레스, 아낙시만드로스, 디오게네스, 피타고라스, 헤라클레이토스 등은 이오니아 도시 에페소스나 밀레토스 출신이다. 뛰어난 의사로 알려진 히포크라테스는 이오니아 지방의 코스 섬에서 태어났다. 이 글의 주인공이라 할 수 있는 호메로스 역시 이오니아에서 태어나 활동한 시인으로 알려져 있다.

아나톨리아가 넓은 평원과 풍부한 자원, 좋은 교류 환경을 갖고 있었던 데 비해 그리스의 자연환경은 척박했다. 그리스는 섬들로 이루어진 나라, 즉 바다에 떠 있는 섬과 '마른 땅 위의 섬'으로 이루어진 나라였다. 그리스의 도시국가는 약간의 경작지, 말이 뛰어다닐 두세 군데의 초원, 포도나무와 올리브나무 재배지, 염소와 양이 다니는 헐벗은 산, 들쭉날쭉한 해안 그리고 크고 작은 성벽으로 둘러싸여 있었다. 도시국가는 산과 바다로 가로막힌 작은 세계였다.[9] 이런 환경 때문에 그리스는 알렉산드로스 대왕 이전까지 통일된 정치체제로 묶이지 못했으며 강력한 왕권을 만들어내지 못했다.

최초의 그리스 문명은 미노아 문명이었다. 크레타섬 중심의 미노아 문명은 기원전 1200년경 미케네 문명에 의해 파괴되었다. 신화에서 아가멤논의 도시이기도 한 미케네는 흔히 청동기 시대 그리스를 이르는 말로 사용되기도 한다. 트로이권 서사시에서 트로이를 정복하기 위해 나서는 그리스 문명이 바로 이 미케네 문명이다. 미케네 문명과 미노아 문명의 관계는 신화에도 등장한다. 미노스 왕 관련 신화가 그것인데, 강력한 힘을 가진 크레타의 미노스 왕은 미케네가 조공을 바치지 않자 무력을 동원해 정벌하고 돌아온다. 시간이 지나고 인신 공물이 되어 크레타로 온 미케네의 테세우스는 미궁에 갇히지만, 괴물 미노타우로스를 무찌르고 미궁에서 탈출한다. 미노타우로스는 미노스 왕의 아내 파시파에의 아들이다. 이 신화는 테세우스가 괴물을 퇴치한 이야기이지만 미노스와 미케네의 관계가 역전되었음을 보여주는 이야기로도 해석된다.[10]

서사시에 묘사된 그대로의 트로이 전쟁이 존재했는지는 확인하기 어렵지만, 당시 에게해 지역에서 무역과 분쟁이 끊이지 않았으리라는 사실은 분명하다. 에게해 전역에서 발견되는 청동기 문화의 흔적이 이에 대한 증거이다. 지중해에서 청동기 시대 후기의 유물이 발견된 범위는 그리스 본토의 주요한 궁전터는 물론, 동쪽과 남쪽으로 크레타와 키프로스를 포함한 에게해의 여러 섬, 그리고 아나톨리아 해안지역과 동부 지중해 연안까지 널리 퍼져 있다. 서쪽으로는 시칠리아와 사르데냐, 그리고 이탈리아 일부 지역까지 포함한다. 발굴을 통해 드러나는 교역의 정도는 시기에 따라 얼마간의 질적·양적인 변화를 보여준다. 이러한 교역은 기원전 12세기 미케네 청동기 문명의 몰락과 함께 교역로가 거의 단절될 때까지 유지되었다.[11] 무역 등의 교류가 활발했던 만큼 전쟁이 발발할 만한 조건은 충분히 갖추어져 있었던 셈이다.

트로이에서 대규모 군사적 충돌이 있었다고 해도 그것은 이민족 간의 국제전이라기보다 같은 민족의 계통에서 발발한 내전이었을 것이다. 청동기 시대 그리스인과 트로이인 사이에는 이민족이라는 의식이 희박했으며 문화적으로도 이질적이지 않았던 것으로 보인다.[12] 더 미래의 일이지만 그리스 안에서도 아테네와 스파르타를 맹주로 하는 전쟁이 오랫동안 지속된 바 있다. 흔히 사용하는 트로이 전쟁이라는 용어는 그리 객관적이라 보기 어렵다. 미케네 중심의 연합군이 일방적으로 트로이 성을 공격한 것이므로 침략이라 부르는 것이 적절하다. 침략이라 부르기도 민망한 일방적인 해적질에 지나지 않았을 가능성도 있다. 물론 어떻게 보든 충돌이 갖는 의미가 줄어들지는 않는다. 고대사에 한정할 경우 전쟁이나 침략 심지어 해적질까지도 무역의 하나였기 때문이다.

이처럼 그리스의 청동기 문화는 역사 기록이 아니라 고고학적 유물을 통해 그 실체를 확인해야 한다. 바다에서 건져낸 그릇이나 전쟁에 사용되었던 무기들이 가장 흔한 유물들이다. 다행히 그릇에는 전쟁과 관련된 다양한 그림이 새겨져 있기도 하다. 이런 파편적인 자료만이 존재하는 상황에서 호메로스의 서사시는 당시의 문화를 이해할 수 있는 매우 중요한 유산이라 할 수 있다.[13]

영웅들의 운명

학자들은 『일리아스』는 기원전 750년에서 730년 사이 쓰인 것으로, 『오뒷세이아』는 그보다 한 세대 후인 기원전 730년에서 700년 사이에 쓰인 것으로, 추정한다. 하지만, 그 추정에 그렇게 탄탄한 근거가 있는 것은 아니다.[14] 호메로스 이전인 기원전 780년쯤 알파벳의 발명과 동시에 천재적인 한 가인이 파피루스에 기록한 것이라는 설이나 한참 뒤인 기원전 6세기 후반에나 문서화 되었다는 주장도 있다. 게다가 현재 우리가 읽는 『일리아스』와 『오뒷세이아』의 텍스트는 고대 그리스 원본의 중세 필사본이다.

아나톨리아 이오니아 지방의 음유시인으로 알려진 호메로스에 대해서도 정확한 기록이 남아 있지 않다. 그가 실제 저자인지에 대해서도 논란이 많다. 떠돌던 이야기를 집대성한 인물이라는 설과 단지 서사시를 읊던 여러 음유시인 중 한 사람이었다는 설이 공존한다. 최소한 두 편 모두를 쓴 작가는 아닐 것이라는 주장도 있다. 실제로 두 작품의 창작 시기는 길게 보면 50년 정도의 차이가 있고, 작품의 성격도 다른 면이 많다.『일리아스』는 신과 인간의 행동을 그리는 데 있어 관점이 다면적이고 선악 구분이 뚜렷하지 않다. 이와 달리 『오뒷세이아』는 도덕 문제가 단순하여 선악이나 옳고 그름의 구별이 명확하다.

저자 문제와 무관하게 두 서사시는 많은 그리스·로마 관련 텍스트 중에서도 단연 우수한 작품으로 꼽힌다. 이 작품들은 무엇보다 이상적이면서도 현실적인 인물로 감동을 준다. 독특한 개성을 지닌 인물을 통해 인간 감정의 보편성을 드러내고 어떤 조건에서도 굴하지 않는 인간 의지의 위대함을 보여준다. 긴 분량에도 불구하고 잘 짜인 구조를 갖추었다는 점도 작품의 가치를 높여준다. 긴 시간의 이야기를 짧은 현재 시간에 녹여내는 기술은 현대 소설의 플롯 못지않게 우수하다. 이는 단편적인 일화들로 자연을 설명하거나 인간의 삶을 경계하는 여타 신화들과는 다른 면이다.

『일리아스』와 『오뒷세이아』에서 운명은 한 인간의 삶 전체를 의미한다. 고대 그리스인들에게 운명은 각자에게 주어진 '몫'이라는 의미를 가지고 있었다. 그들은 모든 인간은 각자에게 주어진 운명에 따라 그 만큼의 삶을 살 수밖에 없다고 생각했다. 이는 자칫 비관적인 의미의 '운명론'으로 흐를 수도 있었지만, 그리스 서사시에서는 현실을 긍정하는 능동적인 태도로 나타난다. 주어진 운명에 좌절하기보다는 거기에 정면으로 부딪쳐 실제 결과를 확인하는 것이 서사시 영웅들의 태도였다. 삶에 대한 이러한 인식은 현재에도 유효한 교훈을 담고 있다. 어느 시대든 인간은 각기 고유한 삶의 과정을 겪는다. 서로 비슷한 시간과 공간을 살더라고 개인이 경험하는 세계는 다르며 누구도 다른 이의 삶을 대신해 줄 수 없다. 자신이 처한 삶에 저항하기도 하지만 결국 따라야 하는 것이 모든 인간의 운명이다. 비록 그 과정에 수많은 선택의 가능성이 존재한다 하더라도 '결정적' 선택 앞에서는 운명이 가장 큰 힘을 발휘한다.

트로이 전쟁에 말려든 인물들은 각자 자기 운명 안에서 최선을 다해

위대한 이야기 유산

살다 죽음을 맞는다. 신들의 질투에서 시작된 전쟁은 트로이 전체의 비극으로 확대된다. 헬레네와 도주해온 파리스의 행위 때문에 죄 없는 사람들이 전쟁에 휘말리는 것이다. 그렇다면 큰 잘못도 없이 이 전쟁에 참여하게 된 사람들은 억울할 만도 한다. 하지만 호메로스의 영웅들은 자신들이 마주한 운명을 피하지 않는다. 그들은 의롭지 못한 일에는 분노하고 친구나 가족을 위해 목숨을 건 복수를 마다하지 않는다. 운명이라면 죽음마저 두려워하지 않고 당당히 그것을 받아들인다. 겉으로 볼 때 영웅은 인간과 대결하는 것 같지만 실제로는 그보다 큰 운명과 대결한다.

이런 운명은 신들에게도 주어져 있다. 그리스의 신들은 각자 고유한 몫을 가지고 있으며 그에 따른 기능 즉 운명을 따라야 한다.[15] 그들은 평범한 인간들처럼 질투하고 시기하며 음모를 꾸미기를 좋아한다. 신들이 인간보다 더 나약하고 비루한 모습을 보일 때도 많다. 때로 신들은 인간에게 해를 당하기도 한다. 예를 들어, 위기에 처한 아이네이아스를 싸움터에서 끌고 나가던 아프로디테는 용감무쌍한 디오메데스의 창에 찔린다. 또 신들은 다른 신들의 결정을 막을 수 없다. 신이 인간에게 준 능력이나 저주는 다른 신이 회수할 수 없기에 새로운 능력이나 저주를 주어서 상쇄해야 한다. 신들도 자기 몫의 능력만을 발휘하는 셈이다.

방대한 서사시의 내용을 모두 살펴보는 것은 한정된 지면에서 쉽지 않은 일이다. 현대 독자에게도 영감을 줄 만한 주요 인물들을 중심으로 작품의 내용을 정리해 보다. 다음은 『일리아스』의 시작 부분이다.

> 노래하소서, 여신이여! 펠레우스의 아들 아킬레우스의 분노를
> 아카이오이 족에게 헤아릴 수 없이 많은 고통을 가져다주었으며
> 숱한 영웅들의 굳센 혼백들을 하데스에게 보내고
> 그들 자신은 개들과 온갖 새들의 먹이가 되게 한

그 잔혹한 분노를! 인간들의 왕인 아르테우스의 아들과

고귀한 아킬레우스가 처음에 서로 다투고 갈라선 그날부터

이렇듯 제우스의 뜻은 이루어졌도다.　　　(일:1권, 1~7행)

위 예문에서 서술자는 이제부터 아킬레우스의 분노를 노래하자고 말한다. 제우스의 뜻이 이루어진 과거의 사건을 노래를 통해 함께 즐기자는 것이다. 과거 문학이 가진 제의적이고 집단적인 성격을 확인할 수 있는 부분이다.

호메로스의 서사시는 현대 문학 장르의 여러 특징을 두루 포함하고 있다. 재미있는 이야기이면서 시이고 훌륭한 연극이다. 운문의 형식은 암송을 원활하게 하며, 독자의 감정을 자극하여 격정적으로 만드는 효과를 낸다. 그러면서도 각 권(두 작품 모두 24권으로 구성되어 있다.)은 한 편의 연극처럼 극적이다. 각 권은 하나의 사건에 집중하여 중심 갈등을 분명히 부각한다. 물론 작품을 하나로 통일하는 요소는 전체를 관통하는 일관된 서사이다. 그런데 그 서사는 새롭게 쓰인 것이 아니라 독자들이 이미 잘 알고 있는 신화에서 온 것이다. 트로이 전쟁의 중심 서사는 『일리아스』나 『오뒷세이아』에서 새롭게 창작된 것은 아니었다.

두 작품의 내용을 요약하면 이렇다. 『일리아스』는 원정군이 트로이에 도착한 지 9년째의 어느 날 부대에 역병이 도는 것으로 시작한다. 신의 노여움을 달래기 위해 그리스군의 대장 아가멤논은 전리품으로 얻은 여인을 놓아주게 된다. 자신의 전리품을 빼앗긴 데 화가 난 아가멤논은 아킬레우스가 전리품으로 취한 여인을 빼앗는다. 이 부당한 조치에 화가 난 아킬레우스는 전투에 나서지 않을 것을 선언한다. 이후 그리스군은 가장 용맹한 장군 없이 여러 날 전투를 치르게 되고, 헥토르가 이끄는 트로이 군에게 패배한다. 아킬레우스 없이는 결코 트로이를 정복할 수 없다는 것을

그리스군 모두가 알지만 아무도 그의 분노를 가라앉히지 못한다. 하지만 친구인 파트로클로스가 헥토르에 의해 전사하자 아킬레우스는 다시 전투에 참가하고, 파트로클로스를 죽인 헥토르에게 복수한다. 여전히 분노한 그는 헥토르의 시체를 마차에 매달고 성 주위를 도는 부도덕한 행동을 한다. 모욕당한 아들의 시신을 찾기 위해 그날 밤 헥토르의 아버지이자 트로이의 왕인 프리아모스가 아킬레우스를 찾아온다. 아들의 시신을 찾아온 프리아모스가 아들의 장례를 준비하는 것으로 작품은 마무리된다.

『오뒷세이아』는 트로이를 멸망시키고 고향 이타케로 돌아가는 오디세우스의 고난을 다룬다. 그의 귀향 역시 신들의 의지에 따라 정해진다. 모험 과정에서 오디세우스는 지옥을 방문하여 자신의 운명을 알아보는데, 그 과정에서 트로이 전쟁으로 숨진 영웅들을 만나기도 한다. 전쟁으로 십 년, 지중해에서 떠도는 시간 십 년을 합해 이십 년 동안 돌아오지 않는 오디세우스를 기다리던 아들 텔레마코스와 아내 페넬로페의 이야기 역시 큰 비중을 차지한다. 텔레마코스는 아버지의 생사를 확인하기 위해 『일리아스』에도 등장하는 필로스의 네스토르와 스파르타의 메넬라오스를 찾아가 만난다. 페넬로페는 자신과 결혼하겠다고 몰려온 구혼자들의 요구에 시달린다. 온갖 모험 끝에 집으로 돌아온 오디세우스가 페넬로페와 결혼을 요구하며 성을 유린한 구혼자들을 살해하는 것으로 이야기는 마무리된다.

『일리아스』가 트로이 목마 이전 이야기라면 『오뒷세이아』는 트로이 목마 이후 이야기이다. 『오뒷세이아』의 주인공들은 신이 정해준 운명을 거역하지는 못하지만, 비극적 죽음을 맞지도 않는다. 오디세우스는 온갖 유혹을 거부하고 가족으로 돌아가고자 하는 가장이며, 결국 그 목적을 이룬다. 텔레마코스를 중심으로 볼 때 이 작품은 성장 서사의 성격도 가지고 있다. 신의를 지킨 하인들을 칭찬하고 약속을 지키지 않는 부하들을 처벌한다는 점에서 권선징악의 요소도 포함하고 있다.

아킬레우스와 헥토르

앞서 보았듯 『일리아스』는 그리스군의 용맹한 장수 아킬레우스의 분노에서 시작한다. 이후 서사는 이 분노가 어떻게 해소될 계획이었는지, 어쩌다가 방향을 틀게 되었는지, 결국 어떻게 해소되었는지를 다룬다. 그 분노의 결과는 그리스군과 트로이군의 엄청난 희생이다. 그리고 분노의 당사자인 아킬레우스의 죽음이다. 단순하게 말하자면 『일리아스』는 아킬레우스의 죽음을 향하여 달려가는 서사인 셈이다. 그러나 이 죽음은 『일리아스』 내에서 실현되지는 않는다. 영웅이 죽는 모습을 보여주는 것이 시인의 목적은 아니었기 때문이다. 호메로스는 죽음이라는 운명 앞에 선 인간 일반의 모습, 죽음 앞에서도 여전히 계속되는 인간의 삶을 주제로 삼는다.

> 나의 어머니 은족의 여신 테티스께서 내게 말씀하시기를,
> 두 가지 상반된 죽음의 운명이 나를 죽음의 종말로 인도할
> 것이라고 하였소. 내가 이곳에 머물러 트로이아인들의 도시를
> 포위한다면 고향으로 돌아가는 길은 막힐 것이나 내 명성은
> 불멸할 것이오. 하나 내가 사랑하는 고향 땅으로 돌아간다면
> 나의 높은 명성은 사라질 것이나 내 수명은 길어지고
> 죽음의 종말이 나를 일찍 찾아오지는 않을 것이오.

> (일:9권, 400~416행)

호메로스는 인간이라는 명사 앞에 자주 '필멸의'라는 형용사를 사용

위대한 이야기 유산

한다. 이를 통해 신들이 불멸인 데 비해 인간은 어차피 죽을 수밖에 없는 운명을 타고났음을 강조한다. 아킬레우스 역시 인간인 한 죽을 운명을 타고났다. 위에서 확인할 수 있듯 그에게 주어진 죽음은 두 가지 중 하나이다. 트로이아인들과 전투를 벌이다 명성을 얻고 일찍 죽는 길과 고향으로 돌아가 천수를 누리고 평범하게 죽는 길이다. 이런 두 가지 상반된 죽음 사이에서 갈등하던 아킬레우스가 어떤 죽음을 선택하게 될지는 분명하다. 그는 범부들처럼 목숨에 연연하지 않는다.

아킬레우스의 이 선택은 고대 그리스의 영웅관을 잘 보여준다. 아킬레우스를 비롯한 영웅들이 보여주는 가장 큰 미덕은 탁월함(arete)과 명예/명성(aidōs)이다. 전쟁터에서의 탁월함은 무엇보다 무공이다. 개별적인 전투 역량은 주변에서 찬탄하는 능력이며 영웅을 영웅이게 하는 요소이다. 그리고 그것은 때로 도덕적인 것과 무관하다. 호메로스 서사시 이전의 영웅인 헤라클레스, 페르세우스, 테세우스 역시 무공을 통해 자신이 영웅임을 드러낸 인물들이다. 평소 굳센 의지로 훈련하는 것도 중요하지만 영웅은 전투에서 뛰어난 전과를 올려야 한다. 결과가 중요하기 때문에 신들의 도움을 받는다고 해도 전혀 문제가 되지 않는다. 물론 호메로스 영웅이 싸움 솜씨만을 갖춘 것은 아니다. 말 잘하는 능력도 중요한 덕목으로 꼽힌다. 그들은 지혜도 무공 못지않게 중요하다고 생각했다.

신들이 보여주는 관심 혹은 부여된 운명도 영웅에게는 중요하다. 그리스군 장군들의 서열을 보아도 이는 쉽게 확인할 수 있다. 아킬레우스를 제외한다면 그리스 측에서 가장 용맹한 장수는 아이아스와 디오메데스다. 아이아스는 헥토르와의 싸움에서도 밀리지 않았고 한 번의 부상도 당하지 않는다. 디오메데스는 수많은 전투에 참여하여 무수한 전공을 거둔다. 그럼에도 그들은 약간의 무공과 뛰어난 지혜를 가진 오디세우스보다 높이 평가되지 않는다. 그들에게는 운명에 의해 결정지어진 무엇이 없기 때문이다. 트로이의 장군 아이네이아스는 무공으로는 특출난 능력이 없어 보이지만 아프로디테의 아들이라는 점 때문에 신들과 인간의 높은 관심을 받는다.

이런 점을 고려하면 『일리아스』의 주인공은 아킬레우스와 헥토르이다. 둘은 모두 자신에게 닥칠 죽음을 알고 그 운명을 기꺼이 받아들이는 인물들이며 무엇보다 명예(aidōs)로운 인물들이다. 그들은 뛰어난 무공으로 상대방 장수들을 압도한다. 무공을 사용하는 데서도 그들은 명예롭다. 둘은 자신의 만족을 위해서가 아니라 자기 외의 다른 무엇을 위해 무공을 사용한다. 아킬레우스는 친구이자 시종인 파트로클로스의 죽음 이후 새로운 무구를 갖추고 전투에 임한다. 헥토르의 경우는 더 말할 것도 없다. 앞서 말한 대로 이 전쟁은 헬레네를 트로이로 데리고 온 그의 동생 파리스 때문에 시작되었다. 헥토르는 어쩔 수 없이 자신이 모든 짐을 져야 한다고 생각한다.

> 투구를 번쩍이는 위대한 헥토르가 그녀에게 대답했다.
> 난들 어찌 그런 모든 일들이 염려가 안 되겠소, 여보!
> 하지만 내가 만일 겁쟁이 모양 싸움터에서 물러선다면
> 트로이아인들과 옷자락을 끄는 트로이아 여인들을 볼 낯이
> 없을 것이오. 그리고 내 마음도 이를 용납하지 않소. 니는 인제나
> 용감하게 트로이아인들의 선두대열에 서서 싸우며 아버지의
> 위대한 명성과 내 자신의 명성을 지키도록 배웠기 때문이오.
> 나는 물론 마음속으로 잘 알고 있소.
> 언젠가는 신성한 일리오스와 훌륭한 물푸레나무 창의
> 프리아모스와 그의 백성들이 멸망할 날이 오리라는 것을
> 그러나 트로이아인들이 나중에 당하게 될 고통도,

아니 헤카베 자신과 프리아모스 왕과 그리고 적군에 의해
먼지 속에 쓰러지게 될 수많은 용감한 형제들의 고통도,
청동 갑옷을 입은 아카이오이 족 가운데 누군가 눈물을 흘리는
당신을 끌고 가며 당신에게 자유의 날을 빼앗을 때
당신이 당하게 될 고통만큼 내 마음을 아프게 하지는 않소.

(일:6권, 440~455행)

헥토르 역시 전쟁에서 죽게 될 자신의 운명을 알고 있다. 아킬레우스가 그랬듯 헥토르 역시 피할 수 없는 죽음을 두려워하기보다는 죽는 순간까지 어떻게 명성을 유지할 수 있을지를 생각한다. 위 예문은 헥토르가 잠시 전투가 소강상태일 때 성으로 들어와 아내 안드로마케를 만나는 장면이다. 그는 걱정하는 아내에게 현재의 심리 상태를 들려준다. 자신은 싸움터에서 명성을 지키도록 배웠기에 물러날 수 없다고 분명히 밝힌다. 자기만 돌보면 되는 아킬레우스와 달리 헥토르는 트로이의 운명에 대해 걱정하는 모습을 보인다. 도시의 멸망은 물론 자신이 보호해야 할 사람들의 불행에 대해서도 말한다. 그중에서도 헥토르에게 가장 뼈아픈 것은 승자에게 전리품으로 주어질 아내의 운명이다. 위 예문에서 보듯 아내를 향한 헥토르의 사랑과 연민은 영웅의 탁월함과 명예보다 더 감동적이다. 트로이가 멸망하자 헥토르의 예상대로 안드로마케는 적의 전리품이 되는데, 그녀의 불행은 이후 『아이네이스』와 그리스 비극의 소재가 된다.

그러나 실제로 가장 비참한 운명을 맞는 인물은 헥토르 자신이다. 아킬레우스는 헥토르의 시체를 수습하여 두 발의 뒤쪽 힘줄을 뒤꿈치에서 복사뼈까지 뚫고 그 사이로 소가죽 끈을 꿰어서 전차에 매단다. 죽은 용사의 머리가 전차 뒤에서 끌려오도록 해 놓은 채로 말을 몰아 성 안팎의 사람들이 볼 수 있도록 한다. 먼지투성이가 된 채 모욕당한 헥토르의 시

체를 그의 어머니를 비롯한 트로이 사람들이 보게 되는 것이다. 아무리 전쟁 상황이지만 이 장면에서 트로이 사람들과 독자들은 참담한 감정을 함께 느끼게 된다. 신들 역시 '아킬레우스는 동정심도 수치심도 없는 자'라며 그의 행위를 비난한다.

헥토르의 죽음은 『일리아스』를 통틀어 독자에게 가장 강렬한 인상을 남기는 장면이다. 독자들은 그의 어머니와 아버지가 죽은 아들을 대하는 태도에서 슬픔 이상의 감동을 느낀다. 그리고 아내 안드로마케와 트로이 사람들의 운명을 생각하게 된다. 아킬레우스의 분노는 영웅적일 수 있지만, 공감을 느끼기에는 너무 위대하다. 아킬레우스 이야기와 달리 헥토르 이야기는 여전히 문학적이다. 헥토르에 대한 프리아모스의 애정도 『일리아스』에서는 빼놓을 수 없다. 가장 사랑하는 아들을 먼저 보내고, 그 시신이 마차에 끌려 참혹하게 학대당하는 모습까지 봐야 하는 아버지의 찢어지는 가슴이 작품에 잘 표현되어 있다. 작품 첫 부분에서는 아킬레우스의 분노가 주제였지만 실제 작품을 다 읽고 머리에 남는 것은 헥토르의 안타까운 죽음과 늙은 아버지 프리아모스의 가련한 모습이다. (이에 대해서는 뒤에 다시 다룬다.)

텔레마코스와 오디세우스

『오뒷세이아』에서 다루고 있는 현재 시간도 그리 길지 않다. 오디세우스가 칼립소의 섬에서 탈출하여 고향 이타케[16]에 돌아오는 며칠 동안의 시간이 배경이다. 트로이가 멸망한 후 흐른 10년 동안 그가 겪었던 일은 대부분 회상을 통해 서술된다. 주로 오디세우스가 파이아케스 족 나우시카아의 아버지 알키노오스에게 모험담을 들려주는 형식이다. 서사시 전체는 『일리아스』와 마찬가지로 24권으로 나뉘어 있다. 순서대로 내용을 정리하면 1권에서 4권까지는 텔레마코스의 모험담, 5장에서 12장까지는 오디세우스의 모험담, 그 이후는 귀향과 복수 이야기이다.

이 작품에서도 신은 인간의 운명을 결정한다. 하지만 『일리아스』에 비해 신들이 인간의 삶에 개입하는 정도는 현저히 낮아진다. 작품의 서두에는 인간의 운명을 신들이 모두 결정하지는 않는다는 말이 나온다.

> 아아, 인간들은 걸핏하면 신들을 탓하곤 하지요.
> 그들은 재앙이 우리에게서 비롯된다고 하지만 사실은 그들 자신의
> 못된 짓으로 정해진 몫 이상의 고통을 당하는 것이오.
> 아이기스토스만 하더라도 귀향하던 아트레우스의 아들을 죽이고
> 정해진 몫을 넘어 아가멤논의 아내와 결혼까지 했소!
> 그것이 자신의 갑작스런 파멸이 될 줄 알면서도 말이오.
> 우리는 훌륭한 정탐꾼인 아르고스의 살해자 헤르메스를 보내
> 오레스테스가 성년이 되어 고향 땅을 그리워하게 되면
> 아트레우스의 아들을 살해한 데 대해 복수하게 될 것이니
> 그를 죽이지도, 그의 아내에게 구혼하지도 말라고 미리 일러주었소.
> 하지만 이런 호의적인 말로도 헤르메스는 아이기스토스의 마음을
> 돌리지 못했고, 아이기스토스는 결국 모든 것을 다 잃고 말았소.
>
> (오:1권, 32~43행)

시를 요약하면, 인간의 운명에 대해 모든 책임이 신에게 있는 것처럼 말하지만 사실 인간은 인간의 못된 짓으로 고통을 당한다는 내용이다. 아트레우스의 비극을 예로 드는 것도 재미있다. 그 집안의 비극은 경고를 무시하고 신에게 도전한 데서 시작한다. 오디세우스가 십 년 동안 지중해를 떠돌게 된 이유도 신들의 장난 때문만은 아니다. 그는 귀향 도중 포세

이돈의 아들인 키클롭스를 눈멀게 했다. 이에 포세이돈은 오디세우스의 귀향을 방해한다. 자식을 해코지한 인간의 귀향 시간을 조금 늦춘 것은 신으로서는 관대한 처사일 수 있다. 앞서 보았듯 『일리아스』에서 아킬레우스나 헥토르의 운명은 이미 정해진 것이지 그들의 책임은 아니었다.

텔레마코스나 페넬로페 이야기에서 신이 차지하는 비중은 더 적다. 아테나가 멘토르[17]로 변하여 텔레마코스의 항해를 돕지만, 그녀도 본격적인 갈등 상황에 개입하지는 않는다. 특히 무례한 구혼자들과의 갈등은 오디세우스가 성으로 돌아올 때까지 방조된다. 그 과정에서 텔레마코스와 페넬로페가 큰 고통을 당하는 것은 물론이다. 텔레마코스나 페넬로페는 작품이 결말에 다다를 때까지 자신의 운명에 대해 전혀 알지 못한다. 가장의 생사에 대한 확실한 정보를 얻지 못해 조바심하며 많은 시간을 보낸다.

생각해보면 오디세우스의 귀향은 트로이 전쟁과 비교할 만큼 큰 사건이 아니다. 비록 귀향 중에 여러 괴물을 만나고 풍랑 등의 고난을 겪지만 『오뒷세이아』에서 트로이 전쟁의 장엄함을 발견하기는 어렵다. 대신 오디세우스에게는 가장의 미덕과 지혜로운 자의 미덕이 충만하다. 그는 힘보다는 지략을 구사하는 영웅이고 어떠한 상황에서도 냉정함을 잃지 않는 자기 절제와 합리적 사고의 표상이다. 임기응변에 능하고 필요에 따라 상황을 변화시킬 줄 아는 융통성과 응용력을 가진 영웅이기도 하다.[18] 또, 오디세우스는 아내 페넬로페와 아들 텔레마코스에 대한 힌걸같은 사랑을 간직하고 있는 인물이다.

귀향 과정에서 오디세우스가 가장 오래 머문 곳은 낙원과도 같은 칼립소 섬이다. 하지만 오디세우스는 그곳에서도 영원히 머물려 하지 않는다. 그가 떠나려 하자 칼립소는 그에게 불멸을 약속하며 섬에 남으라고 설득한다. 그녀는 매우 아름다운 여인이었고 오디세우스에 대한 그녀의 사랑은 충분히 믿을만했다. 칼립소는 고향에 닿기 전에 그가 얼마나 많은 고생을 해야 하는지 보여주어 그의 의지를 꺾으려고도 해 본다. 하지만 오디세우스는 페넬로페가 생김새와 키에서 그만 못하다 해도, 필멸이어도, 고난이 기다리고 있어도 돌아갈 것이라고 단호하게 대답한다. 가족에 대한 것이든 고향에 대한 것이든 오디세우스의 반응은 매우 인상적이다. 마녀 키르케의 섬에 일 년간 잡혀 있었을 때도 같은 일이 벌어졌었다. 칼립소 섬에서 빠져나온 오디세우스는 파이아케스족의 나라에 이르고, 빨래하러 강가에 나온 나우시카아에 의해 발견된다. 이 섬에서도 오디세우스는 고향으로 돌아갈 생각만 한다.

칼립소의 섬에 이르기 전에 겪은 모험 중 가장 잘 알려진 일화는 '세이렌의 노래'이다.

> 그녀는 먼저 우리더러 놀라운 세이렌 자매의 목소리와
> 그들의 꽃이 핀 풀밭은 피하라고 명령했소. 그리고 그녀는
> 오직 나만이 그들의 목소리를 들으라고 했소. 그러니 그대들은
> 돛대를 고정하는 나무통에 똑바로 선 채 그 자리에서 꼼짝하지
> 못하도록 나를 고통스런 밧줄로 묶되 돛대에다 밧줄의 끄트머리들을
> 매시오. 그리고 내가 그대들에게 풀어달라고 애원하거나 명령하거든
> 그때는 그대들이 더 많은 밧줄로 나를 꽁꽁 묶으시오.
>
> (오:12권, 154~164행)

세이렌은 아름다운 목소리로 선원들을 꾀어 배를 난파하게 만든다는 바다 요정이다. 그녀들을 만나지 않는 것이 최선이지만 만약 만나게 된다면 그녀들의 목소리를 듣지 말아야 한다. 마녀 키르케가 오디세우스 일행에게 알려준 방법 역시 크게 다르지 않다. 세이렌의 소리를 듣지 않

기 위해 선원들은 밀랍으로 귀를 막고 편안하게 바다를 지난다. 그런데 위에서 보듯 유독 오디세우스만은 귀를 막지 않고 세이렌의 소리를 들으려 한다. 대신 목소리를 듣고도 이성을 잃지 않기 위해 선원들에게 자신을 돛대에 묶어두라고 명령한다. 이런 그의 모험은 성공을 거두어 일행은 아무 탈 없이 세이렌의 위험에서 벗어날 수 있었다.

오디세우스의 이런 행동은 겉으로 보기에는 매우 기이하다. 그는 선원들과 함께 귀를 막고 안전하게 세이렌의 바다를 건널 수도 있었다. 그런데도 굳이 복잡하게 선원들을 동원해 고통을 감수한다. 이를 통해 그는 다른 선원들과 차별되는 지위를 얻는다. 그는 고통을 견뎌냄으로써 세이렌의 목소리를 듣고도 살아난 유일한 인간이 되는 동시에 세이렌의 목소리를 아는 특별한 사람이 될 수 있었기 때문이다. 이는 경험의 독점인 동시에 정보의 독점이다. 비록 선원들의 도움을 받았지만, 세이렌과 관련해서는 아무도 오디세우스보다 우위에 설 수 없게 된다. 오디세우스가 세이렌의 목소리를 견뎌내는 방식은 사회나 조직의 위계가 결정되는 과정과 유사한 면이 있다.

이타케로 돌아오는 오디세우스의 항해 중 키클롭스의 섬에서 발생한 사건 역시 현재까지 자주 인용되는 일화이다. 섬에서 염소사냥을 하던 오디세우스 일행은 외눈 거인 키클롭스의 동굴에 갇혀 목숨의 위협을 받는다. 하지만 지혜로운 오디세우스는 키클롭스에게 포도주를 먹이고 하나뿐인 그의 눈을 멀게 해 간신히 탈출에 성공한다. 이때 오디세우스는 키클롭스에게 자신의 이름을 '아무도 아니'라고 거짓으로 알려주어 다른 키클롭스들의 추격을 피한다. 누가 너의 눈을 찔렀느냐는 동료들의 질문에 키클롭스는 '아무도 아니'라고 답할 수밖에 없었기 때문이다. 이밖에도 오디세우스는 스퀼라, 카립디스, 헬이오스의 소라는 위협을 헤쳐 나간다.

귀향을 늦어지게 만드는 다른 사건도 있었다. 아이올리에 섬의 힙포

위대한 이야기 유산

테스의 아들 아이올로스는 황소 가죽에 바람을 담아 오디세우스에게 선물한다. 항해에 방해가 될 바람들을 가두어 둔 부대인데, 오디세우스가 잠든 사이 선원들은 그 가죽 부대 안에 황금과 은이 가득 들었을지도 모른다고 생각하여 매듭을 풀고 만다. 그러자 온갖 바람이 밖으로 퍼져 나와 고향 근처까지 이른 그들을 먼 바다로 날려 버린다. 다시 아이올로스 섬에 이르지만 힙포테스는 수치스러운 자들이라고 오디세우스와 선원들을 도와주지 않는다. 이 장의 서두에서 말한 대로 이 사건 역시 신들의 결정이 아니라 인간의 어리석음 때문에 발생한다. 인간의 탐욕과 욕심이 고난의 원인이다.

오디세우스는 자신의 미래를 알기 위해 저승을 방문한다. 예언자 테이레시아스를 만나기 위해서이다. 그곳에서 다른 죽은 영웅들도 만난다. 오디세우스를 만난 아가멤논은 자신의 억울한 죽음에 대해 하소연한다. 이어서 아킬레우스, 파트로클로스, 안틸로코스, 아이아스의 혼백을 만난다. 텔라몬의 아들 아이아스의 혼백은 아킬레우스의 무구를 둘러싼 재판

＊**오이디푸스 신화** 테베의 왕 라이오스는 아들에게 살해될 것이라는 신탁을 듣고 아들을 키타이론 산에 버린다. 아이는 한 목동에게 발견되었고, 코린토스 왕의 양자가 되어 자라난다. 청년이 되어 델포이를 방문한 그는 자신이 아버지를 죽이고 어머니와 결혼하게 될 운명을 갖고 태어났다는 것을 알게 된다. 그는 다시는 코린토스로 돌아오지 않겠다는 결심으로 방랑의 길에 오른다. 테베로 가던 중 만난 라이오스가 싸움을 걸어오자 오이디푸스는 라이오스를 죽이게 된다. 여행을 계속하던 중 그는 스핑크스의 수수께끼를 풀어 테베 사람들의 걱정을 해결해준다. 이에 대한 보상으로 그는 테베의 왕이 되었으며 미망인이 된 왕비 이오카스테와 결혼한다. 그들은 에레오클레스, 폴리네이케스, 안티고네, 이스메네 등 4명의 자식을 낳는다. 이후 예언자 테이레시아스 등에 의해 집안의 진실이 밝혀지자 이오카스테는 자살하고 오이디푸스는 자신의 눈을 찌르고 방랑자가 된다. 이후 테베 왕의 자리를 두고 벌어지는 집안의 갈등은 자식들에게까지 이어진다.

이후 원한을 품고 있어 오디세우스에게 눈길을 주지 않는다.

다음에 볼 일화는 유명한 '페넬로페의 베 짜기'이다.

> 젊은이들이여, 나의 구혼자들이여! 고귀한 오디세우스가 돌아가셨
> 으니
> 그대들은 내가 겉옷 하나를 완성할 때까지 나와의 결혼을
> 재촉하지 말고 기다려주시오. 쓸데없이 실을 망치고 싶지 않으니
> 까요.
> 나는 사람을 길게 뉘는 죽음의 파멸을 가져다주는 운명이 그분께
> 닥칠 때를 대비해 영웅 라에르테스를 위해 수의를 짜두려 하오.
>
> (오:2권, 96~100행)

구혼자들의 성화에 지친 오디세우스의 아내 페넬로페는 한가지 꾀를 낸다. 구혼자들에게 시아버지인 라에르테스의 수의를 짤 때까지는 결정을 미루겠다고 선언하는 것이다. 그러고는 낮에는 베를 짜고 밤에는 짠 베를 다시 푸는 일을 반복한다. 그녀는 영원히 끝나지 않을 작업을 하며 남편을 기다린다. 위 예문은 페넬로페가 구혼자들에게 수의를 짜겠다는 결심을 밝히는 장면이다. 하지만 구혼자와 어울리게 된 하녀가 비밀을 발설하여 페넬로페는 위기에 처한다. 베 짜기 관련 이야기는 19권에도 등장하는데, 이 일화를 통해 페넬로페는 변함없이 남편을 기다리는 정숙한 여인의 상징이 된다.

『오뒷세이아』는 텔레마코스의 모험 이야기이기도 하다. 텔레마코스는 아직 힘이 모자라 어머니의 구혼자들을 물리치지 못하는 불행한 아들로 등장한다. 자신의 집을 점거하고 있는 불청객들을 추방하기 위해 그는 아버지를 찾아 나선다. 그는 구혼자들의 위협에도 불구하고 섬을 떠나 트

로이 전쟁에 참여했던 필로스의 네스토르와 스파르타의 메넬라오스를 만난다. 여행을 통해 한층 성장한 텔레마코스는 오디세우스가 구혼자들을 처단하는 작업을 충실히 돕는다. 다른 관점에서 보면 아버지의 도움으로 불청객들을 집에서 몰아내는 데 성공하는 것이다. 이런 텔레마코스의 모티브는 수천 년이 지난 후에 쓰인 제임스 조이스의 소설 『율리시스』에서 멋지게 반복된다. 새로운 '오뒷세이아'에서 텔레마코스 역은 아일랜드 사람 스티븐 디덜러스가 맡는다.[19]

아가멤논과 프리아모스

그리스군의 대장이었던 아가멤논은 트로이 전쟁에서 귀향하자마자 그의 아내 클리타임네스트라와 그녀의 정부 아이기스토스에 의해 살해된다. 몇 년 후 아가멤논의 아들 오레스테스는 누이 엘렉트라와 함께 부정한 어머니와 그의 정부를 살해한다. 『오뒷세이아』에서 아가멤논의 비극은 오디세우스가 등장하기 전인 1장과 3장 그리고 4장에서 반복하여 언급된다. 1장에서는 제우스에 의해 잠시 거론되는 수준이다. 하지만 3장에서는 전쟁에 참가했던 필로스의 네스토르가, 4장에서는 아가멤논의 동생 메넬라오스가 감정 섞인 말로 텔레마코스에게 비극적인 사연을 들려준다. 오디세우스가 죽은 자들을 만나러 간 11장과 24장에는 아가멤논이 직접 등장하기도 한다.

부정한 아내에 의해 벌어진 남편 살해는 페넬로페 이야기와 대조를 이룬다. 클리타임네스트라는 정조를 지키는 아내 페넬로페의 미덕을 부각하는 역할을 하는 것이다. 전쟁에서 돌아오지 않는 남편을 기다린다는 점에서 클리타임네스트라와 페넬로페는 비슷한 입장이었기 때문이다. 한편 아가멤논 집안 이야기를 듣고 있는 텔레마코스에게는 오레스테스의 역할이 강요된다고 볼 수 있다. 네스토르는 텔레마코스에게 "그대는 고귀한 오레스테스가 이름난 아버지를 살해한 살부지수인 교활한 아이기스토스를 죽여 온 세상 사람들 사이에 명성을 얻었는지 듣지 못했단 말인가?"라고 말한다. 만약 오디세우스가 귀환하지 못한다면 가장의 역할이 텔레마코스에게 돌아간다고 알려주기도 한다. 그에게 이타케를 지켜야 하는 의무까지 부여되는 셈이다. 이런 측면에서 보면 『오뒷세이아』는 영웅의 윤리뿐 아니라 가정의 윤리를 강조하고 있는 이야기이다.

중심인물에게 영향을 미친다는 면에서 『일리아스』의 아가멤논 역시 중요한 역할을 한다.

> 그대. 파렴치한 철면피여! 우리가 그대를 따라 이곳에 온 것은
> 메넬라오스와 그대를 위하여 트로이아인들을 응징함으로써
> 그대를 기쁘게 해주기 위함이었소.
> 그런데 이런 사실은 염두에 두지도 않고, 아랑곳하지도 않고

---

* **아트레우스 가의 비극** 아가멤논은 트로이 전쟁에서 승리하고 귀향하지만, 아내와 그의 정부에게 살해당한다. 트로이로 출항할 당시 안전한 항해를 위해 딸 이피게네이아를 제물로 바친 일에 대한 아내의 원한이 하나의 원인이다. 두 살해자는 7년 농안 미케네를 통치했으나 아가멤논의 이들 오레스테스와 딸 엘렉트라에 의해 살해당한다. 이들 세대의 비극은 선대의 비극의 연장선에 있다. 살해자 아이기스토스는 아트레우스에게 추방된 튀에스테스의 아들이다. 아가멤논의 아버지인 아트레우스는 튀에스테스의 형이었는데 동생의 아들 둘을 살해했다. 그들의 비극은 선대인 탄탈로스와 펠롭스 이야기까지 거슬러 올라간다. 제우스의 아들이자 교만한 인물 탄탈로스는 아들 펠롭스를 죽여 신들에게 음식으로 바쳐 신들을 시험한다. 이에 탄탈로스는 영원한 갈증이라는 형벌을 받고 펠롭스는 다시 살아난다. 하지만 펠롭스는 자기 은인인 뮈르틸로스를 죽여 신들의 저주를 받는다. 이 저주는 펠롭스의 아들인 아트레우스와 튀에스테스에게 이어진다.

위대한 이야기 유산

내가 피땀 흘려 얻었고 아카이오이 족의 아들들이 내게 준

내 명예의 선물을 그대가 몸소 빼앗아가겠다고 위협하다니!

아카이오이 족이 트로이아인들의 번화한 도시를 함락할 때마다

그대와 동등한 선물을 나는 한 번도 받아보지 못했소.

치열한 전투의 노고를 더 많이 감당해낸 것은 내 팔이었지만

분배할 때에는 그대의 선물이 월등히 컸으며, 나는 지치도록 싸운 뒤

보잘것없는 물건을 소중히 간직한 채 함선들로 돌아오곤 했소.

(일:1권, 158~168행)

앞에서도 언급했던 아킬레우스가 분노하는 장면이다. 그가 분노한 이유와 아가멤논과 불화를 겪게 되는 이유를 알 수 있다. 정리하면 자신은 메넬라오스와 아가멤논을 위해 트로이아인들을 응징하는 데 앞장섰고 누구보다 큰 전과를 거두었는데 공평하게 전리품을 분배받지 못했다는 내용이다. 특히 아킬레우스는 그가 막사에 데리고 있던 브리세이스라는 여인을 아가멤논이 빼앗으러 온 것에 크게 화가 나 있다. 스스로 그녀를 '명예의 선물'이라고 부르기까지 한다.

위 예문을 통해 우리는 그럴듯하게 포장된 트로이 전쟁이 사실은 에게해 동쪽에 대한 그리스의 해적질에 지나지 않았음을 확인할 수 있다. 해적의 노략질은 일차적으로 구성원 각각의 개인적인 부를 획득할 목적으로 수행된다. 『일리아스』의 그리스군에게는 노략질한 재산을 잘 나누어 갖는 것이 무엇보다 중요한 문제였다. 아킬레우스가 보기에 아가멤논은 전리품 분배에서 공정하지 못한 지도자였고, 아킬레우스의 분노라는 것도 기실 명예보다는 물질적 이익 때문에 터져 나왔던 셈이다.

전사의 무구를 둘러싼 다툼도 이와 관련된다. 트로이 전쟁의 영웅들은 전투 중에 자신이 쓰러뜨린 상대방의 무구를 벗기는 일에 집착한다. 전

장에서 목숨이 위태로울 수 있음에도 이 일은 다음 전투보다 더 중요하다. 이 역시 개인의 전리품을 챙기는 행위로 보아 무리가 없다. 『일리아스』에 한정하면 용맹한 장수는 훌륭한 무구를 갖춘 인물이라는 등식이 적용된다. 가장 빛나는 무구는 아킬레우스의 것인데 그가 죽은 후에는 무구를 둘러싼 재판이 벌어지기까지 한다. 오디세우스에게 무구가 돌아가자 그 경쟁자였던 아이아스가 스스로 목숨을 끊는 어이없는 일까지 벌어진다.

오디세우스의 귀환도 노략질 없이 가능하지 않았을 것이다. 10년의 귀환 과정에서 그가 겪었던 고난의 이면에는 섬에 대한 약탈이 숨겨져 있다. 키클롭스의 섬에서 겪은 위험은 약탈 행위에 대한 주민들의 정당한 대항이었을지 모른다. 당시 사람들에게 이런 약탈은 윤리적으로 큰 문제가 되지 않았던 것 같다. 이타케 섬에 도착한 오디세우스가 충성스러운 왕궁의 돼지치기에게 신분을 숨기기 위해 꾸며낸 자전적 이야기 중에는 자신이 크레타의 유력한 집안 서자로 태어나 동향 사람들과 함께 배를 타고 여러 지역을 다니며 노략질해서 상당한 부를 쌓았다고 말하는 부분이 있다. 노략질로 부자가 된 사실이 무역으로 부를 쌓은 것처럼 당시에는 전혀 부끄러운 일이 아니었던 모양이다.

그리스인들이 노략질을 통해 자신의 이익을 챙기고 있을 때 트로이아인들은 재물을 빼앗기고 가족을 잃고 터전을 떠나야 했다. 성은 불타고 신전은 파괴되었으며 여성들은 전리품이 되어 그리스로 끌려갔다. 비록 호메로스의 서사시가 침략자 관점에서 쓰여지기는 했지만 『일리아스』에는 침략당한 이들의 슬픔도 애절하게 표현되어 있다.

> 그리고 혼자 남아서 도성과 백성들을 지키던 헥토르도
> 조국을 위해 싸우다가 얼마 전에 그대의 손에 죽었소.
> 그래서 나는 그 애 때문에, 그대에게서 그 애를 돌려받고자

헤아릴 수 없는 몸값을 가지고 지금 아카이오이 족의 함선들을
찾아온 것이오. 아킬레우스여! 신을 두려워하고 그대의 아버지를
생각하여 나를 동정하시오. 나는 그분보다 더 동정받아 마땅하오.
나는 세상의 어떤 사람도 차마 못 할 짓을 하고 있지 않소!
내 자식을 죽인 사람의 얼굴에 손을 내밀고 있으니 말이오.

(일:24권, 499~506행)

　『일리아스』 전체를 통해 독자에게 가장 큰 울림을 주는 부분이다. 트
로이 왕 프리아모스는 훼손당한 아들의 시신을 찾기 위해 아킬레우스의
막사를 찾아온다. 죽은 아들의 시신을 인도받기 위해 홀로 적진에 들어가
는 아버지의 심정은 타인이 감히 헤아리기 어렵다. 게다가 프리아모스는
'내 자식을 죽인 사람의 얼굴에 손을 내밀고' 있다. 자신도 세상의 어떤 사
람도 차마 못 할 짓이라 생각하지만, 아들의 시신을 수습하기 위해 수치
심이나 분노를 앞세우지 않는다. 오히려 자신을 '동정'해 달라고 간청한
다. 그에게서는 트로이의 왕이 아닌 자식을 둔 평범한 아버지의 간절함과
비통함이 느껴진다. 피하지 못한 운명 때문에 벌어진 일이기에 그의 슬픔
에서는 비장함마저 느껴진다. 이는 훌륭한 비극에서 느끼는 감정과 유사
하다. 인간의 감정을 움직이는 폭은 기쁨보다 슬픔이 더 큰 것 같다.
　프리아모스의 행위는 앞서 영웅의 덕목으로 보았던 탁월함(arete)과
명예/명성(aidōs)에는 못 미칠지 모른다. 친구 파트로클로스를 잃은 아킬
레우스가 복수를 위해 떨쳐 일어나는 장면을 보고 당시 사람들은 탁월함
과 명예를 느꼈을 것이다. 하지만 현재의 우리도 그 시대 사람들과 같은
감정을 느낄 필요는 없다. 아킬레우스의 분노는 멋있어 보이기는 하지만
공감하기는 어렵다. 좋게 보아도 그것이 가져올 결과는 피와 불이라는 파
괴뿐이다. 이와 달리 프리아모스의 슬픔에서는 진실함이 느껴진다. 그는

과장되지 않은 인간의 모습, 감정에 충실한 인간의 모습을 보여준다. 현재의 우리는 인간이 나약하지 않다는 점을 기를 쓰고 증명하려는 영웅이 아니라 나약한 감정을 그대로 드러내는 불행한 아버지에게서 탁월함과 명예를 느낀다. 과연 이것이 『일리아스』의 주제일지 걱정할 필요는 없다. 고전은 새롭게 읽힌다고 하니까.

신화를 다룬 최고의 문학

문화콘텐츠로서 그리스·로마 신화가 갖는 매력은 인간과 자연에 대한 다양한 모티프들을 포함하고 있다는 점이다. 이 신화에서는 자연물과 동식물조차 자신만의 사연을 가지고 있다. 거미가 매일 줄을 뽑는 이유는 베 짜는 솜씨를 자랑하던 여인이 신에게 노여움을 샀기 때문이라 한다. 메아리가 사람들의 마지막 마디만을 따라 하게 된 것도 신들의 저주 때문이다. 오르페우스와 나르시스, 이카로스와 다이달로스 이야기는 인간 본성에 대한 흥미로운 우화이다. 여기서는 밤하늘에 떠오른 별자리들에도 사연이 있다. 인간적인 신들이 등장한다는 점도 그리스·로마 신화가 지닌 매력이다. 절대 신이라는 제우스조차 감정에 휘둘리고 아내 헤라의 질투에 진다. 신들은 아름다운 인간을 사랑하고 인간은 때로 신에게 도전하기도 한다. 신과 인간이 어울려 살아가는 그리스·로마 신화의 세계는 판타지라고 부르기에 조금도 부족함이 없다.

그리스·로마 신화는 지중해 주변의 다양한 신화들을 모아 탄생하였다. 에게해 지역보다 먼저 문명이 발달한 메소포타미아 지역이나 이집트 지역의 신화에서 직접적인 영향을 받았던 것으로 보인다. 신들이 나누어 가진 다양한 역할은 이집트 신화와 비슷한 점이 많다. 아나톨리아 지역의 황소 신앙이 미노아 문명의 황소 신앙으로 옮겨왔다는 사실도 잘 알려져

위대한 이야기 유산

있다. 그리스 신화는 이후 로마로 이어져 더 풍부하고 다양한 문화를 생산해 냈다. 중세에는 잠시 잊히기도 했지만, 르네상스 시기 유럽 지식인들에게 영감을 주었던 것이 바로 이 로마 문화였다.

그리스·로마 신화와 관련해서는 비교적 많은 텍스트가 남아 있다. 현재 대중적으로 잘 알려진 일화들은 『신들의 계보』나 『변신 이야기』 그리고 불핀치의 『그리스·로마 신화』를 따르고 있다. 그런데 정작 『일리아스』나 『오뒷세이아』에는 위 텍스트들과 다르게 설명된 내용도 적지 않다. 예를 들어 아프로디테는 크로노스가 잘라낸 우라노스의 생식기에서 생긴 거품에서 나왔다 하는데 『일리아스』에서는 제우스와 디오네의 딸이라 설명한다. 사소한 불일치는 『일리아스』나 『오뒷세이아』 사이에서도 발견된다. 대부분의 그리스 신화나 『오뒷세이아』에서는 제우스가 포세이돈, 하데스의 동생으로 언급되는데 『일리아스』에서는 제우스가 포세이돈의 형이라고 기술된다.

신화가 담긴 여러 텍스트 중 두 서사시를 최고의 고전으로 꼽는 이유는 작품이 가진 탁월한 문학성 때문이다. 『일리아스』와 『오뒷세이아』는 단순한 일화를 나열하는 데 그치지 않고 분명한 중심 서사를 두고 다양한 신화들을 주변 이야기로 활용한다. 극적 효과 높은 장면들을 통해 독자의 상상력도 자극한다. 무엇보다 신이나 자연의 자잘한 사연이 아니라 인간의 운명이라는 큰 주제를 다룬다는 점이 두 작품의 매력이다. 비록 수천 년 전에 창작된 이야기이지만 형식과 내용의 이런 탁월함 때문에 『일리아스』와 『오뒷세이아』는 현재 읽어도 충분히 감동적이다.

절대 반지, 탐욕이 부른 세상의 종말

『에다』, 『니벨룽겐의 노래』

새로운 신화의 세계

미국의 블록버스터 영화 '어벤저스' 시리즈에는 망치를 든 거인 토르와 교활한 악당 로키가 등장한다. 토르를 주인공으로 한 다른 영화에는 한쪽 눈을 안대로 가린 오딘이라는 신도 나온다. 같은 영화에 등장하는 신 헤임달은 무지개다리를 지키고 있는데, 그 다리는 지상과 신들의 세계를 연결하는 통로 역할을 한다. 영화 〈반지의 제왕〉에는 세계 지배를 상징하는 절대 반지가 등장한다. 악의 세력에 맞서 반지를 파괴하려는 인간과 엘프, 난쟁이 연합군들의 분투가 작품의 주요 내용이다. 반대편에는 나쁜 마법사나 트롤, 오크 등이 있다. 19세기 독일 작곡가 바그너는 그의 오페라 〈니벨룽겐의 반지〉에서 신화로 전해오던 오딘(보탄), 발퀴리(발퀴레), 시구르드(지크프리트)를 주인공으로 내세웠다. 이들은 모두 북유럽 신화에 등장하는 캐릭터들이다.

중세 이전 북유럽은 주로 게르만족들이 거주하던 지역이었기 때문에 북유럽 신화는 게르만 신화라 불리기도 한다. 현재를 기준으로 하면 게르만 신화 지역은 스칸디나비아반도와 덴마크, 아이슬란드, 그린란드, 독일, 오스트리아 등을 아우른다. 중세 이전까지 이 지역은 지중해 지역보다 문화적으로 뒤진 곳이었다. 상대적으로 자연환경이 척박하였고 다른 문화와 교류가 활발하지 못했다. 덕분에 지역적 환경에 어울리는 고유한 신화를 만들어 낼 수 있었다.

게르만 신화에도 그리스 신화처럼 세상을 지배하는 여러 신이 등장한다. 신들이 거인족 등과 경쟁한다는 점도 비슷하다. 그리스 신화와 구분되는 게르만 신화의 가장 큰 특징은 현재의 세계가 처음부터 멸망을 향해 나아간다는 점이다. 신족과 거인족, 난쟁이족과 엘프족 등 다양한 종족이 참여하는 큰 전쟁이 일어나고 악의 세력에 의해 모든 세계가 멸망한다는 거대 서사가 신화 전체를 감싸고 있다. 신들의 이야기 뿐 아니라 인간들의 이야기도 파멸을 향해 나아간다. 라인의 황금에서 시작된 시구르드와 군나르 가문의 비극이 대표적이다. 이런 몰락의 서사 때문에 게르만 신화에서는 독특한 비장미가 느껴진다.

현재 전해오는 게르만 신화 모음집은 『운문에다』와 『산문에다』 두 편이다. 700여 편에 이르는 아이슬란드의 사가(서정시)도 게르만 신화와 관련된 내용을 포함하고 있다. 시기적으로 앞선 텍스트는 『운문에다』이다. 기원후 800년에서 1200년 사이 채록된 것으로 보이는 현존필사본은 1270년경에 완성되었다. 이 책은 고대 노르웨이어 또는 고대 아이슬란드어로 기록되어 있다. 『산문에다』는 운문체의 『운문에다』를 토대로 스노리 스튀를뤼손이 정리한 책이다. 내용은 『운문에다』와 비슷하지만 스노리의 개인적 관심이 추가된 부분도 적지 않다.

『운문에다』는 크게 두 부분으로 나뉘어 있다. 1부는 천지가 어떻게 창조되고 세상이 어떻게 움직이는지에 대한 설명과 신족과 거인족 이야기이다. 2부에는 신들과 인간들의 이야기가 겹쳐 있다. 시구르드, 난쟁이족의 황금, 황금을 지키는 용 등 이후 문학과 영화에서 자주 활용되는 모티프가 포함되어 있다. 1부가 아주 오래된 이야기라는 인상을 주는 데 비해 2부는 『운문에다』가 기록될 당시에서 그리 멀지 않은 시기 이야기라는 인상을 준다. 그리스 신화와 달리 게르만 신화의 신들은 그들만의 세계에서 지내며 인간과 거의 접촉하지 않는다. 죽은 전사의 영혼을 신들의 궁으로 인도하는 발퀴리나 천방지축 사고뭉치 로키 정도가 두 세계에 걸쳐 있는 인물이다.

『산문에다』 역시 2부로 나뉘어 있는데, 1부는 스웨덴의 길퓌 왕이 신들의 세계를 찾아가서 세 왕(하르, 야픈하르, 트리디)을 만나는 이야기이다. 제목은 '길퓌 왕의 홀림'이다. 그는 세 왕에게 신들에 관한 질문을 하고 답을 듣는다. 왕이 그들에게서 들은 이야기가 우리가 아는 신화의 내용이다. 2부에는 '스칼드의 시 창작법'이라는 제목이 붙어 있는데, 시를 쓰는 과정에서 자연이나 세계를 어떻게 다루어야 하는지를 정리한 내용이다.

비록 현재는 13세기에 기록된 판본밖에 남아 있지 않지만 『에다』[1]에 포함된 신화들은 그보다 오랜 이력을 가졌다. 게르만족은 문자 문화 발달이 비교적 늦었기 때문에 그것이 기록으로 정착되기까지 오랜 시간이 필요했던 것이다. 구전 기간이 길었던 만큼 그 과정에서 신화의 원형이 훼손되거나 변형되었을 가능성도 크다. 신화 안에 역사가 녹아든 예도 적지 않다. 신족 사이의 전쟁이나 신과 거인족의 싸움은 게르만족의 정착 초기 역사를 반영한 것으로 보인다. 영웅들을 다룬 이야기에는 동쪽에서 밀고 들어온 훈족과의 갈등이 담겨 있다. 10세기 전후 기독교가 게르만 지역에서도 유일한 종교로 공인되면서 유일신교의 전통이 신화로 수용되는 일도 발생했다.

게르만 신화에서 가장 중요한 판본은 『운문에다』이다. 『운문에다』는 인구가 그리 많지 않은 아이슬란드에서 발견되었다. 13세기 아이슬란드는 노르웨이인들이 지배하고 있었는데 그들은 비교적 늦게 기독교로 개종한 게르만족이었다. 게다가 아이슬란드는 지역적으로 유럽의 변방이었다. 이런 조건 덕분에 아이슬란드에는 이교도들의 신화가 오래 살아남아 있었다.[2] 이 글에서는 『운문에다』에서 파생했다고 봐도 무리가 없는 『산문에다』, 『니벨룽겐의 노래』, 〈니벨룽겐의 반지〉를 함께 살펴본다. 반복되는 내용을 여러 번 다룰 필요는 없으므로 『운문에다』에 초점을 맞추고 다른 텍스트는 변화와 차용이라는 측면에서 다루려 한다.

게르만의 역사

근대 이전으로 돌아가면 유럽의 주류를 이루는 민족은 라틴, 슬라브, 게르만이었다. 이들이 역사에서 주인공으로 떠오른 시기는 각기 다른데 게르만족은 지중해의 대제국 로마가 쇠퇴하면서 역사의 전면에 등장하였다. 문화적으로 발달한 로마인들에 의해 미개한 야만인으로 취급받던 그들이 꾸준히 로마 국경을 위협하며 점차 영향력 있는 집단으로 성장해 간 것이다. 게르만족이 형성된 지역은 네덜란드 북부, 독일 북부, 덴마크, 발트해 지역으로 알려져 있다. 게르만족에 속하는 종족으로는 고트족, 노르만족, 반달족, 부르군트족, 앵글족, 튜튼족, 프랑크족, 색슨족 등이 있다. 흔히 바이킹이라 불리는 집단도 덴마크나 스칸디나비아 지역의 게르만족이었다. 이들은 상호 의사소통이 가능한 방언들을 사용했으며 공통된 신화와 전설을 공유하였다.

게르만에 대한 최초의 기록은 로마인들이 남겼다. 그들은 라인강과 도나우강을 경계로 북쪽의 로마 영토 밖을 게르마니아라 불렀고, 그곳에 살던 종족을 게르만족이라고 했다. 기원전 1세기 카이사르는 라인강을 로마와 게르만의 경계로 삼았다. 수백 년 동안 이 경계는 지켜졌다. 현재 독일에 속한 트리어, 쾰른, 마인츠는 라인강 근처에 세워진 최초의 로마 도시였다. 트리어가 행정적 필요 때문에 세워진 도시였다면 쾰른과 마인츠는 군사적 목적에서 건설된 게르마니아 거점 도시였다. 로마의 군사도시 쾰른은 도시가 건립된 지 400년이 지난 456년에 게르만족에게 점령당한다.

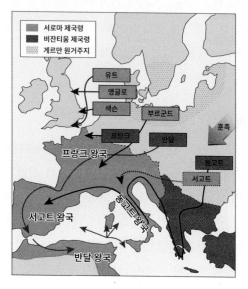

게르만족의 이동

　　로마 제국의 힘이 약해지자 게르만족은 경계를 넘어 남쪽으로 진출하기 시작했다. 그들은 2세기 후반에 이르면 소수의 부족 동맹으로 발전하였고, 3세기에는 로마 경계를 따라 북쪽에 넓게 터전을 잡았다. 당시의 부족 지형을 보면 프랑크족과 색슨족은 북서쪽에, 알레만니족은 라인강과 도나우강 사이에, 그들 옆에는 부르군트족이, 그들 뒤 북쪽으로는 롬바르드족이 살고 있었으며, 동쪽에는 반달족과 고트족이 있었다.[3] 드디어 5세기 전후에 게르만족은 기존의 경계를 넘어 로마 땅으로 거주지를 옮겼다. 이를 게르만족의 대이동이라 부른다. 게르만족은 로마 문화와 접촉하면서 점차 그들의 문화에 동화되었다. 기술과 문명에 이어 기독교를 받아들이면서 이런 현상은 더욱 심화 되었다.

　게르만족의 이동과 관련하여 함께 거론되어야 할 중요한 사건이 훈족의 이동이다. 아시아의 유목민족인 훈족은 카스피 분지를 지나 알라이족과 부딪쳤고, 그 후 러시아 남부와 우크라이나에 있던 동고트족의 왕국을 습격했다.[4] 서기 375년 훈족은 드디어 도나우강을 건넜다. 잔혹한 이미지를 갖게 된 훈족의 지도자 '아틸라'가 이때 유럽 역사에 등장한다. 이후에 그의 이름은 공포와 함께 과장되어 많은 문헌에 기록된다.

　이렇게 동쪽에서 촉발된 민족의 이동은 점차 유럽 전역으로 범위가 확대되었다. 동고트족은 이탈리아로 들어왔고, 서고트족은 스페인까지 들어갔다. 반달족은 더 먼 곳인 아프리카의 카르타고에까지 도달했다고 알려져 있다. 롬바르드족은 이탈리아 북부 평원에 정착했고, 프랑크족은 북해지역에서 남쪽으로 이동했다. 역시 북해지역에 있던 앵글족과 색슨족은 브리튼 섬으로 이동하여 자리를 잡았다. 알레만니족, 부르군트족은 본거지에서 서남쪽으로 이동하여 현재의 독일 지역에 자리 잡았다.

　정치·경제적인 이유로 북유럽과 동유럽의 게르만족이 삶의 근거지를 옮겨야 했던 것은 사실이지만 그들이 옮겨 간 곳도 완전히 빈 땅은 아니었다. 게르만족은 누군가 거주하고 있는 곳에 이민 혹은 유입된 인구였다고 할 수 있다. 서유럽에 이른 게르만족은 스칸디나비아의 안개 속에서

게르만족 이름의 흔적 이탈리아의 롬바르디아주는 알프스 아래 평원 지방을 가리킨다. 게르만족 이동 때 롬바르드(Lombard)족이 이 지역에 왕국을 세웠다. 현재 이 지역의 대표 도시는 밀라노이다. 고딕(Gothic) 건축 혹은 고딕 예술에서 고딕은 게르만 이동 때 서유럽에 진출한 고트족에서 유래한 단어이다. 문화, 예술 및 공공시설을 파괴하는 행위를 의미하는 반달리즘(vandalism)은 반달족에서 유래했다. 게르만족의 하나였던 반달족은 로마를 점령하여 약탈과 파괴 행위를 일삼았다고 한다.

나와 폴란드를 거쳐 흑해까지 갔다가 다시 훈족을 피해 도나우강을 건너 발칸반도 남동쪽으로 도망쳤고, 그 후 이탈리아와 갈리아를 거쳐 에스파냐에서 그들의 대이동을 끝내게 된 셈이다.[5] 당연히 모든 게르만족이 서유럽으로 옮겨 간 것은 아니었다. 여전히 그들이 본거지였던 북쪽 지역에는 원주민으로서 게르만족이 살고 있었다.

민족 대이동의 아이러니는 먼 거리를 이동해 시대를 소란하게 했던 동고트족, 서고트족, 반달족, 롬바르드족 등은 현재 사라졌지만, 프랑크족처럼 어떤 특별한 문화도, 거대한 비전도, 인상 깊은 이동도 보여주지 못한 평범한 종족이 더 잘 살아남았다는 사실이다. 프랑크족과 비슷하게 적은 비용을 들인 앵글족과 색슨족 역시 마찬가지이다. 하지만 이들 역시 지금은 게르만 또는 게르만족으로 불리는 일이 거의 없다. 현재 게르만을 말할 때는 독일, 오스트리아와 그 북쪽 지역을 지칭하는 경우가 많다. 유럽 내에서 민족적 특성과 종교적 특성, 문화적 경험 등이 비교적 일치하는 지역이다. 지도로 보면 카이사르가 경계로 삼았던 라인강 주변과 그 북쪽에 해당한다.

근대 들어 게르만 신화는 게르만 민족주의를 강화하는 데 이용되었다. 게르만 국가 특히 독일의 경우 19세기 이전까지 민족적 정체성이 희미했다. 하나의 정치 체제를 만들어내지 못했고, 주변 세력과 내부 문제로 분열을 계속해 왔다. 이에 독일 낭만파 작가들은 중세의 문학과 신화에서 자신들의 뿌리를 찾으려 했다.[6] 그리고 사랑과 죽음과 몰락을 결합한 특유의 낭만적 세계를 만들어냈다.

바그너의 〈니벨룽겐의 반지〉는 그 대표적인 작품으로 꼽힌다. 그는 오페라라는 거대 양식을 통해 관객을 설득하여 어떤 종족보다 잘 단결하고 복종하는 게르만인의 전사적 특징을 강조하였다.[7] 『불숭 일가의 사가』, 『니벨룽겐의 노래』에서 뽑아낸 신화들로 내용을 채운 이 오페라는 게르만 신화에 대한 세간의 관심을 높이는 데도 크게 이바지하였다. 역사적으로, 로마의 문화와 기독교가 유럽의 지배 담론이 된 후 게르만 신화는 소수 담론에 머물러 있었다. 사람들은 게르만 신화에 나오는 오딘, 토르 등의 신들이나 그 신들의 이야기를 믿지도, 이야기하지도 않았다.[8] 이런 상황에서 바그너는 기독교적인 종말론으로 게르만 신화를 부활시킨 것이다.

젊은 시절 히틀러가 바그너에 열광했다는 사실은 잘 알려져 있다. 그는 바그너의 생애와 자신의 삶에서 동질성을 느꼈을 뿐 아니라 바그너 오페라가 가진 힘을 간파하고 있었다. 바그너가 게르만주의를 공공연히 내세운 반유대주의자라는 점도 그에게는 공감의 요소였다. 그는 바그너의 작품이 사람들의 마음을 사로잡는 방식을 현실 정치의 영역에 적용해 큰 성공을 거두었다. 그는 독일국민들을 거대한 연극 속으로 끌어들였고 자신은 그 연극의 주인공이 되었다. 연극에 도취한 사람들은 현실과 무대의 차이를 잊어버렸고 파국으로 끌려가면서도 피할 길을 찾지 못했다.

신화 속 신화들

사실 여부와 상관없이 신화는 그 신화를 공유하는 집단의 정체성 형성에 관여한다. 신화는 집단의 기원을 설명하며, 그들에게 도덕을 가르치고 자부심을 심어주는 내용으로 가득하다. 또 특정한 집단의 유대를 강화하는 역할도 한다. 신화를 자신들의 서사로 공유하는 집단은 그렇지 않은 집단을 자연스럽게 타자화한다. 이를 위해 특정 집단은 신화를 신성한 이야기로 인정해야 하고, 신에 관한 믿음과 그들의 능력에 대한 경외감을 가져야 한다.

그런데 현재 전해지고 있는 『에다』는 신들의 권위나 그들 세계에 대한 신성성을 특별히 강조하지 않는다. 서술자는 오히려 이야기의 대상이 되는 신들과 거리를 두려 한다. 심지어 『에다』의 내용이 자신들의 종교적 믿음과는 무관하다는 사실을 밝히기까지 한다. 이는 『에다』가 최초의 모습을 그대로 간직한 단순한 텍스트가 아니라 전승 과정에서 다양한 목소리, 다양한 서사가 삽입된 혼종 텍스트임을 보여주는 증거이다. 게르만족의 대이동을 기준으로 해도 천년 가까운 시간이 지나면서 게르만족들은 여러 문화와 충돌을 겪었고 그중 일부는 그들의 문화로 수용되었을 것이다. 가장 중요한 사건은 게르만족의 기독교 개종이었지만 다른 사건들도 적지 않았다. 『에다』에는 이런 문화 충돌의 기록까지 담겨 있다.

기독교의 영향이 직접 드러나는 텍스트는 『산문에다』이다. 이 책의 프롤로그는 아예 게르만 신화를 부정하는 말로 시작한다.

> 태초에 전지전능한 신이 하늘과 땅, 그리고 그 속의 모든 것들을 창조하였고, 마지막으로 아담과 이브, 두 인간을 창조하였으니, 거기서부터 인간 종족이 퍼져 나왔다. 아담과 이브의 후손은 그 숫자가 점점 불어나 온 세상에 퍼지게 되었다. 그러나 시간이 흐르면서 인간들이 서로 갈라지기 시작했으니 어떤 사람들은 선량하고 믿음이 돈독했지만, 보다 많은 사람들은 세속의 욕망에 관심을 두고 신의 계명을 소홀히 하게 되었다. 그래서 신은 대홍수로 세상을 휩쓸어버리고……
>
> (『산문에다』, 9쪽)

『성경』의 창세기를 그대로 옮겨놓은 듯한 문장이다. 전지전능한 신이 하늘과 땅은 물론 최초의 인간 아담과 이브를 창조하였고 그들에게서 인간이 시작되었다고 한다. 『산문에다』 본문에는 "보르의 아들들이 해안을 따라 달리다가 통나무 두 개를 발견하고 그것을 세워 인간으로 만들었다."는 내용도 들어 있다. 프롤로그의 기독교적 세계관과 다른 인류 탄생

위대한 이야기 유산

이야기가 본문에 버젓이 실려 있는 것이다. 이와 달리 『운문에다』에는 헤임달이 인간을 창조했다고 기록되어 있다. 다른 곳에는 혹독한 겨울이 지난 후 모든 생명이 사라지고 "리프와 리프트라시르,/ 호드미미르의 숲에 몸을 숨겨 살아남는다."는 구절도 있다. 그들에게서 새 종족이 생겨났다는 설명이다.(1:1~45) 『에다』 본문의 두 일화는 홍수에서 살아남은 프로메테우스의 아들 데우칼리온이 아내 피라와 함께 돌멩이를 들어 머리 너머로 던지자 남자와 여자가 탄생했다는 그리스 신화의 내용과 비슷해 보인다.

흔히 서사시라 부르기는 하지만 『운문에다』는 여러 화자가 등장하여 각각의 관심을 노래한 서정시 모음집이다. 전체 2부로 되어 있고, 그 안에 열여섯 편과 스물한 편의 노래가 담겨 있다. 또 각 노래 안에는 수십 편의 시가 들어 있다. 그래서 시간이나 사건 순서에 따른 일관성 있는 서사가 이어지지는 않는다. 예를 들어 『운문에다』의 〈예언녀의 계시〉 편에서는 예언녀 '발라'가 지혜를 구하는 오딘에게 이야기를 들려준다. 그 안에 세계와 신에 관한 신화가 담겨 있다.

다음은 『운문에다』의 첫 편이다.

조용히 들으시오, 고귀하신 분들이여,
헤임달 신족의 높고 낮은 자손이여.
천주의 위업을 전파하려 하오니,
내가 아는 태고의 오랜 전설이니라.
거인들을 기억하니 태초에 탄생하여
옛날 옛적 이 몸을 길러주신 분들이요.
아홉 세계 내가 아오, 아홉 줄기 뻗치고
땅속에 깊이 박힌 거목 줄기 내가 아오.

(『운문에다』 1:1, 1~2°)

위의 시는 태초를 기억하는 화자가 인간들에게 그 기억을 전해주는 담론 형식을 취하고 있다. 첫 연에는 '천주의 위업'과 '태고의 오랜 전설'을 들려주겠다는 화자의 의지가 드러나 있다. 이어서 천지 창조를 비롯해 인간이 만들어지기 이전의 위대한 이야기가 펼쳐질 것이라 예상할 수 있다. 둘째 연에서는 '거인', '아홉 세계', '거목 줄기' 등 신화의 주요한 제재들이 언급된다. 세계의 창조와 구조를 설명하는 매우 중요한 단어들이다.

다음은 두 『에다』에 공통으로 담겨 있는 세계 창조 신화이다.

이미르의 살덩이로   육지가 만들어졌고
피로는 바다가
뼈로는 산들이,   머리털로 나무들이
두개골로 하늘이 만들어졌구나

심성이 고운 아스 신들은 눈썹을 가지고
인간에게 미드가르드를 만들어 주었고,
뇌수를 가지고   울퉁불퉁한 구름을
전부 만들어 주었다.   (1:2, 40~41)

위에 따르면 태초에 이미르라는 거인이 있었고 그의 죽음으로 인해 세계가 만들어졌다. 그의 몸이 흩어져 피가 바다가 되고 뼈가 산이 되고 살이 땅이 되었다. 나무는 그의 머리털로 하늘은 두개골로 만들어졌다. 아스 신들에 의해 눈썹이나 뇌수까지 꼼꼼하게 세상을 만드는 데 사용되었다. 신체와 그것이 변하여 만들어진 자연이 어떤 관계인지 명확하지는 않지만, 신화를 처음 상상한 이들에게는 분명한 의미가 있었을 것이다.

자료가 남아 있지 않은 상태에서 언제 이런 창조 신화가 만들어졌는지 알기는 어렵다. 신화가 북유럽에서 새롭게 만들어진 것인지, 다른 지역의 신화에 영향을 받은 것인지 확인하기도 어렵다. 『에다』의 경우 비록 독자적인 창조 신화가 있었다고 해도 실제 기록된 시기까지 그 형태가 원래대로 유지되기는 어려웠을 것이다. 13세기 이전 게르만족은 기독교의 영향은 물론 훈족이나 동방의 영향을 오랫동안 받아 왔다.

실제로 『에다』의 이미르 이야기는 중국의 창조 신화와 무척 비슷하다. 중국 창조 신화에는 반고라는 최초의 거인이 등장한다. 반고는 한 덩어리의 혼돈 속에서 잉태되어 그 안에서 자라고 잠자며 1만 8천 년을 지냈다. 이후 어디선지 도끼를 마련하여 눈앞의 어두운 혼돈을 향해 힘차게 휘둘렀다. 그 속에 있던 가볍고 맑은 기운은 점점 올라가 하늘이 되고, 무겁고 탁한 기운은 가라앉아 땅이 되었다. 둘이 다시 붙을 것이 걱정되어 반고는 머리로 하늘을 받치고, 다리로 땅을 누르고 둘 사이를 벌렸다. 이렇게 1만 8천 년이 지나 하늘은 높아지고 땅은 낮아졌다. 그가 죽어갈 때 그의 입에서 새어 나온 숨결은 바람과 구름이 되었고 목소리는 우르릉거리는 천둥소리로 변했으며, 왼쪽 눈은 태양으로, 오른쪽 눈은 달로 변했다. 손과 발, 그리고 몸은 산이 되었고, 피는 강물이 되었으며 핏줄은 길이 되었다. 머리카락과 수염은 하늘의 별로, 피부와 털은 화초와 나무로 변하였고, 이·뼈·골수 등은 반짝이는 금속과 단단한 돌, 둥근 진주와 아름다운 옥돌로 변했다.[10] 반고와 이미르의 유사성은 어떤 식으로든 두 문화 사이에 접촉이 있었으리라는 짐작을 가능하게 한다.

기록될 당시 사람들이 신화의 신성성을 믿지 않았다고 해서 그것이 게르만 신화의 단점이나 결함이 되지는 않는다. 그것은 신화가 정리되는 과정에서 일어날 수 있는 문화의 충돌과 적용의 과정을 보여줄 뿐이다. 시간이 흐르면 이전의 신화는 새롭게 쓰이게 마련이고, 변화를 겪은 신화가 애초의 신성성을 유지하지 못하는 것은 지극히 자연스러운 현상이다.

게르만 신화뿐 아니라 모든 신화에는 그것을 거쳐 간 민족이나 문화의 흔적이 남아 있게 마련이다. 신화 역시 역사가 만들어내는 문화의 하나이기 때문이다. 신화를 읽는 재미는 고대인들의 상상력을 만나는 데 있지만, 그것이 어떻게 변화했는지를 보는 것 역시 그 못지않게 흥미로운 일이다.

아홉 개로 나뉜 세계

이제 신화의 내용을 본격적으로 재구성해보자. 게르만 신화에서 신들과 인간이 살아가는 세계의 모습은 그리스 신화가 그린 세계의 모습과 전혀 다르다. 그리스 신화는 에게해를 중심으로 한 지중해라는 현실 공간을 신화 안으로 바로 가져 왔다. 트로이는 물론 크레타, 아테네, 스파르타 등 실제 지리상에 존재하고 인간도 거주하는 곳에서 이야기가 펼쳐진다. 신들이 거주하는 올림포스 역시 지중해 지역 어느 곳엔가 실재하는 산으로 여겨진다. 포세이돈의 바다나 하데스의 땅속 역시 인간이 쉽게 접근할 수 없을 뿐 현실 밖의 공간은 아니다. 하지만 게르만 신화의 공간은 순전히 상상된 곳이어서 현실과의 연관성을 거의 찾을 수 없다.

두 신화의 공간에 거주하는 주민들의 구성도 많이 다르다. 그리스·로마 신화에도 키클롭스, 세이렌, 메두사 같은 상상의 존재가 등장하기는 한다. 그래도 어디까지나 올림포스 신과 인간이 세상의 중심이다. 이에 반해 게르만 신화에서 신과 인간은 아홉 개로 구획된 세계의 한 곳만을 지배할 뿐이다. 난쟁이들은 땅속 자신들의 세상에서 살아가고 엘프 역시 자신들의 공간 알프헤임에 거주한다. 거인들이 사는 공간과 인간이 사는 공간 사이에는 큰 장벽이 있어 서로 왕래조차 못 한다. 반면에 신이나 거인은 서로의 공간을 자유롭게 돌아다닌다.

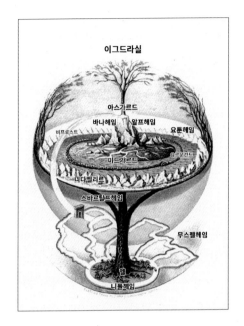

게르만 신화의 세계

게르만 신화의 공간을 받치고 있는 기둥은 세계수 이그드라실이다. 세계수 밖의 세상은 존재하지 않거나 최소한 신화에 등장하지 않는다. 이 나무를 중심으로 세계는 세 개의 층으로 구분되어 있는데 가장 높은 평면에는 아스 신들의 영역인 아스가르드와 바니르 신들의 영역인 바나헤임이 있다. 요정들의 영역인 알프헤임도 같은 층에 있다. 두 번째 평면의 중심에는 인간들이 사는 미드가르드가 있다. 미드가르드는 광활한 바다로 둘러싸여 있고 그 바다 끝에는 요르문간드라는 무시무시한 뱀이 누워 있다. 그 바깥에는 거인들의 땅인 요툰헤임이 있는데 앞서 말한 대로 미드가르드와는 장벽으로 분리되어 있다. 거인들의 땅 반대편에는 난쟁이들이 사는 니다벨리르가 있고 그 지하에는 검은 꼬마요정들의 땅인 스바르탈프헤임이 있다. 세 번째 평면에는 죽은 사람의 영역인 니플헤임이 있다. 그 안쪽에는 아무도 접근할 수 없는 헬이 있다. 헬은 죽은 자들이 가는 곳으로 어둡고 끔찍한 공간이다. 이처럼 게르만 신화의 세계는 아스가르드, 바나헤임, 알프헤임, 미드가르드, 요툰헤임, 니다벨리르, 스바르탈프헤임, 헬, 니플헤밈의 아홉 공간으로 나뉘어 있다. 만일 헬과 니플헤임을 하나의 공간으로 묶는다면 아홉 번째 공간은 불의 나라인 무스펠헤임이 될 수도 있다.[11]

각 공간에 거주하는 주민들의 관계가 평등하지는 않지만 그렇다고 일방적인 지배와 피지배의 관계도 아니다. 가장 고귀한 존재인 신들도 불멸의 존재가 아니어서 죽으면 인간과 마찬가지로 지옥인 헬로 간다. 신들은 거인족과 수시로 싸움을 하는데 토르를 제외하고는 무력으로 거인을 제압하지 못한다. 오히려 거인족에게 봉변을 당하는 경우가 더 많다. 신들의 욕망 때문에 억울한 일을 당하는 난쟁이도 가끔은 신들에게 복수 한다. 인간 역시 죽으면 헬로 가는 것이 정상이지만 전사들의 영혼은 발퀴리에 의해 아스가르드의 궁전 발할라로 옮겨진다. 발퀴리는 신과 인간 중간에 있는 존재로 사자의 영혼을 안내하는 역할을 한다. 신들은 자주 거인들의 영역을 드나든다. 그들 사이에서 자식이 태어나기도 하는데 세계를 파멸에 빠뜨리는 괴물들은 거인들의 자식들이다.

신들이 전사들의 영혼을 발할리로 데려오는 이유는 종말의 시간에 있을 거인과의 전쟁에서 그들을 군대로 쓰기 위해서이다. 종말이 오면 아홉 개의 공간이 동시에 파괴될 것이라는 예언은 일찍이 작품 전반부에서 제시된다. 신들은 거인이나 괴물과 싸우다 죽게 될 것이며, 불로 파괴된 속에서 완전히 새로운 세계가 시작될 것이라는 예언이다. 『에다』의 1부는 신들이 어떻게 세상을 지배하느냐가 아니라 어떻게 종말을 맞이하느냐에 대한 이야기이다. 종말을 막으려는 노력과 그런 노력이 무위로 끝난 후 펼쳐질 파멸에 관해 말한다. 이 종말을 『에다』에서는 라그나뢰크라 부른다.

그리스 신화와 게르만 신화의 공간이 이렇게 다른 이유는 지형과 기후, 민족 구성의 차이 때문이다. 온화한 기후 아래 비교적 단일한 문화에 기반하고 있던 에게해 지역과 달리 게르만족은 불순한 기후와 다양한 지형에서 이동하며 살아야 했다. 게르만 신화 지역은 스칸디나비아의 기후와 라인강 지역의 기후를 아우르고, 발트해나 알프스의 지형을 아우른다. 이런 다양성이 미지의 공간에 대한 상상력에도 영향을 미쳤을 것이라 짐작할 수 있다.

라그나뢰크, 종말을 향한 시간

『에다』의 종말론적 세계관이 어디에서 비롯되었는지 확인하기는 쉽지 않다. 게르만족 고유의 세계인식일 수도 있고 다른 신화나 종교의 영향을 받은 것일 수도 있다. 현존 『에다』가 기록된 시기를 고려할 때 기독교적 종말론에 영향을 받았을 가능성도 충분히 있다. 세계의 창조에서 시작하여 세계의 파괴로 마무리되는 이야기로는 성경의 묵시록만큼 대중적인 것이 없기 때문이다.

게르만 신화에서는 종말이 가장 순수한 신의 죽음에 의해 촉발된다고 말한다.

형제들이 반목하여　　　서로 쓰러뜨리고
사촌끼리 가문을　　　　깨뜨림을 보았다.
대지가 꿍음 내고　　　　악한 영들 날아다니니
아무도 다른 이를　　　　돌보지 않는구나

끔찍한 일들 일어나니   온 세상이 음탕해졌다.

도끼의 시대, 창검의 시대,   방패들이 부딪치니

세계가 몰락하기 전의   겨울이며 늑대의 시간이었다.

(1:1, 45~46)

　화자는 세계의 타락을 안타까운 목소리로 노래한다. 형제들의 반목이나 시대의 음탕함이 심해져서 몰락 직전의 '겨울'과 '늑대의 시간'이 되었다고 말한다. 『에다』에서 현재는 종말 이전의 한정된 시간일 뿐이다. 타락을 회복하는 방법이 없으므로 철저한 파괴에 의해서만 그 타락이 멈출 수 있다는 비극적 세계인식을 보여준다. 세상이 점점 타락한다는 이러한 인식은 다른 신화에서도 자주 발견된다. 현재에 대한 불만이 과거를 미화하는 방식으로 표현된 것이라 할 수 있다. 황금의 시대에서 은의 시대, 동의 시대로 변해왔다는 그리스 신화의 인식이나 요순시대를 가장 좋았던 시절로 여겼던 중국의 인식도 세상의 변화를 타락으로 설명한다. 여기서 겨울이나 늑대라는 소재는 다분히 지역적 특성이 반영된 것으로 보인다.

　신들은 가장 순수한 신의 죽음이 종말의 전조임을 알면서도 그의 죽음을 막지 못한다. 순수하게 선한 신은 오딘과 프리그의 아들인 발드르인데, 오딘을 비롯한 신들은 언젠가 찾아올 종말의 시간을 뒤로 미루기 위해 그를 철저히 보호한다. 어머니 프리그는 세상이 모든 생물에게 그를 해치지 않겠다는 약속을 받아 내기까지 한다. 하지만 나무에서 자라는 겨우살이에게는 약속을 받지 않는다. 너무나 나약한 존재이기에 겨우살이에게까지 그런 약속을 받아 낼 필요가 없다고 생각했기 때문이다.

　게다가 그 죽음은 가장 위험하고 악한 존재에 의해 벌어진다. 신들의 모든 관심이 발드르에게 쏠리는 것을 질투한 로키는 눈이 먼 신 회두르를 사주하여 발데르를 살해한다. 회두르는 겨우살이 가지를 던져(또는 활로 쏘

　　　　　　　　　　　　　　　　위대한 이야기 유산

아) 발드르의 심장을 맞힌다.[12] 그의 죽음에 놀란 신들은 신 헤르모드를 헬로 보내 발드르를 데려오려 한다. 이 시도 역시 로키의 방해로 좌절되고 만다. 헬은 아홉 세상이 모두 발드르를 살리는 데 동의하면 신들의 요구를 들어주겠다고 하는데, 변신한 로키는 신들이 이마저 반대하는 것처럼 일을 꾸민다.

인간 영웅을 다룬 2부에서도 순수한 이의 죽음이 왕국의 몰락으로 이어진다. 최고의 영웅인 시구르드(지크프리트)가 죽으면서 군터 가계의 비극이 시작되는 것이다. 순수한 마음으로 군터의 결혼을 도와준 시구르드는 주변 사람들의 욕망과 질투 때문에 목숨을 잃는다. 그의 죽음은 복수를 낳고 그 복수가 또 다른 복수를 부른다. 물론 이 과정에 난쟁이가 만든 보물이라는 매개가 중요한 역할을 한다. 그것은 시구르드(『에다』)에게는 알베리히의 반지였고 지크프리트(『니벨룽겐의 노래』)에게는 니벨룽 족의 보물이었다.

예정된 몰락이 주는 비극적 파토스는 특히 『운문에다』에서 두드러진다. 파멸을 예견하는 화자의 감정이 독자들에게 직접 전달되기 때문에 산문으로 정리된 줄거리만을 접할 때와는 다른 감동을 준다. 또 선한 의지가 결국 악에 의해 패배한다는 점은 독자들의 비애감을 불러낸다. 비록 천상의 이야기이지만 『에다』의 신들은 인간의 보편 감정을 충분히 자극한다. 그들은 인간과 마찬가지로 죽을 운명에 놓여 있고 때로 좌절하고 흥분하며 어떤 때는 비겁하기까지 하다. 신들의 이런 인간적인 면 역시 독자들에게는 친근감을 느끼게 한다.

지혜의 신 오딘

오랜 기간 인류가 생각해온 신은 인간이 원하지만 얻을 수 없는 초

인간적인 힘을 지닌 존재들이었다. 그들이 인간과 다른 이유는 자연 현상을 지배하고 동식물과 소통할 수 있는 능력을 소유했기 때문이다. 메소포타미아, 이집트의 신이나 인도의 신들이 모두 그랬다.

　게르만 신화에도 다양한 신들이 등장한다. 그리스 신화의 올림포스에 해당하는 신들의 궁전 발할라에는 12신이 모여 있다. (『산문에다』가 그러한데 일부러 숫자를 12에 맞춘 것 같다.) 그리스 신화에서 신들의 가계가 우라노스-크로노스-제우스 형제로 이어지는 단일한 흐름을 보이는 데 비해 게르만 신화에는 계통이 다른 두 무리의 신족이 존재한다. 그 중 아스 신족의 일화가 많은 분량을 차지하며 바니르 신족은 부차적으로 언급된다. 두 종족의 기원에 대한 설명이 없어 자세히 알 수는 없으나 신화가 전승되는 과정에서 발행한 역사적 사건이 신화에 영향을 주었다고 추정해 볼 수 있다. 신화 민족 사이에 충돌이 있을 때, 지배자의 신은 피지배자의 신을 폐기하거나 자신들의 신화 속에 포섭하기 마련이다. 특정한 신이 승자로 그려지고 패자로 그려지는 것, 특정한 신이 주인공이 되고 부차적 인물이 되는 것은 이러한 정치적 사건의 결과인 경우가 많다.[13] 그나마 자주 언급되는 바니르 신인 프레이와 프레야는 아스 신족에게 인질로 잡혀 온 신들이다. 재미있는 것은 이 두 신이 농업과 대지의 풍요와 관계된다는 점이다. 아스 신족에서는 원래 토르가 농업의 신이었는데 두 신이 들어온 후로 그의 역할은 전쟁을 담당하는 쪽으로 집중된다.

　아스 족의 최고신은 오딘과 토르이다. 둘은 대조되는 성격을 가진 신이다. 오딘은 전쟁, 변덕, 전사, 마법과 연관되고 토르는 농업, 안정, 농민, 완력과 연관된다. 오딘이 토르보다 상위의 신으로 자주 언급되지만 실제로 둘이 상하관계처럼 보이지는 않는다. 초기 신화에서 유력한 신이었던 토르가 시간이 지나면서 최고신의 자리를 오딘에게 물려주었다는 이야기도 있다. 토르는 강력한 무기인 묠니르라는 망치를 가지고 거인들을 물리치며 주로 발할라 밖에서 활동한다. 오딘은 지혜를 상징하며 발할라의 최고 권력자이다.

아래 세 편은 오딘의 지혜가 어디서 왔는지 말하는 부분이다. 처음 두 편의 시는 오딘이 지혜를 얻게 된 사연을 세 번째 시는 그가 루네 문자를 배워 마법을 쓸 수 있게 된 사연을 들려준다.

늙은 아르신(오딘)이	생각하며 다가올 때
이 몸은 홀로	바깥에 앉아 있었다.
어이 질문하시는고?	무엇을 캐어물으시나?
당신의 눈 숨긴 곳까지	모조리 알고 있노라 (1:1, 21)

저 널리 유명한	미미르의 샘이구나.
군신이 맡겨 놓은	꿀물을 미미르는
아침마다 마셨노라.	그 의미를 아는가? (1:1, 22)

바람 몰아치는 나무에	아홉 밤을 매달려 있었음을
기억하고 있노라.	창에 찔려서
목숨을 바치니	바로 나 자신에게 바쳤도다
뿌리의 근원을	아무도 모르는
나무에 매달려 있었노라.	(1:6, 139)

이그드라실의 뿌리 중 하나가 닿아 있다는 미미르의 샘은 지혜의 샘으로 불린다. 오딘은 지혜를 얻는 대가로 자신의 한쪽 눈을 뽑아 그 샘 바닥에 둔다. 그 결과로 발할라의 의자에 앉아서도 먼 곳을 볼 수 있는 능력을 소유하게 된다. 첫 번째 시의 '눈 숨긴 곳'은 바로 그 샘의 바닥을 말한

다. 한쪽 눈을 희생함으로써 오딘은 단순히 멀리 보는 능력뿐 아니라 세상을 보는 지혜도 얻게 된다. 그림이나 영상에서 오딘이 늘 안대를 쓰고 있는 이유가 이 때문이다.

오딘의 마법 능력은 타고난 것이 아니라 노력을 통해 체득한 것이다. 그는 창에 찔린 채 아홉 날 동안 이그드라실에 매달려 고난의 시간을 보낸다. 이렇게 죽음과 같은 시간을 견뎌낸 후 그는 다른 신들이 갖지 못한 능력을 지니게 된다. 신화에서 마법을 사용하는 신은 그리 특별하지 않다. 하지만 그런 능력을 얻기 위해 오딘이 겪어낸 경험은 무척 특별하다. 고난의 시간을 나무에 매달려 있는 오딘을 상상하면 기독교의 십자가를 자연스럽게 떠올리게 된다. 또 나무 기둥에 매달려 고통의 시간을 보낸 인물로 오디세우스도 떠오른다.[14] 『오뒷세이아』에서 그는 홀로 세이렌의 소리를 듣기 위해 닻에 묶여 고통의 시간을 보낸다. 그 고통 이후에 오디세우스는 세이렌의 소리를 듣지 못한 선원들을 계몽하는 위치에 서게 된다.

오딘이 지혜를 얻기 위해 한쪽 눈을 포기한 것도 같은 맥락에서 이해할 수 있다. 나무에 스스로 매달린 것처럼 한쪽 눈을 내놓은 것은 지혜를 향한 순수한 희생이 아니라 최고신이 되고자 하는 욕망의 발현이었다. 오딘의 일화는 무언가를 내놓아야 더 큰 것을 얻을 수 있다는 일상의 교훈을 떠올리게도 한다. 이렇듯 오딘이 최고 신이 되는 과정은 매우 인간적이다. 신들의 신성은 대부분 타고난 능력에서 비롯되는데, 유독 오딘은 능력을 얻기 위해 스스로 노력하는 신이다. 그는 게르만 신화의 여러 신 중에 가장 적극적으로 욕망을 추구하는 신이며 그런 면에서 최고 신이 되기에 충분한 자격을 갖춘 캐릭터이기도 하다. 오딘이 게르만 신화 초기에는 최고 신이 아니었다가 점차 최고 신의 자리에 올랐다고 주장하는 학자들도 있는데, 위의 고난 과정을 생각하면 그럴듯한 설명이라는 생각이 든다.

말썽꾸러기 신 로키

오딘 만큼이나 흥미로운 신은 로키이다. 말썽꾸러기 로키는 다른 신화의 신에게서는 보기 어려운 독특한 개성을 가지고 있다. 그는 끊임없이 말썽을 일으킨다. 실수를 하거나 욕심을 부리고 속임수를 쓰거나 골탕을 먹인다. 그리스·로마 신화와 달리 게르만 신화에서는 신들 사이의 갈등이 많지 않지만, 발생하는 거의 모든 문제의 중심에 로키가 있다. 그렇게 해서 생긴 문제를 해결하는 인물도 로키이다. 그는 신들의 궁전 발할라에 살지만, 거인의 자식이며 여성으로 변해 아이를 낳을 만큼 마법에도 능하다. 그는 종말을 예고하는 발드르의 죽음에 직접적인 책임이 있는 인물로, 종말의 시간에는 거인 편에서 싸운다. 그는 혼란을 몰고 오는 신이며, 질서의 파괴하는 신이다.

로키는 신들과 대적해 싸우는 괴물들의 아버지이기도 하다. 그와 거인족 여인인 앙그르보다 사이에서는 흉측한 세 아이가 태어난다. 첫째는 늑대 펜리르, 둘째는 큰 뱀인 요르문간드, 막내는 딸인 헬이다. 악의 자식들이 걱정된 오딘은 요르문간드를 미드가르드를 감싸고 있는 바다로 던져 버린다. 헬 역시 어둡고 안개에 둘러싸인 니플헤임으로 쫓아낸다. 펜리르는 벌판에 풀어놓지만, 난쟁이가 만든 강한 줄로 묶어둔다. 이렇게 로키의 세 자식은 각기 다른 곳에서 라그나뢰크를 기다린다.

소원이더냐, 프리그여,   내가 저지른 악행을
더 생각해 내라는 것이냐?
발드르가 신들의   모임에 가는 것을
더는 못 보니 바로 이 몸 때문이라.

미쳤구나, 로키여,   추악한 행위들을

스스로 떠벌이고 다니다니.

말을 하지 않아도 　　　　　프리그는 일어난 일들을

모두 알고 있느니라. 　　　　　　　　　　　　　(1:9, 28~29)

　　위 시는 에그르의 주연(酒宴)이라는 아홉 번째 장의 일부이다. 이 장
에서 로키는 발할라에 있는 신들에 대한 험담을 늘어놓는다. 이 비난으로
로키는 다른 신들과 완전히 멀어진다. 거기에 덧붙여 로키는 자신이 발드
르 죽음을 사주한 사실까지 발설하고 만다. 로키의 행위는 매우 심술궂고
악해 보이지만, 독자들에게는 신들의 약점에 대한 재미있는 정보를 제공
한다. 시간 순서대로라면 이 부분은 결말, 즉 종말 전쟁 바로 앞에 놓여야
할 내용이다.

　　호기 좋게 자신의 범죄(?) 사실까지 말해버린 로키는 신들을 피해 송
어로 변하여 물속에 숨는다. 하지만 신들에게 잡히고, 살해당한 아들의 내
장으로 결박되어 바위에 묶이는 형벌을 받는다. 신들은 스카디라는 독사
를 잡아 로키의 얼굴 위에 매달고 그가 독으로 고통받도록 한다. 뱀에서
독이 떨어지자 로키의 아내 시긴은 그의 옆에 앉아 대접으로 독을 받아
내는데, 시긴도 독이 차면 그릇을 비워야 했다. 그릇을 비우는 사이 얼굴
에 떨어진 독 때문에 로키는 몸을 뒤틀게 되는데 그 울림이 지진으로 나
타난다고 한다.

　　신들의 이야기와 영웅들의 이야기에 공통으로 등장하는 난쟁이의
보물 혹은 난쟁이의 반지 일화에도 로키가 등장한다. 『운문에다』 23장인
'파프니르를 죽인 시구르드의 노래 2곡'과 『산문에다』 2부의 39장 '수달
의 배상금, 안드바리의 보물'에는 반지의 기원에 대한 유사한 이야기가
실려 있다.

　　아스가르드를 떠나 여행 중이던 오딘과 호그니 그리고 로키는 골짜

기에서 수달을 사냥한다. 그리고 흐레이드마르라는 난쟁이 집에서 묵게 된다. 그런데 그들이 낮에 사냥한 수달은 흐레이드마르의 아들이었다. 난쟁이는 아들의 몸값으로 수달의 몸을 황금으로 채우고 가죽도 모두 황금으로 가릴 것을 신들에게 요구한다. 이에 오딘은 로키를 지하 난쟁이에게 보내 금을 가져오게 한다. 로키는 안드바리라고 불리는 난쟁이의 보물을 빼앗아 수달의 목숨값을 치른다.

> 시스트르(오딘)가 가진 금   이제 두 형제를
> 죽게 하고   여덟 명의 제후를
> 파멸케 할 것이니,   내가 준 금은
> 누구에게도 결코   도움이 되지 못하리   (2:3, 5)

로키는 난쟁이 안드바리가 소지한 금 모두를 모은다. 안드바리는 비교적 순순히 보물을 내놓지만, 반지 하나는 내주려 하지 않는다. 그것만은 안 된다는 간절한 애원에도 로키는 결국 반지를 빼앗고 만다. 반지를 빼앗긴 안드바리는 자신이 화자로 등장하는 위의 시에서 저주의 말을 내뱉는다. 안드바리가 말한 '두 형제'의 죽음과 '여덟 제후'의 파멸은 이후에 벌어질 비극을 암시한다.

한편, 로키가 약탈해온 보물로 오딘은 수달의 몸을 채우고 가죽을 가리지만 수염만은 가리지 못한다. 할 수 없이 신들은 숨겨둔 반지마저 흐레이드마르에게 넘겨주게 된다. 이렇게 해서 반지는 신들의 손을 떠나 난쟁이의 손에 들어가게 되고 이야기의 중심인물인 시구르드에게까지 넘어가게 된다. 이 반지는 『에다』의 1부와 2부를 연결하는 고리가 되고, 『니벨룽겐의 노래』와 〈니벨룽겐의 반지〉에서는 이야기를 이끌어가는 가장 중요한 모티프가 된다. 이후 『반지의 제왕』에서는 '절대 반지'라는 이름을

얻게 된다.

게르만 신화에서 로키는 악을 상징하는 캐릭터이다. 그는 우리가 악이라고 생각할 수 있는 모든 요소를 가지고 있다. 그가 악한 행동을 하는 일관된 이유는 없으며, 그는 자신의 악한 행동을 반성하지도 않는다. 때로는 시샘 때문에(발드르의 죽음), 때로는 재미로, 가끔은 자신도 모르게 악을 저지른다. 인간적인 신들이라면 각기 장점과 단점이 있어서 하는데 로키는 장점을 발견하기 어려운 순수한 악으로 그려진다. 그는 타락 천사 혹은 적그리스도의 이미지를 가진 캐릭터인 셈이다.

물론 오딘이나 토르를 비롯한 다른 신들이라고 특별히 선하지는 않다. 그리스 신화의 신들처럼 바람을 피우는 등의 자잘한(?) 잘못을 저지르기도 한다. 그래도 그들은 순수한 악이 아닌 평범한 인간만큼의 잘못을 저지른다. 신의 이런 모습은 다신교에서 그리 특별한 것이 아니다. 오히려 로키와 같은 순수한 악의 존재가 이례적이다. 악한 신은 절대적으로 선한 신(게르만 신화에서는 발드르)의 반대편에 놓일 때 의미가 있다. 그렇다면 로키의 존재는 신에 대한 사람들의 생각이 변해가는 과정을 보여준다고 볼 수도 있다. 선과 악의 이분법적 구분도 인간의 문명 발달 과정에서 자연스럽게 생겨난 것일 테니 말이다.

반지 이야기

신들이 난쟁이에게서 빼앗은 반지 이야기를 계속해 보자. 오딘에게 보물을 받아온 흐레이드마르에게는 파프니르와 레긴이라는 아들 형제가 있었다. 아버지가 죽자 형인 파프니르는 혼자 보물을 독차지하려고 에기르의 투구(변신을 가능하게 하는 투구이다.)를 쓰고 용이 되어 그니타 황무지에 칩거한다. 이때 시그문드 왕의 아들 시구르드는 대장장이인 레긴 곁에 머물고 있었는데, 레긴은 시구르드에게 그람이라는 검은 칼 한 자루를 만들어주고 용을 무찌르라고 사주한다. 레긴과 그니타 황무지로 간 시구르드는 구멍을 파고 숨어 있다가 용을 죽이는 데 성공한다. 죽은 용의 심장을 굽던 중 우연히 용의 피를 맛본 시구르드는 새의 노래를 알아듣는 능력을 얻게 된다. 새들의 노래로 자신을 죽이고 보물을 혼자 차지하려는 레긴의 음모를 눈치 챈 시구르드는 레긴마저 죽이고 보물을 차지한다. 이렇게 해서 반지는 난쟁이에게서 인간의 손으로 넘어오게 된다.

반지의 비극은 인간들의 세계로 넘어와서도 이어진다.

> 잠에서 깨어난 　　　　　　아름다운 신부는
> 갑옷이 잘렸다고 　　　　　말하게 되겠죠
> 사려 깊은 신부는 　　　　시구르드에게 뭐라 할까요
> 그래서 저에게 　　　　　축복이 될까요　　　　　(2:22, 6)

> 그림힐드가 그대를 　　　　　　　완전히 우롱하리다
> 고트족의 왕인 　　　　　　　　군나르를 위하여
> 그대 시켜 브륀힐드에게 　　　　청혼케 하리니
> 그대 너무 일찍 그림힐드에게　구혼 행차 언약하리다　　(2:22, 35)

위에는 『에다』 2부의 주요 인물들이 여럿 등장한다. 첫 번째 시는 시구르드와 발퀴리인 브륀힐드가 만나는 장면이다. 예언의 형식을 띠고 있지만 이 예언은 뒤에 실제로 벌어지는 일이 된다. 발퀴리 브륀힐드는 불길에 싸여 잠이 들어 있었는데, 용감한 자만이 불길을 뚫고 그녀의 갑옷을 벗길 수 있었다. 용감한 영웅 시구르드는 어렵지 않게 그녀의 갑옷을 잘라서 풀어버린다. 일단 둘은 나중에 만나기로 하고 헤어진다. 한편 그림힐드는 고트족의 왕 군나르와 여동생 구드룬의 어머니이다. 그림힐드가 만든 망각의 약을 먹은 시구르드는 브륀힐드에 대한 기억을 잊어버린다.

두 번째 시에서는 군나르가 브륀힐드에게 청혼한 이후의 사건들을 언급하고 있다. 그림힐드가 시구르드를 '우롱'하게 될 것이라고 간단하게 언급하지만 이에 대해서는 많은 설명이 필요하다. 고트족의 왕인 군나르는 브륀힐드에게 반해 청혼하려 한다. 하지만 그녀는 강력한 힘을 가진 남자를 원했고 어떤 남자도 그 기준을 충족시키지 못했다. 이에 군나르는 감히 그녀에게 다가가지 못하고 자신보다 강한 시구르드에게 브륀힐드를 제압해 달라고 부탁한다. 그림힐드의 약을 먹고 망각에 빠진 시구르드는 그림힐드의 딸 구드룬을 사랑하게 되었는데 그녀를 얻기 위해 군나르의 부탁을 들어준다. 난쟁이가 만든 에기르의 투구를 쓰고 군나르로 변신한 시구르드는 브륀힐드를 제압하고 결혼 허락을 받는다.

이후 시구르드는 구드룬과 결혼하지만 군나르에 의해 살해당한다. 이후 군나르와 그의 이복 형제 호그니는 시구르드가 가지고 있던 파프니르의 보물을 모두 차지한다. 시구르드가 죽어갈 때 브륀힐드는 불타는 장작으로 뛰어들어 시구르드와 함께 저승으로 간다. 한편 브륀힐드의 오빠 아틸라는 브륀힐드의 죽음과 관련하여 군나르를 비난한다. 이에 군나르는 구드룬을 그의 아내로 주기로 한다. 군나르는 결혼을 거부하는 구드룬에게 망각의 약을 마시게 해 억지로 결혼을 성사시킨다. 이후 아틸라는 보물에 대한 욕심으로 군나르와 호그니를 살해하는데, 호그니의 심장을 도려내고 뱀들이 우글거리는 탑 속에 군나르를 던져 넣는다. 자신의 오빠가 아틸라에 의해 죽은 것을 알게 된 구드룬은 남편 아틸라를 살해한다. 이렇게 하여 반지를 빼앗긴 안드바리의 저주가 모두 실현된다.

에다	그림힐드	구드룬	군나르	호그니	시구르드	브륀힐드	아틸라
니벨룽겐의 노래	우테	크림힐트	군터	하겐	지크프리트	브륀힐트	에첼

인물 이름 대조표

시구르드와 브륀힐드 그리고 군나르 가문 이야기는 서사시 『니벨룽겐의 노래』의 뼈대가 된다. 이 중세 서사시는 니벨룽의 난쟁이에게 지크프리트가 얻은 보물에서 시작하여 부르군트족의 몰락으로 끝난다. 다만 『에다』에 비해 고유 명사들이 현실의 그것에 가까워지고, 무대도 도나우강 너머 훈족 땅으로까지 확대된다. 인물들의 출신과 직위 등도 분명히 표시된다. 『니벨룽겐의 노래』에 따르면 군터는 라인강 상류에 실재했던 부르군트족의 왕이다. 지크프리트는 라인강 하구인 네덜란드의 왕자이다. 아틸라에 해당하는 에첼은 훈족의 왕이다. 크림힐트와 브륀힐드의 질투와 시기가 몰락의 촉매 역할을 한다는 점은 『에다』와 다르다. 브륀힐드가 첫날밤을 보낸 남자가 남편 군터가 아닌 지크프리트라는 사실을 크림힐트가 발설하면서 문제가 생기는 것이다. 전체 2부로 구성된 『니벨룽겐의 노래』의 1부는 지크프리트의 죽음으로 끝나고, 2부는 남편을 죽인 오빠와 하겐에 대한 크림힐트의 복수로 채워진다. 『에다』와 다르게 2부는 훈족에 의한 부르군트족의 몰살인 셈이다.

황금과 절대 반지

『에다』의 1부와 2부는 모두 비극으로 마무리된다. 1부의 마지막 장 '신들의 황혼'은 세계 전체의 몰락이고 2부의 몰락은 한 종족의 멸망이다. 특히 『니벨룽겐의 노래』에서 부르군트족은 철저하게 반지의 저주를 받는다. 순수한 존재의 죽음이 종말을 암시한다는 점에서도 1, 2부는 비슷하다. 로키가 순수한 신 발드르를 살해한 데서 거인과의 전쟁이 시작되었듯이 지크프리트가 살해되면서 한 종족의 멸망이 시작된다. 군터와 하겐이 로키 역할을 하는 셈이다. 지크프리트는 타고난 영웅이지만 재물에 욕심을 부리고 애정을 욕망하는 주변 사람들에 의해 파괴된다. 그는 주변의 요청에 선의로 응했는데 그의 선의를 받은 이들은 더 많은 무언가를 욕망한다. 어떤 무기도 찌를 수 없는 무적의 영웅 지크프리트의 약점을 하겐에게 알려준 이는 질투에 눈이 먼 지크프리트의 아내 크림힐트였다.[15] 물론 지크프리트에게 죄가 전혀 없는 것은 아니다. 반지에 해당하는 라인의 보물을 탐낸 것이 그의 가장 큰 죄이다. 난쟁이 알베리히는 "이제 지크프리트 자신이 겪은 고통은 그가 우리에게서 마법의 망토를 빼앗아 가서 이 나라 전체를 자신에 복속시켰던 바로 그 행위로 인해 생겨난 것"이라고 말한다.

바그너의 오페라 〈니벨룽겐의 반지〉는 『에다』에서 주요 이야기를 가져오고 『니벨룽겐의 노래』에서 인물을 따왔다. 이 오페라는 난쟁이 니벨룽족의 알베리히가 라인의 황금으로 무한한 권력을 안겨줄 반지를 만드는 데서 시작한다.

보탄(오딘)은 두 명의 거인 형제 파프너와 파졸트를 고용하여 용사들이 머물 성 발할라를 짓게 한다. 신들은 노동의 대가로 미의 여신 프레야를 주기로 약속한다. 성이 완성되어 프레야는 거인들에게 끌려갈 운명이 된다. 그런데 거인들이 프레야를 네리고 가자 신들은 갑자기 늙어버린다. 신들이 프레야를 돌려달라고 요구하자 두 거인은 프레야의 몸값으로 알베리히의 보물을 요구한다. 로게(로키)의 의견에 따라 보탄은 알베리히의 보물을 빼앗으러 간다. 알베리히는 미메가 만든 보이지 않게 하는 투구와 반지를 가지고 있었지만 로게는 꾀를 써 그를 잡는 데 성공한다. 보탄은 알베리히의 목숨 대신 그의 모든 보물을 요구하고 알베리히는 이에 응해 난쟁이들로 하여금 보물을 쌓아 놓게 한다. 보탄이 알베리히의 손에

　　　　　　　　　　　　　　위대한 이야기 유산

낀 반지까지 요구하자 알베리히는 강하게 저항한다. 하지만 결국 반지는 보탄의 손으로 넘어가고 만다. 분노에 가득 찬 알베리히는 반지에 저주를 걸어, 누구든지 반지의 주인이 되는 자는 타인의 시기를 받을 것이며 '반지의 노예'가 되고 결국은 망하게 될 것이라고 말한다. 이 말을 마치고 알베리히는 떠나버리지만, 보탄은 그의 말을 무시한다.

다시 거인들이 프레야를 데리고 나타나고 거인들은 아름다운 프레야를 돌려받기 위해서는 프레야를 가릴 만큼 보물이 쌓여야 한다고 주장한다. 프레야 앞으로 보물이 쌓이고 모든 황금이 다 놓였는데도 파졸트는 프레야의 눈이 보인다고 주장한다. 파프너는 보탄이 손가락에 끼고 있는 알베리히의 반지로 그 눈빛을 가리라고 요구한다. 이는 『에다』에서 죽은 수달의 수염까지 가려야 한다는 흐레이드마르의 요구와 비슷하다. 반지를 요구받자 보탄은 단호히 이를 거절한다. 이때 여신이 나타나 보탄에게 반지에 담긴 저주를 피하라고 충고한다. 보탄에게서 반지를 넘겨받자마자 거인들은 보물을 나누는 문제로 다투기 시작한다. 이어 동생 파프너가 보물덩이를 가지고 형 파졸트를 쳐 죽이는 일이 발생한다. 반지의 저주가

***니벨룽겐의 반지** 이 오페라는 완성되는 데 약 26년(1848~1874년)이 걸렸다. 바그너 혼자 대본을 쓰고 음악을 작곡했다. 전체 4부로 구성되어 있다. 제1부 「라인의 황금」, 제2부 「발퀴레」, 제3부 「지크프리트」, 제4부 「신들의 황혼」이다. 〈니벨룽겐의 반지〉는 크게 보탄을 중심으로 하는 신들의 세계, 난쟁이 니벨룽족의 세계, 지크프리트를 중심으로 하는 인간의 세계로 구성되어 있다. 연주시간은 약 16시간으로 각각의 악장극들은 독립적이지만 완전한 이해를 위해서는 작곡가가 의도한 바와 같이 4개 모두를 같이 봐야 한다. 이 오페라는 이야기의 전개 못지않게 웅대한 스케일의 관현악단 구성으로 유명하다. 독일 바이로이트에서는 매년 여름 〈니벨룽겐의 반지〉를 비롯한 바그너의 작품이 공연된다. 이 바리로이트 축제에서는 바그너의 유언에 따라 방황하는 네덜란드인 (Der Fliegnde Holländer)에서 파르지팔에 이르는 열 작품만이 공연된다.

시작된 것이다. 보탄은 저주의 힘에 놀라고 파프너는 보물과 반지를 가지고 떠난다.

신들과 거인들을 거쳐 브륀힐데(브륀힐드)가 끼고 있던 반지는 지크프리트의 손에까지 이르게 된다. 지크프리트는 하겐의 창에 의해 살해되고 마는데, 장작더미 위에서 화장되던 그의 몸은 라인강으로 떨어지고 마침내 황금도 라인강으로 돌아가게 된다. 지크프리트가 화염에 싸여 타고 있을 때 신들의 궁전 발할라도 불길에 휩싸이는 것으로 오페라는 끝이 난다. 영웅의 죽음과 세상의 종말로 끝나지만, 이 작품은 결말에서 재생의 의지를 강하게 표현한다. 거기에 민족이라는 관념이 추가되면 종말 이야기는 숭고미까지 획득하게 된다.

제목부터 〈반지의 제왕〉인 피터 잭슨 감독의 영화는 이 절대 반지를 파괴하기 위한 고난의 여정을 다루고 있다. 중간계에 사는 인간과 엘프족, 난쟁이, 호빗이 힘을 모아 악의 근원인 반지를 파괴한다는 내용이다. 바그너의 오페라와 달리 이 영화의 주인공들은 반지의 위험을 알고 그것의 힘에 빠지지 않기 위해 노력한다. 가끔 반지에 욕심을 부리는 이들이 있지만, 그들은 예외에 속한다. 영웅 지크프리트와는 전혀 닮지 않은 호빗족의 평범한 인물이 반지를 운반한다는 발상도 신선하다. 반지는 절대적인 힘을 가지고 있지만, 그것의 유혹을 견디고 반지를 파괴하는 인물은 힘이 아닌 선한 마음을 가진 평범한 존재인 것이다. 무엇보다 이 영화에서 세계는 파멸에 이르지 않고 새로운 평화를 얻는다. 그것도 여러 종족의 협력을 통해서 얻어낸 평화이다. 이 영화의 원작 소설은 세계대전의 참화 뒤에 창작되었는데, 세계 평화와 인류 협력의 염원이 반지에 대한 중간계의 승리로 표현되었다고 할 수 있다.

진화하는 텍스트

게르만 신화는 여러 텍스트에 담긴 신화적 내용과 영웅의 이야기를 아우르는 말이다. 고대 신화이지만 우리가 볼 수 있는 텍스트는 중세에 수집되거나 창작된 것들이다. 문자 기록이 늦었던 만큼 신화의 원래 모습이 훼손되었을 가능성이 없지 않다. 다른 측면에서 보면 게르만 신화는 신화가 전승되는 과정에서 생긴 변화를 담고 있는 흥미로운 텍스트이기도 하다. 실제로 『에다』와 『니벨룽겐의 노래』에는 훈족의 침입과 게르만 부족의 멸망이라는 역사적 사건이 서사의 배경으로 깔려 있다.

현재 전하는 텍스트만으로 보면 게르만 신화는 그리스·로마 신화보다 서사적 완결성이 떨어진다. 서술의 시점이 흔들리고 텍스트 안에서 모순된 기술이 발견되기도 한다. 인물의 심리 묘사나 사건의 세부 묘사에서도 그리스 신화의 그것에 못 미치는 면이 있다. 인물들 사이의 관계도 애매한 경우가 종종 있다. 신화라고 하지만 인간의 이야기가 배제되어 있다는 것도 다른 신화와 비교하면 아쉬운 점이다. 신화를 담고 있는 텍스트 역시 그리스·로마 신화 쪽이 다양하고 오래되었다.

그럼에도 불구하고 게르만 신화가 최근 관심을 끄는 이유는 신화에 담긴 흥미로운 모티프들 때문이다. 이 모티프들은 여러 작품에서 유용한 콘텐츠로 활용되고 있다. 비교적 정형화된 내용만도 여럿 나열할 수 있다. 지하세계는 난쟁이가 지배하고 그들은 보물을 캐내는 일을 한다. 때로 난쟁이는 대장장이와 동일시된다. 보물을 지키는 사나운 용과 그를 물리치는 영웅의 대결은 다양한 판본으로 변형되어 전해진다. 게르만 신화에서는 영웅조차 보물의 유혹을 이기지 못해 파멸한다. 가장 특별한 존재는 발키리인데 여성 전사인 이들은 신과 인간을 이어주는 역할을 한다. Thursday의 어원이기도 한 토르는 난쟁이가 만들어 준 짧은 손잡이의 망치 묠니르를 들고 다닌다.

특히 세상의 종말과 부활이라는 게르만 신화의 중심 모티프는 최근까지도 큰 인기를 끌고 있다. 19세기에서 20세기 초는 독일 민족주의가 발흥하던 때이다. 그러한 분위기에 편승한 작품이 바그너의 〈니벨룽겐의 반지〉였다. 제2차 세계대전의 폐허 속에서 발간된 톨킨의 소설 『반지의 제왕』은 신화에서처럼 반지가 세상을 파괴하는 것이 아니라 세계가 반지를 파괴한다는 내용을 담고 있다. 인간, 엘프, 난쟁이 등 다양한 종족의 협력을 통해 절대적인 힘을 가진 존재를 물리치는 이야기이다. 『반지의 제왕』의 이런 모티프는 할리우드 영화 〈어벤저스〉의 인피니티 스톤으로 이어지기도 했다. 〈어벤저스〉의 최종편은 영웅들이 개성을 버리고 연합하여 타노스(죽음을 의미하는 타나토스를 연상하게 하는 이름이다.)를 물리치는 이야기이다. 말할 것도 없이 게르만 신화는 흥미로운 판타지의 세계를 보여준다. 그 안에 담긴 모티프들이 앞으로 어떻게 변형되고 활용될지 관심을 가지고 지켜볼 일이다.

위대한 이야기 유산

2부

악마와 마녀와 정령

타락 천사, 지옥과 연옥의 탄생

『신곡』,『실낙원』

영혼의 발명과 유일신교

종교는 맨몸으로 자연에 맞서야 했던 인간들의 두려움에서 비롯되었다. 인간은 생명을 유지하기 위해 자연을 이해해야 했고, 이해할 수 없거나 감당할 수 없는 현상에 대해서도 어떻게든 설명해보려 노력했다. 번개는 왜 치는지, 홍수는 왜 일어나는지, 질병은 왜 인간을 습격하는지 그 이유를 찾아내고 싶어 했다. 인력으로 막을 수 없는 일이라 해도 피해를 최소화할 방법, 심리적 충격을 최소화할 방법을 연구했다. 풍년이나 성공적인 사냥을 기원하기 위해서도 인간은 어딘가에 기대야 했다. 이런 과정에서 인간들은 자연이나 자연 현상에 인격을 부여하게 되었고, 그것을 종교로 발전시켰다.

초자연적인 현상을 설명하기 위해서도 종교는 필요했다. 죽은 자의 모습이 왜 꿈속에 나타나는지 사람들은 알 수 없었다. 정신의 혼미해지거나 황홀경에 빠지는 경험은 감각으로 인지되는 일상 밖에 다른 세계가 존재한다는 생각을 확산시켰다. 이런 경험이 축적되면서 인간은 자신들이 육체뿐 아니라 영혼을 가진 존재라고 여기게 되었다. 사람들은 자연의 순환 속에서 영혼을 발견하기도 하였다. 그들은 하루, 한 달, 일 년의 순환을 소멸과 생성의 반복으로 여겼다. 다 자란 식물이 씨앗을 남기고 흙으로 돌아가는 자연의 이치처럼 생명에는 물질 이상의 다른 차원이 있다고 믿었다. 원시 종교에서 영혼은 육체를 달리하면서 순환할 뿐 사라지지 않는 존재였다.

근대 종교에서도 신앙의 핵심은 현세에서의 기복(祈福)과 영혼의 구원이다. 현재와 다른 세상이 존재하고 그곳에서는 지금보다 나은 삶을 누릴 수 있다는 생각은 사람들에게 큰 위안을 준다. 현재가 만족스러운 사람이 그리 많지 않기에 이런 생각은 쉽게 세상으로 퍼져 나간다. 이는 현세의 권력을 가진 이들에게도 마찬가지이다. 그들은 지금 소유한 재산과 명예 등이 내세에서도 유지된다는 보장을 받고 싶어 한다. 가난한 자들의 종교 못지않게 부자들의 종교가 발전하는 이유가 여기 있다. 그러나 사후 세계의 문제는 종교와 과학 사이의 넘어서기 어려운 벽을 만든다. 근대 과학의 성과를 부정하지 못하는 종교도 진화론에 대해서는 여전히 강한 거부 반응을 보이는 것이 대표적인 예이다. 진화론을 인정하면 영혼과 사후 세계의 존재를 부정해야 하기 때문이다.

다신교 시대가 지나고 유일신교 시대가 되면서 사후 세계도 더 정교해졌다. 유일신교에서는 인간만이 내세의 삶을 누릴 수 있다고 설명한다. 이는 인간이 유일하게 신을 닮았다는 생각에서 비롯된다. 지옥이든 천국이든 그런 곳이 있기만 하다면 인간의 영혼은 사라지지 않고 보존되는 셈이고, 이는 일종의 영생을 의미한다. 그토록 두려운 영원한 죽음이 인간에게만은 예외적으로 찾아오지 않게 되는 것이다. 이렇게 인간을 예외적 존재로 놓았기 때문에 유일신교는 다른 종교를 물리치고 세계종교로 발전할 수 있었다. 이후 자연물 안에 존재하거나 각각의 역할에만 충실하던 다신교의 신들은 신의 자리에서 물러나거나 존재를 부정당하게 된다.

유일신교의 발달은 자연에서의 인간 지위 상승과 역사를 같이 한다.

인간은 신이 되지는 못했지만, 자연을 더는 신으로 섬길 필요가 없게 되었다. 인간은 수많은 자연과의 관계 안에 수평적으로 놓인 존재가 아니라 유일신과 나머지 자연 사이에 위치하는 특별한 존재로 자신을 자리매김했다. 인간 역시 유사신(類似神)이 된 것이다. 이성, 언어, 과학 등 신을 닮은 능력의 예는 충분히 많다. 신이 하나밖에 없는 것처럼 인간 역시 유일무이의 특별한 생명체로 여겨졌고, 그만큼의 권리를 갖는 것이 당연시되었다. 인간이 거리낌 없이 자연을 정복하고 이용하는 행위도 유일신교에 따르면 정당한 일이었다.

대표적인 유일신교는 아브라함에서 시작한 세 종교이다. 유대교, 기독교, 이슬람교가 그것인데 우리에게 직·간접적으로 큰 영향을 준 종교는 기독교이다. 서구 문명이 강한 지배력을 가지면서 기독교는 서구적 근대화를 이룬 여타 지역에서도 보편적인 지식이 되었다. 우리는 서구 문화를 빠른 속도로 받아들인 대표적인 비서구 지역에 속한다. 기독교는 과거에 유교가 차지하던 자리를 빠르게 대체하였고, 정치·사회 전반에 걸쳐 막대한 영향을 미쳤다. 우리 기독교는 어느 나라의 그것보다 기복적인 성격이 짙으며 정치적·사회적 공동체로서 강한 결속력을 자랑한다. 이 때문에 사회의 건전한 발전을 추동하는 건강한 문화가 아니라 집단의 이익을 추구하는 편협한 문화라는 비판도 받는다.

기독교 신학과 관련하여 서구에서 탄생한 최고의 문학은 『신곡』[1]이다. 이 작품은 화자인 단테가 지옥과 연옥 그리고 천국을 여행하면서 본 광경과 그것에 대한 감상을 노래한다. 배경은 저승 세계이지만 실제로는 유럽의 역사와 단테가 살았던 당대의 현실을 비판적으로 다루고 있다. 신학적인 주제와 함께 인간이 어떻게 살아가야 하는지에 대한 현세의 윤리를 이야기하는 것이다. 한편 『신곡』은 연옥의 존재를 대중에게 각인시킨 작품이기도 하다. 지옥과 천국은 다신교 시절부터 자주 언급되던 곳이지만 연옥은 중세에 만들어져 단테에 의해 대중적으로 알려지게 된 공간이다.

밀턴의 『실낙원』[2]은 성경의 창세기 일부와 요한 계시록 일부를 바탕으로 천사의 타락과 낙원에서의 인간 추방을 다룬 작품이다. 작가는 하늘에서 벌어진 대전투와 지옥의 타락 천사들, 아담의 탄생과 뱀의 유혹 등잘 알려진 신학의 모티프를 흥미 있게 재구성하였다. 부정적인 캐릭터로자주 언급되는 사탄과 아담, 이브를 주인공으로 하여 신과 인간의 관계,의지와 선택의 문제 등을 이야기한다. 이 작품 역시 기독교 문화 속에서탄생했지만, 주제는 단순히 종교의 범주에 머물지 않는다. 특히 타락 천사의 우두머리인 사탄을 흥미로운 캐릭터로 창조한 점은 매우 인상적이다.

신화 속의 사후 세계

내세에서 복락을 누리게 될지 아니면 영원한 고통 속에서 괴로워하게 될지를 결정하는 것은 현세의 삶이다. 이승에서 얼마나 착하게 살았는지, 신에게 얼마나 충실했는지에 따라 더 긴 시간 혹은 영원한 시간의 운명이 결정된다. 이러한 사후 세계 관념은 죽음을 두려워하는 보편적인 인간 감정에 기초하기 때문에 개인의 삶에 큰 영향을 미친다. 이를 받아들이게 되면 현세의 삶은 사후 세계를 위한 예비과정이 되고 만다. 인간이상상해 낸 관념이 반대로 실제 삶에 영향을 미치는 일종의 역전이 발생하는 것이다.

발달한 종교들은 모두 부활과 재생이라는 모티프를 활용하여 죽음이후 세계를 설명하려 한다. 사실 부활과 재생의 모티프가 없는 종교는상상하기 어렵다. 그것이 없다면 내세가 없는 것이고, 내세가 없다면 현세의 삶은 일회성에서 그치고 만다. 죽음을 피할 수 없는 현실에서 일회성의 삶은 인간에게 너무나 큰 공포이다. 다행히 인간이 확인할 수 있는 자연에서는 부활과 재생의 근거를 쉽게 발견할 수 있었다. 인간의 시간 경험 특히 자연을 통해 얻은 순환적 시간 개념은 우주의 순환을 탄생·죽음·재생이라는 리듬의 무한한 반복으로 이해하게 했다.[3] 영혼의 윤회라는 생각이나 종말과 심판을 통한 세계의 주기적 갱신이라는 관념은 여기에 뿌리를 두고 있다.

유일신교 발달 이전의 신화들에서도 사후 세계 이야기는 쉽게 발견할 수 있다. 가장 오래된 서사시로 알려진 『길가메시 서사시』의 후반부는 딜문(Dilmun)이라는 사후 세계 여행기이다. 딜문은 순수하고, 깨끗하며, 빛나는 땅이다. 딜문에는 맹수나 혐오스러운 동물이 없으며, 질병이나 노화 그리고 죽음도 없다. 성경에 등장하는 에덴이나 천국을 연상하게 하는 땅이다. 그곳은 바다 건너에 존재하는 섬으로 여겨졌는데, 신들의 공간으로 특별히 선택받은 인간만이 예외적으로 발을 들일 수 있었다. 『길가메시 서사시』는 복잡해 보이지만 단순하게 보면 현세의 권력을 충분히 누린 한 인간이 죽음의 공포에서 벗어나고자 노력하는 이야기이다.[4]

이집트인들 역시 사후 세계에 깊은 관심을 보였다. 그들이 생각한 사후 세계 모습은 벽화 등에 생생하게 남아 있다. 고대 이집트의 종교는 다신교에서 출발하였는데 라(Ra)는 생명과 태양을 상징하는 강력한 신이었고, 오시리스는 죽음을 상징하는 신이었다. 죽은 자들의 재판관이자 왕인 오시리스는 자기희생 후 새롭게 부활한 신이었다. 그는 동생 세트의 모략에 빠져 살해당한 후 아들 호루스의 도움으로 부활해 사후 세계를 지배하게 되었다. 시간이 지나면서 고대 이집트의 종교는 다신교에서 점차 라와 오시리스가 결합한 일신교적 성격으로 변해 갔다. 상반된 성격의 두 신은 신성의 상보성을 나타내는 두 형태로 이해된다.[5]

오시리스 신화에는 사후 심판이라는 관념이 존재한다. 신화에 의하면 죽은 이들은 배를 타고 하늘의 강을 건너 강의 서쪽에 도착한다. 배에서 내려 일곱 관문을 지나면 오시리스의 성 입구에 이르게 되는데 이 과정에서 죽은 자들은 「사자의 서」⁶를 외운다. 성 앞에 이른 죽은 자들은 아누비스에 의해 '심판의 방'으로 인도되어 정의의 저울 앞에 서게 된다. 저울 옆에는 괴물 암미트가 앉아 있다. 흔히 자칼의 머리에 사람의 육체를 가진 존재로 알려진 아누비스는 죽은 자의 심장을 저울에 올려 무게를 잰다. 죄의 무게가 무거워 저울이 기울면 암미트는 죽은 자의 심장을 먹어버리는데, 이는 곧 사자의 영원한 종말을 의미한다.⁷ 따오기 머리를 한 지혜의 신 토트는 검사 역할을 하고 재판장은 오시리스이다.

선악의 분명한 대비를 강조하는 조로아스터교는 기독교의 지옥 관에 큰 영향을 미쳤다. 조로아스터 교에서는 지혜의 신(Ahura Mazda)과 악령(Ahriman)이 대립한다. 아리만은 거짓의 신으로 땅 밑 지옥의 암흑 속에서 산다. 거짓의 신이 악마들(daevas)을 보내 세상을 괴롭히면 아후라 마즈다가 이에 맞서는데, 이것은 인간의 영혼을 둘러싼 투쟁이며 세계의 역사이다. 또, 사람이 죽으면 그 영혼은 처음 사흘 동안 시신의 머리 주변에서 떠돈다. 그리고 정의의 정령 라슈누와 미트라가 그 영혼을 심판한다. 영혼은 선행과 악행에 따라 노래의 집으로 가거나 지옥에 떨어진다.⁸

호메로스의 서사시 『오뒷세이아』에는 지옥 여행 모티프가 들어있다. 지중해를 떠돌며 고향으로 돌아가지 못하는 수인공 오디세우스는 지하세계로 내려가 죽은 예언자 테이레시아스의 영혼에 조언을 구한다. 그가 알고 싶은 것은 언제 고향에 돌아갈 수 있을지이다. 하지만 실제로 여기서 독자의 흥미를 끄는 것은 오디세우스가 『일리아스』의 영웅들을 만나는 장면이다. 특히 아가멤논을 만나 그가 귀향한 후 겪게 된 비극을 듣는 부분이 가장 유명하다. 그는 트로이에서 승리하여 돌아가지만, 아내에게 살해당하고 만 불운한 영웅이다. 이어 아킬레우스와 파트로클로스, 아이

위대한 이야기 유산

아스 등 다른 전우들도 등장한다. 오디세우스는 유명한 지옥의 개 케르베로스나 스틱스 강의 뱃사공 카론과는 마주치지 않는다. 하지만 저승의 몇몇 장소를 둘러볼 기회를 얻는다. 저승 가장 밑 타르타로스에 있다는 탄탈로스, 시치푸스, 튀오스가 징벌받는 모습을 본다. 심판관 미노스와 행복한 영웅 헤라클레스와 오리온도 본다.

그리스 신화로 범위를 넓히면, 페르세포네 이야기와 오르페우스 이야기 역시 지옥과 관련된다. 제우스와 농업의 여신 데메테르의 딸인 페르세포네는 지하 세계의 왕 하데스에게 납치된다. 데메테르가 딸을 찾아 헤매느라 자기 일을 소홀히 하자 곡물들이 시들어간다. 이에 제우스는 하데스에게 페르세포네를 지상으로 돌려보내라고 요구한다. 그런데 페르세포네는 이미 지하 세계에서 석류 씨 몇 알을 먹었기 때문에 지상으로 완전히 돌아갈 수는 없었다. 그리하여 페르세포네는 한 해의 1/3은 하데스와 함께 지하 세계에서 보내고, 2/3는 지상에서 어머니 데메테르와 지내게 되었다. 메소포타미아의 두무지 신화처럼 이 신화는 농사의 주기와 긴밀히 연관되어 있다.

오르페우스는 아폴론과 칼리오페 사이에서 태어난 아들이다. 그는 숲의 요정 에우리디케와 사랑에 빠져 결혼하게 되지만 에우리디케는 결혼한 지 얼마 안 되어 독사에 물려 죽고 만다. 오르페우스는 음악으로 슬픔을 달래보려 하지만 소용이 없자 지하 세계로 내려가 아내를 되찾겠다고 결심한다. 살아 있는 몸으로 하데스의 왕국에 가는 일은 불가능하지만, 그는 음악의 힘으로 뱃사공 카론과 머리 셋 달린 개 케르베로스를 제압하고 하데스와 페르세포네를 만난다. 둘이 오르페우스의 음악에 감동한 것은 물론이고, 지옥의 모든 이들이 하던 일을 멈추고 그의 노래에 귀 기울였다. 오르페우스는 저승을 완전히 벗어나기 전까지 뒤를 돌아보지 않는다는 약속을 하고 에우리디케와 함께 지상으로 향한다. 하지만 그는 저승 세계를 벗어나기 직전 혹시나 하는 마음으로 뒤를 돌아보고 만다. 그 순간 에우리디케는 애처로운 눈빛을 남기며 저승 세계로 다시 끌려 들어 간다.

로마의 시인 베르길리우스가 쓴 『아이네이스』 역시 지옥 방문 모티 프를 포함하고 있는데, 다른 어떤 고대 서사시보다 지하 세계에 대한 상 세한 묘사를 시도하였다. 주인공 아이네이아스는 죽은 아버지 앙키세스 를 만나기 위해 지하 세계로 내려간다. 이 서사시에서 지하로 가는 문은 나폴리 근처의 동굴에 있다. 『신곡』에서 볼 수 있는 림보도 등장한다. '가 난뱅이 영혼들'은 림보에서 100년 동안 또는 그들이 땅에 제대로 묻힐 때 까지 기다려야 한다. 아이네이아스는 심술궂은 카론과 함께 강을 건넌다. 이어 케르베로스에게 우유에 적신 빵을 던져주고 미노스의 재판정을 지 난다. 그리고 디도를 만난다. 그녀는 아이네이아스와 헤어진 슬픔 때문에 자살한 여인이다.

『아이네이스』는 『신곡』에 가장 큰 영향을 미친 서사시로 알려져 있 다. 지옥으로 통하는 구체적인 장소를 특정했다는 점은 물론, 지하 세계를 묘사하는 방법에서 두 작품은 닮은 점이 많다. 실제로 단테는 당시 최고 작품으로 시인들에게 교과서 역할을 했던 베르길리우스의 작품에서 가장 큰 감명을 받았다고 한다. 『신곡』 안에서 화자 단테는 여러 차례 베르길리 우스에게 존경을 표한다. 그가 지옥과 연옥의 안내자로 베르길리우스를 내세운 것이 결코 우연은 아니었던 셈이다.

정치적 삶과 문학

단테와 밀턴은 모두 정치가였다. 근대 이전에는 전업 작가라는 개념 이 없었던 만큼 『신곡』과 『실낙원』의 작가가 다른 직업을 가졌다는 사실이 그리 특별하지는 않다. 『걸리버 여행기』를 쓴 조너선 스위프트나 『캉디드』를 쓴 디드로 역시 전업 작가는 아니었다. 그런데도 이들이 정치가였다는 점이 중요한 이유는 그들의 정치적 이상과 현실에 대한 고민이 작품 안에 고스란히 담겨 있기 때문이다. 단테와 밀턴은 정치 무대에서 밀려나 영향력을 발휘할 수 없게 되었을 때 불후의 서사시로 자신의 사상을 표현하였다.

먼저 단테에 대해 살펴보자. 그는 1265년 5월 피렌체에서 태어나 1321년 9월 14일 라벤나에서 사망했다. 귀족의 혈통이지만 몰락한 집안 출신으로 피렌체 정치에 적극적으로 참여하였다. 기벨린 당과 구엘프 당의 갈등이 심한 피렌체에서 그는 구엘프 당 쪽이었다. 1295년 의약 조합에 가입한 후 활발한 활동으로 정치적 능력을 발휘하던 단테는 1300년 6월 15일 마침내 피렌체의 프리오리 중 한 명으로 뽑혔다. 이 직책은 피렌체에서 시민이 오를 수 있는 가장 높은 자리였다.

하지만 그의 정치적 좌절은 이때부터 시작되었다. 그가 속한 구엘프가 교황으로부터 독립을 주장하는 비앙키파와 교황을 지지하는 네리파로 나뉘었을 때 단테는 비앙키파에 속했다. 둘의 싸움이 네리파의 승리로 끝난 후 단테는 추방령과 재산 압수령을 당해 유랑생활을 시작했다. 교황 보니파키우스 8세 때의 일이다. 이후 단테는 정치적 재기를 위해 고향으로 돌아가려 했으나 끝내 피렌체로 돌아오지 못하고 타지에서 숨을 거두고 만다. 지금도 단테의 무덤은 피렌체가 아닌 라벤나에 있다. 이 유랑기간 동안 쓴 책이 이탈리아 최고 문학작품으로 평가되는 『신곡』이다.

『신곡』이 현재까지 높이 평가받는 이유 중 하나는 한 편의 서사시에 개인의 자전적 사실뿐 아니라 작가 주변 사람들의 삶과 당시 유럽에서 일어난 거대한 변화가 모두 담겨 있기 때문이다.[9] 이를 바탕으로 작품은 문학의 중요한 주제들인 욕망, 시간, 기억, 복수, 용서, 속죄, 사랑과 미움, 충성과 배신 등을 다룬다. 인간성의 다양한 측면들을 다루고 있다는 점도 작품의 깊이를 더해준다. 성공을 위한 지략, 나약함과 자기기만, 돈과 권력을 향한 지향성, 왜곡된 확신 등은 이 책에서 자주 언급되는 인생의 주제들이다. 더 크게는 전쟁과 평화, 세계 질서를 유지하는 방법, 지적 야망과 지식에 대한 갈망, 예술가의 자부심과 매체와의 싸움 등이 하나의 이야기 구조 속에 구현되고 있다.[10]

이런 다양하고 복잡한 요소들로 가득 차 있기에 『신곡』 읽기에는 많은 준비가 필요하다. 무엇보다 이 책은 고대 신화와 가톨릭 신학, 그리고 이탈리아 역사를 배경지식으로 요구한다. 여정이 진행됨에 따라 좀 덜해지기는 하지만 대부분의 한국 독자들에게는 중심 서사에 대한 해설과 작은 사실들에 대한 각주가 필요하다.

다음 행들도 그러한 예가 될 수 있다.

> 나는 군인이었고 이어 수도자가 되었는데
> 허리 묶인 몸으로 속죄되기를 믿었다오.
> 그리하여 나의 믿음은 내 뜻대로 되었다오.
> 나를 옛 죄악으로 다시 밀어 넣었던 저 거대한
> 사제-그자여 벼락 맞아라-가 없었다면,
> 내 어찌 죄를 지을 수 있었겠소?
> 어머니께서 나에게 주셨던 뼈와 살의
> 형체를 내 지니고 있을 동안, 나의 행실들은
> 사자의 것이라기보다는 여우의 것이었소.

(지옥:제27곡, 67~75행, 274쪽)

현세에서 사형수였던 이들이 모여 있는 지옥에서 단테는 구이도 다

몬테펠트로의 영혼을 만난다. 위 인용은 구이도가 단테에게 늘어놓는 하소연이다. 이승에서 그는 전쟁을 저지른 죄를 씻기 위해 성 프란체스코회의 수사가 되었다고 한다. 그런데 교황 보니파키우스 8세가 자신을 불러내어 다시 죄를 범하도록 몰아넣었다고 말한다. 콜론네 시와 전쟁을 하던 보니파키우스 8세가 감언이설로 자신을 설득하여 다시 죄를 짓게 했다는 것이다. 이는 아마도 역사적 사실일 가능성이 크다. 보니파키우스 8세는 『신곡』에서 단테가 여행하고 있는 시간인 1300년 실제 교황이었고 그를 피렌체에서 추방한 책임이 있는 인물이었다.

윗글은 결국 '허리 묶인 몸으로 속죄되기'를 바라던 구이도를 전쟁에 끌어들인 '사제'(벼락 맞으라 저주한)를 비판한다. 지옥에 있는 인물의 입을 통해 현실의 인물을 비판하는 『신곡』의 전형적인 방법이라 할 수 있다. 물론 구이도가 아무리 죄를 저지른 책임이 '사제'에게 있다고 사후에 강변해 보아야 소용없는 일이다. 살아 있는 동안 남들의 말에 휘둘린 것도 죄이기 때문이다. 이어 구이도는 자신이 죽은 후 성 프란체스코가 자기의 영혼을 데려가려 했으나, 느닷없이 마귀가 나타나 그를 지옥으로 이끌어 왔다고 말한다. 그는 결국 사자보다 여우 같은 삶, 즉 간계를 부리고 남을 속인 죄를 지은 인물로 평가받는다. 그는 비슷한 죄를 지은 오디세우스와 같은 원에서 같은 형벌을 받는다. (단테는 오디세우스의 꾀를 부정직과 간계로 평가한다.)

『실낙원』의 작가 존 밀턴은 시인이자 사상가, 혁명가이다. 영국 시민 혁명과 왕정복고를 거치는 격동의 세월을 살면서 정치와 언론, 종교적 자유에 관한 논설들을 집필하여 유럽 전역에서 명망이 높았다. 말년에 쓴 『실낙원』, 『복낙원』 등의 작품으로 지금은 영국 최고 시인으로 대접받는다. 특히 『실낙원』은 르네상스 정신과 기독교 사상을 융합한 위대한 작품이라는 평가를 받는다.

밀턴은 청교도 혁명 시대를 살았다. 그는 국가와 교회가 청교도를 탄압하는 데 반대하여 자유와 공화주의를 주장한 올리버 크롬웰 편에 섰다. 올리버 크롬웰이 주도하는 의회파는 1649년 혁명에 승리하고 공화제를 수립하였지만, 1658년 크롬웰이 사망하자 정국은 혼란에 빠졌다. 1660년 프랑스에 망명해 있던 찰스 1세의 아들 찰스 2세가 복귀하면서 왕정은 복귀되었고, 곧 대대적인 숙청 작업이 이어졌다. 처형 위협을 받던 밀턴은 가까스로 목숨만은 건지고 가산을 몰수당한 뒤 낙향하였다. 이 시기에 그는 이미 눈이 멀어 있었기에 아내와 딸들에게 구술하여 작품을 남겼다. 『실낙원』은 이 시기 탄생하였다.

『실낙원』은 기독교인이 아니어도 한두 번 들어보았을 사탄과 천사의 타락, 인간 창조, 그리고 인간의 불순종과 그 결과를 다루고 있다. 성경의 창세기에는 위 내용이 간략히 서술되어 있을 뿐이다. 천사를 타락으로 이끄는 동기와 복잡한 심리상태 그리고 아담과 이브의 친밀한 관계 등에 관한 상세한 언급이 없다. 교활한 뱀이 어떻게 에덴동산에 들어오게 되었는지, 인간이 어떻게 언어능력을 가지게 되었는가에 대해서도 충분한 설명이 없다. 밀턴은 이 빈 서사 공간을 신학적 상상력과 현세의 철학으로 멋지게 채운다. 『실낙원』이 그려낸 사탄은 지옥의 지도자이자 사자이며, 세상을 파괴하고 신의 창조물인 인류를 정복하려는 신의 적이다.[11] 그렇다고 사탄이 아무런 근거 없이 사악한 행위를 일삼는 존재는 아니다. 독립적으로 사고하고 자신의 행위를 책임질 줄 아는 주체적인 인물이다.

이미 알려진 이야기를 다시 쓰면서 밀턴이 강조한 정신은 '자유'이다. 밀턴에게 있어 자유란 정치적인 차원에서뿐 아니라 존재론적 차원에서도 중요한 가치이다. 그는 인간구원이 하느님의 예정대로 정해진다는 존 칼뱅의 생각을 따르기보다 인간의 자유의지를 믿는 아르미니우스의 주장을 따랐다. 아르미니우스는 개개인의 구원은 절대적인 것이 아니라 자유의지에 의한 선택에 달려있다고 주장한 신학자이다.[12] 밀턴 역시 신

위대한 이야기 유산

이 자유의지를 준 만큼 결정에 대한 책임도 인간이 져야 한다고 믿었다. 신학에 기초하고 있지만 이는 근대가 만들어낸 새로운 정신이었다.

지옥과 연옥의 구조

성경에도 천국과 지옥에 대한 언급이 있다. 하지만 그곳이 어떻게 생겼는지 그곳에 누가 살고 있는지에 대한 구체적인 묘사는 별로 없다. 지금 우리가 알고 있는 기독교의 천국과 지옥, 연옥의 모습을 대중들에게 알려준 이는 단테이다. 단테는 인간들이 지옥에서 받는 벌의 양상과 연옥에서 죄를 정화하고 천국으로 오르는 섭리를 시로 표현했다. 『신곡』의 원제는 희극(Commedia)이었다. 비극이 행복한 시작에서 불행한 결말로 마무리되는 데 비해 희극은 불행한 시작이 행복한 결말로 마무리되는 구조이다. 현재의 '신적인 희극'(Divina Commedia)이라는 제목을 붙인 이는 보카치오라고 한다. 작품의 배경이 되는 시간은 1300년 4월 7일부터 14일까지로 부활주일 금요일부터 다음 목요일 사이이다. 단테는 지옥에서 3일, 연옥에서 3일, 천국에서 하루의 시간을 보낸다.

『신곡』은 「지옥」, 「연옥」, 「천국」 세 편으로 나뉘어 있다. 각 편은 33곡으로 구성되고 「지옥」 편만 작품 전체의 서곡인 1곡이 더해져 34곡이다. 따라서 전체는 100곡이다. 단테가 죽은 자들만 갈 수 있는 저승을 여행할 수 있었던 이유는 천국에 있는 단테의 연인 베아트리체 덕분이다. 단테의 지옥과 연옥 여행은 천국에서 그녀를 만나기 위한 준비 과정이었다. 단테는 아홉 살 때부터 이 소녀를 생각하는 데 몰두했다. 그녀는 단테의 첫사랑이었고, 관능적 집착의 상대였으며, 손에 넣을 수 없는 미인이었다. 그녀는 또한 신성한 사랑과 은혜의 상징이었다.[13] 하지만 단테가 실제로 그녀를 만난 것은 단 두 번에 불과하다. 지옥과 연옥의 안내자는 앞서

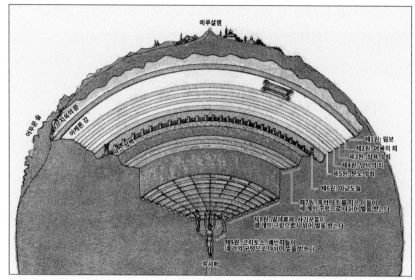

단테의 지옥

말했듯이 베르길리우스이다.

　우리도 단테와 베르길리우스를 따라 사후 세계를 구경해 보자. 지옥의 입구는 예루살렘에 있으며 입구 근처는 어두운 숲으로 둘러싸여 있다. 지옥은 깔때기처럼 지구 중심을 향해 아홉 개의 동심원을 이루며 내려간다. 지옥의 주민들은 생전에 지은 죄의 경중에 따라 동심원의 한 곳에서 벌을 받는다. 아래로 내려갈수록 죄가 무겁고 벌도 가혹하다. 중심인 지옥의 심연에는 루시퍼가 자리하고 있다. 이 아홉 개의 원에 죄악을 분배한 원리는 성서나 기독교 교리가 아니라, 아리스토텔레스와 키케로의 죄와 악 개념을 토대로 하고 있다. 따라서 지옥의 아홉 개 원과 그 안에서 이루어지는 징벌의 내용은 순전히 단테가 만들어낸 것이다.[14]

　아홉 원 중 첫 번째 원은 림보이고, 본 지옥은 두 번째 원에서부터 시작한다. 두 번째 원은 그리스 신화에 나오는 미노스가 지키고 있는데, 그곳에서는 애욕의 죄를 범한 영혼들이 쉬지 않고 타는 지옥의 불 폭풍에 시달리고 있다. 제3원에서는 탐욕가들이 역시 그리스 신화의 괴물인 케르베로스에게 고통을 당하고 있다. 제4원에서는 낭비한 자들이, 제5원에서는 분노한 자들이 스틱스강의 흙탕물에 잠겨 벌을 받고 있다. 제6원부터는 앞서와 다른 지옥이 펼쳐진다. 그곳에는 중세의 성벽에 둘러싸인 성 디스가 거대한 모습을 하고 있는데, 이교도들이 불타는 무덤에 누워 있다.

제7원에서는 폭력을 사용한 죄를 지은 영혼들이 미노타우로스의 감시를 받으며 벌을 받고 있다. 제8원은 커다란 노천극장 같은 형상을 하고 있는데 그곳에서는 열 개의 굴속에 유혹자, 아첨꾼, 고성죄인, 점성술사와 마술사들, 도박꾼들, 위선자들, 도둑들, 사기꾼 집정관들, 불화와 분열의 씨를 뿌리는 자들, 화폐 위조자와 연금술사들이 그들의 분수에 맞는 벌을 받고 있다. 제9원에는 배반자들이 있는데 그들은 코치토스의 얼음 속에 파묻혀 있다. 배반자들의 영역은 다시 넷으로 나뉜다. 친족을 배반한 영혼들, 조국과 자기 당파를 배반한 영혼들, 친구와 동료를 배반한 영혼들, 은인을 배반한 영혼들이 각각 벌을 받고 있다.

연옥은 지옥 입구의 지구 반대쪽인 남극에 솟은 높은 산으로 묘사된다. 영혼들이 산을 오르면서 죄를 씻기 때문에 이곳을 정죄산(淨罪山)이라고도 부른다. 연옥의 입구는 하느님에게 늦게 귀의한 자들, 파문당한 자들, 죽기 직전에 참회한 영혼들이 대기하는 곳이다. 그리고 정상까지는 일곱 둘레의 원으로 구분되어 있다. 각 둘레에 있는 사람들이 쌓은 죄의 내용은 교만, 질투, 분노, 나태, 탐욕, 탐식 등으로 지옥에 떨어진 사람들의 죄와 크게 다르지 않다. 단지 그들은 죽기 전에 회개했다는 점에서 지옥의 주민과 다르다.

연옥의 끝에는 지상낙원이 있는데 그곳에는 아름답고 신선한 풀밭과 맑은 강물, 우거진 숲과 꽃들이 펼쳐져 있다. 그곳은 태초에 아담과 이브가 살았던 에덴동산과 같다. 지상낙원을 예루살렘의 대척점인 연옥 산의 꼭대기에 위치시킨 것 역시 단테의 생각이다.[15] 단테는 그곳에서 드디어 베아트리체를 만난다. 베아트리체는 신비롭고 환상적인 행렬과 함께 하늘에서 내려온다. 단테를 안내하던 베르길리우스는 천국까지 올라가지 못하고 연옥에서 물러나는데, 그는 세례받은 기독교인이 아니기 때문이다.

지옥이 지하로 향하는 하강의 이미지라면 연옥은 수직의 산이라는 상승의 이미지를 갖는다. 정죄산은 크게 세 부분으로 나뉜다. 연옥 입구, 연옥, 지상낙원이다. 정죄산을 지키고 있는 영혼은 카토다. 그는 카이사르에 항복하지 않고 공화국의 종말을 지켜보며 자결한 로마의 정치가이다. 연옥 입구에는 악 속에서 살다가 죽기 직전에 회개한 영혼들이 모여 있다. 이 지역은 두 개의 비탈로 나뉘는데 첫째 비탈에서는 파문당했다가 죽기 전에 뉘우친 자들이 연옥에 들어가기에 앞서 정죄의 시간을 갖는다. 파문 후 시간의 삼십 배 시간을 정죄하는 데 보내야 한다. 둘째 비탈엔 회개에 태만했던 영혼들이 있는데 이들 역시 자기 인생만큼의 시간을 정죄하는 데 보낸다. 당연한 이야기지만, 연옥을 오르며 죄를 씻고 구원받은 영혼들만이 낙원으로 갈 수 있다.

「천국」 편은 신학의 해설 같은 느낌을 주어서 세 편 중 가장 재미가 떨어진다. 천국도 아홉 개의 하늘로 나뉘어 지구 위를 돌고 있다. 이 하늘엔 각각 천사들이 앉아 있다. 가장 느리게 노는 첫째 하늘은 월천, 둘째 하늘은 수성천, 셋째 하늘은 금성천, 넷째 하늘은 태양천이다. 이어 화성천, 목성천, 토성천이 있고, 여덟째 하늘은 항성천 아홉째 하늘은 원동천이다. 마지막으로 열 번째 하늘은 지고천인데 이곳은 영원한 진리가 있는 곳이며 선한 곳이다. 단테는 베아트리체와 함께 차례로 열 개의 하늘을 여행한다.

림보의 존재 이유

종교 특히 유일신교에서 천국과 지옥으로 갈 영혼을 나눌 때 부딪치는 첫 번째 문제는 선악이라는 현세의 윤리와 신앙 사이의 관계이다. 신앙이 있는 선한 사람과 신앙이 있는 악한 사람, 신앙이 없는 악한 사람은 그리 고민거리가 아니다. 그들은 각기 갈 곳이 정해져 있기 때문이다. 신앙이 있는 선한 사람이 가는 곳이 천국이고, 신앙이 없는 악한 사람이 가는 곳이 지옥이다. 앞서 보았듯이 신앙이 있는 악한 사람은 연옥을 거치면 된다. 문제는 신앙이 없는 선한 사람이다. 원론적으로 보면 신앙이 없는 선한 사람의 영혼도 지옥으로 가야 한다. 천국과 지옥은 신이 설계한 곳이기에 인간의 영혼은 신의 뜻에서 벗어날 수 없다. 신앙 없는 영혼이 천국에 들어가는 일이 있어서는 안 된다.

그런데 아예 신의 존재를 몰랐던 사람들의 영혼은 어디로 가야 하는가? 서구(이탈리아로 제한하더라도)에 기독교가 전래하기 전에 살았던 사람들, 어린 나이에 죽어서 신을 접할 기회가 없었던 아이들, 이교도 지역에서 태어난 사람들은 어떻게 되는가? 그들 역시 지옥으로 갈 수밖에 없다 하더라도 기독교 전래 이후의 악한 영혼들과 같은 취급을 받는 것은 왠지 부당해 보인다. 그들은 신을 외면한 것도, 신을 배반한 것도 아니기 때문이다. 단테는 『신곡』에서 그들을 위한 공간을 지옥에 마련해둔다. 본격적인 지옥에 들어가기 전에 있는 제1원인 림보가 그곳이다.

지옥에 속해 있지만, 림보는 다른 원들과 달리 고통과 괴로움이 없는 곳이다. 이곳에 온 영혼은 크게 둘로 나뉘는데, 하나는 그리스도의 세례를 받지 못한 채 죽은 아이들의 영혼이다. 다른 하나는 그리스도 이전의 위대한 시인, 철인으로서 많은 선행을 한 자들의 영혼이다. 단테를 지옥과 연옥으로 안내하는 베르길리우스 역시 림보의 주민이다. 그는 아무런 흠이 없는 사람이지만 하느님을 만나고자 하는 갈망은 이룰 수 없다. 즉 천국에 오르지 못한다.

> 그들은 죄를 짓지 않았고 가치는 지니고 있어도,
> 네가 믿는 신앙의 한 부분인
> 영세를 받지 못했으니, 충분할 수가 없구나.
> 저들은 그리스도교 이전에 있었으니
> 하느님을 경건히 공경하지 않았다.
> 나도 그들과 마찬가지인 사람이다.
> 다른 죄 때문이 아니라 바로 그런 결함 때문에
> 우리는 저주를 받고, 오직 그 벌 때문에
> 희망이 없는 열망 속에서 살고 있단다.

(지옥:제4곡, 34~42행, 70쪽)

단테는 림보에서 베르길리우스 외에도 호메로스, 플라톤, 아리스토 텔레스 등 고대의 위대한 철학자, 문인들을 만난다. 이 가운데는 소피스트 와 이슬람 철학자 아베로에스, 아비센나도 있다. 심지어 십자군을 물리친 이슬람 영웅 살라딘도 이곳에 거주한다. 위의 베르길리우스 말에 따르면 그들은 죄 때문이 아니라 '결함' 때문에 저주를 받고 희망이 없는 열망 속 에서 지내는 것이다. 림보는 단테가 다음에 여행하게 될 연옥과도 다르다. 연옥에는 정죄라는 과정을 거쳐 천국으로 올라가는 길이 열려 있지만, 림 보에서는 천국으로 올라갈 방법이 없다. 현생에서의 가치를 따지면 훨씬 더 훌륭한 영혼들이 모인 곳이 림보임에도 불구하고 그들의 가치는 '결 함'을 넘어서지 못한다.

현세의 가치를 매우 중요하게 생각한 단테였지만 그 역시 시대의 윤 리를 완전히 넘어서기는 어려웠을 것이다. 그렇더라도 단테는 자신이 존경하는 인물들을 지옥의 불구덩이 속에서 발견하고 싶지는 않았던 모양이다. 림보는 이런 고민을 해결하기 위해 선택한 일종의 궁여지책이었다. 이는 오래된 그리스·로마 문화가 천국과 지옥이라는 종교의 세계관과 만나면서 선택한 타협안일 수도 있다. 인류사에 아무리 훌륭한 업적을 남겼다 해도 기독교 신학 아래서는 호메로스나 베르길리우스를 토마스 아퀴나스나 성 프란체스코처럼 천국으로 보낼 수는 없었을 터이다.

여하튼 지옥의 첫 관문이라 할 림보에서 여행자 단테는 놀랄 만한 경험을 하게 된다.

> 다른 사람들 위를 나는 독수리같이
> 높고 고귀한 노래의 주인 호메로스의
> 그 아름다운 무리가 모이는 것을 나는 보았다.
> 그들이 잠깐 동안 같이 이야기한 다음에
> 나를 향하여 인사하듯 손짓을 하니
> 나의 스승은 그에 미소를 띠셨다.
> 그뿐인가, 그들은 나에게 아주 큰 영광을 베풀어
> 그들의 무리에 내가 속하도록 했으니
> 나는 그 성현의 무리에 여섯 번째가 되었다.
>
> (지옥:제4곡, 94~102행, 73쪽)

서술자가 가진 시인으로서의 자부심 혹은 바람이 대담하게 표현된 부분이다. 스승 베르길리우스와 함께 림보에 도착한 단테는 자신들을 향해 다가오는 그리스 시인 호메로스, 라틴 시인 호라티우스, 오비디우스 그리고 루카누스를 만난다. 베르길리우스는 이들 중 맨 앞에서 다가오는 호메로스를 최고의 시인이라고 표현한다. 이후 베르길리우스를 따라 단테는 가장 고귀한 시인의 대열에 여섯 번째로 합류한다. 그들이 무리에 '내가 속하도록' 허락해 주었기 때문이다. 위에 따르면 단테는 그리스도가 온 후로는 이 대열에 속한 유일한 시인이다.[16] 훗날에는 림보에 머물지 않고 천국으로 갈 수 있는 유일한 시인일 수도 있다.

위에서 그가 성현으로 표현한 시인의 면면을 살펴보면 『신곡』이 기대고 있는 전통의 내용을 짐작할 수 있다. 호메로스는 『일리아스』와 『오뒷세이아』의 시인이고, 베르길리우스는 『아이네이스』의 시인이다. 위 서사시들처럼 『신곡』은 기본적으로 모험 이야기의 구조를 근간으로 삼고 있으며 귀환 서사이기도 하다. 오비디우스는 그리스·로마 신화를 정리한 『변신 이야기』를 쓴 인물이며 호라티우스는 베르길리우스와 동시대에 활동한 시인이다. 루카누스가 쓴 『파르살리아』는 『아이네이스』 이후 로마 최고 서사시로 꼽힌다. 이들의 작품은 지옥과 연옥을 설계하는 데도 큰 영향을 미쳤다.

지옥과 속세의 윤리

단테가 『신곡』을 쓴 데에는 신학적 동기 외에 몇 가지 현실적 동기가 작용하였다. 그중 하나는 피렌체에서 함께 성장한 구엘프파 사람들과 결부된 단테의 정치적 부침이었다. 다른 하나는 교황권을 둘러싼 갈등이었다. 그리고 또 하나의 동기는 앞서 살펴본 대로 최고의 시인이 되려는 소망이었다.[17] 이런 관점에서 볼 때 단테가 세 편 중 「지옥」을 가장 먼저 쓴 이유는 분명하다. 최고의 시인 반열에 오르기 위해 림보의 시인들을 만나야 했고, 정적들을 심판하기 위해 지옥의 불꽃이 필요했다. 단테는 지옥에서 서른 명 이상의 피렌체 시민을 만나지만, 연옥에서는 겨우 네 명, 그리고 천국에서는 단 두 명을 만날 뿐이다.[18]

위대한 이야기 유산

「지옥」 초반에는 『아이네이스』 등 고전을 통해 잘 알려진 인물/괴물들이 등장한다. 아케론 강을 건네주는 사공은 카론이고 지옥의 심판관은 미노스이며 처음 나타나는 괴물은 머리 셋 달린 개 케르베로스이다. 지옥의 입구에는 "여기 들어오는 너희는 온갖 희망을 버릴지어다."라는 유명한 문구가 걸려 있다. 카론은 배를 타고 건너는 영혼들에게, "네 놈들은 하늘을 보겠다 바라지 마라./ 나는 너희를 다른 강둑으로 끌고 가려 왔노라./ 불덩이 같고 얼음덩이 같은 영원한 어둠 속으로!"라며 겁을 준다.

순전히 종교적인 관점으로 보면 지옥에서는 이교도가 가장 큰 벌을 받아야 한다. 지옥을 굳이 아홉 개의 원으로 나눌 필요도 없다. 신을 믿는 사람과 믿지 않는 사람의 이분법이면 충분할 것이다. 그러나 앞서 말했듯 단테의 지옥은 철학적·윤리적인 관점에서 영혼을 가르고 형벌을 준다. 『신곡』의 지옥은 현실의 윤리를 다룰 뿐 지옥 자체의 윤리를 새롭게 만들지는 않는다. 영혼들이 지옥에서 받게 되는 형벌은 현세에서 지은 죄의 성격에 의해 결정된다. 단테가 지옥에서 만나는 사람들과 나누는 대화도 현세에서 벌어졌던 과거의 사건들과 관련된다.

다음은 그 예들이다.

> 남들처럼 우리 영혼도 육신을 찾아갈 것이지만
> 다시는 아무도 육신을 입을 수 없으니
> 이는 버렸던 것을 다시 갖는 게 옳지 못한 때문이요.
> 우리는 그것을 여기에 끌어왔으니
> 그 육신은 너나없이 슬픈 숲이 되어
> 원수 같은 저 혼의 가지에 걸려 있으리라.
>
> (지옥:제13곡, 103~108행, 152쪽)

겉은 눈부시도록 찬란한 금빛 망토였으나
속은 한결같이 납인지라 무게가 대단해
페데리코가 입히던 것은 차라리 지푸라기처럼 가벼웠다.
오, 영원토록 고달픈 망토!

(지옥: 제23곡, 64~67행, 237쪽)

단테는 13곡에서 자살자들의 영혼을 만난다. 그들은 자신의 육신을 저버린 죄 때문에 움직일 수 없는 나무가 되어 고통을 받는다. 때때로 하피[19]들이 찾아와 움직이지 못하는 그들의 영혼을 쪼아댄다. 이 영혼들은 육신을 버렸기 때문에 최후의 심판이 와도 자신의 육신을 찾을 수 없다고 한다. 하지만 여기에도 예외는 있다. 예를 들어 공화정을 옹호하기 위해 카이사르에 맞서다 스스로 목숨을 끊은 카토는 연옥에 거주한다. 그는 신념에 따라 자살한 사람의 영혼으로 연옥의 섬을 지키는 수호자가 된 것이다. 연옥의 다른 망자들과는 달리 정죄산을 오를 수는 없지만, 지옥의 형벌을 받지도 않는다.

두 번째 예문은 23곡이다. 제8원의 여섯째 굴에서 벌을 받는 위선자들을 묘사하고 있다. 위선자들은 겉과 속이 다르게 산 이들이다. 그들은 겉은 금으로 덮여 있지만 속은 납으로 채워져 있는 무거운 옷을 입고 계속해서 걸어야 한다. 그들은 영원히 이 옷을 벗을 수 없다.

지옥의 아래로 내려갈수록 거주하는 영혼들의 상태는 처참하다. 다음은 「지옥」 전체에서 가장 강렬한 인상을 주는 부분이다.

나는 턱주가리에서 방귀 뀌는 곳까지 찢긴
자를 하나 보았는데, 허리나 밑바닥이
헐린 통일지라도 그처럼 들창이 나진 못할 것이다.

두 다리 사이에 창자가 매달려 있고

내장이 나타났고, 삼킨 것을 똥으로

만들어내는 처량한 주머니도 나타났다.

내가 그를 뚫어지도록 바라보고 있는 동안,

그는 나를 쳐다보며 두 손으로 가슴팍을 열고서

말했다. "내 찢어 여노니, 이제 보아라.

마호메트가 어떻게 찢어졌는지 보려무나!"

(지옥:제28곡, 22~31행, 281쪽)

위 예문은 이슬람교를 세계적 종교로 만든 마호메트(무함마드)가 어떻게 벌을 받고 있는지 생생하게 보여준다. 온몸이 세로로 찢어져 내장이 밖으로 빠져나온 참혹한 모습이다. 마호메트가 머무는 제8원의 아홉 번째 굴에는 사회의 분열 및 불화를 조장한 자들이 모여 있는데, 이들은 악마들의 칼에 베여 찢어지고 재생하길 반복한다.

당장 눈에 보이는 고통도 고통이지만 지옥의 영혼들이 더 절망을 느끼는 이유는 참혹한 형벌이 영원히 지속된다는 데 있다. 지상의 시간으로 계산하면 마호메트의 죽음과 단테가 지옥으로 내려간 현재 사이에는 수백 년의 시간 차이가 있다. 그동안 죄인은 위와 같은 고통을 쉼 없이 받고 있었던 것이며 언제 그 고통이 멈출지도 알지 못한다.

현세와 사후 세계는 여러 면에서 다르지만, 위에서 보듯 지옥의 상상력은 시간을 공간 속에 가두어 둔다. 영원한 고통 속에 살아가는 영혼으로 가득한 지옥에서 시간은 무의미하다. 지옥으로 옮겨온 영혼에게 나이가 몇 살인지, 외모는 언제 모습을 유지하는지는 전혀 중요하지 않다. 행위는 무한 반복되고 원인과 결과가 작용할 인과도 없다. 천국 역시 마찬가지이다. 그곳은 무엇을 위한 과정이 아니라 목표의 완성 혹은 여정의

끝이기 때문이다. 최후의 심판을 믿는다면 지옥의 시간은 최후의 심판 이전까지 멈춰 있는 것과 같다.

공간과 함께 시간의 의미가 살아 있는 곳은 연옥이다. 연옥의 삶(?)은 목표를 두고 시간을 보낸다는 점에서 현세의 종교적 삶과 유사하다. 변화를 기대할 수 있는 공간이라는 점에서도 연옥은 지옥이나 천국과는 근본적으로 다른 곳이다. 연옥은 종말을 기다리는 곳이 아니라 기회를 차지하는 곳이다. 천국에 가기는 부족하지만 회개한 이들이 가는 곳이며 정죄과정을 통해 천국으로 갈 수 있는 곳이다. 게다가 이 연옥의 문은 생각보다 넓다. 죽기 직전에 회개해도 영혼은 연옥에 갈 수 있다고 한다. 죽음을 앞둔 사람들에게 이보다 더 매력적인 관념은 없다.

만들어진 연옥

연옥은 지옥이나 천국과 비교하면 최근에 생긴 관념이다. 12세기 전까지 명사형의 연옥인 푸르가토리움(Purgatorium)이라는 말은 존재하지 않았다. 기독교의 전통적인 사고 속에는 두 부류의 영혼만이 존재했다. 선택된 자들과 저주받은 자들이다. 그들의 운명은 순전히 현세의 행실에 의해 결정되었다. 사람들은 신앙과 선행이 영혼을 구원에 이르게 하고, 불경건과 범죄는 영혼을 지옥에 이르게 할 것이라 믿었다. 망자들에게는 죽음 직후 종국적인 결정이 내려지고, 완전히 선한 자들, 순교자들, 성인들, 완전한 의인들은 즉시 낙원으로 가서 지복(至福)을 누린다고 생각했다. 전적으로 악한 자들은 당연히 즉시 지옥으로 가야 했다.

물론 이 둘 사이에 중간 단계가 있을 수도 있다는 생각이 전혀 없지는 않았다. 성 아우구스티누스는 전적으로 선하지 않은 자들은 낙원에 가기 전에 시험을 겪을 것이며, 전적으로 악하지 않은 자들은 지옥에 가겠지만 거기서 아마도 덜 고통스러운 벌을 받을 것이라 생각했다. 낙원을 기다리는 이 망자들은 정화를 받게 되리라는 것이다. 산 자들이 죽은 자들에게 보호를 청하는 것이 아니라 오히려 죽은 자들을 돕기 위해 산 자들이 기도해야 한다는 생각도 퍼져 있었다. 이는 뒤에 연옥 신앙이 발전하는 터전이 되었다.[20] 성경 외경에 속하는 「에스라 계시록」, 「바울 계시록」, 「에즈라 제4서」, 「베드로 계시록」 등에도 연옥에 대한 아이디어가 담겨 있다고 한다.

연옥 개념의 확립은 중세의 시대 변화와도 무관하지 않다. 중세에는 사회적·정신적으로 중간이라는 개념이 넓게 퍼지고 있었다. 권력 있는 자들과 가난한 자들, 성직자들과 속인들이라는 이분법에 속하지 않는 중간적 범주, 중간 계급 내지는 제3계급 개념이 설득력을 얻어가는 중이었다. 사회의 사고 편성에 있어 이원적 체제에서 삼원적 체제로의 이행에 진행되었던 것이었다.[21] 이런 환경 속에서 중세 초부터 신학자들은 성서 속 각각의 암시들과 구절들을 바탕으로 완전한 연옥 이론을 발전시켰고, 그것은 교회 내의 뜨거운 논쟁거리가 되었다. 마침내 단테가 아홉 살 때인 1274년 제2차 리옹 공의회에서 정화의 과도적 단계에 대한 인식이 공식적인 가톨릭 교리로 받아들여졌다.[22] 더불어 제2차 리옹 공의회는 산 자들의 기도는 저승으로 간 죽은 자들을 도와준다고 선언했다.

그러자 그가, "오, 형제여. 올라가면 무슨 소용인가?
문 위에 앉아 있는 하느님의 천사가
나를 정죄하도록 허락하지 않을 텐데.
내가 마지막까지 나의 선한 한숨을 미루었기에
살아서 했던 그만큼 문 밖에서
맴돌아야 할 것을 하늘이 내게 마련하였으니

타락 천사, 지옥과 연옥의 탄생

성총 안에 사는 마음에서 일어나는 기도들이
먼저 나를 도와주지 않는다면 천국에서
들어주지 않는 다른 기도가 무슨 소용 있겠소?"

(연옥:제4곡, 127~135행, 375쪽)

음악인인 벨락콰가 한탄 석인 목소리로 단테에게 풀어놓는 말이다. 그는 생전에 악기 제작 등의 일을 하느라 영적인 일이나 세상일에 태만했던 인물이다. 그는 자신이 '선한 한숨' 즉 회개를 미루었기에 문밖에서 오래 맴돌게 되었다고 생각한다. 하느님의 천사가 쉽사리 자신의 정죄를 허락하지 않을 것이라는 점도 알고 있다. 천사들이 자신을 위해 기도하지 않는다면 '들어주지 않는 다른 기도'가 무슨 소용 있겠느냐는 말도 한다. 벨락콰는 죽은 자신을 위해 살아 있는 사람들이 해주는 기도가 소용없을 것이라 믿는 사람이다.

비록 벨락콰는 부정적으로 보고 있지만 대도(代禱)는 연옥 개념에서 핵심적인 문제였다. 연옥이 천국이나 지옥과 다른 점은 죽은 자들이 그곳에서 겪는 시련이 산 자들의 대도에 의해 단축될 수 있다는 점이었다. 이런 생각은 죽은 자들과 산 자들을 긴밀하게 연관시켰고, 이승에서의 공동체 유대를 강화하였다. 무엇보다 교회로서는 그것이 현실적인 권력 도구가 되었다. 당시 교회는 살아 있는 자들이 기도하면 죽은 자들이 연옥에 머무르는 시간이 줄어든다고 공공연하게 설교했다.[23] 교회는 연옥에 있는 영혼들도 그들의 관할이라고 주장할 수 있게 된 것이다. 저승에서의 정의가 신의 영역이라고 하지만 대도의 수용은 교회의 결정이 신의 재판에 영향을 미칠 수 있게 만들었다.[24] 중세 시대 교회는 인간 생활의 모든 측면에 큰 영향력을 행사했는데, 연옥은 그런 교회에 인간의 사후 운명까지 주관하는 새로운 권한을 부여해 주었다.

연옥은 이론상 매우 타당하고 게다가 인간미 넘치는 발명이었지만 문제없이 수용된 것은 아니었다. 프로테스탄트 개혁자들이 연옥 개념을 부정한 것은 잘 알려진 사실이다. 로마 교회는 사후 형벌을 면해 준다는 명분을 내세워 교황의 사면, 즉 '면죄부' 장사에 열을 올렸다. 면죄부는 지상의 교회에 돈을 바침으로써 연옥에 있는 죄인의 감형을 사는 것이었다. 교회는 적절한 헌금을 바치면 신도들이 속죄한 것으로 인정해 주면서 큰 이득을 볼 수 있었다.

단테는 『신곡』에서 만들어진 지 오래되지 않은 연옥의 교리를 받아들였다. 이는 연옥에게는 행운이었는데, 단테의 시적 천재성이 인간의 기억 속에 연옥을 위한 확고한 자리를 새겨 넣어 주었다.[25] 중세적 모델 위에 지옥과 연옥, 천국을 포함한 저승 세계의 지도를 그려낸 단테의 방식은 놀랍도록 독창적이었다. 단테의 그림에 따라 예루살렘, 지옥, 연옥, 지상낙원, 천국이라는 인간 타락의 장소와 인간구원의 장소는 지구의 중심을 관통하는 같은 축 위에 놓이게 되었다.[26] 사실 누군가의 말처럼 '우리가 연옥에 대해 아는 건 단테가 아는 것만큼'[27]이다.

루시퍼와 사탄

뒤집어놓은 원뿔처럼 생긴 지옥의 가장 깊은 곳에는 악마들의 대장 격인 루시페르(루시퍼)가 자리 잡고 있다. 그는 세 개의 얼굴에 세 개의 입을 가지고 있는데, 이것들은 각각 증오, 무력, 무지를 상징한다. 각각의 입에는 유다, 브루투스, 카시우스가 물려 있다. 루시페르는 사탄이 지옥에 떨어지기 전 천상에서 불리던 이름으로 '빛나는 자'라는 뜻을 가지고 있다.

아! 내 그의 머리에서 세 개의 몰골을 보았을 때

나는 얼마나 커다란 놀라움에 사로잡혔던가!

앞쪽에 있는 몰골, 그건 진빨강 색이고

다른 두 개는 어깨의 한가운데 위에서

이것과 맞붙어 머리단이 있는 정수리

자리에서 서로서로 어울려 있었는데,

오른쪽은 하얀색과 노란색 사이의 빛깔로 보였고

왼쪽은 나일강이 흐르는 고장에서

온 사람들을 보는 것과 같았다.

어느 놈의 몰골 아래든 두 개의 커다란 날개가

거창한 새에게 어울릴 정도로 뻗어 나왔는데,

나는 바다의 돛도 그만한 걸 본 일이 없었다.

(지옥:제34곡, 37~48행, 335쪽)

지옥 마지막 곡에 묘사된 루시페르의 모습은 매우 그로테스크하다. 유다를 물고 있는 가운데 얼굴은 붉고, 브루투스를 물고 있는 왼쪽 얼굴은 검으며, 카시우스를 물고 있는 오른쪽 얼굴은 노랗다. 각각의 얼굴 밑에는 날개가 한 쌍씩 달려있어서 그것을 퍼덕이면 주변을 얼려버릴 만큼 찬 바람이 일어난다. 「지옥」 편은 주로 죄지은 영혼의 모습을 중심으로 전개되는데, 이 곡의 주인공은 유다나 브루투스가 아니라 그들을 벌주고 있는 루시페르인 것처럼 느껴진다. 그만큼 루시페르는 특별한 존재이다.

하지만 특별한 존재임에도 불구하고 『신곡』의 루시페르는 무능한 패자처럼 묘사된다. 신의 정의를 위한 도구 신세가 되어 배신한 자들을 벌주며 자신도 심연에서 빠져나오지 못하는 영원한 벌을 받고 있다. 아무런 능동적 움직임도 없으며 케르베로스나 미노타우르스, 하피들처럼 충실히 자신의 임무만을 수행한다. 심지어 그는 아무 소리도 내지 못한다.

영혼들처럼 울부짖지도 않고, 한탄하지도 않고, 욕설을 내뱉지도 않는다. 신학적 중요성과 인문학적 매력에도 불구하고 『신곡』 전체를 통해 루시페르는 가장 매력이 떨어지는 캐릭터이다.

사탄을 매력적인 캐릭터로 살려낸 작가는 밀턴이다. 그의 서사시 『실낙원』에서 사탄은 영웅적인 의지와 마음을 휘젓는 말솜씨를 가지고 있다. 그는 엄청난 열정과 에너지를 지닌 인물이며 타락한 천사의 무리를 이끄는 카리스마 넘치는 군대 지휘관이다. 탁월한 선동가의 면모 역시 가지고 있다.[28] 타락하기 전 사탄은 제일의 대천사는 아니었지만, 권력이 막대하고 은총을 크게 받은 뛰어난 천사였다.

> 그들은 그의 통치를 싫어하고 나를 좋아해서
> 그 더할 나위 없는 힘에 적대적인 힘으로 항거하여,
> 하늘의 벌판에서 승부 나지 않는 일대 격전으로
> 그의 보좌를 흔들었던 것. 그러니 패전인들 어떠랴?
> 패한다고 모든 것 다 잃는 것은 아니다. 불굴의 투지,
> 불타는 복수심, 불멸의 증오심,
> 굴할 줄 모르는 항복도 모르는 그 용기,
> 이 밖에 정복될 수 없는 것이 또 무엇이겠는가?

(『실낙원』 I 권, 제1편, 102~109행, 17쪽)

『실낙원』에 따르면 하늘에서 벌어진 전쟁에는 수많은 천사가 참여하였다. 사탄은 약 1/3의 천사들을 이끌고 미카엘이 이끄는 상대방과 싸운 반란군의 대장이었다. 전쟁에 패배한 후 지옥에 갇혀서도 그는 여전히 악마들의 지도자이다. 그는 전쟁에 패했으면서도 위엄을 잃지 않고 당당하다. 더할 나위 없이 강한 힘에 대항하여 일대 격전을 치렀고 절대자

의 보좌마저 흔들었으니 패했다고 해서 아쉽지는 않다고 말한다. 그가 가진 불굴의 투지, 불타는 복수심, 불멸의 증오심, 항복을 모르는 용기는 정복되지 않았기 때문이다. 그는 신의 존재를 인정하지 않고 창조설을 믿지 않는다. 신과 자신은 동등하며 어느 곳에서든 수치스러운 노예 상태로 살 수 없다고 생각한다.

밀턴은 사탄을 비롯한 악마들에게 캐릭터를 부여하여 원전(성경 등)의 단조로운 서사를 흥미롭게 만들었다. 지옥에 떨어진 악마들의 회의를 다루고 있는 제2편이 대표적이다. 회의 주제는 복수를 위해 전면적인 전쟁을 선택할 것인지 비밀의 간계를 선택할 것인지이다. 몰록은 공공연한 전쟁을 주장하는 악마이다. 그는 지옥에 갇혀 있으니 차라리 사라지는 게 낫다고 주장한다. 악마 베리알은 전쟁에 반대하는데, 더 처참해지는 것보다는 현재 상태가 낫다고 말한다. 마몬은 화려한 노예의 안이한 명예보다는 가혹한 자유를 택하자고 한다. 즉 하계의 제국을 세워보자고 주장한다.

회의를 주관하는 사탄은 신중한 편이다. 그는 신이 인간이라는 새로운 종족을 만든다는 소문이 있으니 일단은 그들에 대해 알아보자고 제안한다. 이에 바알세블은 인간을 그(신)에 의해 멸절하게 해야 한다고 주장한다. 다른 악마들 역시 평범한 복수보다 그것이 더 낫다고 뜻을 모은다. 이에 사탄은 정탐과 인간 타락의 임무를 띠고 직접 지옥 밖으로 나온다. 지도자는 높은 명예를 누리는 만큼 더 많은 위험을 감수해야 한다는 것이 사탄의 생각이다. 서술자의 말대로 '그들은 타락 천사일 망정 그들의 덕을 모두 잃은 것'은 아니었다.

이런 악마들이기에 사탄이 인간에 대해 다음과 같이 말하는 것이 그리 과장처럼 들리지는 않는다.

오 수치스럽구나, 인간들이여! 저주받아 지옥에 떨어진

악마도 저희끼리 굳은 단결을 이루거늘, 오직 인간만이

불화하는구나

(『실낙원』 I 권, 제1편, 496~498행, 73쪽)

자유의지라는 주제

『신곡』과 『실낙원』의 공통된 주제는 인간의 자유의지이다. 행위의 최종 책임을 누가 지느냐의 문제에서 둘의 주장은 같다. 자유의지는 구체적으로 다음 물음에 대한 답이기도 하다. 세상이 덕에 메말라 있고 사악한 기운으로 덮여 있다면 그것은 누구 책임인가? 인간의 의지가 약해 쉽게 유혹에 빠진다면 그것은 누구 책임인가? 주인으로 저항하다 몰락할 것인지 노예처럼 복종할 것인지는 누가 판단하는가? 순종하여 평화를 얻을 것인지 배반하여 새로운 세상을 볼 것인지는 누가 결정하는가?

아래는 마르코라 불리는 롬바르디아인이 연옥에서 하는 말이다.

살아 있는 그대는 마치 모든 것이

필요에 의해서 생긴 양, 온갖 원인을

저 위 하늘로 돌리려 하는군요.

만일 그렇다면 그대에겐 자유의지가

파멸될 터이며, 정의도 없으며 선에 대한 기쁨도

악에 대한 슬픔도 없을 것입니다.

하늘이 그대들의 행동을 주관하지만

모두가 그런 것은 아니라오. 내 말한 바 옳다면

빛이란 그대들에게 선과 악을 구별토록 함이요.

자유의지란 처음에 하늘과 벌인

싸움에서 혹독하게 시련을 겪었지만
잘 거두기만 하면 나중에 모든 것을 이긴다오.

(연옥:16곡, 67~78행, 482쪽)

단테에게 인간의 자유의지는 매우 중요한 개념이다. 만약 인간에게 달리 행동할 여지가 없다면, 살면서 저지른 행동을 근거로 사후에 벌을 주거나 보상하는 것에는 아무런 정의도 있을 수 없기 때문이다.[29] 어떤 영혼이 자유의지 없이 이미 정해진 운명에 따라 살았다면 선한 행위도 악한 행위도 인간의 책임이 될 수 없고 그저 신의 뜻이 된다. 회개 역시 필요 없는 개념이 된다. 자기 행위를 돌아보고 지난 행위를 판단할 수 있는 능력이 인간에게 있다고 가정할 때 회개도 가능하다. 같은 악을 행한 이들 중에 누구는 회개하고 누구는 회개하지 않는 이유는 인간에게 자유의지가 있기 때문이다.

『신곡』에 따르며, 자유의지는 인간에게 주어진 이성의 작용이다. 인간에게는 이성이 주어졌으며, 인간으로서 충만한 삶을 살기 위해서는 그 능력을 잘 사용해야 한다. 이성 혹은 판단은 욕망과 행동 사이의 연결 고리이자 중요한 중간 단계이기도 하다.[30] 욕망에 따라 본능적으로 행동한다면 그런 인간은 동물이나 마찬가지가 된다. 실제로 단테가 「지옥」에서 만난 대부분의 영혼은 이성의 올바른 판단을 따르지 않고 자신의 욕망에 따라 행동한 이들의 영혼들이다.

밀턴의 주제 역시 자유의지이다. 『실낙원』의 전반부가 타락한 천사 이야기였다면 중반 이후는 낙원에서 쫓겨나는 아담과 이브 이야기이다. 그들을 유혹하여 타락시키기 위해 사탄은 뱀의 몸에 의탁한다. 그러고는 신이 아닌 생명의 자유의지가 얼마나 중요한지에 대한 의견을 설파한다. 하느님은 인간을 완전하게 만드셨으나 불변하는 것으로 만들지 않았다는

위대한 이야기 유산

점, 인간의 의사는 불가항력적인 운명이나 냉엄한 필연이 아니라 자유로운 본성에 의해 결정된다는 점을 이야기한다. 그리고 거기에는 책임이 따라야 한다는 점도 강조한다.

뱀의 몸 안으로 들어간 사탄은 인간에게 최초의 선택을 강요한다. 잘 알려진 대로 지상낙원에 살게 된 인간에게 모든 것은 허락되지만 오직 지식을 알게 해 주는 선악의 열매를 먹는 일은 허락되지 않았다. 신이 정한 금기를 어긴다면 인간은 괴로움과 슬픔의 세계로 쫓겨나게 된다. 그런 중에도 사탄은 금기를 깨서 얻을 수 있는 것에 대해 이야기한다.

> 아시리라. 그대들이 그것을 먹는 날, 밝게 보면서
> 실은 어두운 그대들의 눈이 완전히 열리고 밝아져
> 신들같이 되고 신들처럼 선악을 알게 되리라는
> 것을. 내가 사람과 같이 내적인 존재가 되었은즉
> 그대들이 신들과 같이 됨은, 내가 짐승에서 인간이 되고
> 그대들이 인간에서 신이 됨은 사리에 맞는 일. 나는
> 짐승에서 인간, 그대들은 인간에서 신, 그러니 그대들이
> 죽게 되면 인간성을 벗고 신성을 입을 것이니, 무섭지만
> 바람직한 것, 그 죽음이 나쁜 것 가져오지 않으리라.
>
> (『실낙원』Ⅱ권, 제9편, 707~715행, 105쪽)

이브와 아담이 선악과를 먹은 일은 신학적으로 보면 인간이 행한 최초의 불복종이다. 다른 관점에서 보면 이는 인간이 행한 최초의 자유 선택이기도 하다. 현재 인간이 겪는 온갖 고통이 이 선택 때문이라고 하지만 인간이 누리는 대부분의 기쁨 역시 이 선택 덕분이다. 위에 따르면 이 선택을 통해 잃을 것과 얻을 것은 분명한 듯하다. 인간은 낙원에서의 온

실 같은 생활과 평화를 잃겠지만 어두운 데서 벗어나 밝게 볼 수 있게 되고, 신처럼 선악을 알게 될 것이다. 비록 죽음을 피할 수 없게 되겠지만 그를 통해 인간성을 벗고 신성을 입게 될 것이다. 위에서는 이를 '무섭지만 바람직한 것'이라 표현한다.

밀턴의 이런 생각은 신학적으로도 크게 문제 될 것이 없어 보인다. 천국과 지옥 그리고 최후 심판이라는 관념을 받아들인다면 최초의 선택에 이런 의미를 부여하는 것이 오히려 타당해 보인다. 인간이 완전한 의미를 얻는 것은 현세의 삶에서가 아니라 사후 세계에서이며 사후 세계는 현세의 삶이 결정한다는 생각과 크게 어긋나지도 않는다. 낙원이 아무에게나 주어지는 곳이 아니라 특별한 이들에게만 허락되는 땅이라는 생각도 낙원의 상실이 인간의 의지로 이루어졌기에 가능하다. 최초의 불복종이 없었다면 현재의 인간은 없을 것이며, 사후 세계도 존재하지 않을 것이다.

현재의 관점에서 보아도 『실낙원』의 주장은 의미가 있다. 타락 전의 아담과 이브는 구속 없이 완벽한 낙원에서 행복하게 살았지만 진정한 의미의 자유를 누렸다고 볼 수 없다. 그래서 밀턴은 인간의 자유의지, 즉 자유와 선택은 그들이 타락한 이후에 가능해졌다고 생각했다. 자유는 완벽

---

* **복낙원** 『실낙원』의 후속편으로 전 4편 2,070행으로 구성된 서사시이다. 이 작품은 예수가 광야에서 헤맸다고 전해지는 40일 동안을 시간적 배경으로 한다. 유혹하는 사탄과 이를 물리치는 예수의 격렬한 논쟁을 통해, 메시아의 등장과 낙원의 회복을 알리는 작품이다. 예수 그리스도가 세례 요한을 만나서 자신이 성자임을 증명하자 사탄은 위기감을 느낀다. 광야로 내려온 사탄은 여러 방법으로 예수를 시험한다. 하지만 예수는 사탄의 정체를 폭로하고, 조리 있게 반박하고, 달콤한 유혹을 물리친다. 이 작품을 통해 밀턴은 구원의 길은 인간의 자유의지에 달렸음을 다시 강조한다. 『실낙원』이 웅장하고 장대한 서사시라면 『복낙원』은 차분하게 지적인 논쟁을 벌이는 이성적인 서사시라고 평가된다.

함 속에 있는 것이 아니라 선택과 책임 그리고 불안 속에 있는 것이다. 선택을 통해 더 행복해질 수도 더 불행해질 수도 있을 때, 두려움 속에서 새로운 가능성을 시험해 볼 수 있을 때 우리는 자유롭다고 생각한다. 반대로 주어진 조건에 복종하며 사는 삶은 자유롭지 못하다고 여긴다. 그것이 신이 만들어낸 완벽한 세상이라고 해도 달라질 것은 없다.

낙원에서 추방되었다고 해서 인간과 신의 관계가 파탄에 이른 것은 아니다. 『실낙원』에서 아담과 이브는 선악과를 먹은 후 심한 고통과 고민에 빠지나 곧 마음을 추스른다. 마침내 그들은 마음의 평정을 되찾고 서로 용서하며 에덴의 동쪽으로 향한다. 이때는 이미 어떤 약속이 전제되어 있다. 그 약속은 회개의 약속이다. 이들은 처음 신의 약속을 어긴 인간들이지만 회개로 기회를 얻은 첫 번째 인간들이기도 하다.

희망과 위안 사이

존재에 대한 사유는 죽음에 대한 사유를 떨쳐 버릴 수 없다. 그런 이유로 인류 역사상 사후 세계에 대한 관념이 없었던 시대는 없다. 사후 세계에 관한 믿음은 현재의 고단한 삶을 지탱하는 데 큰 도움을 주었다. 더 나은 사후 세계가 기다리고 있다는 희망은 눈앞의 고통을 견딜 수 있게 해 주었고, 현재의 질서를 의미 있는 것으로 만들어 주었다. 죽은 자들이나 신에 대한 경배는 죽음 이후의 불안을 씻기 위한 인류의 간절한 노력이었다. 이런 흔적은 신석기 돌무덤에서부터 발달한 유일신교 신학에까지 고르게 남아 있다.

지금은 역사상 도전받아 본 적이 없는 사후 세계에 관한 믿음이 심각하게 흔들리고 있는 시대이다. 과학이 신학을 밀어내고 중심 담론의 위치를 차지하려 한다. 특히 진화론은 인류의 과거와 현재 그리고 미래를 설명하는 매우 강력한 서사이다. 두 서사의 대립은 종교와 과학, 신념과 이성의 대립이기도 하다. 지금까지는 한쪽이 다른 한쪽을 완전히 설득했다고 보기 어렵다. 계몽이라는 관점에서 보면 사후 세계 관념은 미망에 불과하다. 하지만 아직도 사람들은 영혼 없는 인간을 상상하고 싶어 하지 않으며 죽음으로 모든 것을 끝내고 싶어 하지 않는다.

유럽의 중세 문학을 대표하는 『신곡』과 『실낙원』은 종교의 시대에 인간의 자유의지에 대해 다룬 작품들이다. 단테는 지옥과 연옥과 천국을 여행하면서 신의 논리가 아닌 인간의 논리를 시종일관 견지하고 있다. 현실의 연장 안에서 사후 세계를 상상한 것이다. 특히 『신곡』이 대중화시킨 연옥 개념은 신학을 조금 더 인간적으로 만들었다. 『실낙원』은 천사의 타락과 낙원 상실이라는 모티프를 근간으로 쓰인 작품이다. 밀턴은 예정된 운명이 아니라 인간의 자유의지가 관철되는 삶에 관심을 보인다. 낙원을 잃은 후 낙원으로 돌아가는 다른 방법에 관해서도 이야기한다. 『실낙원』은 지식과 판단력 등 인간이 가진 이성적 능력에 적극적으로 의미를 부여하는 작품이다.

과학이 신학에 완전한 승리를 거두기 위해서는 사후 세계가 주었던 위안을 다른 방식으로 인류에게 제공해 주어야 한다. 과학은 이미 사람들이 인간의 이성과 의지 그리고 우연을 긍정하고 수용하게 만들었다. 이 안에서 이제 과학은, 꼭 사후 세계가 아니더라도, 새로운 인간성의 가능성을 발견하고 보여주어야 한다. 그렇지 못하면 과학은 사람들에게 평안보다는 불안을 안겨줄 수 있다. 수많은 할리우드 영화가 그러고 있는 것처럼. 종교의 시대에 쓰인 『신곡』과 『실낙원』은 종교를 배반하지 않고도 인간의 자유의지를 분명히 강조하였다. 과학의 시대라고 우리가 그렇게 못할 이유는 없다. 과학을 배반하지 않고도 삶의 위안을 찾는 일, 그것이 우리에게 주어진 과제이다.

원탁과 성배, 기사 이야기의 모든 것

『아발론 연대기』

기사 이야기의 원형

　'유럽의 중세''라고 하면 어떤 이미지가 떠오르는가? 기사 이야기를 좋아하는 사람들은 호숫가의 아름다운 성, 높은 성벽을 타고 오르는 공성전, 갑옷을 입은 말 탄 기사, 긴 칼이나 사자가 그려진 방패를 떠올릴지 모른다. 어떤 이들은 축축하고 어두운 숲, 지팡이를 든 마법사, 수도원의 성직자, 움막 안에서 웅크리고 있는 가난한 농부들, 거인과 난쟁이를 생각할 수도 있다. 게르만족의 이동이나 십자군 전쟁, 마녀사냥, 페스트의 창궐 같은 인상적인 역사적 사건을 이야기하는 사람도 분명히 있을 것이다.

　우리가 쉽게 떠올리는 이런 이미지들은 아마도 영상 매체를 접하면서 익숙해졌을 가능성이 크다. 할리우드 영화나 미국의 미니 시리즈에는 이교도에 맞서는 영웅이나, 영주들의 전쟁, 세상을 편력하는 기사들이 자주 등장한다. 마귀나 악령 또는 마법사들에 대항해 인간을 구하는 사제들, 영주들이나 침략자들의 착취에 힘들어하는 농민들, 떠돌이가 되어 이리저리 헤매는 부랑자들, 숲에 들어가 도적이 된 사람들도 만날 수 있다. 우리에게 조선 시대나 고려 시대가 그렇듯이 서양 사람들에게 중세는 자신들의 과거이고 뿌리이다. 그들에게 중세 이야기는 일종의 사극인 셈이다.

중세 이미지는 역사물뿐 아니라 판타지나 SF 영화에서도 활용되고 있다. 이런 작품에서 주인공들은 말을 타고 활을 쏘는 것은 물론 마법의 지팡이를 꺼내거나 광선 검을 휘두르기까지 한다. 〈스타워즈〉 시리즈가 대표적이다. 이 영화의 인물들은 우주선을 타고 다니지만 때로 수도사처럼 긴 망토를 입고 동굴에서 생활한다. 주인공이라고 할 제다이는 성배기사, 원탁의 기사 등 중세 기사들을 연상하게 한다. 또, 온라인 게임이나 모바일 게임에 등장하는 캐릭터들은 중세 인물의 이름과 특성을 그대로 사용하기도 한다. 중세 기사의 소지품은 게임 아이템이라는 이름으로 활용된다.

이처럼 꾸준히 재생산되고 있는 중세 콘텐츠 중 가장 중요한 텍스트는 아서왕 이야기이다. 넓은 의미의 아서왕 이야기는 아서왕과 원탁의 기사 이야기, 아서왕의 궁정 이야기, 성배 이야기를 포함한다. 아서왕 이야기가 서유럽에서 본격적으로 유통되기 이전에는 기사 계급에 대한 분명한 이미지도 기사도라는 단일한 행동 규범도 없었다. 우리가 현재 아는 기사 혹은 기사도는 아서왕 이야기에서 비롯되었다고 해도 과언이 아니다. 편력 기사나 마상 시합, 궁정식 연애와 같은 잘 알려진 소재들도 아서왕 이야기를 통해 유럽과 그 밖의 지역으로 퍼져 나갔다.

현재까지 중세 콘텐츠의 원형을 제공하고 있지만, 아서왕 이야기는 하나의 권위 있는 텍스트로 존재하지 않는다. 수 세기에 걸쳐 창작된 다양한 판본이 현재 남아 있으며, 그것들은 서로 다른 출전에서 나온 수많은 일화로 구성되어 있다. 거기에는 마법사 멀린과 요정 모르간, 어부왕과 성배, 명검 엑스칼리버, 귀네비어 왕비와 란슬롯, 트리스탄과 이졸대 등 매혹적인 이야기들이 포함되어 있다. 관련 판본이 늘어나면서 등장인물의 수가 늘어나고 이전 이야기와 모순되는 새로운 이야기가 만들어지기도 했다. 작품의 배경 역시 아서의 고향 브리튼에서 더 넓은 유럽 지역으

위대한 이야기 유산

로 확대되는 양상을 보였다.

장 마르칼[2]이 쓴 소설 『아발론 연대기』는 10세기 이상 전승되어온 아서왕 이야기를 종합한 작품이다. 시간으로는 색슨족의 브리튼 섬 침략부터 아서왕의 죽음까지를 다루며, 공간적 배경은 브리튼 섬과 브르타뉴 지방[3]이다. 전체 8권 분량인데, 1권 '마법사 멀린', 2권 '원탁의 기사들', 3권 '호수의 기사 란슬롯', 4권 '요정 모르간', 5권 '오월의 매 가웨인', 6권 '성배의 기사 퍼시발', 7권 '갈라하드와 어부왕', 8권 '아서왕의 죽음'으로 구성되어 있다. 이 책의 장점은 기존에 나온 수십 권의 텍스트를 꼼꼼히 분석하여 통일성 있는 줄거리를 엮었다는 것이다. 기존의 텍스트에서 독립적으로 존재하던 인물들은 자기 개성을 온전히 유지한 채로 이 소설의 큰 줄거리 안에 녹아든다.

『아발론 연대기』의 내용은 매우 방대하다. 일단 이 글에서는 브리튼 섬의 역사나 켈트족의 전통, 아서왕 이야기의 판본, 성배 전설의 유입과정, 궁정식 연애의 의미 등에 초점을 맞추려 한다. 켈트 문화의 흔적이라 할 수 있는 주권 여성이나 드루이드, 기독교의 영향이라 할 수 있는 어부왕과 성배 탐색의 의미에 대해서도 살펴볼 것이다. 주제에 맞추어 소제목을 나누었지만 실제로는 주인공 기사들을 중심으로 글을 전개해 나간다. 아서왕 이야기의 매력은 전체 줄거리가 아니라 독자적인 이야기를 만들어낸 개성 있는 인물들에 있다고 생각하기 때문이다.

브리튼 섬의 역사와 켈트족

현재 영국과 아일랜드에 해당하는 지역은 오랫동안 유럽 역사의 변두리에 놓여 있었다. 이 지역이 역사 기록에 등장한 것은 기원전 50년경이다. 로마 장군 율리우스 카이사르는 지금의 프랑스 일원인 갈리아 지역

지배의 일환으로 브리타니아(현재의 그레이트브리튼 섬)를 침공했으며 이 섬에 대한 최초의 기록을 남겼다. 당시 이 섬에는 켈트족에 속하는 브리튼족이 살고 있었고, 로마의 침공 이후 본격적인 섬의 로마화가 시작되었다. 섬 남부의 브리튼족과 달리 브리튼 섬 북쪽에 살고 있던 픽트족과 스코트족, 섬 서쪽과 아일랜드에 살고 있던 켈트족은 상대적으로 로마화의 정도가 낮았다.

기원후 1세기 중엽 클라우디우스 황제 때 섬의 중남부 지역이 다시 로마군의 침공을 받아 로마의 속주가 되었고, 1세기 말 도미티아누스 황제 통치 시에는 스코틀랜드와 서부 지역이 로마에 정복되기도 했다. 이어 하드리아누스 황제는 스코트족의 침입을 막기 위해 하드리아누스 방벽을 구축하였고 그 이후로 로마는 더이상 북쪽에 대한 정복을 시도하지 않았다. 브리튼 섬 남부가 로마 제국의 일부였던 시대에도 현재 스코틀랜드 지역의 픽트족과 스코트족은 로마에 굴복하지 않았던 셈이다.

유럽에서 로마의 세력이 약해지면서 브리튼 섬에도 혼란이 찾아왔다. 410년 로마군이 철수하자, 브리튼 인들은 북부의 픽트족을 막기 위해 앵글족과 색슨족을 섬으로 불러들였다. 로마 없이 자신들의 힘으로는 픽트족을 막을 수 없었기 때문이다. 그러나 픽트족을 몰아낸 색슨족은 섬을 떠날 생각이 없었다. 브리튼 섬에 머물며 브리튼 인들을 위협하였다. 브리튼족은 강력한 권력을 가진 중심이 없어서 색슨족과 대결하기가 쉽지 않았다. 이들 사이의 갈등은 백 년 이상 계속되었다. 하지만 5세기 말 20년간은 색슨족의 진출이 중단되고 브리튼 인들은 주목할 만한 승리를 거두었다. 실제 역사 속 인물 아서가 활약한 시기가 이즈음으로 짐작된다. 북동에서 들어온 색슨족이 섬의 동쪽 지역에서부터 세력을 확대해 왔기 때문에 브리튼족 저항의 중심은 서쪽 지역인 웨일즈와 콘월이었다. 아서왕 이야기의 주요배경이 웨일즈와 콘월인 이유가 여기 있다.[4]

『아발론 연대기』는 작품 초반에 이러한 역사적 상황을 상세히 보여
주고 있다.

헹기스트는 보티건의 제안을 받아들여 픽트인과 싸워 주겠다고
약속했다. 그 대신 완전한 주권이 보장되는 영토를 달라는 조건을 내
세웠다. 찬밥 더운밥 가릴 처지가 아니었던 보티건은 상대방의 요구
조건을 모두 수용했다. 헹기스트와 호르사가 색슨족을 데리고 북쪽
지방으로 왔다. 그들의 군대는 강력했고 잘 무장되어 있었다. 색슨족
의 군대는 빠른 속도로 픽트족을 제압하여 칼레도니아 산맥 너머로
멀리 밀어냈다. 그런 다음 보티건을 찾아와 보상을 요구했다. 보티건
은 타넷 섬을 포함하여 템즈 강 연안에 있는 많은 토지를 색슨족에게
넘겨주었다. 이 일로 보티건은 브리튼 섬에서 가장 불명예스러운 세
명의 인물 중 한 사람으로 꼽히게 되었다.   (1권, 31쪽)

소설에 따르면 브리튼을 안정시킨 인물은 막센이었다. 그의 증손자
콘스탄틴 시대까지는 평화로웠다. 콘스탄틴은 세 명의 아들을 남기고 죽
었다. 콘스탄트, 엠리스, 우터였다. 권력에 관심이 없던 콘스탄트는 수도
사가 되었는데 콘트탄틴의 조카 보티건이 권력 투쟁에 뛰어들었다. 보티
건은 사촌 콘스탄트를 부추겨 왕이 되게 하고 자신이 실제 권력을 누렸
다. 보티건은 콘스탄트를 암살하고 엠리스와 우터를 대신해서 왕이 된다.
이 과정에서 색슨족을 섬으로 불러들인 보티건은 헹기스트의 딸에게 빠
져 켄트(브리튼의 남동쪽) 지방까지 색슨족에게 넘겨준다.

역시 소설에 따르면 아서는 위 브리튼 왕가의 가계에 속한다. 아서
의 아버지는 콘스탄틴의 아들이자 선왕 콘스탄트의 형제인 우터이다. 우
터는 멀린의 도움으로 왕이 되어 색슨족을 물리친 왕이다. 그는 전쟁에

서 죽은 형제 엠리스를 기리기 위해 멀린을 시켜 솔즈베리 평원에 스톤헨지를 세운 인물이기도 하다.[5] 그런데 아서의 탄생에는 사연이 있었다. 그의 어머니는 우터의 부인이 아닌 가신 골레이스의 부인 이그레인이다. 그래서 아서는 콘월의 켈리웍에 있는 가신 안토르의 집에서 성장하게 된다. 이후에 아서 역시 배다른 누이 안나와의 사이에서 모드레드를 낳는데, 아서는 그의 반란에 의해 멸망하게 된다.

이처럼 아서왕 이야기는 켈트족의 역사와 문화 속에서 탄생하였다. 브리튼족은 이후에 영국을 지배하게 되는 색슨족보다는 켈트족과 친연성이 있었다. 켈트족의 문화를 오랫동안 간직한 지역은 웨일스나 아일랜드였다. 콘월과 바다 건너 마주 보고 있는 브르타뉴 역시 켈트 문화가 오랫동안 남아 있던 지역이다. 색슨족 침입 당시 많은 브리튼 인이 바다를 건너 브르타뉴에 정착했고 그곳에서 프랑스와는 다른 문화를 만들어갔다. 아서왕 이야기에서 현재의 런던이나 켄트 지방은 현재의 프랑스인 브르타뉴보다 훨씬 낯선 땅처럼 그려진다.

＊**할로윈 축제** 핼러윈 또는 할로윈은 주로 영미권에서 10월 31일에 벌어지는 행사이다. 켈트족 전승에서 한 해는 겨울과 여름으로 나뉘고 그중 새해는 겨울부터 시작한다. 겨울의 시작이 한 해의 시작인 셈인데, 켈트족은 한 해가 끝나고 새해가 시작되는 첫 밤에 저승의 문이 열려 조상들은 물론 온갖 이상한 것들까지 이승으로 나온다고 생각했다. 여기에서 유래하여 지금도 사람들은 그들에게 몸을 뺏기지 않기 위해 유령이나 흡혈귀, 해골, 마녀, 괴물 등의 복장으로 축제를 즐긴다. 기독교가 전파되며 할로윈도 여러 가지 형태로 분화되었다. 아일랜드에서는 할로윈의 상징으로 자리 잡은 '잭 오 랜턴(Jack O' Lantern, 호박에 유령의 모습을 조각한 등불)'이 탄생했는데, 이는 천국과 지옥 양쪽에서 거부당한 영혼의 이야기에서 유래했다. 망자들이 현실로 건너오는 특별한 날의 이야기는 다른 지역에도 존재한다. 멕시코를 배경으로 한 애니메이션 〈코코〉에 나오는 '망자의 날', 괴테의 『파우스트』에 나오는 '발푸르기스의 밤'이 대표적이다.

엄밀한 의미에서 브리튼 섬의 켈트족은 현재 사라진 종족이라 할 수 있다. 일반적으로 켈트족은 인도유럽어족의 한 일파인 켈트 어를 쓰는 아리아족을 가리킨다. 고고학적으로 켈트 미술과 같은 문화적 특성이 드러나는 지역의 민족을 포함하기도 한다. 언어적 특성으로 볼 때, 켈트족의 발상지는 다뉴브강 상류 중부 유럽이나 알프스 지방이었으리라고 추측된다.[6] 고대 켈트족의 흔적은 프랑스, 독일, 스위스, 알프스산맥 주변에서 발견된다. 고대 켈트족은 땋은 머리를 하고 유럽 최초로 바지를 입었으며 날개 달린 투구를 썼다고 한다. 로마인들이 포도주를 즐길 때 이들은 벌써 맥주를 마시고 있었는데, 날개 달린 모자와 맥주는 지금도 켈트족을 상징하는 대표적인 이미지이다. 현재 켈트족은 스코틀랜드, 아일랜드에 주로 거주한다. 웨일스의 켈트족은 자체 문화를 대부분 잃어버리고 잉글랜드에 동화되었다. 브르타뉴를 제외한 대륙의 켈트족 역시 대부분 프랑크족으로 통합되었다.

아서왕 이야기는 켈트 신화를 담고 있는 중요한 텍스트이기도 하다. 규모나 정교함 면에서 그리스·로마 신화만큼 완전하지는 않지만, 켈트족의 땅이었던 브리튼과 아일랜드에도 흥미로운 신화·전설이 전해져 왔다. 하지만 문자 문화가 일찍 발달하지 못했기에 켈트 신화는 기독교 문화가 들어온 후에 기록되었다. 따라서 현재의 기록들은 고대 신화의 모습을 그대로 간직하고 있지는 않다. 그렇다고 해도 고대 신화의 원형을 보여주는 모티프들은 켈트 문화를 이해하는 데 중요한 자료가 되고 있다.

아서왕 텍스트의 전개

지금까지 전해지는 아서왕 관련 텍스트를 간단히 정리해보자. 길가드의 『브리튼의 파멸과 정복』은 550년경 작성된 작품으로 아서왕에 대한 기록 중 가장 오래되었다. 아서왕에 대한 이미지가 본격적으로 부각된 기록은 9세기 초 세상에 알려진 『브리튼의 역사』이다. 이 책에 따르면 아서는 색슨족에 대항하여 열두 번의 전쟁을 치렀으며 몬스 바도니쿠스에서 가장 큰 승리를 거두었다고 한다. 이 책은 비극적이고 치열했던 캄란 전투에 대해서도 묘사하고 있다.

아서 문학의 발전에 가장 큰 영향을 미친 텍스트는 1130년대 몬머스의 제프리가 완성한 『브리튼 왕의 역사』이다. 12세기 중반 이후에 나온 텍스트들은 라틴어로 쓰인 제프리의 이 판본을 저본으로 삼는 경우가 많았다. 오늘날 아서왕 이야기에 등장하는 중요한 모티프들이 이 책에 대부분 등장한다. 아서가 틴타겔 성에서 잉태되었으며, 우더 펜드라곤의 아들이고, 캄란에서 모드레드와 최후 결전을 치른다는 사실이 기록되어 있다. 그가 아발론에서 최후의 안식을 얻는다는 내용도 담겨 있다. 또, 마법사 멀린과 아내 귀네비어가 중요한 인물로 등장한다. 이 책에서 아서는 색슨족을 물리치고, 브리튼 섬은 물론 아일랜드·아이슬란드·노르웨이·갈리아까지 지배하는 제국을 세운다. 색슨족의 침략을 물리친 전쟁 영웅에서 제국의 왕으로 아서의 위상이 높아진다.

1155년 앵글로 노르만인인 웨이스는 제프리의 역사서를 소설화한 『브루트 이야기』를 썼다. 이 소설에서 아서왕은 색슨족의 위협으로부터 브리타니아를 구하고 로마 제국에 낯선 왕국을 건설한 인물이다. 그가 색슨족에게 결정적인 패배를 당한 후 대륙으로 건너가기 전, 12년 동안 아서왕은 브리타니아를 평화롭게 통치한다. 이 평화로운 시기에 브리튼의 모든 모험과 기적이 일어난다.[7] 『브루트 이야기』에는 아서 외에도 집사인 케이, 아서의 조카 가웨인 등 중요한 인물들이 등장한다. 무엇보다 웨이스는 샤를마뉴 전설의 12기사에 필적할 만한 상징인 '원탁'을 창조해 냈다.

영국의 아서왕 문학에 궁정식 연애의 모티프가 더해진 것은 브르타뉴에서이다. 특히 크레티앙 드 트루와는 『수레를 탄 기사』, 『성배 이야기』 등을 통해 원탁의 기사를 소재로 한 문학을 활성화하는 데 중요한 역할을 했다. 트루아 이후 아서왕과 관련된 이야기들은 유럽 전역으로 퍼져 나가게 되는데, 그가 도입한 성배 모티프는 아서왕 문학의 발전에 새로운 전기를 마련해 주었다. 성배라는 새로운 소재를 통해 기독교 정신과 기사도 문학이 본격적으로 결합하게 된 것이다. 이때 중요하게 떠오른 기사가 퍼시발이다. 퍼시발은 크레티앙의 『성배 이야기』뿐만 아니라 독일의 볼프람 폰 에센바흐의 『파르치팔』과 『티튜렐』에도 등장한다.[8]

12세기 및 그 이후의 아서왕 문학은 아서보다는 그 주변인을 주인공으로 삼는 경향이 짙었다. 귀네비어, 퍼시발, 갈라하드, 가웨인, 트리스탄과 이졸데 등이 인기 있는 인물이었다. 『브리튼 왕의 역사』에서 아서가 엄청나게 큰 비중을 차지했던 것과 비교하면 이후 문학에서 아서는 거의 주

***12기사와 『롤랑의 노래』** 샤를 마뉴의 12기사는 프랑크 왕국의 전설적인 왕 샤를 마뉴를 섬기던 12명의 기사를 말한다. 이 기사들의 수장은 브르타뉴 변경 백 롤랑(오를란도)이다. 그와 올리비에를 제외하면 12기사의 나머지 구성원은 기록마다 다르다. 이 이야기가 담긴 최고의 문학작품은 11세기 프랑스 서사시 『롤랑의 노래』이다. 이 작품은 778년 8월 15일 피레네 산맥 근처에서 실제 있었던 롱스보 전투를 배경으로 한다. 작품에 따르면 샤를 마뉴는 사라센의 지배를 받는 에스파냐를 정벌하여 대부분 지역에서 사라센을 몰아내고 마지막 남은 사라고사마저 정복하려 했다. 수세에 몰린 사라고사가 항복 의사를 밝히자 롤랑은 거짓 항복이라 반대한다. 하지만 샤를 마뉴와 다른 기사들은 항복을 받아들인다. 귀환하던 중 사라센이 샤를 마뉴 군대를 기습하자 후미에 있던 롤랑은 용감하게 싸우다 장렬히 전사한다. 이 서사시로 롤랑은 정의를 위해 이교도와 싸우는 기독교 세계의 영웅이 된다. 하지만 이 서사시의 내용은 역사적 사실과는 거리가 멀다. 샤를 마뉴는 에스파냐 정벌에 나섰지만 사라고사는 고사하고 이슬람과 마주한 전선 지역도 점령하지 못했다. 피레네에서 샤를 마뉴 군을 습격한 것도 사라센이 아니라 바스크족이었다.

변 인물로 밀려났다고 할 수 있다. 아서라는 등장인물의 성격도 변화했다. 고대 전승이나 제프리의 책에 나오는 아서는 위대하고 흉포한 전사로서, 마녀나 거인 같은 괴물들을 물리치고 군사 원정이 있을 때면 언제나 군의 선두에 서는 인물이었다. 그러나 12세기 이후 브르타뉴 문학에 등장하는 아서는 특별한 모험도 하지 않고 그저 궁을 지키는 최고 권력자일 뿐이다. 그는 자신이 만든 원탁의 평화가 깨지는 것도 막지 못하는 무기력한 인물이다.

13세기에 『브리튼의 희망』을 비롯한 여러 연작 소설들에 발표되면서 아서왕을 둘러싼 이야기는 더욱 풍요로워진다. 이 소설들에서는 브리튼과 로마 제국과의 갈등보다는 개인적인 모험이 강조된다. 란슬롯이라는 인물이 새로 등장하면서 전통적인 이야기 구성이 혼란스러워지기도 한다. 란슬롯은 브르타뉴 사람으로 끝내 아서왕과 전쟁을 벌이게 되는 인물이다. 베디비어가 아서의 엑스칼리버를 버리지 못하다 세 번의 시도 끝에 호수에 버린다는 이야기도 이때 추가된다.

역할이 적어진 아서왕을 다시 이야기의 중심으로 끌어들인 작가는 영국의 토마스 맬러리였다. 15세기 활약한 그는 유럽 전역에서 꽃피운 아서왕 문학을 『아서왕의 죽음』을 통해 종합하였다. 맬러리는 란슬롯 중심의 이야기, 멀린의 이야기, 성배의 기원에 관한 이야기들 속에 부분으로 존재하던 아서왕 이야기를 일관성 있는 하나의 맥락 아래 통합하였다. 프랑스에서 유행하던 판본들은 많았지만, 영어권에서 아서왕 전설을 전체적으로 다룬 인쇄물은 맬러리의 책이 처음이었다. 맬러리의 작품을 통해 아서왕은 문학과 예술의 세계에서 완전한 가치를 지닌 인물이 되었고 『아서왕의 죽음』은 이후 작가들에게 영감을 주며 유럽 전역의 기사도 문학에 영향을 끼쳤다.[9]

과거의 인물이나 사건 혹은 이야기를 되살리는 이유는 주로 현재의

위대한 이야기 유산

필요 때문이다. 아서왕 이야기도 그랬다. 앞서 보았듯이 역사에서의 아서는 5세기 브리튼족이 색슨족의 침략을 받을 당시의 전쟁 영웅이었다. 6세기 이후 색슨족에게 정복당한 브리튼 인들은 아서의 기억을 조용히 간직하고 있었다. 그런 아서왕 이야기가 12세기 들어 다시 살아났는데, 여기에는 11세기 후반에 있었던 노르만족의 브리튼 정복이라는 정치적 변동이 중요하게 작용하였다. 그들은 무력으로 노르망디 지방을 점령한 바이킹의 후손으로 프랑스 왕에게 이 지역을 이양받은 세력이었다. 노르망디는 지역적으로 브르타뉴와 인접한 곳이다. 그들은 브리튼에 상륙해 왕조를 세웠지만, 기존 세력이었던 색슨족과 사이가 좋지 못했다. 노르만족이 세운 앙주 왕조는 정복자이긴 했어도 정통성을 인정받지 못한 것이다. 그런 중에 아서왕 이야기는 브르타뉴와 인접한 지역 출신인 노르만족 자신의 정통성을 찾는 데 유용했다.[10]

이런 의도가 노골적으로 드러난 텍스트가 앞서 언급한 『브리튼 왕의 역사』이다. 제프리는 이 책을 통해 앵글로 노르만 군주의 위대함을 상징하는 아서왕의 시대를 창출해 냈다. 그는 노르만족과 브리튼 인들의 공통된 이해관계를 분명하게 보여준 셈이다. 그의 책에는 잉글랜드의 부흥은 노르만족과 브리튼 인들이 힘을 합쳐 색슨족과 맞섰을 때 비로소 가능하다는 생각이 담겨 있다.[11] 이어 12세기 노르만족 출신의 영국 왕 헨리 2세는 웨이스가 『브리튼 왕의 역사』를 소설화한 『브루트 이야기』를 쓰는 데 아낌없는 후원을 해 주었다. 그는 아서왕 전설을 이용해 자신이 정당한 계승자라는 점을 알리고 싶어 했다.

성배 전설과 원탁

지금까지 아서왕을 중심으로 이야기의 계통을 정리했는데, 12세기

들어 아서왕 이야기에는 새로운 주제가 추가된다. 성배 탐색이 그것인데, 이는 독자적인 이야기 군을 형성할 만큼 다양한 작품을 낳았으며 현재도 소설과 영화 등에서 중요한 모티프로 활용되고 있다. 성배 탐색이라는 주제가 추가되면서 원탁의 기사들은 기독교의 수호자라는 새로운 이미지를 갖게 된다.

성배 전설을 유행시킨 로베르 드 보롱의 『아리마태아의 요셉』(12세기 후반)에 따르면 아리마태아 사람 요셉, 또는 아리마대의 요셉은 예수 그리스도의 제자 중 한 명이었다. 그는 예수의 장례를 치른 인물인데, 십자가에서 예수의 시체를 내려 바위를 파 만든 무덤에 모셨다고 한다. 또, 그는 예수가 흘린 피를 성배 안에 모았다고 하는데, 그 피는 로마의 백부장 롱기누스가 예수의 옆구리를 창으로 찔러 입힌 상처에서 흐른 것이었다. 예수의 시체가 그의 부활로 인해 무덤에서 사라진 후 요셉은 시체를 훔친 자로 오인되어 40년 형을 선고받았다. 얼마 후 예수가 감옥에 나타나 그에게 성배를 주며 성배를 보호하는 수호자로 삼았다. 감옥에서 나온 후 요셉은 처남 브론과 아들 알란을 데리고 고향을 떠나 유럽으로 건너갔다고 한다. 이 신성한 성배에는 특별한 능력이 있다고 알려져 있다.

성배를 찾기 위한 기사들의 여정과 아서왕 이야기의 결합은 12세기 크레티앵 드 트루아의 작품에 처음으로 등장하였다.[12] 그는 낭만시 「아리마태아 요셉」과 「성배의 역사에 관한 이야기」에서 성배 전설에 기독교적 의미를 부여하였다고 알려졌다. 13세기에는 작가 미상의 『랫슬롯-성배』 연작이 유행하였고, 이 작품은 아서 세계의 기독교화를 보여주는 중요한 작품 『성배의 탐색』[13]으로 이어졌다. 『성배의 탐색』은 시토 수도회의 영향을 강하게 받은 작품이다. 시토 수도회는 1098년 설립된 로마 가톨릭 수도회로 겸허한 생활과 엄격한 규율에 대한 헌신을 특징으로 한 금욕적인 공동체였다. 12세기에는 유럽 전역에 대수도원을 세울 만큼 널리 퍼져 있었다.

　다음은 『아발론 연대기』에서 성배를 묘사한 부분이다.

　　더욱 아름다운 두 번째 여자가 첫 번째 여자 바로 뒤에 서서 따라
왔다. 앞선 여자의 머리카락보다 더 찬란한 금빛 머리카락이 순백색
드레스 위에서 찰랑였다. 그녀는 에메랄드 잔을 두 손으로 소중하게
감싸들고 있었다. 이 세상에서 가장 귀한 물건을 나르고 있는 듯한 모
습이었다. 그녀가 방안에 들어서자 찬란하고 눈 부신 빛이 쏟아져 들
어왔다. 마치 해가 뜨면 달과 별이 그 빛을 잃어버린 듯, 방 안을 비추
고 있던 환한 촛불을 창백하게 만들어 버리는 빛이었다.　　　(6권, 114쪽)

　윗글에서는 성배를 에메랄드 잔으로 묘사하고 있다. 『아발론 연대
기』에서 받아들인 전설에 따르면 이 에메랄드는 사탄의 이마를 장식하고
있던 것이었다. 사탄이 지옥으로 떨어지면서 그것이 아담의 발치에 떨어
졌고 대물림 되던 이 보석이 시몬에게까지 이르게 되었다고 한다. 시몬은
에메랄드 빛깔에 감탄하여 보석을 잔으로 깎아 놓았는데, 그의 집에서 최
후의 만찬이 열린 것이다. 예수 체포가 시몬의 집에서 이루어지고 (이는 성
경의 내용과 다르다.) 한 병사가 에메랄드 잔을 챙겼다. 한편 예수의 숨은 제
자인 아리마태아 요셉은 예수의 시신을 빌라도에게 요구하여 시신을 인
수하는데, 요셉은 니코데모와 함께 못을 빼고, 십자가에서 예수를 내리면
서 에메랄드 잔에 그의 피를 담았다. 아리마태아 요셉과 그의 장남 요세
페가 죽자 둘째 아들 '부자 어부' 알렌에게 성배의 책임이 돌아갔다. 그는
늪 속 섬에 코르베닉이라는 성을 짓고 비밀의 방에 성배를 모셨다. 이후
수 세기 동안 그 모험의 성으로 가는 길을 찾아낸 사람은 아무도 없었다
고 한다.[14]

전설이 대부분 그렇지만 판본에 따라 성배 전설의 내용은 조금씩 다르다. 묘사된 성배의 모양도 접시인 판본과 잔인 판본으로 나뉜다. 요셉이라는 인물에 대한 설명 역시 같지 않다. 성배와 함께 피 흘리는 창이라는 소재를 사용한 판본이 있는가 하면 식탁의 의미를 강조한 것도 있다. 그래도 이들의 공통점은 성배가 예수 그리스도의 피와 관계된다는 점이며, 소유자에게 풍요를 제공해 준다는 사실이다.

아서왕 이야기에 추가된 기독교적 소재가 성배 하나만은 아니다. 아서왕 하면 떠오르는 원탁 이야기도 성배 이야기처럼 기독교적 의미를 담기 위해 추가되었다.

지금까지 전통을 유지해 온 두 개의 식탁이 있습니다. 하나는 최후의 만찬의 식탁이며, 다른 하나는 성배의 식탁입니다. 이 두 개의 식탁은 완전히 일치하고 있고, 각각 한 자리가 비어 있습니다. 제 조언을 원하신다면, 삼위일체를 따라 세 번째 식탁을 설치하시라고 말씀드리겠습니다. 세 사람의 인물이 세 개의 식탁을 통해 의미를 부여받게 될 것입니다. (1권, 203쪽)

원탁은 멀린의 조언을 듣고 우터 왕이 설치하였고, 기사들을 평등하게 앉히기 위해 둥글게 만들어졌다. 원탁은 처음 만들어질 때부터 성배와 연결되었는데, 성배를 찾을 선한 기사를 위해 늘 한 자리를 비워두었다. 원탁이 완성되는 것은 선한 기사가 그 자리에 앉을 때이며, 자격이 없는 기사가 그 자리에 앉을 경우는 큰 화를 당한다고 한다. 선한 기사는 성배의 식탁이나 원탁에서 모두 중요한 인물인 셈이다. 소설 『성배의 탐색』 이후 이 자리에는 란슬롯의 아들 갈라하드가 앉게 된다. 그가 성배를 찾고 어부 왕을 구하는 기사이기 때문이다. 물론 성배의 기사로 더 잘 알려진 인물은 퍼시발이고 판본에 따라서는 갈라하드가 아닌 그가 성배를 찾고 어부 왕을 구한다.

원탁의 기사는 12명 설이 유력하다. 예수의 제자 수와 샤를 마뉴의 기사 수가 12이기 때문이다. 하지만 그 역시 유일한 주장은 아니다. 현재 런던 윈체스터 궁의 큰 방에 있는 유명한 원탁에는 아서왕을 둘러싸고 있던 기사 스물네 명의 이름이 쓰여 있다. 아서왕이 가장 높은 자리를 차지하고 있는데, 이는 원탁의 기사 사이에 완벽한 평등을 강조하던 애초의 원칙과는 다르다. 이 원탁을 묘사하자면, 아서 왼편에 선한 기사 갈라하드가 차지하고 있는 위험한 자리가 있고, 갈라하드 왼편에 그의 아버지인 호수의 기사 란슬롯의 자리가 있다. 아서왕 오른쪽은 모드레드의 자리이다. 비록 후대에 만들어지긴 했지만, 이 원탁과 최후의 만찬의 상관성은 뚜렷하다. 모드레드는 가룻 유다와 갈라하드는 사도 요한과 동일시되고 있기 때문이다.

성배 전설은 그 근원으로 거슬러 올라가면 역사에는 전혀 존재하지 않았던 것일 수도 있다. 성배에 대해 사람들이 만들어낸 가설들은 너무나 많고 일관성도 없다. 성배의 본질을 정확하게 파악하는 것도 불가능하다. 하지만 성배는 그것이 신비와 비밀, 모험으로 둘러싸여 있고 결국 선택받은 소수의 사람만이 그것을 획득할 수 있다는 점에서 엄청난 매력을 가지고 있다. 성배를 목수의 잔이라 생각한 영화가 있었고, 그랄이라는 단어에서 유추하여 여성을 성배로 보는 소설도 있었다. 모양이 어떻게 생겼든지 간에 콘텐츠로서 성배는 인간이 추구해야 할 특별한 가치를 담고 있는 신성한 물건이라는 의미를 띠고 있다.

어부 왕과 성배의 기사

아서왕과 원탁의 기사들은 대부분 왕족이나 귀족 가문에서 기사로 성장한 인물들이다. 유독 퍼시발 만이 특별한 배경 없이 원탁에 오른다. 그의 아버지가 이름 있는 기사였다고 하지만 퍼시발은 숲속 오두막에서 홀어머니와 함께 별다른 교육도 받지 못하고 자란다. 그는 우연히 만난 기사의 모습이 멋져 보여 자신도 기사가 되겠다고 결심하고 숲을 떠나 홀로 모험을 시작한다. 퍼시발은 촌뜨기의 대명사로 여겨지는 '웨일스' 출신이다. 그는 여러 면에서 민중적인데, 다른 영웅들과 달리 퍼시발은 바로 원탁에 진입하지 못하고 숱한 무훈을 세워 능력을 증명한 이후에야 원탁의 한 자리를 차지한다.

> 떠나기 전에 내 충고를 들으렴. [……] 배가 고프고 목이 마를 때 음식과 마주하게 되면, 사람들이 친절하게 네게 음식을 주지 않더라도 그냥 네 뜻대로 먹으렴. 비명 소리가 들리거든 그 소리가 들려오는 곳으로 가거라. 도움을 청하는 사람이 여자일 때는 반드시 도와주도록 하여라. 아름다운 보석이나 장신구를 발견하게 되거든 그것을 수중에 넣었다가 그걸 가질 만한 자격이 있는 사람에게 주어라. 아름다운 여자를 만나거든 그녀에게 다정하게 대하고 구애하여라. 그녀가 너를 원치 않는다 해도 그녀는 너를 좋게 생각할 것이다. (6권, 35쪽)

위 예문은 기사가 되기 위해 길을 떠나는 퍼시발에게 그녀의 어머니가 들려주는 이야기이다. 길을 떠나는 순진한 아이에게 들려주는 어머니의 이런 충고는 나름대로 의미가 있다. 물정 모르는 아들에게 낯선 세상에 어떻게 적응해야 하는지 알려주는 것이기 때문이다. 그러나 음식을 보면 그냥 먹으라든지, 보물이나 장신구를 보면 그냥 차지하라든지 하는 충고는 괴이하게 느껴진다. 평범하지 않기에 오히려 특별한 의미를 지닌 것으로 보이기도 한다. 이에 대한 그럴듯한 해석은 어머니의 이 충고가 귀족 사회에 대한 민중의 불만을 드러낸다는 것이다. 부당한 사회에서 가난한 자의 강탈은 정당한 것이며, 그 정당한 강탈을 통해 아이는 귀족들이 만들어 놓은 험한 세상의 첫 관문을 통과할 수 있다는 설명이다.

자연상태의 순진함을 가진 기사 퍼시발은 많은 모험을 통해 성장하고, 마침내 성배 탐색이라는 어려운 과제를 만나게 된다. 성배가 있는 어부왕의 궁전에 초대되어 화려하고 신비한 저녁 식탁을 마주하게 되는 것이다. 그런데 퍼시발은 성배의 신비와 어부 왕의 모습을 보고도 아무런 질문을 하지 않는다. 성배가 만들어내는 신기한 현상과 그것을 둘러싼 기이한 풍경에 놀라기는 하지만 남의 일에 대해 섣불리 질문하지 말라는 스승의 충고가 떠올랐기 때문이다. 퍼시발에게 질문을 받지 못한 어부 왕의 병은 더 악화되고 성에는 암울한 분위기만이 감돈다. 이처럼 '적절한 질문'에 실패한 후 성 밖으로 나온 퍼시발은 자신의 잘못을 만회하기 위해 다시 성배의 성을 찾아 여행한다.

이상의 내용은 성배 탐색을 다룬 여러 텍스트에 공통으로 나타난다. 하지만 퍼시발이 성배 찾기 과업에 실패한 이후의 행적에 대해서는 텍스트마다 차이가 있다. 독일에서 나온 볼프람 폰 에센바흐의 『파르치팔』[15]은 퍼시발의 성배 탐색을 가장 상세히 다룬 텍스트이다. 이 책에 따르면, 퍼시발이 첫 번째 방문에서는 적절한 질문을 하는 데 실패했지만 두 번째 방문에서는 "Was wirret dir"(무엇이 당신을 혼란스럽게 하는가?)라는 적절한 질문으로 어부 왕을 치유한다. 퍼시발은 성스러운 돌에 쓰인 문구가 지정한 인물이기도 해서, 성의 새로운 주군이 된다. 에센바흐는 퍼시발을 순수함과 가식 없음을 통해 현자로서도 이를 수 없는 이상에 도달하는 '순진한 바보'로 묘사하고 있다.[16]

한편 『아발론 연대기』에서는 성배 탐색에 여러 명의 기사가 동원된다. 어느 날 캐멀롯의 연회에 에머랄드 잔이 나타나 식탁을 풍요롭게 하고 사라지는 신기한 현상이 벌어진다. 이에 가웨인과 원탁의 기사들은 자신들 앞에서 벌어진 신비의 원인을 확인하기 위해 성배 탐색을 떠난다. 멀린은 퍼시발에게 성배 탐색에 대해 다음과 같이 예언한다.

> 말을 타고 강을 따라간 다음, 숲을 지나, 부상으로 고통스러워하고 있는 어부 왕이 계신 코르베닉 성까지 가라. 어부 왕을 고칠 사람은 네가 아니라 갈라하드 경이란다. 너는 나중에 성배의 왕이 될 것이다. 그러나 너는 코르베닉에서 왕이 되지는 않을 것이다. 어부왕의 병이 나으면, 갈라하드 경과 보호트 경과 너는 더 멀리 사라스 시에 가야 한다. 그곳에 가야 성배의 신비에 대한 계시에 접할 것이다. [……] 마지막으로 할 말은 너나 갈라하드 경은 아서왕의 궁에 돌아가지 못할 것이라는 사실이다. 궁으로 돌아가 보고 들은 것을 고할 사람은 보호트 경이다.
>
> (7권, 275쪽)

보호트와 갈라하드 그리고 퍼시발은 아서와는 비교적 거리가 먼 기사들이다. 세 인물이 함께 성배를 찾는다는 위 예문의 이야기는 시토 수도회의 『성배의 탐색』에 처음 등장한다. 란슬롯의 아들 갈라하드에 의해 적절한 질문을 받은 어부왕은 부상에서 회복되고 성배를 지키는 의무에서도 해방된다. 그 책임은 선한 기사의 몫이 된다. 퍼시발은 어부왕을 구하지는 못하지만 성배의 파수꾼이 된다. 이렇게 하여 셋은 탁자와 잔을 가지고 성에서 나온다. 『아발론 연대기』의 작가는 그들이 "배 위에 오르자, 은 탁자와, 붉은 비단 베일에 덮인 채 눈 부신 빛을 발하는 성배가 놓여 있었다"고 적는다.

선한 기사 갈라하드는 의심할 바 없는 최고의 기사 란슬롯의 아들이다. 하지만 그는 시골 출신의 민중적 인물 퍼시발과는 성격이 매우 다른 인물이다. 따라서 선한 기사가 퍼시발에서 갈라하드로 바뀐 것은 단순한 인물 교체가 아니라 시대 상황이나 인식의 변화라 할 수 있다. 엉뚱한 사고를 치기도 하지만 순수하게 자란 때 묻지 않은 기사 퍼시발로는 강화된 기독교적 윤리를 충족시킬 수 없었다. 성배의 신성함이 강화되면서 웨일스 출신의 켈트 분위기를 띤 정결하지 못한 청년은 자격을 상실하고 만 것이다. 그와 달리 갈라하드는 지상에 살지만, 천상에 사는 것처럼 정결하고 평온하며 종교적인 인물이다. 개인적 생각이지만 소설 캐릭터로서 갈라하드의 매력은 거의 영점에 가깝다.

편력 기사들의 모험

아서왕의 원탁에 모인 기사들은 궁정을 지키기도 하지만 대부분 성 밖으로 모험 여행을 떠난다. 가웨인과 란슬롯을 비롯한 기사들은 여인의 부탁을 받으면 거절하지 않고 아무리 어려운 일을 만나도 물러서지 않는다. 그들은 분명하지 않은 어느 곳에서 신비한 기사와 결투를 벌이고, 알려지지 않은 은밀한 성에 들어가 기이한 경험을 한다. 가끔은 거인과 난쟁이, 사나운 짐승도 만난다. 이들은 근대 소설의 효시로 알려진 『돈키호테』의 주인공이 머릿속에 그리고 있는 편력 기사의 원형이다.

사악한 상대를 물리치는 일이 아니어도 기사들은 자신들의 무공을 시험하기 위해 자주 시합을 벌인다. 그러한 시합조차 사랑하고 존경하는 여인의 이름으로 행해진다.

무술 경기는 계속 진행되었다. 가웨인은 거침이 없었다. 그를 상대하는 기사들은 모두 말에서 떨어졌다. 그는 어느 때보다도 더 많은 말들을 전리품으로 얻었다. 말을 한 마리 얻을 때마다 성벽 꼭대기에서 경기를 지켜보고 있는 부인들에게 선물을 보냈다. [……]

숙소의 문 앞에서 좁은 소매의 아가씨가 그에게 말했다.

"기사님, 진심으로 감사드립니다."

가웨인이 대답했다.

"아가씨, 늙고 힘이 없어지기 전까지는 아가씨를 섬기겠습니다. 아가씨가 부르시면 언제라도 달려와 도와 드리겠습니다."　(5권, 130쪽)

『아발론 연대기』의 무술 시합은 갑옷을 입고 말을 탄 기사들이 긴 창을 들고 서로 마주 달려 상대방에게 타격을 입히는 방식으로 진행되었다. 이때 승리한 기사는 상대방의 말이며 갑옷, 무기 등을 모두 빼앗았다. 이를 마상시합이라 부르기도 했는데 현재 스포츠 경기에서 자주 쓰는 용어 '토너먼트'는 여기에서 온 말이다. 두 기사 중 하나는 반드시 탈락해야 하는 시합이었다. 기사들의 대결은 여인과 관련되는 일이 많았다. 마상 시합을 묘사한 그림을 보면 말을 타고 긴 창을 든 기사들 뒤쪽에는 으레 귀부인들의 모습이 보이곤 한다.

가웨인이 등장하는 위 예문에서도 그런 그림을 연상할 수 있다. 아서왕 이야기에서 가웨인은 편력 기사를 대표할 만한 인물이다. 그는 나중에 아서왕 이야기에 합류하게 된 란슬롯을 제외하면 원탁의 기사 중 최고 무공을 자랑한다. 가계도 좋아서 로트 왕의 맏아들로 아서왕의 조카이자 후계자로 지명된 인물이다. 그는 어떤 여성도 받아들이지만 어떤 여성도 특별히 사랑하지 않는다. 그는 해가 중천에 떴을 때 가장 큰 힘을 발휘했다가 해가 지면 힘이 점점 빠지는 태양 영웅으로 그려지기도 한다. 교만한 파에, 세 명의 여인, 위험한 침대의 모험, 빨간 난쟁이와의 만남 등이 그가 겪는 대표적인 모험이다.

원탁의 기사 중에는 가웨인처럼 아서와 친족 관계에 있는 인물이 많다. 케이는 아서의 젖 형제로 키가 매우 크다. 놀라운 힘을 가진 기사이기도 하지만 경솔한 행동으로 궁정에 분란을 일으키는 인물이다. 그에게는 동료들이 부러워하는 능력이 하나 있다. 몸에서 뿜어져 나오는 열이 많아서, 비가 억수같이 쏟아져도 그가 손에 들고 있는 물건은 젖지 않고 보송보송하다. 숲에서 밤을 보내야 하는 날이면, 케이의 동료들은 추위를 이기기 위해 케이의 주위에서 잠들곤 한다.

베디비어는 케이와 더불어 어렸을 때부터 아서와 가장 가까운 기사였다. 외팔이지만 전투에 나서면 누구보다도 날쌔고 민첩했으며 그의 창에 찔리면 누구라도 치명적인 상처를 입는다. 베디비어는 브리튼 최고의 달리기 선수이기도 하다. 기사 이그라베인은 로트 왕의 아들이자 가웨인의 형제이다. 그는 란슬롯과 귀네비어의 관계를 아서왕에게 알려 왕국의 갈등을 부추기고, 결국 란슬롯에게 죽임을 당한다.

브르타뉴 지역 왕들의 아들들도 원탁의 기사가 된다. 곤 왕국의 왕 보호트에게는 보호트와 리오넬이라는 두 아들이 있다. 베노익 왕국의 왕 반은 아그라바데인의 딸에게서 서자인 '늪의 기사' 헥토르를 낳고, 아름다운 아내 헬렌에게서는 란슬롯을 낳는다. 이 기사들은 케이 등 웨일스 출신으로 짐작되는 기사들과 구분하여 브르타뉴 기사라 불린다. 이러한 인물 구도는 아서왕 이야기가 브리튼에서 브르타뉴로 전파되면서 자연스럽게 형성되었다고 짐작할 수 있다. 아서왕 이야기의 최종판이라 할 수 있는 『아서왕의 죽음』에서 양 세력은 목숨을 걸고 전쟁을 벌인다.

퍼시발은 에브라욱의 아들이다. 앞서도 언급했던 갈라하드는 원탁의 위험한 자리에 앉을 선한 기사인데, 그는 강을 따라 떠내려온 바위에 꽂힌 칼을 뽑아 아서왕과 원탁의 기사에게 선한 기사로 인정받는다. 선한 기사는 어부왕을 치유하고 성배를 맡게 되는 인물이다. 거플렛은 원탁의 일원으로 아서왕과 함께 모드레드와 전쟁을 벌이며, 아서왕의 최후를 지킨 기사이다. 그는 왕의 명령에 따라 엑스칼리버를 호수로 돌려보낸다.

란슬롯은 베노익 왕 반의 아들이지만 호수의 부인 손에서 자라 호수의 기사로 불린다. 아서왕 전설에서 가장 유명하고 출중한 무공과 외모를 지닌 기사이다. 그는 어부 왕의 딸에게서 갈라하드를 낳지만, 귀네비어와의 불륜으로 왕국이 해체되는 빌미를 제공한다. 하지만 란슬롯을 다룬 초기 판본에는 귀네비어와의 사랑 이야기가 없으며, 그가 원탁의 일원이라는 언급도 없다. 란슬롯 이야기는 일정 기간 독립적으로 존재하다가 기사 이야기라는 공통점 때문에 아서왕 이야기에 통합된 예라고 할 수 있다. 아일랜드에서 전승되어 온 「트리스탄과 이졸데」의 주인공 트리스탄 역시 뒤늦게 아서왕 이야기에 합류한 기사이다.

편력 기사들의 모험은 때론 판타지처럼 보이기도 한다. 기사들은 숲이나 호수 그리고 성으로 들어가 현실과 다른 세상을 만난다.

정신을 차리고 보니 지하실에는 아무것도 없었다. 우물도, 주석 기둥도, 여자도, 구리 거인들도 모두 사라지고 없었다. 그는 길을 되짚어 바깥으로 나왔다. 나와 보니 다른 놀라움이 그를 기다리고 있었다. 묘지가 있던 자리에 온갖 종류의 과일나무와 꽃이 흐드러지게 핀 나무들이 가득 찬 과수원이 들어서 있는 것이었다. 그가 돌을 들어 올렸던 훗날 자신의 무덤이 한가운데 남아 있었을 뿐이다. 사람들이 그를 만나기 위해 사방에서 다가오고 있었다. 그들의 얼굴은 형언할 수 없는 기쁨으로 가득했다. 그들은 시련을 이겨낸 란슬롯을 축복해 주었다.

(3권, 169~170쪽)

　　　　　　　　　　　위대한 이야기 유산

황야와 숲과 계곡을 달리던 란슬롯은 갑자기 날이 어두워지고 비바람이 치자 인적이 없는 마을에 든다. 마을에서 보이는 언덕 위에는 '고통스러운 감시의 성'이라 불리는 당당하고 오만한 성이 우뚝 솟아 있었다. 란슬롯은 한 종자에 의해 그곳으로 안내되어 오는데, 성의 주인처럼 보이는 부인의 청을 듣고 성을 마법에서 풀어주겠다고 약속한다. 그는 구리로 만든 두 명의 무사를 물리치고, 입에서 불을 뿜어내는 시뻘건 눈을 가진 검은 남자를 물리친다. 그리고 청동 기둥 안의 금속 상자를 연다. 상자를 열자 안에서 회오리바람처럼 무언가가 빠져나가고 성에 걸린 저주도 풀린다.

위 예문은 저주가 풀린 성에서 깨어난 란슬롯이 현실 세계로 돌아오는 장면이다. 간밤에 그가 마주해 싸웠던 무사나 거인은 흔적도 없고 묘지도 없어졌다. 그의 승리가 마법을 풀어 성과 주변을 원래 상태로 돌려놓은 것이다. 란슬롯은 저주가 풀린 후 주변의 변화에 놀라기는 하지만, 아무 일도 없었던 것처럼 다음 모험을 위해 길을 나선다. 원탁의 기사들은 각자 자신들이 주인공이 되어 이러한 편력 여행을 계속한다. 그리고 그 편력 여행의 마지막은 어부왕의 성에 들어가 성배를 찾는 모험이다.

기사도와 궁정식 연애

짧은 예를 들었지만 기사 이야기를 읽는 가장 큰 재미는 그들의 모험을 따라가는 것이다. 기사들의 모험은 대부분 고귀한 신분을 가진 여인과 얽혀있다. 말하자면 사랑과 기사도가 연결되는 것이다. 기사들은 모험을 통해 획득한 명예를 아름다운 여인에게 바친다. 왕비나 공주 신분인 여인들은 기사들이 모험을 통해 무훈과 명성을 획득하는 데 따라 자신의 사랑을 조금씩 허락한다. 이를 궁정식 연애라 부르는데, 궁정식 연애는 단순히 개인적 욕망의 충족에 그치지 않고 기사도 교육이라는 사회적 기능

을 수행한다.[17]

궁정식 연애는 일반적으로 생각하는 이성 간의 사랑과는 많이 다르다. 사랑하면 할수록 남녀는 가까워지는 것이 아니라 멀어져야 하는 역설을 포함하고 있기 때문이다. 궁정식 연애에서 사랑에 빠진 기사는 사랑으로 인해 더 나은 기사가 되어야 하는데, 더 나은 기사가 된다는 것은 더욱더 용감하고 강해진다는 것을 의미한다. 그러기 위해서는 모험을 통해 끊임없이 무공을 쌓아야 하고, 무공을 높이기 위해서는 여인의 곁을 떠나야 한다. 사랑하는 사람과 안정된 삶을 누리는 것은 결코 기사의 명예를 높이는 일이 아니다. 여성 역시 안주하려고 하는 남성은 명예와 용기를 잃은 남성이므로 거부해야 한다. 그러한 여인만이 기사와 같이 높은 명예를 얻을 수 있다. 더 나은 기사가 될수록 사랑은 점점 이루어지기 어렵게 되는 것이다.

궁정식 연애는 단순한 낭만적 취향이 아니라 당시의 정치·경제적 조건이 만들어낸 현실적 제도이기도 했다. 중세에는 귀족 가문의 가장 중요한 재산이었던 영지가 분할 상속되는 일을 막기 위해 장남만을 결혼시키는 관행이 있었다. 귀족 가문의 아들이라 해도 차남 이하는 결혼을 하지 못한 채 수도원에 들어가 성직자가 되거나 떠돌이 기사가 되곤 했다.[18] 궁정식 연애는 상속에서 배제된 기사들의 사랑법이었다고 할 수 있다. 기사가 아닌 영주 입장에서도 궁정식 연애로 인한 정치적 이득이 없지 않았다. 젊은 기사들을 다스리기 위한 정략적 차원으로 자신의 부인(혹은 딸)을 미끼로 삼아 기사들 간의 경쟁을 조장할 수 있었기 때문이다.

궁정식 연애의 법칙이 따로 존재하는 것은 아니니만 일반적으로 궁정식 연애에는 몇 가지 공통점이 있다. 첫째 혼외의 은밀한 사랑이다. 사랑을 구하는 기사의 초조한 마음, 고귀한 여인을 향한 숭배는 결혼한 관계에서는 좀처럼 보이지 않는다. 둘째 귀부인은 구애자보다 우월한 위치에 있다. 귀부인은 구애자를 사랑하면서도 그를 고압적이고 변덕스럽게 대하여 기사가 그녀를 잃지 않을까 하는 두려움을 가지도록 만든다. 셋째 구애자는 자신이 획득한 사랑에 보답하기 위해서 그가 할 수 있는 최선의 무용을 달성한다. 귀부인의 변덕과 쌀쌀맞음은 그의 사랑을 섬세하게 하거나 그의 용기를 불러일으키는 수단이다. 마지막으로 사랑은 하나의 기술이요 지식이요 덕목이다. 기사도나 궁정식 예절처럼 사랑에도 준칙이 있고 그것을 지키지 않으면 사랑할 자격을 상실한다.[19] 이러한 궁정식 연애의 전형은 란슬롯과 귀네비어의 관계에서 발견할 수 있다.

켈트 전통에서 볼 때 아서왕의 부인인 귀네비어는 궁정식 연애의 주인공 이상의 의미를 띠기도 한다. 그녀는 왕국의 주권을 환유하는 인물이다. 귀네비어는 기사 란슬롯이 아서 전설에 흡수되기 전에는 기사 이더와 불륜관계였다. 웨일스의 시에서는 그녀의 상대로 케이를 언급하기도 한다. 아서왕을 향해 반란을 일으킨 모드레드 역시 왕궁에 남아 있던 귀네비어를 차지한다. 따라서 귀네비어의 불륜은 단순히 도덕적 문제가 아니라, 기사들의 왕위 찬탈을 둘러싼 주제에 가깝다. 그녀는 아서의 아내였지만 때로는 아서보다 더 큰 권력을 가진 여인처럼 보이기도 한다.

이렇게 볼 때 귀네비어는 아일랜드와 웨일스 그리고 갈리아 지역을 포함하는 켈트의 신화 기록에 일관되게 나타나는 '주권 여신'에 가깝다. 주권 여신 개념에서 여성 신은 그 자체가 주권이다. 주권의 화신으로서의 여신은 백성에게 승리와 번영을 가져다주기 위해 왕과 잠자리를 함께 하는 땅의 여신이기도 하다. 신화에서는 남성 신들이 주권 여신의 선택을 받아 세계를 지배하게 되는데, 마찬가지로 지상의 왕 역시 왕권을 행사하기 위해서는 여왕의 선택을 받아 여왕과 혼인하고, 이를 통해 주권을 이양받아야 한다.[20] 『아서왕의 죽음』에서 아서와 전쟁을 치르는 란슬롯과 모드레드 역시 귀네비어를 통해 주권을 차지하려는 남성들이다. 주권 여신

이야기는 켈트 신화 말고도 여러 이야기 속에 남아 있다. 동화 「잠자는 숲속의 공주」는 가장 잘 알려진 예이다.

귀네비어와 란슬롯의 궁정식 연애에서는 이교도적 요소가 발견되기도 한다. 거녀[21]의 아들이자 '머나먼 섬들의 주인'인 게일호트와 이들이 만들어낸 일화는 『아발론 연대기』 안에서 매우 기괴한 예에 속한다.

> "사랑스러운 친구여, 나는 이제 그대의 것이랍니다. 나는 아주 기뻐요. 하지만 비밀을 지키셔야 해요. 왜냐하면 나는 왕국에서 가장 중요한 여성 가운데 하나이기 때문에, 평판을 잃는다면 그 때문에 우리의 사랑도 빛이 바랠 거예요. 게일호트, 그대는 우리 사랑의 보증인이에요. 만일 이 사랑으로 인하여 어떤 나쁜 일이 생긴다면 그대에게도 책임이 있어요. 그대가 기쁨과 행복을 가져다준 것처럼……."
>
> "알고 있습니다. 저도 한 가지 청이 있습니다. 왕비께서 저와 란슬롯의 우정의 보증인이 되어 주십시오."
>
> "기꺼이 그리하겠습니다."
>
> 그녀는 란슬롯은 오른손으로, 게일호트는 왼손으로 잡았다.
>
> 귀네비어가 말했다.
>
> "게일호트, 나는 호수의 란슬롯을 그대에게 영원히 줍니다. 호수의 란슬롯, 나는 머나먼 섬들의 주인 게일호트를 그대에게 영원히 줍니다."
>
> (3권, 208~209쪽)

귀네비어가 란슬롯에게 자신과의 연애를 비밀로 하자고 말하는 것은 전혀 이상하지 않다. 자신이 '왕국에서 가장 중요한 여성' 가운데 하나이기 때문이다. 이는 결혼한 아서왕의 왕권을 지키기 위해서도 필요한 일이다. 이어 왕비는 게일호트에게 사랑의 보증인이 되어달라 부탁하고, 게일호트는 귀네비어에게 우정의 보증인이 되어 달라고 부탁한다. 이때 둘의 우정을 선언하는 귀네비어의 행위나 말이 이채롭다. 그녀는 두 사람의 손을 잡고 게일호트와 란슬롯을 서로에게 '준다'고 말한다. 이 우정이 매우 배타적이라는 점을 짐작할 수 있다.

위 내용은 동성애와 이성애가 뒤섞인 특이한 성적 의례로 보인다. 소설에서는 위 세 사람에 더하여 말르오 부인이 합류한다. 그녀는 게일호트와 연인 관계를 유지하며 귀네비어와 우정을 나눈다. 즉 란슬롯-귀네비어, 란슬롯-게일호트, 게일호트-말르오 부인, 귀네비어-말르오 부인의 관계가 성립한다. 이들의 관계는 밀교적이며, 비밀스러운 자매애나 형제애

＊트리스탄과 이졸데 "트리스탄과 이졸데" 전설은 란슬롯과 기네비어 이야기와 함께 유럽에서 가장 유명한 궁정식 연애 이야기이다. 오랜 전승을 통해 시, 소설, 오페라, 영화 등 다양한 양식의 서로 다른 판본이 만들어졌다. 공통된 요소를 중심으로 내용을 정리하면 이렇다. 트리스탄은 콘월에 있는 삼촌 마크 왕의 궁정 기사이다. 그는 마크 왕의 신부 이졸데를 데려오기 위해 아일랜드 성으로 간다. 아일랜드에서 콘월로 항해하던 중 트리스탄과 이졸데는 이졸데와 장래 남편이 될 마크를 위해 마련된 사랑의 묘약을 실수로 마셔버린다. 그 후부터 트리스탄과 이졸데는 영원한 사랑에 빠지게 된다. 콘월에 도착하여 이졸데는 마크의 부인이 되지만 그녀는 계속해서 비밀리에 트리스탄을 만난다. 그들의 비밀은 마침내 탄로가 나고 그로 인해 트리스탄은 콘월을 떠나게 된다. 콘월에서 쫓겨난 트리스탄은 방랑기사가 되어 떠돌다 브르타뉴의 호엘 왕을 돕게 되고 보답으로 그의 딸인 흰 손의 이졸데와 결혼한다. 트리스탄은 기사들과 싸우는 과정에서 독이 밴 칼에 치명상을 입는다. 이 독을 치료하는 유일한 길은 자신의 옛 연인이자 최고의 치료사인 이졸데를 데려오는 것이다. 트리스탄은 이졸데를 데려오기 위해 급히 사절을 콘월로 보내면서 돌아올 때 이졸데를 데려왔다면 흰 돛을 달고 데려오지 못했다면 검은 돛을 달라고 부탁한다. 트리스탄이 죽기 직전 극적으로 흰 돛을 단 배가 해변에 나타난다. 하지만 질투심에 사로잡힌 트리스탄의 아내 흰 손의 이졸데는 배가 검은 돛을 달고 있다고 거짓말을 한다. 낙담한 트리스탄은 그대로 죽고 이윽고 나타난 이졸데 역시 죽어 있는 연인을 보고 절망하여 죽고 만다.

로 이루어져 있다. 이런 관계를 궁정식 연애로 볼 수 있는지는 의문이지만 기사와 귀부인의 관계 안에서는 충분히 가능한 연애였으리라는 추정은 가능하다.

이교도 문화의 흔적들

아서왕 이야기의 성배 전설이 기독교적이라는 데는 이견이 없다. 볼프람 폰 에셴바흐의 소설 『파르치팔』에서 성배는 매주 금요일 비둘기가 성체를 올려놓는 하늘에서 떨어진 돌이었다. 로베르 드 보롱 이후의 작가들에게 성배는 아리마태아의 요셉이 예수의 피를 받았던 고난의 잔이었다. 시토 수도회적인 탐색의 작가에게 성배는 마지막 만찬 당시에 예수가 유월절의 양고기를 담아 먹었던 그릇이었다. 하지만 성배에도 순전히 기독교적 요소만이 들어 있었던 것은 아니다. 익명의 웨일스인 작가가 쓴 『페레두르』라는 작품에서 성배는 핏속에 잠겨 있는 잘린 머리를 올린 쟁반이기도 했다.[22]

무엇보다 성배는 켈트 신화에 자주 등장하는 '풍요의 솥' 이미지를 이어받고 있다. 성배는 그냥 신성한 그릇이 아니라 식탁에서 사람들이 원하는 만큼의 음식과 음료를 충분히 제공하는 보물이다. 아일랜드 신화에 등장하는 풍요의 솥이 바로 그런 기적을 일으키는 보물이었다. 『아발론 연대기』 2권에는 풍요의 솥에 대한 직접적인 언급도 있다. 아일랜드로 파견된 그웨이어라는 기사가 아일랜드로 가는 길에 어떤 섬에 머물게 되는데, "음식을 꺼내도 끊임없이 나온다는 신비로운 솥의 이야기"를 듣는다.

북유럽 신화에서도 볼 수 있듯이 기독교가 들어오면서 토착민들의 이교도적인 고대 신화는 사라지거나 변화를 겪었다. 하지만 새로운 문화가 들어온다 해도 이미 깊이 뿌리 내린 신화가 모두 사라지지는 않는다.

풍요의 솥이 그 경우라고 할 수 있다. 성배의 기독교적 의미를 받아들이면서도 그 구체적인 내용 안에는 오래된 신화의 흔적을 남겨 놓은 것이다. 따지고 보면 기사 문학의 특징이라고 하는 궁정식 연애도 기독교적 윤리에서 보면 받아들이기 어려운 사랑법이다. 『아발론 연대기』에서 남녀 구분 없이 인물들의 정절 관념이 느슨한 것도 기독교가 아닌 이교도 문화의 흔적으로 볼 수 있다.

이교도적 분위기가 가장 많이 남아 있는 인물은 기사들의 스승인 마법사 멀린이다. 그는 켈트 신화 속 인물 드루이드를 연상하게 한다. 드루이드는 공적·사적 제사를 주관하고 젊은이들을 가르치는 스승이었다. 또 모든 분쟁을 심판하는 법관 역할도 했다. 이들의 판결을 따르지 않는 사람은 제사 참석을 금지당했는데, 이는 당시 가장 혹독한 벌로 여겨졌다. 이들은 일종의 특권 계층으로 전쟁에 참여하지 않았고 세금도 내지 않았다. 드루이드는 시가, 자연철학, 천문학, 신화에 능해야 했는데, 이런 자리에 오르기 위해 보통 20년 정도의 수련 기간이 필요했다고 한다. 소설에서 멀린은 그저 마법사라고 불리지만 드루이드의 이런 능력과 기능을 지닌 인물이다.

멀린의 출생과정은 매우 기이하다. 그는 사람의 아들이 아닌 몽마의 아들이다. 전설에 따르면 신의 아들 예수의 능력에 질린 악마들은 자신들도 인간 여인의 몸을 빌려 자식을 갖기로 한다. 이를 위해 몽마가 몰래 왕국의 공주를 범하여 아이를 낳게 한다.[23] 그렇게 태어난 인물이 멀린이다. 털복숭이로 태어난 멀린은 탑에서 태어나 그곳에서 자란다. 비록 악마의 아들이지만 멀린은 신의 구원을 얻어 악마의 손아귀에서 벗어난다. 구원을 받았어도 몽마의 아들이기에 그는 평범한 인간 이상의 능력을 지니게 된다. 신이 허가한 안에서 미래를 예견하는 등의 다양한 능력을 발휘한다. 멀린을 신에게로 이끈 이는 블레이즈 신부인데, 멀린은 그와 함께 숲속에서 생활한다.

멀린은 아일랜드 신화 속 신 다그다의 특징도 가지고 있다.

> 야만인의 머리는 송아지 머리만 하고, 둥근 눈은 앞으로 툭 튀어나왔고, 찢어진 입은 귀에까지 걸려 있는데, 두툼한 입술은 항상 벌어져 있어서 이빨이 드러나 보였다. 두 발은 뒤집혀 있고, 손도 바깥으로 돌아가 있었다. 뻣뻣하고 시커먼 머리카락은 허리까지 내려와 있었다. 키가 크고 구부정했으며, 털복숭이에다 끔찍하게 늙었고, 늑대 가죽을 걸쳤다. 곡식을 까부르는 키처럼 널따란 귀는 정강이 가운데까지 늘어져 있었다. 폭풍우 치는 날이면 두 귀를 외투처럼 뒤집어쓰고 비를 피할 수 있을 것처럼 보였다. 너무 못생겨서 과연 인간일까 하는 의심이 들 정도였다. 게다가 그는 손에 장난감처럼 들고 있는 망치로 나무들을 쾅쾅 때리며 앞으로 나왔다. 그는 마치 목동이 동물 떼를 몰고 다니듯이 한 무리의 수사슴, 암사슴, 노루, 그리고 다른 적갈색 동물들을 거느리고 나타났다. (1권, 132~133쪽)

위에 묘사된 숲속 야만인은 변신한 멀린이다. 이런 외모의 야만인은 켈트 기원을 가진 웨일스, 아일랜드, 프랑스 전설에 광범위하게 나타난다. 기괴하다는 말이 부족할 만큼 끔찍한 외모를 하고 있지만, 이 괴물은 숲과 동물들의 친구이자 주인이다. 특별히 괴물의 몽둥이를 묘사한 대목은 켈트 전설의 다그다 신을 떠올리게 한다. 다그다의 몽둥이는 한쪽 끝으로 치면 사람을 죽일 수 있고, 다른 한쪽 끝으로 치면 사람을 살릴 수 있다고 한다. 다그다 신은 야생동물의 신이기도 했다. 다그다가 가장 선호하는 모습은 사슴이었는데 마법사 멀린 역시 자주 사슴의 모습을 하고 나타난다.

변신하지 않은 멀린은 긴 회색 수염에 뒤로 잘 빗어 넘긴 회색 머리카락을 가진, 긴 외투를 입거나 두건과 망토를 두른 노인의 모습으로 묘사되곤 한다. 『반지의 제왕』의 마법사 간달프는 멀린의 모습을 시각화한 것으로 알려져 있다. 간달프는 외모뿐 아니라 소설 안에서의 역할 역시 멀린과 크게 다르지 않다. 『해리 포터』의 덤블도어도 마찬가지이다. 아서왕 이야기에서 멀린은 모르건 르 페이와 함께 기독교와 대비되는 켈트족의 주술적 힘을 상징한다. 그래서 아서왕의 기독교 왕국이 흥성했을 때 그의 존재는 작품에서 사라지거나 미미해진다. 중심 이야기가 성배 탐색일 때 그는 광인이 되어 있거나 비비안의 공기 탑에 갇힌 것으로 그려진다.

요정 모르간 역시 멀린만큼이나 신비한 인물이다. 그녀는 아서왕 초기 판본에는 나타나지 않다가 12세기 조프리의 라틴어 텍스트 『멀린의 생애』에 처음 등장한다. 이 작품에서 모른간은 죽어가는 아서왕을 아발론으로 데려가는 선한 치유자이다. 하지만 이후 작가들에 의해 그녀는 매우 복잡한 인물로 변한다. 란슬롯을 사랑하지만 그의 사랑을 얻지 못해 질투의 화신이 되기도 하고, 순결하지 못한 남자들을 불귀의 계곡에 가두기도 한다. 아름다운 외모에 저항하기 힘든 매력을 가지고 있지만, 마음에 들지 않는 사람에게 마법의 저주를 거는 악녀이기도 하다. 화가 나면 멀린조차 그녀를 말릴 수 없는데, 모르간의 분노는 훗날 왕국에 닥쳐올 불행의 원인이 된다.

모르간은 낙원과 같은 사과의 섬에서 여덟 명의 자매들과 함께 살고 있으며, 바람과 폭풍, 그리고 짐승들을 관장한다.[24] 그녀는 아서를 아발론으로 데려가는 인물이기도 하다.

아발론 섬은 이따금 사과나무 섬이라고도 불리고, 행운의 섬이라고도 불리지요. 아일랜드인들은 에마인 아블라흐라고 부릅니다. 이 섬에서는 과일나무를 기를 필요 없이 일 년 내내 풍성한 과일이 열리기 때문에 붙여진 이름이지요. 농부는 땅에 쟁기질을 할 필요도 없고, 쇠스랑으로 흙을 골라 줄 필요도 없어요. 그렇게 하지 않아도 다른 곳에서보다 더 많은 수확을 하니까요. 또 숲에는 사과와 포도가 지천이라오. 그곳에서는 온갖 식량이 다른 곳에서 풀이 자라듯 자란다오. 그곳 사람들은 최소한 백 년을 사는데, 병이 걸리지도 않고 늙지도 않아요. 슬픔도 모르고 죽음의 공포도 느끼지 않아요. 신들이 정해놓으신 부드러운 법에 따라 여성들이 그 섬을 다스립니다. 때때로 비밀을 구하는 사람들에게 비밀을 알려 주기도 하는데, 지혜롭고 선한 사람들에게만 가르쳐 준다오.   (8권, 423쪽)

위는 아발론에 대한 설명이다. 아발론은 기독교적 의미의 천국보다는 북유럽 신화의 발할라나 메소포타미아 신화 속 딜문, 그리스 신화의 엘리시움에 가깝다.[25] 아발론은 무엇보다 아일랜드 신화의 티르 너 노그를 떠올리게 하는 장소이다. 티르 너 노그는 서쪽의 먼 곳에 위치한 섬으로 그곳의 거주자에게 초대를 받아야 갈 수 있는 곳이다. 이곳은 사망한 자들의 사후세계가 아니라 초자연적인 존재들과 특별히 선택받은 인물들의 낙원이다. 이 별세계에는 질병과 죽음이 존재하지 않는다. 이곳은 젊음과 아름다움의 땅이며, 노동과 수고가 없는 곳이다. 여기서는 행복이 영원히 이어지고 먹고 마실 것에 대한 걱정도 전혀 없다.

아발론은 켈트 신화 속 이승과 저승 개념의 연장선에 있다. 켈트 신화에서 이승과 저승은 수평적 구조를 이루어 일상 속에 섞여 있다. 이 구조는 『아발론 연대기』 곳곳에서 발견할 수 있는데, 원탁의 기사들이 겪는 많은 모험이 저승 여행과 관련되어 있다. 특히 낯선 성에서 겪는 모험이 그러한데, 기사들은 황야를 지나 갑자기 나타난 성, 늪 속의 성, 사라지는 다리를 건너서 다다른 성에서 기이하고 환상적인 경험을 한다. 저승의 인물을 만나는 일도 빈번히 일어난다. 숲속의 빈터에서 우연히 만난 기사, 검은 갑옷이나 노란색 옷을 입은 기사 등은 모두 저승의 인물들이다. 중심 이야기는 아니지만, 이승과 저승의 왕이 '제한 없는 우정'을 맺고 상대방의 왕국을 일 년 동안 다스리는 일화도 있다.

그 중 '초록 기사의 목 자르기'는 여러 판본에 실려 있는 유명한 저승 인물 모티프이다. 『아발론 연대기』에 따르면 털보의 거한이 성으로 찾아와 서로 목을 자르는 내기를 하자고 제안한다. 자기 목을 먼저 자르고 다음 날 가웨인의 목을 자르자는 것이다. 가웨인은 기꺼이 제안을 받아들여 먼저 그의 목을 도끼로 친다. 잘린 목을 들고 돌아간 거인은 다음 날 멀쩡한 목으로 돌아와 가웨인의 목을 요구한다. 가웨인은 기꺼이 목은 내놓지만 거한은 목에 상처만 내고 돌아간다. 이 일화는 켈트 신화 속 인물인 쿠훌린의 이야기를 변용한 것이다.[26] 재생에 관한 켈트 신화의 흔적이다.

아서 왕국의 해체

바위에 꽂힌 엑스칼리버를 뽑으며 시작된 아서의 치세는 다음 세대로 이어지지 못하고 한 세대 만에 막을 내린다. 아서왕이 란슬롯을 치기 위해 성을 비운 사이 모드레드가 반란을 일으키고 그와 맞서 싸우던 아서왕은 캄란의 전투에서 최후를 맞는다. 모드레드마저 죽자 브리튼은 지도자를 잃고 혼란에 빠지고 만다. 신화적 인물 아서왕은 자신의 칼 엑스칼리버를 호수에 돌려주고 모르간이 지배하는 섬 아발론으로 옮겨진다. 그 사이 원탁의 기사 대부분은 숨을 거두고 영웅들의 시대 역시 막을 내린다.

아서왕 이야기의 이러한 마무리는 실제 역사를 고려할 때 그럴듯해 보인다. 앞서 이야기한 대로 브리튼족은 색슨족의 침략에 시달렸고 아서는 색슨족을 물리친 군인이었다. 그가 만들어낸 색슨족과의 평화는 길어야 수십 년이었다. 이후 브리튼 인은 힘을 잃고 켈트 문화권은 웨일스나 아일랜드로 좁혀진다. 비록 많은 아서왕 이야기의 배경이 11세기 이후라고 해도 이러한 사실마저 무시할 수는 없었을 것이다.

아서왕 이야기는 하나의 신화가 시간이 지나며 어떻게 변화하고 어떻게 새로운 의미를 얻게 되는지 보여주는 좋은 예이다. 아서는 브리튼의 영웅이었지만 그를 다룬 문학이 전성을 이룬 곳을 프랑스였다. 기사도와 궁정식 연애라는 매력적인 주제 덕에 아서왕 이야기는 전 유럽으로 퍼졌다. 유력한 이야기가 된 후 아서왕 이야기는 기사와 관련된 주변 전설들을 흡수하여 더 큰 이야기로 성장하였다. 이교도적 전통이 짙게 드리워있던 이야기에 기독교적 요소가 더해지면서 아서왕 이야기는 편력 기사의 무용담과 성배 탐색이라는 두 개의 주제를 가지게 되었다.

긴 시간을 거쳐 정본 없이 전해져 왔기에 아서왕 이야기에는 다양한 모티프가 혼합되어 있다. 켈트 문화 전통에서 나온 다양한 상징들도 남아있다. 이 글에서는 그것들을 해석하는 데 지면을 많이 할애하지 않았다. 신화에서 작은 행위나 상징의 의미를 해석하는 일은 당연히 중요하다. 그런데 그것들에 대한 해석은 자칫 맥락 없는 흔적 찾기이거나 본래 의미와 먼 새로운 창작일 수도 있다. 그것들을 모두 좇을 수는 없었다.

오랜 시간 축적된 아서왕 이야기는 무척 방대하다. 때로는 같은 사건이나 인물을 다른 시각에서 다룬 텍스트도 있다. 기사들의 무훈을 강조하기 위해 비슷한 이야기가 반복해 쓰이는 경우도 많다. 기사와 귀부인 등 오래된 소재를 다루고 있어 낡은 이야기처럼 느껴지기도 한다. 그렇지만 현재 우리가 알고 있는 기사 이야기는 대부분 아서왕 이야기에서 왔다. 영화나 게임 등 최근에 만들어진 텍스트에서도 아서왕 이야기의 흔적은 쉽게 발견된다. 비록 현실의 우리 삶과는 유리된 지 오래지만, 콘텐츠로서 아서왕과 그의 기사들은 여전히 살아 있다고 할 수 있다.

상인들의 땅, 판타지와 우화의 세계

『천일야화』, 『칼릴라와 딤나』

신드바드, 알리바바, 알라딘

'아라비안나이트'로도 알려진 『천일야화』[1]는 인도와 페르시아, 아랍 등의 설화를 모아 엮은 책이다. 다양한 방식으로 천년 넘게 전해오던 이야기들이 근대 이후 하나의 텍스트로 엮여 현재에 이른 것이다. 셰에라자드라는 뛰어난 이야기꾼에 의해 1001일 동안 이어지는 수백 가지 일화 속에는 중동과 중앙아시아[2]의 다양한 문화가 녹아 있다. 이 지역에 대한 정보를 접하기 어려웠던 시절 『천일야화』는 미지의 세계를 만날 수 있는 귀중한 자료였다.

개인적 경험을 말하자면, 어린 시절 처음 접한 『천일야화』는 〈신밧드의 모험〉이라는 일본 애니메이션이었다. 〈은하철도 999〉의 철이나 〈짱구는 못 말려〉의 짱구처럼 키가 작고 둥글둥글하게 생긴 아이가 기이하고 흥미로운 사건을 경험하는 모험 이야기였다. 원작처럼 그도 터번을 쓰고, 뱃사람 분위기를 풍겼다. 기록을 보면 〈신밧드의 모험〉은 '닛폰 애니메이션'에서 제작해 후지 TV에서 방영한 시리즈였다고 한다. 1975년 10월 1일부터 1976년 9월 29일까지 총 52화로 방영되었고, 우리나라에서는 1976년부터 1977년까지 동양방송(현 KBS2TV)에서 방영하였다. 당시에는 흑백 TV로 봤었는데 최근 확인해보니 컬러 애니메이션이었다.

　제목은 '신밧드의 모험'이지만 이 애니메이션은 『천일야화』 속 흥미로운 일화들을 신드바드를 중심으로 재구성하였다. 이 시리즈에 포함된 '봉인된 황동 항아리를 건진 어부', '알리바바와 40인의 도적', '알라딘의 요술 램프', '하늘을 나는 양탄자'는 원작의 신드바드와는 전혀 상관없는 일화들이다. 〈신밧드의 모험〉은 이런 모험을 끌어들이기 위해 알리바바와 같은 조연을 등장시키기도 했다. 물론 신드바드의 일화였던 시냇가 노인 이야기와 거대 새 로크 이야기도 포함되어 있다.

　다음으로 접한 『천일야화』는 동화로 편집된 「알리바바와 40인의 도적」이었다. '열려라 참깨'로 유명한 이 일화는 우연히 도적의 보물을 차지한 알리바바와 욕심을 부리다 비극적 최후를 맞은 그의 형 그리고 지혜로 주인을 구한 여자 하인의 이야기였다. 자연스럽게 흥부와 놀부 이야기를 떠올렸던 기억이 있다. 기름을 부어 도적들을 몰살시킨다는 발상이 무척 잔인하게 느껴졌지만, 악당들의 죽음을 동정하지는 않았다. 알리바바의 집을 기억하기 위해 분필로 그 집 문에 표시를 해두고, 다음 날 모든 집에 같은 표시가 있어 당황하던 도둑은 참 어리석다고 생각했다. 왜 하필 동굴 문을 움직이기 위해 '참깨'를 외쳤는지 그 이유가 궁금했지만, 아직도 답을 얻지 못했다.

　뭐니 뭐니 해도 이 긴 이야기 속에서 가장 잘 알려진 일화는 '알라딘과 요술 램프'이다. 램프의 요정(정령) 지니는 알라딘만큼 유명하다. 이 일화는 로맨스 서사의 문법에 매우 충실하다. 평범한 청년이 정령의 힘으로 부자가 되어 아름다운 공주와 결혼한다는 줄거리는 남성 신데렐라 스토리라 할 만하다. 영웅까지는 아니어도 주인공은 자신이 처한 고난을 용기와 지혜로 극복한다. 할리우드 영화 등 서양 영상물에서 알라딘은 어떤 중동 사람보다 잘 생기고 선한 캐릭터로 등장한다. 램프에 욕심내는 분명한 악인이 존재한다는 점 역시 알라딘 이야기의 매력이다.

그런데 유감스럽게도 우리에게 익숙한 위 이야기들은 아랍어로 쓰인 원래의 『천일야화』와는 무관하다. '신드바드의 모험', '알라딘과 요술램프', '알리바바와 40인의 도적'은 최초 프랑스 번역본인 갈랑 판 이전에는 분명한 출처를 찾을 수 없다. 갈랑이 직접 창작했다는 설과 『천일야화』와 다른 이본을 참고하여 번안했다는 설이 있는데, 어느 쪽이든 온전한 원전 번역이라 할 수는 없다. 갈랑의 판본 이후에 위 일화들은 자연스럽게 『천일야화』에 포함되었다. 본래 설화의 성격이 원전을 찾기 어렵다는 점을 고려하더라도 흔한 일은 아니다. 이 밖에도 『천일야화』 수록 일화들은 다양한 이유로 여러 출처에서 수집되었다.

엄밀하게 말하자면 현재 우리가 읽을 수 있는 『천일야화』는 순수한 중동과 중앙아시아 문학이라고 보기 어렵다. 배경이나 등장인물로 보면 중동과 중앙아시아 문학으로 보아야겠지만, 이야기의 세부에는 이 지역에 대한 유럽 사람들의 생각이 짙게 드리워져 있다. 없는 이야기를 만들어 삽입한 경우가 아니어도 『천일야화』에 관한 한 유럽 작가들은 거의 창작에 가까운 번안의 기술을 보여주었다. 이 작품이 집중적으로 유럽에 소개되던 1700년대는 오랫동안 문명적 열세에 놓여있던 유럽이 중동에 대한 천년의 열등감을 막 극복해가던 시기였다. 두려움의 대상이었던 이슬람 지역을 신비화하고 그곳에 대한 유럽의 종교적·성적 편견을 강화해 가는 분위기 속에서 『천일야화』가 출간되고 인기를 끈 것이다.

이슬람이라는 세계

이야기 유산으로서 『천일야화』의 독특한 점은 지리적 특성도 언어·문화적 전통도 전혀 다른 지역의 이야기를 '옛날 술탄이 지배하던 어느

곳에서 벌어진 일'이라는 공통점으로 모았다는 데 있다. 이런 식의 이야기 모음이 가능했던 적은 『천일야화』 전에도 없었고 후에도 없었다. 중세 기독교 세계만 해도 이슬람 세계만큼 넓지 않았고 통일되어 있지 않았다. 이야기 배경의 규모가 그것의 가치를 판단하는 절대적 기준은 아니지만, 그 사실을 무시할 수도 없다.

전 세계 무슬림 인구는 공식 통계로 16억이다. 단일 종교로는 세계에서 가장 많은 신도 수이다.[3] 이슬람을 국교로 하는 나라만도 57개국이나 된다. 코란을 암송하고 무함마드의 율법을 존중하는 이슬람은 지구 최대의 단일 문화권을 형성하고 있다. EU가 5억이 조금 넘는 인구에 28개국을 포함하고 있는 것과 비교하면 그 크기를 짐작할 수 있다. 무슬림 인구는 러시아를 포함한 전체 유럽 인구보다 많다. 지구 전체의 인구를 80억이라고 잡으면 세계 인구 5명 중 1명은 무슬림인 셈이다. 심지어 유럽에도 5천만의 무슬림이 산다.

이슬람 지역 중 아랍어를 사용하는 국가가 22개다. 이들은 주로 중동과 그 주변에 모여 있는데 역사는 다르지만 서로 하나의 언어로 소통할 수 있다. 중동에서는 터키, 이란, 이스라엘 정도가 다른 언어를 쓴다. 이슬람 국가 중 가장 인구가 많은 나라는 인도네시아이다. 인구 대국인 중국과 인도에도 다수의 무슬림이 있으며, 파키스탄과 방글라데시, 사하라 북쪽의 아프리카, 중앙아시아의 '-스탄' 국가들도 이슬람 종교 지역이다. 한번 이슬람의 영향권에 든 지역은 웬만해서는 다른 종교로 개종하는 일이 없다. 스페인은 특별한 예에 속한다.

이슬람은 아브라함을 조상으로 하는 3대 종교 중 가장 늦은 시기인 7세기 후반 아라비아반도에서 시작되었다. 메카와 메디나에서 활동한 무함마드는 반도 중심으로 교세를 넓혔고 그가 죽은 후 3대에 걸친 정통 칼리프 시대에 이란과 이집트 지역으로 세력이 확대되었다. 우마이야 왕조

위대한 이야기 유산

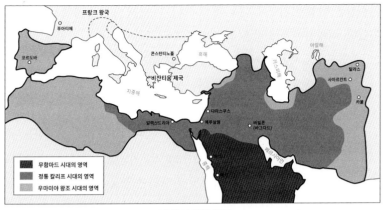

이슬람의 영역 확장

는 661년부터 750년까지 중동 제국을 다스린 첫 번째 이슬람 칼리파 세습왕조였는데, 이때 이슬람은 스페인 대부분의 지역까지 진출하였다. 이슬람력이 시작된 헤지라에서 백 년이 못 되는 짧은 시간 안에 신흥 종교의 세력권이 유럽 땅까지 이른 것이다. 스페인으로 가기 위해서는 북아프리카를 횡단해야 했고, 그 지역 역시 이슬람에 포섭되었다. 북아프리카 안달루스의 우마이야 왕조(796년~976년)는 중동의 우마이야 왕조보다 더 긴 시간 존속했다.

이처럼 이슬람이 급속하게 종교적·영토적 확장을 이룰 수 있었던 데는 당시의 주변 상황 덕이 컸다. 최초 이슬람은 메카에서 메디나, 그리고 다마스쿠스에서 콘스탄티노플에 이르는 대상들의 통로를 중심으로 발달하였다. 동로마 제국(330년~1453년)과 사산조 페르시아(226년~651년) 사이 300년에 걸친 대립으로 인해 당시 아라비아반도는 우회하는 상인들의 통로가 되어 있었고, 그 상인들의 통로를 따라 이슬람이 전파된 것이다. 동서 양쪽으로 강한 세력을 접하고 있었지만, 이들은 경제적 부를 쌓았을 뿐 아니라 자위를 위해 군사적 능력을 키웠다. 분명한 명분도 존재했는데,

이슬람은 분열된 지역에 대한 통합이라는 시대적 요구를 충족시켜 줄 수 있었다. 이리하여 이슬람은 동로마 제국이 지배하는 서쪽 지역을 침식하고 사산조 페르시아가 지배하던 동쪽 지역을 차지하면서 세력을 넓혀갔다. 우마이야 왕조는 발칸반도와 아나톨리아를 제외한 동로마 제국의 대부분을 차지했다.

661년 벌어졌던 칼리프 알리 암살은 현재의 이슬람을 이해하는 데 매우 중요한 사건이다. 초대 칼리프(이슬람 최고 지도자)인 무함마드는 파티마란 딸 하나만 낳고 죽었다. 가부장제 사회인 중동에서 후계자 문제는 매우 중요했다. 무함마드의 유일한 혈통은 사촌 동생 알리였는데 그는 파티마와 결혼한다. 예언자 무함마드의 사위가 된 것이다. 그가 후계자가 되어야 한다고 생각하는 사람이 많았지만 알리는 후계자가 되지 못했다. 부족 사이의 복잡한 문제가 있었던 것으로 보이는데, 결국 결혼으로 무함마드와 동맹을 맺었던 오마르와 오스만이 2, 3대 칼리프가 된다. 656년에 드디어 알리가 칼리프가 되지만 몇 년 후인 661년에 그는 반대파에 의해 살해 당하고 만다. 이에 무함마드의 유일한 직계인 알리를 추종하던 세력이 바그다드로 이주하게 되고 그들이 지금의 시아파를 형성한다. 시아파는 '떨어져 나간 무리'라는 뜻이고 메카에 남아 있던 사람들은 자신들을 수니파라 부르게 된다.

알리에게는 두 아들이 있었다. 이들은 알리 살해 당시 메카에 남아 있었다. 큰아들 하산이 독살을 당하자 둘째인 후세인은 후원자들이 있는 바그다드로 떠난다. 그런데 알리에 반대하는 세력은 바그다드 인근 카르발라에 매복해 있다가 후세인 일행마저 멸절시킨다. 이를 카르발라 전투라 부르는데, 시아파들은 후세인의 죽음을 알리의 죽음보다 더 애통해하여 그가 죽은 1월 10일을 애도의 축제일로 삼았다. 지금도 카르발라는 시아파들의 성지이다. 오랫동안 시아파의 중심지는 바그다드였고, 현재 시아파의 중심인 이란 지역은 시아파 이슬람을 받아들인 지 500년 정도밖에 되지 않은 곳이다. 현재 수니파보다 시아파가 우세한 나라는 이란, 이라크, 레바논 정도이다.[4]

동방과 서방 사이

우마이야 왕조 다음으로 등장한 강력한 이슬람 세력은 바그다드를 중심으로 한 아바스 왕조였다. 아바스 왕조는 750년 초대 칼리프 왕조인 우마이야 왕조를 무너뜨리고 왕조를 세웠고 1258년 몽골족이 바그다드를 함락할 때까지 중동 제국을 다스렸다. 이 새로운 왕조는 재상을 중심으로 관료제와 상비군을 두었는데, 아랍인의 특권을 철폐하고 주요 요직에 이란인을 등용하였다. 궁정의 친위대도 이란인과 투르크인 노예 병사(맘루크) 위주로 구성하였다. 아바스 왕조는 아랍어를 공용어로 하고, 민족 차별을 폐지하였으며 이슬람법에 기초하여 통치하였다. 『천일야화』의 시간적 배경은 일화마다 다르고 불명확하지만, 배경이 아바스 왕조 시기로 짐작되는 일화가 다수를 차지한다.

탈라스 전투는, 751년 현재의 키르기스스탄에 있는 탈라스 평원에서 서쪽의 아바스 제국과 동쪽의 당나라가 맞붙은 고대 최대 규모의 전투였다. 7일 밤낮으로 계속된 평원 전투에서, 기습과 매복 전략에 익숙한 이슬람 군대가 뛰어난 무기를 앞세워 대승을 거두었다. 고구려 유민 출신의 고선지 장군이 이끈 당나라 군대는 2만 명이 포로로 잡히는 수모를 당하면서 크게 패했다.

이 전투는 발달한 중국 문명이 서쪽으로 전해지는 계기가 되었다. 역사를 보면 문화 교류와 기술 전파가 전쟁을 통해 급속하게 이루어지는 일이 흔하다. 당나라 군인 2만 명은 포로나 노예가 되어 사마르칸트와 바그

서기	사건	서기	사건
570년	예언자 무함마드 탄생	1187년	살라딘 예루살렘 회복
622년	헤지라	1369년	티무르 제국 수립
650년	이슬람과 페르시아 전쟁	1453년	오스만의 콘스탄티노플 점령
661년	4대 칼리프 알리 암살	1492년	안달루시아 멸망
711년	스페인 진출	1517년	레판토 해전 오스만 패배
751년	탈라스 평원 전투	1526년	인도 무굴제국 설립
1096년	제1차 십자군 원정	1683년	2차 빈 공격 실패

이슬람 관련 주요 사건

다드를 비롯한 아바스 제국의 여러 도시에 흩어져 수용되었다. 그들 가운데는 제지 기술자가 상당수 있었다. 아바스 제국은 제지 기술자들을 우대하면서 종이 생산에 전념했다. 칼리프 하룬 알라시드 통치 시대인 794년에는 재상 자파르가 호라산 총독인 파즐의 후원으로 바그다드에 대규모 제지 공장을 세웠다. 아바스의 수도인 바그다드에서 종이가 대량 생산되면서 값싼 종이가 이슬람 전역에 퍼져나갔다. 바그다드에 이어 다마스커스, 900년경에는 카이로와 북아프리카의 페즈, 12세기 중엽 이후에는 에스파냐의 발렌시아와 톨레도에서도 종이가 생산 보급되었다.

이후 십자군 전쟁이 있었는데, 이 전쟁은 서양사에서 차지하는 주요성에 비해 이슬람 세력에게는 그리 중요한 전쟁은 아니었던 것 같다. 서유럽의 내부사정이나 서유럽과 동유럽의 관계를 이해하는 데 더 유용한 사건이다. 십자군의 첫 원정 이후에는 명분 없는 전투만 계속되었고 그나마 살라딘이 예루살렘을 회복한 이후에는 유럽의 실리와 명분이 모두 사라져 버렸다. 이후 1453년 오스만 투르크에 의해 콘스탄티노플이 점령되는 역사적인 사건이 벌어졌다. 동로마 제국은 영토 대부분을 잃고도 수도만은 지켰는데 콘스탄티노플 함락 이후 발칸반도까지 오스만의 영향권에

위대한 이야기 유산

들게 되었다. 콘스탄티노플 점령은 현재까지 유럽 땅에 이슬람 국가가 남게 되는 역사의 시작이었으며, 제1차 세계대전을 거쳐 코소보 학살에까지 오랫동안 영향을 주었다.

1517년 레판토 해전에서 유럽인들이 오스만 제국에 승리하고 1683년 오스만 제국의 비엔나 공격이 실패로 돌아가며 양 세계 힘의 균형이 유럽인들에게로 기울기 시작하였다. 유럽인들 입장에서는 이슬람의 침략이라는 두려움에서 어느 정도 벗어나는 계기가 마련된 셈이다. 이러한 전세의 역전은 이슬람 포비아, 이슬람 공포증을 넘어 이슬람 혐오증이 본격적으로 드러나는 계기가 되었다. 『천일야화』는 유럽이 동방에 대한 우위를 확보한 이후에 번역된 책이다. 이 시기 즈음 유럽인들에게 이슬람 세계는 더이상 공포와 경외의 대상이 아니라 경이와 신비가 가득한 호기심의 땅으로 인식되기 시작했다. 제국주의 시대에 본격화되는 오리엔탈리즘의 싹이 서서히 피어오르고 있었던 셈이다.

셰에라자드의 시간

민담이나 전설 같은 설화는 그 기원이 분명하지 않다. 『천일야화』에 수록되어 있는 일화들 역시 중동과 중앙아시아 지역에서 전승되어왔다고 알려졌을 뿐 분명한 뿌리는 확인하기 어렵다. 물론 배경 지역으로 이야기의 기원을 추정해 볼 수는 있다. 수록된 일화 중 다수는 인도나 페르시아, 바그다드를 공간적 배경으로 한다. 중국이나 북아프리카도 배경으로 등장하지만 수로는 그리 많은 편이 아니다. 『천일야화』의 큰 틀은 화자 셰에라자드가 인도의 술탄-사산 왕조의 샤리아-에게 이야기를 들려주는 형식이다. 이 긴 이야기의 발원지는 페르시아인 셈이다. 그렇다면 『천일야화』는 바그다드와 이란, 인도를 아우르는 페르시아 제국을 배경으로 시작된 민담에 다양한 이야기들이 추가되어 다른 지역들로 전해졌다는 가설을 세울 수 있다. 하지만 이것으로도 세부적인 일화들의 기원을 설명하기 어렵다.

현존하는 가장 오래된 '천일야화'는 14~15세기 시리아에서 만들어진 필사본이다. 그러나 이 사본은 282번째 밤에서 끊긴 불완전한 책이다. 이 외에도 16~17세기에 만들어진 '아라비안나이트' 사본이 여러 개 존재하지만 모두 중간에서 끊어진 불완전한 형태로 남아 있다. 갈랑이 참고한 판본은 1426년의 시리아 필사본이다. 그렇다면 282일 밤 이후의 700일 밤의 이야기는 어디서 왔을까? 갈랑은 나머지 밤을 채우기 위해 다양한 출처의 자료를 활용했다. 이집트에서 구한 필사본을 참고하기도 했고, 중동 각지에서 구전되던 이야기를 모아 삽입하기도 했다. 그리고 무엇보다도 그는 날 수를 채우기 위해 이야기 상당수를 스스로 창작해냈다.

『천일야화』가 세계적으로 알려지게 된 것은 이러한 갈랑의 노력 덕분이었다. 그의 작품이 서구에서 출간되는 바람에 중동 지역에서는 문학의 범주 안에 자리를 잡지 못하고 떠돌던 이야기들이 문학이라는 이름으로 자리 잡게 된 것이다.[5] 갈랑의 『천일야화』는 이후 영국 및 다른 유럽에 『천일야화』 번역 붐을 일으키며 프랑스 문학뿐 아니라 전 유럽으로까지 영향력을 넓혔다. 심지어 이 책은 통일된 판본을 가지고 있지 못하던 중동으로 역수출되기까지 했다.

다음으로 영향력이 큰 책은 영국인 리차드 버튼의 번역이다. 그는 1001 밤에 해당하는 이야기를 반드시 번역본에 실어야 한다는 강박관념으로 원본에도 없는 이야기들을 다른 아랍어판이나 유럽 번역판에서 가져와 자신의 번역서에 삽입하였고 그 결과 본인의 의도대로 1001 밤의 이야기를 채웠다. 갈랑 번역과 달리 버튼의 번역에는 많은 시가 수록되어 있고 과감한 성적인 묘사가 담겨 있다. 갈랑 판에 없는 추가된 내용은 우

위대한 이야기 유산

화를 비롯한 짧은 이야기가 대부분이다.

국내에 완역된 『천일야화』도 앞서 말한 갈랑과 버튼의 두 판본이다. 두 작품은 여러 면에서 차이가 있다. 작품 초반 왕비의 불륜을 묘사한 장면을 예로 들어 보자.

이 여인들과 검둥이들 사이에서 벌어진 일들을 모두 이야기한다는 것은 점잖은 우리 사이에서는 할 짓이 못되며, 또 이런 것들은 반드시 묘사할 필요가 없는 세부에 불과하다. 여기서는 이 모든 것을 목격한 샤즈난이 그의 형이 자신 못지않게 불행한 사람이라는 사실을 깨닫게 되었다고 말하는 것으로 충분할 것이다. (1권, 20쪽)

다음 순간 검둥이는 요란스럽게 왕비의 입술을 빨고는 단춧구멍에 마치 단추를 채우듯 두 다리로 여자의 다리를 감고 땅에 넘어뜨리더니 여자를 즐기는 것이었다. 다른 노예들도 저마다의 여자를 즐기기 시작했다. 입을 맞추고, 부둥켜안고, 서로 비벼대면서 빨고, 교접하고, 농탕치기를 그칠 줄을 모르더니, 해가 질 무렵이 되어서야 백인 노예들은 겨우 여자의 몸에서 떨어졌다. 검둥이도 왕비의 가슴에서 몸을 일으켰다. 사내들은 아까처럼 다시 여자 옷을 걸치고 여자들도 모두 옷을 입더니. 숲속으로 자취를 감추어버린 검둥이만 빼놓고는 모두 궁전으로 돌아가고 뒷문은 다시 잠겼다.[6]

큰 틀에서 보면 『천일야화』는 액자 소설이다. 액자 밖 이야기의 발단은 간단하다. 아내에게 배신당한 술탄 샤리아는 세상의 모든 여자를 증오하게 된다. 위 예문은 술탄이 여자들을 증오하게 되는 결정적 계기로, 술탄이 사냥 나간 사이 그의 아내가 노예들과 향락을 즐기는 장면이다. 첫 번째 예문에서는 '반드시 묘사할 필요가 없는 세부에 불과'하다고 말한 내용이 버튼이 번역한 두 번째 예문에는 비교적 상세히 묘사되어 있음을 알 수 있다.

그럼 『천일야화』를 기준으로 내용을 처음부터 살펴보자. 페르시아의 왕이 죽자 큰아들 샤리아가 왕위를 이어받았다. 동생 샤즈난은 사마르칸트에 거주하며 동쪽을 다스렸다. 샤리아 왕은 항상 수심 가득한 얼굴을 한 동생이 걱정이었는데 어느날 동생의 얼굴이 밝아진 것을 발견하고 그 이유를 묻게 된다. 동생은 자기 아내가 불륜을 벌이고 있어서 배신감에 치를 떨고 있었는데, 우연히 형수도 노예들과 난잡한 불륜 잔치를 벌이는 장면을 보고 위로가 되어 얼굴이 밝아진 것이었다. 동생은 차마 이 사정을 선뜻 말하지 못하지만, 형은 집요하게 추궁해 사실을 알아낸다.

아래는 『천일야화』에서 형수의 불륜을 샤스란이 목격하는 장면이다.

호기심에 사로잡힌 샤즈난은 자신의 모습은 드러내지 않은 채 모든 걸 지켜볼 수 있는 위치에 자리를 잡았다. 왕비를 수행하는 여인들은 그때까지 자신들을 가두고 있던 모든 굴레를 벗어 버리려는 듯 우선 너울 아래 가려져 있던 얼굴을 드러낸 다음, 거추장스러운 긴 드레스를 훌훌 벗어 던져 아슬아슬한 속옷만을 걸친 알몸이 되었다. 이어 더욱 충격적인 장면이 펼쳐졌다. 모두가 여인인 줄 알았던 스무 명 중에서 열 명은 여장한 흑인 남자들이었는데, 그들이 각기 여인 한 명씩을 품에 안고 희롱하기 시작했던 것이다. 왕비도 홀로 남아 있지 않았다. 그녀가 손뼉을 치면서 〈마수드! 마수드!〉라고 외치자, 다른 검둥이 하나가 즉시 나무 위에서 내려오더니 신이 나서 그녀의 품으로 달려가는 것이었다. (1권, 20쪽)

동생의 말을 듣고 분노한 왕은 아내가 바람피우는 현장을 직접 목격하고 관련자 모두를 베어버린다. 나아가 이 세상에 현숙한 여인은 한 사람도 없다고 확신한다. 또 자기와 동침한 여인이 부정한 짓을 저지르지 못하게끔, 앞으로는 매일 밤 한 명의 여인과 결혼하여 같이 자되 하룻밤을 지내고 난 다음에는 교수형에 처하리라고 결심했다. 유례를 찾기 힘든 이 비인간적 행위는 도성 전체를 경악하게 만들었다. 여기저기서 들려오는 것은 울음소리와 한탄 소리뿐이었다. 딸을 잃어 절망한 아비의 흐느낌이 그치는 날이 없었다. 술탄에게 퍼붓는 도성 안 백성의 원성도 매일 높아만 갔다.

여자가 거리에서 사라질 정도로 샤리아 왕의 학살이 그치지 않자, 대신의 딸인 셰에라자드는 자신이 왕과 결혼하겠다고 나선다. 당연히 대신은 딸의 의견에 반대하지만, 고집을 꺾지 못해 허락하고 만다. 이렇게 여동생과 함께 궁으로 간 셰에라자드는 새벽녘이면 동생에게 이야기를 조르게 하고 왕이 그 이야기를 듣도록 유도한다. 다양한 이야기를 쏟아내는 셰에라자드의 솜씨에 감탄한 샤리아 왕은 그녀의 처형을 무려 천 일 동안 미루게 되는 것이다.

끝없이 이어지는 이야기

비록 이야기의 시작과 끝은 전지적 작가의 시점에 의해 서술되지만, 『천일야화』 대부분의 이야기를 이끌어가는 서술자는 셰에라자드이다. 그녀는 1001일 동안 술탄 샤리아의 흥미를 유도하기 위해 끊어짐 없이 재미 있는 이야기를 들려준다.

다음은 매일 새벽 술탄의 침실에서 오가는 대화이다.

여기까지 말한 셰에라자드는 날이 밝아 오는 것을 보고 이를 샤리 아에게 알린 후 이야기를 멈추었다. "아, 언니!" 디나르자드가 말했다. "시간이 모자라 이야기를 마치지 못하니 얼마나 속상한지 모르겠어 요! 만일 오늘 언니가 목숨을 잃게 된다면 정말이지 저는 더없이 슬플 거예요." "디나르자드!" 왕비가 대답했다. "모든 것은 술탄님의 좋으신 뜻대로 이루어질 거야. 하지만 그분께서 은혜를 베푸시어 나의 처형 을 내일로 미뤄 주신다면 좋겠지." 사실 샤리아는 왕비의 처형을 명할 계획이 있기는커녕, 오히려 어서 다음 밤이 오기만을 기다리는 심정 이었다. (1권, 114쪽)

그렇다고 천 일 동안 그녀가 들려주는 일화들이 장편 소설처럼 긴밀 히 연관되어 있지는 않다. 셰에라자드 역시 새로 시작하는 이야기는 앞선 이야기만큼 신기하고 재미있다는 정도로 뒷이야기를 소개한다. 일화들 의 분량도 일정하지 않은데, 큰 일화 안에 작은 일화가 여럿 포함되어 있 거나 작은 이야기 안에 더 작은 이야기가 들어있는 경우도 많다. 이때 큰 일화와 작은 일화 사이의 연관도 비교적 느슨한 편이다. 각각의 이야기가 갖는 독립성이 더 두드러진다.

이러한 서술 방식을 '틀 이야기' 구성이라 부른다. 틀 이야기 구성은 액자 구성의 일종으로, 커다란 이야기 안에서 등장인물들이 각각 작은 이 야기를 파생시키는 방법이다. 이때 작은 이야기는 그 자체로도 완전한 줄 거리를 가지는 동시에 틀 이야기 전체의 주제를 심화시키고 확산시키는 역할을 한다. 그리고 작은 이야기 속의 등장인물들 역시 또 다른 작은 이 야기를 파생시킬 수 있다. 일단 파생된 작은 이야기는 자체의 내용이 종 결됨과 동시에 그 상위 단계 이야기의 줄거리로 복귀하여 최종적으로 큰 이야기의 줄거리로 돌아간다. 이는 액자 소설이 안 이야기를 위해 바깥

이야기를 형식적으로 배치하는 것과도 다르다. 틀 이야기 구성이 갖는 장점은 다양한 이야기를 담아낼 수 있고 분량을 끝없이 늘일 수 있다는 데 있다. 반면에 전체의 맥락을 조리 있게 조직하기 어렵고 진행이 산만해질 가능성이 큰 구성이다. 구조의 단점에도 불구하고 이야기로 생명을 연장해야 하는 셰에라자드에게는 가장 이상적인 서술 방법이라 할 수 있다.

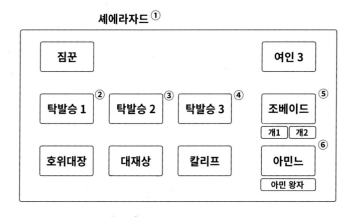

셰에라자드 ①

「왕의 아들 세 탁발승과 바그다드의 다섯 아가씨 이야기」는 하나의 큰 이야기 안에 다수의 작은 일화가 삽입된 전형적인 틀 이야기 형식이다. 짐꾼, 세 여자, 세 탁발승, 칼리파 하룬 알라시드[7] 등 다수의 인물이 등장한다. 가장 바깥에는 조베이드 집에서 한밤에 벌어지는 파티 이야기가 놓인다. 이 파티에 대해서는 셰에라자드가 직접 서술자가 되어 설명한다. 이어 파티에 참여한 손님인 세 명의 탁발승 이야기가 이어진다. 이때 서술자는 자기 이야기를 풀어놓는 탁발승들이다. 밤새 신비한 경험을 한 칼리프는 아침에 탁발승과 여인들을 궁으로 불러들이고, 여인들의 사연을 듣는다. 이때 이야기를 서술하는 인물은 조베이드와 아민느이다. 위 표의 원문자는 서술자와 서술 순서를 의미한다. 「왕의 아들 세 탁발승과 바그다드의 다섯 아가씨 이야기」는 전체로 보면 여섯의 서술자가 동원된 이야기라 할 수 있다.

서술자 ①이 들려주는 이야기를 정리하면 다음과 같다.

1) 두둑한 일당을 받고 아민느의 짐을 들어준 짐꾼은 조베이드의 집에 들어온다.
2) 짐꾼이 여인들과 유희를 즐기는 가운데 젊고 잘 생긴 탁발승 세 명이 조베이드의 집 문을 두드린다.
3) 칼리프 하룬 알라시드와 대재상 자파르, 호위대장 메스루르가 집 문을 두드린다.
4) 조베이드가 두 마리 암캐를 끌고 오게 하여 매질을 한다.
5) 아민느가 노래하며 가슴을 드러내자 무수한 흉터가 드러난다.
6) 남자들이 호기심을 참지 못하자 짐꾼이 대표로 앞의 두 상황에 대해 질문한다.
7) 조베이드 명으로 건장한 체격의 흑인 노예 일곱이 칼을 들고 들어온다.
8) 조베이드는 남자들을 풀어주는 조건으로 각자 자기 이야기를 들려달라고 요구한다.

탁발승이나 칼리프 무리를 손님으로 들일 때 조베이드는 "자기와 아무런 상관없는 일들을 말하는 자는 달갑지 않은 소리를 듣게 되리라!"는 약속을 지킬 것을 다짐받는다. 하지만 손님들은 조베이드가 두 마리 암캐를 매질하는 이유와 아민느의 가슴에 상처가 가득한 이유를 알고 싶어 한다. 호기심을 참지 못한 남자들은 짐꾼을 대표로 내세워 이유를 묻는다. 남자들이 침묵의 약속을 지키지 않자 조베이드는 흑인 노예들을 불러 남

위대한 이야기 유산

자들의 목숨을 빼앗으려 한다. 하지만 금기를 어긴 대가를 자기 이야기로
갚으라는 조베이드의 아량 덕분에 세 탁발승은 사면의 기회를 얻는다. 그
렇게 이어가게 되는 각자의 이야기는 이 목숨값이라고 할 수 있다.

목숨을 구한 이야기

위기에 빠진 인물이 이야기로 목숨을 이어간다는 모티프는 『천일야
화』에 여러 번 등장한다. 우선 셰에라자드가 이야기를 들려주는 이유가
목숨을 구하기 위해서이다. 거기에 그녀가 왕을 위해 처음 들려주는 이
야기의 모티프 역시 '목숨을 구한 이야기'이다. 그녀의 첫날 밤 이야기는
「상인과 정령의 이야기」이다.

한 상인이 물가에서 쉬며 대추야자를 먹고 여기저기 씨를 뿌렸다. 그
때 갑자기 정령이 나타나 그 씨가 자기 아들을 죽였다고 주장하며 상인의
목숨을 빼앗으려 한다. 상인은 죽음을 일 년만 유예해 달라고 부탁하고
가족들과 일 년을 보낸다. 그는 일 년 동안 빚을 갚고 이웃에 선물도 주는
등 주변을 정리한다. 마침내 약속한 날, 정령을 기다리는 상인에게 암사슴
을 모는 노인이 다가오고, 검정 개를 데리고 지나던 노인이 다가온다. 이
어 다른 세 번째 노인까지 모여든다. 상인은 세 노인에게 자신의 사연을
이야기하고 세 노인은 상인의 곁을 지킨다. 어어 정령이 나타나자 암사슴
을 몰고 온 노인은 정령에게 다음과 같은 제안을 한다.

나와 여기 있는 이 암사슴에 얽힌 이야기를 해드리겠습니다. 만약
내 이야기가 당신이 목숨을 빼앗으려 하는 이 상인의 사연보다도 더
신기하고도 놀랍다고 느껴지신다면, 이 상인이 지은 죄의 삼 분의 일
만 경감해 주지 않으시렵니까?   (1권, 61쪽)

첫 번째 노인의 암사슴 이야기가 재미있다고 생각한 정령은 그의 제안대로 상인의 목숨 삼 분의 일을 탕감해 준다. 두 번째 노인이 들려준 자신과 두 검둥개 이야기로 상인은 다시 삼 분의 일의 목숨을 건진다. 세 번째 노인 역시 기이한 이야기를 들려주어 상인의 목숨을 온전히 구하게 된다. 규모는 작지만 이 상인과 정령의 이야기 역시 틀 이야기라 할 수 있다. 정령과 상인 이야기 속에 개연성이 분명하지 않은 독립된 세 이야기가 들어있기 때문이다.

이제 다시 「왕의 아들 세 탁발승과 바그다드의 다섯 아가씨 이야기」로 돌아가 보자. 세 탁발승은 그날 저녁 우연히 만난 사이인데 모두 오른쪽 눈을 잃은 상태였다. 탁발승은 모두 자신들이 눈을 잃게 된 기이한 경험들을 이야기한다. 그런데 탁발승들의 이야기는 비록 새로운 서술자를 내세우지는 않지만 모두 독립된 내부 이야기를 품고 있다. 액자 속의 액자라 볼 수 있는 이야기들이다.

표에서 보듯 두 번째 서술자라 할 첫 번째 탁발승은 왕자였는데 대재상에 의해 오른쪽 눈을 잃는다. 그는 전에 실수로 대재상의 눈에 석궁을 맞춘 적이 있었고 반역에 성공한 대재상이 복수로 그의 눈을 빼앗아 간 것이다. 이어 반역자들에게 쫓기던 첫 번째 탁발승은 조베이드 집이 있는 바그다드까지 오게 되었다. 첫 탁발승의 사연 안에 담긴 내부 이야기는 사촌의 비극적 죽음이다. 그가 숙부의 왕국에 피신해 있을 때 겪은 일로 누이를 사랑한 사촌이 부정한 사랑을 하다 숯이 되어 타버린 일화이다. 자신이 눈을 잃은 사건과는 크게 상관이 없는 이야기이다.

두 번째 탁발승은 인도 술탄에게 가려다 도둑을 만나 곤란해진 왕자이다. 민가에 숨어 지내던 그는 숲에서 지하 세계 입구를 발견하고 안으로 들어가 절세미인을 만난다. 지하 궁전에 갇힌 미녀는 흑단의 섬 공주인데 결혼 첫날밤 정령에게 납치되어 긴 세월을 보내고 있었다. 열흘에

한 번 오는 정령을 피해 둘은 함께 지내는데 왕자가 금지된 부적을 깨뜨리는 바람에 정령에게 잡히고 만다. 왕자는 죽음을 면하기 위해 정령에게 이야기를 들려준다. 시샘쟁이를 용서한 수도승 이야기인데 이 역시 내부 이야기이다. 이야기를 듣고 정령은 목숨을 빼앗는 대신 그를 원숭이로 바꾸어 놓는다. 이후 왕자는 재주 있는 원숭이로 알려져 어느 왕의 궁전에 머문다. 특별한 능력을 지닌 그 왕국의 공주가 원숭이의 사연을 알게 되어 정령과 동물변신 싸움을 벌인다. 이때 정령의 불똥 하나가 왕자의 오른쪽 눈에 튀어 한쪽 눈을 잃게 된 것이다.

세 번째 탁발승 아지브는 항해를 하다 '검은 산'에 표류하여 청동상을 무너뜨렸는데, 섬에서 탈출하던 중 금지된 말인 '하느님'을 찾다가 다시 무인도에 표류한다. 그곳에서 점성술사가 열다섯 살에 죽는다고 예언한 보석상의 아들을 만나 함께 지낸다. 주의하고 조심했지만 왕자는 사고로 소년의 심장을 찔러 죽이고 만다. 이후 왕자는 섬에서 탈출하여 구리의 성에 도착하고, 그곳에서 오른쪽 눈이 먼 열 명의 남자들을 만난다. 왕자는 그들에게서 자신과 상관없는 일은 묻지 말라는 충고를 듣는다. 이후 왕자는 40명의 여인이 있는 성에 들어가 행복한 1년을 보낸다. 잘 지내던 그는 100개의 문 중 황금의 문을 열지 말라는 여인의 충고를 어기고 흑마를 탄다. 앞서 만났던 열 명의 왕자들처럼 그도 오른쪽 눈을 잃는다.

이처럼 자기가 겪은 일을 들려줌으로써 수도승을 비롯한 손님들은 목숨을 건지게 된다. 이어 벌어진 일은 다음과 같다.

1) 남자들이 풀려나고 다음 날 칼리프는 세 여인과 탁발승을 불러 들인다.
2) 칼리프는 조베이드에게 두 암캐를 때린 이유를 듣는다. 그녀는 정령에게 사악한 언니들을 매일 벌하라는 명령을 받았다.

3) 칼리프는 아민느의 이야기를 듣는다. 그녀는 포목점 주인에게
입 맞추게 해준 벌로 남편에게 구타당하여 흉터를 갖게 되었다.

4) 이야기를 다 들은 칼리프는 요정을 불러 개를 사람으로 돌려놓
는다. 아민느를 남편인 아민 왕자에게 돌아가게 하고, 조베이드
를 황후로 삼는다. 나머지 세 여인은 탁발승의 아내로 추천한다.

이렇게 하여 앞에서 본 표의 다섯 번째와 여섯 번째 서술자가 이야
기를 마친다. 그리고 다시 첫 번째 서술자인 셰에라자드가 전체를 마무리
한다. 이 이야기에서 칼리프 일행은 서술자가 아닌 청자 혹은 관찰자의
역할을 한다. 그런데 칼리프 일행, 즉 바그다드 궁의 세 인물은 「왕의 아
들 세 탁발승과 바그다드의 다섯 아가씨 이야기」 말고도 여러 편의 일화
에 등장한다. 그들은 주로 백성들의 삶을 들여다보고 문제를 해결해주는
일을 한다. 짐꾼은 세 여인과 성적 농담을 주고받는 등 흐트러진 분위기
속에서 향락을 즐긴다. 다른 남자들이 들어오면서 화제가 옮겨가기 전에
는 아름다운 여인들과 기억에 남을만한 밤을 보내는 행운의 사나이였다.
짐꾼의 경험도 충분히 독립적인 이야기가 될 요소를 갖춘 셈이다. 이처럼
여러 명의 서술자가 풀어놓은 이야기 안에는 혼인담, 변신담, 교훈담, 모
험담 등이 포함되어 있다.

정령들과 함께 하는 세상

할리우드 영화를 통해 잘 알려진 램프의 요정 진은 정령, 도깨비, 요
정, 마신 등으로 번역되는 『천일야화』 고유의 캐릭터이다. 정령은 인간처
럼 알라에 의해 창조된 사고력이 있는 존재이다. 다양한 모습으로 인간에
게 나타나 이로움을 주기도 하고 해를 끼치기도 한다. 진은 이슬람이 출

현하기 이전부터 중동의 민간신앙에 등장하는 초월적 존재였다. 이슬람교 경전 『쿠란』에 따르면 인간은 흙으로 만들어졌고 진은 연기가 나지 않는 불꽃으로 만들어졌으며 천사는 빛으로 만들어졌다고 한다. 하지만 『천일야화』의 모든 정령이 알라에게 소속된 불의 존재는 아니다. 다른 지역의 종교 또는 민간전승과 교류하면서 정령의 모습도 다양하게 변형된 것으로 보인다.[8]

정령은 서술자 셰에라자드가 등장하기 전부터 『천일야화』에 모습을 드러낸다. 형제 샤리아와 샤즈난이 여인의 뻔뻔하고 대담한 부정행위를 경험하는 일화에서이다. 부정한 왕비에게 실망한 형제는 왕국을 떠나 방황하던 중 무섭게 생긴 정령을 발견하고 나무 위로 올라가서 숨는다. 정령에게는 함께 다니는 여인이 있었는데, 여인은 정령을 재우고 나서 내려오지 않으면 정령을 깨우겠다고 위협하여 나무 위의 두 왕을 끌어내린다. 그리고는 그들과 차례로 정을 통한다. 여인은 간통의 증거로 두 왕의 반지를 빼앗는데, 이미 여인은 부정을 저지른 98명의 남자에게서 빼앗은 반지를 소지하고 있었다. 그녀는 세상에 현숙한 여인은 한 사람도 없다는

---

*쿠란Qur'an 예언자 무함마드가 610년 이후 23년간 알라에게 받은 계시를 기록한 경전이다. 무함마드가 직접 기록한 것이 아니라 그의 가르침을 받은 제자들이 여러 장소에서 여러 시대를 걸쳐 기록한 기록물들을 모아서 집대성한 책이다. 예배 때 무슬림들은 쿠란을 암송한다. 쿠란의 문체는 운율이 있는 산문체여서 읽거나 암송할 때 리듬감을 느낄 수 있다. 114개의 수라(장)로 구성되어 있는데 쿠란에서 사용되는 단어는 점 하나까지도 소홀히 해서는 안 되며 번역 역시 원칙적으로 제한된다. 쿠란의 내용은 크게 두 가지로 나뉜다. 신과 인간의 관계나 최후의 심판 등 교리상의 주제들, 그리고 자연과 역사와 관련된 하느님의 말씀과 진리이다. 공동체 생활의 규범과 규칙, 그리고 신의 의지와 신의 역사 등도 담겨 있다. 무슬림에게 쿠란 다음으로 중요한 경전은 하디스이다. 하디스는 이슬람의 사도인 무함마드의 말과 행동을 정리한 언행록이다.

왕들의 생각을 더 확고하게 만든다. 여기서 정령은 여인의 남편으로 나오는데 속이기 어렵고 무서운 존재로 등장한다.

다음은 어부가 건진 황동 항아리 속 정령 이야기이다.

나는 하느님의 뜻에 맞서 반란을 일으킨 거역의 영들 중 하나야. 다른 정령들은 모두 솔로몬을 하느님의 위대한 예언자로 인정하고, 그에게 복종했지. 하지만 사카르와 나, 우리 둘만은 그렇게 비굴하게 살고 싶지 않았어. 그러자 위대한 군주 솔로몬은 복수하기로 마음먹고, 바라키아의 아들이자 그의 수상이었던 아사프에게 나를 잡아 오라고 명했지. 그 명은 즉시 시행되었고, 아사프는 나를 잡아서 그의 주군 솔로몬 왕의 옥좌 앞에 끌어다 놓았어. 다윗의 아들 솔로몬은 내게 명했지. 내 삶의 방식을 버리고 그의 권위를 인정하며, 그의 명에 복종하라고 말이야. 하지만 나는 의연한 자세로 그 명령을 거부했어. 그에게 충성과 복종을 서약하느니 차라리 그의 불벼락을 맞는 편이 낫다고 생각한 거지.

(1권, 89쪽)

위 정령은 납으로 봉인된 항아리에 이천 년 가까이 갇혀 있었다. 그는 하느님의 뜻에 맞서 반란을 일으킨 거역의 영으로 이 책에서 가장 오래된 정령이다. 어부가 마개를 열어준 덕에 밖으로 나올 수 있었던 정령은 은혜를 갚기는커녕 어부를 위협한다. 그는 오랫동안 갇혀 있으면서 자신을 구해주는 자를 혼내주겠다고 생각하고 있었다. 정령이 처음부터 이런 못된 생각을 품고 있었던 것은 아니다. 처음 백 년은 자신을 구해주는 자와 그의 자손을 억만장자로 만들어주겠다고 결심했다. 다음 백 년 동안은 지하에 묻힌 보물 창고의 문을 열어주겠다고 결심했다. 세 번째 세기에는 구원자를 강력한 왕으로 만들어주고 하루 세 번 그의 소원을 들어주

위대한 이야기 유산

겠다고 결심했다. 하지만 아무도 자기를 구원해주지 않자 이후에는 자기를 구원하는 자를 무자비하게 죽이겠다고 마음먹는다. 정령을 구해준 어부는 억울하게 목숨을 잃게 된 것이다. 실제 『천일야화』에는 요술 램프 속의 진이나 알라딘의 반지 속 정령처럼 인간의 말에 복종하는 정령은 많지 않다. 정령은 질투하고 복수하며 때로는 심술도 부리는 인간과 유사한 성격의 피조물이다.

물론 어부는 기지를 발휘하여 정령을 다시 항아리에 가두고 목숨을 부지한다. 민담에서 흔히 볼 수 있는 요술 시험을 통해 정령이 항아리 안으로 스스로 들어가도록 유도한다. 이어 '천일야화'스러운 전개가 이어지는데, 항아리에 다시 갇힌 정령과 어부는 긴 이야기를 주고받는다. 정령이 다시 구원해주면 소원을 들어주겠다고 하지만 어부는 다시는 속지 않겠다고 거부한다. 그 과정에서 어부는 새로운 이야기를 들려준다. 중심 이야기 안에 작은 이야기가 등장하는 셈이다. 「그리스인 왕과 의원 두반 이야기」 등 이어지는 내부 이야기의 길이는 어부와 정령 이야기보다 훨씬 길다.

우화와 판타지

셰에라자드는 인간 세계에서 벌어지는 현실적인 이야기뿐 아니라 우화와 판타지로 가득한 환상의 세계 이야기도 들려준다. 우화는 오래전부터 교훈을 전하는 수단이었다. 옛날 사람들은 직설적인 어법으로 교훈을 강요하기보다 우화를 통해 간접적으로 전달하는 것이 효과적이라고 생각했다. 『천일야화』 속 우화 역시 주로 교훈을 전하는 역할을 한다. 갈랑 판의 우화는 대부분 내부 이야기로 존재한다. 이야기 속 인물이 자기 이야기의 설득력을 높이기 위해 다른 인물에게 우화를 들려주는 예가 많다. 상대적으로 버튼 판에는 내부 이야기가 아닌 제목을 가진 우화가 많은 편이다.

가장 먼저 등장하는 우화는 셰에라자드 아버지 대재상이 딸에게 들려주는 「당나귀, 황소 그리고 농부」이다. 자청해 술탄에게 가겠다고 나선 딸의 마음을 돌리기 위해 들려주는 이야기이다.

재상이 소리쳤다. "도대체 왜 제 발로 불구덩이에 뛰어들려 하는 거냐? 위험한 일의 결말을 예측하지 못하는 자는 무사히 빠져나올 수 없는 법이다. 나는 어떤 당나귀의 운명이 네게도 똑같이 닥치지 않을까 걱정이다. 행복한 처지에 있었건만, 제자리를 지키지 못했던 어리석은 당나귀 말이다." "그 당나귀한테 어떤 불행이 일어났던 거죠?". 셰에라자드가 물었다. "그럼 이야기해 줄 테니 잘 들어 보려무나." 재상은 이야기를 시작했다. (1권, 34쪽)

재상이 들려준 이야기는 편안히 지내던 당나귀가 소에게 섣부른 충고를 해준 바람에 소가 맡았던 어려운 일을 떠맡게 되었다는 내용이다. 당나귀는 어려운 일을 하고 제대로 얻어먹지도 못하는 소에게 게으름을 피우라고 조언했다. 게으름을 피우는 자기가 얼마나 편하게 지내는지도 자랑했다. 충고대로 소가 게으름을 피우자 주인은 당나귀에게 소의 일을 모두 맡겨 잠시도 쉬지 못하게 한다. 가만히 있으면 현재의 좋은 처지를 유지할 수 있는데 괜히 남의 일에 나서서 곤란을 겪지 말라는 교훈을 담고 있는 일화인 셈이다. 술탄에게 가서 죽을지도 모르는 딸에게 들려주는 이야기로는 간절함이 덜하다는 느낌도 없지 않다.

비교적 짧고 단순해 보이는 위 우화는 우화 안에서 다른 이야기와 이어진다. 당나귀가 소에게 게으름을 독려한 사실을 농부가 알게 된 이유는 동물의 말을 알아들을 수 있는 상인의 조언 덕분이었다. 상인은 동물

위대한 이야기 유산

의 말을 알아들을 수 있지만, 자신이 알아들은 동물들의 말을 누설하면 목숨을 잃게 된다. 상인에게 무언가 비밀이 있다는 점을 눈치챈 아내가 계속 비밀을 캐묻자 상인은 곤란한 처지에 놓인다. 이때 암탉 50마리를 거느린 수탉이 상인의 고민을 듣고 간단한 해결책을 알려준다. 방에 아내를 몰아놓고 몽둥이로 사정없이 때리면 된다는 것이다. 상인이 그 말을 따랐더니 아내는 더이상 궁금해하지 않겠다고 약속한다. 이 일화 역시 지나친 호기심이 화를 부른다는 교훈을 담고 있는 셈이다.

한편, 정령이 등장하는 이야기는 판타지적 성격을 띠기도 한다. 동굴 안에 펼쳐진 신세계나 하룻밤에 궁전을 만드는 마법, 헤일 수 없이 많은 보석 등의 소재가 현실 밖 환상의 세계를 떠올리게 한다. 여기서는 비교적 부피 있는 일화인 「아메드 왕자와 요정 파리-바누 이야기」를 살펴보자. 이 일화에는 유명한 마법의 양탄자가 등장한다.

술탄에게는 아들 셋과 조카인 공주 하나가 있었다. 장남은 후사인, 차남은 알리, 셋째는 아메드였다. 공주의 이름은 누루니하르였다. 세 왕자가 모두 공주를 사랑하게 되자 왕은 그들에게 과제를 주는데, 가장 기이하고 굉장한 것을 가져오는 왕자와 공주를 결혼시키겠다고 약속한다. 셋은 같은 자금을 가지고 하인과 함께 일 년을 기한으로 성을 떠난다.

맏이는 인도의 해안 지방 쪽 베스나가르 시로 떠난다. 둘째 알리는 페르시아 쪽으로 간다. 아메드 왕자는 사마르칸트에 이른다.

왕자는 거간의 말을 믿고 그의 제안을 받아들였습니다. 그가 제안하는 조건에 계약을 체결한 것입니다. 그런 다음 두 사람은 상인의 허락을 받아 가게 뒷방으로 들어갔습니다. 그러고는 바닥에 양탄자를 깔고 그 위에 앉았죠. 곧 왕자가 칸에 있는 그의 거처에 가고 싶다고 마음속으로 말하자, 눈 깜빡할 사이에 거간과 함께 그곳에 옮겨져 있었습니다. 양탄자의 효능을 더이상 의심할 수 없게 된 그는 즉시 거간에게 금화 마흔 주머니를 세어 주고, 거기에 감사의 표시로 금화 스무 냥을 선물하였습니다. (6권, 1795쪽)

거간이 올바른 쪽을 가르쳐 주자, 왕자는 거기에 눈을 댔습니다. 그러고는 아버지인 인도의 술탄을 보고 싶다고 생각해 보았습니다. 그러자 이게 웬일입니까? 어전 한가운데 놓인 옥좌에 앉아 계신 부친의 모습이 보이는 게 아니겠습니까? 이번에는 세상에서 가장 보고 싶은 누루니하르 공주를 생각해 보았습니다. 그러자 이번에는 시녀들에게 둘러싸여 명랑한 표정으로 화장을 하고 있는 그녀의 모습이 또렷하게 보이는 것이었습니다. (6권, 1802쪽)

첫째 왕자가 양탄자를 구하는 장면과 둘째 왕자가 천리경을 구하는 장면이다. 양탄자와 천리경은 생각한 곳으로 이동하고 보고 싶은 것을 볼 수 있는 신비한 물건들이다. 두 왕자는 신기한 물건을 사서 약속한 일 년이 지나기만을 기다린다. 사마르칸트로 간 셋째 왕자는 모든 병을 고칠 수 있는 모조 사과를 산다. 아무리 심한 병에 걸린 환자라도 향기만 맡으면 금방 낫는다는 신비의 사과이다. 셋째까지 모이게 되자 왕자들은 각자 자신의 보물을 자랑한다. 공교롭게도 이때쯤 하여 공수가 심한 병에 걸린다. 대롱으로 공주를 본 둘째가 위급함을 알리자 셋은 양탄자에 올라 공주에게 간다. 이어 사과 향으로 공주의 병을 낫게 한다.

여기까지는 우리가 어린 시절 읽었던 「세 가지 보물」이라는 동화와 내용이 비슷하다. 왕자들은 모두 자신의 보물이 더 귀하다고 주장하지만 결국 공주를 살리는 데 직접 작용한 사과가 가장 귀한 것으로 뽑히고, 셋째 왕자와 공주가 결혼하는 것으로 동화는 끝난다. (내 기억에 의하면 그렇다.)

하지만 『천일야화』에서 술탄은 셋이 힘을 합쳐 공주의 목숨을 구했기에 양탄자, 상아 대롱, 인조 사과 가운데 어느 것이 뛰어나다고 말할 수 없다는 판정을 내린다. 이에 왕은 화살을 멀리 쏘는 왕자를 공주와 맺어주기로 결정한다.

끝난 줄 알았던 이야기는 화살 멀리 쏘기 시합으로 새로운 국면을 맞는다. 아메드의 화살이 정황상 가장 멀리 날아갔지만 화살을 찾지 못해 공주는 둘째 알리와 결혼한다. 첫째 후사인은 왕위까지 포기하고 승려가 된다. 시합에 진 아메드는 잃어버린 화살을 먼 바위 언덕에서 발견하는데, 그곳 바위에 난 문을 열고 들어가 아름다운 궁전에서 요정 여인을 만난다. 그녀는 높은 정령의 딸로 세 가지 보물을 내놓은 것이 자기이며 아메드 왕자가 누루니하르 공주로 만족하기에는 아깝다고 생각하여 지켜보고 있었다고 고백한다. 둘이 결혼하고 여섯 달이 지난 후 아메드는 요정과의 결혼은 비밀로 하고 아버지의 왕국을 방문한다.

술탄의 궁에서도 마녀를 통해 바위 궁전의 존재를 알게 된다. 술탄의 신하들은 아메드가 대단한 궁전에 있는 것을 알고 모반을 걱정한다. 술탄 역시 마음이 흔들려 들어주기 어려운 요구로 아들을 시험한다. 그러나 요정은 어려움 없이 술탄의 요구를 해결한다. 요구를 들어줄수록 술탄의 질투가 커지자 요정은 할 수 없이 자신의 오빠를 불러 술탄과 마녀, 간신들을 처단한다. 이후 아메드는 형들의 동의를 얻어 왕국의 새로운 술탄이 된다.

위 일화에 등장하는 양탄자는 하늘을 날지는 않는다. 램프의 주인 알라딘과도 아무런 상관이 없다. 기구를 타고 하늘을 나는 이야기는 「마법의 말」에 나온다. 한 인도인이 페르시아 시장에 '아무리 멀리 떨어진 곳이라 할지라도 공중의 영역을 통해 순식간에 이동할 수 있는' 말을 가지고 나타나며 이야기는 시작된다. 납치와 관련된 평범한 이야기로 전개되지만 기계 장치에 의해 하늘을 나는 말을 구상했다는 점이 인상적이다. 사건이 시작된 날이 '느브루' 축제일이라는 점도 이색적이다. 이날은 그 연원이 우상숭배 시대 초기로까지 거슬러 올라가는 오래된 명절이다. 이교의 풍속과 미신적인 의식들로 가득한 축제였다고 한다. 페르시아 땅에 이슬람이 들어온 이후 폐지될 위기를 맞기도 했지만, 뿌리 깊은 축제라 페르시아 전역에서 행해졌다고 한다. 이 밖에도 페르시아가 배경인 일화에는 조로아스터교를 암시하는 듯한 종교도 자주 등장한다.

중동 문학의 다른 고전

앞서 언급했지만 『천일야화』는 프랑스와 영국을 거치면서 원전이 크게 훼손되었다. 기원은 분명 중동과 중앙아시아이지만 이제는 그 지역의 문학이라 보기 어렵다. 그럼에도 일반 독자들에게 이 책은 중동과 중앙아시아 문학으로 인식된다. 바그다드와 카이로, 사마르칸트 등이 배경이며 중동의 종교와 문화를 느낄 수 있는 요소들이 가득하기 때문이다. 하지만 『천일야화』는 정작 중동에서는 높은 평가를 받지 못한 작품이었다. 그 이유에 대해서는 다양한 의견들이 있으나, 중동 비평가들의 서민문학에 대한 저평가 관행, 문어체가 아닌 구어체 문학에 대한 저평가, 일부 이야기에 들어있는 반도덕·비윤리적 내용 등이 이유로 거론된다.[9]

반면에 『칼릴라와 딤나』는 오래전부터 중동문학의 고전으로 평가받아온 작품이다.[10] 『천일야화』가 상상에 기초한 감성적인 통속문학이라면 『칼릴라와 딤나』는 현실에 기초한 이성적인 교훈 문학이다. 『천일야화』가 서민문학의 범주에 속한다면 『칼릴라와 딤나』는 귀족문학의 범주에 속한다고 할 수 있다. 아울러 『칼릴라와 딤나』가 중동 사람들의 긍지로 평가되는 반면 『천일야화』는 중동 사람들의 긍지인 동시에 수치로 여겨지고 있다.[11] 중동 사람들의 문학관은 매우 보수적이다. 그들은 엄격한 종교적·도덕적 관점에 기초하여 문학작품을 평가하며, 명성 있는 작가에 의해 표준 아랍어로 쓰이고 귀족층에서 읽히는 작품에 높은 가치를 부여한다. 특히 산문문학의 경우에는 교훈적 가치가 매우 중시된다. 『칼릴라와 딤나』는 중동의 이와 같은 보수적인 문학관에 부합하는 작품이다.

『칼릴라와 딤나』는 고대 인도의 설화집 『판차탄트라』의 번역본 중 하나로 알려져 있다. 『판차탄트라』 원본은 현재 전해지지 않아 원작자도 연대도 불명이나 6세기경에는 중세 페르시아어인 파흘라비어로 번역되었다고 한다. 『칼릴라와 딤나』는 이 문헌을 토대로 한 시리아어 번역본이다. 이후 서방 세계로 알려져 50여 개국의 언어로 번역되었다. 이 책은 중동의 탈무드라 불릴 만한 유명한 산문집이자 신랄한 풍자를 담은 우화집이다. 우화의 주인공은 익숙한 원숭이, 사자부터 자칼과 낙타에 이르기까지 다양하다. 이들은 그저 틀에 박힌 권선징악을 반복하지 않고 약육강식의 세계에서 현명하게 살아가는 데 필요한 여러 교훈을 제시한다.

이 작품은 일반적으로 서문 4장과 본문 15장으로 구성되어 있다. 서문 4개의 장에서는 저술 동기와 유래, 작품 해설, 그리고 번역자의 전기 등이 실려 있다. 본문은 다브샬림 왕과 현자 바이다바 간의 대화체 형식으로 전개된다. 다브샬림 왕이 현자 바이다바에게 특정한 주제의 이야기를 들려달라고 요청하면 현자 바이다바가 그 주제에 맞는 동물 우화를 들려준다.

칼릴라와 딤나는 본문의 가장 많은 분량을 차지하는 「사자와 소의 장」에 등장하는 두 자칼의 이름이다. 친구 사이인 칼릴라와 딤나는 성격이 매우 다른데 딤나는 사자 왕에게 접근하여 권력자가 되기를 원한다. 반면 칼릴라는 조용한 은거 생활을 소망한다. 영리한 딤나는 사자 왕의 호감을 얻는 데 성공하지만, 소 샤트라바가 왕국에 들어온 후 자신의 지위가 흔들린다고 생각한다. 사자 왕이 소와 가깝게 지내기 때문이다. 질투를 느낀 딤나는 사자와 샤트라바를 찾아가 양쪽을 모함한다. 그 결과 사자와 소는 큰 싸움을 벌이고 결국 소는 숨을 거두게 된다.

비록 죽음을 맞지만 딤나의 간계에 대응하는 소 샤트라바의 태도는 매우 품위 있다.

> 곰곰이 생각해 보았습니다만 나와 사자 왕 사이에는 크건 작건 간에 아무런 문제도 없소. 물론 서로 가까이 지내다 보면 사소한 의견 차이 정도는 있을 수 있소. 또한 서로의 심기를 불편하게 할 때도 있기 마련이오. 하지만 현명하고 신실한 사람이라면 친구가 잘못을 저질렀을 때 성급하게 분노하지 않으리라 믿소. 침착하게 생각해서 그것이 고의였는지 실수였는지 판단한 후 용서 여부를 결정할 것이오. 용서했다가 후일 큰코다칠 염려가 있다면 절대 용서하지 않을 테지요. 그러나 용서의 여지가 있다면 친구를 책망하지 않을 거요.
>
> (「사자와 소의 장」, 102쪽)

딤나로부터 사자왕에 대한 모함을 듣고 샤트라바는 친구 사이에 벌어질 수 있는 오해와 그에 대처하는 마음 자세를 차분하게 정리한다. 사소한 문제가 없지는 않지만 잘 지내온 친구에게 쉽게 분노해서는 안 되고, 실수가 있었다고 해도 그것이 고의였는지 아닌지를 신중해 고려해 용서와 책망을 결정해야 한다고 말한다. 사자 왕 역시 비슷한 생각으로 친구에 대한 신뢰를 드러낸다. 하지만 이러한 바른 태도에도 불구하고 딤나의 간계는 둘 사이를 갈라놓는 데 성공한다. 정치에서 신뢰를 지킨다는 것이 얼마나 어려운지, 선한 의지가 악의에 의해 침해되기가 얼마나 쉬운지 알 수 있다.

딤나는 이후 조사에서 왕과 신하를 모함한 혐의가 밝혀져 권력을 얻기는커녕 죽음을 맞게 된다. 죄에 대한 응당한 벌을 받은 셈이다. 이때 칼릴라도 스스로 목숨을 끊는다. 딤나의 부정한 행위에 환멸을 느꼈을 뿐 아니라 친구를 설득해 말리지 못한 것에 책임을 느꼈기 때문이다. 그의 행동 역시 바람직한 삶에 대해 시사하는 바가 크다. 이야기를 다 들은 다브샬림 왕은 현자 바이다바에게 "간악한 모사꾼이 신의가 두텁던 친구 사이를 어떻게 이간하는지 알았소. 또한 모사꾼의 말로가 어떻게 되는지도 알았소."라고 하여 이야기에 담긴 교훈을 한 번 더 확인해 준다.

다음은 재물에 대한 현자의 생각을 알 수 있는 부분이다.

> 돈이 없으면 왜 그토록 비참해지는지 아시오? 가난이란 체면을 포기하도록 만들기 때문이오. 체면을 포기하면 기쁨이 사라지고, 기쁨이 사라지면 자신을 혐오하게 된다오. 자신을 혐오하면 슬픔이 많아지고, 슬픔이 많아지면 지혜가 부족해진다오. 지혜가 부족해지면 판단력이 흐려져서 매사에 좌충우돌하다가 마침내는 화를 자초한다오. 이런 모양으로 살아간다면 현세와 내세에서 가장 비참한 신세가 아니겠소? 세상 사람들에게 외면당하고 멸시받으면서 그저 목숨을 잇기 위해 체면 무릅쓰고 구걸하는 삶은 현세에서도 떳떳하지 못하고 내세에서도 면목이 없게 된다오. （「멧비둘기 장」, 193쪽）

내가 경험하여 깨달은 바로는 현명한 사람이라면 욕심을 버리고 자족하며 살아야 한다는 거요. 그저 근근이 연명할 정도의 재물만 있으면 되오. 건강한 육신과 고요한 마음을 유지할 정도로 최소한의 식량만 있으면 되는 것이오. 한 사람에게 세상의 온갖 부귀영화가 주어진다 하더라도 정작 그가 누릴 수 있는 것은 극히 한정된 부분이 아니

겠소? 기본적인 욕구를 해결하는 데 꼭 필요한 물질이면 충분하지 않
겠소?

(「멧비둘기 장」, 196쪽)

　현실적인 문제인 재물의 소유를 이야기하는 부분이다. 윗글은 돈의
중요성을, 아랫글은 재물에 대한 욕심을 버려야 한다는 점을 강조한다. 돈
이 중요한 이유는 체면을 지키기 위해서인데 체면이 없으면 자신을 혐오
하게 되고 지혜나 판단력까지 잃게 된다고 말한다. 사람들에게 멸시당하
고 목숨을 잇기 위해서만 사는 삶은 떳떳하지 못하다는 주장이다. 재물에
대한 욕심을 버려야 하는 이유는 부귀영화를 추구하여 누릴 수 있는 것이
극히 한정되어 있기 때문이라고 한다. 건강한 육신과 고요한 마음을 유지
할 정도의 재물이면 충분하다는 주장이다. 말하자면 체면을 지킬 만큼의
재산은 꼭 필요하지만 그 이상은 필요 없다는 말이다.

　재물에 대한 이런 태도는 『천일야화』에 등장하는 인물들이 추구하
는 바와 크게 다르다. 대중들의 취향을 만족시켜 주기 위해서였겠지만 세

＊**쿠쉬나메** 고대 페르시아의 서사시로 수백 년간 구전으로 전승되다 11세기에 이르러
이란샤 이븐 압달 하이르에 의해 필사되어 오늘에 이르고 있다. 『쿠쉬나메』는 크게 두
편으로 나누어져 있는데, 주인공 쿠쉬는 진편에서는 바그다드에 도읍한 아랍의 왕으
로 등장하며, 후편에서는 중국과 주변국인 마친의 왕으로 등장한다. 이 책의 중심이
되는 후편은 중국 왕과 중국에서 공동체를 이루고 비밀리에 살아가고 있던 페르시아
인들 그리고 신라 사이에 벌어진 이야기이다. 중국의 핍박 때문에 신라로 망명한 아비
틴과 페르시아인들은 신라 왕 태후르와 협력하여 중국에 대항한다. 이어 아비틴과 신
라 공주 프라랑은 결혼하여 배를 타고 페르시아로 돌아간다. 아비틴과 프라랑 공주 사
이에 태어난 왕자 페리둔은 아랍의 폭군 자하크를 물리치고 페르시아의 영웅이 된다.
이후 시간이 지나 신라에도 왕이 바뀌었지만 양국 사이에는 정기적으로 사절단이 오
가는 등 교류가 이어진다는 내용이다.

　　　　　　　　　　　　　　　　　　　위대한 이야기 유산

에라자드의 이야기에는 일확천금을 얻거나 신분 상승 기회를 잡은 사람들의 일화가 많다. 지하 동굴에서 보물을 발견하거나 아름다운 공주가 있는 성에서 살게 되는 이야기들이 대표적이다. 『천일야화』에서 술탄이나 왕자 등 귀족 말고 가장 많이 등장하는 직업이 상인이다. 그들은 기본적으로 많은 이익을 얻어 부자가 되기를 원한다. 이는 아랍을 비롯한 이슬람 지역이 실제 처했던 경제적 여건과도 무관하지 않다. 농업 여건이 고르지 않았던 그곳은 상인들이 활발히 활동하던 땅이었다.

『칼릴라와 딤나』에 실린 설화중에는 우리에게 익숙한 내용도 있다. 신랑감을 고르는 처녀 쥐 이야기와 원숭이와 숫거북 이야기가 대표적이다.

수도승이 솔개에게서 바닷가로 떨어진 쥐를 불쌍히 여겨 집으로 데려온 후 여자로 변신시켜 달라고 기도한다. 사람이 된 쥐 처녀는 결혼할 나이가 되었고 그녀는 세상에서 가장 힘센 신랑과 결혼하고 싶어 한다. 이에 수도승은 신랑을 찾아 나선다. 태양을 신랑으로 생각했지만 태양은 빛을 가리는 구름을 힘센 것으로 추천하고, 구름은 자신을 조종하는 바람을 힘센 것으로 추천한다. 바람은 자기 힘으로 움직일 수 없는 산을, 산은 굴을 파서 누비고 다니는 쥐를 힘센 것으로 추천한다. 이에 수도승은 딸을 다시 쥐로 바꾸어 굴속 쥐에게 시집 보낸다. 익숙한 우리 민담은 쥐가 인간으로 변하는 부분 없이 욕심 많은 쥐가 힘센 사위를 찾다가 결국 쥐 사위를 얻는다는 내용이다.

「원숭이와 숫거북 장」은 '토끼와 거북'이나 '별주부전'을 떠올리게 한다. 바닷가 무화과나무 위에서 사는 원숭이와 그 아래서 사는 거북이 친구가 된다. 남편 거북이 원숭이와 많은 시간을 보내자 그의 아내가 꾀병을 부려 원숭이의 심장을 요구한다. 이에 숫거북은 원숭이를 물속으로 초대하지만 심장을 나무 위에 두고 왔다는 말에 속아 원숭이를 다시 땅으로 돌려보낸다. 죽다 살아난 원숭이의 이야기를 듣고 숫거북은 지혜로운 사람은 언제라도 위기에서 벗어날 수 있다는 깨달음을 얻는다. 우리에게 익숙한 민담에서는 거북의 어리석음을 강조하는 편인데 여기서 숫거북은 그리 어리석은 인물은 아니다.

상인들의 현세적 상상력

인류가 오랫동안 거주한 지역이라면 어디에나 설화가 있다. 문자가 발명되기 전부터 사람들은 입에서 입으로 이야기를 전해왔고, 그 이야기 안에는 교훈과 풍자가 담겨 있었다. 한 지역의 설화가 이웃한 지역으로 퍼져나가는 일도 자연스럽게 이루어졌다. 만들어진 이야기는 말할 것도 없지만 전래해 온 이야기라도 설화는 그 지역에 어울리는 특징을 갖게 마련이다. 그래서 설화는 문학 텍스트이면서 동시에 민속학이나 인류학의 자료가 된다.

이야기 유산으로서 『천일야화』의 특징 중 하나는 사후 세계에 대한 언급이 없다는 점이다. 등장인물들의 삶은 현세에 한정된다. 지하 세계에 대한 언급은 많지만, 그것이 사후 세계로 연결되지는 않는다. 죽은 자들에 대한 특별한 언급이나 죽은 자와 산 자의 교류도 없다. 『천일야화』는 지극히 현세적인 이야기들로 가득 차 있으며, 그 현세의 윤리는 다분히 상업적이다. 인물들의 관계에서도 금전 거래는 가족관계와 함께 가장 중요하다. 금전 관계에서는 신분의 차이도 중요하지 않다. 상인만큼 많이 등장하는 왕자도 풍랑을 만나거나 강도를 만나면 상인처럼 장사와 거래를 하여 재물을 모아야 한다. 왕자라는 지위가 중요한 것이 아니라 그들이 얼마나 많은 재물을 가지고 있느냐가 중요하다.

『천일야화』의 인물들이 현세에서의 삶에 집중하는 데는 이슬람이라는 종교의 영향도 없지 않다. 이슬람은 다른 어떤 종교보다 현세에서의 삶을 중시한다. 가장 위대한 인간이라 할 무함마드조차 아무런 기적도 행하지 않았고 출생의 신비도 없었으며 초월적인 자리에 있지도 않았다. 그는 죽을 때도 보통 사람처럼 앓다가 죽었고, 죽고 나서도 보통 사람처럼 흙으로 돌아갔다. 자신의 사후에 대해 언급하지 않았고 그저 평범한 인간의 삶을 살았던 인물이다. 현세의 삶을 충실히 살다 재림의 약속 같은 것 없이 그냥 사라져 버린 것이다.[12] 분명히 밝힌 부분은 없지만 『천일야화』의 인물들은 죽음 이후에 대해서는 인간이 알 수 없고 굳이 알려고 할 필요도 없다고 생각한 듯하다.

이야기는 겉으로 드러난 사실을 어떻게 읽느냐에 따라 다르게 해석될 수 있다. 『천일야화』는 재미있는 설화들을 묶은 책으로 거기에는 중동과 중앙아시아 사람들의 생활상이나 상상력이 많이 담겨 있다. 하지만 상상력의 산물인 이야기가 실제 삶을 그대로 보여준다고 믿어서는 안 된다. 게다가 지금 우리가 볼 수 있는 텍스트는 유럽 사람들의 선입견에 의해 어느 정도 오염된 것이다. 역사적으로 복잡한 과정을 겪은 텍스트는 그것에 담긴 무의식을 다양한 관점에서 읽어내야 한다. 어찌 되었든 이야기는 독자들의 생각을 움직일 만큼 힘이 세기 때문이다.

3부
영웅과 호걸의 시대

대륙의 파란, 허구보다 재미있는 역사

『사기(史記)』

사마천과 그의 역사

　사마천(司馬遷)은 기원전 145년경 지금의 산시성(陝西省)에 속하는 즈 촨진(芝川鎭)에서 태어나 기원전 86년경 사망하였다. 자는 자장(子長)이며 아버지인 사마담의 관직이었던 태사령(太史令) 벼슬을 물려받아 복무하였 다. 『사기(史記)』의 원래 명칭은 『태사공서(太史公書)』이다. 이후 『태사공(太 史公)』, 『태사공기서(太史公記書)』, 『태사기(太史記)』 등으로 불리다 위진(魏 晉) 시대 이후 『사기』로 통일 되었다.

　『사기』는 황제(黃帝)에서 시작하여 한(漢) 무제에 이르는 2,600년 중 국 역사를 기록한 역사서이다. 왕조로 보면 우(禹)가 세웠다고 알려진 하 (夏) 나라에서 시작하여 상(商)나라를 거쳐 주(周)나라, 춘추전국시대(春秋 戰國時代), 진(秦)나라, 진한시대(秦漢時代),[1] 한나라로 이어지는 기간이다. 황 허 주변에서 시작한 중국 문명이 분열과 통합을 거듭하면서 지역적으로 확대되고 문화적으로 성숙해 가는 과정이기도 하다. 사마천은 수많은 인 물의 전기를 통해 역사를 구성하였으며 그 덕에 허구보다 더 박진감 넘치 고 흥미진진한 이야기를 남길 수 있었다.

　역사가로서 사마천은 인물에 대한 사실 기록에 만족하지 않았다. 기록할 만한 구체적인 사실을 선택, 발췌, 강조하여 인물 유형을 만들어 내고, 각각의 인물이 가진 개성과 전형성을 통해 시대의 특성과 본질을 그려내려 하였다. 그는 개인적 감정을 배제해야 객관적 실체에 접근할 수 있다는 역사서술 태도를 택하지도 않았다. 그는 개별 인물에 대한 칭찬과 비판을 통해 바람직한 정치와 삶에 관한 자기 생각을 적극적으로 드러냈다. 또, 한두 인물에 치우치지 않고 다양한 중심을 구현함으로써 입체적인 관점에서 사건을 기술하였다.[2]

　『사기』에 등장하는 인물들은 독자들에게 "인생을 어떻게 살아야 하는가?"라는 근본적인 질문을 던진다. 책 속에는 같은 시대 같은 조건 아래서도 다른 삶을 살았던 많은 인물이 등장한다. 그 안에는 천명에 얽혀 원하지 않는 생을 산 사람도 있고, 시대를 자신이 원하는 방향으로 이끌어 가지 위해 노력한 사람도 있다. 동시대 인물이라도 노자와 공자, 항우와 유방의 삶은 확연히 다르다. 황제를 만들고 그보다 더 강한 권세를 누렸던 조고와 왕의 자리를 마다하고 수양산에서 굶어 죽은 백이의 삶은 비교하기조차 어렵다. 『사기』는 이런 다양한 인물들의 삶을 파노라마처럼 펼쳐 보여준다.

　사마천이 이 책을 쓴 과정 역시 감동적이다. 그는 이릉(李陵)의 화를 입어 엄청난 치욕을 당한 후에도 붓을 꺾지 않았다. 이릉은 오랑캐를 무찌르기 위해 흉노 땅 깊숙이 쳐들어갔다가 수저 열세를 극복하지 못하고 적에게 항복한 한나라 무제 때 장수이다. 혹시 항복한 장수를 변호했다가 자신에게도 불똥이 튈까 두려워 조정의 신하들이 모두 그를 비난할 때, 사마천은 홀로 나서서 이릉을 변호했다. 이 과정에서 사마천은 무제의 인척인 이광리를 비난한다는 오해를 사서 사형을 선고받았고, 속죄금이 없던 사마천은 궁형을 자청하여 목숨을 건졌다.[3] 사마천이 겪은 억울한 일은 『사기』에 나오는 신하들의 불행한 운명과 비슷했다. 치욕적인 형벌[4]을 받았으면서도 사마천은 과거와 현재 그리고 자기를 후세에 남기기 위해 이 책을 지었다고 한다.

사마천의 독창성과 위대함은 그가 문서 기록뿐 아니라 세간에 떠돌던 이야기까지 망라하여 수 세기의 역사를 하나의 체계로 정리했다는 데 있다. 하지만 역사적 문헌으로서 『사기』는 많은 논쟁거리를 낳기도 했다. 사마천이 기술한 부분과 이후에 가필된 부분이 혼재하고, 역사적 사실과 허구의 구분이 분명하지 않은 부분이 많아서이다. 아버지 사마담이 쓴 부분과 사마천이 쓴 부분을 두고도 논쟁이 이어지고 있다. 이 글에서는 이러한 다양한 논쟁거리는 접어두고 이야기라는 측면에 주목하여 중국 고대사의 큰 흐름을 따라가려 한다.

『사기』의 구성과 범위

중국에서 시작된 역사기술 방식은 크게 편년체, 기전체, 기사본말체로 나뉜다. 편년체는 1950년대, 1960년대, 1970년대 등 시간 순서에 따라 사건을 기록하는 이른바 연대기 형식이다. 17세기, 18세기, 19세기 등으로 기술하는 방식도 마찬가지이다. 역사를 기술하는 가장 오래된 방법이며 현재도 많이 사용하는 기술 형식이다. 대표적인 중국의 편년체 역사서로는 『춘추』와 『자치통감』을 꼽는다. 근대 이전 중국에는 서력이나 이슬람력처럼 통일된 연대 표기법이 없었기 때문에, 편년체로 두 왕조 이상이 병존하는 시대를 기록하려면 어느 왕조든 하나를 정통으로 삼아 기준을 정해야 했다. 예를 들어 통일 왕조 없이 위, 촉, 오로 삼분되었던 삼국시대를 편년체로 기술하려면 어느 한 왕조의 연호를 기준으로 다른 두 왕조의 역사를 기술해야 했다.

이와 달리 기전체는 대상이나 관점을 구분하여 체계화하고 이 기준에 따라 역사를 기술하는 방법이다. 군주의 정치 관련 기사인 본기(本紀)와 신하들의 개인 전기인 열전(列傳), 제도·문화·경제·자연 현상 등을 분류해 쓴 서(書)와 지(誌), 그리고 이를 정리한 연표(年表) 등을 갖춘 편찬 체제이다. 기전체 역사는 하나의 사건을 여러 인물의 관점에서 서술하거나, 동시대에 존재했던 다양한 정치 세력의 역사를 균형 있게 기술할 수 있다는 장점이 있다. 반대로 사건 중심이 아니라 인물 중심으로 기술되기 때문에 시대의 통시적 흐름이나 문화적 특징을 보여주는 데는 한계가 있다. 사마천의 『사기』에서 시작되었으며, 반고가 지은 『한서』 역시 기전체이다.

기사본말체의 특징은 중요한 사건을 중심으로 그에 관련된 기사를 한곳에 모아 기술한다는 데 있다. 이 체제는 기왕의 편년체와 기전체의 단점을 보완하기 위해 고안되었다. 즉, 편년체는 역사 기록을 연월일 순으로 기술하여 하나의 사건 중간에 다른 기록이 끼어드는 단점이 있었다. 기전체 역사는 하나의 사건에 관한 자료가 분산되어 기록되기 때문에 사건의 전모를 보여주는 데 어려움이 있었다. 기사본말체는 역사적 사건의 전말을 알고자 하는 새로운 역사의식의 소산이었다고 할 수 있다.

기전체의 효시인 『사기』는 크게 다섯 가지 분류에 따라 기술되었다. 『본기』 열두 편, 『표』 열 편, 『서』 여덟 편, 『세가(世家)』 서른 편, 『열전』 일흔 편 등 총 백 삼십 편으로 짜여 있다. 글자 수로는 오십이만 육천오백 자에 이른다. 『열전』의 마지막 편은 「태사공 자서」로 전체 책의 서론 혹은 소개에 해당하는 글이다. 기전체라는 단어는 '본기'와 '열전'의 뒷글자를 따서 만들어졌다. 『본기』의 인물 배열은 시대순에 따랐으며 『열전』 역시 기본적으로는 시대순으로 배열되어 있다.[5]

『본기』는 제왕들의 역사이다. 그러나 단순히 제왕이라는 직위에 있던 인물들만의 기록은 아니어서 제후였던 항우나 유방의 아내이자 효혜제의 어머니였던 여태후도 본기에 실려있다. 『본기』의 첫째 편은 「오제본기」이다. 오제는 황제, 전욱, 제곡, 요, 순 임금을 말한다. 다음으로 「하본기」, 「은(殷) 본기」, 「주 본기」가 이어진다. 하, 은, 주는 우왕과 탕왕, 문왕이 세운 나라이다. 춘추전국시대는 명목상으로 주의 천하였으므로 본기의 다음 순서는 통일을 이룬 나라인 진(秦)으로 넘어간다. 진나라가 무너진 후 초와 한이 천하를 다투었으므로 항우와 유방⁶이 등장한다. 여기까지가 전반이고 『본기』의 후반은 한 왕조의 황제들을 다룬다.

제후국의 가계를 다룬 『세가』에는 춘추전국시대 제후나 한 왕조의 신하들이 주로 등장한다. 여기서 가장 눈에 띄는 인물은 공자와 진승이다. 노나라 출신의 공자는 정치적 성패와 관계없이 제후들과 동등한 위치에 놓였다. 노자, 맹자, 한비자 등 다른 제자백가들은 『열전』에서 기술된다. 진승은 진나라 말기에 오광과 함께 반란을 일으킨 인물이다. 실제로 진 왕조를 멸망시킨 것은 항우와 유방이었지만, 체제를 흔든 강력한 충격을 준 인물은 진승이었다. 한 왕조를 일으키는 데 중요한 역할을 한 소하, 조참, 장량 역시 『세가』에 실렸다. 하지만 개국에 누구보다 큰 공훈을 쌓은 한신은 『열전』으로 밀려났다. 모반의 죄를 쓰고 불명예스럽게 죽었기 때문이다.

『서』는 총 8편으로 역대의 정책과 제도, 문물의 발달사 및 전망을 다룬다. 정치나 문화의 변화를 항목별로 나누어 살펴본 책이다. 순서대로 예서(禮書), 악서(樂書), 율서(律書), 역서(曆書), 천관서(天官書), 봉선서(封禪書), 하거서(河渠書), 평준서(平準書)이다. 「예서」와 「악서」는 예의와 음악을 다루며 이상적인 정치 제도에 대해 언급하고, 「율서」와 「역서」는 법률과 역법을 통해 전쟁을 둘러싸고 벌어지는 정치 현실을 거론한다. 「천관서」와 「봉선서」는 천문과 제사를 기록한 글이고, 「하거서」와 「평준서」는 치수와 경제라는 민생 문제를 기록한 글이다.

『표』는 왕조와 제후국의 흥망을 정리하여 보여주는 연표이다. 내용

편명	내용	시대	대상	서력 년 (기원전)
삼대세표 (三代世表)	황제에서 주나라 초기까지	제왕(帝王)의 시대	오제(五帝), 하(夏), 은(殷), 주(周)	
십이제후연표 (十二諸侯年表)	주나라와 함께 열세 제후국의 세계(世系)	춘추시대	주(周), 노(魯), 제(齊), 진(晉), 진(秦), 초(楚), 송(宋), 위(衛), 진(陳), 채(蔡), 조(曹), 정(鄭), 연(燕), 오(吳)	841~477
육국연표 (六國年表)	주나라 원왕에서 주나라의 멸망까지	전국시대	주(周), 진(秦), 위(魏), 한(韓), 조(趙), 초(楚), 연(燕), 제(齊)	476~207
진한지제월표 (秦漢之際月表)	진나라의 쇠락에서 한나라의 통일까지	진한교체기	진(秦), 초(楚), 항(項), 조(趙), 제(齊), 한(漢), 연(燕), 위(魏), 한(韓)	209~202
한흥이래제후왕연표 (漢興以來諸侯王年表)	한 고조 원년에서 무제 태초 4년까지 제후국의 변화			206~101
고조공신후자연표 (高祖功臣侯者年表)	한 고조 유방이 천하를 쟁패할 때 도운 백사십삼 명이 후로 정해지고, 봉국이 사라지기까지			
혜경간후자연표 (惠景間侯者年表)	한 혜제 원년이래 분봉된 제후들과 무제 원봉 6년 사이 행해진 분봉의 내용			194~105
건원이래후자연표 (建元以來侯者年表)	한 무제 건원 원년부터 태초 연간에 분봉된 공신들의 상황			140~104
건원이래왕자후자연표 (建元以來王者侯者年表)	한 무제 때 후백으로 분봉된 왕의 자식들 예순 세 명의 기록			130~116
한흥이래장상명신연표 (漢興以來將相名臣年表)	한 고조 원년 이래 집필 당시까지 신하들의 기록			206~20

사기 『표』 요약

위대한 이야기 유산

은 건조하지만, 연대기적 역사에 익숙한 현대인들이 사기 전체의 흐름을 이해하는 데는 큰 도움을 준다.

역사적 의미를 떠나 『사기』에서 이야기가 재미있는 시기는 춘추전 국시대부터 진한교체기까지이다. 춘추전국시대는 주나라 황실이 존재하 기는 했지만, 상징적인 의미를 지녔을 뿐 제후국들이 독자적으로 세력을 키워 패자가 되려 분투하던 시기이다. 큰 제후국은 세력을 키우기 위해 다른 큰 제후국을 경계하는 한편 작은 제후국들을 복속시켰다. 작은 제후 국은 큰 제후국 사이에서 살아남기 위해 정세 파악에 여념이 없었다. 수 백 년간 이어진 이런 혼란을 끝내기 위해 다양한 정치사상이 출현한 것도 이 시기의 특징이다. 전국시대의 최종 승자 진나라의 통일과정과 몰락과 정은 자체로 한 편의 드라마가 되기에 충분하다. 진시황의 탄생과 성장, 힘으로 이룬 통일이 가져온 부작용, 황제의 죽음 이후 벌어진 혼란, 간신 과 어리석은 군주가 무너뜨린 통일의 위업 등 짧은 시간 안에 여러 주제 가 포함되어 있다.

초나라와 한나라의 대결은 대륙의 패권을 노리는 커다란 두 세력 사 이의 충돌이라는 점에서 흥미롭다. 열세에 있던 유방이 우세했던 항우를 물리치는 역전의 서사이지만 패자인 항우가 더 큰 대중적(?) 인기를 얻게 되는 특이한 드라마이다. 양쪽의 대결은 워낙 유명하여 지금도 장기에는 한자로 파란색 초(楚)와 붉은색 한(漢)이 새겨져 있다. 대결의 결과 때문인 지 일반적으로 고수가 한의 병사를 선택하게 되어 있다.

『사기』에서 가장 인기 있는 『열전』은 『본기』나 『세가』에 들어가지 못한 평범한 인물들을 다룬다. 분량이나 등장하는 인물 수가 앞의 두 편 과 비교해 압도적으로 많다. 「오자서 열전」, 「소진 열전」처럼 한 인물을 다룬 것이 일반적이지만 「맹자 순경 열전」과 같이 두 인물을 함께 다룬 예도 적지 않다. 「중니 제자 열전」이나 「자객 열전」처럼 다수의 인물을 간단하게 언급하고 넘어가는 편도 있다. 크게 보아 책의 전반부는 한나라 이전 인물들, 후반부는 한나라와 관련된 인물들을 다룬다. 『열전』이 앞서 살핀 다른 책과 비교해 흥미로운 이유는 등장하는 인물들의 다양한 개성 때문이다. 충직한 인간과 비겁한 인간, 용맹한 장군과 간사한 신하, 억울한 누명을 쓴 자와 남을 모함한 자, 덕을 내세우는 유학자와 질서를 강조하는 법가, 목숨을 구걸하는 졸장부와 운명을 받아들이는 비극적 영웅, 복수의 화신이 된 도망자와 아내를 살해하고 장군이 된 자 등 『열전』에는 인물 사전이라 불러도 좋을 만큼 다양한 인물들이 등장한다.

삼황오제의 전설

전설에 따르면 중국의 역사는 삼황오제에서 시작되었다고 한다. 삼황오제는 글자대로 세 명의 황제(皇帝)와 다섯 명의 제왕(帝王)이라는 뜻인데 그들이 각각 누구인지에 대해서는 몇 가지 설이 있다. 삼황으로 거론되는 인물은 수인씨, 복희씨, 여와, 축융, 신농씨, 공공, 황제이다. 현재는 보통 수인씨, 복희씨, 신농씨를 삼황으로 부른다.

수인씨(燧人氏)는 나무를 비벼 불을 만든 인물이다. 수인씨 덕분에 인류는 음식을 익혀 먹을 수 있게 되었고, 난방을 할 수 있게 되었으며, 짐승들로부터 안전을 확보할 수 있게 되었다. 삼황의 두 번째 인물인 복희씨(伏羲氏)는 사람들에게 고기잡이와 수렵을 가르쳤다고 한다. 복희씨는 또한 팔괘(八卦)를 창제하여 문자 발명의 기초를 닦았다. 삼황의 마지막은 사람들에게 농사짓는 법을 가르친 신농씨(神農氏)이다. 그는 곡식을 심고 거두어 안정된 생활을 할 수 있도록 인간을 이끌었다. 또, 태양이 충분히 빛과 열기를 뿜을 수 있게 하여 오곡을 잘 자라게 도왔다. 신농씨의 머리는 소를 닮았다고 전해지는데, 인류를 도와 농사에 공헌하였기 때문에 만들어진 말인 것 같다. 염제(炎帝)라고도 불리는 신농씨는 농업의 신일 뿐 아니라 의약의 신이기도 했다.

삼황은 실존 인물이 아니라 문명 발전 단계를 상징하는 전설 속 제왕들이다. 이에 사마천은 『사기』에서 삼황은 빼고 오제부터 기술을 시작한다. 오제에 대해서도 여러 가지 설이 있는데 사마천은 황제, 전욱, 제곡, 요, 순을 오제로 본다. 그 밖에 복희, 신농, 황제, 요, 순을 오제로 보는 설과 태호, 염제, 황제, 소호, 전욱을 오제로 보는 설이 있다. 사마천이 역사를 황제(黃帝)부터 시작한 이유는 전설을 배제하고 실제에 가까운 역사를 기록하고자 했기 때문이다. 물론 오제를 포함한 은나라 이전의 역사는 지금까지 사실로 확인된 바가 없다.

다음은 황제에 대해 기술한 부분이다.

　　황제는 소선씨의 자손으로 성은 공손이고, 이름은 헌원이라 불렸다. [……] 헌원 시대에 신농씨의 후세가 세력이 약해졌다. 제후들은 서로 침략하고 공격하면서 백관들을 잔혹하게 학대했으나 신농씨는 그들을 능히 정벌할 수 없었다. 이때 헌원이 방패와 창을 쓰는 법을 익혀서 조공하지 않는 자들을 정벌하자 제후들은 모두 와서 복종했다. 그러나 치우만은 포악하기 그지없어 정벌할 수 없었다. 염제가 제후들을 쳐서 없애려 하자, 제후들은 모두 헌원에게로 귀의했다.

(『본기』, 「오제본기」, 35쪽)

신화에 따르면 황제는 중앙의 상제였으며 나머지 동서남북의 네 방향에도 각각 그곳을 주관하는 상제가 있었다고 한다. 그는 염제보다 조금 늦게 나타났으며 곤륜산에 자신의 궁전을 가지고 있었다고 한다. 위에서 확인할 수 있듯이 황제는 주변의 다른 지배자들과 경쟁하여 패권을 쥐게 되었다. 신농씨의 세력이 약해져서 제후들이 서로 침략하고 공격하자 헌원이 그들을 정벌했다.

당시 염제에 반란을 일으킨 제후들이 대부분 황제에게 귀의했는데, 그중 가장 강한 인물인 치우(蚩尤)는 복속을 거부했다고 한다. 치우는 용맹스러운 거인족의 지도자였다. 치우의 부족은 염제의 자손으로 남방에 살았다고도 하고 동이족으로 동쪽에 살았다고도 한다. 강력한 지도자 치우는 외모가 기괴하여 동으로 된 머리와 철로 된 이마를 가졌다고 전해진다. 여덟 개의 팔과 다리가 있었다는 말도 있다. 어쨌든 치우는 황허 부근인 북서쪽의 황제와 경쟁 관계에 있었던 것으로 보인다. 치우는 전쟁을 위해 온갖 도깨비와 묘족 등 남방 민족을 동원하였다. 그에게는 비를 뿌리고 안개를 피우는 신기한 재주도 있었다.

황제는 뇌우의 신이었으며 신병과 신장들을 거느렸다고 한다. 짐승으로 이루어진 용감한 군대를 거느렸다는 말도 있다. 그는 안개를 피우는 요술을 사용하는 치우를 물리치기 위해 지남차를 만들기도 했다. 치우를 물리친 후 비로소 황제는 세상을 평정하게 된다. 황제는 천자가 된 후 배와 수레를 발명하고 집 짓는 법과 옷 짜는 기술을 전해주었으며 약초를 조사, 분석하여 의료기술을 널리 알렸다. 또 신하들에게 명하여 문자를 발명하게 하고, 악기를 제작하게 했으며, 십간십이지도 만들게 했다. 위 내용만으로도 황제는 가히 문명의 조상이라 할만한 인물이다.[7]

오제 중 전욱과 제곡은 앞선 인물들에 비해 특별한 업적을 남긴 제왕은 아니다. 황제가 만들어놓은 문명을 계승한 인물 정도로 알려졌다. 그런 면에서는 요(堯)임금과 순(舜)임금도 마찬가지이다. 하지만 중국 역사에서 요순은 가장 훌륭한 제왕으로 꼽힌다. 지금도 요순시대는 태평성대를 상징하는 말로 쓰인다.

『사기』에는 기술되어 있지 않지만, 다른 문헌들에는 요임금 때가 얼마나 평화로웠는지를 보여주는 일화들이 남아 있다. 그 하나가 『제왕세기』라는 책에 기록된 '고복격양(鼓腹擊壤)'이다. '고복격양'은 손으로 배를 두드리고 발로 땅을 구르며 박자를 맞춘다는 뜻이다. 이런 동작을 하면서 백성들이 부른 노래를 「격양가」라 부른다.

해가 뜨면 일하고 해가 지면 쉬네	日出而作 日入而息
밭을 갈아 밥 먹고 우물을 파서 물 마시니	耕田而食 鑿井而飲
임금의 힘이 나에게 무슨 소용 있으랴	帝力於我 何有哉

고사에 따르면 요임금은 백성들의 삶을 살피러 다니던 중 백발노인이 부르는 이 노래를 듣고 매우 기뻐했다고 한다. 그는 백성들이 왕의 존재를 잊고 있으니 그만큼 정치가 잘되고 있는 것이라고 생각했다. 이런 생각은 정치가 백성들을 괴롭히지만 않으면 된다는 노자나 맹자의 사상으로까지 이어진다. 이 노래를 듣고 기뻐한 요임금 역시 칭송받을 만한데, 왕으로 백성을 지배하고 그 위에 군림하려는 의지가 없어 보이기 때문이다. 부족 간, 지역 간의 전쟁이 끊이지 않았던 당시를 생각하면 태평한 세월이 얼마나 귀했을지 짐작할 수 있다. 실제로 『사기』에 기록된 요순 이후의 역사는 끝없이 이어지는 전쟁으로 얼룩져 있다.

허유와 소부 이야기 역시 당시가 얼마나 태평한 세월이었는지를 보여준다. 나이가 든 요 임금은 아들 대신 자신의 자리를 대신해줄 사람을 물색하는 중이었다. 허유라는 인물이 가장 현명하다는 말을 듣고 그에게 자신의 자리를 물려주겠다고 제안한다. 하지만 허유는 제안을 거절하고 산기슭으로 도망친다. 요는 다시 사람을 보내 천하를 받을 뜻이 없다면 다른 일이라도 맡아달라 권한다. 허유는 그 이야기를 듣고는 물가로 가서 물을 길어 자신의 귀를 씻는다. 못 들을 소리를 들었다고 여긴 것이다. 이

때 소를 끌고 물을 먹이러 온 노인이 귀를 씻는 연유를 묻자 허유는 자신이 들은 골치 아픈 이야기에 대해 말해준다. 그 말을 듣고 노인은 소의 입을 더럽히지 않기 위해 소를 끌고 상류로 물을 먹이러 갔다고 한다.[8]

　요임금의 자리를 이어받은 이가 순임금이다. 순은 어린 시절 가정에서 학대와 고통을 당했지만, 효심을 버리지 않은 인물로 알려져 있다. 그는 요임금의 권유에도 불구하고 수차례 임금 자리를 사양하기도 했다.

　　요가 세상을 떠나고 삼년상이 끝나자, 순은 단주에게 천하를 양보하고 남하의 남쪽으로 갔다. 그러나 제후들은 조회하려고 할 때 단주에게로 가지 않고 순에게 갔으며, 소송하는 자도 단주에게 가지 않고 순에게 갔으며, 은공을 노래하는 자는 단주를 찬양하여 노래하지 않고 순의 공덕을 찬양하여 노래했다. 순은 "하늘의 뜻이로다!"라고 말한 뒤에 도성으로 돌아가서 천자의 자리에 올랐다.

　　　　　　　　　　　　　　　　　(『본기』, 「오제본기」, 47쪽)

　요는 순이 어떤 사람인지 알아보기 위해 두 딸을 시집보내 그를 사위로 삼았다. 나이가 들어서는 정사를 모두 그에게 맡겼고, 순이 정사를 본지 이십 팔 년 만에 죽었다. 요가 죽자 순은 삼년상을 지낸 후 천자의 자리는 요의 아들인 단주에게 양보하고 먼 곳으로 떠났다. 하지만 제후들이 모두 순을 임금으로 여기고 그에게 조회하고 소송하러 모였다. 이에 순은 하늘의 뜻을 거역하지 않고 천자의 자리에 오른다. 이 일로 하여 순은 세상 가장 높은 자리마저 양보할 줄 아는 욕심 없는 정치가로 추앙받게 된다.

　이처럼 군주가 혈족이 아닌 최적임자에게 자리를 넘겨주는 풍속을 선양(禪讓)이라 한다. 선양으로 군주가 바뀌면 왕조는 성립되기 어렵다. 천자의 자리를 받은 순임금 역시 선양으로 자리를 넘겨주는데, 그 자리를

　　　　　　　　　　　　　　　　위대한 이야기 유산

받은 인물이 우임금이다.

우임금은 치수(治水)로 유명하다. 그가 바깥에서 열세 해를 보내는 동안 집 문 앞을 지나도 감히 들어가지 않았다는 전설은 유명하다. 그는 아홉 산의 길을 열고 아홉 강의 물을 열어 중국의 구주를 정리했다고 한다. 아홉 주는 기주, 연주, 청주, 서주, 양주, 형주, 예주, 양주, 옹주인데, 이 지명들은 중국사에 오랫동안 등장한다. 그는 백성들에게 벼를 나눠 주어 낮고 습한 땅에 심을 수 있게 하였다. 순임금과 달리 우임금은 자식에게 자리를 물려 주었고 그렇게 해서 중국 최초의 왕조 하나라가 시작되었다.

역사의 시작 은주 시대

하나라에 이은 은나라는 설(契)왕에서 시작하는데, 그는 우를 도운 공로로 상나라 왕(제후)에 봉해졌다. 그러니까 상나라와 은나라는 같은 나라이다. 하나라의 마지막 왕 걸(桀)은 폭군으로 유명했다. 그는 왕비인 매희에게 빠져 정사를 게을리하고 백성들을 괴롭혔으며 궁전을 사치스럽게 치장했다. 술로 연못을 만들고 고기를 매달아 숲처럼 만들어 미녀들과 함께 놀았다. 지금도 사용하고 있는 주지육림(酒池肉林)이라는 말이 여기서 나왔다. 이 포악한 정치를 참지 못해 제후 곤오가 반란을 일으켰다. 상나라의 왕 성탕(成湯)이 즉시 군대를 일으켜 제후들을 통솔하였다. 성탕은 직접 도끼를 들어 곤오를 처단하고 나서 마침내 걸왕까지 정벌했다.

은나라는 은허의 유적을 통해 실제로 존재했던 것이 밝혀졌으며, 제후국인 주나라에 의해 멸망했다. 은나라 마지막 왕 주(紂) 역시 폭군으로 유명하다. 그는 천부적으로 변별력이 있고 영리하고 민첩했지만, 자신의 재능을 과신하여 신하를 비롯한 모든 이들을 자신의 눈 아래 두었다. 달기라는 여인에게 빠져 음탕한 곡을 만들고 퇴폐적인 춤을 추게 했으며,

세금을 무겁게 매겨 녹대를 돈으로 채우게 했다. 걸왕과 주왕의 사적은 유사한 점이 많은데, 중국사에서 두 왕은 국가의 멸망을 초래하는 폭군의 상징으로 통한다.

주나라가 천하를 얻는 과정은 『사기』에 매우 상세히 기술되어 있다. 사마천은 주가 오랜 기간에 걸쳐 준비된 왕조였다는 점을 은연중에 강조한다. 주의 시조는 기(棄)인데 요임금 때 농사일을 주관하던 후직을 맡았다. 세월이 지나 고공단보(古公亶父)가 후직의 사업을 다시 일으켰는데 그의 손자가 서백 창(昌)이다. 창은 주나라가 천자국이 될 기틀을 마련한 문왕이다. 그는 유능한 사람들을 등용하고, 백성들의 삶을 넉넉하게 해 주는 정책을 시행하여 국력을 키웠다. 창은 주나라의 성장을 경계한 은나라 주왕에 의해 유리(羑里)라는 곳에 갇히기도 했는데, 갇힌 기간 동안 주역을 정리했다고 한다.

창에게는 여러 아들이 있었다. 첫째 아들 백읍고는 주왕에 의해 죽었고 발(發)과 단(旦)이 주 왕조의 기틀 마련에 중요한 역할을 한다. 문왕을 이어 왕이 된 둘째 아들 발은 주왕을 무너뜨리고 천자가 된다. 그가 무왕이다. 무왕의 동생 주공 단은 선왕이 죽자 어린 조카를 위해 섭정을 한다. 주변에서는 그가 조카의 자리를 빼앗을 것이라고 우려했으나 주공은 정치를 안정시키는 자신의 역할을 다하고 중앙 관직에서 물러난다. 중국사에서 주공은 가장 존경받는 신하이다.

주(紂)는 무왕이 왔다는 소식을 듣고, 칠십만 군대를 내보내 무왕에게 대항했다. 무왕은 사상보에게 일백 명의 용사들과 함께 주의 군대를 맞아 싸움을 돋우며, 대부대로 주의 군사에게 돌진하게 했다. 주의 군대는 비록 수는 많았지만 모두 싸울 마음이 없어서 속으로 무왕이 빨리 쳐들어오기를 바랐다. 주의 군사들은 모두 [무왕의 편으로] 돌아서서 싸우면서 무왕에게 길을 열어주었다. 무왕이 돌격하자 주의 병사들은 모두 무너져 내리면서 주를 배반했다. 주는 도망쳐 돌아 들어가 녹대 위로 올라가서 보옥으로 장식한 옷을 뒤집어쓰고 스스로 불속에 뛰어들어 죽었다. 무왕이 커다란 흰색 기를 들고 제후들을 지휘하니 제후들이 모두 무왕에게 절했고, 이에 무왕이 제후들에게 읍하자 제후들이 모두 복종했다. (『본기』, 「주본기」, 118쪽)

고대에는 왕이 아무리 폭정을 하더라도 군주를 몰아내고 신하가 그 자리를 차지하는 역성혁명을 용납하지 않았다. 그래서 주나라의 문왕과 무왕은 주왕의 패악이 극에 달해 백성들이 모두 은나라에 등을 돌릴 때까지 기다렸다. 순임금이 한 번에 요임금의 권유를 받아들이지 않았듯이 모두가 어쩔 수 없는 '하늘의 뜻'이라고 인정할 때까지 가볍게 움직이지 않은 것이다. 이는 나쁘게 보면 완벽한 기회가 올 때까지 권력욕을 드러내지 않는 영악한 태도라고 할 수 있다. 하지만 긍정적으로 보면 인간의 이(利)가 아니라 하늘의 도를 따라 무겁게 행동하는 신중한 태도라고 볼 수 있다.

위에서 보듯 주왕의 군대는 이미 은나라에서 마음이 떠나 있었다. 무왕의 군대가 빨리 들어왔으면 하고 길을 열어줄 정도였다. 주왕은 이미 싸움을 시작하기 전에 패배한 것이고, 무왕의 군대는 싸움을 시작함과 동시에 승리한 것이다. 제후들 역시 무왕에게 절대복종의 뜻을 보이자 무왕은 그들의 뜻에 따르는 형식으로 천자의 자리에 오른다. 위에서 사마천은 정치에서는 백성들의 마음을 얻는 일이 무엇보다 중요하다는 점을 강조한다. 반대로 덕을 잃으면 결국 왕조는 멸망하고 만다는 것이 『사기』의 일관된 생각이다.

은나라를 이은 주나라는 중국 고대 역사에서 모범이 되는 왕조로 언급되곤 했다. 특히 공자는 주를 가장 이상적인 왕조로 보았다. 요순시대에서 시작한 덕의 정치가 걸왕과 주왕을 거치는 동안 시들었다가 주의 문왕, 무왕, 주공에 이르러 다시 꽃을 피우기 시작했고 춘추시대에 이르러 다시 빛을 잃었다고 생각했다. 공자의 정치관은 법보다 덕으로써 백성과 나라를 다스려야 한다는 것이었다. 그는 조카를 왕으로서 성실하게 보필하고, 예약을 정비한 주공 단을 최고의 정치가로 여겼다. 사마천이 『사기』를 쓰던 시절에도 주나라는 정통성을 갖는 왕조였다. 한나라는 자신들이 전복한 진나라보다 주나라를 높이 평가했다.

중원지역에서 시작된 하나라나 은나라와는 달리 주나라는 관중 지역에서 시작된 왕조였다. 문왕을 서백 창이라고도 하는데, 서백은 서쪽의 제후라는 뜻이다. 중원은 뤄양과 안양(은허)이 위치한 허난성과 그 주변을 이르는 말이다. 허난성은 북쪽으로 황하가 흐르는 지역이다. 안양 지역은 많은 갑골문자가 발견되어 세계적으로 유명해진 곳이며, 뤄양과 카이펑은 여러 왕조에서 수도로 삼은 도시이다. 한편 관중은 중심 도시 호경이 있는 산시성 지역을 이르는 말이다. 호경은 여러 왕조의 수도였는데 주나라 때는 호경, 진나라 때는 함양, 당나라 때는 창안, 이후에는 시안이라 불렸다. 관중은 화산을 비롯한 산맥으로 둘러싸여 있어 외부 침입으로부터 방어하기 좋은 지역이었는데 중원에서 관중으로 들어가는 중요한 관문이 함곡관이다. 관중에서 다시 서쪽으로 넘어가면 평원이 나타나는데 그곳을 한중이라 부른다. 한중은 현재의 쓰촨성, 파촉과 닿아 있는 땅이다.

주나라 당시 중국의 규모는 지금의 중화인민공화국 영토와는 달랐다. 황허를 중심으로 제후국들이 밀집해 있었으며 이들은 양쯔 남쪽 지역을 오랑캐들의 땅으로 여겼다. 현재 서쪽 지역인 티벳 자치구나 신장 웨이우얼 자치구, 칭하이성은 주나라의 활동 영역이 아니었다. 남쪽의 광둥성, 광시성, 윈난성도 주나라 영토 밖이었다. 북쪽의 내몽골이나 헤이룽장

성, 지린성 역시 역사 바깥에 존재했다. 주나라 시대 중국은 대략 산시성에서 산둥성에 이르는 지역이었으며 면적으로는 현재 중화인민공화국 영토의 반이 되지 않았다. 춘추전국시대에 진나라, 초나라, 월나라, 연나라 등이 영토를 확장했고, 한나라 이후로도 영토 확장이 이어졌다.

앞서 보았듯이 은나라와 주나라는 하나라와 은나라의 제후국으로 있다가 천자의 나라를 전복한 왕조였다. 이는 하나라 이후 중국에 분봉제가 존재했다는 것을 의미한다. 분봉 제도는 천자가 각 지방의 제후들에게 땅을 나눠 주어 제후를 자신의 휘하에 두고, 제후는 자신의 지역에 속한 백성을 다스리는 제도이다. 제후국의 제후와 대부들은 대체로 천자의 친인척이거나 황실에 공훈을 세운 신하로서 천자와 주종 관계이지만 독립된 군대 등을 가질 수 있었다. 이는 서구의 중세에 나타난 봉건제와 유사하다. 분봉제를 실시한 이유는 쉽게 짐작할 수 있다. 이 시대에는 중앙에서 넓은 영토를 직접 관리하는 일이 현실적으로 어려웠을 뿐 아니라 공훈이 있는 가신과 친척에게는 땅을 통해 경제적 기반을 마련해 주어야 했다. 또 외부의 적을 방어하기 위해서는 황실에서 가까운 땅과 먼 땅을 목적에 맞게 따로 관리할 필요도 있었다.

춘추전국의 패자들

주나라는 자신의 영향력이 미치는 영토를 크고 작은 제후국들로 나누었다. 『세가』의 전반부는 이렇게 분봉을 받은 제후 가문의 이야기이다. 각 제후국은 주나라의 구심력이 약해지자 각자 독립된 외교와 군사 활동을 하기 시작했다. 황실에서 분봉한 영역을 제후가 함부로 빼앗는 일은 전국시대에 가서 본격화되지만, 춘추시대에도 힘이 센 제후국과 힘이 약한 제후국은 동등한 위치에 있지 않았다. 춘추시대 강력한 힘을 가졌던

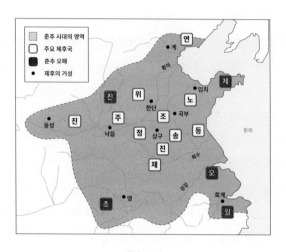

춘추 5패

제후들을 흔히 춘추 5패라 부르고 전국시대 강력한 힘을 가졌던 제후들을 전국 7웅이라 부른다. 춘추전국시대는 동주 시대라고도 불리는데 견륭족의 침입을 받아 주나라 황실이 호경에서 뤄양으로 수도를 옮긴 시기이기 때문이다. 춘추시대는 공자의 역사 『춘추』를 전국시대는 유향이 편찬한 『전국책』을 따라 붙인 이름이다. 두 시기의 구분은 중원의 진(晉)나라가 한·위·조(韓魏趙) 셋으로 나뉜 기원전 403년을 기준으로 한다.

『세가』는 주나라 황실과 가까운 인물, 또는 주나라 황실에서 가까운 지역의 제후를 먼저 기술하고 있다. 이 기준에 따라 패권을 쥐어본 적이 없는 노, 등, 송, 진(陳), 채, 정 등의 소국 제후들의 가계도 중요하게 다룬다. 그래도 상세히 다루고 있는 제후의 가계는 춘추 5패이다. 5패는 제(齊) 환공, 진(晉) 문공, 초(楚) 장왕, 오(吳) 합려, 월(越) 구천을 말하는데, 이들은 같은 시기 경쟁한 인물이라기보다 춘추시대 동안 순서대로 패권을 쥔 제후들이라 할 수 있다. 패자들은 주나라 황실을 대신하여 제후국들의 질서

위대한 이야기 유산

를 유지하는 역할을 했다.

『세가』가 대략 어떤 내용인가를 이해하기 위해 우선 첫 번째 편 「오태백 세가」를 살펴보자. 오나라 가계의 시작인 오태백과 주옹은 주 태왕의 아들이자 주왕 계력의 형이다. 계력은 나중에 문왕이 되는 창의 아버지이다. 그들은 주 태왕이 장차 손자 창에게 왕위를 물려주고자 하는 마음을 알고 형만(荊蠻) 땅으로 달아나 문신하고 머리를 잘랐다고 한다. 오나라는 이들이 내려와 다스리게 된 땅이다. 굳이 말하자면 오나라 가계는 제후국 시절의 주나라에서 갈라져 나온 것이라 할 수 있다. 「오태백 세가」는 오태백으로부터 시작된 오나라의 가계를 자세히 다룬다.

산동 반도에 자리 잡은 제나라는 태공망 여상이 분봉 받은 곳이다. 여상은 나이가 들도록 낚시로 시간을 보냈다 하여 강태공이라고 불리기도 한다. 전략가인 그는 주나라가 자리를 잡는 데 공헌한 일등 공신이다. 『세가』의 두 번째 편인 「제태공 세가」는 그로부터 이어지는 제나라 제후들의 가계이다. 공자의 고향이기도 한 노나라는 주공 단이 봉국으로 받은 곳이다. 『세가』의 세 번째 편 「노주공 세가」는 노나라 제후의 가계를 다룬다. 사마천은 이렇게 이어지는 제후들의 이야기를 통해 춘추전국시대의 역사를 펼쳐 보여준다.

춘추시대 제후국 간의 관계에서 가장 재미있는 이야기를 하나 꼽자면 오나라와 월나라의 대결이 아닐까 싶다. 이전까지 패권을 쥐고 있던 초나라의 힘이 약해지자 오왕 합려는 초를 물리치고 새로운 패자가 된다. 그러한 합려였지만 월나라를 완전히 정벌하지 못했고 오히려 월나라 군사가 쏜 화살에 맞아 죽고 만다. 죽으면서 합려가 아들 부차에게 한 말은 '월나라를 절대 잊지 마라'였다. 이후 부차는 아버지를 죽인 월나라와 싸워 결국 승리한다. 월왕 구천이 신하 범려의 말을 듣지 않고 오나라를 공격하다 패배한 것이다. 치욕을 무릅쓰고 구천이 화친을 청하자 부차는 주변의 말을 듣지 않고 화친에 응한다.

> 오나라 왕이 월나라 왕을 용서해 주자 월나라 왕 구천은 월나라로 돌아가서 몸소 고통을 겪으며 고심하는데, 앉은 자리에는 쓸개를 두고, 앉아 있거나 누워 있거나 쓸개를 바라보며, 마시거나 먹을 때도 쓸개를 맛보았다. 그러고는 스스로에게 말했다.
> "너는 회계산에서의 치욕을 잊었는가?"
> 그 자신은 직접 밭을 갈아 농사짓고, 부인은 직접 길쌈질 했으며, 음식으로는 고기를 먹지 않았고 옷은 화려한 옷을 입지 않았으며, 몸을 낮추고 어진 사람에게 겸손하고 손님을 후하게 접대하며, 가난한 사람을 돕고 죽은 자를 애도하며 백성들과 더불어 수고로움을 함께 했다. (『세가』, 「월나라왕 구천 세가」, 424~425쪽)

이처럼 복수를 위해 마음을 다지는 구천에게서 나온 고사성어가 와신상담(臥薪嘗膽)이다. 편한 자리가 아닌 장작더미에 누워 쓴 쓸개를 맛본다는 뜻이다. 치욕을 잊지 않은 구천은 백성과 수고로움을 같이 하여 왕국의 힘을 기르고 때를 기다렸다. 반면 승리에 취한 부차는 월을 경계해야 한다는 신하 오자서의 충고를 무시하고 제나라로 무리한 출병을 하여 구천의 공격을 받는다. 전투에서 패배한 부차는 죽음을 맞고 오나라 역시 패망하게 된다. 오랜 기간 전쟁을 해온 두 나라 사이는 워낙 좋지 않아 오월동주(吳越同舟)라는 말이 생길 정도였다. 원수들이 한 배를 탔다는 뜻이다. (부차와 오자서에 대해서는 「오자서 열전」에서 한 번 더 다룬다.)

패자의 한 사람인 진나라 문공 역시 사연이 많은 인물이다. 그는 진나라 헌공의 아들이었지만 헌공의 뒤를 잇지 못한 채 진나라를 떠나 19년간 여러 제후국을 떠돌았다. 유랑하는 동안 그의 인덕과 능력이 발휘되어 많은 명성을 얻었으며, 결국 진나라에 돌아와 왕위에 올랐다. 초나라의 패자는 장왕이다. 그는 진(陳)나라의 내란을 틈타 그 나라를 일시에 병합하고, 정(鄭)나라를 공격해 지배 아래 두었다. 다른 패자들을 공이라 부르는데 장왕만은 스스로를 왕이라 칭했다. 이는 초나라에 대한 주나라의 구속력이 약했음을 보여주는 증거이다. 실제로 춘추시대 때 초나라는 남쪽의 야만족 땅에 가까워 중원의 다른 나라들로부터 무시를 당했다.

전국시대는 작은 제후국들이 몰락하고 강력한 몇 나라들이 패권을 향해 경주하던 때이다. 강력한 제후국이 진·초·연·제·한·위·조의 일곱이라 하여 이들을 전국 칠웅이라 부른다. 이 시대의 특징을 드러내는 대표적인 주제는 합종과 연횡이다. 합종과 연횡은 지금도 연합이나 협조의 의미로 사용되는 말이다. 합종은 강력한 힘을 가진 진(秦)나라를 막기 위해 여섯 개 제후국이 종으로 연맹을 맺는 전술이다. 합종을 주장한 대표적인 인물은 소진이다. 연횡은 강한 힘을 가진 진나라와 동맹을 맺어 이웃한 나라들의 위협으로부터 자신을 지키는 전술이다. 진나라가 서쪽에 멀리 떨어져 있다는 데서 착안한 생각으로 연횡책을 주장한 대표적인 인물은 장의이다.

소진과 장의는 한 나라에 머물지 않고 여러 제후국을 떠돌며 자기 생각을 현실에서 관철하려 노력했다. 그 결과 소진은 진나라를 제외한 나머지 제후국의 재상을 골고루 지냈고, 동쪽으로 진출하려는 진나라를 효과적으로 막았다. 하지만 그가 죽은 이후 합종은 깨어지고 제후들은 장의의 연횡책을 받아들이게 된다. 『열전』에는 두 인물이 제후들을 설득하는 내용이 상세히 기술되어 있다.

결국 서쪽 끝의 진나라는 다른 6개국을 차례로 무너뜨리고 수백 년 동안 갈라져 있던 중국을 통일하는 위업을 달성한다. 그 일을 해낸 인물이 진시황이다. 그는 스스로를 시황(始皇)이라 칭했는데, 자신이 시작한 왕조가 만세에 이어질 것이므로 전통적인 의미의 시호가 필요하지 않다고 생각하였다. 진시황은 책을 태우는 분서를 시행해 악명을 남기기도 했다. 분서는 사회 통합을 위해 다양한 사상을 용납하지 않겠다는 오만한 생각이 낳은 사건이었다.

춘추전국시대는 제자백가들의 시대이기도 했다. 『열전』에는 다양한 학자들의 전기가 실렸는데 「노자 한비 열전」에서는 노자와 장자, 신불해와 한비를 다룬다. 사마천은 이들의 학설은 모두 도덕에 그 근원을 두고 있으나 노자의 학설이 가장 깊다고 평가한다. 「중니 제자 열전」에서는 안회를 비롯한 공자의 제자들을 다루고 있다. 「맹자 순경 열전」에는 맹자와 순자 이야기가 실렸다. 공자를 제외한 제자백가에 대한 설명은 비교적 간단한 편인데 사마천은 역사에 미친 그들의 영향력이 그리 크지 않았다고 느꼈던 것 같다. 실제로 『사기』에서는 어떤 패자도 제자백가의 사상을 논하지 않는다. 비록 덕으로 펴는 정치에 관심이 많기는 했지만, 사마천은 정치적 역학관계와 천운 그리고 인물의 타고난 성격이 시대를 움직인다고 본 듯하다.

건곤일척의 승부

역사적 사실을 다루고 있지만 『사기』에는 영화나 소설 못지않은 극적인 장면들이 많다. 진시황의 갑작스러운 죽음을 둘러싸고 벌어지는 사건들도 여기에 속한다. 진시황은 순행 도중 사구라는 곳에서 갑자기 죽었는데, 황제의 주변에는 늘 동행하던 승상 이사, 중거부령 조고, 막내 아들 호해가 있었다. 진나라의 정예 군사를 거느린 몽염 장군은 흉노족을 막기위해 북쪽 먼 곳에 가 있어 황제의 죽음을 알지 못했다. 태자 부소도 몽염을 따라 북쪽에 가 있었다. 시황의 죽음을 누구보다 먼저 안 조고는 권력을 잡기 위해 태자 부소가 아닌 만만한 호혜를 새 황제로 앉힐 음모를 꾸민다.

시황이 죽은 후 며칠은 진나라의 미래가 결정되는 시간이자 수많은 인물의 운명이 갈라지는 시간이었다. 조고는 황제의 죽음을 숨기고 황제가 부소에게 내린 밀봉 서찰까지 숨긴다. 거짓 편지를 써 부소와 몽염에게 자살할 것을 명하기도 한다. 조고는 이런 과정을 통해 호혜를 황제 자리에 앉히는 데 성공한다. 조고로서는 생명을 건 일생일대의 도박을 실행한 것이었다. 어리고 나약한 황제로 인해 진나라야 망하든 말든 그는 지록위마(指鹿爲馬)[9]의 위세를 누리게 된다.

이런 엄청난 사건이 벌어지는 순간에 이에 연루된 인물들의 심리상태를 짐작해 보는 일은 무척 재미있다. 이 사태를 막을 수 있었던 유일한 인물 이사는 아마도 조고와 같은 이해관계를 가지고 있었을 것이다. 똑똑한 황제보다 어리석은 어린 황제가 다루기 쉽다고 생각했을지도 모른다. 장군 몽염은 정예 군사를 지휘하고 있었기에 제국의 판도를 바꿀 수 있었다. 하지만 그는 조고가 내린(몽염은 황제가 내렸다고 생각한) 약을 먹고 허망하게 죽는다. 군인으로서의 충성심 때문인지 정치적 감각이 부족했기 때문인지 알기는 어렵다. 죽게 될 바에야 태자를 모시고 모반을 일으켜 볼 생각은 왜 하지 못했을까? 시황의 큰아들 부소의 경우도 마찬가지이다. 이런 생각은 실제 당시의 상황을 모르고 하는 섣부른 상상일 수도 있다. 그들에게 무엇이 가능했는지를 지금 짐작하기는 쉽지 않다. 하지만 『사기』는 내내 이런 생각을 하면서 읽게 되는 책이다. 비록 이야기로 읽지만, 그것이 역사에서 비롯된 것이기에 독자들은 가정과 의문을 떨치기 어렵다.[10]

항우와 유방이 홍문에서 만나는 장면 역시 천하의 운명이 결정되는 건곤일척의 순간이었다. 조고의 폭정과 진승의 반란으로 나라가 혼란스러워지자 지방에 웅크리고 있던 호족들이 일어나 서로 패권을 겨루게 된다. 이때 가장 강한 세력은 초나라 명문 집안 출신의 항우였다. 하지만 함곡관 서쪽의 진나라 수도에 처음 들어간 이는 동쪽 풍현 출신의 한미한 인물 유방이었다. 유방이 자신보다 먼저 진나라 성을 접수한 데 화가 난 항우는 압도적인 군사력으로 유방의 뒤를 쫓는다. 이에 유방은 일단 머리를 숙이고 제후의 우두머리 자리를 항우에게 양보한다. 진 황실의 보물은 건드리지 않고, 엄격한 법은 폐기하는 등 백성들의 인심을 얻어 놓고 일단 물러서려 한 것이다. 이런 상황에서 항우와 유방이 처음 만나는데 그 자리에 모인 사람들의 마음은 제각각이다.

> 그날 항우는 유방을 머물게 하고는 함께 술을 마셨다. 항우와 항백은 동쪽을 향해 앉고 아보(亞父)는 남쪽을 향해 앉았다. 아보는 바로 범증을 말한다. 유방은 북쪽을 향해 앉고 장량은 서쪽을 향해서 (항우를) 모시고 앉았다. 범증이 항우에게 여러 차례 눈짓하며 차고 있던 허리의 옥고리(옥두)를 들어 유방을 죽이라고 암시한 것만 세 번에 이르렀지만 항우는 잠자코 응하지 않았다.　　　　(『본기』, 「항우본기」, 302쪽)

> 항우는 옥을 받아 자리 옆에 두었다. 범증은 옥두를 받고는 그것을 땅에 던지고 칼을 뽑아 쳐서 부숴 버리고는 말했다.
> "아! 소인배와는 함께 천하를 도모할 만하지 않다. 항우의 천하를 빼앗을 자는 분명 유방일 테니 우리는 그의 포로가 될 것이다."
>
> 　　　　(『본기』, 「항우본기」, 306쪽)

항우의 참모 범증은 유방의 행적을 보고 그의 야망이 매우 크다는 사실을 간파한다. 비록 지금은 힘이 약하지만 언젠가 화근이 될 인물이라 여겨 항우에게 그를 죽여야 한다고 간언한다. 항우 역시 범증의 생각을 따르기로 약속하지만 막상 자신을 받들고 스스로 약한 모습을 보이는 유방을 보자 생각이 달라지고 만다. 우쭐한 마음과 함께 얕잡아 보는 마음이 들었기 때문이다. 항우의 이런 마음을 읽은 범증은 그를 소인배라 여기고 큰일을 도모하기 어렵겠다고 판단한다.

위 첫 번째 예문은 범증이 항우에게 결단을 내리라고 신호를 보내는 장면이다. 유방을 죽이라는 신호로 범증이 옥고리를 여러 차례 들지만 항우가 반응하지 않는 데까지이다. 이어지는 전개는 이렇다. 항우가 계획대로 하지 않자 범증은 장수 항장에게 칼춤을 추게 하여 유방을 벨 기회를 노리도록 한다. 하지만 이를 알아챈 장군 항백이 칼춤을 마주 추며 막아선다. 수상한 분위기를 감지한 장량은 장군 번쾌를 막 안으로 들여보내 유방을 호위하게 한다. 불안한 가운데 인사를 마치고 빠져나온 유방은 몸이 불편하다고 전하고 그 자리에서 도망치는 데 성공한다. 떠나면서 신하를 통해 항우에게는 옥을 범증에게는 옥두를 선물로 바친다. 범증은 선물로 받은 옥두를 부수며 항우의 어리석음을 한탄한다. 범증의 심정은 두 번째 예문에 잘 나타나 있다. 흔히 '홍문연(鴻門宴)'이라 불리는 이 장면은 초나라와 한나라의 대결에서 가장 중요한 순간으로 꼽힌다.

유방이 빠져나간 진나라 수도 함양에 들어선 항우는 자신이 황제인 양 제후들을 새로 정하고 진나라 궁궐을 태워버린다. 잠시지만 천하가 항우 아래 놓인 것이다. 이때 유방은 서쪽 궁벽진 땅인 한(漢) 지역을 봉토로 받게 되는데, 그곳에서 소하, 장량, 한신 등의 도움을 받아 힘을 기른다. 애초에 제후들을 이끌고 진나라를 칠 때 항우는 가장 먼저 함곡관 안으로 들어간 인물이 관중을 가지자고 약속했다. 하지만 항우는 유방에게 진나라의 심장인 관중을 줄 수 없었다. 항우는 파촉도 관중이라는 논리로 한 땅을 유방에게 주고 그를 한왕으로 삼은 것이다. 이렇게 하여 춘추전국시대에는 존재가 미미하던 한나라가 역사의 중심에 떠오르게 된다.

함곡관에 들어선 항우는 그곳의 지배자로 남지 않고 고향으로 돌아간다. 항우는 낯선 땅에서의 외로움과 고향을 향한 그리움을 금의야행(錦衣夜行)이라는 말로 표현한다. 천하를 장악했지만 비단옷을 입고 밤에 다니는 것처럼 알아주는 이 없는 곳에 있어 무엇 하겠느냐는 뜻이다. 그리고 몇 년간의 지루한 초한의 대결이 이어진다. 승리는 한나라의 유방에게 돌아갔지만, 이후 역사에서 항우의 대중적 인기는 매우 높았던 것으로 보인다. 잠시나마 분봉의 권리를 행사한 것도 이유이겠지만 그러한 인기도 그가 『본기』에 들어간 이유 중 하나일 것이다.

항우와 관련하여 가장 널리 알려진 고사성어는 '사면초가(四面楚歌)'이다. 사방이 막혀 길을 찾을 수 없는 상황에서 지금도 자주 쓰는 말이다. 두 세력의 싸움도 막바지에 이르렀을 때, 한나라 군대에 포위당한 항우의 군사는 어렵게 진을 치고 있었다. 그런데 밤이 되자 유방의 진영으로부터 초나라의 노래가 들려왔다. 초나라 군사들을 고향 생각에 젖게 만들려는 한나라 측의 전술이었다. 항우는 애첩 우희와 술을 마시며 "힘은 산을 뽑을 수 있고 기개는 세상을 덮을만한데, 때가 불리하여 추(騅)가 나아가지 않는구나! 추가 나가지 않으니 어찌해야 하는가, 우(虞)[1]여, 우여, 그대를 어찌해야 하는가!"(『본기』, 「항우본기」, 324쪽)라는 노래를 읊는다. 우희가 슬픈 노래로 화답하자 항우가 하염없이 눈물을 흘렸고, 주위의 병사들도 함께 울며 고개를 숙였다고 한다. 한 시대를 쟁패했던 영웅의 몰락이 만들어 내는 비애가 탁월하게 표현된 이 장면은 이후 경극 등의 소재로 자주 활용된다.

새 왕조의 빛과 그림자

중국의 오랜 분봉제 전통에서 볼 때 한나라는 과거 어떤 왕조에 비해서도 근본 없이 일어선 왕조였다. 주나라는 고공단보에서 시작하여 서백 창과 무왕, 주공으로 이어지는 동안 충분히 덕을 쌓은 왕조였다. 유력한 제후국의 하나였다가 시대의 요구에 따라 대륙의 주인이 된 셈이다. 진나라 역시 서쪽에 치우쳐 있었다고는 하지만 관중에서 파, 촉으로 세력을 뻗어 강력한 힘을 기른 제후국이었다. 춘추전국시대 수백 년 동안 진나라는 약소국이었던 적이 없었다. 하지만 유방은 지방 관리로 지내던 보잘것없는 인물이었다. 혼란한 시기에 운이 좋아 관중에 먼저 들게 되어 처음으로 분봉의 혜택을 입었다.

그러나 그에게는 남들에게 없는 탁월한 능력이 하나 있었다. 그는 신하를 다루는 법을 알았다.

> 군막 속에서 계책을 짜내 천 리 밖에서 승리를 결판내는 것은 내가 자방(장량)만 못하오. 나라를 어루만지고 백성들을 위로하며 양식을 공급하고 운송 도로를 끊이지 않게 하는 것은 내가 소하만 못하오. 백만 대군을 통솔해 싸우면 어김없이 이기고 공격하면 어김없이 빼앗는 것은 내가 한신만 못하오. 이 세 사람은 모두 빼어난 인재이지만 내가 그들을 임용할 수 있었으니 이것이 내가 천하를 얻을 수 있었던 까닭이오. 항우는 범증 한 사람만 있었으면서도 그를 중용하지 않았으니 이것이 그가 나에게 사로잡힌 까닭이오.　(『본기』, 「고조본기」, 367쪽)

변변한 기반이 없던 한고조 유방은 뛰어난 인물을 중용하여 강한 힘을 가진 항우를 이길 수 있었다. 장량, 한신, 소하, 조참, 진평, 주발은 대표적인 인물들이다. 장량은 태공망, 제갈량과 함께 중국 고대 3대 전략가로 꼽히는 인물이다. 한신은 군대를 다루는 데 최고의 능력을 지닌 인물이었고, 소하는 재정을 관리하는 능력이 탁월한 인물이었다. 스스로 자랑하듯 유방은 이들이 가진 능력을 활용하여 자신의 승리를 만들 수 있는 재주를 가지고 있었다. 그는 개국 후에는 공훈에 따라 공신에게 봉토를 나누어 주었다.

물론 모든 공신이 마땅한 대우를 받았던 것은 아니다. 앞서 말했던 회음후 한신의 예가 대표적이다. 그는 항우를 물리치는 데 가장 크게 공헌한 명장이었지만 반란을 모의한 혐의로 처형당했다. 복잡한 정치 상황에서 과연 그가 실제 반역의 죄를 지었는지는 확실하지 않다. 그가 죽은 실제 이유는 신하로서는 지나치게 큰 힘과 공적을 가지고 있었기 때문일 것이다. 어쨌든 사마천은 한나라의 주요 개국 공신들 이름을 『세가』에 올리고 유독 회음후 한신 이야기만을 『열전』에 실었다. 그의 공보다는 과를 더 중시하여 다른 공신들보다 낮게 취급한 것이다.

한신의 불운에 대해 더 살펴보자. 초나라와 한나라의 대결이 길어지자 한신은 동쪽 제나라 땅에서 독자적인 군사 작전을 펴 항우를 위협했다. 서북쪽의 유방 하나를 상대하기도 힘든 상황에서 동북쪽의 한신을 상대하느라 항우는 힘겨워했다. 한신의 힘이 강력해진 것을 안 유방은 한신을 달래려 그를 제나라 왕으로 삼는다. 한편 항우는 전세가 녹녹지 않은 것을 깨닫고 한신에게 천하를 삼분하자는 제안을 건넨다. 그러나 한신은 자기를 받아준 이에 대한 예를 생각해 이 제안을 거절한다.

지난 후에 알게 되지만 이 판단이 통일 후 한신의 운명을 결정한다. 초나라를 완전히 물리친 후 한신은 들짐승이 다 없어지면 사냥개를 삶아 먹는다는 '토사구팽(兎死狗烹)'의 희생자가 되고 만다.

천하를 삼분해야 한다는 계책을 말하는 이는 한신의 군영에도 있었다. 책사 괴통이다.

지금 당신께서는 군주를 떨게 할 만한 위세를 지녔고 상을 받을 수 없을 만큼 큰 공로를 가지고 계시니 초나라로 돌아가더라도 초나라 사람이 믿지 않을 테고, 한나라로 돌아가도 한나라 사람이 떨며 두려워할 것입니다. 당신께서는 이러한 위력과 공로를 가지고 어디로 돌아가려 하십니까? 무릇 형세가 신하 자리에 있으면서 군주를 떨게 하는 위세를 지니고 명성을 천하에 떨치고 있으니 제 생각에는 당신께서 위태롭습니다. 　　　　　　　　　　　(『열전』1, 「회음후 열전」, 803쪽)

괴통이 보기에 천하를 나누지 않으면 한신은 위태로워진다. '용기와 지략이 군주를 떨게 만드는 자는 그 자신이 위태롭고, 공로가 천하를 덮는 자는 상을 받지 못한다.'(802쪽)는 것이다. 왕권이 확립되지 않은 상황에서 신하가 그에 버금가는 공로를 쌓았다면 곧 군주에게는 질투 대상이나 걱정거리가 될 수 있다. 실제로 한신은 군주에게 걱정거리가 되어가고 있었다. 통일 이후 정당한 대우를 받지 못하던 한신은 여태후에 의해 죽음을 맞는다.

한고조 유방의 정부인인 여태후는 중국 역사에서 가장 잔인했던 여성 권력자이다. 한고조 유방이 죽고 어린 아들이 황제에 오르자 그녀는 아들 혜제를 대신해 정치를 좌지우지했다. 그 기간 여태후는 제후들을 유씨에서 여씨로 바꾸는 등 권력욕을 드러냈다.

태후는 끝내 척부인의 손과 발을 절단 내고 눈알을 뽑고 귀를 태우고 벙어리가 되는 약을 먹여 돼지우리에 살게 하며 '사람 돼지'라고 이름 붙였다. 며칠이 지나 혜제를 불러서 '사람 돼지'를 구경하게 했다. 효혜제는 보고 물어보고 나서야 그녀가 척부인임을 알고 큰 소리로 울었고, 이 일 때문에 병이 나 일 년이 지나도록 일어날 수 없었다. 　　　　　　　　　　　(『본기』, 「여태후 본기」, 387쪽)

죽기 전 유방은 척 부인을 무척 아껴 그녀가 낳은 아들 여의(조왕)를 태자로 세우려고 했다. 여태후가 척부인과 조왕을 질투하고 미워했음은 말할 것도 없다. 권력을 잡자 여태후는 조왕을 죽이고 척부인을 '사람 돼지'로 만들어 새 황제에게 보인다. 개인의 원한을 보상받는 방법으로 이보다 잔인한 장면은 『사기』에 없다. 한신과 팽월을 역적으로 몰아 죽인 이도 여태후이다. 일설에는 죽은 팽월을 삶아 죽이고 그 국을 다른 장군들에게 내렸다는 말도 전한다.

그런 잔인한 지도자 아래에서도 여태후 시절 한나라는 비교적 평화롭고 안락했다. 황족과 공신들이 살해되는 등 혼란스러운 궁궐과는 달리 백성들은 전란에서 벗어나 생업에 전념할 수 있었다. 흉노에 대한 선린 정책으로 국경을 안정시켰고 형벌도 상대적으로 관대했다. 어찌 보면 그녀가 잔인하게 궁 안에서 벌인 일들은 왕조 초기의 불안을 잠재우기 위한 효과적인 수단이었을지 모른다. 권력에 도전할 만한 세력의 싹을 자르고 백성들에게는 신뢰를 얻는 정책을 편 것이다. 실제로 여태후 이후 수십 년 동안 한나라는 안정된 정치 체제를 유지해 갔다.

원한과 복수의 시대

오랜 전쟁이 이어지다 보면 인물과 인물, 가문과 가문, 제후국과 제후국 사이에는 다양한 관계가 맺어진다. 독자에게는 서로 돕고 사이좋게 지내는 훈훈한 이야기보다는 원한을 품고 복수하는 잔인한 이야기가 훨씬 더 흥미롭다. 『열전』에 등장하는 인물 중에는 자신이나 가족이 당한 치욕을 갚기 위해 그야말로 와신상담하며 복수의 날을 기다려온 이들이 있다. 춘추시대 오나라와 월나라의 대결에 등장하는 오자서는 그 대표적인 인물이다.

오자서(伍子胥)는 원래 초나라 사람으로 이름은 운이다. 초나라 평왕 때 신하 비무기는 왕의 환심을 사기 위해 태자 건과 결혼하기로 한 진나라 공주를 왕의 아내로 들게 했다. 그녀는 왕의 마음을 흔들 정도로 미인이었다. 이어 비무기는 태자 건에게 미움을 살 것이 두려워 진나라 공주의 일로 태자가 원한을 가졌다고 평왕 앞에서 헐뜯는다. 화가 난 평왕은 태자를 죽이고자 하였고, 이에 태자 건은 송나라로 달아난다. 오자서의 아버지 오사는 태자 건의 태수(스승)였는데, 평왕의 처사에 대해 비판을 서슴지 않았다. 이 일로 왕의 미움을 산 오사는 갇히는 신세가 되고 만다. 비무기는 오사의 두 아들이 현명하다는 것을 알고 그들을 불러들여 후환을 없애야 한다고 왕에게 간한다. 왕은 오사의 두 아들에게 그들이 오면 아버지를 살려 주고 오지 않으면 당장 죽이겠다는 전갈을 보낸다.

초나라에서 우리 형제를 부르는 것은 아버지를 살려 주려고 해서가 아닙니다. 도망치는 자가 있으면 뒷날의 근심거리가 될까 봐 두려워하여 아버지를 볼모로 잡고 거짓으로 우리 형제를 부르는 것입니다. 우리 형제가 그곳에 가면 아버지와 자식이 모두 죽게 됩니다. 그것이 아버지의 죽음에 무슨 보탬이 되겠습니까? 그곳으로 간다면 원수를 갚을 길조차 사라지게 됩니다. 차라리 다른 나라로 달아났다가 병력을 빌려 아버지의 원수를 갚는 것이 낫습니다. 함께 죽는다 해도 아무런 의미가 없습니다. (『열전』1, 「오자서 열전」, 128쪽)

위는 오자서가 그의 형 오상에게 자기 생각을 말하는 부분이다. 현실 상황에 대한 정확한 판단이다. 그런데 왕의 호출이 비무기의 음모라는 것을 알면서도 두 아들의 행동은 달랐다. 형 오상은 아버지와 함께 죽고자 왕에게 가지만, 오자서는 초나라를 탈출해 후일을 도모한다. 형은 충과 효라는 명분을 따르고 동생은 실리를 따른 셈이다. 오자서는 태자 건을 따라 송나라를 거쳐 정나라로 간다. 정나라에서 불의의 사고로 태자가 죽자 그의 아들 승을 데리고 다시 오나라로 간다. 때로는 추격하는 초나라 병사들에게 잡힐 위기에서 간신히 벗어나고, 가진 것이 없어서 거지 생활까지 하며 견딘 오자서는 마침내 오나라 왕실에 접근하는 데 성공한다. 그가 가까이 한 오나라 공자는 광이었는데, 그는 미래에 오나라 전성기를 열게 될 왕 합려가 될 인물이었다.

방랑 생활로 많은 시간을 보낸 오자서는 합려 9년에 드디어 초나라를 공격한다. 초나라 수도에 들어온 오자서는 아버지의 원수를 갚기 위해 초나라 평왕의 무덤을 파헤쳐 그 시신을 꺼내 300번이나 채찍질한 뒤에야 그만두었다. 초나라 시절에 오자서와 친하게 지내던 신포서라는 이는 사람을 보내 오자서에게 그의 복수가 지나치다고 전했다. 한때 신하로 있던 사람으로 시신을 욕보이는 일은 하늘의 도리를 벗어난 행위라고 안타까워한 것이다. 이에 오자서는 신포서에게 사과하고 '해는 저물고 갈 길은 멀어 천리를 좇을 수 없었소.'라고 전한다. 여기서 나온 고사가 유명한 '일모도원(日暮途遠)'이다.

오자서의 성격은 월나라와의 경쟁에서도 드러난다. 합려의 뒤를 이은 부차는 월나라의 구천을 물리치고 패자가 된다. 월나라 구천이 굴욕을 견디며 부차에게 화해를 원하지만, 오자서는 월왕이 고통을 잘 견디는 사람이라 훗날의 화를 없애야 한다고 간언한다. 그러나 부차는 그의 충고를 무시하고 월나라와 친교를 맺어 구천에게 힘을 키울 기회를 주고 만다. 승리에 취한 부차가 제나라를 치려 할 때도 오자서는 남쪽의 월나라를 먼저 쳐야 한다고 간언하지만 받아들여지지 않는다. 오자서의 고집스러운 간언에 지친 부차는 오자서에게 칼을 내려 자결을 명령한다.

위대한 이야기 유산

"내 무덤 위에 가래나무를 심어 왕의 관을 짤 목재로 쓰도록 하라. 아울러 내 눈을 빼내 오나라 동문에 매달아 월나라 군사들이 쳐들어 와 오나라를 멸망시키는 것을 똑똑히 볼 수 있도록 하라."

(『열전』1, 「오자서 열전」, 140쪽)

오나라가 구천에게 망할 것을 예견한 오자서는 참소를 일삼는 주변 신하들과 바른말을 알아듣지 못하는 부차에게 화가 나 위와 같은 말을 남기고 자결한다. 죽으면서도 상대방에 대한 원망을 버리지 못하는 서슬 퍼런 오자서의 모습이 눈에 보이는 듯하다. 그를 의지가 굳은 인물이라 해야 할지 성격이 모진 인물이라 해야 할지 판단이 쉽지 않다.

각 편의 후기라 할 수 있는 태사공 왈(曰)에서 사마천은 오자서에 대해 긍정적으로 평가한다. 그가 아버지를 따라 함께 죽었다면 하찮은 땅강아지와 같았을 것인데, 작은 의를 버리고 큰 치욕을 씻어 후세에까지 이름을 남겼으니 그 뜻이 참으로 슬프다고 적는다. 고초를 견뎌 공명을 이루는 일은 강인한 대장부가 아니면 쉽게 해낼 수 있는 일이 아니라고도 한다. 그의 평가에 오자서의 잔인함, 천리를 저버린 부도덕에 관한 이야기는 없다. 사마천은 궁형을 당하고도 자결하지 않고 『사기』를 쓰고 있는 자신의 처지와 오자서의 처지가 닮았다고 생각했던 것 같다. 어찌 되었든 하나의 캐릭터로서 오자서는 온갖 고난을 이기고 자기 뜻을 이룬 난세의 영웅임이 분명하다.

손빈 역시 고통을 이기고 역사에 이름을 남긴 영웅 중 한 사람이다. 그는 방연이란 자와 함께 병법을 배웠다. 방연은 공부를 마치고 위(魏)나라에서 벼슬을 하여 장군이 되었는데, 사람을 보내 손빈을 초대한다. 자신보다 재능이 뛰어난 손빈을 시기하고 두려워하던 방연은 그의 두 다리를 자르고 얼굴에 글자를 새겨 세상에 나오지 못하게 한다. 억울한 일을 당한 손빈은 마침 위나라에 와 있던 제나라 사자를 설득하여 제나라로 도망가는데 성공한다. 그곳의 군사(軍師)가 된 손빈은 이후 위나라의 확장을 적극적으로 막기 시작한다.

위나라가 조나라를 공격하자 손빈은 비어 있는 위나라의 수도로 쳐들어가 조나라 수도 한단까지 진출했던 위나라 군사가 물러나도록 하였다. 철수하던 위나라 군대를 기다리던 제나라 군대는 계릉에서 적을 크게 물리친다. 얼마 후 위나라와 조나라가 한(韓)나라를 공격하자 제나라는 한을 도와 위를 공격한다. 이때 손빈은 제나라 군대가 위나라에 들어올 때는 아궁이 10만 개를 만들고 다음 날에는 아궁이 5만 개를, 그리고 다음 날에는 아궁이 3만 개를 만들게 한다. 매일 적의 아궁이 수를 확인한 방연은 제나라 병사의 숫자가 급속히 줄어든다고 생각하여 정예 부대만을 이끌고 제나라 군대를 급히 뒤쫓는다. 하지만 손빈은 위나라 마릉에서 추격대를 만나리라 짐작하고 험한 산에 기대어 방연을 기다리고 있었다. 급히 달려온 방연은 매복한 제나라 군사들에 의해 죽음을 맞이하게 되고 손빈의 복수도 마무리된다. 방연이 죽게 될 장소까지 예상한 손빈은 나무 껍질을 벗겨 "방연은 이 나무 아래에서 죽을 것이다."라고 써 놓았다고 한다. 이 부분은 후대의 창작이라는 의심이 들지만 "결국 어린애 같은 놈의 이름을 천하에 떨치게 만들었구나."라는 방연의 한탄은 『사기』를 통해 실현된다. 손빈은 손자병법으로 유명한 손무의 후손이며 손빈병법이라는 책을 남겼다.

세상은 정의로운가

사마천은 『사기』의 각 편 마무리에 자신의 의견을 싣는 등 이 책에 단순한 사실 이상을 기록하려 했다. 비평가의 태도라 할 수 있는 포폄(褒

眨: 옳고 그름이나 착하고 악함을 판단하여 결정함)을 적극적으로 행한 것이다. 사마천은 이를 통해 인물과 사건을 보는 그의 현실관·윤리관을 자주 드러낸다. 이를 통해 확인할 수 있는 사마천의 시대 인식은 다소 비극적이다.

『열전』의 첫 편은 「백이 열전」이다. 백이와 숙제는 은나라 고죽국 군주의 아들인데 아버지가 죽자 둘은 서로 왕위를 받지 않기 위해 달아나 버렸다고 한다. 이후 이들은 서백 창에 대한 좋은 소문을 듣고 주나라를 찾아간다. 마침 이때는 무왕이 선왕의 위패를 싣고 동쪽으로 은나라 주왕을 치러 가는 중이었다. 백이는 부친이 돌아가셨는데 장례를 치르지 않고 말고삐를 잡고 바로 전쟁을 일으키는 것은 효가 아니라고 무왕을 막아 선다. 그러나 두 사람이 무왕의 행렬을 막을 수는 없었고, 무왕 역시 진군을 방해한 두 사람을 벌하지 않았다고 한다. 이 장면으로 백이와 숙제는 충절의 상징이 되는데, 이 이야기는 『사기』 이전의 자료에는 보이지 않는다.[12] 주나라가 은나라를 무너뜨리자 그들은 주나라 곡식은 먹을 수 없다고 수양산으로 들어갔으며 고사리를 캐 먹다 굶어 죽었다고 한다.

사마천에 따르면 백이와 숙제는 어진 사람이었으나 공자의 칭찬이 있고부터 그 명성이 더욱 두드러졌다. 공자는 백이와 숙제는 지나간 원한을 생각하지 않았기에 다른 사람을 원망하는 일이 없었다고 한다. 『사기』에는 "인(仁)을 구하여 그것을 얻었는데 또 무엇을 원망하겠는가?"라는 공자의 말이 인용된다. 하지만 사마천은 공자와 생각이 좀 달랐던 것 같다. 과연 백이와 숙제는 원망하는 마음이 없었을까를 질문한다.

저 서산에 올라
고사리를 뜯네.
폭력으로 폭력을 바꾸었건만
그 잘못을 모르는구나

신농, 우, 하나라 때는 홀연히 지나갔으니
우리는 앞으로 어디로 돌아가야 하나?
아아! 이제는 죽음뿐,
우리 운명도 다했구나!

(『열전』1, 「백이열전」, 63~64쪽)

이 시는 수양산에서 굶어 죽을 지경에 이른 백이와 숙제가 지었다는 「채미가(採薇歌)」이다. 이 노래를 지었다는 사실은 그들이 무언가를 원망했다는 것을 보여준다고 사마천은 생각한 듯 하다. 세상의 좋은 법도가 사라졌다는 생각, 자신의 운명이 다했다는 생각이 과연 원망이 아니냐는 것이다. 이 예를 통해 사마천은 하늘의 이치는 늘 착한 사람과 함께 한다는 말을 의심한다. 백이와 숙제는 착한 사람이었고, 어진 덕망을 쌓고 행실을 깨끗이 했는데도 굶어 죽었다. 반대로 하는 일이 올바르지 않고 법이 금지하는 일만을 일삼으면서도 한평생을 호강하며 즐겁게 살고 대대로 부귀를 누리는 사람도 있다. 요즘 말로 하면 사마천은 백이 숙제를 통해 세상에 정의가 있는가를 물은 셈이다.

한편으로 사마천은 열전 속 백이 숙제를 통해 자신의 억울함을 호소하고, 현재 처지에 대한 위안을 찾고 있는 듯하다. 이들의 불행한 종말을 의롭다고 높임으로써 그는 궁형이라는 불행한 운명을 맞은 자신도 은근히 높이려는 것이다. 백이 숙제에 대해 한비자는 무익한 신하라는 평을 내렸고, 장자 역시 백이도 인의라는 인위적 규범을 좇는 세속적 존재에 불과하다고 말했다.[13] 이들의 평과 비교하면 백이 숙제에 대한 사마천의 평가에는 개인의 감정이 많이 투영되어 있다는 인상을 준다.

사실 인물을 보는 이러한 시각은 『사기』의 일관된 관점이기도 하다. 『사기』에는 세상 사람들이 말하는 인의나 정의가 현실에서 꼭 실현되는

위대한 이야기 유산

것은 아니라는 회의가 깔려있다. 이런 생각은 특히 『열전』에서 두드러진다. 『본기』와 『세가』와 달리 『열전』은 역사가의 인물 선택 폭이 넓은 편이다. 재상 이하의 다양한 계층 인물들을 고를 수 있기 때문이다. 이렇게 선택한 인물 중에는 비극적인 인물이 많다. 인물 선택에 이미 사가의 생각이 담겨 있다고 보면, 사마천이 본 삶의 진실은 비극 속에 있었던 셈이다.

사마천이 찬미하는 굴원(屈原) 역시 비극적인 삶을 살다 간 인물이다. 초나라 명문 가문 출신의 굴원은 충성스러운 신하였지만 참소를 당하여 호소할 길 없는 답답한 마음을 「이소」라는 작품에 담았다. 종래에는 멱라강에 돌을 안은 채 몸을 던져 자살한다. 사마천 이후 굴원은 세상과 화합하지 못한 불우한 충신을 대표하게 되었다.

방황하던 굴원이 강가에서 만난 어부와 나눈 대화는 『열전』의 수많은 인물의 생각을 대변하고 있어 흥미롭다. 머리를 풀어헤치고 물가를 거닐고 있는 굴원을 보고 한 어부가 무슨 일로 이곳까지 이르렀는지 묻는다. 굴원은 "온 세상이 혼탁한데 나 홀로 깨끗하고, 모든 사람이 다 취했는데 나 홀로 깨어 있어서 쫓겨났소."라고 대답한다. 그리고 대화는 이어진다.

어부가 물었다.

"대체로 성인이란 물질에 구애받지 않고 속세의 변화를 따를 수 없다고 합니다. 온 세상이 혼탁하다면 왜 그 흐름을 따라 그 물결을 타지 않으십니까? 모든 사람이 취해 있다면 왜 그 지게미를 먹거나 그 밑술을 마셔 함께 취하지 않으십니까? 어찌하여 아름다운 옥처럼 고결한 뜻을 가졌으면서도 스스로 내쫓기는 일을 하셨습니까?"

굴원이 대답했다.

"내가 듣건대 새로 머리를 감은 사람은 반드시 관의 먼지를 털어서 쓰고, 새로 목욕을 한 사람은 반드시 옷의 티끌을 털어서 입는다고 하였소. 사람이라면 또 그 누가 자신의 깨끗한 몸에 더러운 때를 묻히려 하겠소? 차라리 강물에 몸을 던져 물고기 뱃속에서 지내는 게 낫지, 또 어찌 희디흰 깨끗한 몸으로 속세의 더러운 티끌을 뒤집어쓰겠소!"

(『열전』1, 「굴원·가생 열전」, 591쪽)

굴원이 어부의 말을 어떤 심정으로 들었을지는 짐작하기 어렵다. 세상의 이치를 냉철하게 설명해주는 말로 들었을 수도, 자신을 비난하는 말로 들었을 수도 있다. 어부 역시 온 세상이 혼탁한데 홀로 깨끗하다고 주장하는 굴원을 어떤 생각으로 보았을지 확실치는 않다. 그 고결함을 인정했을지, 거만한 귀족의 허세로 보았을지 짐작하기 어렵다. 분명한 것은 당시에는 굴원과 같은 사람이 적고 어부와 같이 생각하는 사람이 많았다는 점이다.

　어부의 생각에 따르면 사람들은 세상을 탓하지 말고 거기에 적응하

----

*유교(儒敎) 춘추시대 공자가 체계화한 사상인 유학에서 비롯되었다. 유교는 자기 자신의 수양에 힘쓰고 천하를 이상적으로 다스리는 것을 목표로 하는 학문이다. 한나라 무제 때 국가 정통의 학문이 된 후로 중국의 학문과 사상을 대표하고 있다. 공자에서 출발한 유학은 한나라와 당나라 시대의 훈고학과 경학, 송나라의 성리학, 명나라의 양명학, 청나라의 고증학 등으로 발전 또는 변화하였다. 조선에 큰 영향을 끼친 성리학은 12세기에 남송의 주희(朱熹)가 집대성한 학문이다. 그래서 성리학은 주자학이라고도 불린다. 주자는 종래 유교에 부족했던 철학적인 측면을 보완하는 데 큰 역할을 했다. 그에 이르러 유교는 윤리학적 체계, 우주론적 체계를 확립하였다. 그는 특히 『대학』, 『중용』, 『논어』, 『맹자』 등 사서 연구에 심혈을 기울였다. 그의 사상은 이 사서의 주석에 잘 나타나 있는데, 『사서집주(四書集註)』는 근대 이전 동아시아에서 가장 많이 읽힌 고전이다.

려 애써야 한다. 하지만 이런 생각은 자칫 부정한 일까지 세상의 일이라며 인정하고 접어두는 부작용을 낳을 수 있다. 모두가 세상에 맞추기만 하고 아무도 정의로운 말을 하지 않으면 세상의 이치라는 것은 도대체 무엇을 위한 이치인지 의문이 들지 않을 수 없다. 굴원은 도리에 맞게 행동하고 충성을 다하여 군주를 섬겼지만 헐뜯는 사람의 이간질로 곤경에 빠졌다. 세상도 어차피 사람들이 만들어가는 것일 텐데, 부정한 사람들이 만든 세상이라면 굳이 적응하려 노력할 필요가 있겠는가. 어부의 말에 일리가 없지 않으나, 사마천이 억울한 처지에 놓인 굴원을 동정하고 있는 것은 틀림없다.

중국 고대사라는 텍스트

한반도는 오랫동안 한자·유교 문화권에 속해 있었다. 근대 이후 점차 달라져 가고 있지만, 사자성어가 지식의 하나로 여겨질 만큼 현재도 한자와 유교의 영향은 우리 주변 곳곳에 남아 있다. 유럽 사람들이 라틴어나 그리스·로마 문화를 자기 뿌리로 생각하듯이 한반도의 선조들은 한자와 유교를 우리 문화의 뿌리로 생각했다. 특히 중국 고대사에 대한 지식은 근대 이전 한반도 지식인들에게는 보편교양이었다. 『사기』는 그 지식을 제공해주는 기본 교양서였다.

『사기』는 2천 년도 훨씬 전에 쓰였다는 사실이 믿기지 않을 만큼 잘 만들어진 책이다. 방대한 분량에도 불구하고 구조가 잘 짜였으며 각 편에 실린 이야기의 완결성도 높다. 사실을 취재하고 기록한 작가의 노력도 대단하지만, 그것을 흥미롭게 엮어낸 재능도 탁월했다. 인상적인 일화 중심으로 인물을 기술했기 때문에 현대의 독자들도 살아 있는 인물의 개성과 운명에 쉽게 공감할 수 있다. 사마천의 개인적 삶과 견해가 투영된 주관적 판단 부분이 많다는 점도 읽는 재미를 더해 준다.

물론 사마천의 역사 인식은 봉건적 윤리에 갇혀 있다. 본기, 세가, 열전의 구분도 기본적으로 계급적 관점이 전제된 왕후장상(王侯將相) 중심의 사고에서 나왔다. 인물 중심의 역사지만 열전까지 망라해도 대부분 지배층이거나 식자층, 상류층의 이야기이다. 서(書)로 약점을 보완한다 해도 사마천의 역사서는 정치사, 왕조사이다. 이 긴 기간 동안 백성들이 어떻게 살았는지에 대한 기록·자료는 이 책에 거의 담기지 않았다. 역사를 통해 그 시대 인구의 다수를 차지하는 민중들의 생활을 알고 싶은 사람들은 이 책에서 얻을 수 있는 게 별로 없다.

이 책의 저변에는 흔히 말하는 중화사상이 깔려있다. 엄격히 말해 『사기』는 현재 우리가 생각하는 중국의 역사는 아니다. 근대 이후의 민족주의와는 다르지만, 중원 중심의 황허문명에 대한 민족주의적 사고를 전제하지 않고 이 책을 읽을 수는 없다. 저자는 초나라나 월나라까지도 문명화가 덜 된 땅으로 묘사한다. 사마천이 하, 은, 주를 정통으로 삼은 이유도 그들이 황허를 중심으로 발흥한 한족 문명이기 때문이다. 『사기』에서 만주, 티벳, 신장 등은 그저 오랑캐의 땅이다.

『사기』는 다양한 인물들의 감동적인 일화가 담긴 재미있는 텍스트이다. 우리는 복잡한 역사적 맥락보다는 이야기라는 관심에서 이 책을 읽으려 했다. 이 책에 담긴 이야기들 을 통해 우리는 인간이 밟아 온 성공과 실패의 흔적을 확인할 수 있다. 개인적인 희로애락은 물론 시기, 욕망, 복수, 야망 등 인간의 온갖 부정적인 감정이 만들어 낸 비극도 발견할 수 있다. 비록 먼 과거의 일이지만 『사기』는 세상을 움직이는 힘이 무엇인지, 개인이 감당해야 할 운명은 무엇인지 생각하게 만드는 텍스트이다. 현재도 우리가 이 책에 끌리는 이유가 이 때문이다.

군웅할거, 난세의 영웅과 간웅

『삼국지연의』

삼국지에 대한 기억

내가 처음으로 '삼국지'를 접한 것은 아마 초등학교 때였던 것 같다. 지금은 번역자 이름도 기억나지 않는 세로쓰기로 된 서너 권짜리 조악한 책이었다. 분량으로 보아 축약본인 것이 분명한데 어린 나는 그마저 복잡하여 내용 이해에 어려움을 겪었다. 끝까지 읽었는지도 확실치 않다. 그리고 중학교 시절에 박종화 『삼국지』를 읽었다. 역시 서너 권짜리 세로쓰기였는데 어떻게든 다 읽었다는 사실만 기억에 남아 있다.

어른이 되어 처음으로 읽은 삼국지는 고우영의 『만화 삼국지』였다. 그림으로 만난 삼국지 캐릭터가 지금도 머릿속에 생생하게 남아 있다. 귀가 큰 호색한 유비, 긴 수염의 점잖은 관우, 여성스러운 외모에 부채를 든 제갈량 등등. 장비는 특히 욕을 잘했다.[1] 소설에는 나오지 않는 야한 이야기나, 만화가의 재치 있는 비평도 재미있었다. 이후에 읽은 게 이문열의 평설 『삼국지』였다. 『삼국지연의』 중에서 흥미 있는 부분은 상세히, 그렇지 않은 부분은 간략히 편집한 책이었다. 말하자면 새로 쓴 '삼국지'인 셈인데, 지금 생각해보면 무엇을 근거로 썼는지 알 수 없는 '족보 없는' 책이었다. 그래서 찾게 된 것이 번역본 『삼국지연의』였다.

지금까지 국내에서 출간된 ‘삼국지’ 중에서는 김구용의 책이 가장 충실한 번역으로 꼽힌다. 김구용 번역 『삼국지연의』는 총 10권 120편으로 되어 있다. 문체가 그리 유려하다 할 수는 없지만, 고전의 맛을 느끼기에는 좋은 번역이다. 특히 과장된 수사나 지루한 만연체의 문장이 없어서 좋다. 작가의 개입이 적고 묘사가 간결하여 다른 ‘삼국지’에 비해 사건 전개의 속도가 빠른 편이다. 서문에서 김구용은 ‘한 자도 놓치지 않고 번역하였다’고 썼는데, ‘삼국지’ 연구자들 역시 그 말을 신뢰하는 듯하다. 앞서 본 ‘삼국지’들과 다른 점은 형식만이 아니다. 우선 평설이나 축약본에서 보기 어려운 공명 사후의 이야기를 제대로 볼 수 있다. 핵심 주인공이 아닌 여러 인물을 상세히 다룬 점도 축약본들과는 다르다. 예를 들어 중원으로 진출하려는 촉나라 강유와 그를 막으려는 위나라 등애의 오랜 싸움은 앞의 판본에서는 찾아보기 어렵다. 사마염의 진(晉)이 삼국을 통일하는 과정 역시 그렇다.

　　황석영의 『삼국지』는 김구용 본과 분량과 목차에서 큰 차이가 없다. 물론 김구용 본보다 현대적인 문체를 사용하고 있어 가독성은 더 좋다. 삽화 역시 고전 삽화를 쓴 앞의 책과 달리 황석영 본은 색이 들어간 최근 그림을 사용하고 있다. 하지만 황석영 본은 번역에 대한 뒷이야기가 좀 있다. 주로 번역이 어떻게 이루어졌는지에 대한 이런저런 소문들이다. 황석영 번역과 비슷한 시기에 장정일의 『삼국지』도 출간되었다. 번역이 아닌 새로운 판본의 ‘삼국지’가 필요하다는 의욕적인 주장과 함께 젊은 ‘삼국지’를 표방하였다. 서력으로 연도를 표기하거나 저자의 창작시를 싣기도 하는 등 새로운 시도를 많이 하였다. 그러나 낯설어서인지 그리 큰 인기를 끌지는 못했다.

　　어찌 되었든 『삼국지연의』는 동아시아에서 수백 년 동안 사랑받아 온 이야기이다. 난세를 살아가는 영웅들의 기개와 그들의 운명이 복잡하게 얽혀 있어서 지금도 지루함 없이 읽을 수 있는 작품이다. 이 소설은 충과 의, 덕과 예를 최고의 가치로 내세우지만, 온갖 권모술수와 모함, 배신의 일화를 다수 포함하고 있다. 고전소설이지만 권선징악이라는 구도로 전개되지도 않는다. 난세를 살아가는 인물들은 가진 자기 능력을 최대한 발휘해 성공을 위해 노력할 뿐이다. 이는 현대인이 살아가는 방식과 크게 다르지 않다. 이런 매력들 때문에 '삼국지'는 여전히 많은 사람에게 사랑받는 텍스트로 남아 있다.

『삼국지』와 『삼국지연의』

한(漢)나라는 진(秦)나라가 멸망한 후 유방이 세운 나라로 항우의 초(楚)나라를 물리치고 중국을 통일하였다. 한나라는 기원전 206년부터 기원후 8년까지 약 200년, 14대 황제에 이르도록 유지되었다. 이를 전한(前漢)이라 부른다. 전한 시대는 왕망이 황제 자리를 찬탈하면서 끝나지만 얼마 지나지 않아 같은 유씨인 광무제에 의해 복원된다. 이를 후한(後漢)이라 부르는데 기원후 25년부터 220년까지 약 200년, 14대 황제에 이르도록 유지되었다. 전한은 창안을 수도로 삼았고 후한은 뤄양을 수도로 삼았다. 후한의 마지막 세 황제인 영제, 소제, 헌제는 실제 권력을 상실하여 신하들에게 허수아비처럼 휘둘렸다.

『삼국지연의』에는 후한 시대의 행정단위와 직위가 자주 등장한다. 복잡한 내용을 모두 알 필요는 없지만, 소설에 자주 등장하는 몇몇 이름은 알아두는 것이 좋다. 우선 중앙 행정 조직에서는 삼공이 가장 중요한 자리였는데, 하는 일에 따라 사도, 사공, 태위로 나뉘었다. 사도는 국가 일반 행정을 맡은 자리로 최고 지위는 승상이었다. 조조와 제갈량은 오랫동안 승상으로 있으면서 왕국의 업무를 총괄했다. 사공은 황제나 왕궁 관련

일을 했다. 태위는 군사를 담당하는 자리였다. 장군의 계급도 다양한데 표기장군, 거기장군, 위장군, 전장군, 후장군, 좌장군, 우장군 등은 대장군으로 가장 높은 자리에 해당했다. 소설에서는 황제가 큰 공을 세운 장수에게 표기장군이니 거기장군이니 하는 이름을 내리는 장면을 자주 볼 수 있다. 대장군 외에 교위라는 직위도 자주 언급되는데 수도 안팎을 경비하는 책임을 맡은 장군이었다.

후한 시대 지방은 총 13개 주(州)로 나뉘었다. 황허 유역과 북쪽 지역은 주가 촘촘하고 양쯔 유역 아래는 주가 성기게 분포되어 있었다. 주의 책임자는 자사라고 불렀다. 형주 자사나 서주 자사라고 하면 주에서는 가장 높은 사람이다. 주 아래에는 국(國)과 군(郡)이 있었다. 기본 단위는 군이어서 국이 없는 주도 많았다. 군의 최고 관리는 태수였고 군의 군사 담당은 도위였다. 군 아래 편재인 현(縣)을 다스리는 관리는 가구 수에 따라 영과 장으로 나뉘었다. 현의 군사 담당은 위(尉)라고 했는데, 지방의 군사는 일반적으로 태수나 도위가 직접 지휘했다. 『삼국지연의』 초반에 보면 원소, 원술, 공손찬, 조조, 유표 등이 자사급에서 출발하는 데 비해 한미한 출신의 유비는 큰 공을 세웠음에도 지방관인 현위(縣尉)에 임명된다.

잘 알려진 바와 같이 『삼국지연의』는 진수가 쓴 역사서 『삼국지』를 바탕으로 쓴 소설이다. 연의(演義)라는 말은 사실을 쉽게 이해할 수 있도록 덧붙여서 재미있게 설명한다는 뜻인데, 사실에 허구를 섞어 엮은 이야기라고 보면 된다. 중국 역사에서 삼국 시대는 조비가 위왕에 즉위하는 220년부터 진(晉)에 의해 오가 멸망하는 280년까지라고 볼 수 있다. 하지만 삼국 초기가 후한 시대와 겹치므로 후한 시대 말까지를 삼국 시대라 부른다.

진수는 촉나라 안한 지방 사람이다. 그의 아버지는 촉의 장교였으며 진수 역시 촉의 하급 관리를 지냈다. 진이 삼국을 통일하자 그는 10년에 걸쳐 삼국의 역사를 담은 『삼국지』를 기술하였다. 『삼국지』는 사마천의

『사기』와 마찬가지로 기전체 형식으로 쓰였으며 총 65권으로 구성되어 있다. 그 중 『위서』가 30권, 『촉서』가 15권, 『오서』가 20권이다. 기전체는 제왕의 기록과 여타 인물의 기록으로 나뉘는데, 『위서』 앞부분 4권이 기(紀)에 해당하며, 뒷부분 61권은 전(傳)이다. 위나라 조조, 조비, 조예와 같은 군주들은 무제, 문제, 명제라 하여 본기에 넣고 촉의 유비나 오의 손권은 열전에 넣은 것이다. 『사기』에 있는 '세가'는 『삼국지』에는 없다. 구성만 보아도 이 역사서가 위를 정통으로 삼고 있음을 알 수 있다. 진이 위를 계승한 점을 생각하면 매우 자연스러운 일이다.

『삼국지』와 다루고 있는 시기가 겹치는 사서로는 『후한서(後漢書)』와 『진서(晉書)』가 있다. 『후한서』는 후한 시대인 서기 25년부터 220년까지의 역사를 다루며, 『진서』는 서진(265년~316년)과 동진(317년~418년)의 역사를 다룬다. 두 책 모두 기전체로 쓰였다. 북송시대 사마광이 지은 『자치통감(資治通鑑)』 역시 삼국 시대를 포함한다. 이 책은 주나라의 위열왕이 진(晉)나라의 3경을 제후로 인정한 기원전 403년부터 오대십국 시대 후주의 세종 때인 959년까지의 역사를 1년 단위로 묶어서 편찬한 책이다. 이 책에서는 「한기(漢紀)」와 「진기(晉紀)」 사이에 「위기(魏紀)」를 두고 위나라 역사 안에서 촉나라와 오나라의 역사를 기술하고 있다.

이렇듯 위나라 중심으로 기술되던 삼국 역사에 변화를 준 이는 남송의 주희(朱熹)였다. 그는 송대 사대부의 대의 명분론을 집대성해 성리학을 창시한 인물로 흔히 주자로 불린다. 주자는 『자치통감』의 내용이 지나치게 상세하고 복잡한 단점이 있다고 하여 축약본인 『자치통감강목(資治通鑑綱目)』 59권을 편찬하였다. 여기서 그는 왕조의 정통론을 중시하였는데, 유비가 한 황실의 후예라는 점을 들어 촉나라를 정통왕조로 내세웠다. 이후 주자학의 영향력이 커짐에 따라 삼국 시대 역사에서 촉 정통론이 중요한 자리를 차지하게 되었다.[2]

현존하는 가장 오래된 연의 '삼국지'는 원나라 지치연간(至治年間, 1321년~1323년)에 간행된 『전상삼국지평화(全相三國志平話)』이다. 이 판본은 그림이 함께 실린 것으로 유명하다. 이어 명나라 초기 나관중은 다양한 사실과 전승을 첨가하여 『삼국지통속연의(三國志通俗演義)』[3]를 만들었다. 이후 청나라 시기 모종강은 『삼국지통속연의』를 전면적으로 수정하였다. 모종강 본은 철저하게 촉 정통론에 입각해 써졌는데, 조조를 표나게 폄하하고 유비를 긍정적으로 그려냈다. 또 실제 역사와 일치하지 않는 부분을 고치고, 정사에 나와 있는 사실을 삽입하는 등 전반적인 정돈을 했다. 이후 이 책은 다른 연의 '삼국지'를 압도하는 정본이 되었다.[4]

촉 정통론이 떠오르고 '삼국지'가 새롭게 쓰인 시기는 공교롭게도 중국의 한족 정통성이 위협을 받거나 왕조 교체가 일어나던 때였다. 주자가 살았던 남송은 금나라에 의해 북송이 멸망 당한 후, 종실 조구(趙構)가 남쪽으로 옮겨와 세운 왕조였다. 나관중은 원나라 말기, 명나라 초기에 살았는데 이때는 중국 사회에서 민족 간의 모순이 첨예하게 드러나던 시기였다. 원나라 사회는 민족에 따라 4개 계층을 나누었고 한족은 최하층에 처하여 불공평한 대우를 받았다. 나관중이 촉나라를 정통, 위나라를 난신으로 설정한 것은 원나라의 통치를 인정하지 않고 한실 천하의 회복을 갈망한 한족의 민족의식과 무관하지 않았다. 모종강 역시 명나라 말 청나라 초라는 혼란스러운 시기를 산 사람이다. 그는 글재주로 이름은 났으나 곤궁하게 지내며 벼슬은 하지 못했고, 중년 이후에는 실명까지 했다고 한다.

고전의 수입과 변화

『삼국지연의』가 한반도에 수입된 시기는 임진왜란 전후로 알려져 있다. 한문본이 그대로 수입되었지만 오래되지 않아 번역, 번안 등 다양한 형태의 '삼국지'가 유행하였다. 특히 모종강 본은 수차에 걸친 복판이 이루어졌다. 『삼국지연의』가 인기를 끌자 작품 전체를 유통하지 않고 부분을 뽑아 유통하는 일도 생겼다. 특히 방각본[5]은 경제적 여건상 필사본처럼 전권을 완역할 수 없었기 때문에 축약과 개작을 선택하곤 했다. 인물 중심으로는 「황부인전」, 「제갈량전」, 「강유실기」, 「관운장실기」, 「장비마초실기」 등이 출간되었고, 사건 중심으로는 「한수대전」, 「삼국대전」, 「오관참장기」, 「산양대전」, 「적벽대전」, 「화용도실기」 등이 출간되었다.[6] 『삼국지연의』의 일화들은 시조 가곡이나 잡가로 불리기도 했다.

우리 문학에서 '삼국지'의 영향을 받은 대표적인 작품은 〈적벽가〉이다. 〈적벽가〉는 『삼국지연의』에서 재미있는 부분을 골라 엮은 판소리로 판소리 다섯 마당[7]에도 속한다. 이 작품은 이전에 있었던 여러 텍스트의 영향을 받아 오랜 시간에 걸쳐 만들어졌다. 그 중에서도 판소리 〈적벽가〉의 근간이 되는 작품은 〈화용도타령〉이다. 다른 노래 갈래들로 전승되었던 가곡 〈적벽가〉 역시 영향을 미쳤을 것으로 보인다.[8]

〈화용도타령〉은 적벽에서 크게 패해 화용도로 도주하던 조조가 관우와 맞닥뜨려 목숨을 구걸하는 이야기를 근간으로 한다. 판소리 〈적벽가〉는 여기에 『삼국지연의』의 유명한 일화들을 추가한 작품이다. 적벽대전 이전의 사건으로 〈적벽가〉에 추가된 일화는 '도원결의', '공명천거', '삼고초려', '박망파 전투', '유비의 피난', '장판교 전투', '설전 군요', '주유 격동', '공명차전'이다. 이들 일화는 작품 후반부를 장식하는 적벽대전 및 화용도 대목과는 서사적 일관성이 별로 없다. 대중 연희인 판소리에서는 일관된 서사보다 영웅들의 활약상을 재미있게 구성하는 것이 더 중요한 문제였다.[9]

그런데, 비록 고전에서 인물과 사건을 따왔지만 〈적벽가〉는 원작에 등장하지 않는 장면을 삽입하여 판소리만의 주제를 분명히 드러내기도 했다. 다음은 '군사설움타령'의 일부이다.

> 김창룡 : "이놈들아 들어 보아라. 너희는 이러니 저러니 하야도 세상이 어떤지 알지 못허지야. 승전을 하야도 우리만 죽고, 패전허면 몰살을 허지야. 우리만 죽고 사는 것이 아니라, 세상에 사람이 삼겨나 부귀공명으로 팔십을 다 살어도, 임종시가 당하오면 노처난 머리 짚고 앉아 울고, 자식들은 늘어앉어 통곡하며 죽드래도 원통허다 일렀는디."
>
> "우리 죽음을 생각허면 당초의 고향을 떠날 적에 당상 학발양친 내 손길을 부여잡고, '이제 가면 언제 오느냐? 올 날이나 일러다고.' '전장의 가는 길이 어느 날 오오리까? 기한 없이 나는 가거니와 아버지는 기운이 강녕허시사 만세무양 하옵소서.' 하직을 하고 들어올 적의, 눈이 캄캄 정신없이 전장에 나온 지가 이게 장차 몇 핼러냐? 우리 부모 나를 보내고 오늘이나 편지올까, 내일이나 소식이 올까. 편지 없고 소식 돈절허니 언제 고향에 가잔 말이냐? 복통근심허야 우닐 생각, 두 눈이 캄캄허고 주야쟁쟁 우닐, 꺼꾸러 방성통곡에 울음 운다."[10]

〈적벽가〉는 『삼국지연의』와 마찬가지로 전통적 의미의 충의를 주제로 내세운다. 하지만 전쟁에 동원되어 죽음으로 내몰리는 민중들의 한과 이런 상황에 대한 풍자 또한 중요한 주제이다. 위에서 보듯 백성들은 승전해도 죽고 패전하면 더 죽을 팔자이다. 그들은 팔십을 살고 죽어도 사람들은 원통하다 한다는데 전장에서 죽으면 얼마나 원통할 것인지를 이야기한다. 닥쳐올 죽음이 두렵기도 하지만, 고향에 두고 온 나이 든 부모 생각을 하며 병사들은 더욱 서러움을 느낀다. 위의 첫 번째 문단은 사설체로 주제를 분명히 드러내고, 두 번째 문단은 대화체로 전장으로 떠나는 이와 보내는 이의 감정을 절실하게 보여준다. 현재 전하는 〈적벽가〉 창본에서 '군사설움타령'은 조조가 적벽대전을 앞두고 선상에서 연설하는 부분에 들어있지만, 완판 소설본 계열과 적지 않은 필사 소설본에는 조조가 적벽대전 이후 패주하는 부분에 들어있다.[11]

　'군사설움타령'에서 보이는 이름 없는 병졸들의 분노에 찬 목소리, 전쟁터에 끌려 나온 민중의 참혹한 현실, 간교한 장수 조조를 향한 병졸들의 신랄한 비판은 『삼국지연의』에 대한 새로운 해석이라 볼 수 있다. 적장의 목을 베고, 군사를 동원해 남의 땅을 빼앗고, 황제를 둘러싸고 음모와 암투를 벌이는 이야기가 아무리 재미있어도 결국 그 과정에서 고통받는 것은 힘없는 민중들뿐이라는 것을 〈적벽가〉의 향유자들은 잘 알고 있었던 것이다.

　'군사점고(軍士點考)' 역시 『삼국지연의』에는 없는, 판소리 〈적벽가〉의 창작 부분이다. 창본에 따라서 다소 차이를 보이는데 신재효본에서는 조조가 호로곡에 이르러 장비를 만나는 장면 바로 전에 '군사점고' 사설이 등장한다. 본래 『삼국지연의』에는 장수들의 이름만 등장하고 병졸의 이름은 거론되지도 않는다. 병졸들은 몇만이나 몇십만 등 수효만으로 표현될 뿐이다. 그런데 〈적벽가〉의 군사들은 자기 이름으로 등장할 뿐 아니라 조조와 대등한 위치에서 마주 보고 조조를 비하하는 말을 쏟아낸다. 점고 즉 인원 확인을 받는 군사들은 이름부터 전통사회 서민들의 별명들이며, 군사의 직책도 당시 조조 군대의 편제와는 맞지 않는 천총이나 조총수 등 다양하다. 몇몇 병사의 이름을 보면, 덜렁쇠나 맹랑쇠는 쇠로 된 병장기를 다루는 군사이고, 허무적이는 허무하고 자취가 없다는 의미이고, 골래종이는 머릿속에 종기가 있다는 의미이며, 허덜렁이와 박덜렁이는 덜렁거린다는 우리말 별명이다.[12] 이름 하나에도 풍자와 해학을 담으려는 창작자의 의도를 짐작할 수 있다.

　근대 '삼국지'라 할만한 작품이 등장한 것은 일제강점기 때이다. 양

백화는 〈매일신보〉에 1929년 5월 5일부터 1931년 9월 21일까지 총 859회에 걸쳐 『삼국연의』라는 이름으로 『삼국지연의』를 번역 연재하였다. 한용운은 10년 뒤인 1939년 11월 1일부터 1940년 8월 10일까지 〈조선일보〉에 『삼국지』를 연재하였는데 신문의 폐간으로 중단되었다. 1941년부터 2년간 〈신시대〉에 연재한 박태원의 『삼국지』 역시 미완으로 끝났다. 해방 이후에는 박종화 『삼국지』가 〈한국일보〉(1963.1.~1968.5.8.)에 연재된 후 단행본으로 간행되었다. 그리고 이를 전후하여 김동성·김동리·황순원·양주동·정비석이 쓴 『삼국지』와 김구용의 『삼국지연의』가 나왔다.[13] 이후에도 '삼국지'는 여러 작가에 의해 다양한 관점으로 새롭게 써지고 있다.

우리만큼 삼국지를 좋아하는 일본에서는 조조에 대한 평가가 후한 편이다. 조조를 간웅이 아닌 능력 있고 실리를 중시하는 인물로 본다고 한다. 이런 관점을 가진 대표적인 작가가 요시카와 에이지이다. 그는 조조에게 긍정적인 이미지를 부여하려 노력하였다. 잔인하다는 이미지를 약화하기 위해 다정다감한 모습을 강조하기도 했다. 그의 『삼국지』는 1939년 8월부터 1943년 9월까지 〈중외상업신보〉를 비롯한 일본 4개의 신문, 그리고 타이완의 신문에 동시에 연재되었다. 한국에서도 일본어 신문 〈경성일보〉에 1939년 9월 20일부터 1943년 9월 14일까지 연재되었다. 전쟁시기였음에도 불구하고 이 작품은 독자들을 사로잡아 널리 읽혔고, 연재된 지 반년 만에 단행본으로 출간되었다.[14]

요시카와 에이지의 책은 기존 '삼국지' 독자들에게는 하나의 충격이었다. 유교적 전통에서 중요하다고 생각하는 가치를 이 소설이 거부하고 있었기 때문이다. 이런 『삼국지』가 나온 데는 시대적 배경이 중요하게 작용하였다. 그가 소설을 연재하던 시기는 실제로 승리와 패배를 가려야 하는 전쟁기였고, 그는 전쟁에서는 명분보다 실리가 중요하다고 생각했다. 그는 1938년 중일전쟁 중 마이니치 신문사의 특파원으로 종군했으며, 1942년에 해군사령부에 발탁되어 해군 전사 편찬에도 참여했다. 전사한 일본 군인들을 다룬 「제독과 그 부하들」이나 「야스다 육전대사령」과 같은 글을 신문에 연재하기도 했다.

모본 『삼국지연의』가 황실에서 시작하여 황건적의 난, 누상촌의 유비로 전개되는 데 비해 요시카와 삼국지의 첫 장면은 유비의 고난으로 시작한다. 돗자리 장수로 생활하던 유비는 어머니를 위해 어렵게 차를 구하지만, 황건적을 만나 가진 것을 모두 빼앗긴다. 우여곡절 끝에 장비의 도움으로 차와 칼을 되찾게 된 유비는 어머니를 위해 샀던 차를 되찾은 데 대한 고마움으로 한황실의 후예임을 표시하는 칼을 장비에게 선물한다. 귀중한 칼이 없어진 것을 안 유비의 어머니가 차단지를 강물에 던져버리자 유비는 큰 깨달음을 얻는다. 그리고 가족이 아닌 황실을 위한 대업에 나서게 된다.

그의 작품은 우리나라의 '삼국지'에도 적지 않은 영향을 미쳤다. 1920년대 이후 출판된 한국어 역본 '삼국지' 중에서는 모종강 계열의 역본이 109종, 요시카와 에이지 계열의 역본이 77종에 이른다.[15] 그의 소설이 한족 정통론에서 벗어났다는 점은 나름대로 의미가 있지만, 중일전쟁이라는 당시 분위기로 볼 때 조조 옹호는 승자 옹호 또는 일본 옹호와 다르지 않았다고 할 수 있다. 고전소설을 처세술 책으로 바꾸어 놓은 것에 대해서도 좋은 점수를 주기는 어렵다.

영웅들의 면모

오랫동안 주변을 돌았으니 이제는 소설 안으로 들어가 보자. 역사서 중 기전체 텍스트는 인물 중심으로 기술되기 때문에 사건의 선후를 이해하기 어렵다는 단점이 있다. 여러 인물이 관련된 사건은 여러 곳에 분산되어 기술되기도 하는데, 이는 다르게 말해 같은 사건이 여러 번 반복된다는 의미이기도 하다. 그나마 진수의 『삼국지』는 기전체 사서 중에서는 소설로 가공하기 좋은 텍스트였다. 『삼국지』는 100년이 못 되는 비교적 짧은 시간을 다루고 있고, 한나라의 멸망과 진나라의 통일이라는 완결성 높은 서사를 갖추고 있는 책이었다. 삼국의 대결이라는 중심 이야기와 이를 풍부하게 해줄 영웅의 존재는 그것 자체로 연의의 튼튼한 뼈대가 될 수 있었다. 열전에 등장하는 인물들을 통해 새로운 일화를 만들어내는 일도 어렵지 않았다. 거기에 충의와 같은 고전소설의 주제를 강조할만한 여지도 많은 책이었다. 『삼국지연의』는 정사 『삼국지』의 이런 특징을 잘 살려 훨씬 더 매력적인 작품이 되었다.

　‘삼국지’에 등장하는 주요 등장인물을 왕조를 기준으로 나누면 다음과 같다.

시대 (서기)	후한(184~220)	위(220~265)	촉(221~263)	오(220~280)
주군	영제, 소제, 헌제	조조, 조비	유비, 유선	손견, 손책, 손권
참모		정욱, 순욱, 곽가, 가후, 사마의	제갈량, 방통, 장완, 비의, 강유	주유, 노숙, 제갈근, 여몽, 육손
무장	장각, 하진, 동탁, 여포, 왕윤, 이각, 곽사, 원소, 원술, 유표, 공손찬, 도겸	악진, 하후돈, 하후연, 조인, 전위, 장요, 허저, 서황, 장합, 방덕, 조창, 조인, 등애, 종회	관우, 장비, 조운, 마초, 황충, 주창, 관평, 위연, 이엄, 관흥, 장포	정보, 황개, 태사자, 장흠, 주태, 정봉, 능통, 감영, 서성, 육항
관료		공융, 허유, 만총, 화흠, 진군	미축, 손건, 간옹, 요화, 이적, 마양, 법정, 황권, 이회, 등지	장소, 장굉, 고옹, 감택, 보즐

'삼국지' 주요 등장인물

흔히 『삼국지연의』를 두고 사실이 일곱 허구가 셋이라는 말을 한다. 인물에 한정할 경우 '연의'의 인물은 정사 『삼국지』에 등장하는 인물과 크게 다르지 않다. 물론 인물의 성격과 행위까지 같다고 보기는 어렵다. 이렇게 인물을 빌려 쓰다 보니 '연의'의 등장인물은 무척 많다.

촉 정통론을 내세운 모종강 본 '연의'의 주인공은 당연히 유비, 관우, 장비, 조운, 제갈량, 강유 등이다. 그들이 긍정적 주인공이라면 부정적 주인공은 조조와 조비를 비롯한 위나라 인물들이다. 그들이 한나라 황실을 무너뜨리고 가장 먼저 황제를 칭했기 때문이다. 촉나라는 흔히 촉한이라고 불리는데 여기에는 촉이 한을 이은 왕조라는 의미가 담겨 있다. 따라서 촉이 무너뜨려야 할 상대는 위나라이다. 반면에 촉나라가 많은 전쟁을 치르고 관우와 유비가 그들과의 전쟁에서 숨졌음에도 불구하고 오나라는 위나라와 비교하면 '덜 나쁜' 쪽으로 그려진다.

촉 정통론에서 보면 조조는 십상시, 하진, 동탁, 이각과 곽사 같은 부류에 속하는 인물이다. 이들은 모두 황제를 보호한다는 명분으로 황제 이상의 권력을 행사하였다. 물론 작가도 조조와 이전의 권력자들을 같은 급으로 다루지는 않는다. 조조 이전의 권력자들은 사리사욕을 채우기에 급급하고 지혜도 없는 인물로 그려진다. 그 상징적인 인물이 동탁이다. 동탁은 뤄양을 모두 불태우고 황제를 데리고 창안으로 떠난 인물이다. 백성들도 그의 패악을 싫어해 그가 죽은 뒤 배꼽에 심지를 박아 밤새 불을 밝혔다고 한다. 정사 『삼국지』에서도 동탁은 역적으로 기술된다. 하지만 진수는 그가 서량의 정예병을 거느린 탁월한 장수였다는 점은 인정한다.

원소나 원술, 손책은 황제의 권력을 갖지 못하고 지방 호족에 머문 인물들이다. 한때 북부의 최강자였던 원소는 조조에게 밀려 중원을 차지하지는 못했다. 군사적으로나 명망으로나 가장 유력한 호족이었으나 천하를 차지하기에는 지략이나 덕망에서 유비, 조조, 손권에 이르지 못했던 셈이다. 그의 동생 원술 역시 도량이 좁은 인물로 그려진다. 둘은 힘을 합쳐 조조에게 대항하지 못하고 소모적 경쟁을 벌이기도 한다. 손견과 그의 아들 손책은 강동에 기반을 잡고 힘을 기르지만 불행하게도 일찍 죽는다. 그들의 이른 죽음으로 어린 나이에 주군이 된 손책의 동생 손권은 무리 없이 강동을 지키며 오랫동안 오나라를 관리한다.

　참모와 무장들은 주군의 승리를 위해 목숨을 바쳐 싸운다. 특히 주요 장수들은 자신이 주인공이 되는 장면을 한두 편 가지고 있다. 뒤에 다루겠지만 그런 장면을 가장 많이 가진 장수는 관우이다. 위나라 전위는 작품 초반 조조를 구하는 장면에서 인상적인 활약을 보인다. 하후돈은 자기 눈에 박힌 화살을 뽑은 것으로 유명하다. 여포는 지략은 모자라지만 무공만은 최고인 인물이다. 비록 여러 번 주군을 배신하여 소설에서 가장 불쾌한 인물로 그려지지만, 조조에게 패배하기 전까지 여포는 소설 전개에서 중요한 역할을 한다. 등애와 종회는 촉나라의 수도를 함락시켜 통일의 기틀을 만드는 인물들이다.

　참모 중에서도 전투의 승패를 좌우할만한 영향력을 가진 인물들이 많다. 제갈량이야 말할 것도 없지만 오나라의 주유와 여몽, 육손은 장수들 못지않게 활약하는 참모들이다. 주유는 적벽대전을 승리로 이끈 주역이고, 여몽은 관우를 죽이고 촉나라에 빼앗긴 형주 땅을 되찾는다. 육손은 지략이 뛰어난 인물로 강력한 위나라로부터 강동을 지켰을 뿐만 아니라 촉나라와의 경쟁에서 우위를 보임으로써 국력을 탄탄하게 만들었다. 촉의 장완과 비의 역시 제갈량 사후 촉나라를 삼십 년 가까이 훌륭하게 관리한 참모들이다. 조조는 곽가의 죽음을 매우 안타까워했으며 순욱은 조조를 도와 여러 차례 공을 세웠다.

　삼국지의 매력은 크고 작은 승부가 끊임없이 이어지는 데 있다. 소설 안에서는 대결을 위한 준비가 번거롭지 않고 패배로 인한 후유증이 오래

가지 않는다. 한 곳에서의 전쟁이 끝나더라고 다른 어느 곳에서는 새로운 승부가 기다리고 있다. 소설에서 펼쳐지는 전쟁의 성격 역시 재미있다. 적게는 수백 명, 많게는 수십만 명의 군사들이 전장에 모이지만, 전쟁의 승패는 장수들의 일대일 대결로 결정되는 일이 많다. 수만의 군사가 지켜보는 가운데 자기 편의 장수가 승리하면 병사들의 사기는 하늘을 찌르게 된다. 매복으로 상대편 병사들의 뒤를 치거나 골짜기로 몰아넣어 습격하는 전쟁 양상도 자주 나타난다. 현실에서 전쟁은 매우 심각하고 참혹한 재난이지만 '삼국지'의 전투는 독자들에게 그런 심각함을 잊게 한다.

이렇다 보니 '삼국지'는 자주 인물 대결 중심으로 읽힌다. 유비와 조조는 물론 제갈량과 주유, 강유와 등애, 조조와 원소, 원소와 공손찬 등은 흥미로운 대결 구도를 만든다. 이를 바탕으로 '삼국지' 애독자들은 장수들의 순위를 매겨보기도 한다. 여포와 조자룡, 관우와 전위가 가장 높은 자리에 있고, 그 아래 마초, 장요, 허저, 서황 등의 장군이 자리한다고 보는 것이 일반적이다. 물론 이런 순위는 개인의 선호를 보여줄 뿐 신뢰할 만한 근거를 가지고 있지는 않다. 이런 '삼국지'의 이야기 특성은 게임으로도 이어지는데, 잘 알려진 '삼국지' 게임의 재미는 소설에 등장하는 인물들을 상상 속에서 대결시켜 보는 데 있다.

합한 지 오래면 반드시 또 나뉘고

『삼국지연의』는 황건적의 난으로 시작하여, 사마염의 진나라에 의해 삼국이 합쳐지는 것으로 끝난다. 서력으로 보면 184년에서 280년까지의 기간이다. 다음은 작품 전체를 시작하는 부분이다.

대저 천하대세란 나뉜 지 오래면 반드시 합치며, 합한 지 오래면 반드시 또 나뉜다.

주나라 말년에 일곱 나라로 나뉘어 서로 다투더니, 진나라가 통일하였다. 진나라가 망한 뒤에는 초나라와 한나라로 나뉘어 다투다가 결국 한나라가 통일했다.

한나라는 한 고조가 흰 뱀을 죽이고 대의를 일으킨 데서 시작하여 마침내 천하를 통일한 것이다. 그 뒤 광무황제가 한나라를 다시 일으키고 헌제 때까지 내려오더니, 천하는 마침내 세 조각으로 나누어졌다.

(『삼국지연의』 1권, 25쪽)[16]

소설의 대략을 미리 보여주는 듯한 문장들이다. 작가는 긴 시간의 흐름으로 볼 때 천하가 나뉘고 흩어지는 게 순리라도 된다는 투로 말한다. 그 근거로 주나라 이후의 역사를 일별한다. 다만 세 나라가 하나로 합친 현재에 대해서는 말을 아낀다. 통일된 현재가 다시 나뉠 것이라는 예상으로 이어지는 것을 피하기 위해서라 짐작된다.

전체 120회 분량의 『삼국지연의』는 시간의 전개와 내용에 따라 크게 세 부분으로 나눌 수 있다. 첫째 부분은 황건적의 난에서 시작하여 조조가 원소를 물리치고 화북을 평정하는 때까지이다. 둘째 부분은 유비와 제갈공명이 만나 천하 삼분의 계책을 실행하는 내용을 담고 있다. 셋째 부분은 조비가 한나라 항제를 폐위하고 위나라의 황제가 된 후부터 삼분의 천하가 통일되는 과정을 다룬다.

첫째 부분부터 자세히 살펴보기로 하자. 제1회의 주제는 유명한 '도원결의'이다. 황건적의 난이 일어나자 나라 곳곳에 도적 토벌을 위해 의병을 모집한다는 방이 붙는다. 탁현 누상촌이라는 시골에 살고 있던 유비는 관우, 장비와 뜻을 모아 병사를 모으기로 한다. 셋은 때마침 복숭아꽃이 한창 핀 장비의 집 후원에서 제사를 올려 형제의 연을 맺는다. 도원결

위대한 이야기 유산

의는 정사에 기록되지 않은 허구이지만, 이 장면은 소설에서 중심인물이 누구인지를 분명히 보여준다. 삶과 죽음이 교차하고 배신과 음모가 난무하는 어지러운 시대에도 이들의 우애는 한 번도 흔들리지 않는다. 세 주인공은 수많은 인물이 등장하고, 승패가 질서 없이 엇갈리는 긴 이야기에 중심을 잡아주는 역할도 한다.

유비를 비롯한 숨어 있던 영웅들을 세상으로 불러낸 황건적의 난은 일종의 농민 반란이었다. 그들은 사회를 전복시키지 못하고 결국 관군과 의병에 의해 '토벌'되었지만 낡은 왕조를 무너뜨리는 데는 결정적인 역할을 했다. 노란 수건을 썼다고 해서 황건적이라 불린 이들의 지도자는 장각과 그의 두 동생이었다. 장각은 부적으로 질병을 고치고 주문으로 자연을 움직이는 재주를 부렸다고 한다. 그는 처음에 500명의 제자로 출발했으나 짧은 기간에 왕조를 위협하는 강력한 군대를 거느리게 되었다.

장각은 원래 과거를 봤으나 급제하지 못한 사람으로, 어느 날 깊은 산속으로 약초를 캐러 갔다가 한 노인을 만났다. 노인의 눈은 푸르고 얼굴은 젊은 사람 같았다. 노인은 명아주 지팡이를 짚고 앞장서더니, 장각을 어느 동굴로 데리고 가 천서(天書) 세 권을 내놓는다.

"이 책의 이름은 『태평요술(太平要術)』이다. 돌아가서 하늘을 대신하여 널리 교화하고 도탄에 빠진 모든 백성을 건져주어라. 그러나 네가 딴생각을 품고 이 책을 나쁜 데에 쓰면, 반드시 벌을 받으리라."

[……]

장각은 집에 돌아온 뒤로 밤낮없이 천서 세 권을 읽었다. 마침내 바람과 비를 부르는 힘을 얻게 되자, 태평도인이라고 자칭했다.

(1권, 27~28쪽)

『삼국지연의』에서는 장각과 그의 동생 장보와 장량을 도술을 부리는 사악한 인물로 그리고 있지만, 실제 역사에서도 그들이 그러했는지는 알 수 없다. 부적을 쓰고 주문을 외워 전국 각지의 백성들을 현혹했다는 설명도 관점에 따라 다르게 볼 수 있다. 무당처럼 부적을 쓰고 사술로 백성을 속이는 것만으로는 대륙을 흔들어놓을 만한 힘을 얻을 수 없다. 위 예문에서는 장각이 과거를 봤으나 급제하지 못한 사람이라고 했는데, 한나라 때는 과거라는 제도가 없었다. 장각을 실패자로 만들어 그가 개인적인 감정 때문에 난을 일으킨 것으로 만들려는 누군가의 의도가 담긴 것으로 보인다.

왕조 말기 황건적과 같은 역할을 한 민중봉기는 중국 역사에서 자주 발견된다. 당나라는 주전충에게 멸망했지만 그 전에 황소의 난이 있었다. 명나라의 멸망에도 농민 반란의 역할이 컸다. 그중에서 이자성이 가장 큰 세력을 형성하였는데, 그는 시안을 점령하고 베이징에까지 진출했다. 청나라 말기에는 유명한 태평천국의 난이 있었다. 물론 농민 반란은 그를 가능하게 하는 조건 안에서 일어난다. 내적으로 지배층의 부패가 극에 달하거나 외부의 침입에 지배층이 효과적으로 대처하지 못할 때 민중들은 일어난다. 왕조를 지키기 위해서가 아니라 자신들의 목숨을 지키기 위해서이다. 조선 말기에 있었던 동학혁명 역시 같은 맥락의 봉기였다.

어찌 되었든 황건적을 무씨르고 한나라의 안녕을 지키기 위해 각지에서 호족들이 군사를 일으켰다. 하지만 이는 명분일 뿐이었다. 그들은 권력의 공백기를 맞아 중앙으로 진출하거나 중앙에서 독립할 기회만을 노리고 있었다. 강력한 서량의 군대를 거느리고 있던 동탁이 먼저 뤄양을 차지했다. 동탁 이전에 중앙 권력은 환관과 외척의 손에 있었다. 십상시들과 그들에게 살해되는 대장군 하진이 한참 동안 뤄양의 정치를 좌지우지했다. 황제는 이미 허수아비일 뿐이었다. 십상시를 처단한 인물은 원소였지만, 동탁은 성의 난리를 피해 나온 소제와 진류왕을 구하는 행운을 얻었다. 동탁은 소제를 폐위시키고 진류왕을 황제로 등극시킨다. 그가 후한 마지막 황제 헌제이다.

황제를 폐위시키는 등 전횡을 일삼는 동탁에 저항하여 반동탁 동맹이 결성되자 동탁은 뤄양을 불태우고 창안으로 수도를 옮긴다. 중원에 자리 잡은 뤄양과 비교해 함곡관 서쪽의 창안은 외부의 침입을 방어하기에 유리한 곳이었다. 뤄양의 백성들은 졸지에 터전을 잃고 고행의 길에 나서게 된다. 이 여정은 『삼국지연의』 내에서 황실과 백성들의 모습이 가장 비참하게 그려진 부분이다. 수많은 악행과 함께 이 무리한 천도로 동탁은 민심을 완전히 잃는다. 이때 동탁에 대적할 만한 세력은 원소와 원술 형제였고 형주의 유표와 익주의 장안, 공손찬 등도 강력한 군대를 거느리고 있었다. 조조도 미력하나마 세력을 키워나갔고, 남쪽의 손견과 손책 역시 자리를 잡기 위해 바쁘게 움직였다. 이 시기 『삼국지연의』의 주인공 유비는 터전을 잡지 못하고 이곳저곳 떠도는 신세에 불과했다. 어렵게 자리잡은 서량에서는 여포에게 쫓겨나고, 이어 조조에 기댔다가 원소의 막하에 머물기도 했다. 결국에는 형주의 유표에게 의지한다.

거만해진 동탁은 여포와 왕윤에 의해 살해당한다. 동탁 사후에도 이각과 곽사에 의해 혼란이 계속되는데, 이 혼란을 정리하고 황제를 호위하게 된 인물이 바로 조조이다. 동탁에 이어 이각과 곽사에 시달리던 황제는 뤄양으로 돌아와 자신을 호위할 세력을 찾았고 가장 유력한 후보는 원소였다. 하지만 원소는 특유의 우유부단함으로 황제보다 더 큰 권력을 차지할 기회를 놓치고 만다. 다급해진 황제가 조조에게 도움을 청하자 조조는 급히 뤄양으로 가 권력을 장악한다. 조조는 이미 폐허가 된 뤄양과 서쪽에 치우친 창안을 버리고 황제를 허도로 옮긴다.

조조가 허도에서 황제를 보위하고 있던 시기의 정세는 이렇다. 회남 땅에는 원술, 강동에는 손책, 기주에는 원소, 형주에는 유표, 익주에는 유장, 한중에는 장노, 서주에는 여포가 자리 잡고 있었다. 유비는 서주를 여포에게 내어주고 소패에 웅거하는 중이었다.

이때까지도 가장 강한 군사력을 보유한 호족은 원소였다. 조조와 원소는 허도로 이어지는 요충지 관도에서 건곤일척의 대전투를 치른다. 황하의 중류와 하류 주변의 지배권을 두고 벌인 이 결전을 관도대전이라 부른다. 총 백만 가까운 병사들이 동원되고 관우, 서황, 악진, 장료, 허저, 조홍, 안양, 문추 등 최고 장수들이 자웅을 겨루었다. 백마 전투를 전초전으로 일 년 이상 이어진 이 전투에서 승리함으로써 조조는 단번에 최고 실력자가 된다. 반면 원소가 급작스러운 죽음을 맞고 자식들이 반목하면서 원소 세력은 급격히 무너지고 만다.

천하 삼분의 시대

관도대전이 끝나고 관동(함곡관 동쪽에서 산둥반도까지)은 조조의 차지가 된다. 이 시기 유비는 형주 자사 유표에게 기대어 신야라는 곳에 머물고 있었다. 유비는 그곳에서 제갈량을 만나 천하를 경영할 방법을 논한다. 이 둘째 부분에는 삼고초려와 장판파 싸움, 적벽대전 등 『삼국지연의』에서 가장 인기 높은 장면들이 포함되어 있다.

삼고초려(三顧草廬)는 유비가 제갈량을 만나기 위해 그의 집에 세 번이나 찾아갔다는 데서 유래한 말로 인재를 얻기 위해서 지위에 얽매이지 않고 성의를 다하는 자세를 말한다. 제갈량을 유비에게 추천한 인물은 서서이다. 수경 선생이라 불리는 사마휘 역시 복룡과 봉추 중 한 사람을 얻어도 천하를 정할 수 있다는 말로 제갈량의 능력을 높이 평가한다. 복룡 혹은 와룡은 제갈량을 봉추는 방통을 가리키는 말이다. 제갈량은 자신을 춘추전국 시대의 재상 관중과 악의에 비교할 만한 인물이라 자평했는데, 사마휘는 제갈량은 주나라 8백 년을 일으킨 강태공이나 한나라 4백 년을 일으킨 장량과 비교할 만한 인물이라 말한다.

세 번이나 찾아온 성의 때문인지 제갈량은 유비를 위해 일하리라 약속하지만, 기꺼이 그런 선택을 한 것은 아니다. 그는 서서가 자신을 추천했다는 말을 듣고 "그대가 나를 희생시켜 제물로 바칠 생각인가!"라고 화를 낸다. 그는 마치 미래의 자기 운명을 알고 있는 듯 이야기한다. 사마휘 역시 "서서가 가면 자기나 갔지 왜 다른 사람까지 끌어들여 공연한 고생을 시킬 건 뭔가!"라고 한탄한다. 또 그는 "와룡이 비록 그 주인은 만났으나, 때를 만나지 못했으니 아깝구나!"라고 말한다. 사마휘의 불길한 예상처럼 제갈량은 성심을 다해 유비와 촉나라를 위해 일하지만, 한나라 왕실의 복원과 천하의 통일이라는 대업은 이루지 못한다. 작가는 아무리 신묘한 능력을 지녔어도 인간이 하늘의 운명을 거스를 수는 없었다고 말한다.

제갈량의 친구이자 그를 유비에게 추천한 서서의 운명도 비극적이다. 유비를 돕기로 마음먹은 서서이지만 어머니의 편지를 받은 그는 조조 진영으로 떠나간다. 효심이 깊은 그를 유인하기 위해 조조가 거짓으로 보낸 편지에 속은 것이다. 유비를 떠나 조조에게 온 아들을 본 서서의 어머니는 대의를 버리고 간신에게 왔다고 한탄하며 대들보에 목을 매 자살한다. 이렇게 서서는 조조의 사람이 되지만 그를 위해 계책을 내지 않고 유비를 향한 마음을 버리지 않는다.

유비의 책사가 된 후 제갈량이 세운 큰 계획은 다음과 같다.

이것은 서천(西川) 54주를 그린 지도입니다. 장군이 패업을 성취하시려거든 하늘의 때를 얻은 조조에게 북쪽 땅을 양보하고, 지리의 이점을 차지한 손권에게 남쪽 땅을 양보하고, 장군은 인심을 얻어 먼저 형주를 차지하여 집을 삼은 뒤에 서천 일대를 차지하고 기반을 삼아서, 마치 솥발처럼 대립한 이후에, 중원을 쳐야 할 것입니다. (4권, 87쪽)

세 번째 방문한 유비에게 제갈량이 내놓은 천하 운용의 장기 계획이다. 이미 북쪽에 자리를 잡은 조조와 강동에 자리 잡은 손권과 대결하기 위해서는 전략적 요충지인 형주를 얻은 다음 배후지로 서천을 취해야 한다는 계략이다. 형주는 북쪽으로는 중원과 이어지면서 강을 따라 강동으로 갈 수 있는 땅이며 서천은 한고조 유방이 세력을 키웠던 곳이다. 제갈량의 보기에 삼국정립(三國鼎立)은 세력이 약한 유비가 힘을 키워 통일을 이룰 수 있는 유일한 방법이었다. 물론 이런 전략 이면에는 현재 형편으로는 조조나 손권 누구와도 정면 대결하기 어렵다는 인식이 깔려있었다.

제갈량은 천하를 얻기 위해 유비가 할 일까지 일러준다. 조조는 이미 적절한 때에 황제와 중원을 장악했다. 원소와 달리 하늘이 준 때를 놓치지 않은 것이다. 오나라는 손견 때부터 강동으로 눈을 돌려 다른 호족들이 치열한 싸움을 벌일 때 조용히 힘을 키웠다. 양쯔라는 강이 방어벽 역할을 해주었고, 온화한 기후에서 나오는 풍족한 물산이 정권의 기반을 튼튼히 해주었다. 이런 이점을 갖지 못한 유비가 마땅히 얻어야 할 것은 백성들의 마음이다. 천시와 지리와 인심은 오래전부터 승리를 얻기 위해 중요한 세 요소로 꼽혔다. 『맹자』에 보면 "천시불여지리 지리불여인화(天時不如地利 地利不如人和)"라는 구절이 있다. 즉 하늘이 주는 때는 지리의 이로움만 못하고, 지리의 이로움은 사람의 화합만 못하다는 뜻이다. 여기에는 무엇보다 백성을 중히 여겨야 한다는 유교적 교훈이 담겨 있다. 민심을 얻는 일은 군주에게는 중요한 목표여야 한다. 하지만 난세의 영웅에게는 그것이 중요한 전략이기도 하다.

장판파 전투 혹은 당양 싸움은 조조 병사들에게 쫓기던 유비 일행이

간신히 목숨을 건져 도망가는 과정에서 벌어진다. 신야에서 패한 유비는 강릉으로 피하려 하는데 그동안 함께 했던 신야 백성들이 유비를 따라나선다. 백성들을 버리라는 주위의 조언을 무시한 결과 유비는 빠르게 움직이지 못하고 장판파에서 조조 군의 대대적인 공격을 받는다. 유비 가족들은 흩어지고 백성들은 울부짖는 참혹한 장면이 연출된다.

장판파에서 크게 활약하는 인물은 조자룡이다. 조자룡은 대열 뒤에 처진 유비의 아들 아두와 감부인, 미부인을 구하기 위해 적진 한복판으로 뛰어든다. 어렵게 찾은 아두를 갑옷 속에 품은 채 겹겹이 싸인 포위망을 뚫고 유비에게 돌아오는데, 적진을 뚫고 나오면서 그가 보인 초인적인 무공은 소설 전체에서도 압도적이다. 작가는 이 과정에서 그가 베어 쓰러뜨린 큰 기가 두 개, 빼앗은 창이 세 자루, 창에 찔려 죽거나 칼에 맞아 죽은 조조 진영의 이른바 이름깨나 있다는 장수만도 50여 명이었다고 말한다. 또, 베어버린 병사의 수는 셀 수도 없었다고 한다.

조자룡의 활약에 재미를 더해주는 몇 가지 일화도 빠뜨릴 수 없다. 우선 조조는 단기필마로 자신의 진영을 유린하는 조자룡의 무공에 반하여 그에게 활을 쏘지 말라고 지시한다. 관우에게도 그랬지만 조조는 뛰어난 장수를 매우 아끼는 인물이었다. 조자룡은 어렵사리 아두와 그를 돌보던 미부인을 발견한다. 조자룡을 만난 미부인은 자신이 중상을 입어 도저

＊**상산 조자룡** 자룡은 조운의 자이다. 그는 촉한의 무장으로 드물게 천수를 누렸다. 원소 휘하의 병사였으나 공손찬에게 머물다 유비의 장군이 되었다. 장판파 전투에서 맹활약한 일화가 유명하다. 유비에게는 관우, 장비와 동등한 대우를 받았고 제갈량에게는 군자라는 평을 받았다. 그는 창을 아주 잘 쓰는 것으로 유명했는데 거기서 나온 속담이 "조자룡 헌 창(칼) 쓰듯 한다."이다. 원래 어떤 일을 능숙하게 다루는 솜씨를 비유적으로 이르는 말이었다가 점차 돈이나 물건을 헤프게 쓴다는 뜻으로 변하였다.

히 따라가지 못하리라 판단하고 우물로 뛰어들어 스스로 목숨을 끊는다. 다친 자기 때문에 혹시 아이나 장군이 다칠까 걱정했기 때문이다. 그런데 갑옷 안에 아두를 품고 유비 앞에 이른 조자룡은 말에서 내리며 흐느낀다. 내내 울던 아이가 아무 움직임도 없어 죽었다고 생각한 것이다. 하지만 아두는 새근새근 곤히 자고 있었다. 수많은 병사와 싸우는 동안 조자룡은 전혀 흐트러짐이 없었다는 의미로 읽을 수 있다. 이번에는 아이를 받은 유비가 그를 땅바닥에 팽개친다. 그러면서 "어린놈 때문에 하마터면 나의 대장 하나를 잃을 뻔했구나!"(4권, 172쪽)라고 화를 낸다. 장수를 아끼는 유비의 마음이 자식을 사랑하는 마음보다 크다는 점을 부각하는 장면이다. 아무래도 이 일화들은 이야기를 극적으로 만들기 위해 누군가 끼워넣은 허구로 보인다.

적벽에 타오르는 불길

적벽은 양쯔강 중류의 강변으로 북쪽의 조조 군이 남쪽의 오나라로 건너가기 위해 진을 친 곳이다. 그곳에서 벌어진 적벽대전(赤壁大戰)은 손권의 군대와 유비의 군대가 총출동하여 조조의 강동 진출을 막은 전투이다. 육지와 강에서 동시에 펼쳐진 이 대 격돌에는 많은 장군과 책사들이 참여한 다양한 전략이 펼쳐진다.

대표적인 계책이 연환계(連環計)이다. 주유와 제갈량은 강하고 수가 많은 조조의 군대를 물리치기 위해서는 화공이 적절하다고 생각했다. 그런데 화공의 효과를 높이기 위해서는 조조의 배들을 한곳에 모아둘 필요가 있었다. 이때 방통이 나선다. 조조의 고민은 위나라의 군사들이 배에 익숙하지 않아 흔들리는 배에서 멀미에 시달리고 충분한 훈련을 하지 못한다는 데 있었다. 방통은 배들을 사슬로 묶어 흔들림을 줄이면 해결된다고 조언해준다. 북서풍이 부는 계절에 북쪽에 자리 잡은 자신의 군대가 화공을 받을 위험이 없다고 판단한 조조는 방통의 의견을 받아들인다. 물론 방통의 조언은 주유, 제갈량과 미리 짜놓은 계획의 일부였다.

오의 대장군 주유는 반간계(反間計)를 이용하여 조조 군의 전력을 약화시킨다. 반간계는 적의 첩자를 역이용하는 계책이다. 주유와 동문수학한 친구로 조조의 수하가 된 책사 장간이 오나라 군의 동태를 살피기 위해 주유군 진영으로 온다. 주유는 그를 이용하기 위해 조조 군의 장군 장윤과 채모의 거짓 항복 편지를 만들어 감추어놓는다. 장윤과 채모는 형주 출신으로 조조에게 투항했는데 조조 군에서는 드물게 수전에 능하고 적벽의 기후나 지형에도 밝은 이들이었다. 주유는 술에 취한 척하여 이 편지 관리를 소홀히 하고 장간은 그 틈을 놓치지 않고 편지를 훔쳐 빠져나와 조조에게 전한다. 조조는 두 장군을 오나라의 첩자로 오인하여 급히 목을 베어버린다. 뒤늦게 후회하지만 조조는 주유의 반간계에 속아 수전에서 가장 필요한 장수를 잃고 만 것이다.

감택과 황개의 고육지계(苦肉之計)도 오나라 군의 승리에 큰 역할을 한다.

"그렇다면 내가 가서 그 계책을 실천하겠소."

"그러나 그대가 큰 고통을 겪지 않으면 조조가 어찌 선뜻 믿으리요."

"나는 손씨로부터 많은 은혜를 입은 몸이오. 이제 오장육부를 땅에 뿌린대도 아무 여한이 없소."

주유는 일어나 황개에게 절하고 감사한다.

"그대가 만일 이 고육지계를 실천해준다면, 이는 우리 강동의 천만다행이오."

"염려 마시오. 나는 죽는대도 원망하지 않겠소."

황개는 도리어 감사하고 나갔다. (4권, 272쪽)

적벽대전에서 인상적인 장면의 하나로 꼽히는 주유와 황개의 대화 부분이다. 황개는 손견, 손책, 손권을 모셔온 강동의 노 장군이다. 이미 쌓은 공도 많고 신망도 높아 총사령관 주유도 함부로 할 수 없는 인물이다. 계획대로 화공을 펼치기 위해서는 어떻게든 위나라 진영에 가까이 접근해야 하는데, 문제는 접근 방법이었다. 두 사람은 어린 주유가 근거 없이 노장을 모욕하고 이에 화가 난 황개가 위나라로 귀순한다는 위장 계획을 짠다. 위에서 확인할 수 있듯이 황개는 기꺼이 이 계획에 동의한다. 젊은 사령관이 늙은 장수에게 절하여 감사를 표시하는 모습과 감사히 자신의 과업을 받아들이는 노 장수의 모습이 아름답게 그려진다.

계책은 이렇게 전개된다. 대장군 주유는 병사들이 보는 앞에서 황개와 다투고 군법에 따라 곤장을 쳐 그를 기절시킨다. 노장군이 병사들 앞에서 수모를 당했다는 소식은 첩자를 통해 조조에게 전해지고 황개 역시 때맞추어 귀순 의사가 담긴 편지를 조조에게 보낸다. 누가 봐도 개국공신이나 다름없는 황개에 대한 주유의 태도는 무례했으며 황개의 귀순에는 충분한 개연성이 있어 보였다. 약속한 날짜가 되자 황개는 불씨를 가득 실은 배를 몰고 위나라 진영으로 돌진한다.

이제 남은 것은 바람의 방향이있다. 북서풍이 부는 상태에서는 남쪽에서 화공을 전개할 수 없었다. 동남풍이 불어야 조조의 진영을 태울 수 있었다. 겨울철임에도 불구하고 동남풍을 예견하고 공격 날짜를 정한 이는 제갈량이었다. 그는 주유를 비롯한 장군들에게 11월 20일 갑자(甲子)날 동남풍을 빌어 22일 병인(丙寅) 날에 멎도록 하겠다고 공언한다. 그리고 남병산에 칠성단을 쌓고 기도에 들어간다. 예정된 날에 바람의 방향이 바뀌자 오나라 수군은 본격적인 공격을 시작한다.

위대한 이야기 유산

강남에서 온 배들이 조조의 수채에서 2리 정도 되는 거리까지 육박했을 때였다. 황개가 칼을 번쩍 들어 허공에 휘두르니, 앞서가던 배들이 일제히 불을 내지른다. 불은 억센 바람을 따르고 바람은 강한 불길을 도우니, 쏜살같이 달리는 배들을 따라, 연기가 하늘에 가득히 퍼진다.

이렇듯 화선 20척이 불을 내지르며 앞을 다투어 조조의 수채 안으로 들이닥치니, 수채 안에 있던 조조의 배들은 순식간에 모두 불이 붙는다. 조조의 배들은 모두 다 쇠고리로 서로 단단히 비끄러매여 있었기 때문에, 각기 흩어져 달아날 수도 없었다.

이때 강동 쪽에서 신호를 알리는 포 소리가 은은히 들려왔다.

화선 20척이 사방으로 에워싸고 종횡무진으로 달리며, 타오르는 조조의 배들에 빈틈없이 불을 지른다. 삼강에는 불이 바람을 따라 미친 듯이 날아, 하늘과 땅, 바다가 온통 불로 변한다. 조조가 육지를 돌아보니, 여러 곳 영채에도 연기와 불길이 가득하다. (5권, 71쪽)

삼강 수전의 절정 부분이다. 황개가 귀순하는 줄 알고 위나라 군사들은 크게 경계하지 않는다. 어렵지 않게 위나라 진영에 접근한 오나라 군사들이 화선 20척으로 불을 지르니 바람을 탄 불은 위나라 배들을 삽시간에 태워버린다. 흔들림을 줄이기 위해 서로 묶어놓았기에 배들은 불을 피해 대피하지도 못한다. 동남풍이 부는 계절이 아니라고 자신하던 조조는 바람 방향이 바뀐 틈에 급습을 당한 것이다. 배를 묶어두지 않았다면, 기후에 익숙한 장윤과 채모를 참하지 않았다면, 황개의 거짓 편지에 속지 않았다면 조조는 이렇게 쉽게 화공에 당하지는 않았을 것이다.

수전에서 패한 조조는 남은 군사를 데리고 급히 후퇴한다. 이때 조조가 세 번 웃은 일화는 수전 못지않게 유명하다. 조조는 후퇴하던 중 의도 땅 북쪽에 이르러 혼자 크게 웃는다. 자신이 상대편이었다면 이 자리에 병사를 매복시켰을 텐데 아무도 없는 것을 보니 주유나 공명의 계략은 별것이 아니라고 부하들에게 말한다. 그런데 이 말이 끝나자마자 상산 조자룡이 나타나고 조조는 혼비백산하여 달아난다. 남이릉을 경유하여 호로곡에 이르렀을 때도 비슷한 일이 벌어진다. 조조는 젖은 옷을 말리면서 제갈량과 주유는 꾀가 없다고 비웃는다. 이때 장비가 창을 들고 나타난다. 한바탕 싸우고 도주하여 조조는 지름길인 화용도로 접어든다. 그곳에서도 비슷한 일이 벌어진다. 이번에는 관우가 나타나는데 조조는 도망가지 못하고 사로잡힌다. 관우에게 예전의 인연을 거론하며 사정해서 간신히 목숨을 구한다.

전투에 직접 참여하지 않은 유비는 적벽대전의 혼란한 틈을 타서 형주와 양양 땅을 점령한다. 제갈량이 처음 구상한 대로 삼국 정립의 기초를 마련한 것이다. 전투는 오나라가 주로 치렀지만, 그 이익은 촉이 가져간 전투가 적벽대전이었다. 주유는 동남풍이 실제로 불어오자 제갈량이 장차 오나라에 해가 될 것이라 여겨 그를 죽이려 한다. 하지만 이를 예상한 제갈량은 미리 지시해둔 대로 조자룡의 배를 타고 형주 방향으로 달아난다. 늘 제갈량에게 당하던 주유는 젊은 나이에 병으로 죽는다. 파구 땅에서 죽으며 그가 부르짖었다는 "하늘이여, 하늘이여! 주유를 이 세상에 내놓고서 어찌하여 제갈공명을 또한 이 세상에 내보냈느뇨."(5권, 214쪽)라는 말은 지금도 이인자들의 울분을 대변하는 말로 쓰인다.

갈라진 나라는 다시 하나가 되고

셋째 부분은 조조의 아들 조비가 한나라 황제를 폐하고 위나라 황제에 오르는 데서 시작한다. 이어 유비와 손권이 황제에 오르면서 확실한 삼분이 이루어진다. 조조, 관우, 장비, 유비, 제갈량 등이 차례로 죽고 통일은 다음 세대들의 과제로 넘어간다. 통일의 주인공은 위, 촉, 오가 아니라 위나라를 이은 사마씨의 진나라였다.

삼국 정립에 있어서 가장 문제가 되는 지역은 형주였다. 형주는 원래 유표가 오랫동안 다스리던 곳이었으나 그가 죽은 후 오나라의 영향권에 들었고 적벽대전 후에는 유비가 점거하고 있었다. 유비는 익주를 가지게 되면 형주는 오나라에 돌려주겠다고 약속했지만, 그 약속을 지키지 않았다. 오히려 맹장인 관우에게 형주를 지키게 하는 통에 위나라와 오나라 모두가 위협을 느끼게 되었다.

형주에서 주로 수비에 치중하던 관우는 유비가 황제에 오른 후 북쪽으로 번성을 공격하여 우금을 생포하고 방덕을 참수하는 전과를 올린다. 기회를 보던 손권은 당시 관우의 수하로 강릉을 지키고 있던 미방 등을 회유하여 관우를 기습한다. 이때 관우는 번성과 양양성을 포위하고 있었으나 서황에게 패하여 포위를 풀고 물러난다. 남군이 손권의 손에 넘어갔다는 말을 들은 관우는 양양의 포위도 풀고 손권과 겨루려 한다. 하지만 여몽의 계략에 빠져 제대로 싸워보지도 못하고 맥성으로 물러난다. 관우는 포위를 뚫고 나오려다 주연, 반장, 마충 등에 사로잡혀 참수당한다.

관우의 죽음은 이릉대전의 원인이 되었다. 이릉대전은 유비가 관우를 죽이고 형주를 점령한 오나라를 치기 위해 출병한 전투인데 오나라 군의 승리로 끝난다. 유비가 이끄는 촉나라 군이 한여름의 무더위를 피하려 시원한 숲으로 진영을 옮기자 이를 탐지한 육손은 대대적인 화공으로 촉나라 군을 공격한다. 육손은 수군을 적진으로 급파하는 한편 육상에서도 전군을 동원해 동시다발적으로 촉군 진영을 압박한다. 어리석은 전술로 패하고 만 유비는 수도로 돌아가지 않고 백제성에 남아 있다가 결국 숨을 거둔다. 장비는 관우가 죽은 직후 부하들에 의해 살해당한다. 이렇게 도원

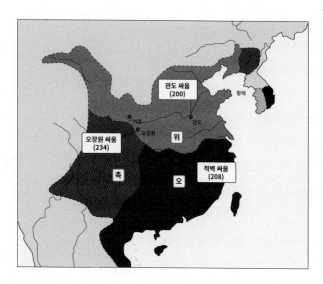

삼국 정립

결의의 삼 형제는 모두 숨을 거두고 만다.

　이후 위나라 궁전의 암투가 본격화되기 전까지 소설의 주인공은 단연 제갈량이다. 그는 유비와 약속한 북벌을 완성하기 위해 우선 배후에 해당하는 남쪽을 정벌한다. 옹개, 고정, 주포 등이 저항하지만 계략을 써서 그들을 항복시킨다.

　맹획은 대답한다.
　"양천(동천과 서천)은 다 다른 사람의 땅이었는데, 너의 주인이 힘만 믿고 강제로 빼앗고 황제라 자칭하지 않았느냐. 나는 대대로 이곳에 살고 있는데, 무례한 너희들이 나의 땅을 침범하면서 어찌 반역이라 하느냐?"
　공명은 계속 묻는다.

"내 이제 너를 사로잡았으니, 진심으로 항복하겠느냐?"

"산은 궁벽지고 길이 좁아서, 너의 손에 잘못 걸려들었으니, 내 어찌 기꺼이 복종하리요."

"네가 복종하지 않으니, 내가 너를 놓아 보내면 어쩔 테냐?"

"네가 나를 놓아 보내주기만 한다면, 다시 군사와 말을 정돈하고 승부를 결정하리라. 만일 다시 잡히는 날이면, 그때는 내가 복종하리라."

공명은 즉시 결박을 풀어주며 옷을 주어 갈아입게 하고, 술과 음식에다 말과 안장까지 주어 사람을 시켜 큰길까지 전송한다. (8권, 103쪽)

유명한 칠종칠금(七縱七擒) 일화에서 첫 번째 잡힌 맹획과 제갈량이 나누는 대화이다. 남만의 장군 맹획은 침략자 제갈량 군대에 다양한 방법으로 대항하지만, 그때마다 계략에 빠져 잡히고 만다. 하지만 맹획은 풀려나면 더 깊은 남만의 나라들로 향해 도움을 청하고 다시 싸움을 걸어온다. 그는 일곱 번이나 잡히고 나서야 저항 의지를 잃고 깊이 복종하게 된다. 제갈량은 맹획을 놓아줄 때마다 더 깊은 남만의 땅을 복속시켰다. 결과적으로 풀려난 맹획은 연맹군을 끌고 와 그들까지 촉나라에 복종하게 만든 셈이다. 남만은 지금의 스촨성 남쪽, 윈난성과 구이저우성을 말한다.

남만 원정은 오랜 기간 많은 인명 피해를 냈다. 제갈량은 너무 많은 사람을 죽였기에 자신도 오래 살지는 못할 것이라고 탄식한다. 수도인 청두로 돌아오는 길에 촉나라 군사는 노수를 지나게 되는데 음습한 기운 때문에 건널 수가 없었다. 노수에 사람의 머리를 바쳐야 한다는 주변의 말을 듣지만, 제갈량은 더는 사람을 해할 수 없다며 사람 머리를 닮은 만두를 만들어 물에 띄운다. 사람 머리 모양으로 죽은 원혼을 달래기 위해서였다.

지금 생각해보면 남만 원정은 무리한 이민족 정복이었다. 맹획이 과거 한나라나 현재 촉나라에 특별히 해를 끼친 적도 없는데 제갈량은 무력으로 그와 그의 부족을 복속시키려 들었다. 위 예문에서도 맹획은 오랫동안 그 지역에 살던 사람들이 새삼스럽게 복종하지 않는다고 반역이라 부르는 일이 부당하다고 항의한다. 그가 여러 번 잡히는 치욕을 무릅쓰고 다시 제갈량에게 도전하는 이유도 단지 무력에 대한 자신감이나 고집 때문이 아니라 자신들의 삶의 터전을 지키기 위한 눈물 겨운 노력이었을 수 있다. 비록 무력으로는 패배했지만 맹획에게는 부당한 정복자에게 복종할 수 없다는 명분이 있었다.

남만 정벌 후 제갈량은 여섯 번에 걸쳐 중원 진출을 시도하지만 모두 실패한다. 이때 위나라 측의 수비자는 사마의였다. 그는 공명의 재주를 두려워하여 가볍게 움직이지 않고 지레 겁을 먹어 승리의 기회를 놓치기도 한다. 하지만 제갈량이 한중 밖으로 나오는 것은 끝까지 막아낸다. 제갈량에게 결정적 실패를 안겨준 인물은 그가 아끼던 장수 마속이다. 창안으로 가는 중요한 길목인 가정 땅을 지키던 마속은 제갈량의 충고를 가볍게 여겨 가정과 열류성을 모두를 잃고 만다. 제갈량은 명령을 어긴 장군을 용서하지 않고 참수한다. 읍참마속(泣斬馬謖)이라는 말이 여기에서 나왔다.

제갈량이 죽은(234년) 후에도 촉나라는 30년을 존속했다. 오나라는 촉나라보다 십여 년을 더 버텨 280년에 멸망한다. 하지만 『삼국지연의』에서 제갈량이 죽은 후의 이야기는 매우 빠른 속도로 전개된다. 전체 기간 98년 중 중간에 발생한 오장원에서의 죽음(제갈량의 죽음)을 104회(120회 중)에서 다루고 있을 정도이다. 세 나라 사이에서 벌어진 굵직한 사건은 여전히 진행되는 촉나라의 중원 진출 시도이다. 제갈량을 이어 강유가 관중으로의 진출을 시도하고 예전의 사마의 역할은 등애가 맡는다. 그리고 대부분의 분량은 세 황실 안에서 벌어지는 권력 암투로 채워진다.

위대한 이야기 유산

가장 먼저 멸망한 나라는 촉한, 즉 촉나라이다. 위나라 등애와 종회에 의해 왕성 청두가 함락되자 유선은 오래 저항하지 않고 항복한다. 촉나라는 외부 요인보다는 내부 요인에 의해 멸망했다. 제갈량 한 사람에 의해 안정된 나라이기는 했지만, 촉은 지형이 험하고 인재가 없지 않아 한순간 무너질 나라는 아니었다. 무능한 황제와 간특하고 음흉한 환관 황호가 내부로부터 나라를 썩게 하여 제대로 힘도 써보지 못하고 망한 것이다. 촉이 망하자 『삼국지연의』의 작가는 "이리하여 한나라는 완전히 망했다."(10권, 207쪽)라고 쓴다.

두 번째로 위나라가 사라지는데, 역시 외부의 침략이 아니라 내부의 반란으로 무너진다. 사마의의 손자이자 사마소의 아들인 사마염은 선양 형식을 빌어 진(晉)의 황제에 오른다. 조비가 헌제에게서 자리를 빼앗은 것과 같은 방식이다.

서한, 동한의 경영이 매우 어려워서
하루아침에 잃었구나, 옛 강산을!
조비가 옛 요순을 배우고자 했다면
훗날에 사마씨는 어찌할 것이지 두고 볼 일이다.　　　(7권, 204쪽)

진나라가 하는 짓도 위왕과 같아서
진류왕의 말로도 한 헌제 꼴이 됐도다.
거듭 수선대 앞에서 천하를 양도하는 일이 되풀이됐으니
그 당시를 돌아보건대 애달플 뿐이로다.　　　(10권, 239쪽)

두 시 모두 선양을 빙자한 황위 찬탈을 비판하고 있다. 내용은 헌제에게서 황제 자리를 빼앗고 그를 죽인 조씨의 방식과 진나라 사마씨가 택한 방식이 똑같다는 것이다. 이런 일이 반복되는 것에 안타까움을 표하고 있지만 정작 하고 싶은 말은 조비에 대한 비판으로 보인다. 훗날에 조씨가 처하게 될 상황을 '두고 볼 일'이라고, 진류왕의 말로는 '헌제 꼴'이라고 비꼬아 표현하고 있다.

오나라는 손권이 사망하자 후계 문제로 혼란에 빠졌다. 손권은 태자 손화를 폐하고 손양을 태자로 책봉한다. 이후 실권은 손준에게 갔다가 손침에게 넘어온다. 손침은 손양을 폐하고 손휴를 황제로 등극시킨다. 손휴가 사망하자 손호가 자리를 이어받는다. 이후 십여 년간 진나라와 오나라가 대결하는 형세가 지속되다 사마염의 대대적인 토벌 작전으로 오나라는 멸망한다.

유비와 조조

도원결의에서 시작한 『삼국지연의』의 주인공은 유비, 관우, 장비이다. 하지만 세 인물의 역할과 비중이 같지는 않다. 충과 의라는 주제를 드러내는 인물이라는 점에서 비슷하지만, 유비는 군주이고 관우, 장비는 무장이다. 따라서 유비와 비교될 만한 인물인 조조나 손권의 비중 역시 작지 않다. 손권은 유능한 군주이기는 하나 성격 면에서 그리 인상적이지는 않다. 이에 비해 조조는 유비와 상반된 성격을 지니고 있으며, 삶의 궤적도 유비와는 사뭇 다르다. '삼국지'의 인물을 이야기할 때 유비와 조조의 비교가 빠지지 않는 이유가 여기에 있다.

선한 캐릭터를 만드는 일은 악한 캐릭터를 만드는 일보다 몇 배는 더 어렵다. 유비의 예를 봐도 그렇다. 그는 덕으로 사람을 대하고 자신을 내세우지 않으며 능력 있는 사람에게 머리 숙일 줄 아는 인물이다. 유비는 권력자들에게는 미움을 받지만, 백성들에게는 사랑받는 훌륭한 주군이다. 하지만 어떤 면에서 유비가 덕이 있는 인물인지 소설에서 확인하기는 쉽지 않다. 몇몇 사례가 떠오르기는 하지만 그것들도 대부분 정치적인 행위로 판단될 소지가 많다. 유비는 도겸이 세 번이나 서주를 넘겨주려 했으나 거부한다. 유표에게서 형주를 쉽게 받을 수 있었으나 그 역시 도리가 아니라고 거부한다. 삼고초려를 통해 낮은 사람에게도 굽힐 줄 아는 모습을 보여주기도 한다. 조자룡에게서 아두를 받아 바닥에 내팽개친 일도 장수를 아끼는 마음으로 이해할 수 있다. 하지만 이런 행위들이 과연 백성을 위하는 주군의 모습인지는 의문이다.

　냉정히 말하면 유비는 조조와의 비교를 통해서만 캐릭터가 분명해지는 인물이다. 유비가 의를 대표한다면 조조는 이를 대표한다. 여기에는 명분과 실리, 덕성과 지혜, 신중과 민첩, 정직과 술수 등 다양한 성격 대립을 포함하고 있다. 완벽한 성인이 아닌 유비에게 완벽한 의를 기대할 수 없고, 남다른 기개를 가진 장수 조조가 오로지 이로움만을 추구할 리도 없다. 하지만 바른 일인가를 먼저 생각하는 사람과 이로운 일인가를 먼저 생각하는 사람은 분명히 구분된다. 또 민중적 관점에서 볼 때 유비는 선한 캐릭터여야 한다. 그는 한 고조처럼 한미한 출신으로 자수성가한, 비교적 평범한 인물이다. 만약 이러한 관점이 아니라면 유비를 주인공으로 하는 연의를 쓸 필요가 없었을 것이다.

　역사의 승리자인 조조가 부정적으로 그려지는 이유도 같은 맥락이다. 『삼국지연의』에는 조조의 패배 장면이 유난히 많이 등장한다. 관도대전을 제외하면 인상적인 승리가 없는 것처럼 보인다. 창안으로 가는 동탁을 추격하던 조조는 서영의 화살에 어깨를 맞고 말을 잃는다. 조홍의 도움으로 간신히 목숨을 건지지만, 그 과정에서 대범하지 못한 모습을 보인다. 장수와 가후의 계략에 빠졌을 때도 조조는 일촉즉발의 위기에 처한다. 이때는 전위가 나서 조조를 구해준다. 적벽에서는 세 번이나 목숨을 잃을 고비를 넘긴다. 유비도 조조 못지않게 많은 실패를 하지만 『삼국지연의』에서 조조의 패배는 고소하고 통쾌한 것으로 유비의 패배는 안타까운 것으로 그려진다.

조조는 어려서부터 사냥을 좋아하고, 노래와 춤을 즐기고, 임기응변의 꾀가 많았다고 한다. 허소라는 사람이 "그대는 태평 시대에 났으면 훌륭한 신하가 될 것이다. 그러나 어지러운 세상에서는 간특한 영웅이 될 것이다."(1권, 42쪽)라고 평했는데, 그 말을 듣고 조조는 몹시 만족해했다고 한다. 간특한 영웅이 구체적으로 어떤 의미인지는 알 수 없으나 조조의 성격 중 가장 눈에 띄는 것은 목적을 이루기 위해 무엇이든 한다는 점이다. 자기를 제외한 주변의 모든 것을 수단으로 이용할 수 있는 인물이 조조이다.

조조는 잔인하기도 한데, 그의 잔인함을 가장 잘 보여주는 사건이 여백사 가족 살해이다. 작품 초반, 동탁을 제거하려다 실패한 조조는 현상수배자가 되어 고향으로 도주한다. 고향인 초군으로 가다 중모현이라는 곳에서 체포되는데, 그곳 현령인 진궁은 조조가 평범한 사람이 아니라 생각하여 그를 풀어주고 동행이 된다. 성고라는 곳에 이르러 조조는 여백사의 집을 찾아 든다. 여백사는 조조의 부친과 의형제를 맺은 분이다. 여백사는 늙은 사람이 사는 집이라 좋은 술이 없으니 술을 사러 서쪽 마을에 다녀오겠다며 외출한다. 조조는 자신의 친가족이 아니라고 여백사를 의심하는데, 초당 뒤에서 소리가 들린다. "여러 말 할 것 없이 결박해서 죽이자"는 말이 흘러나오자 조조는 확인도 하지 않고 순식간에 여덟 식구를 베어버린다. 조조와 진궁은 부엌에 돼지 한 마리가 묶여 있는 것을 보고 손님을 대접하기 위해 돼지를 잡으려 했음을 알게 된다. 진궁은 조조가 의심이 많아 사람을 죽였다고 탄식한다.

조조와 진궁은 말을 타고 급히 여백사의 집을 떠난다. 그런데 하필

가는 길에 술을 사서 돌아오는 여백사를 만난다.

> "어진 조카는 그분과 어째서 떠나가는가?"
> 조조는 대답했다.
> "쫓기는 몸이라, 감히 오래 머물 수가 없어 떠납니다."
> 여백사는 청한다.
> "내 이미 집안사람들에게 돼지를 잡으라고 일렀으며, 오랜만에 서
> 로 한잔하려던 참인데, 어진 조카와 그대는 하룻밤 자고 가는 것마저
> 싫다 하는가. 어서 말고삐를 돌려 돌아가세."
> 그러나 조조는 돌아보지도 않고 말에 채찍질하여 몇 걸음 달리다
> 가 갑자기 칼을 뽑아 들더니, 다시 돌아오면서 여백사를 부른다. 여백
> 사는 반가워한다.
> "그럼 그렇지 집으로 가자."
> 조조가 묻는다.
> "저기 오는 사람은 누굽니까?"
> 여백사는 조조가 가리키는 곳을 돌아본다. 순간 조조는 칼로 여백
> 사를 쳤다. (1권, 114~115쪽)

조조가 여백사마저 살해하는 장면이다. 진궁은 깜짝 놀라며 전에는
잘못 알고 참혹한 짓을 했지만 여백사는 왜 죽였는지 묻는다. 조조는 그
가 집으로 돌아가 자신의 가족이 죽은 것을 보면 많은 사람을 이끌고 뒤
쫓아 올 것이니 영락없이 잡히고 말 것이라고 아무렇지 않게 대답한다.
가족을 죽인 일에 대한 반성은 전혀 없고 여백사에게 사실이 알려져 자신
에게 닥칠 위험에만 관심이 있는 것이다. 진궁은 "조조가 훌륭한 사람인
줄 알고 벼슬까지 버리고 따라왔더니, 알고 본즉 늑대 같은 놈이구나."(1

권, 115쪽)라고 탄식한다. 그대로 살려두면 세상에 해롭겠다고 생각하여 죽이려 하지만 차마 죽이지는 못하고 조조를 버리고 떠난다.

조조를 긍정적으로 보는 이들은 그가 능력 있는 사람을 알아보고 잘 대해주었다고 하는데, 그 역시 자기 목적에 부합할 때에만 해당하는 말이다. 순욱을 대하는 태도에서 이를 쉽게 확인할 수 있다. 순욱은 조조가 큰 세력을 얻기 전부터 그를 보좌한 인물로 주군으로서도 함부로 할 수 없는 인물이었다. 그런데 조조가 위왕이 되려 할 때 문제가 발생한다. 다른 신하들이 조조의 위세가 무서워 감히 아무 말도 못 할 때 순욱이 나서 반대한다. 한나라 황실을 지키기 위해 일어선 신하가 왕을 칭하는 것은 의에 맞지 않는다는 이유에서였다. 왕이 되고 싶은 조조는 순욱에게 빈 도시락을 보내 자살을 명한다. 이것이 한나라와의 의를 지키려 했던 충성스러운 신하를 대하는 조조의 태도였다.

조조가 군량을 맡아보는 장수 왕후에게 한 행위 역시 그를 평가하는 데 도움이 된다. 원술과 대치 상태에 있던 조조 군에는 군사들을 먹일 군량이 부족했다. 이에 조조는 왕후를 불러 병사들에게 말로 주어야 할 곡식을 되로 주라고 지시한다.[17] 턱없이 적은 곡식을 받은 병사들의 불만이 극에 달하고 조조를 원망하는 소리도 높아졌다.

> 이에 조조는 왕후를 비밀리에 불러 말힌다.
> "내가 네 물건을 한 가지 빌려야만 모든 군사들의 마음을 진정시킬 수 있겠다. 그러니 나를 언짢게 생각하지 말라."
> "승상께서 제게 필요한 것이 무엇입니까?"
> "바로 네 머리를 베어서 모든 군사들에게 보이는 일이다."
> 왕후는 크게 놀란다.
> "제게 무슨 죄가 있다고 그러십니까?"

"네게 아무 죄도 없다는 것은 나도 잘 안다. 그러나 너를 죽이지 않으면 모든 군사의 마음이 변한다. 네가 죽은 뒤에는 내가 너의 처자를 책임지고 보호할 테니 조금도 염려 말라."

왕후가 다시 말을 하려는데, 조조는 도부수를 불러들였다. 도부수는 다짜고짜로 왕후를 문 바깥으로 끌어내어 한칼에 목을 쳐 죽였다.

(2권, 169쪽)

조조가 꾀가 많다는 평은 사실인 것 같다. 군량을 제대로 보급하지 못한 죄를 왕후에게 돌리자 병사들은 조조에 대한 원망을 푼다. 이어 조조는 분위기를 일신시켜 3일 이내에 성을 함락시킬 것을 지시한다. 힘을 낸 조조 군사들은 원술의 장군들을 사로잡고 성을 빼앗는 데 성공한다. 흔히 말하는 용병술이라는 관점에서 조조의 이런 행위를 어떻게 평가해야 할 것인가? 목적을 위해 작은 희생은 어쩔 수 없다고 생각하는 전체주의자들은 조조의 행위를 지지할지 모른다. 하지만 조금이라도 의로운 것, 인간적인 것에 관심 있는 독자라면 그의 편을 들기 어렵다.

무신이 된 장수

관우는 사후에 새로운 이미지가 덧씌워진 특이한 인물이다. 그는 죽음으로써 주군에게 충성하고, 어떤 상황에서도 의를 추구하며, 지혜로 나라를 안정시키고, 용맹으로 백성을 구하는 장수이다. 유교에서 이상적으로 생각하는 여러 관념이 합쳐진 인물형이라 할 수 있다. '삼국지'에서 그는 죽어서도 현실에 개입하는 유일한 인물이다. 잘린 머리로 조조 앞에서 눈을 크게 뜨고, 꿈에 나타나 여몽을 피 토하게 만든다. 길을 잃은 촉나라 군에게 방향을 알려주기도 한다. 그래서인지 관우는 일찍부터 단순한 장수가 아니라 '무신(武神)'으로 대접받았다.

　민간 신앙 속에 살아있던 관우가 공식적으로 부활한 것은 북송 휘종 때 무안왕(武安王)에 봉해지면서부터이다. 명나라 때는 협천호국충의대제(協天護國忠義大帝)라는 긴 이름으로 봉해졌다. 하늘을 도와 나라를 지키는 충의의 황제라는 뜻이다. 원래 중국에는 군신에게 제사 지내는 관례가 있었다. 한 나라 때에는 전쟁 신 치우(蚩尤)를 모셨고 당나라 때에는 태공망을 군신으로 모셨으나 송나라 때에 이르러 관우의 존재가 중요해지기 시작했다. 이후 중국 사회에서 관우는 무성인(武聖人)이 되어 문성인(文聖人)인 공자와 대등한 지위까지 이르게 되었다. 민간에서 관우는 더욱 신격화되었는데, 불교에서는 가람신으로 숭상되었고, 도교에서는 관성제군으로 받들어졌다.[18]

　중국에 널리 퍼져 있던 관우 숭배는 중국인의 발자취를 따라 다른 지역으로도 퍼졌다. 조선에 관우 신앙의 전통이 전해진 것은 임진왜란 당시 참가한 명군에 의해서였다. 명나라 장수의 주도하에 남문 밖에 남묘가 세워졌고, 이후 명나라 신종의 칙령과 건립비용에 의해 동묘가 건립되었다. 현재 남묘는 없어졌지만 동묘는 흥인지문 밖에 남아 있다. 관우 신앙은 전쟁이 끝난 후 조선의 유교 이데올로기 안으로 편입되기 시작하면서 확대되었다.[19] 조선 후기 왕들은 주기적으로 관우묘에서 제사를 지내곤 했으며, 현재까지도 무속인들에게 관우는 중요한 신으로 내섭받는다.

　번성과 양양에서의 뼈아픈 실패가 있기 전 관우는 가장 강렬한 카리스마를 품어내는 장수였다. 그와 관련된 사건 자체가 강렬하기도 했지만, 어떤 일에도 흔들림이 없는 그의 의연한 태도는 더 인상적이었다. 관우 관련 이야기로는 유비 가족을 데리고 오관을 빠져나오는 일화, 관도대전에서 활약하는 일화, 화용도에서 조조를 놓아주는 일화, 며칠에 걸쳐 황충과 대결하는 일화, 화타에게 수술을 받는 일화가 유명하다.

오관돌파부터 살펴보자. 서주에 머물던 유비는 조조의 공격을 받아 힘도 써보지 못하고 원소 진영으로 도주한다. 이 과정에서 유비는 자신의 가족을 관우에게 맡겨 합비성에 머무르게 했는데, 조조는 관우에게 투항을 권유한다. 관우는 조조에게 항복하기 전에 세 가지 조건은 제시한다. 첫째는 자신은 한나라 황제께 항복하는 것이지 조조에게 항복하는 것이 아니며, 둘째는 두 형수에게 유비의 녹을 주어 생활하는데 조금도 군색함이 없게 하되 상하를 막론하고 아무도 그 문 앞에 들어오지 말게 할 것이며, 셋째는 유비가 있는 곳을 알면 그곳이 어디건 곧 떠나도록 해달라는 것이다. 관우를 평소 좋아하던 조조는 과도해 보이는 세 가지 조건을 모두 수용한다.

관우는 관도대전 초기에 원소 측의 선봉에 선 안양(안량으로 알려진)을 쉽게 베고 하북군을 물리친다. 이어 맹장 문추까지 물리쳐 조조에게 진 빚을 갚는다. 조조는 관우가 빚을 갚고 부담 없이 떠날 것을 염려하여 가능한 관우를 아껴두지만, 전세가 불리해지자 어쩔 수 없이 그가 공을 세울 기회를 준다. 이어 유비의 거처를 알아낸 관우가 떠나려 하자 조조는 관우를 만나주지 않는다. 관우는 급하면 인사 없이 떠날 수 있다고 미리 말해 두었기에 조조를 만나지 않고 수레를 끌고 길을 떠난다.

조조가 어쩔 줄 몰라 할 때 관우는 유유히 다섯 관문을 지나 유비를 찾아간다. 관문의 장수들이 통행증 없이 지나려는 관우를 막아서자 관우는 어쩔 수 없이 여섯 장수의 목을 벤다. 그들은 동령관 장수 공수, 뤄양 태수 한복과 장수 맹탄, 기수관 장수 변희, 형양 태수 왕식, 황허 나룻가 하후돈의 부장 진기이다. 과오관참육장(過五關斬六將: 다섯 관문을 지나면서 여섯 장군을 벤다)으로 불리는 이 일화로 관우는 용맹과 의리의 상징이 된다.

관우는 삼강 수전에서 패하고 달아나는 조조를 화용도에서 다시 만난다.

관운장은 원래 의리를 태산보다도 무겁게 생각하는 장수였다. 옛날에 조조에게서 많은 은혜를 입은 일과, 그 뒤에 조조를 뿌리치고 떠나오면서 다섯 관소를 지날 때마다 길을 막는 조조의 장수들을 참했던 일이 생각나니, 어찌 마음이 동요하지 않을 수 있으리요. 더구나 조조의 군사들을 보니 모두가 겁을 먹고 울상이 되어 있다.

관운장은 한 가닥 측은한 마음을 금할 수 없어서 말을 돌려 세우더니, 자기가 거느리고 온 수하 군사들에게 말한다.

"너희들은 사방으로 흩어져라."

그 말은 조조를 살려 보내겠다는 뜻이 분명했다. (5권, 87쪽)

관우는 화용도에서 조조와 그의 병사들을 놓아준다. 의리를 중시할 뿐 아니라 인정도 넘치는 관우의 모습이 드러나는 장면이다. 조조를 베지 못하면 목숨을 내놓겠다고 제갈량과 약속했음에도 불구하고 관우는 자기 마음이 움직이는 바대로 행동한다. 자기 병사들에게 내리는 명령도 군더더기 없이 그저 무심하게 내뱉는 말처럼 느껴진다. 이 장면에서는 관우의 행동과 심정을 묘사하는 서술자마저 관우에게 동조 혹은 감동하고 있는 것 같다.

관우는 의리와 인정이 있는 인물이지만 자기보다 높은 지위에 있는 사람들을 가볍게 대하는 버릇이 있었다. 손권이 관우와 혼사를 제안했을 때 범의 새끼를 개의 새끼와 맺어줄 수는 없다고 거절한 일화가 대표적이다. 관우가 카리스마 넘치는 뛰어난 장군이었는지는 모르지만, 사람들과 잘 어울리는 사교적 인물은 아니었다. 형주를 수비하다 갑자기 번성을 공격하여 죽음에 이른 것을 보면 정세 판단에 능한 인물도 아니었던 것 같다. 하지만 『삼국지연의』의 인물들에게 보기 드문 이런 외골수적인 면조차 관우의 매력으로 받아들여지곤 한다.

다음 장면도 관우의 카리스마를 보여주기에 충분하다.

> 관운장은 웃으며,
> "그런 쉬운 일이라면 기둥과 고리를 쓸 필요가 없소."
> 하고 술상을 내오라고 하여 대접한다. 자기도 친히 술을 몇 잔 마
> 시고, 마양과 바둑을 두면서 팔을 뻗어 화타의 치료를 받는다.
> 화타는 날카로운 칼을 쥐고 한 장교로 하여금 팔 아래에 큰 그릇을
> 들어대어 피를 받게 하고 말한다.
> "이제부터 손을 쓰니, 군후는 놀라지 마십시오."
> "마음대로 치료하라 내 어찌 세속 사람들처럼 무서워하고 아파하
> 리요."
> 이에 화타는 칼을 놀려 가죽과 살을 쪼개고 나타난 뼈를 본즉, 이
> 미 푸르스름하다. 화타가 칼로 뼈를 긁어내는 소리가 사가락사가락
> 나니, 장상(帳上) 장하(帳下)에서 보는 자들이 모두 낯을 가리고 하얗게
> 질린다. 그러나 관운장은 간혹 술잔과 고기를 들고 바둑을 두면서 태
> 연히 웃고 말하는데, 전혀 아파하는 기색이 없었다.　　(7권, 102~103쪽)

『삼국지연의』의 이 일화는 정사 『삼국지』 「관우전」에도 비슷하게 나
온다. 관우 팔에 화살 독이 퍼져 수술이 필요했던 모양이다. 의원 화타는
살을 째고 뼈를 긁어내는 수술이므로 고통을 이겨낼 장치가 필요하다고
말한다. 쇠고리에 팔을 끼우고 줄로 묶은 다음 얼굴을 가리자는 것이다.
하지만 관우는 '세속 사람들처럼 무서워서 아파'하겠느냐고 가볍게 넘기
며 흔들림 없이 두던 바둑을 마저 둔다. 그 사이에 화타의 수술이 진행된
다. 관우만의 의연함이 한 번 더 드러나고, 그가 무신이 될 개연성(?)도 높
아진다.

천년의 텍스트

어떤 이는 '삼국지'는 인생의 교과서라 말한다. 처세술을 위한 교본이라고 말하는 사람도 있다. 개인적으로 나는 이 책에서 대단한 인생의 교훈이나 처세술을 배울 생각은 없다. 그저 재미있는 이야기로 만족하는 편이다. 『삼국지연의』는 동아시아 고전소설의 전형이라 할 수 있다. 인물의 성격이 그리 복잡하지 않고 사건의 흐름이 빠르며 선악 구도도 비교적 명확하다. 실리보다는 명분을 좇아 유비를 정통으로 내세운 것도 동아시아 소설 전통에서는 당연한 일이다.

이 작품은 역사에 기대고 있지만, 판타지에 가까운 소설이다. 첫 장부터 장수들이 등장하여 이기고 지고 터지고 죽는다. 영웅이라고 하지만 이 소설의 인물들은 사실 권력욕에 빠진 이기주의자인 경우가 많다. 겉으로 무엇을 내세웠든 그들은 타인을 지배하고 권력을 누리려는 목표를 향해 움직인다. 그나마 영리하지 못하더라도 자신이 도리라고 생각한 바를 실천하는 인물이 유비이다. 비슷한 부류라 할 수 있는 인물 중에서 독자들이 유비에게 높은 점수를 주는 이유가 여기에 있다.

어떤 이들은 민중성의 부족과 중화주의를 들어 이 작품을 비판하기도 한다. 실제로 가족들과 떨어져 전쟁에 동원된 민중들의 모습은 120회를 통틀어도 전혀 보이지 않는다. 하지만 기전체 역사서를 저본으로 수백 년 전에 쓰인 『삼국지연의』에서 민중성을 기대하는 것은 애초에 무리이다. 중화주의가 느껴지는 것도 어쩔 수 없는 일이다. 통일한 지 얼마 되지도 않는 진나라의 신하가 다른 어떤 관점을 가질 수 있었겠는가? 중원 밖 오랑캐에 대한 설명이나 묘사가 불편할 수 있지만, 시대와 지역의 한계는 그것 자체로 인정하고 읽을 필요가 있다.

과거나 현재나 '삼국지'는 매우 영향력이 큰 문화콘텐츠이다. 역사에서 소설로 소설에서 만화, 영화, 게임으로 매체를 달리하면서 많은 상품을 만들어내고 있다. 조선 시대 사람들조차 길고 지루한 소설을 가곡이나 잡가, 〈적벽가〉나 『화용도』로 바꾸어 향유하곤 했다. 긴 이야기 전체를 다루지 않아도 된다는 점은 콘텐츠로서 '삼국지'가 가진 큰 매력이다. 개성 있는 인물들이 많고 인상적인 일화가 많다는 점 덕에 가능한 일이다. 앞으로 '삼국지' 콘텐츠가 어떤 이야기를 만들어낼지, 어떻게 변화할지 지켜보는 것도 재미있을 것이다.

양반과 백정, 신분 사회의 모순과 비극

『임꺽정』

역사라는 문화콘텐츠

역사를 소재로 한 대중문화 상품들은 꾸준한 사랑을 받아 왔다. 지금까지 우리나라에서 가장 많은 관객을 모은 영화는 이순신을 주인공으로 한 〈명량〉이다. 2014년 개봉한 이 영화의 누적 관객은 천 칠백만이 넘는다.[1] 산술적으로 대한민국 사람 세 명 중 한 명이 이 영화를 관람한 셈이다. 애국적인 분위기나 당시 시장 상황 등이 복합적으로 작용했겠지만, 여하튼 놀라운 성공이었다. 이 영화 전에도 이순신 장군을 주인공으로 한 작품이 숱하게 많았다는 점을 생각하면 더 그렇다. 〈명량〉은 새로운 역사 해석이나 인물 평가가 거의 없는 영화였다. 대중들이 이순신과 임진왜란에 대해 알고 있던 상식들을 새로운 영상에 담아낸 '익숙한' 내용의 작품이었다.

〈명량〉 이후에도 역사를 소재로 대중적 성공을 거둔 영화는 적지 않았다. 2018년에 개봉한 〈명당〉은 대원군 이하응이 풍수지리상 좋은 묏자리를 차지해 아들(고종)을 왕좌에 앉힌다는 내용이었다. 땅의 기운을 얻어 인간의 운명을 바꿀 수 있다는 지극히 민속적인 사고방식에 기초한 이야기였다. 좋은 묏자리를 찾아 이씨 왕조를 대신하고자 하는 안동 김씨들과 대원군의 갈등도 영화의 재미를 더해주었다. 배경은 역사이지만 이야기의 중심은 허구적 요소로 채워진 작품이었다. 2017년에 개봉한 〈남한산성〉은 병자호란 당시 남한산성으로 피신했던 인조가 청나라에 항복하는 과정을 다루었다. 명분과 실리라는 오래된 정치적 주제를 신하들과 임금의 갈등을 통해 그려낸 영화이다. 역사적 사실에 기초했으면서도 작품의 주제는 비교적 선명한 편이었다. 세 영화의 배경인 임진왜란, 세도정치, 병자호란은 역사 자체만으로도 충분히 재미있는 소재이다.

드라마에서 역사에 대한 선호 역시 꽤 높은 편이다. '역사 드라마'라는 장르가 따로 있을 정도이다. 한 공중파 방송에서는 주말 저녁 뉴스가 끝나는 시간에 '대하 드라마'라는 이름의 시리즈를 30년 이상 방송하였는데, 사극이 대부분을 차지했다. 이천 년대 이후 상황이 달라지기는 했지만 1980~1990년대에는 최고 시청률을 기록하는 드라마는 사극이었다. 초기 한류를 이끈 드라마 〈대장금〉은 중종 시기를 배경으로 한다. 이 드라마에서 여자 주인공 역을 맡았던 배우는 일약 스타가 되었다. 인기 사극에서 궁예 역할을 했던 배우와 허준을 연기했던 배우 역시 큰 인기를 얻었다. 한때 퓨전 사극이 유행하기도 했는데, 과거를 배경으로 하지만 현대인의 정서로 살아가는 젊은이들의 이야기를 가볍게 다룬 드라마 형식이었다.

영화나 드라마에서 역사 콘텐츠를 자주 활용하는 이유는 익숙한 서사가 주는 편안함 때문이다. 대중문화에 대한 소비자들의 요구는 모순적일 때가 많다. 그들은 영화든 드라마든 마음 졸이면서 보기를 원하면서도 과도한 불편함을 느끼려 하지는 않는다. 역사는 이런 대중의 모순된 요구를 충족시켜 주기에 적당한 소재이다. 역사 영화나 드라마는 작은 갈등과 긴장의 연속으로 전개되지만, 실제 벌어졌던 중요한 사실을 바꾸지는 않는다. 비유하자면 잘 알려진 역사는 관객들에게 모험은 제공하되 그들을 위험에 빠뜨리지는 않는 것이다. 거기에 역사에 대한 민족주의적인 자긍

심까지 제공해주면 관객들은 뿌듯한 감정까지 느끼게 된다. 이런 뿌듯함은 실패한 역사 속에서도 찾아낼 수 있다. 비록 부끄러운 역사라 할지라도 그 안에서 빛나는 인물 몇 명쯤 발견 못 할 이유는 없다.

그렇다고 역사를 소재로 한 작품이 모두 가벼운 오락거리라는 말은 아니다. 과거에 대한 흥미를 넘어 현재를 비추는 거울로 역사를 소환하는 작품 역시 적지 않다. 흔한 정치사 중심에서 탈피해 민중사 혹은 사회사를 재현하는 작품들은 현재의 뿌리를 새롭게 확인하려는 의지를 보여주기도 한다. 실제로 역사는 과거의 시간이 층층이 쌓인 결과이다. 비판적으로 역사를 보는 사람들은 그 층들을 자세히 살펴 버려야 할 것과 살려야 할 것을 골라내야 한다고 생각한다. 그들은 역사가 미래를 예상하고 해결책을 제시해 주지는 못하지만 유사한 실수를 반복하지 않도록 도와줄 수는 있다고 믿는다.

역사 영화나 드라마는 익숙한 역사에서 소재를 취하지만 역사에 대한 대중들의 생각을 결정하는 데 커다란 영향을 미친다. 대중들은 역사에 대한 바른 관점을 얻기 위해 최근 사학계의 동향을 살피거나 역사학 논문을 찾아 읽지는 않는다. 학교를 졸업한 후에는 역사 관련 서적을 전혀 보지 않는 사람도 많다. 따라서 대중들의 역사 지식이나 역사관을 결정하는 것은 역사학자가 아니라 드라마 작가나 피디, 베스트셀러 역사물의 저자들이다. 요즘은 유튜버들의 엉향력노 점점 커지는 것 같다. 정보가 넘치는 시대에는 진짜와 가짜를 구분하는 능력이 중요하다고 말하는데, 역사를 이해하는 데도 그런 능력이 필요해졌다.

기념비적 장편 소설

소설에서 역사소설이 놓인 위치 역시 영화나 드라마에서 역사물의 그것과 비슷하다. 역사소설은 흥미로운 역사 소재를 활용하여 대중들에게 편안한 읽을거리를 제공한다. 근대 소설이 일반적으로 동시대 부르주아의 일상과 내면, 그들이 사회 안에서 겪는 다양한 경험을 다루는 데 비해 역사소설은 현재와 거리가 먼 과거 이야기를 들려준다. 역사 속 인물의 내면을 다루는 일은 자칫 지루할 수 있으며 과거의 사건으로 근대 시민들에게 의미 있는 자극을 주는 일도 그리 쉽지는 않다. 소설론에서 연애소설, 추리소설 등과 함께 역사소설을 대중 소설의 범주 안에 두는 이유가 여기에 있다.

물론 대중 소설이라고 해서 수준이 낮다거나 가치가 없다는 말은 아니다. 소설에서 대중성은 필수적인 요소이며 대중 소설이 성취할 수 있는 고유의 영역이 존재한다. 쉽게 읽힌다고 다 가벼운 내용으로 치부할 이유도 없다. 익숙한 이야기에 분명한 주제를 담는다면 오히려 내용 전달의 효과는 배가될 수 있다. 소설이 대표적인 문학 양식이 되면서 이야기에 과도한 '의미'를 부여하게 되었지만, 그래도 이야기는 무엇보다 재미있어야 한다. 대중들에게 사랑받지 못하는 이야기는 그 영향력 역시 제한적일 수밖에 없다.

『임꺽정』[2]은 일제 강점기 신문과 잡지에 연재된 홍명희의 장편 역사소설이다. 역사 기록과 함께 민담을 활용하여 조선 시대 민속을 풍부하게 담아낸 기념비적 작품으로 평가된다. 이 소설은 조선 명종 시기의 실존 인물인 도적 임꺽정을 주인공으로 하여 당시의 시대 풍속과 정치 상황을 사실적으로 그려낸다. 그는 경기도 양주의 백정 출신으로 황해도 청석골에 터를 잡고 도적질을 했으며 양반 행세를 하여 관리를 기만하고 지방관의 목숨을 빼앗기도 하였다. 소설에는 임꺽정 뿐 아니라 힘깨나 쓰는 여러 두령이 등장한다. 다양한 개성을 지닌 청석골 두령들은 영웅적인 면모와 민중적인 면모를 함께 보여준다.

이 작품은 총 5차에 걸쳐 연재되지만 끝내 미완성으로 남았다. 현재 우리가 볼 수 있는 가장 익숙한 판본은 월북 문인 해금 조치 이후에 간행된 10권 분량의 『벽초 홍명희 임꺽정』이다. 단행본으로 출간된 바 있는 의형제 편과 화적 편은 단행본을, 1차와 5차 연재 본은 신문(《조선일보》), 잡지(『조광』)를 저본으로 삼았다.

	기간	편명
1차 연재	1928년 11월 21일~1929년 12월 26일	봉단 편, 피장 편, 양반 편
2차 연재	1932년 12월 1일~1934년 9월 4일	의형제 편
3차 연재	1934년 9월 15일~1935년 12월 24일	화적 편의 청석골 장
4차 연재	1937년 12월 12일~1939년 7월 4일	화적 편의 송악산, 자모산성 장
5차 연재	1940년 10월호	화적 편의 자모산성 장
단행본	1939년 10월~1940년 2월	의형제 편, 화적 편 4권

『임꺽정』 연재와 출간

위 표에서 보듯 소설은 의형제 편 이전과 의형제 편 그리고 화적 편으로 크게 나눌 수 있다.

1차 연재에 해당하는 봉단 편, 피장 편, 양반 편에서는 임꺽정의 가계와 그의 의형제가 되는 인물들의 어린 시절을 다룬다. 연산군 이후부터 명종에 이르는 시기의 정치사도 중요한 비중을 차지한다. 봉단은 사화를 피해 숨어 살던 양반 이장곤이 결혼한 백정의 딸 이름이다. 피장은 가죽을 다루는 백정인 갖바치를 이르는 단어인데, 소설 속 인물인 '갖바치'는 중종 때 사림파들과 가까웠다고 전해지는 실존 인물이다. 이 두 편은 임꺽정이 본격적으로 등장하기 전 이야기인데, 최하층민으로 천대받던 백정들의 현실을 잘 그려내고 있다. 양반 편에서는 본격적으로 양반들 사이의 정치적 암투와 갈등을 다룬다.

위대한 이야기 유산

의형제 편은 전 편과 확연히 다르게 진행된다. 후에 청석골의 두령이 되는 인물들을 차례로 주인공으로 삼아 이야기를 전개하는데, 그들이 도적이 된 사연을 다룬다. 앞의 편들이 정치적 상황과 연관된 이야기들이었다면 의형제 편에는 민속적이고 민담적인 내용이 많이 포함되어 있다. 앞편에 실제 역사적 인물이 다수 등장했던 것과 달리 의형제 편의 주인공들은 대부분 허구적 인물이다. 의형제 편에 등장하는 주요 인물은 박유복, 곽오주, 길막봉, 황천왕동이, 배돌석, 이봉학, 서림이다. 이어지는 화적 편의 중심인물도 이들이다. 이봉학과 박유복은 임꺽정의 어린 시절 동무로 피장 편에서부터 등장한다.

이미 다른 두령들이 자리 잡고 있던 청석골에 임꺽정이 합류하면서 화적 편이 전개된다. 두령들은 산채의 식솔이 늘자 다른 곳에도 소굴을 마련하고 근처 마을들과의 관계를 개선하려 노력한다. 진상품을 빼앗아 자금을 마련하는 등 세력도 급속하게 키워간다. 한편 임꺽정은 한양에 첩을 두고 한가로운 생활을 영위하기도 한다. 관군을 동원하는 등 조정의 도적 소탕 의지가 강해지자 화적들이 저항하기 좋은 곳을 찾아 자모산성으로 떠나는 부분에서 소설은 중단된다.

이러한 소설의 구성은 어느 정도 작가의 창작 의도와 관련 있어 보인다.

> 내가 처음 『임꺽정전』을 쓸 때 복안을 세운 것이 있었습니다. 첫 편은 꺽정의 결지의 내력, 둘째 편은 꺽정의 초년 일, 셋째 편은 꺽정의 시대와 환경, 넷째 편은 꺽정의 동무들, 다섯째 편은 꺽정이 동무들과 같이 화적질하던 일, 끝 편은 꺽정의 후손의 하락 도합 여섯 편을 쓰되 편편이 따로 떼면 한 단편으로 볼 수 있도록 쓰려는 것이었습니다.[3]

임꺽정의 성장에 따라 작품을 전개하려던 작가의 계획은 어느 정도 실현되었다고 할 수 있다. '꺽정의 시대와 환경' 부분이 양반 편이라면 그의 동무들 이야기가 의형제 편이다. 화적 편에서 청석골 편은 상세하지만 자모산성으로 옮긴 이후 이야기는 완성되지 못했다. '꺽정의 후손' 편은 작품 안에 관상이 특별하다는 언급이 있는 것으로 보아 그의 아들인 백손에 대한 이야기였으리라 짐작된다. 작가의 말을 따르면 현재 작품 분량의 1/3 이상이 더 쓰였어야 소설이 완성되었을 것이다.

장편을 구상하면서 '편편이 따로 떼면 한 단편으로 볼 수 있도록' 쓰려던 의도 역시 잘 구현된 것으로 보인다. 특히 의형제 편에서는 박유복을 비롯한 일곱 인물의 독립적인 일화가 하나의 이야기로 잘 통합되어 있다. 화적 편에는 피리를 잘 부는 한량 단천령 이야기가 맥락 없이 긴 분량으로 소개되기도 한다. 임꺽정이 한양에서 첩을 거느리는 이야기, 청학동 아낙네들이 송악산 굿을 보러 가는 이야기도 독립성이 강한 편이다.

민간전승 이야기들을 소설에 수용한 점도 인상적이다. 봉단 편, 피장 편, 양반 편에는 야사에 등장할만한 일화가 다수 등장한다. 왕을 해치기 위해 방술을 행하던 집을 임꺽정이 태워 버리는 사건이 대표적이다. 조광조를 모함하기 위해 나뭇잎에 새겼다던 주초지왕(走肖之王) 일화도 나온다. 의형제 편은 민담의 모티브를 적극적으로 수용하여 조금은 당황스러운 전개를 보이기도 한다. 홍녕희는 보쌈이나 사위 시험 보기, 원님을 찾아오는 처녀 귀신 등 잘 알려진 민담들을 주인공들의 이야기인 양 소설에 차용하였다. 화적 편은 임꺽정에 대한 정사의 기록을 이야기의 기초로 삼고 있다. 청석골 패의 악행이나 도적을 소탕하려는 관리들의 행동이 역사적 사실에 대부분 부합한다.

『임꺽정』은 흔히 말하는 대하 역사소설의 효시라고 부를 수 있으며, 이후에 창작되는 박태원의 『갑오 농민전쟁』, 황석영의 『장길산』, 김주영

위대한 이야기 유산

의 『객주』 같은 역사소설의 전범이 되었다. 작품의 양이나 구성, 반항적인 민중적 인물을 주인공으로 내세웠다는 점에서 이 작품들은 공통점이 있다. 『임꺽정』은 남과 북 모두에서 높은 평가를 받는 흔치 않은 소설이다. 분단 이전에는 '조선 정조'에 기반한 '기념비적 대하 역사소설의 효시'로 평가되었고 분단 이후에는 민중적 리얼리즘의 성취 혹은 민족 문학의 보고로 평가되고 있다.

조선 왕조 연대기

역사 콘텐츠는 대중들에게 익숙한 서사와 인물, 교훈을 제공해준다는 장점이 있다. 그러다 보니 특정 시기나 사건이 콘텐츠로 반복되어 사용되곤 한다. 소재 자체가 흥미로워야 그것을 바탕으로 한 작품이 인기를 끌 가능성이 크기 때문이다. 현재의 전사이며 자료도 풍부한 조선 시대는 역사소설의 배경으로 가장 많이 등장한다.

묘호	재위	사건/소재	묘호	재위	사건/소재
1대 태조	1392년 ~1398년	조선 건국	15대 광해	1608년 ~1623년	등거리 외교
2대 정종	1398년 ~1400년	왕자의 난	16대 인조	1623년 ~1649년	반정, 병자호란
3대 태종	1400년 ~1418년	공신 축출	17대 효종	1649년 ~1659년	북벌
4대 세종	1418년 ~1450년	한글 창제	18대 현종	1659년 ~1674년	예송논쟁
5대 문종	1450년 ~1452년		19대 숙종	1674년 ~1720년	환국, 장희빈
6대 단종	1452년 ~1455년	영월 유배	20대 경종	1720년 ~1724년	

묘호	재위	사건/소재	묘호	재위	사건/소재
7대 세조	1455년~1468년	계유정란, 사육신	21대 영조	1724년~1776년	탕평책, 임오화변
8대 예종	1468년~1469년		22대 정조	1776년~1800년	수원성, 실학
9대 성종	1469년~1494년	사림파 등용	23대 순조	1800년~1834년	홍경례, 신유박해
10대 연산	1494년~1506년	무오·갑자사화	24대 헌종	1834년~1849년	세도정치
11대 중종	1506년~1544년	반정, 기묘사화	25대 철종	1849년~1863년	세도정치, 민란
12대 인종	1544년~1545년		26대 고종	1863년~1897년	대원군, 동학
13대 명종	1545년~1567년	을사사화, 임꺽정	광무 고종	1897년~1907년	대한제국
14대 선조	1567년~1608년	임진왜란	융희 순종	1907년~1910년	경술국치

조선 왕조 주요 사건 표

조선의 역사는 100년을 단위로 정치·사회적 주제가 변화한다. 1300년대 후반에 건국되어, 1400년대 후반에는 연산군이 있었고, 임진왜란은 1500년대 후반에 발발했다. 1600년대 후반 왕은 숙종이었으며, 백 넌 뒤 1700년대 후반의 왕은 징조였다. 1800년대 후반에서 1900년대 초는 고종의 시대였다. 개국에서 연산에 이르는 기간이 왕국의 기틀을 잡는 시간이었다면, 연산군에서 명종에 이르는 시기는 공신과 사림의 대립이 사화로 나타난 시기였다. 이후 임진왜란에서 숙종에 이르는 시기는 조선 왕조의 정당성이 약해지고 성리학적 완고함이 강화되던 기간이다. 영·정조 시기에 다시 탕평책, 대동법 등을 통해 왕국에 힘을 불어넣으려 했지만 정조 사후 세도정치가 극에 달하며 조선의 운명은 기울게 된다.

세기별로 자주 소환되는 콘텐츠를 조금 더 자세히 살펴보자. 15세기는 건국 이후 성종 때까지이다. 압도적인 관심을 받는 인물은 세종대왕이다. 한글 창제라는 중요한 제재는 물론 노비 출신 장영실과 과학의 발전 역시 재미있는 이야깃거리를 제공한다. 세조가 사육신을 죽이고 정권을 강화한 계유정란과 단종의 영월 유배는 후대의 평가가 엇갈리는 사건이다. 압구정을 지었다고 하는 한명회와 신숙주 등은 세조의 편에 선 신하들이었으며 정인지, 성삼문, 김시습 등은 폐위된 단종 편에 선 신하들이었다.

다음 백 년(16세기)은 사화의 시기라 할 수 있다. 끝내 묘호를 받지 못하고 쫓겨난 연산군은 조선 왕조 최악의 폭군으로 평가받는다. 그가 친모의 죽음과 관련하여 일으킨 두 번의 사화는 비교적 안정되었던 왕조의 정치 체계에 급격한 변화를 가져왔다. 연산을 몰아낸 신하들의 반정으로 왕이 된 중종은 40년 가까이 재위했으나 눈에 띄는 업적을 남기지 못했다. 반정으로 오른 왕이 가진 현실적 한계도 있었을 것이라 짐작할 수 있다. 조광조 등 사림 세력을 등용하여 일대 개혁을 일으키려 하였으나 두 번의 사화를 통해 현실 정치의 참혹한 실상을 보여주고 말았다. 다만 이때 일어났던 사림의 정신은 이후 조선 정치와 사상에 큰 영향을 미치게 된다. 임꺽정이 도적으로 이름은 높였던 시기는 명종 때였다.

17세기는 임진왜란으로 시작하여 병자호란을 거쳐 예송논쟁으로 이어지는 시기이다. 선조와 인조 두 임금이 전쟁을 겪었다. 그 사이의 광해군은 뛰어난 외교 정책을 폈으나 국내 정치 문제로 자리에서 쫓겨났다. 이 시기 위인 중 가장 사랑받는 이름은 단연 이순신이다. 임진왜란 때는 행주산성, 평양성 등에서 큰 전투가 있었고 병자호란의 가장 중요한 전투는 남한산성에서 있었다. 호란의 마무리는 유명한 삼전도의 굴욕이었다. 광해군에 대한 역사적 평가는 여전히 엇갈리고 있으며 그런 만큼 새로운 이야기의 가능성도 크다. 효종은 북벌을 내세웠지만 실현되지 못했고 송시열로 대표되는 완고한 성리학자들이 조선의 국가 이념을 주도하려 했다. 동인과 서인으로 나뉘던 당파는 남, 북, 동, 서 넷으로 나뉘다가 오랜 여당 서인이 노론과 소론으로 분당되었다. 보수적인 성리학자들에 의해 사회 역시 유연성을 잃어갔다.

숙종은 두 세기(16~17세기)에 걸쳐 47년 동안 재위하였으며 경종와 영조의 아버지이다. 이 시기 숙종보다 더 유명한 인물은 장희빈이다. 조선왕 중 재위 기간이 가장 길었던 영조 역시 뒤주에서 죽은 그의 아들 사도세자보다 더 유명하지는 않다. 왕가의 비극이라 할 임오화변에 대해서는 지난 세기부터 강화되어 오던 붕당 정치가 낳은 비극으로 평가하는 학자들이 많다. 사도세자의 부인 혜경궁 홍씨가 쓴 『한중록』은 중요한 문학 작품으로 평가된다. 영조의 손자이자 사도세자의 아들인 정조는 할아버지의 좋은 정책을 이어받으려 했고, 수원성을 쌓아 문화유산으로 남겼다. 정조가 죽은 해가 1800년인데 정조의 죽음과 함께 조선은 어두운 19세기를 맞게 된다.

19세기는 세도정치와 개화로 특징지어진다. 동학혁명은 1894년에 일어났지만, 그 이전에 홍경래의 난 등이 있었다. 여러 사건을 통해 볼 때 시대의 변화에 적응하기에는 조선이 이미 낡은 왕조였다는 느낌을 준다. 태종과 세조가 강하게 세우려 했던 왕조의 권위가 바닥까지 떨어진 시기였다. 김조순 이하 안동 김씨가 득세했으며 쇄국, 갑신정변, 청일전쟁, 갑오개혁 등 근대로 접어드는 길목에서 격변을 경험한 시기였다. 고종에 의해 조선은 문을 닫고 대한제국이 출범한다. 명성황후도 공연 등에 자주 소환되는 인물이다.

실존 인물 임꺽정(1521년~1562년)이 살았던 시기는 유명한 학자 이황과 이이가 살았던 때이기도 하다. 퇴계는 1502년생이고 율곡은 1537년생이다. 의관으로 유명한 허준은 1539년생으로 1615년까지 살았다. 그는 동의보감의 저자로 유명하였고, 임진왜란 당시 선조를 보호했다. 허균은 한참 늦은 1569년생이다. 『임꺽정』에도 등장하지만, 이순신은 1545년에 태어났다. 명종 재위 기간은 왜변이나 도적 때가 많았던 시기였다. 생각해 보면 이것이 이후에 펼쳐질 대혼란의 전조였는지도 모른다.

백정의 사위가 된 양반

『임꺽정』의 시작인 봉단 편의 주인공은 이장곤이다. 그는 양반이면서 백정의 사위가 된 특이한 이력을 가진 인물이다. 〈연산군일기〉에는 병인년(丙寅年, 연산군 12년, 1506년) 8월 17일 거제도에 유배 중인 이장곤이 도망쳤다는 보고가 들어왔다는 기록이 남아 있다.[4] 홍명희는 이 기록에 살을 붙여 판서까지 오르게 되는 이장곤과 임꺽정을 비롯한 백정의 가계를

----

*홍경래의 난 1811년 12월부터 이듬해 4월까지 약 5개월간에 걸쳐 서북 지역(평안북도 일대)에서 일어난 반란이다. 조선 후기 봉건사회의 변화를 보여주는 중요한 사건으로 평가된다. 조선 사회는 17, 18세기에 이르러 커다란 변화를 겪게 되었다. 토지 겸병으로 대지주에 의한 소작제가 늘고 이앙법과 이모작 등 농업 기술의 발달로 농업 생산이 늘었다. 이는 농민층의 분해를 촉진해 그들을 농업 노동자, 부랑자로 만들었다. 상공업 등 상품경제의 발달로 사상인(私商人)들의 활동이 활발해졌다. 봉건적인 신분 질서의 구조도 양반의 증가와 평민·천민의 감소로 변화가 진행되었다. 이와 같은 사회·경제적 상황에서 이 난은 10여 년간 준비되었다. 반란에 이념을 제공한 이들은 홍경래·우군칙·김사용·김창시 등의 몰락 양반이었다. 일부 학자들은 서북 지역에 대한 차별을 봉기의 원인으로 꼽기도 한다. 봉기군은 거병한 지 열흘 만에 관군의 별다른 저항도 받지 않고 청천강 이북 10여 개 지역을 점령하였다. 그러나 곧 전열을 수습한 관군에 의해 패배하고 만다. 정주성에서 농민군은 진압되고, 홍경래 등 주모자와 봉기군 1,917명이 처형되었다. 이 난은 비록 실패로 끝났지만 조선 사회의 모순이 곪아 밖으로 터져나온 중요한 사건이었다.

연결한다. 이장곤의 존재는 이 소설이 단순히 도적의 무용담을 그리는 데 그치지 않고 시대를 기록하는 대서사가 되는 데 크게 이바지한다. 이장곤을 시작으로 하여 그와 관련된 양반 쪽과 임꺽정과 관련된 천민 쪽 사람들이 차례차례 등장한다. 그들을 통해 계급 사회의 현실과 모순을 함께 드러내는 것이 이 소설의 초반 전개이다.

이장곤은 그야말로 파란만장한 삶을 살았던 인물이다. 기록에 의하면 그는 1504년 교리로 있던 중 갑자사화에 휘말려 거제로 귀양을 갔으나 함흥으로 도주하여 고리백정 무리에 끼어 살면서 목숨을 부지했다. 1506년 중종반정 이후 박원종의 추천으로 다시 관직에 임명되어 교리와 장령, 동부승지 등을 역임했으며 학문과 무예를 겸비해 중종의 큰 신임을 받았다고 한다. 이후 이조참판, 예조참판, 대사헌, 이조판서, 좌찬성을 지냈다. 1519년 남곤, 심정 등이 주도한 기묘사화 때 병조참판으로 사림의 처벌 논의에는 참여했으나 체포된 조광조 등의 처형에 반대하다가 직을 박탈당했다. 1522년 복원되어 창녕 등지에서 은거 생활을 했다.

소설 속 이장곤의 삶은 위 기록과 크게 다르지 않다. 다만 소설 속 이장곤이 함흥에서 겪은 일이나 백정 가족들과의 관계 등 세세한 내용은 기록과 무관하다. 기록에 없는 추가된 내용이 실은 작가가 하고 싶은 말일수도 있다. 다음은 그런 장면 중 하나이다.

이교리인 김서방이 도집강의 강호령을 받고 멍석말이 매를 맞게 되었다. 매를 맞는 것도 유만부동이다. 멍석말이에 볼기를 맞는 것은 회초리로 종아리 맞는 것과는 물론 다르고 형문으로 정강이를 맞고 난 장으로 발끝을 맞는 것과도 서로 같지 아니하여 어려서부터 늙어 죽기까지 양반으로 당할 까닭이 없는 일이다. 당할 까닭이 없는 일을 꼼짝없이 당하게 된 김서방이 기가 막히어 얼빠진 사람같이 서 있자니

위대한 이야기 유산

"그놈을 거기 꿇려 엎지 못한단 말이냐!"

도집강의 호령이 내리며 그 수하 사람들이 달려들어서 상투를 잡고 끌어다가 뜰 앞에 꿇리었다.

김서방이 분한 것도 참고 부끄러운 것도 참고 또 가소로운 것도 참고 찬찬한 어조로 발명하여 보았다.

"동고리를 갖다 드리라고 해서 가지고 왔고 쌀을 주시거든 받아오라고 해서 주시지 않느냐고 하인에게 물어본 것이 무슨 죄입니까? 대체 양반은……"

발명이 미처 끝나지 못하여 도집강의 입에서

"그놈의 주둥이를 쥐어지르지 못하느냐!"

하고 호령이 떨어지며 세차 보이던 사나이가 주먹으로 김서방의 볼을 쥐어질렀다.　　　　　　　　　　　　　　　(1권, 86쪽)

김서방으로 성을 바꾸고 백정 집 사위가 된 이교리 이장곤은 하는 일 없이 빈둥거리다 장인의 심부름을 하게 된다. 집강 집에 동고리를 가져다주고 혹시 쌀이라도 주면 받아 오라는 심부름이었다. 거기서 이교리는 멍석말이라는 봉변을 당하는데, 동고리 값으로 쌀은 주지 않느냐고 물어 집강을 화나게 했기 때문이다. 지방 양반인 집강은 고리백정의 동고리 값을 치러줄 생각이 애초에 없었다. 소문을 듣고 백정 장인이 찾아와 용서를 빈 후에야 김서방은 간신히 풀려나올 수 있었다.

위 예문에는 양반 엘리트로 살아온 이교리가 실제 민초들의 생활에서 받은 충격이 그대로 드러나 있다. 교리는 임금의 자문기관인 홍문관 정5품 벼슬이다. 집강과는 비교할 수 없는 중앙의 요직이다. 정식 중앙 관직으로 이후 높은 자리로의 승진을 기대할 수 있는 자리였다. 이에 비해 집강은 면, 리의 행정 사무를 맡아 보던 직위였다. 그가 '분한 것도 참

고 부끄러운 것도 참고 또 가소로운 것도 참고 찬찬한 어조로 발명'한 데
는 복합적인 심리가 섞여 있었을 것이다. 그까짓 쌀 때문에 사정하는 상
황이 부끄러웠을 것이며 집강 따위가 권세를 부리는 현실이 가소로웠을
것이다. 그가 당한 멍석말이는 '어려서부터 늙어 죽기까지 양반으로 당할
까닭이 없는 일'로 가장 천한 계급이 당할만한 치도곤이다. 양반으로서는
도저히 상상할 수 없는 상황이었던 셈이다. 이 일로 이교리가 갑자기 계
급질서에 대한 생각을 바꾸거나 하지는 않지만, 그가 무지했던 현실에 관
심을 가지는 계기는 되었다.

> 내가 고리백정의 식구가 되어서 갖은 천대를 받고 지내는 동안에
> 천대받는 사람의 억울한 것을 잘 알았소이다. 이렇게 말하면 어폐가
> 있을지 모르나 천대하는 사람이 사람으로는 천대받는 사람보다 나으
> 란 법이 없습디다. 백정에도 초초치 아니한 인물이 있다 뿐이겠소? 영
> 감도 이것만은 알아두시오. 천인도 사람입니다. 도연명이 종을 사서
> 아들에게 보내며 이것도 사람의 아들이니 잘 대접하라고 했다더니 천
> 인도 사람의 아들이니까 우리가 잘 대접할 것입니다.　　(1권, 126쪽)

복관이 되고 한양에 올라온 이장곤이 백정 집에서 생활하며 겪은 일
을 동료에게 이야기하는 부분이다. 그가 가장 크게 느낀 바는 천대받는
사람의 억울함이다. 앞의 예문에서 보았듯이 천민들이 정당한 대우를 받
지 못한다는 점을 몸으로 깨달은 것이다. 그 깨달음의 내용은 천인도 사
람이라는 생각이다. 설득력을 높이기 위해서였겠지만, 도연명의 예를 끌
어들인 점은 매우 양반스럽다 할 만하다. 치열한 자기 경험보다 고사를
들어 설명하는 것이 이 시대 양반들의 이야기 방식이었다.

무엇보다 이 소설의 계급 의식을 축약해 보여주는 문장은 "천대하는

사람이 천대받는 사람보다 나으리라는 법이 없다."이다. 백정 중에도 뛰어난 사람이 있다는 사실을 알게 된 후 가지게 된 생각일 것이다. 물론 천대하는 사람과 천대받는 사람의 관계를 역전시키겠다는 생각은 어디에도 보이지 않는다. 이장곤의 깨달음이란 지배 계급의 본질적인 각성과 무관한 시혜적인 인정에 가깝다. 이 소설에서는 임꺽정조차 백정으로 당하는 부당한 대우에 울분을 토하지만, 그것을 집단적인 저항으로 끌어올리지는 않는다. 임꺽정이 그 울분을 푸는 방법은 지극히 개인적이어서, 천대하는 사람 즉 양반의 분풀이와 크게 다르지 않다.

조선은 신분제 사회였다. 계급은 크게 양반, 중인, 상민, 천민의 넷으로 나뉘었는데, 계급에 따라 할 수 있는 일과 해야 하는 일이 정해졌다. 백정은 천민 계급 중에서도 가장 낮은 대우를 받는 집단이었다. 집단으로 거주하면서 상민들과도 격리된 가운데 특정 직업에 종사하며 살았다. 일반적으로 백정하면 소나 돼지 등을 도축하는 일을 하는 사람을 떠올리는데 가죽신을 만드는 갖바치나 고리를 만드는 이들도 백정으로 불렸다. 고리백정은 껍질 벗긴 버들가지나 싸리채 혹은 대오리 등을 엮어 고리(바구니나 보관함)를 만드는 일을 했다.

이에 비해 양반은 태어나면서부터 특별한 혜택을 누렸다. 그들은 농사 등의 생업에 종사하지 않고 과거 시험을 거쳐 고급 관직으로도 승진할 수 있는 특권을 가졌다. 관료가 되면 토지와 녹봉을 받아 지주가 될 수 있었다. 조선의 건국 이래 속출된 각종 공신과 고급 관료들은 그들에게 여러 가지의 명목으로 지급된 광대한 토지를 세습·사유함으로써 점점 대지주가 되었다. 이런 경제적인 기반을 토대로 삼아 권문세가를 이룬 가문도 생겨났다. 양반 신분의 세습에 따른 그들의 수적 팽창은 한정된 관직 참여를 둘러싼 경쟁을 격화시켜 파벌, 사화, 당쟁을 낳기도 했다.

도적이라는 불편한 주인공

소설 속 임꺽정은 영화 〈브레이브 하트〉나 〈로빈 후드〉의 주인공, 홍경래나 이재수 같은 역사적 인물과 매우 다르다. 권력자들의 부당한 대우에 저항했다는 점에서는 비슷하지만, 임꺽정은 그럴듯한 명분이나 목표를 갖고 있지 않았다. 세력을 규합하여 새로운 세상을 만들겠다는 꿈을 꾸지도 않았으며 대중들의 기대 때문에 마지 못해 일어선 반도(叛徒)도 아니었다. 약한 사람을 특별히 위하거나 부정 축재한 관리의 재물을 빼앗아 가난한 사람에게 나누어주는 정의로운 행위도 하지 않았다. 냉정히 말해 그는 의적 홍길동이 아니라 잔인한 도적의 괴수일 뿐이었다.

그를 따르는 청석골의 대장들 역시 다르지 않았다. 박유복은 아버지에 대한 복수로 살인을 저지르고 산으로 들어와 도적이 되었고, 서림은 관의 물건에 손을 대 수배자가 된 신세였다. 곽오주는 잔인하게 아이들을 죽이는 살인자이고 배돌석은 바람피운 아내를 죽이고 마을에서 도망친 인물이다. 그나마 이봉학은 윤원형의 첩 정난정의 시녀와 시비가 생겨 좌천되는 정도의 문제를 안고 임꺽정 무리에 합류했다. 오가를 비롯한 작은 도둑 역시 크고 작은 범죄를 저지르고 산으로 피해온 인물들이다.

이처럼 『임꺽정』은 선한 인물의 선한 행위가 아닌 악한 인물의 악한 행위 중심으로 이야기가 전개된다. 악당 소설이라 불러도 좋을 정도인데, 사실 이런 소설은 우리에게 낯설다. 역사소설이 일반적으로 영웅이나 그와 유사한 인물들을 선호한다는 사실과 비교하면 더 그렇다.

읍내 백성은 군사로 뽑혀나간 사람 외에 사상이 하나도 없고 가사리 백성은 상한 사람이 열이오 죽은 사람이 열 아홉인데, 죽은 사람 중에 사내가 박선달 삼부자까지 여섯이고 젊은 여편네가 셋이고 그 나머지 열은 모두 세 살 안짝의 어린아이였다. 죄 없는 어린아이가 많이

위대한 이야기 유산

죽은 것이 쇠도리깨 도적 곽오주의 행실로 드러났다.　　　　(6권, 294쪽)

　　청석골 도적 패는 동료 길막봉을 구하고 박선달을 죽이기 위해 안성 관내로 쳐들어갔다. 박선달은 길막봉을 안성 관에 고발한 인물이다. 도적이 들이닥쳤으니 관은 대항하고 마을은 혼란에 빠졌음은 보지 않아도 알수 있는 일이다. 위에 따르면 상한 백성이 열 아홉인데 그 중 박선달 삼부자를 제외하면 억울하게 죽은 사람이 열 여섯이었다. 젊은 여인이 셋이고 열 명은 어린 아이였다. 숫자로만 봐도 죄 없는 죽음이 많다는 점을 알 수있다. 그러나 임꺽정 패가 관심을 가진 것은 오로지 자신들의 의형제인 길막봉의 복수뿐이었다. 그들은 다른 사람의 안위를 돌볼 여유는 물론 의지도 없는 듯 행동하였다.

　　광복산에 살던 십여 호 사람들이 임꺽정 패에게 참사를 당한 일 역시 이 도적들의 성격을 잘 보여준다. 청석골 외에 새로운 곳을 근거지로 삼기 위해 임꺽정 패는 청석골보다 넓은 광복산에 자리를 잡고자 했다. 그런데 십여 호밖에 안 되는 그곳 주민들이 청석골 패를 마중 나오지 않았다. 임꺽정은 이를 괘씸히 여겼다. 집 몇 채를 비우라고 윽박지르자 주민들은 짐을 싸서 도망가려 했는데, 임꺽정은 그들을 잡아서 묶어 놓고 집을 차지하였다. 묶어 놓은 사람들을 놓아주자고 말하는 두령도 있었고 두고 하인처럼 부리자고 말하는 두령도 있었으나 꺽정이는 그 말을 좇지 않고 모두 죽이라고 명령했다. 광복산에 살던 죄 없는 백성들이 뜻밖에 참혹한 화를 당한 것이다. 관료들의 탐학이 아무리 심해도 이 정도로 무도하지는 않다.

　　대체 꺽정이가 처지의 천한 것은 그의 선생 양주팔이나 그의 친구 서기나 비슷 서로 같으나 양주팔와 같은 도덕도 없고 서기와 같은 학문도 없는 까닭에 남의 천대와 멸시를 웃어버리지도 못하고 안심하고 받지도 못하여 성질만 부지중 괴상하여져서 서로 뒤쪽되는 성질이 많았다. 사람의 머리 베기를 무밑동 도리듯 하면서 거미줄에 걸린 나비를 차마 그대로 보지를 못하고 논밭에 선 곡식을 예사로 짓밟으면서 수채에 나가는 밥풀 한낱을 아끼고 반죽이 눅을 때는 홍제원 인절미 같기도 하고 조급증이 날 때는 가랑잎에 불붙은 것 같기도 하였다.

(7권, 23쪽)

임꺽정의 성격을 잘 보여주는 문장이다. 같은 백정이라도 갖바치 양주팔은 도를 깨치기 위해 수도에 전념하였고 서기라는 친구는 학문에 전념하였다. 이에 비해 꺽정이는 천대받는 현실에서 비롯된 울분을 세상에 대한 감정적 반항으로 갚은 인물이다. 배움에 없는 탓에 임꺽정은 균형 잡힌 사고를 하지 못하여 기분대로 행동한다. '홍제원 인절미'처럼 느긋할 때가 있는가 하면 '가랑잎에 불'처럼 급하게 휘달릴 때도 있다. 그는 인정이 넘치는 것처럼 보일 때도 있지만 터무니없이 잔인할 때도 있다.

따라서 『임꺽정』은 정의로운 영웅들의 이야기가 아니다. 운명에 따라 자기 시대를 살았던 불행한 인물들의 이야기로 읽으면 족하다. 임꺽정은 특별한 계획이 있어 도적이 된 사람이 아니었다. 단지 그는 어쩔 수 없이 빠져든 도적질로 이름을 날리게 되었을 뿐이다. 백정으로 태어난 것이 그의 의지가 아니었듯이 기운 센 장사로 태어난 것도 그의 뜻은 아니었다.

다른 두령들도 마찬가지이다. 그들은 자신을 둘러싼 세계가 분명히 잘못되었다고 생각하지만 그래도 주어진 생활에 충실했던 인물들이다. 그들은 살기 위해 사는 것이지 무언가를 위해 사는 것은 아니라는 보통 사람들의 세계관을 공유하고 있었다. 화적이 되고 두령 된 것도 그들에게는 단지 생활의 연장이었다. 그들은 어찌어찌하다 보니 그렇게 되지 않을 도리다 없었다. 사실 그들이 도적이 되지 않았다면 다른 무엇이 될 수 있었겠는가. 여기에 운명이라는 말을 붙인 것은 후대 사람들이다. 관점을 바꾸어 보면 임꺽정은 운명을 거스르려 했던 인물이 아니라 운명을 따르며 살았던 인물로 볼 수 있다. 그는 단지 그가 할 수 있는 일을 하면서 살다 간 인물이다. 우리 대부분이 그렇듯이.

물론 소설에서 임꺽정의 계급 의식이 드러나는 부분이 없지는 않다.

만일 나를 불학무식하다구 멸시한다든지 상인해물(傷人害物)한다구 천대한다면 글공부 안한 것이 내 잘못이구 악한 일 한 것이 내 잘못이니까 이왕 받은 것보다 십 배, 백 배 더 받더래두 누굴 한하겠나. 그 대신 내 잘못만 고치면 멸시 천대를 안 받게 되겠지만 백정의 자식이라구 멸시 천대하는 건 죽어 모르기 전 안 받을 수 없을 것인데, 이것이 자식 점지하는 삼신할머니의 잘못이거나 그렇지 않으면 가문 하적하는 세상 사람의 잘못이니까 내가 삼신할머니를 탓하구 세상 사람을 미워할밖에. 세상 사람이 임금이 다 나보다 잘났다면 나를 멸시천대하더래두 당연한 일루 여기구 받겠네. 그렇지만 내가 사십 평생에 임금으루 쳐다보이는 사람은 몇을 못 봤네. 내 속을 털어놓구 말하면 세상 사람이 모두 내 눈에 깔보이는데 깔보이는 사람들에게 멸시 천대를 받으니 어째 분하지 않겠나. 내가 도둑놈이 되구 싶어 된 것은 아니지만, 도둑놈 된 것을 조금두 뉘우치지 않네. 세상 사람에게 만분의 일이라두 분풀이를 할 수 있구 또 세상 사람이 범접 못 할 내 세상이 따루 있네. 도둑놈이라니 말이지만 참말 도둑놈들은 나라에서 녹을 먹여 기르네. 사모 쓴 도둑놈이 시굴 가면 골골이 다 있구 서울 오면 조정에 득실득실 많이 있네.　　　　　　　　　　　　(9권, 146~147쪽)

이 예문으로 보면 임꺽정은 냉철하게 현실과 자신을 이해하고 있는 것처럼 보인다. 자신의 잘못과 자신을 그렇게 만든 시대의 모순을 제대로 짚어내고 있다. 공부 안 하고 행실을 바르게 하지 못한 것은 비난받아 마땅하지만, 백정이라는 신분 때문에 받는 모멸은 참을 수 없다는 분별력까지 보여준다. 자신과 같은 도둑 말고 참 도둑은 따로 있다는 말도 한다. 한양 조정이나 시골 관하에 박힌 관리들이 자신보다 더 큰 도둑이라 주장하는 것이다. 앞서 살핀 대로 자신이 도둑이 되고 싶어 된 것도 아니란 말도 빼놓지 않는다. 임금(훌륭한 인물 또는 상전이라는 의미)으로 쳐다보이는 사람을 몇 못 보았다는 말은 양반에 대한 비아냥으로 들린다.

이런 냉철한 현실 인식을 가진 임꺽정은 앞서 힘없는 안성 사람들, 죄 없는 광복산 주민들의 목을 베던 사람과는 다른 인물처럼 느껴지기도 한다. 사실 이 소설에서 임꺽정은 성격의 일관성이 부족한 인물이다. 작품 초반에 계급적 반항아로서의 면모를 보이던 그는 작품 후반으로 갈수록 점차 난폭한 도적의 두목으로 변모해간다. 사내다운 기상을 갖춘 우직한 인물에서 여자를 좋아하는 호색한에 자기밖에 모르는 이기적인 인물의 모습을 자주 보인다. 연재 기간이 길었던 탓도 있겠지만 전승으로 내려오는 임꺽정의 이미지와 역사에 기록된 임꺽정 이미지 사이의 괴리에서 오는 문제도 있었을 것이다. 이런 성격의 일관성 결여는 애초에 임꺽정을 주인공으로 선택한 작가의 주제 의식을 흐리게 하는 결과를 낳는다. 해방 이후에도 이 작품이 완결되지 못하고 미완으로 남은 이유도 이 때문이 아닐까 생각한다.

도적들의 다른 사정

『수호지』의 양산박에 호걸들이 모이듯 청석골에는 각기 다른 사정을 가진 큰 두령들과 작은 두령들이 모인다. 수십 명의 졸개와 그들의 식솔들 역시 모여든다. 모여든 사정이 각기 다르듯이 도적질하면서 사는 방법도 각기 다르다. 주인공 임꺽정 중심으로 이야기가 전개되지만 소설에는 다른 두령들의 생각도 간간이 드러난다. 비록 떳떳하게 살 수 없어 산으로 들어왔지만 어떻게 살 것인가에 대한 인물들의 생각은 조금씩 다르다.

임꺽정은 도둑이 된 자기 처지를 어쩔 수 없다고 생각하는 편이다.

> 자네는 나더러 유복이를 도둑놈 노릇하게 내버려 두었다구 책망하지만 양반의 세상에서 성명 없는 상놈들이 기 좀 펴구 살아보려면 도둑놈 노릇밖에 할 게 무엇 있나. [……] 내 생각을 똑바루 말하면 유복이 같은 도둑놈은 도둑놈이 아니구 양반들이 정작 도둑놈인 줄 아네. 나라의 벼슬두 도둑질하구 백성의 재물두 도둑질하구 그것이 정작 도둑놈이지 무엇인가. (5권, 395쪽)

청석골의 일곱 두령은 임꺽정, 박유복, 곽오주, 길막봉, 황천왕동이, 배돌석, 이봉학이다. 서림은 두령 후보로 거론되기는 했지만 곽오주의 반대도 있고 하여 두령 자리를 고사하였다. 이 중에서도 임꺽정, 이봉학, 박유복의 관계는 특별하다. 갖바치 밑에서 어릴 적 함께 공부한 정이 남다르다. 박유복은 아버지의 원수를 갚고 먼저 청석골 도적으로 자리 잡는다. 이봉학은 왜구를 물리치는 등 공을 세워 관로에 나서기도 한다. 봉학은 셋 중 가장 큰 형인 임꺽정이 유복을 설득하여 바르게 살게 도와주지 않는 점이 불만이다. 그러나 임꺽정은 양반의 세상에서 상놈이 기를 펴고 살 수 있는 방법은 도적이 되는 것 말고 없다는 생각을 펼친다. 유복이처럼 생계를 위한 도적은 도적도 아니고, 대놓고 백성의 재물을 도둑질하는 관리들이 도적이라고도 말한다.

도적이 늘어나는 현실에 대해서는 양반들의 인식도 임꺽정의 그것과 크게 다르지 않았던 듯 하다. 다음은 실록에 기록된 내용이다.

사신은 논한다 : 도적이 성행하는 것은 수령의 가렴주구 탓이며, 수령의 가렴주구는 재상이 청렴하지 못한 탓이다. 오늘날 재상들의 탐오한 풍습이 한이 없기 때문에 수령들은 백성의 고혈을 짜내어 권요(權要)를 섬겨야 하므로 돼지와 닭을 마구 잡는 등 못하는 짓이 없다. 그런데도 곤궁한 백성들은 하소연할 곳이 없으니, 도적이 되지 않으면 살아갈 길이 없는 형편이다. 그러므로 너도나도 스스로 죽음의 구덩이에 몸을 던져 요행과 겁탈을 일삼으니, 이 어찌 백성의 본성이겠는가. 진실로 조정이 맑고 밝아서 재물만을 좋아하는 마음이 없고, 수령을 모두 한 나라의 공수와 황폐와 같은 사람으로 가려 차임한다면, 칼을 잡은 도적이 송아지를 사서 농촌으로 돌아갈 것이니, 어찌 이토록 기탄 없이 살생을 하겠는가. 그렇게 하지 않고, 군사를 거느리고 추적하여 체포하려고만 한다면 아마 체포하는 대로 뒤따라 일어나 끝내 모두 체포하지 못할 지경에 이르게 될 것이다.[5]

실록은 주로 왕의 행적을 기록하는 글이다. 내렸던 명령, 회의, 행차 등을 빠짐없이 기록하고 사관이 자기 의견을 적기도 한다. 사관이 적은 기록을 사초라 하는데 연산군 때 사화는 이 사초를 기화로 하여 벌어졌다. 왕도 볼 수 없었던 사초에는 바른 신하의 곧은 소리가 담겨 있기도 했다. 위 기록은 『명종실록』의 한 부분인데 도적 떼가 창궐하는 현실에 대한 사관의 생각이 잘 드러나 있다.

사신(史臣: 사초를 쓰는 신하)은 도적이 성행하는 이유는 수령의 가렴주구 탓이라 단정 지어 말한다. 수령의 가렴주구는 그 위의 관리들이 탐욕이 많아서 벌어진다고 평한다. 그런 환경에서 백성들은 하소연할 곳도 없어 '도적이 되지 않으면 살아갈 방법이 없'다고 적었다. 이렇게 늘어난 도적은 군사를 거느려 체포한다고 해결될 일이 아니고, 조정과 수령들이 먼저 맑아지면 저절로 해결될 문제라 한다. 애민이라는 이상적인 유교 통치의 원리를 그대로 반복하고 있다는 느낌은 있지만, 현실에 대한 옳은 인식이 담겨 있는 것은 분명하다.

도적 중에 임꺽정 패는 규모가 꽤 큰 편에 속했다. 많은 식솔을 거느린 만큼 도적질의 규모도 클 수밖에 없었고, 그런 만큼 관의 관심도 많이 받았다. 어떤 면에서는 먹고 살기 위해 산으로 들어간 일반 백성들이 감당할 수준을 넘어서는 규모였는지 모른다.

운달산 도적 박연중은 청석골 패와 달리 소규모 도적질을 오래 해온 인물이다.

> 나는 대체 자네네 청석골 사업이 너무 큰 것을 재미없게 아는 사람일세. 우리가 압제 안 받구 토심 안 받구 굶지 않구 벗지 않구 일생을 지내면 고만 아닌가. 그 외의 더 구할 게 무언가. 자네네 일하는 것이 나 보기엔 공연한 객기의 짓이 많데. 이번 일만 말하더라두 그게 객기 아닌가? 봉산 군수를 죽이면 금이 쏟아지나 은이 쏟아지나. 설사 금은이 쏟아지더라두 뒤에 산더미 같은 화가 올 걸 어째 생각 아니하나? 아무리 무능한 조정이라두 지방 관원을 죽인데 가만히 보구 있겠나? 말게, 제발 말게. (9권, 252쪽)

박연중은 나이 많은 도적으로 임꺽정과는 양주에서부터 알고 지내던 사이이다. 그에게 도적질은 생계유지 수단 이상도 이하도 아니었다. 앞선 사초에서 보았듯이 선한 마음을 가지고 있지만 어쩔 수 없이 도적이

된 인물이라 할 수 있다. 산에 웅거하고 지나는 행인의 봇짐이나 털며 생계를 유지할 뿐, 규모를 키워 관리들의 주목을 받는 일 따위는 하지 않았다. 그가 보기에 지방 관원을 해치고 한양으로 올라가는 진상품까지 빼앗는 임꺽정의 행동은 위험천만하기 짝이 없다. 아무리 도적의 규모가 크다고 해도 조정의 군사력을 이길 수는 없다고 생각하기 때문이다. 실제로 위 충고를 무시하고 관의 재물을 턴 후 임꺽정은 토포사를 피해 이리저리 쫓기는 신세가 된다. 이와 달리 박연중은 도적이었지만 천수를 누리고 죽는다.

『임꺽정』에서 주인공 임꺽정 다음으로 잘 알려진 인물은 서림이다. 그는 경기 감영 영리로 있을 때 포흠(관청의 물건을 사사로이 소비하는 일) 죄를 지어 직을 떼였다. 이후 평안도에서 관청의 심부름꾼으로 있다가 진상 물품을 빼돌려서 한양으로 가던 중 청석골에 붙잡혀 도적이 되었다. 그는 이후 청석골 패들이 벌이는 큰 사건을 계획하는 모사로서 중요한 역할을 한다. 하지만 한양에서 포도청에 체포된 후에는 청석골 패를 소탕하는 데 앞장선다. 임꺽정이 도적을 상징하는 인물이라면 서림은 배신자를 상징하는 인물이다.

> "소인이 적굴에서 구구히 목숨을 부지하올망정 백정의 자식과 형이니 아우니 히웁긴 맘에 부끄럽사와 꺽정이와 같이 결의하자구 조르옵는 걸 굳이 싫다구 했웁더니, 꺽정이 말이 우리와 같이 결의 않는 것은 종시 딴 맘을 두는 것이라구 죽인다구 서둘러서 소인이 어진혼이 빠졌소이다. 만일 그때 결의에 참례하였웁던들 오늘날 꺽정이를 잡아 바칠 생각이 났을는지 마치 모를 일이외다." (9권, 213쪽)

체포된 서림은 꺽정이를 잡아 바치겠다고 거짓말을 해본다. 하지만 거짓말로는 살아나갈 가망이 적다고 판단하자 곧 정말로 잡아 바칠 마음을 먹는다. 그는 포도 대장에게 평산 남면 마산리에 사는 대장장이 이춘동의 집에 두령들이 모인다는 정보를 준다. 위 예문은 꺽정이 패에 참여했지만, 자의가 아니라 완력에 의해 억지로 함께 했을 뿐이라고 변명하는 내용이다. 서림의 말에 사실과 부합하는 면이 있다고 해도 소설에서 강조하는 것은 아무래도 그의 배신 쪽이다.

임꺽정을 비롯해 도적들 대부분이 천민이나 농민 출신인 것과 달리 서림은 아전 출신이다. 중인 계급이었던 셈이다. 계급적으로 그와 청석골 패는 처음부터 어울리지 않았다. 그가 청석골 패에 합류한 이유는 관에 지은 죄가 있어 갈 곳이 없었고 도적에게 당장의 목숨이 위태로웠기 때문이다. 일단 도적에 합류한 후에는 꾀를 내어 패거리 안에서 자기 위치를 다지려 노력했다. 그의 배신 역시 특별한 결심에 의해서라기보다 목숨을 구하기 위한 본능적인 행동이었다. 임꺽정과 달리 그는 현실에 대한 울분도 없고 꼭 지켜야 할 의리도 없는 사람이었다. 서림은 중인 계급 특유의 몸 가벼움을 가지고 있었다.

조선의 정조를 찾아

실록에는 임꺽정이 관군에 잡히는 과정을 짐작할 만한 기사들이 몇 건 실려있다. 우선 한양에 들어와 있던 서림이 숭례문 밖에서 붙잡힌 것은 명종 15년(1560년)이다. 같은 해에 도적 임꺽정을 잡았다는 보고가 있었으나 가짜였다. 꺽정이라고 주장하던 도둑은 실제로 그의 형 개도치였다. 이 사실은 포도청이 서림을 불러 대질하여 알아냈다고 한다. 토포사 남치근이 출정한 것은 명종 16년, 1561년 10월 8일이었다. 실록에는 명종이 토포사 남치근과 백유검에게 전교한 내용이 실려있다. 이어 명종 17년 즉

1562년 1월 3일에는 황해도 토포사 남치근에게 선전관, 금부낭청, 포도군관 등을 속히 보내 임꺽정을 잡아 오라는 전교가 내려졌다. 며칠 뒤인 1월 7일 기사에는 "나라에 반역한 대적 임꺽정 등을 이제 모두 체포하였으니 내 마음이 매우 기쁘다"며 포상을 명하는 임금의 전교가 있었다.

앞서 살핀대도 작가는 임꺽정 이야기를 영웅담으로 엮지 않았다. 작가의 관심은 한 인물에 국한되지 않고 그를 둘러싼 주변 인물들과 그가 살았던 시대 전반에 걸쳐 있었다.

임꺽정의 사기(史紀)는 극히 단편 단편으로 떨어져 있는 것밖에 없어서 대개는 나의 복안으로 사건을 꾸미어가지고 나갑니다. 다만 나는 이 소설을 처음 쓰기 시작할 때에 한가지 결심한 것이 있지요.

그것은 조선문학이라 하면 예전 것은 거지반 지나문학의 영향을 많이 받아서 사건이나 담기어진 정조들이 우리와 유리된 점이 많았고, 그리고 최근의 문학은 또 구미문학의 영향을 많이 받아서 양취(洋臭)가 있는 터인데 『임꺽정』만은 사건이나 인물이나 묘사로나 정조로나 모두 남에게서는 옷 한 벌 빌려 입지 않고 순조선 거로 만들려고 하였습니다. '조선 정조(朝鮮情調)에 일관된 작품' 이것이 나의 목표였습니다.[6]

의형제 편 연재가 시작될 때 작가가 창작 의도를 밝힌 부분이다. 소설 전체로 보면 첫 세 편 봉단, 피장, 양반 편의 연재가 끝나고 본격적으로 청석골 화적패 인물들 이야기가 시작되던 시기이다. 윗글 내용은 크게 두 가지로 정리된다. 임꺽정의 기록이 극히 단편적이어서 허구의 사건을 꾸며야 한다는 생각과 '조선 정조'가 잘 드러나는 작품을 쓰겠다는 결심이다. 과거 문학이 중국에 영향을 많이 받았다면 현재의 문학은 서양의 영

　　　　　　　　　　위대한 이야기 유산

향을 많이 받았다고 전제하고, 사건이나 인물이나 묘사나 정조가 '순 조선'적인 작품을 쓰는 것이 목표라고 밝힌다.

그 목표가 달성되었느냐 아니냐를 지금 묻는 일은 무의미하다. '조선 정조'라는 말부터 합의에 이르기 매우 어려운 개념이기 때문이다. 다만 목표를 달성하기 위해 작가가 어떤 노력을 했고 그 결과 어떤 소설이 써졌는지를 살피는 일이 훨씬 더 생산적이다. 작가는 조선적인 것으로 사건, 인물, 묘사, 정조 네 가지를 내세운다. 각각 중국과 서양과는 다른 무엇을 의미한다는 점은 분명하나 그 실체는 작품을 통해서 확인해 볼 수밖에 없다.

『임꺽정』을 세 부분으로 나누었을 때 각 부분의 취재 대상은 확연히 다르다. 앞의 세 편과 관련해서는 취재할 자료가 많은 편이었다. 실록은 물론 개인들의 문집에도 이 시대 양반들의 기록은 적지 않다. 비교적 긴 기간을 다루고 있어서 활용할 수 있는 자료가 꽤 많았을 것이다. 두 번째 의형제 편은 민담과 재담으로 채워졌다. 일곱 명의 두령들이 청석골로 모이게 된 사연이나 그들이 겪은 경험은 민간에서 전해오는 익숙한 이야기들이다. 세 번째 화적 편은 실록에 남아 있는 기록을 참조한 듯하다. 민담적인 요소가 줄어드는 대신 임꺽정의 비중이 전편에 비해 높아진다.

다른 편에 비해 조선적인 사건과 인물을 느낄 수 있는 부분은 의형제 편이다. 각 편의 주인공들이 경험하는 보쌈, 호환, 사위시험보기, 귀신의 원님 방문 등은 비교적 잘 알려진 민담의 내용과 같다. 우는 아이를 잡아간다는 곽쥐 이야기 역시 우는 아이를 달래기 위해 어른들이 자주 하던 말이다. 작가는 이를 조선적인 세태 혹은 풍속으로 여겼던 것으로 보인다.

소설 전체에서 가장 민담적인 인물은 황천왕동이다. 그는 백두산에서 태어나 어릴 적부터 산짐승을 사냥하며 살아왔다. 호랑이를 쉽게 잡을 뿐 아니라 축지법을 사용하듯 백 리 길도 하루에 걸을 수 있다. 그는 장기를 좋아하여 장기 고수를 찾아 전국을 돌아다니기도 한다.

어느 날 그는 장기를 잘 둔다는 소문을 듣고 함경도 봉산의 백 이방을 찾아간다. 백 이방은 사위를 구하기 위해 수년 동안 사위 시험 보기를 진행하고 있었다. 황천왕동이는 사흘간의 면접 끝에 합격하고 결혼하여 장인 장모의 귀여움을 받는다.

이방이 한 손으로 수염을 쓰다듬으며 다른 손의 엄지손가락을 치어들어 보이니 천왕동이는 한동안 생각하다가 한 손의 새끼손가락을 앞으로 내밀고 다른 손의 손가락 하나로 자기의 볼을 똑똑 두드리었다. 이방의 의사는

"사내가 엄지손가락과 같지."

하고 물은 것인데 천왕동이의 한 시늉은

"여편네는 새끼손가락이오."

---

*『**조선왕조실록**』 조선 왕조가 태조부터 철종에 이르기까지 25대, 472년의 역사를 편찬한 사서이다. 총 1,894권 888책, 49,646,667자로 이루어져 있다. 『고종실록』과 『순종실록』도 있지만, 이 실록은 일제 강점기에 편찬되어 이전 실록과 별도로 취급한다. 조선은 건국 때부터 춘추관을 만들고 기록자인 사관(史官)을 두었나. 사관들은 왕을 수행하며 왕과 주변 관료들이 하는 행동을 빠짐없이 적은 기록물 사초(史草)를 만들었다. 거기에 사관들은 3년마다 자신들이 작성한 사초와 각 관청의 기록물을 모아 별도로 시정기(時政記)를 만들었다. 실록편찬의 공정성을 보장하고, 기록자를 정치적 탄압으로부터 보호하기 위해 사초와 시정기는 왕조차 볼 수 없는 비공개 문서였다. 선왕이 사망하면 왕은 사관과 정승급 관료로 구성된 실록청을 설치하고 사초, 시정기와 승정원일기 등 각 관청의 기록들을 모아서 선왕의 실록을 편찬했다. 완성된 실록은 5개로 필사해서 춘추관에 1부를 두고 지방의 사고(史庫)마다 1부씩 보관했다. 현재 남아 있는 실록은 정족산본 1,181책, 태백산본 848책, 오대산본 27책, 기타 산엽본 21책이다. 『조선왕조실록』은 1997년 유네스코에 세계기록유산으로 등록되었다.

위대한 이야기 유산

하고 여편네가 분 바르는 흉내로 볼을 두드린 모양이라 대답이 되
었다. 이방은 한번 빙그레 웃고 나서 손가락을 다섯을 꼽아서 내보이
니 천왕동이는 별로 지체도 않고 셋을 꼽아서 마주 보였다. 이방의 의
사는

"오륜을 아느냐?"

하고 물은 것인데 천왕동이의 한 시늉은 정녕코

"삼강까지 아오."

하고 대답한 것이라 이방은 속으로 은근히 놀랐다.　　　(5권, 154쪽)

세 가지 시험 중 하나인 묵언 문답 장면이다. 이방은 자기가 낸 문제
에 사윗감이 적절히 답했다고 생각하지만 천왕동이는 문제를 제대로 이
해하지 못하고 동문서답을 한 것뿐이었다. 엄지손가락을 올린 이방의 행
동을 보고 천왕동이는 자기가 장기에 최고라고 주장하는 것이라 여겨 그
러다 실력이 새끼손가락에 불과함을 알게 되면 부끄럽지 않겠냐고 답하
였다. 다섯 손가락 편 것을 이방이 장기 다섯 수를 본다고 자랑한다 생각
하고 자신은 일곱 수를 본다고 손가락 일곱을 편 것이었다. 이방은 접은
손가락 셋을 보고 정답이라 생각했다.

이 시험은 어린이 동화로도 잘 알려진 떡보가 중국 사신 만난 이야기
와 유사하다. 하늘은 둥글다는 표시로 손가락으로 원을 그린 사신에게 떡
을 좋아하는 순박한 청년 떡보는 네모난 모양을 보여준다. 사신은 하늘은
둥글다는 문제에 대해 땅은 네모라 답했다고 생각하지만, 떡보는 둥근 떡
에 대하여 네모 난 떡판을 그려 보인 것이었다. 중국 사신이 손가락 셋을
들어 삼강을 아느냐 묻자 떡보는 손가락 다섯을 펴는데 사신은 삼강을 아
느냐는 문제에 오륜까지 안다고 답한 것으로 받아들인다. 떡보는 떡 세 개
먹었느냐는 질문에 다섯 개 먹었노라 답했을 뿐이다. 중국 사신은 평범한

청년이 이처럼 학문을 열심히 하는 것을 보고 놀라 돌아갔다고 한다.

황천왕동이 이야기는 관의 봉물을 훔치고 파옥을 감행하는 도적이 겪은 이야기로는 지나치게 가벼운 느낌을 준다. 반대로 곽오주 이야기는 섬뜩한 느낌을 줄 정도로 끔찍하다. 그는 과부를 업어와서 이년 정도 함께 살았는데, 아내는 아이를 낳은 직후 죽고 만다. 아내를 잃고 슬픔에 빠진 오주는 젖동냥으로 아이를 근근이 기르다 그만 울음소리에 놀라 아이를 죽이고 만다. 이후 오주는 자신이 벌인 끔찍한 행위와 아이 잃은 슬픔에서 벗어나지 못하고 우는 아이를 보면 정신을 잃고 만다. 그가 화적질할 때 어린아이들을 무자비하게 죽였기 때문에 '곽쥐 온다'는 말이 생겼다고 한다.

이봉학이 겪은 귀신 이야기도 널리 알려져 있다.

고형산 고관서 전라감사 때 예방 비장이 이 방에 거처하였는데 그 비장의 수청 기생이 무당의 딸이라 굿을 좋아하여서 저의 집 이웃에 큰굿이 있단 말을 듣고 잠깐 볼일이 있다고 핑계하고 나갔다가 굿 구경에 반하여 밤을 새우고 들어온 것을 비장은 혹시 따로 보는 사내가 있는가 의심하고 눈이 빠지게 나무랐더니, 기생이 무정지책을 받고 독살이 나서 비장이 선화당에 올라간 틈에 이 방에서 목을 매어 죽었다. 기생이 죽은 뒤에 비장이 공연히 시룽시룽하여져서 감사에게 꾸중도 많이 들었으나 날이 갈수록 점점 더 심하여 아주 실성한 사람처럼 되고 말았는데 어느 날 밤에 동무 비장 한 사람이 병을 물으러 찾아갔더니 그 비장이 진정으로 사정하는 말이

"추월이 년이 내게 와서 밤낮 붙어 있으니 사람이 살 수 있나, 그년이 지금 어디 잠깐 나갔지만 곧 또 올 것일세. 그년을 어떻게 좀 쫓아주게."   (5권, 303쪽)

위대한 이야기 유산

이 민담의 가장 잘 알려진 판본은 억울하게 죽은 처녀의 혼이 이승을 떠나지 못하고 새로 부임해 오는 원님을 여럿 해친다는 이야기이다. 귀신이 특별히 해코지하려고 나타난 것이 아닌데도 담이 약한 수령들은 제풀에 놀라 목숨을 잃는다. 그러던 중 용감한 원님이 부임해 와 귀신의 원한을 풀어주고 그녀를 저승으로 건너가게 해준다. 이봉학이 겪은 사건의 구조도 이와 비슷하다. 새로 온 관리를 귀신 나오는 방에서 자게 하고 아전들이 그 결과를 관망한다는 점도 같다. 소설 속 이봉학은 귀신 방에서 무사히 밤을 보내고 아전들을 무색하게 한다.

주인공들이 직접 경험하지 않은 민담들도 여럿 소개된다. 다르냇재의 전설은 인물들이 다르냇재라는 고개를 넘으며 주고받는 이야기 속에 등장한다. 달래강 전설이라는 이름으로도 알려진 남매간의 애정 이야기이다. 내기에 빠진 부부 이야기도 삽입된다. 외딴 집에 도둑이 들어 물건을 훔치는데 부부가 마주 앉아 아무런 반응을 보이지 않는다. 도둑이 물건을 들고 집 밖으로 나가려 하자 아내가 '도둑이야' 소리를 지르는데 이때 남편은 웃으며 상에 놓인 떡은 자기 차지라고 좋아한다. 부부는 떡을 사이에 두고 먼저 말을 한 사람이 지는 내기를 하던 중이었다. 내기에 지지 않으려 둘은 도둑이 세간을 훔치는 데도 가만히 앉아 있었던 것이다. 앞의 이야기가 어른들의 야한 농담이라면 뒤의 이야기는 어리석은 이들에 대한 비웃음과 비판을 포함하고 있다.

운명을 알아버린 불행

조선적인 것이라 부를 수 있는지 모르겠지만 소설에는 무당이나 굿 이야기가 몇 번 등장한다. 화적 편 두 번째 권의 전반부인 '송악산' 편은 온전히 굿 이야기이다. 송악산 성황은 팔도 성황 중에 지위가 가장 높아

서 대왕대비나 대비를 대신한 내인들이 산을 찾아서 지성이나 기도를 드리는 일이 잦았다. 여름에는 오월 굿이 가장 많고 그중에서 단오굿이 제일 굉장하였다. 이 굿을 보기 위해 청석골의 아낙들이 외출을 나서고 송악산에서 큰 싸움이 벌어진다. 황천왕동이 아내가 동도 도사 아들 무리에게 납치되는 사건이 발생했기 때문이다.

박유복이 아내를 얻은 사연 역시 굿과 관련된다. 주기적으로 신에게 처녀를 바치는 마을이 있었다. 무당의 몸에 실린 신이 여인을 산으로 데려가는 것이다. 원수를 죽이고 산속에 숨어 있던 유복은 신에게 바쳐진 처녀와 함께 지내며 자연스럽게 부부가 된다.

궁중에서도 이런 무속적인 행위가 자주 벌어진다.

> 그 방법은 산골 조용한 곳에 들어가서 제웅을 만들어놓고 제웅 등에 사람의 사주를 써서 붙이고 매일 바늘 하나씩을 박으면 칠 일 만에 사주 임자의 목숨이 끊어진다는 것이다. 원형의 형제가 남산 으슥한 구석에 초막을 짓고 김륜이의 가르치는 방법대로 제웅을 만들고 그 등에 상감의 사주를 써 붙이고 매일 바늘 하나씩 박아 가는데, 괴상한 일은 제웅 발에 바늘을 박는 날부터 상감은 팔이 쑤시어 못 견디어 하여 이삼 일 지난 뒤에 상감은 온몸이 쑤시지 않은 곳이 없었다. 원형의 형제는 궐내의 소식을 듣고 방자가 영험 있는 줄을 알고 좋아하여 닷새 되던 날부터 원형이는 어느 시골을 갔다 온다고 핑계하고 남산 초막 속에 가서 파묻혀 있게 되었다. (3권, 19쪽)

방자는 사람을 본뜬 인형을 만들어 해코지하여 실제 사람에게까지 영향을 미치게 하는 주술이다. 윤원형은 임꺽정이 도적으로 이름 날린 명종 기간 내내 권력을 누린 실제 인물이다. 오래 재위했던 중종이 죽고 인종이 왕이 되었지만, 원형은 자기 여동생 아들을 새로운 왕으로 옹립하고 싶어했다. 이에 남산에 움막을 짓고 사주를 잘 본다고 알려진 김륜을 동원해 방자를 놓는다. 갖바치가 이 사실을 알고 임금이 죽는 불행한 사태를 막는데 임꺽정이 이 일을 함께 한다. 남산에서 이상한 집을 발견한 임꺽정은 김륜을 잡아 쫓아내고 움집은 불태워버린다. 실제 역사에서 인종은 단명한 왕이었다. 『임꺽정』에서도 임금의 단명을 제웅의 탓으로 돌리지는 않지만, 이 일화는 흔들리는 왕권과 도를 넘은 외척의 전횡을 보여주기에 충분하다.

주초위왕(走肖爲王)을 통한 모함 역시 주술적인 느낌을 준다. 주초는 조(趙)의 파자이며, 이는 조광조가 왕위에 오른다는 참언이었다. 조광조를 좋아하지 않았던 공신들은 그가 공신들을 제거한 후에 스스로 임금 될 꿈을 꾸고 있다는 소문을 퍼뜨린다. 동시에 대궐 안의 나뭇잎에 꿀로 글자를 써서 벌레가 파먹게 하고, 이것이 묘하게 글자로 남은 것을 임금에게 보여준다. 이를 본 임금의 진노와 불안이 극에 달하여 조광조와 그를 따르는 무리는 큰 화를 입게 된다.

실제로 조광조는 중종반정 등으로 공신이 된 훈구파 세력을 견제하기 위해 엄격한 도덕 정치를 내세운 인물이다. 중종 역시 세력 강한 신하들을 견제하기 위해 그의 성리학적 원칙과 곧은 간언이 필요하였다. 하지만 세력이 커지는 것을 두려워한 훈구파들의 견제로 조광조와 그와 가깝던 인물들은 사약을 받거나 귀양을 가게 된다. 이를 갑자사화라 부르고 조광조를 따르는 이들을 사림파라 부른다. 그의 실패는 세상을 바꾸는 일이 얼마나 어려운지, 기득권을 견제하고 극복하는 일이 얼마나 어려운지를 잘 보여준다. 비록 사약을 받았지만, 조광조의 꿈은 시간이 지난 후에 꽃을 피운다. 사림파의 정신이 이후 조선의 정치 이념의 주류로 자리 잡기 때문이다. 조광조 역시 후대에 명예 회복은 물론 재평가가 이루어졌다.

백정 출신의 현인 갖바치는 자기 꿈을 실현하지 못하고 죽은 조광조와 대조적인 삶을 산 인물이다.

칠장사 서쪽 산기슭 편편한 땅에 새로 세운 소도바가 한 개 있으니 이 소도바에 들어 있는 한 줌 재는 팔십오 세 일생을 이 세상 천대 속에서 보낸 사람이 뒤에 끼친 것이다. 그 사람이 초년에는 함흥 고리백정이요, 중년에는 동소문 안 갖바치요, 말년에는 칠장사 백정중이라 천인으로 일생을 마쳤으나, 고리백정으로 이교리의 처삼촌이 되고 갖바치로는 조정암의 지기가 되고 백정 중으로는 승속간에 생불 대접을 받았었다. 생불이 돌아갈 때 목욕하고 새 옷 입고 앉아서 조는 양 숨이 그치었는데, 그날 종일 이상한 향내가 방안에 가득하고 은은한 풍악 소리가 공중에서 났다고 소문이 자자하였다. (6권, 238쪽)

갖바치로 알려진 고리백정 양주팔은 소설 속 주요 인물과 두루 관계를 맺었다. 함흥 출신인 그는 이장곤과는 먼 인척이 되고 조광조와는 학문과 정세 이야기를 나누던 벗이었다. 어린 임꺽정과 이봉학, 박유복을 가르치기도 했고 말년에는 죽산 칠장사에 들어 생불 소리를 들으며 세상과 거리를 두고 살았다. 그는 어린 임꺽정을 데리고 제주도에서 백두산까지 순례 길을 나섰으며 임꺽정과 운총의 결혼을 주선하기도 했다. 전국을 돌면서 정치승 보우를 만나고 쇠 갓을 쓴 이지함도 만났다. 그는 실존했던 인물을 두루 만남으로서 독자들에게 시대 분위기를 보여주는 역할도 한다.

그는 임꺽정과는 좌우가 바뀐 거울과 같은 존재였다. 백정이면서 둘은 전혀 다른 삶을 살았다. 갖바치가 학문으로 세계를 이해하는 길을 선택했다면 임꺽정은 즉흥적으로 세상과 맞닥뜨린 인물이다. 갖바치는 세상의 이치를 깨달았고 도술을 쓸 수 있었다. 그는 세상의 미래와 개인의

　　　　　　　　　　　　위대한 이야기 유산

운명을 볼 수도 있었다. 하지만 그것을 바꿀 수는 없었다. 그는 운명이란 말 그대로 정해진 길이어서 함부로 바꾸려 해서는 안 된다고 생각했다. 그렇다면 임꺽정과 갖바치 중 누가 더 불행했다고 할 수 있을까? 한 치 앞도 모르고 하루하루 기분대로 사는 사람과 미래를 알지만 바꿀 수는 없는 사람 중에서. 그가 절에 들어가 생을 마감한 이유는 무지렁이 같은 청석골 패들의 삶보다 자신의 삶이 나을 것이 없다고 생각했기 때문일지도 모른다. 세상이 바뀌지 않는데 그런 세상을 알아 무엇하겠는가. 차라리 꺽정이처럼 큰소리나 한번 쳐보고 살아보는 것이 더 나은 인생 아닐까?

민중적 인물의 가치

해방 이후 홍명희는 임꺽정을 마무리하자는 제안을 여러 차례 받았다고 한다. 하지만 작가는 굳이 작품을 완성하려 하지 않았다. 기왕의 연재분을 단행본으로 묶는 작업도 하지 않았다. 그는 '임꺽정이가 독립 후인 오늘날도 내 뒤를 따라다닌대서야' 되겠느냐고 손사래를 쳤다고 한다. 그에게 임꺽정은 일제 강점기에 어울리는 이야기였지 해방 이후 새로운 사회를 건설하는 시점에 다시 쓸만한 소설은 아니었다. 그에게 『임꺽정』은 조선어의 아름다움을 담아내는 그릇이었고, 대중들에게 들려주고 싶은 민중의 역사였다. 해방된 마당에서는 그 수단이 꼭 소설일 필요는 없었다.

작가가 소설 『임꺽정』에서 가장 신경 쓴 것은 '조선적인 정조'였다. 그는 경치를 묘사하더라도 조선 정취를 나타내 로맨틱하게 그리려고 노력했다. 서로 교류가 없을 것처럼 보이는 천민 계급과 양반 계급을 함께 다룬 것도 조선의 모습을 제대로 살려 보여주고자 한 의도에서였다고 할 수 있다. 사건들 역시 마찬가지였다. 역사 기록을 활용하여 구성한 사건과 함께 민담으로 떠돌던 이야기를 소설 안에 수용하였다. 특히 청석골 두령들의 이력을 소개하는 의형제 편은 다양한 민간전승으로 채워져 있다.

임꺽정은 투철한 계급 의식으로 무장한 의적도 아니며 역모를 꾀한 반도도 아니었다. 현실에 대한 울분은 누구보다 강했지만 그를 해결하는 방법은 세련되지 못했다. 자기보다 약한 사람들은 무시하고 때로 죄 없는 이들을 해치기까지 했다. 말 그대로 흉악한 도적이었던 셈이다. 하지만 다르게 생각하면 임꺽정의 매력은 이처럼 가공되지 않은 날 것 그대로의 인물 모습 속에 있다고 할 수 있다. 특히 소설 『임꺽정』은 권력을 가진 부패한 양반들에 대한 비판을 하층민들의 도덕적 우월성과 직접 연결하지 않는다. 『임꺽정』은 그저 당시의 풍속을 보여주고 시대의 모순을 들추어내며, 그 속에서 살았을 민중들의 일상을 묘사해 보여준다.

콘텐츠로서 『임꺽정』은 다양한 성격을 가진 인물들을 제공한다. 숱많은 눈썹과 밤송이 수염을 가진 반항아 임꺽정, 간사하게 웃으며 힘 있는 이의 비위를 맞추는 서림이 대표적이다. 활을 잘 쏘는 점잖은 인물 이봉학과 표창을 손에 쥐고 있는 박유복, 쇠도리깨를 들고 사람을 함부로 해치는 모지락스러운 인물 곽오주도 있다. 돌팔매질을 잘 하는 배돌석이나 걸음 잘 걷는 황천왕동이, 장사 길막봉이도 빼놓을 수 없다. 사실주의적 관점에서는 과장되었다고 볼 수 있는 이런 인물들의 개성이 이 소설의 가장 큰 매력이다.

4부
일상의 불안과 공포

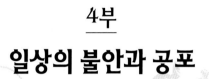

전래동화, 가부장적 이념의 흔적들

『어린이와 가정을 위한 이야기』

전래동화라는 유산

'옛날 아주 옛날에' 정도로 시작하는 이야기들이 있다. 얼마나 오래 되었는지 누가 창작했는지는 모르지만 여러 사람의 입을 거쳐 현재에까지 이르렀고 웬만해선 주변 사람들이 모두 내용을 알고 있는 그런 이야기들이다. 이것들은 근대 이전까지 입에서 입으로 전해지다가 차츰 문자로 정착되었고 지금은 신화, 전설, 민담, 전래동화 등의 이름으로 불리며 전통이나 문화유산으로 대접받는다. '단군신화', '조신 설화', '콩쥐 팥쥐', '장화 홍련' 등이 모두 여기에 해당한다.

오래 구전되다 문자로 정착되었다는 점은 같지만, 신화, 전설, 민담, 전래동화는 각기 다른 특징을 가지고 있다. 그리스 신화나 북유럽 신화처럼 신화는 신성함에 대한 대중들의 믿음을 바탕으로 한다. 전설은 지역적 연관을 중요하게 생각한다. 이와 달리 민담은 신성함이나 지역적 연관에서 자유로운 보통 사람들의 일상적인 이야기들이다. 전래동화는 아이들을 위한 이야기라는 점에서 위 세 양식과 구분될 뿐, 세 양식의 특성을 고르게 가지고 있다. 그런 면에서 전래동화는 근대 이후 창작된 동화와는 성격이 다르다. 「장화 신은 고양이」, 「신데렐라」, 「백설 공주」, 「헨젤과 그레텔」 등은 잘 알려진 유럽 전래동화이다.

우리는 동화가 아이들에게 꿈과 희망 그리고 따뜻한 교훈과 바람직한 삶의 태도를 보여주는 양식이라고 알고 있다. 전래동화에 한정할 경우 이는 반만 맞는 말이다. 권선징악의 주제가 흔들리는 일은 거의 없지만 전래동화에서 교훈은 따뜻하기보다 잔혹하다. 아이들이 만나는 세상에는 어른들이 겪는 것과 전혀 다를 바 없는 냉혹한 현실만이 존재한다. 신체적 정신적 약자로서 아이들은 어른들에게 이용당하고 희생당하기까지 한다. 전래동화에서 바람직한 삶의 태도를 보여주는 좋은 어른은 찾아보기 어렵다. 그나마 지금 우리가 볼 수 있는 전래동화들은 몇 차례의 순화를 겪은 작품들이다. 아이들에게 들려주겠다는 목적으로 기록자에 의해 교육적으로 좋지 않은 부분이 정리된 것인데, 현재 기준으로 보면 순화된 내용마저도 그리 교육적이라 느껴지지는 않는다.

전래동화는 아이들을 주인공으로 내세우고 그들의 모험을 주로 다룬다. 일반적으로 전래동화의 시간과 공간은 우리의 경험 너머에 있다. 그 안에서는 요정이나 마술사가 아이들을 잡아가고 사람과 동물이 함께 어울려 산다. 그렇다고 전래동화의 세계가 현실의 시공간과 무관하게 존재하는 것도 아니다. 그곳은 우리의 현실적 시공간과 연계되어 있고, 그곳의 인물 역시 현실과 관련되어 있다. 다른 세계로 들어가는 마술 통로, 그 세계에서 벌어지는 신비한 모험은 현실과의 대비를 위해 존재한다. 다른 세계는 '사실적' 시간 혹은 일차적 시간과 상관없는, 그 세계 고유의 시간을 가지고 움직인다.¹

우리가 전래동화에 익숙한 이유가 겨울밤 할머니께서 들려주신 이야기를 들었다거나 민담집을 직접 읽었기 때문은 아닐 것이다. 애니메이션이나 영화로 새로 만들어진 이야기를 먼저 접하고 그것의 원전인 전래동화를 나중에 알게 되었을 가능성이 크다. 이는 그만큼 전래동화가 문화콘텐츠로 적극적으로 활용되고 있다는 증거이다. 원래 이야기를 충실히 재현한 작품에서부터 새로운 해석으로 전혀 다른 의미의 작품을 만들어 낸 것까지 전래동화의 활용 폭은 매우 넓다. 심지어 '잠자는 숲속의 미녀' 를 패러디한 애니메이션 〈슈렉〉의 남자 주인공은 왕자가 아니고 여자 주인공은 아름답지 않다. 영화 〈말레피센트〉는 같은 이야기를 공주가 아닌 마녀를 주인공으로 각색한 작품이다. 원전이 동화라고 해서 새롭게 만들어지는 이야기가 꼭 아동용인 것도 아니다.

전승 작품이 대부분 그렇지만 전래동화에는 다양한 사람들의 욕망이 담겨 있다. 이야기가 유통되던 시대의 현실이 노골적으로 드러나는가 하면 차마 말하기 어려운 동시대인들의 무의식이 심연 깊이 가라앉아 있기도 하다. 이는 다시 만들어지는 이야기들도 마찬가지이다. 예를 든 〈슈렉〉이나 〈말레피센트〉에서 우리 시대의 현실과 무의식을 발견하는 일은 그리 어렵지 않다.

현재 가장 널리 알려진 전래동화 모음집은 그림 형제가 편찬한 『어린이와 가정을 위한 이야기(Kinder-und Hausmärchen)』[2]이다. 「백설 공주」, 「신데렐라」, 「헨젤과 그레텔」, 「빨간 모자」, 「들장미 공주」, 「브레멘의 동물 음악대」, 「라푼첼」 등이 이 모음집에 포함되어 있다. 200편 넘는 이 동화집의 주제를 한두 가지로 정리하기는 어렵다. 하지만 제재로 보면 부모나 형제, 자매 그리고 부부 관계 관련 이야기가 다수를 차지한다. 이 글에서는 수록 동화들이 기존 가정의 유대를 강화하려 노력할 뿐 아니라 새로운 가족을 만드는 과정, 즉 가족 관계의 변화를 수용하는 쪽에 관심을 두고 있다는 점에 주목하여 KHM을 살펴보려 한다.

민족의식과 민담의 기록

KHM은 야콥 그림(Jacob Grimm, 1785년~1863년)과 빌헬름 그림(Wilhelm Grimm, 1786년~1859년) 형제가 수집 편집하여 출간한 책이다. 그림 형제는 처음부터 어린이를 위한 동화를 수집하려 했던 것은 아니다. 형제는 함께 법학을 전공했으며 언어학에도 관심이 많았다. 그런 그들이 동화 수집에 나서게 된 데에는 시인이자 작가였던 브렌타노의 영향이 컸다. 당시의 민족주의적이고 낭만주의적인 시대 분위기 역시 '독일적'인 이야기로 두 사람의 관심을 이끌었다.

그림 형제가 태어나고 성장한 18세기 후반과 19세기 초반은 독일에서 근대적 민족주의가 본격적으로 관심을 끌기 시작하던 시기였다. 300여 개의 공국으로 분할된 영토에서 살고 있던 독일인들은 오랫동안 국가의식이나 민족의식을 가지고 있지 않았다. 그러던 중 나폴레옹의 침략으로 독일 영토 대부분이 프랑스의 지배를 받게 되자 하나의 독일을 희망하는 민족주의가 일어나게 되었다. 독일 민족주의를 옹호하는 피히테의 유명한 책『독일 국민에게 고함』이 발행된 해는 1808년이었다.

민족주의와 함께 민족 문학, 민중문학, 민속에 대한 관심도 높아졌다. 헤르더(1744년~1803년)에 의해 주창된 민족 문학은 민중의 오랜 역사와 문화 그리고 정신세계의 진수를 간직하고 보여주는 문학, 민중의 삶과 밀접하게 연관된 문학을 이르는 말이다. 민족 문학이라는 새로운 개념에 열광한 이들은 독일 문학을 고대 그리스나 프랑스 문학의 모방이라는 기존의 틀에서 해방시키려 하였다. 헤르더가 민족 문학의 원형 내지 전범으로 삼은 양식은 민요였지만 민중 전설, 민담, 신화도 민족 문학으로 큰 관심을 받았다. 이러한 시대적 분위기 속에서 민담과 전설, 그리고 신화를 발굴해 소개하려는 움직임이 활발해졌다.[3]

독일 민족주의는 낭만주의 운동과 함께 나타났다. 이는 어느 정도

위대한 이야기 유산

프랑스 계몽주의에 대한 반발을 포함하고 있었다. 낭만주의 역시 과거 문화에 깊은 관심을 보였는데, 그들이 관심을 가진 과거 문화는 그리스나 로마의 고대 문화가 아니라 게르만 민족 고유의 민요, 민담, 전설이었다. 그 안에 남아 있는 민족 고유의 이야기를 통해 독일의 민족적 정체성과 정통성을 형성하고자 했으며, 그것을 민족의식 고취의 교육적 수단으로 삼고자 했다. 그림 형제의 동화집이 이런 맥락에 놓임은 말할 것도 없다. KHM과 비슷한 시기에 브렌타노와 아르님의 『소년의 마술 피리』, 야콥 괴레스의 『독일 민속집』, 루트비히 베히슈타인의 『독일 민담집』과 같은 책들이 출간되었는데 모두 '독일적인 것'을 강조하였다. 그림 형제 역시 게르만 전설을 모아 『독일 전설』이라는 책을 출판하였다.

구전되어 온 전래동화 관련 자료를 그림 형제에게 제공한 사람들은

---

*19세기 유럽의 민족주의 유럽에서 민족주의를 자극한 사건은 프랑스 혁명과 나폴레옹 전쟁이었다. 혁명을 통해 민족주권과 민족의 자율성이 강조되면서 사람들은 민족을 하나의 운명 단위로 사고하기 시작했다. 프랑스가 혁명전쟁을 시작하자 상대편 나라들에서도 민족 감정이 고양되었다. 나폴레옹 정복 전쟁 이후 이는 더 강화되는데, 나폴레옹의 정복에 대한 반발로 저항 민족주의가 독일을 비롯한 곳곳에서 일어났다. 대륙봉쇄령으로 인해 피해를 본 영국과 프랑스의 정복에 시달린 이탈리아에서도 민족주의가 성장하였다. 19세기 유럽의 민족주의 운동은 크게 세 가지 방향으로 움직였다. 첫 번째는 제국에 속한 소수민족의 독립운동이었다. 두 번째는 분열된 민족의 통일이었다. 그리고 세 번째는 형성된 민족국가를 발전시키려는 움직임이었다. 오스만과 오스트리아의 지배를 받던 동유럽에서는 첫 번째 운동이, 독일과 이탈리아에서는 두 번째 운동이 일어났다. 영국과 프랑스는 세 번째에 해당했다. 독일에서는 1828년 프로이센을 중심으로 관세동맹이 맺어졌다. 독일의 통일과업을 떠맡은 인물은 프로이센의 수상 비스마르크였다. 그는 1866년에 오스트리아와의 전쟁에서 승리한 후 중북부 독일 국가를 북독일연맹으로 묶었다. 또 1871년에 프랑스와의 전쟁에서 승리한 후에는 남부의 4개 국가를 더 합쳐 독일제국을 만들었다.

주로 그림 형제의 친구들이나 아는 사람들이었다. 같은 나이 또래의 젊은 여성들이 많았고, 나이 많은 이야기꾼들도 있었다.[4] 그림 형제는 뒷골목과 민간의 뒷방을 찾아 돌아다니며 이야기를 모으기보다는 신분 높은 부르주아 가정의 부엌에서 이야기를 모았다고 한다. 이 사실은, 그들이 수집한 이야기가 가정 안에서 이미 충분히 윤색되었다는 것을 의미한다.[5] 보통이나 그 이하 신분 사람들 사이에서 떠돌던 이야기라 하더라도 신분 높은 집에 들어와서는 그 가정의 지위에 맞게 변형이 이루어졌을 것이 분명하다.

그럼에도 불구하고 그림 동화의 1812년 첫 판본은 잔인하고 폭력적이라는 지적을 받았고, 이 책을 고대하던 이들로부터도 호응을 받지 못했다. 이에 당시의 사회적 분위기와 교육적 요구에 따라 빌헬름 그림의 주도하에 증편과 개편이 이루어졌다.[6] 그림은 동화의 언어나 문체에만 손을 댄 것이 아니라, 여러 변이형을 합성하여 하나의 동화를 만들어내기도 했다. 따라서 그림 형제 동화 최종판의 문체는 구연자의 언어라기보다는 그림 형제, 특히 빌헬름 그림의 언어에 가깝다고 할 수 있다. 무엇보다 동화의 생명이라 할 수 있는 동화의 구연적 상황은 텍스트에서 거의 배제되었다.

KHM에 수록된 작품들을 동화로 번역해야 할지 민담으로 번역해야 할지에 대해서는 아직 논란이 있다. 원어 Märchen의 번역으로 동화보다 민담을 선택한 번역자들은 이 이야기들이 전래과정에서 특별히 어린이를 고려한 것이 아니었다고 생각해 민담이라는 포괄적인 개념을 쓰려 한다. 하지만 그림 형제에 의해 많은 가공이 이루어져 어린이와 가정에 맞게 수정된 점을 고려하면 그림 동화를 순수한 민담의 정리라 보기 어렵다는 견해도 있다. 최근 독일어 전공자들 사이에서는 '동화'라는 번역어를 포기하고 독일어 Märchen의 외래어 표기인 '메르헨'을 그대로 사용하자는 주장이 설득력을 얻고 있다.[7] '동화'로 번역할 경우 '메르헨'에 담긴 민담적

의미가 살아나지 못한다는 이유에서이다. 하지만 메르헨이라는 번역어를 쉽게 수용하기도 어려운데, 새로운 개념을 가져와 쓰는 것이 주는 부담이 적지 않기 때문이다. 여전히 동화라 불리는 다른 텍스트와의 구분도 문제가 된다. 그림 형제 이전에 동화에 대한 정의가 분명히 있었던 것도 아니기에 이 글에서는 동화 또는 전래동화라는 단어를 쓴다.

동화를 읽는 재미

전래동화를 읽고 의미를 생각하다 보면 "도대체 이게 무슨 뜻이지?"라고 당황할 때가 있다. 주제가 분명하지 않기 때문이다. KHM에 수록된 동화들 역시 주제를 분명하게 드러내지 않는다. 이는 인물의 심리나 사건의 자세한 디테일까지 상세히 설명하지 않고 많은 곳을 비워두는 동화나 민담의 특징과 관련 있다. 전통적으로 그 빈 곳을 채우며 나름의 이야기를 완성해가는 것은 동화를 듣는 사람들의 몫이었다. 청자나 독자들에게 동화는 뼈대만 갖추어진 집과 같다. 상상력만 충분히 발휘한다면 누구나 거기에 벽을 쌓고 창문을 내고 색을 칠해 새로운 분위기의 집을 완성할 수 있다. 그렇게 스스로 이야기를 완성해가는 것이 동화를 읽는 재미이다. 전래동화가 오랫동안 이어져 온 이유, 새로운 작품으로 활용되는 이유가 여기에 있다.

비교적 잘 알려진 작품인 「라푼첼」을 통해 동화 읽기의 이런 재미를 확인해 보자. 옛날 어느 곳에 부부가 살았다. 그들은 아이를 가지게 되었는데 아내는 이웃 정원의 상추를 먹고 싶어 견딜 수가 없었다. 어쩔 수 없이 남편이 옆집 상추를 훔쳐 와서 아내에게 먹였는데, 아내는 먹으면 먹을수록 상추를 더 찾게 되었다. 결국 옆집 정원의 주인인 여자 마법사에게 절도를 들키고 만 부부는 상추에 대한 값으로 아이를 낳으면 마법사에게 주기로 약속한다. 시간이 되어 부부에게 라푼첼이라는 이름의 여자 아이를 받은 마법사는 그녀를 출입구도 없는 탑에 가두어 키운다. 외부인이 탑에 들어가기 위해서는 탑 위에서 길게 늘어뜨린 라푼첼의 머리카락을 타고 올라가야 했다. 어느 날 한 왕자가 마법사를 피해 탑에 올라오고 둘은 사랑하게 된다. 이를 안 마법사는 라푼첼의 머리카락을 자르고 그녀를 먼 곳으로 쫓아 낸다

> 라푼첼을 추방해 버린 바로 그 날 여자 마법사는 가위로 잘라낸 라
> 푼첼의 머리채를 창문에 달린 고리에 붙잡아맸습니다. 그리고 그날
> 밤 왕자가 다시 왔습니다.
> "라푼첼, 라푼첼,
> 네 머리채를 늘어뜨리렴."
> 왕자가 소리치자 여자 마법사는 그 머리채를 아래로 내려 주었습
> 니다.
> 왕자가 그것을 붙잡고 막상 올라와 보니 탑 속에는 사랑하는 라푼
> 첼이 아닌 여자 마법사가 서 있는 것이었습니다. 그녀는 분노로 이글
> 거리는 눈으로 왕자를 노려보았습니다. (「라푼첼」, 140쪽)

예문은 마법사가 왕자를 덫 안으로 유인하는 장면인데, 이후의 줄거리는 이렇다. 아무것도 모르고 탑에 올라온 왕자는 마법사에게 조롱과 저주를 받는다. 슬픔으로 넋을 잃고 깊은 절망에 빠진 채 탑 아래로 떨어져 눈까지 멀고 만다. 거지처럼 헤매던 왕자는 숲속에서 쌍둥이를 낳아 기르고 있던 라푼첼을 만나고 그녀의 눈물로 눈을 뜨게 된다. 그들은 왕국으로 돌아가 환영을 받고 오래도록 행복하게 살았다고 한다.

고난을 겪던 라푼첼과 왕자가 결국 결혼하여 행복하게 살았다는 결

론은 분명해 보이지만 거기에 이르기까지의 이야기 전개에는 석연치 않은 부분이 많다. 눈에 띄는 대로 몇 가지만 예를 들어보자.

임신한 아내가 상추를 먹고 싶다고 해서 옆집 상추를 훔치는 행위는 이해한다고 해도 그 상추와 신생아를 바꾼다는 생각은 어디서 비롯된 것일까? 혹시 가난한 부부가 아이를 버리거나 옆집에 주어버린 것을 미화해서 표현한 것은 아닐까? 이런 의문은 근거가 없지도 않아서, 보상을 미리 받고 태어날 아이를 넘겨주기로 약속하는 모티프는 다른 동화에도 등장한다. 혹시 근대 이전 유럽에서 유아를 사고파는 행위가 실제 성행했던 것은 아닌가도 의심된다. 그도 그럴 것이 동화가 끝날 때까지 라푼첼의 친 부모는 다시 등장하지 않는다.

그렇다면 외견상 라푼첼을 괴롭히는 사람처럼 보이지만 마법사가 실제로는 그녀를 예쁘게 키워준 양어머니에 해당한다고 보면 어떤가. 라푼첼을 탑에 가두고 다른 사람들이 접근하지 못하게 한 행위도 언제 닥칠지 모르는 외부의 위협으로부터 성숙하지 않은 여성을 보호하는 방법이었는지 모른다. 부모는 자유롭게 드나들 수 있으면서도 낯선 사람의 접근을 차단할 수 있는 곳으로 탑이 선택된 것일 수 있다. 그렇다면 왕자가 탑위에서 마법사에게 아무 저항도 하지 못하는 이유도 설명된다. 보통 왕자라면 마법사를 향해 칼이라도 뽑아야 하는 거 아닌가? 못된 계모나 나쁜 왕비는 이야기 끝에서 잔혹하게 응징을 당하기도 하는데 라푼첼을 기른 여자 마법사는 아무런 벌을 받지 않는다.

이렇게 보면 라푼첼과 왕자가 고난을 겪는 것은 당연하다. 보호자의 허락 없이 만나 아이까지 갖게 되었으니 어떤 보호자인들 화가 나지 않았겠는가. 혹시 이 동화의 교훈은 사랑하는 젊은 남녀가 역경을 극복하고 행복하게 살았다는 결론에 있지 않고, 보호자 몰래 마음대로 연애를 하다 큰 어려움을 겪는 과정에 있는 것은 아닐까? 만약 이 동화를 다시 쓴다면 충분히 비극적인 이야기가 될 수도 있다. 젊은 시절의 부주의나 일탈이 가져온 결과 때문에 여생을 비참하게 사는 라푼첼을 그려보는 것도 재미있지 않을까? 중간에서 사라지지만 마법사의 심리 상태나 운명을 생각해 보는 일도 괜찮을 것 같다.

왕자가 탑 위로 올라가는 장면 역시 여러 가지로 해석할 수 있다. 왕자는 라푼첼의 노래를 듣고 머리채를 내리라는 마녀의 말을 흉내 내어 탑 위로 올라간다. 왕자를 보고 라푼첼은 몹시 두려워했는데 남자라고는 생전 처음 보았기 때문이다. 왕자가 그녀의 노래에 감동해서 왔다고 하자 라푼첼은 바로 두려움을 잊는다. 라푼첼은 젊고 잘생긴 왕자가 어머니보다 더 잘 해줄 것 같아 마음이 끌렸다고 한다. 그리고 왕자에게 자신이 내려가기 위해서는 사다리가 필요하다고 말하고 올라올 때마다 비단실을 한 타래씩 가져다 줄 것을 요구한다. 이 정도면 과연 라푼첼이 마녀인 줄 알고 왕자에게 머리카락을 내렸을지부터 의문이 든다. 낮에만 올라오는 마녀와 달리 왕자는 밤에 올라왔고 무게도 마녀와 달랐다. 혹시 라푼첼이 사다리를 만들기 위해 노래를 불러 외부인을 끌어들인 것은 아닌지 생각해 볼 만하다.

가장 괴이한 점은 이십 미터 높이의 탑을 머리카락을 타고 올라간다는 기본 설정이다. 왕자를 만난 후 마법사가 라푼첼의 긴 머리카락을 자르는 것으로 보이시 긴 머리카락이 모종의 성적 상징일 것이라는 짐작은 가능하다. 마법사가 라푼첼의 자른 머리카락을 고리에 걸어 왕자를 탑에 오르게 한다는 점 역시 괴이하다. 이미 라푼첼이 없는데 마녀가 그를 탑으로 불러올린 이유와 라푼첼이 탑 위에 있는 것처럼 왕자를 속인 이유가 무엇인지 알 수 없다. 여자 마법사와 왕자 관계를 남녀 사이로 풀어낸다면 조금 더 복잡한 어른들의 이야기가 될 가능성도 있다. 왕자가 탑 아래로 뛰어내린 이유가 마법사가 라푼첼 대신 왕자를 가두어두려 해서였다면 마법사는 착한 보호자가 아니게 된다.

지금까지 살펴본 내용은 「라푼첼」을 읽으면서 드는 개인적인 의문이자 해석이었다. 동화가 독자의 상상력을 어떻게 자극하는지 확인해 본 간단한 예로 생각하면 된다. 보통 상상력은 현실과 비현실의 경계에서 활성화되는데 전래동화는 그런 경계를 넘나드는 양식으로 존재한다. 이는 동화를 이용하여 새로운 이야기를 만들 때도 마찬가지이다. 예를 들어, 신데렐라나 잠자는 숲속의 공주 이야기는 어떻게 변화하든 원래 가지고 있던 판타지적 성격을 바꾸지는 않는다. 전개상 채워지지 않은 빈 곳이 많아 다양한 변화를 허용하지만 튼튼한 뼈대가 이야기의 기본적인 성격을 유지하도록 해 준다.

페로 동화와 그림 동화

서유럽 전래동화집의 효시로는 1634년과 1636년 사이에 나폴리에서 출간된 잠바티스타 바실레의 『이야기들의 이야기 또는 청춘을 위한 대화』가 꼽힌다. 이 책에는 「재투성이」, 「장화 신은 고양이」, 「백설 공주」, 「미녀와 야수」, 「개구리 왕자」, 「라푼첼」의 초기 판본들이 실려있다.[8] 프랑스의 샤를 페로도 구전 민담을 모아 동화로 재구성하는 작업을 했다. 1697년 『교훈을 곁들인 옛이야기』라는 책을 출간했는데, 현재 전해지고 있는 작품은 「잠자는 숲속의 공주」, 「빨간 두건」, 「당나귀 가죽」, 「푸른 수염」, 「엄지 동자」, 「장화 신은 고양이」, 「신데렐라와 작은 구두」, 「요정 이야기」, 「세 가지 소원」, 「고수머리 리케」이다. 이중 「고수머리 리케」는 페로의 창작으로 알려져 있다. 제목으로 알 수 있듯 두 책에는 중복되는 작품이 몇 편 있다.[9]

그림 동화에도 위 동화들이 재등장한다. 1812년 초판 기준으로 볼

때, 「신데렐라」, 「푸른 수염」, 「장화 신은 고양이」는 내용뿐만 아니라 제목까지 앞의 동화들과 같다. 일부 내용과 주제가 비슷한 작품들도 있다. 그림 동화의 「들장미 공주」는 페로 동화의 「잠자는 숲속의 미녀」와 전반부가 같고, 「헨젤과 그레텔」은 아버지가 가난 때문에 자식을 버린다는 점에서 「엄지 동자」와 「털복숭이 공주」는 근친상간이라는 주제에서 페로동화의 「당나귀 가죽」과 유사하다. 1819년 발간된 KHM 2판에서부터는 페로 동화집에 실린 「푸른 수염」과 「장화 신은 고양이」가 빠진다. 그래도 「들장미 공주」는 남는데, 그림 형제는 비록 페로 동화에 실렸지만 「잠자는 숲속의 미녀」의 기원이 게르만 신화에 있다고 보았다.[10] 바실레의 동화집에도 실린 동화 '신데렐라' 역시 KMH에 남는다.

세 전래동화집 중 그림 형제의 동화는 가장 늦게 출간되었고 그만큼 수정 및 가필도 많이 이루어졌다. 앞서 살핀 대로 그림 형제는 낭만주의의 이상과 민족주의라는 이념에 영향을 받았다. 그들은 동화를 통해 과거의 긍정적인 요소를 발견하고 계몽주의가 주지 못하는 자연 상태의 아름다움과 편안함을 표현하려 하였다. 이를 위해 그림 형제는 전래동화에서 외설적이거나 에로틱한 부분들, 그리고 지나치게 폭력적인 요소들을 제거하였다. 예를 들어, 페로의 「빨간 모자」에서는 빨간 모자가 할머니인 척 가장하고 누워 있는 늑대 옆에 옷을 벗고 눕지만 그림 형제의 동화에서는 이러한 일탈의 부분이 사라진다. 마무리도 다른데, 페로 동화는 늑대가 소녀에게 달려들어 '순식간에 잡아먹어' 버리는 것으로 끝난다. 하지만 그림 동화에서는 사냥꾼의 도움으로 늑대의 배 속에서 희생자들이 살아 돌아온다.

'신데렐라'와 함께 세 동화집에 모두 실린 '잠자는 숲속의 공주' 이야기는 이들 사이의 차이를 확인하기에 좋은 작품이다. 페로의 「잠자는 숲속의 미녀」와 그림 형제의 「들장미 공주」 그리고 바실레의 「해, 달, 탈리아」는 이야기의 기본 골격이 유사하다. 지금은 제목은 페로 동화에서 따고 내용은 그림 동화에서 가져온 작품이 널리 유통되고 있다. 즉 「잠자는 숲속의 미녀」라는 제목으로 출간된 책들의 내용은 대부분 「들장미 공주」에서 온 것이다.

먼저 그림 동화에 실린 내용을 정리하면 이렇다. 간절히 아이를 바라던 어느 왕국의 왕과 왕비가 딸을 낳았다. 이를 축하하기 위한 잔치가 열렸다. 왕국에는 13명의 지혜로운 여인이 있었는데 궁에는 요리를 대접할 금 접시가 12개밖에 없었다. 그래서 열세 번째 여인은 초대받지 못했다. 참석한 여인들은 아이에게 차례차례 기적의 선물을 주었다. 그런데 열한 번째 여인이 선물을 준 직후 초대받지 못한 열세 번째 여인이 나타나 "열다섯 살이 되면 저 아이는 물레의 북 바늘에 찔려 죽을 것이다!"라는 말을 남기고 떠났다. 이에 아직 선물을 주지 않은 열두 번째 여인이 "공주는 죽지 않고 그 대신 백 년 동안 깊은 잠에 빠질 것입니다."라고 말해 저주를 누그러뜨렸다. 열다섯 살이 된 공주는 정말로 물레의 북 바늘에 찔려 깊은 잠에 빠지고 성의 모든 것이 잠들어 버렸다. 성 주변은 들장미로 둘러싸여 누구도 성으로 들어갈 수 없게 되었다. 그렇게 백 년이 지난 후 한 잘생긴 왕자가 나타나 잠자는 공주를 깨운다.

드디어 왕자는 탑으로 가서 작은 방에 달린 문을 열었습니다. 들장미는 그곳에 누워 있었습니다. 왕자는 공주의 아름다움에 반해 눈길을 다른 데로 돌릴 수가 없었습니다. 왕자는 허리를 숙여 공주에게 입맞춤했습니다. 왕자의 입술이 닿자 들장미는 눈을 뜨더니 자리에서 일어나 그윽한 눈길로 왕자를 바라보았습니다. 두 사람은 탑 아래로 함께 내려갔습니다. […] 들장미와 왕자의 결혼식은 성대하게 치러졌습니다. 두 사람은 오래오래 행복하게 살았습니다. (「들장미 공주」, 368쪽)

위 예문은 그림 동화에 실린 「들장미 공주」의 마지막 부분이다. 오래오래 행복하게 산 것으로 이야기가 마무리된다. 아름다운 공주와 선택받은 왕자의 행복한 결합으로 전형적인 해피엔딩이라 할 수 있다. 페로의 동화도 전반부 내용은 위와 크게 다르지 않다. 하지만 페로의 동화에는 뒷부분에 지금 정리한 분량만큼의 내용이 더 담겨 있다. 그림 형제가 의도적으로 삭제했을 것으로 보이는 뒷부분의 내용은 앞부분과 달리 매우 엽기적이다.

잠자는 공주를 깨웠지만, 왕자는 식인귀인 자신의 어머니 때문에 공주를 성으로 데려가지 못한다. 부왕이 죽고 왕위를 계승한 뒤에야 왕자는 공주와 그사이 태어난 남매를 궁으로 데려온다. 하지만 왕자가 전쟁에 나가 있는 동안 식인귀 대비는 요리사에게 아이들과 왕비를 차례로 죽여 음식상을 차리게 한다. 요리사는 이들을 몰래 살려주고 다른 짐승의 고기를 상에 놓아 대비를 속인다. 우연히 공주와 아이들이 살아 있다는 사실을 알게 된 대비는 독사가 우글거리는 통 속에 이들을 몰아넣어 죽이려 한다. 다행히 위기의 순간에 왕이 돌아와 공주와 아이들은 목숨을 구한다. 자기 뜻을 이루지 못하자 대비는 분을 이기지 못하고 통 속에 뛰어들었다가 독사에 물려 죽고 만다. 이후에 왕자와 공주는 아이들과 함께 행복하게 살았다고 한다.

왕이 돌아오는 바람에 모든 일이 다 틀렸음을 깨달은 대비는 너무 원통해 스스로 통 속으로 뛰어들었습니다. 그러고는 순식간에, 보기에도 끔찍한 짐승들에게 잡아먹혔습니다. 그것을 본 왕은 너무나 괴로웠습니다. 아무리 악독한 대비라 해도 왕에게는 어머니였으니까요. 그래도 아름다운 아내와 두 아이들이 있었기에 왕은 이내 안정을 찾았고, 그들 모두 행복하게 살았습니다.[11]

행복하게 살았다는 결론은 같지만 그림 동화에는 페로 동화에 실린 식인귀 대비와의 갈등이라는 중요한 사건이 빠져 있다. 사실 식인귀가 아이와 공주를 요리해 먹으려 한다는 설정은 잔혹하기 그지없다. 식인귀의 죽음 역시 마찬가지이다. 이런 장면들 때문에 유럽의 전래동화와 관련하여 '잔혹 동화'라는 말을 흔하게 사용하기도 한다. 이런 잔혹한 장면이 남아 있었다는 사실로 미루어 보면 샤를 페로 시대 사람들의 잔혹함에 대한 감수성이 지금과는 달랐다고 할 수 있다. 특히 잔혹한 표현에서 아이들을 보호해야 한다는 관념은 생기지도 않았을 것이다. 동화가 교육이나 민족적 자부심을 고취하는 데 사용된다는 생각도 하지 않았음이 분명하다. 그 시대 전래동화집은 떠돌던 이야기를 모아 엮은 재미있는 오락거리일 뿐이었다. 실제로 페로는 민중 문화에 관심이 많았던 인물은 아니었다. 페로는 무엇보다 귀족들의 지적이고 문화적인 놀이를 위해 동화를 썼다. 이와 달리 그림 형제는 민담의 보존과 전파라는 목적에서 동화를 수집하고 집필한 이들이었다.[12]

---

*디즈니 애니메이션과 〈슈렉〉 디즈니의 첫 번째 장편 애니메이션은 1937년 제작된 〈백설 공주와 일곱 난쟁이〉이다. 이어 〈피노키오〉 등 여러 작품이 제작되었고 1950년에는 〈신데렐라〉가 1959년에는 〈잠자는 숲속의 공주〉가 만들어졌다. 이후 오랫동안 디즈니에서는 그림 동화 원작의 애니메이션을 만들지 않았다. 그러다 2009년에 〈공주와 개구리〉, 2010년에 〈라푼첼〉이 발표된다. 다섯 편이 모두 아름다운 소녀 주인공을 내세웠다는 점이 이채롭다. 이 작품들만이 아니라 디즈니 장편 애니메이션에는 외모가 잘 생기고 착하게 행동하는 주인공이 단골로 등장한다. 드림웍스에서 2001년에 발표한 〈슈렉〉은 이런 디즈니 영화와 다른 길을 갔다. 〈슈렉〉은 「잠자는 숲속의 공주」를 패러디한 영화인데, 디즈니의 주인공과 대조되는 못생긴 인물을 주인공으로 내세웠다. 도깨비라고 불리며 사람들에게 버림받은 인물 슈렉은 겉보기와 달리 착한 마음씨를 가지고 있다. 그가 구한 공주 역시 외모보다는 마음씨가 아름다운 여인이다. 주변의 우려와 위협에도 불구하고 이 둘은 영주의 역할을 훌륭하게 수행한다.

바실레의 「해, 달, 탈리아」는 다른 의미에서 아동용이 아니었다. 이 동화에서 마법에 걸려 잠자고 있는 공주를 찾아온 이는 왕자가 아니라 아내가 있는 이웃 나라의 왕이었다. 그는 미녀를 발견하고 잠들어 있는 그녀와 동침하며, 그녀는 잠든 채로 쌍둥이 남매를 낳는다. 어느 날 아이가 우연히 공주의 손가락을 빨다가 손톱 밑에 박힌 실을 잡아당기자, 실이 풀리면서 공주가 잠에서 깨어난다. 탈리아 공주를 범하고 떠난 왕은 우연히 다시 숲을 찾아와 이들을 만나지만 왕은 식인귀 아내 때문에 그들을 궁으로 데리고 가지 못한다. 사정을 눈치챈 왕의 아내가 아이들을 죽이고 탈리아마저 화형 시키려 하는데, 왕이 나타나 사악한 왕비를 화형에 처하고 탈리아와 두 아이를 데리고 행복하게 산다.[13]

백 년이라는 긴 시간이 걸렸지만 「잠자는 숲 속의 미녀」 역시 「라푼첼」과 마찬가지로 소녀의 격리를 다룬 이야기이다. 사다리 없는 탑에 라푼첼이 격리된 것처럼 공주는 장미 덤불에 의해 세상과 단절된 채 지낸 것이다. 다른 동화의 주인공 백설 공주도 일곱 난쟁이와 생활하는 동안, 그리고 유리관 속에서 죽은 듯 누워 있는 동안 세상과 단절된다. 재투성이 아가씨 신데렐라 역시 계모와 언니들이 사는 공간에서 떨어져 혼자 생활한다. 그녀들은 모두 결혼할 나이가 되어서야 격리에서 해제될 수 있었다.

여자의 결혼 조건

그림 동화를 비롯한 전래동화에는 왕자와 공주가 자주 등장한다. 그리고 그들의 이야기는 반드시 결혼으로 마무리된다. 공주의 왕국을 차지하는 남자도 있고 왕자와 결혼해 왕비가 되는 여자도 있다. 그림 동화에서 가장 유명한 이야기의 주인공 백설 공주와 신데렐라는 왕자와 결혼해서 왕비가 되는 인물이다. 그들은 가정에서 어머니와의 갈등으로 온갖 고

위대한 이야기 유산

생을 하다가 결국 낯선 남자에게 구원받는다. 백설 공주는 왕비보다 아름답다는 이유로 성에서 쫓겨나고 신데렐라는 계모와 누이들에 의해 천덕꾸러기 신세로 지낸다.

다음은 「백설 공주」의 일부이다.

> 얼마 후 왕비는 딸을 낳았습니다. 아이는 눈처럼 하얀 살결과 피처럼 붉은 입술과 숯처럼 검은 머리카락을 가지고 있었습니다. 그래서 아기는 백설 공주라고 불렸습니다. 아이가 태어난 지 얼마 뒤 왕비는 세상을 떠났습니다. 일 년이 지난 다음 왕은 다른 여자와 결혼을 했습니다. 그 여자는 아름답긴 하지만 자존심이 강하고 거만해서 자기보다 아름다운 여자는 눈 뜨고 보지 못하는 성미였습니다.
>
> (「백설 공주」, 378쪽)

자신보다 아름다운 여자는 눈 뜨고 보지 못하는 여자인 계모는 거울을 통해 누가 가장 예쁜 여자인지 매일 확인한다. 그런데 백설 공주는 일곱 살이 되자 왕비의 아름다움을 앞지르게 되었다고 한다. 왕비는 '두 번 다시 저 꼬락서니를 보기 싫으니. 저 아이를 죽인 다음 그 증거로 허파와 간을 내게 가져'오라고 사냥꾼에게 명령한다. 사냥꾼은 백설 공주의 아름다운 모습을 보고는 차마 그녀를 죽이지 못하고 때마침 나타난 멧돼지를 찔러 죽여 그 허파와 간을 꺼내 왕비에게 들고 간다. 요리사가 소금으로 간을 맞춰 끓여온 요리를 먹은 왕비는 백설 공주의 허파와 간을 먹었다고 생각하고 만족스러워한다. 간과 허파를 먹으면 그녀처럼 예뻐진다고 생각한 것인지는 분명하지 않다. 눈처럼 하얀 살결과 피처럼 붉은 입술과 숯처럼 검은 머리카락을 타고났다고는 하지만 성년 여인의 아름다움과 일곱 살 아이의 아름다움을 비교한다는 사실이 자연스러워 보이지는 않는다.

백설 공주가 가진 중요한 미덕은 목숨을 빼앗길 뻔한 이유이기도 한 외모의 아름다움이다. 백설 공주의 아름다움은 중요할 때마다 그녀에게 큰 도움을 준다. 위에서 보았듯 사냥꾼은 그녀의 아름다움 때문에 차마 칼을 휘두르지 못한다. 일곱 난쟁이는 자기 집에서 주인 몰래 잠든 백설 공주를 보고도 아름다움에 감탄하여 쫓아내지 않는다. 백설 공주가 죽어서 유리관 속에 누워 있을 때는 그녀의 아름다움에 반한 왕자가 그녀를 구해낸다. 동화에서 여성의 아름다움은 목표를 달성할 수 있도록 해주는 강력한 무기인데,[14] 백설 공주 역시 그 무기 덕을 톡톡히 보는 셈이다.

세상에서 가장 아름다운 백설 공주이지만 그녀에게 부여된 역할은 보통 여성들의 그것과 크게 다르지 않다. 난쟁이들은 공주가 집에 머무는 조건으로 '집에서 살림을 하면서 우리를 위해 요리를 하고 잠자리를 보아 주고 씻겨 주고 바느질과 뜨개질을 하고 집안을 깔끔하게 정돈해' 달라고 요구한다. 이 요구대로 백설 공주는 난쟁이들과 함께 살면서 집안 살림을 한다. 그런데 일반적으로 살림하는 여인에게 아름다움에 대한 추구는 경계해야 할 욕망이다. 그 욕망에 빠져들었을 때 여인은 재앙을 입을 수 있다. 아름다움이 최고의 미덕인 백설 공주도 여기서 예외는 아니다. 백설 공주가 변장한 왕비의 유혹에 빠지는 물품은 허리를 날씬하게 졸라매는 레이스 띠, 머리빗, 사과였다. 레이스 띠와 머리빗은 여인의 아름다움을 위한 물건이고, 붉은색의 사과는 성적인 상징으로 볼 수 있다.

동화 「백설 공주」가 애니메이션 등을 통해 알려진 내용과 크게 다르지 않은 데 비해 KHM의 신데렐라 이야기는 영상 매체에 의해 알려진 내용과 무척 다르다. 신데렐라의 어머니는 어린 딸을 남기고 일찍 죽는다. 어머니는 죽으면서 '착하고 신앙심 깊은 아이가 되'라고 당부한다. 하느님이 항상 도와주실 것이고 자신도 하늘에서 내려다보며 신데렐라를 보살펴 주겠다고 약속한다. 그런데 백설 공주와 달리 그림 동화의 신데렐라는 예쁜 아가씨가 아니다. 오히려 계모의 딸들이 더 아름답다. 하지만 '두 딸은 생김새는 아름답고 깨끗했으나 심술궂고 사악한 마음씨를 지니고 있었'다. 신데렐라의 미덕은 외모의 아름다움이 아니라 마음씨가 곱고 신앙심이 깊다는 내면의 아름다움이다. 게다가 신데렐라는 부지런해서 해 뜨기 전에 물을 길어오고 불을 때고 요리를 만들고 청소도 한다. 사치도 부릴 줄 몰라서 재투성이 옷에 나무 신발을 신고 아궁이 옆의 잿더미에서 잠을 잔다. 계모와 두 언니의 괴롭힘을 잘 견디는 것으로 보아 성격도 무난한 편이다. 그녀는 백설 공주와는 전혀 다른 미덕을 갖춘 여인이라 할 수 있다.

신데렐라가 아름답지 않다는 사실은 이야기 전개에서도 중요한 역할을 한다. 왕궁에서 무도회가 열린다는 사실을 알면서도 가족들은 신데렐라가 무도회에 가야 한다고 생각하지 않는다. 그녀가 예쁘지 않기 때문에 아예 기회조차 주지 않는 것인데, 이는 신데렐라의 아버지 역시 마찬가지이다. 가족에게 도움을 청할 수 없는 신데렐라는 어머니 무덤가 나무 아래에서 기도하여 금실과 은실로 지은 드레스 한 벌과 비단 수를 놓은 신 한 켤레를 얻는다. 요정도 마차도 나타나지 않고 흰 새가 어디선가 물건을 가져온다.

신데렐라는 사흘에 걸쳐 무도회에 간다. 사흘 모두 왕자와 춤을 추고는 통금(?) 시간에 맞춰 집으로 돌아온다. 왕자는 사흘 내내 신데렐라를 좇아 그녀의 집까지 따라온다. 하지만 매번 집안으로 사라진 신데렐라를 찾지 못한다. 첫째 날 왕자는 자신을 피해 비둘기장으로 사라지는 신데렐라를 보고 신데렐라 아버지에게 아름다운 여인이 어디로 사라졌는지 묻는다. 왕자가 찾는 여인이 신데렐라라고는 생각하지 못한 아버지는 행방을 알려주지 못하고, 왕자 역시 부엌의 잿더미 위에 누워 있는 그녀를 알아보지 못한다.

둘째 날도 비슷한 상황이 벌어진다. 신데렐라는 정원의 배나무 뒤로 사라지고, 왕자는 그녀의 행방을 신데렐라 아버지에게 묻는다. 아버지는 여인의 행방에 대해서는 대답하지 못하고 도끼를 주어 배나무를 베게한다. 이틀에 걸쳐 신데렐라가 왜 이렇게 필사적으로 왕자를 피하는지 동화는 설명해주지 않는다. 외모에 대한 콤플렉스 때문인지 무도회 간 것을 아버지에게 들킬까 걱정해서 그랬는지 알 수는 없다. 비둘기장과 배나무 뒤로 사라지는 것의 의미와 그것을 도끼로 파괴하는 행위의 의미 역시 분명하지 않다.

셋째 날은 왕자가 미리 계단에 송진을 발라놓아 신데렐라는 왼쪽 신발을 잃은 채 달아난다. 그녀의 집을 이미 알고 있는 왕자는 구두를 가지고 신발의 주인을 찾는다.

> "이 처녀도 내가 만난 그 처녀가 아니오. 또 다른 딸은 없나요?"
> 그러자 아버지는 말했습니다.
> "없습니다. 신데렐라밖에는. 그 애는 내 죽은 아내가 낳은 아이인데 아주 못 생겨 왕자님의 신붓감이 될만한 애가 못 됩니다."
> 왕자는 그래도 그 처녀를 자기에게 데려오라고 말했습니다. 그러자 계모가 말했습니다.
> "오, 그 애는 보기에도 끔찍할 정도로 더러운걸요." (「신데렐라」, 211쪽)

예문은 신데렐라 이야기에서 가장 유명한 구두 한 짝의 주인을 찾는 장면이다. 첫째 언니는 신발이 발에 맞지 않자 엄지발가락을 잘라 억지로 신을 신는다. 왕자는 그녀를 신발의 주인으로 알고 궁으로 돌아가려 하지만 무덤가 새들의 노랫소리를 듣고 신발의 피를 확인한다. 왕자는 다시 돌아와 둘째 언니에게 신발을 신겨보는데 둘째는 뒤꿈치를 잘라 억지로

위대한 이야기 유산

구두를 신는다. 이번에도 왕궁으로 돌아가던 길에 새들이 왕자의 관심을 구두로 돌리고, 왕자는 구두에 피가 묻어 있음을 확인한다. 그리고 왕자는 마지막으로 다른 처녀를 찾는다.

「신데렐라」에서 유리 구두 주인 찾기는 대표적인 잔혹 장면이다. 그런데 발가락과 발뒤꿈치를 자르는 데서 알 수 있듯이 잔혹한 행위의 주체와 대상은 계모가 아니고 두 언니이다. 동화의 마무리 부분에서도 두 언니는 잔혹한 벌을 받는다. 그들은 신데렐라가 얻은 행운을 나누어 가질 수 있을까 하고 신데렐라의 양옆에 서서 결혼식에까지 동행하는데 새들이 날아와 둘의 눈을 쪼아 멀게 한다. 동화가 마무리될 때까지 신데렐라의 아버지와 계모가 어찌 되었는지에 대한 언급은 없다.

이 동화에서 왕자는 신데렐라를 긍정적으로 보아준 첫 번째 인물이다. 그리고 둘은 결혼한다. 신데렐라가 집안에서 하는 일은 청소하고 식사를 준비하는 등의 전통적인 여성 노동이었다. 비록 아름다움에서는 두 언니만 못해도 신데렐라는 착할 뿐 아니라 묵묵히 가사 노동을 견뎌내는 '쓸만한' 여성이었던 셈이다. 이런 신데렐라 이야기에 가부장적 이데올로기가 포함되어 있음은 물론이다. 일반적으로 동화 속에 묘사되는 사건들은 당대 사회의 일상적 삶과 풍습, 도덕적 가치관 등을 그대로 보여주곤 한다. 「신데렐라」는 그림 형제가 살던 18세기 말~19세기 초 독일 사회의 시대적, 사회적, 이데올로기적 맥락을 보여준다고 할 수 있다. 「신데렐라」 같은 이야기는 어린이들이 남성과 여성의 사고방식과 행동 양식을 자연스럽게 접하게 하고, 그를 통해 무의식적으로 성 역할을 내면화하는 데 영향을 미친다.[15]

신데렐라 이야기는 신데렐라 콤플렉스라는 심리학 용어를 낳기도 했다. 남성의 보호를 받고자 하는 여성의 심리적 의존상태를 의미하는 용어인데, 이 콤플렉스는 억압과 불안으로 창의성과 의욕을 발휘하지 못하게 하여 여성을 일종의 미개발 상태로 묶어 두는 심리 상태를 만든다고 한다.[16] 현대사회에서 이 신데렐라 콤플렉스를 긍정적으로 보는 사람은 많지 않다. 또 이를 강요하는 사람은 지탄받기 쉽다. 그렇지만 신데렐라 콤플렉스를 자극하는 대중문화콘텐츠는 여전히 생산되고 있다.

아버지들은 도대체 어디에

그림 동화에는 계모가 자주 등장한다. 계모의 역할은 주로 의붓자식들을 괴롭히는 것이다. 말하자면 사건의 발단을 제공하는 인물인 셈이다. 이에 비해 아버지의 역할은 미미한 편이다. 백설 공주의 아버지는 아내가 죽고 일 년 뒤에 새 왕비를 맞아들였는데 그 이후 종적은 확인할 수 없다. 공주의 결혼식에 계모는 초대되는데 공주 아버지가 함께 초대되었는지는 알 수 없다.

존재가 슬며시 사라지는 아버지가 있는가 하면 아이에게 무심한 아버지도 있다. 신데렐라의 아버지가 그렇다. 그는 신데렐라는 집에 두고 아내와 두 딸만 데리고 무도회에 참석한다. 앞에서 보았듯이 예쁘지 않다는 이유로 신데렐라를 왕자에게 보이려 하지도 않는다. 왕자가 신데렐라를 따라 그의 집에 두 차례 왔을 때도 자기 집에는 무도회에서 본 것 같은 아름다운 여인이 없다고 말한다. 물론 여기에는 낯선 남자에게 딸을 쉽게 보여주지 않겠다는 뜻이 담겨 있기는 하다. 비록 계모의 아이들이지만 그에게는 나이든 딸이 둘이나 더 있다는 사정도 고려해야 할 것이다. 그리고 아내 찾기는 왕자가 스스로 노력해 이루어야 할 과업이다.

그렇더라도 딸을 향한 신데렐라 아버지의 태도는 쉽게 이해하기 어렵다. 어느 날 장에 가게 된 아버지는 딸들에게 무엇을 사다 줄지 묻는다. 이때 이미 신데렐라는 재투성이가 되어 하녀처럼 대접받고 있었다.

위대한 이야기 유산

어느 날 아버지는 장에 가면서 의붓딸들에게 무엇을 사다 줄까 하고 물었습니다.

첫째가 말했습니다. "아름다운 옷이요."

둘째가 말했습니다. "진주와 보석이요."

아버지가 물었습니다. "신데렐라, 너는? 너는 뭘 원하지?"

신데렐라는 말했습니다. "집에 돌아오실 때 아버지의 모자에 닿는 첫 번째 나뭇가지를 꺾어다 주세요."

장에 간 아버지는 두 의붓딸에게 줄 아름다운 옷과 진주와 보석을 샀습니다. 그리고 말을 타고 돌아오는 길에 숲을 지나는데 개암나무 나뭇가지 하나가 가로막더니 아버지의 모자를 툭 치는 것이었습니다. 그래서 아버지는 그 나뭇가지를 꺾었습니다. 집으로 돌아온 아버지는 의붓딸들에게는 그들이 원했던 것들을 주었고, 신데렐라에게는 개암나무 가지를 주었습니다. (「신데렐라」, 204쪽)

아버지는 아름다운 의붓딸들에게는 비싼 물건을 사주고 신데렐라에게는 나뭇가지를 꺾어다 준다. 신데렐라가 모자에 닿는 첫 번째 나뭇가지를 요구한 점도 기이하지만 정말 개암나무 가지를 꺾어온 아버지의 행위 역시 기이하다. 신데렐라는 아버지에게 고맙다는 인사를 하고는 어머니의 무덤가로 가서 그 나뭇가지를 심은 뒤 하염없이 눈물을 흘린다. 신데렐라가 흘린 눈물은 나뭇가지를 흠뻑 적셨고 나뭇가지는 빠르게 자라 아름다운 나무가 된다. 이 나무와 나무에 앉은 새들이 나중에 신데렐라를 도와 그녀를 왕자의 아내로 만들어준다. 애니메이션과 달리 신데렐라의 조력자들은 인간이 아닌 나뭇가지와 새이다.

이해하기 어려운 신데렐라 아버지의 행동은 그가 친아버지가 아니라면 쉽게 설명된다. 그가 신데렐라의 친아버지라는 언급은 그림 동화 어디에도 없다. 그가 죽은 아내의 재산을 차지하고 새로운 아내를 얻은 것이라면 동화 속 행동은 전혀 이상하지 않다. 예문에서 선물로 딸들을 차별하는 이유도 이해할 수 있다. 그에게 딸 셋은 모두 친자식이 아니었지만 그나마 두 딸은 아내의 아이였기에 관심을 더 가져주어야 했다. 신데렐라는 실제로 고아 신세였고 그래서 하인처럼 대접받아도 어쩔 수 없었으며 죽은 어머니에게 기댈 수밖에 없었다. 물론 이런 주장을 증명할 수 있는 근거도 동화에는 없다. 이야기의 빈 곳을 채울 수 있는 하나의 가설일 뿐이다.

남매가 겪는 모험 이야기로 알려진 「헨젤과 그레텔」은 아버지가 아내에게 설득당하여 숲속에 아이를 버리는 데서 시작한다.

> "안 돼, 여보. 그럴 수는 없어. 내 아이들을 숲속에 버리고 올 수는 없어. 그랬다가는 맹수들이 금방 그 애들을 잡아먹고 말 텐데."
>
> 그러자 아내는 다시 말했습니다.
>
> "오, 이 바보 같은 사람! 그렇게라도 하지 않으면 우리 네 식구는 이대로 굶어 죽고 만단 말이예요. 일찌감치 관 짤 궁리나 하는 게 좋을 걸요!"
>
> 아내가 자꾸 이런 말을 되풀이하면서 괴롭히는 바람에 마침내 나무꾼은 아내의 말에 따르기로 했습니다.
>
> "하지만 우리 아이들이 불쌍해."
>
> 나무꾼이 말했습니다.　　　　　　　　　　　　　　(「헨델과 그레텔」, 153쪽)

헨젤과 그레텔을 유기하는 방법은 매우 계획적이다. 나무를 하기 위해 숲속에 간다고 속이고 아이들만 남겨둔 채 부부만 돌아오는 것이 이들의 계획이다. 부부는 빵을 주고 불을 피워 아이들이 졸도록 유도한다. 심지어 아버지는 숲속 나무에 나무토막을 매달아 부딪치게 하여 도끼질 소리처럼 들리게 장치를 만들어 놓기까지 한다. 첫 번 시도는 헨젤이 반짝이는 돌을 뿌려 길을 되짚어 오는 바람에 실패하지만 두 번째 시도는 성공한다. 영아 유기는 어느 문화권에서나 있었다고 하지만 이처럼 구체적인 계획을 세워 실행한 이야기는 흔치 않다.

숲속에 버려진 남매는 낯선 곳에서 위험한 모험을 하게 된다. 길을 잃은 헨젤과 그레텔은 예쁘고 눈처럼 하얀 새를 따라 빵으로 만들어진 집에 이른다. 지붕은 케이크로 창문은 설탕으로 만들어진 아이들이 좋아할 만한 집이었다. 하지만 좋은 것에는 위험이 따르는 법. 이 집은 아이들을 유혹하기 위해 마녀가 만든 함정이었다. 마녀는 헨젤을 철문으로 된 우리에 가두고 음식을 먹여 살이 찌게 한다. 그레텔에게는 오빠가 먹을 맛있는 음식을 만들게 했다. 마녀는 헨젤이 얼마나 살이 쪘는지 아이의 손가락으로 확인했는데 그때마다 헨젤은 조그만 뼈를 내밀어 마녀를 속였다. 그레텔이 꾀를 내어 마녀를 오븐 속에 밀어 넣고 쇠문을 잠근 후 그들은 탈출한다. 남매는 마녀의 진주와 보석을 주머니에 가득 넣고 돌아오는데 집에서는 아버지 혼자 지내고 있었다. 가지고 온 보석으로 가족들은 행복하게 살았다고 한다.

다른 동화처럼 문맥의 의미를 질문해 들어가면 「헨젤과 그레텔」 역시 호기심을 유발하는 부분이 많다. 마녀의 집에 잡혀 있을 때 헨젤은 맛있는 요리를 먹고 그레텔은 게 껍데기밖에 먹지 못한다. 동화에서는 헨젤을 살찌워 잡아먹기 위해서라고 설명하는데 왜 마녀는 남자아이만 잡아먹으려 한 것일까? 가사 노동을 하는 그레텔은 제대로 된 음식을 먹지 못하는데 이 역시 시대 상황과 관련되지 않을까? 집으로 돌아오는 길에 남매는 오리에게 강을 건너게 해달라고 부탁한다. 헨젤이 한 번에 같이 타고 강을 건너자고 하자 그레텔은 한 번에 한 사람씩 건너자고 말한다. 같이 건너든 차례로 건너든 강을 건넜다고 하면 될 터인데 굳이 남매 사이에 이런 대화가 필요했던 이유가 무엇일까? 왜 굳이 이런 절차를 써 주었을까? 집에 돌아와 보니 어머니는 이미 죽고 없었다고 한다. 어머니가 어떻게 죽었을지도 궁금하다. 처음에 암시한 대로 굶어서 죽었는지 다른 이유가 있었는지. 남매는 마녀를 죽인 후 보석 등을 주머니와 치마에 담아 집으로 돌아온다. 그렇다면 이 동화는 경제적인 문제가 낳은 불행을 마녀의 재산을 훔쳐 해결한 이야기인가? 이 이야기에 담긴 교훈이 무엇인지도 궁금하다.

어린 누이와 형제들

전래동화에서 계모가 악독하고 아버지가 무심한 이유는 아이들을 집에서 내보내기 위해서이다. 아이는 집에 머물면 아무런 경험을 할 수 없고 따라서 성장할 수도 없다. 이런 관점에서 보면 헨젤과 그레텔의 부모는 단지 아이들을 숲으로 보내기 위한 자기 역할을 했을 뿐이다. 부모 중에 특별히 계모가 중요하게 부각되는 이유는 그녀가 새로운 가정이 꾸려졌음을 확실히 보여주는 증거이기 때문이다. 계모가 들어왔으면 아이들 역시 자신의 가정을 꾸미기 위해 집을 떠나야 한다. 시집가고 장가드는 다른 동화와 비교힐 때 남매가 집에 돌아오는 「헨젤과 그레텔」 이야기는 무척 예외적이라 할 수 있다.

가정을 이루는 기본 단위는 부부이지만 KHM에서 실상 중요한 인물은 그들의 자녀들이다. 형제, 남매, 자매 등 각각의 동화에 등장하는 자녀들 사이의 관계는 그리 좋은 편이 아니다. 자매는 어머니가 다른 경우가 많고 형제는 경쟁 관계에 놓여 있다. 그나마 남매는 좋은 관계를 유지한다. 그레텔이 마녀 아래서 묵묵히 일하다가 오빠 헨젤을 구하는 것처럼 여자 동생의 용기와 희생이 서로의 좋은 관계를 지탱해준다.

누이동생의 희생과 노력으로 오빠의 마법이 풀린다는 이야기 모티프는 KHM 9 「열두 왕자」나 KHM 25 「일곱 마리의 까마귀」, KHM 49 「여섯 마리 백조」에서 반복된다. 모두 여러 명의 오빠와 한 명의 여자 동생이라는 구도이며 남자 형제들은 숫자로 존재하고 여자 동생만이 성격을 가진다.

이중 「여섯 마리 백조」는 애니메이션으로 만들어지기도 했다. 계모에 의해 백조가 된 왕자들을 누이가 구해준다는 내용이다.

성에 있던 아이들이 멀리서 누군가 다가오는 것을 보고 사랑하는 아버지가 자기들을 보러왔다고 여기고 신이 나서 아버지를 맞으러 뛰어갔습니다. 새 왕비는 기다렸다는 듯이 아이들에게 옷을 하나씩 던져 주었습니다. 옷이 몸에 닿자마자 아이들은 백조로 변하여 저 멀리 숲 너머로 날아갔습니다. (「여섯 마리 백조」, 359쪽)

우리가 풀려나려면 네가 6년 동안 누구하고도 말하지도 웃지도 않으면서 우리를 위해 과꽃으로 옷 여섯 벌을 만들어야 해. 만일 네가 한마디라도 입술을 떼는 날에는 그동안의 모든 노력이 허사가 되지. (「여섯 마리 백조」, 361쪽)

동화의 전체 내용을 정리하면 이렇다. 숲속에서 길을 잃은 왕이 길을 일러준 마녀의 딸을 새 왕비로 맞는다. 왕은 전처의 아이들을 외딴집에 살게 하는데 새 왕비가 그들의 집을 알아내고 마녀에게 배운 도술로 왕자들을 백조로 만들어버린다. 백조가 된 오빠들을 돌려놓을 방법을 듣고 숲속에서 그를 실행하던 공주는 사냥을 나온 다른 왕을 만난다. 왕이 공주에게 반하여 둘은 결혼을 하게 되는데 왕의 못된 어머니는 말을 하지 않는 공주를 탐탁지 않게 여긴다. 공주가 첫 아이를 낳자 시어머니는 아이를 빼앗고 왕비 입에 피를 발라놓는다. 그녀를 식인귀로 몰기 위해서였다. 둘째를 낳았을 때도 왕의 어머니는 같은 모함을 한다. 왕비가 셋째 아이를 낳은 뒤에도 비슷한 일이 있자 재판관은 왕비를 화형에 처한다고 판결한다. 공교롭게 화형식 날은 약속한 6년이 되는 날이었다. 화형이 막 진행되려 할 때 백조가 날아오고 공주가 그들에게 옷을 던져 주니 왕자들은 본 모습을 찾게 된다. 말을 할 수 있게 된 공주는 시어머니의 악행과 자신의 사정을 왕에게 말하고 오래오래 평화롭고 행복하게 살았다.

이 동화는 약속과 금기라는 중요한 주제를 포함하고 있다. 애초에 왕이 마녀의 딸과 결혼한 이유는 숲에서 나가는 길을 알려주면 그녀의 딸과 결혼하겠다고 마녀에게 약속했기 때문이다. 왕은 이 약속을 지키기 위해 새 왕비를 얻는다. 무엇보다 오빠들을 구하기 위해 6년 동안 말하지도 웃지도 말라는 공주에게 내려진 금기가 이 동화의 핵심이다. 아이를 빼앗기고 화형을 당할 위기에 처해서도 공주는 금기를 깨지 않았고 그 덕에 오빠들은 물론 자기 아이들까지 되찾을 수 있었다. 「여섯 마리 백조」는 남성들의 적극적인 역할은 보이지 않고 여성에게 주어진 의무만이 강조된 동화라 할 수 있다.

「여섯 마리 백조」와 가상 유사한 동화는 「열두 왕자」이다. 이 동화에서는 자식들을 위험에 빠뜨리는 인물이 왕비가 아니라 왕이다. 열두 왕자를 두고 있는 왕은 열세 번째로 공주가 태어나면 왕자들을 모두 죽이겠다고 공언한다. 아이가 태어나자 왕자들은 숲으로 도망가고 열세 번째로 태어난 여동생 역시 숲에 들어가 그들과 함께 지낸다. 그러던 중 공주가 실수로 오빠들을 상징하는 12송이 백합을 뽑자 왕자들이 까마귀로 변하고 만다. 공주는 오빠들을 돌아오게 하려면 7년 동안 말해서도 웃어서도 안

된다는 해결책을 알아낸다. 이후 이야기는 「여섯 마리 백조」와 비슷하게 전개된다. 공주가 결혼하게 된 왕의 못된 어머니가 왕궁 마당에서 끓는 기름과 독뱀들로 가득한 통 속에 갇혀 끔찍한 고통을 겪다가 죽는다는 결말이 조금 다를 뿐이다.

공주가 태어나면 왕자를 죽인다는 발상은 계모가 들어와 왕자들을 해친다는 「여섯 마리 백조」의 모티프와 비슷하다. 왕자들이 아니라 공주나 왕비에 의해 왕국이나 가정이 유지되던 관습이 동화에 반영된 것이라 할 수 있다. 그러고 보면 공주와 결혼하는 주인공들이 왕국을 나누어 통치하거나 후계자가 되는 동화들이 KHM에는 여럿 실려있다. 이들은 여성 주인공이 왕자와 결혼해서 왕비가 되는 동화와 균형을 이룬다.

「일곱 마리의 까마귀」 역시 일곱 왕자가 아버지의 저주로 까마귀가 된 후 막내인 공주에 의해 구원을 받는 이야기이다. 공주는 해와 달, 별을 찾아보고 기어이 유리산에 들어가 오빠들을 사람으로 돌려놓는다. 이 과정에서 공주는 기이한 행동을 보이기도 한다. 열쇠를 잃어버리자 손가락 살을 베어내 뼈로 열쇠를 만들어 문을 열고 들어간다거나 일곱 왕자의 밥과 물을 조금씩 먹고 마지막 그릇에 반지를 남겨두는 행위가 대표적이다. KHM 11 「어린 오누이」에는 오빠가 마법에 걸려 노루로 변하는 모티프가 있다. 마녀가 죽어 재로 변해 버리자 사슴은 다시 인간으로 돌아온다. 역시 여동생이 변신한 오빠를 제자리로 돌려놓는다는 이야기이다.

자매에 대한 질투도 자주 등장하는 모티프이다. 「홀레 할머니」에서 착한 딸은 성실하게 일해서 복을 받고 그를 흉내 낸 계모의 딸은 욕심 때문에 복을 받지 못한다. 「숲속의 세 난쟁이」의 계모는 겨울 딸기를 구해 오라고 숲으로 의붓딸을 보내는데 거기서 소녀는 난쟁이들을 만난다. 착하고 친절한 소녀에게 세 난쟁이는 각각 선물을 주는데 날이 갈수록 예뻐지고, 말을 할 때마다 입에서 금 조각이 튀어나오고, 왕과 결혼하게 될 것이라는 축복이었다. 이 이야기를 들은 과부의 딸 역시 숲으로 간다. 게으르고 심술궂은 그녀에게 난쟁이들은 날이 갈수록 점점 흉해지고, 말을 할 때마다 입속에서 두꺼비가 나오고, 비참하게 죽게 될 것이라는 저주를 내린다.

행운을 얻은 형제에 대한 시샘도 민담에 자주 등장하는 모티프이다. 「지멜리 산」에서 가난한 동생은 우연히 열두 명의 도적이 산을 열고 들어가는 것을 본다. 도적이 "젬지 산아, 젬지 산아, 열려라!"라고 외치자 산이 갈라지고 보석과 금이 가득한 동굴이 나타난다. 도둑이 사라지자 동생은 동굴에서 금을 가지고 나온다. 부자가 된 동생을 의심한 형이 동생에게서 실토를 받아낸 후 직접 산으로 간다. 그는 동생보다 훨씬 많은 보석을 챙겼으나 '젬지 산'을 기억하지 못해 산 안에 갇히고 만다. 그를 발견한 도둑들은 그가 자신들이 물건을 가져간 범인이라 생각하여 형의 목을 자른다. 말할 것도 없이 『천일야화』의 「알리바바와 40인이 도적」을 떠올리게 하는 동화이다.

비슷한 모티프를 가진 동화로 우리에게 가장 잘 알려진 이야기는 KHM 146 「커다란 무」이다.

동생이 무 하나로 큰 부자가 되었다는 소리를 들은 형은 샘이 났습니다. 그래서 이렇게 하면 그런 행운을 만날 수 있을까 요리조리 궁리했습니다. 동생보다 훨씬 더 똑똑한 방법을 써야만 했습니다. 궁리 끝에 형은 금과 말을 가지고 왕에게 갔습니다. 왕이 그 보답으로 훨씬 더 많은 보물을 줄 것이라는 계산이 섰기 때문입니다. 동생이 무 하나로 그렇게 많은 선물을 받았으니 자기는 더 좋은 것들을 받을 게 분명하다고 생각했습니다.

왕은 형의 선물을 받고는 이보다 더 귀한 것은 없다고 하며 그 큰 무를 주었습니다.   (「커다란 무」, 842쪽)

가난한 농사꾼 동생이 놀라울 만큼 큰 무를 수확하게 되어 이를 왕에게 진상하였고, 왕은 동생에게 금과 땅, 목초지와 양을 주었다. 이 소문을 들은 형은 금과 말을 왕에게 선물하여 동생보다 더 많은 보답을 받으려 했다. 하지만 왕은 자신이 귀하다고 생각하는 큰 무를 형에게 준다. 욕심을 과하게 부리면 탈이 난다는, 주변 사람의 행운을 시샘하면 안 된다는 분명한 교훈을 담고 있는 이야기이다. 우리나라의 홍부와 놀부 이야기처럼 착한 동생에 욕심 많은 형 모티프는 세계적으로 널리 퍼져 있다. 가난한 동생과 부자 형의 관계가 역전된다는 점도 공통점이다. 재물과 관련된 형제간의 갈등은 장자 상속 문화와 관련되어 있다고 할 수 있다.

기이한 욕망의 세계

그림 동화 「작은 빨간 모자」에는 두 마리의 늑대가 등장한다. 첫 늑대는 빨간 모자가 길을 벗어나도록 유혹하여 할머니와 소녀를 모두 꿀꺽 삼킨다. 하지만 사냥꾼이 들어와 늑대의 배를 가르고 할머니와 빨간 모자를 구해준다. 두 번째 늑대는 소녀가 길을 벗어나도록 유혹하는 데 실패한다. 이어 소녀는 할머니 집에 들어오려는 늑대를 소시지 끓인 물에 빠뜨려 죽게 만든다. 소녀는 첫 번째 유혹에 넘어갔지만 두 번째 유혹에는 넘어가지 않은 셈이다. 빨간 모자를 유혹하기 위해 두 늑대가 반복해서 한 말은 다음과 같다.

"작은 빨간 모자야, 네 주위에 예쁘게 피어 있는 저 아름다운 꽃들을 좀 보렴! 왜 넌 둘러보지 않니? 그리고 새들이 저렇게 아름답게 노

래하는데 넌 신경도 쓰지 않는 것 같구나. 넌 마치 학교로 가는 애처럼 그저 앞만 보고 걸어가는구나. 생각해 보렴, 숲속을 여기저기 거닌다는 게 얼마나 즐거운 일인지를!" (「작은 빨간 모자」, 231쪽)

할머니 댁으로 가는 빨간 모자에게 늑대는 주변의 아름다움에 대해 말해준다. 즐거운 일탈과 의무 사이에서 생기는 갈등은 어린이에게나 어른에게나 항상 해결하기 어려운 문제이다. 이 동화가 어떤 자세를 요구하는지는 분명하다. 숲으로 들어가면 딴전 부리지 말고 길만 따라 얌전히 걸어가야 한다는 어머니의 말을 따르지 않은 첫 번째 심부름에서 빨간 모자는 늑대에게 먹히는 신세가 되지만, 어머니 말을 따른 두 번째 심부름에서는 아무런 고생도 하지 않는다. 그림 동화보다는 좀 더 잔혹한 페로 동화에서 빨간 모자는 두 번째 기회를 얻지 못하고 할머니와 함께 늑대에게 잡아먹히는 것으로 생을 마감한다.

할머니에게 케이크와 포도주를 전하기 위해 녹색 숲을 지나는 소녀가 왜 굳이 빨간색 모자(혹은 망토)를 썼는지에는 다양한 해석이 있다. 빨간색은 순진한 아이들을 떠올리게 되는 무색이나 흰색, 옅은 파스텔 색감이 부여하는 이미지와 분명히 다르다. 어린 소녀의 빨간 모자는 한 떨기 장미, 한 방울의 피 혹은 너울대며 불타오르는 불꽃을 연상시킨다.[17] 또 선명한 붉은 색의 아름다움은 성적 매혹이나 관능적 유혹과 관련된다. 빨간색을 입었다는 것은 누군가 자기를 보아주었으면 하는 열망의 표현이라 할 수 있다. 그런 의미에서 늑대는 소녀를 일탈하게 하는 존재이면서 소녀가 만나야 하는 새로운 세계이다. 늑대는 거인이나 괴물, 식인귀처럼 두려운 아동의 성 혹은 남자를 상징하는 경우가 많다.

늑대만큼 사냥꾼의 역할도 주목할 만하다. 빨간 모자의 작고 여린 모습에는 남자들의 성적 욕망이 투사되어 있다. 그러면서도 동화는 밖으로 자신을 드러내는 자유로운 표현에 대한 사회적 금기를 담아내는 모순을 드러낸다. 늑대의 역할이 그것이다. 반면 사냥꾼은 공주를 구해주는 왕자처럼 늑대에게서 소녀를 구해준다. 동화에서 여자아이는 원시적인 고통을 겪은 후 다시 생명을 얻어 지배문화에 적응하는 단계를 밟는다. 이를 통해 아이는 늑대로부터 자신을 구제해주는 사냥꾼에 대한 남성 의존적인 태도를 체득한다. 어른들이 발명해낸 엄격한 규율은 어린이를 문명화시키는 방식으로 여러 분야에서 강요되는데, 전래동화 역시 그런 역할을 충실히 담당해왔다고 할 수 있다.

동화나 민담에는 간혹 노래가 등장한다. 다음은 그림 동화에서 가장 유명한 노래이다.

우리 엄마는 나를 죽였고,
우리 아빠는 나를 먹었네.
누이동생 마를렌은 내 뼈를 빠짐없이 추슬러서
곱디고운 비단으로 정성껏 싸서
향나무 밑에 두었네.
짹짹 짹짹! 나같이 예쁜 새가 또 어디 있을까!　　　（「향나무」, 347쪽）

아주 오래전 옛날에 피처럼 빨갛고 눈처럼 하얀 아이를 낳고 죽는 아내가 있었다. 그녀는 향나무 열매를 먹어 치우고 자신이 죽거든 향나무 밑에 묻어 달라고 했다. 아버지가 재혼하여 새엄마가 들어왔는데 그녀는 궤짝 문으로 의붓아들의 머리를 잘라 살해하게 된다. 그녀는 잘린 머리를 목 위에 얹은 채 아이를 문 앞에 앉혀놓았는데 딸 마를렌이 오빠를 만지는 바람에 목이 떨어지고 말았다. 딸은 자신이 오빠를 죽였다고 생각하고 슬피 운다.

이에 새엄마는 죽은 의붓아들의 시체를 토막 내어 솥에다 넣어 끓이고 그것을 남편에게 대접한다. 남편은 자식의 시신인지도 모르고 음식 맛이 그만이라고 말하며 살을 발라 먹는다. 마를렌은 자기가 가장 아끼는 비단 목도리를 꺼내 식탁 밑에 있는 뼈를 추려 모아 그것을 정성껏 묶은 다음 뜰로 나간다. 그러자 향나무 가지에서 연기가 피어오르듯 올라온 새가 위의 노래를 부른다. 그 새는 마을로 날아가 금목걸이와 구두와 맷돌을 가져온다. 새는 아버지에게 멋진 금목걸이를 떨어뜨리고 마를렌에게는 구두를 떨어뜨린다. 그리고 엄마에게는 맷돌을 떨어뜨린다. 맷돌에 맞아 엄마가 죽자 연기와 시뻘건 불꽃이 피어오르고, 사그라드는 불길 속에서 죽었던 아들이 살아 돌아온다. 셋은 함께 집 안으로 들어가 식탁에 앉아 행복하게 밥을 먹기 시작한다.

줄거리에서 확인할 수 있듯 「향나무」(「노간주나무」라는 제목으로 번역되기도 한다.)는 그로테스크한 모티프와 강한 시각적 이미지로 기괴한 분위기를 만들어낸다. 궤짝으로 목을 치고, 그 목을 몸통에 얹어 문 앞에 앉아 있게 하고, 새가 맷돌을 떨어뜨려 사람을 죽인다는 설정이 모두 기이하지만, '아들을 먹는 아버지'라는 발상이 가장 엽기적이다. 일반적으로 식인의 이유는 두 가지 중 하나이다. 기근과 전염병 등으로 황폐해져 생존을 위해 식인을 하는 경우와 종교적 의식으로 인육 혹은 토템을 먹는 행위이다. 하지만 이 빈남에서 아버지의 식인은 어느 쪽으로도 설명하기 어렵다. 생존을 위해서도 자식의 능력을 이어받기 위해서도 아니다.

또 하나의 기괴한 이야기는 「털복숭이 공주」이다. 페로 동화의 「당나귀 가죽」처럼 근친상간의 모티프를 포함하고 있다.

그런 다음에 부엌으로 가서 왕을 위해 수프를 만들었습니다. 공주는 요리사가 없는 틈을 타서 황금 실패를 접시 안에 넣었고, 왕은 접시

밑바닥에 놓인 황금 실패를 보고 털북숭이를 불렀습니다. 그러고는 춤출 때 공주에게 끼운 금반지가 털북숭이의 손가락에 있는 것을 보았습니다.

왕은 공주의 손을 꽉 움켜쥐었습니다. 공주는 뿌리치고 달아나려고 발버둥을 쳤습니다. 그 바람에 망토가 조금 벗겨지면서 별처럼 눈부신 옷이 드러났습니다. 왕은 망토를 북북 찢어 공주의 몸에서 벗겨냈습니다. 갑자기 공주의 금발 머리가 치렁치렁 늘어뜨려졌습니다. 더 이상 자기를 숨길 수 없게 된 공주는 황홀한 옷에 싸여 그 자리에 서 있었습니다. 공주는 얼굴에서 재와 검댕이를 닦아냈습니다. 그러자 이 세상 그 누구도 따라오지 못할 만큼 아름다운 처녀가 거기에 서 있었습니다.

"그대를 신부로 맞이하고 싶소! 우리 영원히 함께 삽시다.!"

왕이 말했습니다. 그래서 성대한 결혼식이 치러지고 두 사람은 오래도록 행복하게 살았습니다. (「털복숭이 공주」, 481~482쪽)

왕에게는 금발의 아내가 있었다. 왕비는 죽으면서 자신이 죽으면 금발이 아름다운 사람과 결혼하라는 유언을 남긴다. 그들에게는 딸이 하나 있었는데 공교롭게도 그녀 역시 금발이었다. 어느 날 왕이 그녀와 결혼하겠다고 하자 신하들이 말리고 딸도 숲으로 도망간다. 나무 속에 웅크리고 있던 공주는 성 사람들에게 발견되어 다시 성으로 들어와 부엌에서 재를 치우는 일을 하게 된다. 그녀는 자신의 본 모습을 숨기기 위해 검정을 칠하고 털복숭이 옷을 입고 지낸다. 하지만 왕궁의 무도회가 열리자 공주는 고운 옷을 입고 가서 춤을 추고 싶어 한다. 왕은 무도회에서 만난 그녀에게 한눈에 반하고 만다. 위 예문에서처럼 공주는 왕에게 정체를 들키게 되고 둘은 결혼하여 행복하게 살았다고 한다.

아버지와 딸이 우여곡절 끝에 결혼한다는 동화를 아동용으로 보기는 어렵다. 동화는 왕이 일방적으로 딸에게 구애하는 것으로 전개되지만 실제로 딸 역시 아버지와의 결혼을 원한다고 느껴진다. 왕의 수프를 끓이면서 딸은 소중한 물건 세 가지를 수프 안에 넣는데, 이는 왕이 자신을 알아봤으면 하고 바라는 마음을 드러낸 것이다. 무도회에 굳이 30분 만이라도 가겠다고 부엌의 시종에게 허락을 받은 이유도 아버지를 감시하거나 유혹하기 위해서라고 여겨진다. 딸을 중심으로는 '엘렉트라 콤플렉스'를 왕을 중심으로는 '롤리타 콤플렉스'를 읽을 수 있는 동화이기도 하다.

전래동화를 읽는 이유

전래동화의 창작 시기를 판단하기는 쉽지 않지만 「브레멘 음악대」는 비교적 근대에 접어들어 형성된 이야기로 판단된다. 이 동화는 늙어서 주인들에게 버림받은 가축 네 마리가 브레멘을 향해 가는 길에 벌어진 사건을 다루고 있다. 당나귀, 개, 고양이, 닭으로 구성된 '브레멘 음악대'는 숲속 집에서 도둑들을 몰아내고 그들의 음식과 집을 빼앗는다. 노동력을 상실해 쫓겨난 가축들이 힘을 합쳐 집주인을 쫓아내고 집을 차지하는 것이다. 동물들이 도둑으로 대표되는 인간을 내쫓는다는 설정도 의미 있지만, 그들이 굳이 브레멘이라는 도시를 향한다는 점도 주목할 만하다. 브레멘은 독일의 대표적인 자유도시였다. 농노들도 도망가서 일정 기간 머물면 자유를 얻을 수 있는 그런 곳이었다. "도시의 공기는 자유롭다"는 유명한 말도 브레멘에서 유래했다고 한다. 「브레멘 음악대」는 늙은 노동자들이 힘을 모아 주인을 쫓아내고 집을 차지하는, 그래서 노후를 편안하게 보내는, 민중들의 소망이 반영된 동화라 할 수 있다.

이처럼 그림 동화는 19세기 초 독일 사회의 반영이자 당대 시민계급이 지닌 이데올로기를 보여주는 거울이다. 그것이 오래된 것이든 비교적 새롭게 창작된 것이든, 동화 속에서 묘사되는 사건들은 출간 당시 사회의 일상적 삶과 풍습, 도덕적 가치관 등을 그대로 보여준다. 더욱이 그림 동화는 '어린이와 가정을 위한 이야기'라는 주제에 충실한 책이었다. 가정에서의 어린이 교육과 어린이의 가치관 형성에 도움을 주겠다는 분명한 목표를 가지고 있었다.

이 과정에서 일관되게 관철되고 있는 것은 시민계급이 표방하는 가부장적 이데올로기였다. 그림 동화에서 벌어지는 사건은 가정을 이루는 기본 관계인 부부, 부자, 부녀, 모자, 모녀, 형제, 자매, 남매 사이에서 발생한다. 엄격한 규율 속에서 그를 참고 견디는 아이들만이 행복해질 수 있다는 당시 어른들의 일방적인 생각이 동화 곳곳에 녹아 있다. 교훈과 금기는 어느 동화에나 포함되는 요소이지만 그림 동화에서는 유독 여자아이에게 많은 의무가 부과된다. 아름다움과 성실함이라는 덕목이 그들에게 강요되는 반면 남자아이에게 주어진 의무는 그리 많지 않다. 부모와 자식의 관계는 수직적이라 말해도 좋을 정도로 일방적이다.

보통의 독자들에게 전래동화가 언제 어디에서 시작되었는지는 그리 중요하지 않다. 시대에 따라 이야기가 어떻게 변했는지, 변화의 이유는 무엇인지 정도가 우리의 관심이다. 전래동화에는 각 시대를 산 사람들의 정신과 감정이 조금씩 묻어 있기 때문이다. 민족주의와 낭만주의의 영향을 받은 그림 동화에는 19세기 독일인들의 정신이 담겨 있으며 그 이전에 정리된 동화에도 역시 그 시대의 정신이 담겨 있다. 현재를 사는 우리도 우리 나름대로 동화를 수용하면서 자연스럽게 새로운 의미를 만들어가면 된다. 그것이 지난 이야기를 다시 읽는 독자들의 바람직한 자세이다.

탐정 소설, 범죄를 다루는 사적인 방법

『셜록 홈즈』

추리소설의 매력

초등학교 고학년 때로 기억한다. 수업 시간에 선생님의 눈을 피해 교과서 아래 감추고 읽던 책이 있었다. '셜록 홈즈'와 '괴도 루팡'이었다. 아동용으로 편집한 〈계림 문고〉 시리즈였다. 당시의 출판 관행으로 보면 일본어 중역이었을 가능성이 크다. 홈즈 시리즈만 해도 원어를 번역한 전집이 출간된 것은 21세기 와서라고 한다. 초등학생이 읽기에 『기암성』을 비롯한 루팡 시리즈는 조금 어려웠다. 또 주인공이 '완벽한' 정의의 편이 아닌 도둑이라는 점 때문에 읽으면서 꺼려지는 면도 있었다. 홈즈 시리즈야말로 마음을 졸이면서도 완전히 몰입하여 읽을 수 있었던 최고의 책이었다. 이후에도 여러 권의 흥미로운 책을 읽었지만, 그 시절 홈즈 시리즈를 읽을 때만큼 몰입했던 적은 없다.

그렇다면 어린 나를 그토록 몰입하게 만든 추리소설의 매력은 무엇일까? 일반적으로 추리소설은 독자들이 쉽게 집중할 수 있는 단일한 서사로 이루어져 있다. 발생한 범죄에 대한 해결만이 이야기의 유일한 목적지이기 때문에 독자들은 복잡한 생각을 할 필요가 없다. 부수적으로 따르는 이야기들이 있다고 해도 그것은 일상의 다양함을 보여주기보다는 문제의 경중과 해결의 어려움을 증명하기 위한 곁가지일 뿐이다. 등장인물들의 성격도 그리 복잡하지 않아서 추리소설에서는 선인과 악인이 쉽게 구분된다. 만약 악인이 선한 탈을 쓰고 있다 해도 문제는 없다. 악인에게서 선한 탈을 벗기는 것이 탐정의 역할이니 독자는 그 과정을 즐기고, 속았다는 느낌에서 희열을 느끼면 된다.

　묘사나 사건 전개의 선정성 역시 독자의 흥미를 유도하는 데 한몫을 한다. 추리소설가는 그저 살해당했다고 말하지 않고 얼굴에 붉은 십자가가 그려진 채로 돼지기름 통에 거꾸로 처박혀 죽어 있었다고 말해야 직성이 풀린다. 고대 문서나 가문의 저주에 담긴 내용대로 살인의 순서나 방법이 정해져 있다면 독자들의 집중력은 더 높아질 수 있다. 사건 전개에서 반전이 없는 추리소설은 별 재미가 없다. 처음부터 범인으로 의심되는 사람이 결국 범인이라면 싱거운 서사가 되기 쉽다. 문제 해결의 결정적인 단서를 쥐고 있는 주인공은 쉽게 그것을 공개하지 않는다. 그래야 독자들에게 발견의 기쁨을 줄 수 있기 때문이다.

　물론 이는 홈즈 시리즈 같은 전형적인 초기 추리소설의 형식일 뿐 모든 추리소설의 형식은 아니다. 요즘 추리소설은 단선적 서사 대신 다양한 인물들의 내면을 추적하는 방식을 선호하고 문제의 깔끔한 해결에 집착하지도 않는다. 평범한 시민이 문제 해결의 주인공이거나 아예 범죄자를 주인공으로 내세우는 작품도 많다. 정형화된 추리소설 형식 같은 것은 없다고 해도 좋을 정도이다. 예를 들어, 움베르토 에코의 『장미의 이름』은 추리소설의 서사를 따르면서도 범죄 해결 이상의 관념적인 주제를 다룬다. 스티크 라르손의 〈밀레니엄〉 시리즈는 기자와 해커가 함께 사건을 해결해가는 이야기로 재벌, 언론, 근친상간, 동성애, 성장 등 복잡한 주제를 담고 있다. 『다빈치 코드』를 비롯한 댄 브라운의 소설은 전설과 가십 사이의 종교 모티프를 현대의 위기와 연결하여 흥미로운 이야기를 만들어낸다.

추리소설의 유력한 하위 장르인 탐정 소설은 사건을 해결하는 중심 인물로 탐정이 등장하는 소설이다. 탐정 소설이 추리소설 중에도 인기가 높은 이유는 사건의 해결이라는 서사와 함께 개성 있는 캐릭터를 내세우기 때문이다. 성공한 탐정 소설에서 탐정은 소설 속 사건보다 더 오랫동안 독자의 머릿속에 남는다. 익숙한 캐릭터, 경이로운 캐릭터가 주는 힘을 탐정 소설은 충분히 활용하는 것이다.

일반적으로 추리소설의 3대 탐정으로는 셜록 홈스, 브라운 신부, 에르퀼 푸아로를 꼽는다. 코난 도일, 체스터튼, 애거사 크리스티 소설의 주인공들이다. 각자 다른 개성을 가진 캐릭터이지만 세 탐정은 기본적으로 뒤팽의 수사 방식을 따르고 있다. 에드거 앨런 포 소설에 등장하는 뒤팽은 탐정의 조상이자 원형으로 일컬어진다. 조르주 심농의 소설에 등장하는 메그레 경감 역시 탐정과 유사한 캐릭터이다. 이 중에서도 대중들에게 탐정의 이미지를 각인시킨 인물은 단연 코난 도일이 창조해낸 셜록 홈스이다.

홈즈라는 캐릭터

〈셜록 홈즈〉 시리즈[1]를 읽어본 사람들이라면 잊기 어려운 몇 가지 이미지가 있다. 베이커 거리의 2층 하숙집이 첫 번째 후보이다. 방을 가득 채운 담배 연기와 화학 실험 도구 그리고 가끔 들리는 바이올린 소리를 떠올릴 수 있다. 소파에 마주 앉아 범죄와 관련된 대화를 나누는 홈즈와 왓슨의 모습을 떠올려도 전혀 이상하지 않다. 시리즈 작품 대부분이 이런 장면으로 시작하기 때문이다. 홈즈의 질문에 어리숙한 왓슨이 상식적인 대답을 하면 홈즈가 새로운 사실이나 관점을 제시한다. 왓슨과 독자의 궁금증이 커질 때쯤 사건과 관련된 의뢰인이 급히 계단을 오르는 소리가 들

위대한 이야기 유산

린다.

홈즈의 실력이 발휘되는 것은 이때부터이다. 의뢰인이 자리에 앉자마자 홈즈는 뛰어난 관찰력으로 의뢰인을 놀라게 한다. 「빨간 머리 연맹」에서 의뢰인으로 찾아온 바베즈 윌슨을 보고 홈즈는 그의 직업을 정확히 맞춘다. 오른손이 왼손보다 큰 것을 보고 그가 육체노동에 종사했음을, 배지를 보고 그가 프리메이슨 단원임을, 오른쪽 소매가 반들거리는 것을 보고 최근에 글을 많이 썼음을, 손목의 문신을 보고 그가 중국에 다녀왔음을 알아낸다. 첫 번째 단편 발표작인 「보헤미아 스캔들」에서 홈즈는 변장을 하고 온 의뢰인에게 바로 '전하'하는 호칭을 사용한다. 신분을 숨기고 은밀하게 사건을 의뢰하고자 한 공작은 깜짝 놀란다. 처음 홈즈를 만났을 때 왓슨도 이런 홈즈의 관찰 대상이 된 바 있다. 그가 아프가니스탄에서 돌아온 지 얼마 안 되는 경제 형편이 좋지 않은 의사라는 점을 홈즈는 한눈에 알아본다.

홈즈 시리즈에 자주 등장하는 이미지로 마차나 기차를 떠올리는 사람도 있을 것이다. 요즘 영화의 자동차 추격 장면처럼 홈즈는 마차를 타고 범인을 쫓는다. 지방에서 사건이 터졌을 때는 어김 없이 기차를 이용하는데 그 안에서 왓슨은 홈즈로부터 사건 관련 이야기를 듣는다. 홈즈의 수사 방법 역시 독자들에게는 익숙하다. 그는 범행 현장의 발자국과 담배재에 민감하게 반응한다. 그는 140종의 담뱃재를 구분할 수 있다고 하며, 발자국을 통해 인물의 외모는 물론 성격까지 읽어낸다. 그는 돋보기를 들고 사건 현장을 돌며 경찰이 놓친 증거를 찾아내는 데 능하다.

소설이 아니라 영화나 연극을 통해 굳어진 홈즈의 이미지도 있다. 시각적 이미지는 대부분 그러한데, 홈즈의 모자로 유명한 사냥 모자는 소설에는 등장하지 않는다. 이 모자는 원작 삽화의 대부분을 그린 시드니 파젯에 의해 홈즈의 이미지로 굳어진 소품이다. 탐정의 상징처럼 된 휘어진

파이프 역시 소설에는 등장하지 않는다. 홈즈 연극에서 소품으로 사용된 것이 처음이라고 한다. 망토 달린 코트도 마찬가지이다. 이렇게 만들어진 현재의 홈즈는 긴 코트를 입고 사냥 모자를 쓰고 파이프를 문 키 크고 마른 탐정이다.

근대 소설의 주인공 중 독자들에게 이처럼 구체적으로 각인된 캐릭터는 많지 않다. 마치 우리 주변에 살아 있는 사람처럼 독자들은 홈즈에 대해 너무나 잘 알고 있다. 우리는 그가 무엇을 좋아하고 무엇을 싫어하는지도 안다.

> 1. 문학에 대한 지식 전무함. 2. 철학에 대한 지식 전무함. 3. 천문학에 대한 지식 전무함. 4. 정치에 대한 지식은 약간 있음. 5. 식물학에 대한 지식은 편차가 큼. 6. 지질학에 대한 지식은 실용적이지만 한계가 뚜렷함. 7. 화학에 대한 지식 해박함. 8. 해부학에 대한 지식은 정확하지만 체계가 없음. 9. 범죄 관련 문헌에 대한 지식은 놀라 자빠질 정도. 10. 바이올린 연주는 수준급. 11. 목검술, 펜싱, 권투 실력은 프로급. 12. 영국 법에 대해서도 실용적인 지식이 꽤 있음.　(『주홍색 연구』, 29쪽)

홈즈는 1887년 『주홍색 연구』에 처음 등장하여 4편의 장편과 56편의 단편에 등장한다. 왓슨 역시 홈즈가 등장하는 첫 소설에서 모습을 드러낸다. 주지하다시피 몇 편을 제외하고는 홈즈가 등장하는 소설의 서술자는 왓슨이다. 그는 사건의 흐름과 함께 자신이 관찰한 홈즈라는 인물에 대한 정보를 독자들에게 전해준다. 위 평가 역시 왓슨의 것인데, 그가 보기에 홈즈는 문학, 철학, 정치와 같은 분야에는 무지하고 화학, 해부학, 범죄학 등에 대한 지식은 해박한 편이다. 목검술이나 권투 등에 뛰어난 실력을 지니고 있어 범인과의 육박전에서 요긴하게 사용한다. 그 외에 홈즈는 정신을 집중하기 위해 코카인을 사용하기도 하고 며칠 동안 잠을 안 자고도 사건에 집중할 수 있으며, 일이 없으면 며칠 동안 방 밖으로 나오지 않는다.

이처럼 홈즈 시리즈의 독자가 우선 기억하는 것은 사건이 아니라 캐릭터이다. 지금까지 코난 도일의 이 시리즈가 인기를 얻고 있는 가장 큰 이유 역시 홈즈라는 캐릭터가 가진 매력 때문이다. 홈즈가 추리소설 사상 가장 위대한 탐정이라 말하기는 어려워도 그가 추리소설 사상 가장 성공한 탐정이라는 데는 의문을 제기하기 어렵다. 지금도 홈즈는 다양한 미디어를 통해 부활하고 있다. 그 동력 역시 캐릭터가 가진 힘에 있다. 홈즈를 주인공으로 새로 만들어지는 영화, 연극, 드라마 등은 원작의 내용과는 다르게 구성되지만 홈즈를 비롯한 등장인물의 이미지는 크게 바꾸지 않는다.

셜록뿐 아니라 조연들의 캐릭터 역시 매력적이다. 홈즈의 동료이자 의사인 존 왓슨 박사는 시리즈 내내 주인공을 보조한다. 그가 군의관 출신이라는 점은 수사에 도움이 될 때가 많다. 제임스 모리아티 교수는 범죄 계의 나폴레옹으로 불리는 인물이다. 수많은 미해결 사건을 뒤에서 조작한 인물로 「마지막 사건」, 『공포의 계곡』에 등장한다. 소설보다는 영화 등 이후에 제작된 작품에서 비중이 커지는 인물로 홈즈의 숙적으로 불린다. 마이크로프트 홈즈는 영국 정부의 일을 막후에서 도와주는 셜록의 친형이다. 모리아티처럼 그의 역할도 영화나 드라마에서 중요해진다. 런던 경시청의 레스트레이드 경감과 그렉슨 경감은 홈즈와 함께 범죄를 해결한다.

다음은 홈즈 콘텐츠가 지금까지 어떻게 활용되었는가를 보여주는 표이다. 기간은 첫 소설 『주홍색 연구』가 나온 이후부터 2017년까지이다.[2]

장르	편수	시기	
		시작(년)	끝(년)
장편소설	4	1887	1915
단편소설집(단편)	5(56)	1892	1917
라디오	16	1922	1999
연극	5	1965	2017
영화	98	1902	2015
드라마	55	1951	2017
애니메이션	6	1983	2010
게임	29	1987	2016
만화	8	2010	2013
합계	226(277)		

홈즈 콘텐츠의 활용

콘텐츠 활용의 범위가 라디오, 연극, 영화, 드라마, 게임, 만화 등 다양한 장르에 걸쳐 있음을 알 수 있다. 100년 이상 100편에 가까운 영화가 제작되었다는 점이 가장 눈에 띈다. 무성 영화에서 흑백, 컬러 시대를 아우르는 시간이다. 영화에서 홈즈의 인기는 21세기 들어서도 전혀 식지 않았다. 영국 배우를 주인공으로 한 홈즈 영화와 미국 배우를 주인공으로 한 홈즈 영화가 서의 같은 시기에 개봉된 적도 있다. 드라마 역시 55편으로 많은 편인데, 최근에 방영된 드라마에서는 뉴욕을 배경으로 활약하는 홈즈가 등장하기도 했다. 그 드라마에서 왓슨은 여성 의사였다.

물론 홈즈가 돌연변이로 탄생한 캐릭터는 아니다. 코난 도일에게는 참고할 만한 선배 탐정들이 있었다. 홈즈는 최초의 탐정이라 할 수 있는 뒤팽에게 많은 영향을 받았다. 두 탐정 모두 침착하고 자기중심적인 괴짜들이며, 이야기를 서술하며 주인공을 찬미하는 서술자 친구를 두고 있다.

위대한 이야기 유산

그들은 재정적으로 큰 걱정 없이 은둔자와 같은 독신 생활을 한다. 뛰어난 관찰력과 논리적 추론으로 사건을 해결한다는 점에서도 비슷하다. 에밀 가보리오가 창조한 르콕 탐정 역시 홈즈에 앞선다. 그 역시 홈즈처럼 예리한 관찰자이자 추론가인데, 특히 변장에 능하다.[3]

셜록 홈즈 연구자들은 소설 밖에서 홈즈의 모델을 찾기도 한다. 코난 도일이 다닌 에든버러 의과 대학에는 '조셉 벨'이라는 의사가 있었는데 그가 셜록 홈즈의 모델이라고 한다. 도일도 이를 인정했는데 벨은 관찰과 추리를 통해 소소한 사실을 밝혀내는 뛰어난 능력을 지녔다고 한다. 그러고 보면 홈즈가 하숙집에 앉아 의뢰인을 상대하는 장면은 의사가 진찰실에서 환자를 맞는 장면과 무척 닮았다. 근심에 짓눌려 베이커 거리를 찾은 고객들은 의학 전문가에게 답을 구한 뒤 안심하고 싶어하는 환자들과 비교할 만하다. 사건을 해결하는 동안 홈즈는 이것저것 캐묻는 상담 의사처럼 행동하다가 막판에는 외과 의사처럼 행동한다.[4]

추리소설 탄생의 배경

소설이라는 양식이 근대의 산물이라는 사실은 잘 알려져 있다. 부르주아·시민들을 주인공으로 하고 역시 그들을 주요 독자로 한 산문 양식으로 소설은 발전하였다. 신문 연재소설이나 순회도서관 등 활자를 접할 수 있는 새로운 환경의 출현, 일상에 대한 새로운 의미화, 여성 독자들의 증가 등 소설의 발전 요인은 여러 측면에서 설명할 수 있다. 거기에 빠질 수 없는 것이 도시화와 그에 따른 인구 집중이다.

소설의 하위 장르로서 추리소설은 대도시의 발생과 밀접한 연관을 맺고 있다. 그중에서도 특별히 인구 집중이 낳은 '범죄'라는 문제에 대응한 문학 장르이다. 거리를 채우고 배회하는 익명의 군중들에서 느끼는 대중들의 불안과 위험 그리고 그것의 해결에서 오는 희열이 추리소설에 담겨 있다. 추리소설의 황금기라 불리는 20세기 중반까지의 작가들은 산업화와 도시화가 일찍 진행된 서부 유럽에서 활동하였다. 탐정들 역시 그런데, 홈즈로 좁혀보면, 그는 빅토리아 시대의 런던 그리고 영국과 떼어 생각하기 어려운 캐릭터이다.

19세기 후반의 런던은 일 세기 정도 진행되어온 도시 폭발이 정점에 이르러 있었으며 누구도 이를 통제하거나 규제할 수 없는 상황이었다. 1874년에 이미 런던은 400만 인구가 사는 대도시였다. 소설에서 홈즈는 런던 인구를 500만이라고 말하는데 크게 잘못된 수치는 아니다. 수만 대 이상의 마차가 누비고 다니는 거리는 말똥으로 두껍게 덮여 있었고, 대기는 200만 개나 되는 가정 및 공장, 증기기관차의 굴뚝에서 쏟아내는 유황과 검댕과 연기로 더러웠다. 스모그라는 단어도 이 시기 만들어졌다. 주요 도로는 이륜마차와 말이 끄는 수레, 승합마차, 온갖 형태의 짐 마차와 네바퀴 마차들로 북적거렸다. 비가 오거나 눈이 녹아 진창이 되면 배수 시설이 거의 안 된 거리는 진창으로 변했다. 걸인들은 길모퉁이에서 얼쩡대고 부랑아들은 행인들을 괴롭히며 집시들은 상품을 사라고 소리쳤다. 번화가에서는 소매치기들이 날뛰고 좁은 길과 골목에서는 노상강도들이 어슬렁거리면서 범죄를 준비하고 있었다.[5]

홈즈는 이런 '더러운' 도시 런던에서 편안함을 느끼는 인물이다. 그는 베이커 거리 하숙집이라는 자기만의 공간에서 도시에서 벌어지는 비참한 일들과 거리를 두고 살아간다. 누군가 하숙집 2층 계단을 올라올 때까지 그는 누구의 방해도 받지 않고 자유로울 수 있다. 그러다 필요하다고 느낄 때면 마부나 부랑자로 변장하여 범인을 쫓고, 거리를 떠도는 고아들을 '베이커 거리 특공대'로 활용한다. 그는 도시의 관찰자이자 감시자 그리고 해결사인 셈이다. 이런 홈즈의 모습에 당시 런던을 비롯한 도

위대한 이야기 유산

시 사람들은 동질감과 대리 만족을 느꼈을 것이다.

인구의 증가와 도시의 확대는 범죄의 증가라는 골치 아픈 문제를 낳았다. 도시의 범죄는 과거의 범죄와 다른 양상을 띠었다. 단순히 수의 증가뿐 아니라 범죄 양상이 복잡해지는 경향도 보였다. 범죄를 보는 시각도 달라졌다. 범죄를 낭만적으로 바라보던 시각이 달라져 사회적 위협으로 보는 시각이 보편화된 것이다. 중세의 봉건 영주들에 저항하거나 절대 군주의 폭정에 맞서던 반역자들은 이제 찾아볼 수 없게 되었고 법과 질서에 도전하는 사회적 위험 세력만이 존재하게 되었다. 근대 도시의 악당은 결코 로빈후드와 같은 인물이 될 수 없었다.

19세기 법체계의 변화와 수사 방법의 혁신 역시 추리소설을 유행하게 한 중요한 요인이었다.

18세기 중반이 되기 전만 해도 증거 소송절차란 없었다. 확실히 이성적인 소송절차는 없었던 것이다. 단지 많은 목격자들과 자백들이 범인에게 범죄를 인정하게 했으며, 그 밖의 다른 증거들은 효과가 없었다. 하지만 목격자들마저도 별로 없었기 때문에 자백을 받아내기 위해서 고문이 가해졌고 [⋯⋯] 이에 반대한 시기가 인간적, 논리적 근거를 기반으로 한 계몽주의 시대였다. 그 이후론 증거들이 필요했다. 말하자면 증거들이 제출되어야 했다. 대부분 사건들은 증거들의 바탕에서 배심원들과 법정 앞에서 증언 청취가 있게 된다. 피고의 자백 자체도 증거를 통한 증언 청취를 대체하거나 그 가치를 절하시키지는 못한다. 왜냐하면 자백은 다른 사람을 숨기거나 계속적으로 밝혀지지 않고 있는 범죄 조사를 중단시키는 잘못된 자기 누명일 수 있기 때문이다. 이와 같이 증거에 근거하는 탐정 작업은 증거 소송 절차 자체보다 더 오래되지는 않았다.[6]

이전보다 복잡해진 범죄에 대응하기 위해 정부는 독립적인 수사기구를 발족시켰고, 과학적인 수사 방법을 도입하였다. 시대의 변화는 무엇보다 증거에 근거한 수사를 요구했다. 자백과 고문에 의한 범죄 해결방법은 근대적 시민 사회의 휴머니즘적 가치에서 보면 야만적인 것으로 간주되었다. 증거를 오판해서 잘못 판결하는 일도 있었겠지만, 증거 중심주의는 범죄를 다루던 이전의 방법에 비해 한결 더 문명화된 것이었다.

이러한 수사 방법은 과학의 발전에 기반하고 계몽주의 사상에 영향을 받았다. 계몽주의와 과학적 관점에서 보면, 범죄는 더이상 신비화되어서는 안 되었다. 범죄는 반드시 이성과 법의 빛 아래 드러나게 마련이고 또 드러나야 했다. 범죄자의 교활함은 예찬의 대상이 아니라 처벌의 대상이고 복잡한 사건은 밝혀야 할 수수께끼일 뿐이었다. 홈즈 시리즈 최고의 작품인 『바스커빌 가문의 개』는 신화를 계몽의 빛으로 무너뜨리는 전형적인 서사로 이루어져 있다. 지옥의 개라는 미신을 이용한 범죄를 홈즈는 이성으로 해결한다. 살인이 재산을 노린 사악한 범죄에 불과함을 밝혀냄으로써 가문의 저주라는 전설이 가져온 공포를 걷어낸다.

소설에 한정되는 문제이기는 하지만, 이런 시대 분위기 속에서 경찰이 아니라 탐정이 수사의 주체로 떠오른 것은 주목할 만한 일이다. 국가 권력과 관계있는 경찰력과 달리 탐정은 사적 재산권과 깊이 관련되어 있다. 일반적으로 탐정이 해결하는 사건은 둘 중 하나이다. 하나는 경찰이 해결하지 못한 복잡하고 난해한 사건이고 다른 하나는 경찰이라는 공적인 통로를 통해 해결하기 껄끄러운 비밀스러운 사건이다. 특히 두 번째 경우는 의뢰인의 사적인 문제일 가능성이 크며, 사유재산 보호와 관련된다. 물론 오래전부터 범죄의 가장 기본적인 동기는 물질에 대한 탐욕, 질투와 복수 같은 것들이었다. 19세기 탐정 소설에서도 물질에 대한 욕망을 앞서는 범죄 동기는 없다.

사유재산의 보호라는 말은 부르주아 계급을 노동계급으로부터 보호한다는 말과 크게 다르지 않다. 19세기 이후 성장하는 노동계급에 기반한 급진적인 사상은 부르주아를 불안하게 했고, 이들의 불안감은 사유재산에 대한 확고한 보장을 약속하는 법적 질서를 요구하게 되었다. 이런 관점에서 범죄를 낭만시하는 과거 담론은 억압되었고, 범죄는 나쁜 것이며, 반드시 처벌받는다는 담론이 주류화되었다. 이를 대중들에게 거부감없이 알리는 소설이나 인물도 필요하게 되었다. 셜록 홈즈로 대변되는 탐정들은 이러한 사회적 분위기 속에서 탄생하였다.

홈즈 신화의 시작

홈즈는 첫 소설부터 다른 어떤 탐정과도 비교할 수 없는 대단한 인물로 그려진다.

"저를 뒤팽과 비교하신 것은 저를 칭찬해 주시려는 뜻으로 압니다." 그는 천천히 말했다.

"하지만 제가 보기에 뒤팽은 수준 낮은 탐정입니다. 15분간 침묵을 지킨 다음에 그럴듯한 말로 친구들의 생각을 방해하는 수법은 아주 천박하고 자기 과시적인 것이지요. 물론 그에게 천재적인 분석 능력이 있는 것은 사실입니다. 하지만 그는 포가 의도했던 것 같은 그런 비범한 인물은 결코 아니었지요."

"가보리오의 작품을 읽어본 적이 있으십니까? 홈즈 씨가 보기에 르콕 탐정은 어떻습니까?"

내가 물었다.

셜록 홈즈는 차갑게 코웃음을 쳤다.

"르콕은 형편없는 인물이지요."　　　　　　　　　(『주홍색 연구』, 36~37쪽)

　　아직 친해지기 전 왓슨과 홈즈가 나누는 대화이다. 홈즈는 자신을 사립 탐정이 아닌 세계 유일의 '자문 탐정'이라고 정의한다. 아무 사건이나 좇는 보통 탐정이 아니라는 뜻으로 한 말이다. 앞서 살핀 대로 뒤팽과 르콕은 홈즈 시리즈 이전의 추리소설에 나오는 유명한 탐정들이다. 홈즈와 왓슨은 그 소설을 읽은 것처럼 대화를 나눈다. 이런 대화는 홈즈가 소설 속 인물이 아니라 동시대를 살아가는 실제 인물이라는 인상을 주기도 한다. 또 이전의 탐정과 새로운 인물 홈즈가 얼마나 다를 것인지에 대한 독자의 궁금증을 자극한다.

　　셜록 홈즈는 자기를 드러내기 좋아하고 때로는 유치할 만큼 자기 자랑을 즐긴다. 장편이든 단편이든 홈즈 시리즈의 전반부는 주로 홈즈의 관찰력과 추리 능력을 시연하는 데 할애된다. 홈즈가 베이커 거리 하숙집에서 의뢰인을 만나 의뢰인의 의뢰 내용을 듣는 부분이 어찌 보면 소설의 흥미 절반을 차지한다고 볼 수 있다.

　　첫 소설 『주홍색 연구』는 이후 전개될 홈즈 시리즈 작품들의 특징을 잘 보여준다. 내용을 정리하면 이렇다.

　　1부의 배경은 런던이다. 동거가 시작된 지 얼마 지나지 않은 어느 날 홈즈와 왓슨은 살인사건이 일어났다는 연락을 받고 현장으로 달려간다. 사망자는 드리버라는 남자로, 시체에 외상은 없었으나 현장에는 핏자국이 있었고, 벽에 'Rache'라는 핏빛 글자가 쓰여 있었다. 현장을 조사한 홈즈는 범인이 현장에 떨어져 있던 반지를 찾으러 올 것이라 예상해 왓슨의 이름으로 신문 광고를 낸다. 홈즈는 광고를 보고 찾아온 노파를 미행했으나 날이 어두워지는 바람에 놓치고 만다. 이어 드리버와 함께 다니던 조지프 스탠거슨 역시 칼에 찔려 살해되는 사건이 벌어진다. 베이커 거리

　　　　　　　　　　　　　　　　　위대한 이야기 유산

하숙집에서 경찰과 함께 현장에서 발견된 알약을 살펴보는 동안 홈즈가 부른 마차가 도착한다. 홈즈는 짐을 옮기러 올라온 마부를 체포하며 그가 제퍼슨 호프라는 이름의 범인이라고 말한다.

2부는 미국에서 벌어진 이야기이다. 존 페리어라는 남자와 고아 루시는 사막을 헤매다 죽을 위기에 처하지만, 브리검 영이 이끌던 모르몬교 행렬에 의해 구조된다. 그들은 솔트레이크시티를 건설하였고, 존 페리어는 교외에서 열심히 일하여 부자가 된다. 그의 양녀가 된 루시는 아름다운 여인으로 성장하였다. 어느 날 루시는, 청년 제퍼슨 호프에게 반하고, 호프도 그녀에게 호의를 가진다. 아버지 존 역시 두 사람의 결혼을 허락하였으나, 모르몬교의 교주 브리검 영은 루시에게 청년 드리버나 스탠거슨 중 한 명과 결혼하라고 명령한다. 반대가 허용되지 않는 모르몬교의 교리 때문에 존은 마을에서의 탈주를 결심하고 호프의 도움으로 황야를 빠져나간다. 하지만 추격하던 모르몬교 사람들이 호프가 없는 사이 존을 사살하고 루시를 데리고 돌아간다. 루시는 드리버와 결혼한 지 얼마 안 되어 죽고 호프는 루시의 장례식에서 결혼반지를 빼내 도망간다. 그 뒤 호프는 복수를 위해 이름을 바꾸고 돈을 모아 돌아왔지만 드리버와 스탠거슨은 이미 유타를 떠난 뒤였다.

이처럼 『주홍색 연구』는 서술자도 배경도 다른 두 개의 이야기로 구성되어 있다. 1부는 왓슨을 서술자로 하는 잘 알려진 방식으로 전개된다. 사건의 전모는 아직 밝혀지지 않지만 홈즈가 범인을 체포하는 데서 마무리된다. 2부는 3인칭 서술자가 미국에서 벌어진 이야기를 새로운 이야기인 양 서술한다. 액자 소설이라 보기도 어려운 것이 1부와 2부의 서술자는 아무런 관련도 없다. 1부가 추리소설이라면 2부는 미국 서부 개척 시대 이단(?) 종교를 비판하는 사회 소설처럼 읽힌다. 작가는 탁월한 능력으로 사건을 해결하는 홈즈 이야기와 미국을 배경으로 벌어지는 비극적인 사랑 이야기를 하나의 소설 안에 병렬해 놓은 것이다.

1부 첫 장의 제목은 '셜록 홈즈씨'이다. 첫 장인만큼 왓슨이 홈즈와 베이커 거리의 하숙집에서 함께 살게 된 사연이 소개된다. 소설의 첫 문장은 "나는 1878년, 런던대학교에서 의학박사 학위를 취득하고~"로 시작한다. 왓슨은 외과의 수업을 받고 인도에 주둔한 연대에 파견되었다 최근에 돌아왔다. 영국에는 피붙이라고는 없다고 한다. 돈이 궁해져 동거인이 있는 하숙을 구하던 왓슨은 스템포드라는 후배를 통해 홈즈를 만난다. 이리하여 왓슨과 홈즈는 베이커 거리 221B 번지 2층 독채를 함께 쓰게 된다. 서술자 왓슨은 홈즈가 매우 특이한 인물이라는 인상을 처음부터 강조한다.

반면 왓슨은 자신에 대해서는 스스로 말할 수밖에 없다.

> 거기서 나는 어깨에 총탄을 맞았는데 그것은 쇠골하동맥을 스치며 뼈를 으스러뜨렸다. 나의 당번병이었던 머레이의 헌신과 용기가 아니었다면 나는 흉악한 이슬람 전사의 손아귀에 떨어졌을 것이 틀림없다. (『주홍색 연구』, 10쪽)

어찌 보면 왓슨은 홈즈만큼 중요하고 흥미로운 인물이다. 그의 직업이 의사라는 점은 작가가 실제 의사였다는 점과 무관하지 않아 보인다. 의사는 사건에 쉽게 접근할 수 있고 범인이나 피해자를 직접 다룰 수 있는 위치에 있다. 하지만 작가가 왓슨의 신상에 대해 홈즈만큼 꼼꼼히 신경 쓰고 있었던 것 같지는 않다. 위에 분명하게 서술되었던 왓슨의 어깨 부상은 "나는 예전에 다리에 관통상을 입은 적이 있는데, 보행에는 지장이 없었으나 날이 조금만 꾸물거려도 다리가 욱신거렸다."(『네 개의 서명』, 11쪽)는 말과 함께 다리 부상으로 바뀐다. 작가의 착각인지 의도된 변경인지는 알 수 없다. 왓슨은 두 번째 소설 『네 개의 서명』에서 만난 여인과 결혼하는데, 사별과 재혼이 이어지는 과정에 대해서도 상세한 설명이 없다.

일반적으로 사건이 발생하면 발생의 원인을 추적하고 범인을 찾아내는 것이 탐정물의 서사이다. 그 과정에 새로운 사건이 추가로 발생하거나 해서 수사에 혼선을 빚거나 하는 일이 더해지면 서사는 복잡해진다. 이런 기준에서 보면 홈즈가 맡은 사건은 그리 복잡하지 않다. 작가가 사건을 뒤섞어놓아 복잡하다는 인상을 줄 뿐이다. 이는 서술자 왓슨의 효과이기도 하다. 왓슨은 홈즈와 함께 사건을 해결하거나 사건에 대한 홈즈의 후일담을 들어주는 인물이다. 홈즈는 사건이 해결되기 전까지 동료에게도 사건의 전모를 알려주지 않기 때문에 왓슨은 독자들에게 결정적인 정보를 전달할 수 없다. 독자가 모르고 있을 뿐 홈즈는 사건을 인지한 초기에 대강의 사건을 꿰어맞출 능력이 있다. 왓슨에 의해 사건이 전달되던 서사에 어느 순간 홈즈가 개입하면서 독자도 사건의 전말을 알게 된다. 이때 홈즈에 대한 왓슨의 경외는 독자들에게 그대로 전이된다. 왓슨은 사건 해결에서 홈즈의 보조자이지만 그의 사건을 정리하는 기록자이기도 하다. 홈즈 신화는 그에 의해 창조되었다고 해도 과언이 아닌데, 왓슨만큼 주인공에게 전폭적인 지지를 보내는 서술자는 다른 어떤 소설에서도 찾아보기 어렵다.

외국에서 들어온 범죄

첫 소설 『주홍색 연구』에서 살인사건이 벌어진 곳은 영국이지만 그 살인이 발생한 원인은 미국에 있었다. 모르몬교라는 종교에 의해 탄압받았던 선량한 시민이 복수를 위해 영국까지 악당을 추적해 온 것이다. 살인자도 피살자도 모두 미국인이었다. 이 소설 외에도 코난 도일은 영국에서 일어난 범죄를 외국에서 들어온 자들의 소행으로 처리함으로써 외국인에 대한 경계와 혐오를 자주 드러낸다. 이런 생각이 홈즈나 왓슨의 입을 통해 직접 표현되지는 않지만, 사건의 성격과 처리에서 자연스럽게 드러난다.

예를 들면 다음과 같은 식이다.

〈스탠다드〉는 이러한 종류의 무법 행위는 주로 자유주의 정부하에서 일어난다는 사실을 지적했다. 이러한 사건은 대중이 정신적으로 혼란스럽고, 그에 따라 모든 권위가 약해지는 때에 발생된다. 피살자는 런던에 몇 주 동안 체류했던 미국인 신사였다. (『주홍색 연구』, 85쪽)

〈데일리 뉴스〉는 이번 사건이 정치적인 범죄임에 틀림없다고 단정했다. 자유주의의 독선과 증오가 유럽 여러 나라의 정부를 자극하면서 영국 해안으로 수많은 사람들이 몰려들게 되었다. 이들은 그동안 겪은 쓰라린 체험에 대한 기억만 아니라면 훌륭한 시민이 되었을 사람들이다. (『주홍색 연구』, 85~86쪽)

적어도 우리는 런던 경찰 수사진의 실력을 대단히 인상적인 방식으로 확인한 셈이 되었다. 또한 차제에 모든 외국인들에게, 사적인 감정과 원한이 있거든 그것을 영국령까지 끌고 오지 말고 자기 나라에서 해결하는 게 현명하리라는 교훈을 안겨 주었다.

(『주홍색 연구』, 210쪽, 이상 밑줄 필자)

소설에서 왓슨은 각기 다른 신문에 실린 살인사건 관련 기사를 읽는다. 위는 그 내용의 일부이다. 자유주의 정부에 대한 반감이 우선 눈에 띈다. 기사는 '이러한 종류'의 범죄가 미국과 같은 자유주의 정부에서 일어나고, 영국 밖 지역에서 벌어지는 자유주의의 독선과 증오가 영국으로 사람들을 몰려들게 한다고 주장한다. 〈에코〉에 실린 세 번째 기사는 사적인 감정과 원한은 영국령까지 끌고 오지 말고 (자유주의 정부) 안에서 해결하는 것이 현명하다는 충고까지 담고 있다. 영국 정치 체제의 우월성과 경찰의 뛰어난 실력에 대한 자부심도 드러내고 있다.

외국인 또는 외국 귀환자에 대한 부정적인 생각은 홈즈 시리즈 내내 변함없이 이어진다. 홈즈 시리즈에서 살인사건의 범인은 대부분 외국에서 들어온 사람 혹은 외국인이다. 두 번째 장편 『네 개의 서명』에서는 아그라의 보물을 강탈당했다고 생각한 조나선 스몰이 살인을 저지른다. 인도에서 벌어진 영국인들 사이의 다툼이 영국 내에서의 살인으로 이어진 것이다. 네 번째 장편 『공포의 계곡』은 벌스톤 영주관의 더글라스 살해 사건을 다룬다. 미국 버미사 밸리의 범죄 조직과 관련된 사건의 연장이다. 미국 범죄자들의 복수가 영국에서의 살인으로 마무리되는 이야기이다.

첫 단편집 『셜록 홈즈의 모험』에 실린 작품에서 벌어진 살인도 마찬가지이다. 「보스콤 계곡 사건」은 호주의 강도 사건과 관련된 두 인물의 악연이 사건의 원인이다. 식민지에서 저지른 과거의 잘못 때문에 끝없이 괴롭힘을 당하던 노인이 딸 문제만은 참지 못하고 살인을 저지른다. 「다섯 개의 오렌지 씨앗」은 미국의 K.K.K.단과 관련된다. 단체의 중요한 서류를 가지고 영국으로 도피한 단원이 보복 살인을 당한다는 이야기이다. 「얼룩 띠의 비밀」은 의붓딸들의 재산을 차지하기 위해 의붓아버지가 벌인 살인극이다. 범인 그림스비는 인도에서 근무한 적이 있는 의사인데 흉측한 뱀을 살인 도구로 이용한다.

다른 작품집에 실린 단편들에서도 비슷한 예를 발견할 수 있다. 「글로리아 스콧 호」 사건은 「보스콤 계곡 사건」과 유사하다. 호주행 죄수선 글로리아 스콧 호에서 탈출한 죄수가 경제적으로 성공하여 영국에 정착했지만 살아남은 선원 허드슨이 등장하면서 끔찍한 일이 벌어진다. 「블랙 피터」는 블랙 피터라고 불리던 전직 선장이 살해되는 사건이다. 유니콘 호에서 벌어진 사건의 연장으로 작살잡이가 범인이다. 「금테 코안경」에서는 러시아 개혁주의자들의 갈등이 살인으로 이어진다. 「등나무 집」은 중앙아메리카 독재자 산페드로의 호랑이 돈 무리요를 처단하기 위한 조직의 시도가 실패하고 청년 가르시아가 살해당하는 이야기이다. 「빈사의 탐정」은 유산 때문에 조카를 죽인 칼버튼 스미스를 잡기 위한 홈즈의 연기가 돋보이는 소설이다. 스미스는 인도네시아 수마트라 섬의 농장을 경영하는 농장주로 영국에는 잠시 머무는 중이다. 그는 상자의 독을 이용해 피해자를 서서히 죽게 만든다.

식민지로부터 귀환한 인물이 자주 등장하고 그들이 문제를 일으키는 사람으로 취급된다는 점은 홈즈 시리즈를 이해하는 데 매우 중요하다. 19세기 후반에서 20세기 초반 식민지와 식민지 귀국자를 바라보는 영국 부르주아들의 관점을 보여주기 때문이다. 19세기 후반에 이르면 영국은 제국으로서의 독점적 지위를 위협받고 식민지 경영에서 경쟁 상대였던 국가들에 의해 도전을 받게 된다. 경제적 하층민으로 전락한 귀환자들은 그들이 국내 사회에 미치는 부정적 영향과 함께 영국의 해외 식민지 경영 실패의 증거로 보여 곱지 않은 시선을 받고 있었다.

홈즈 시리즈는 귀환자들에 대한 이런 부정적인 이미지를 작품에 여과 없이 수용하고 있다. 소설에 따르면 사회적으로 하층부를 형성하는 귀환자들은 식민지에서의 범죄와 관련된 상태로 본국에 귀국하여 영국 안에서도 다른 범죄를 일으킨다. 소설에서 귀환자들은 경제적으로 곤궁하거나 신체를 훼손하여 혐오스러운 모습을 하고 있다. 외부의 노출을 극도로 꺼리는 성격으로 왠지 음험한 분위기를 풍긴다. 하지만 당시 식민지에서 영국으로 돌아오는 귀환자들은 매우 많았고 모두가 문제 있는 사람들은 아니었다. 소설 속 귀환자들의 부정적 이미지는 실제보다는 증후로서

영국 부르주아들이 느낀 불안을 표현한 것으로 보아야 한다.[7]

물론 홈즈 시리즈에도 성공하여 귀국한 사람이 적지 않다. 식민지에서 성공한 사람은 그곳에서 획득한 부를 가지고 귀국해 안락한 삶을 영위한다. 그런데 여기서 꼭 주목해야 할 것은 부를 쌓는 과정에 대한 평가이다. 『네 개의 서명』, 「보스콤 계곡 사건」, 「글로리아 스콧 호」, 「블랙 피터」에는 식민지에서 부를 쌓은 인물들이 등장한다. 하지만 그들이 부를 쌓은 과정은 부도덕했다. 남의 재화를 빼앗는 방법으로 부자가 되어 영국으로 돌아온 것이다. 홈즈 시리즈에서는 이런 부도덕한 자들이 경찰과 탐정의 도움을 받아 자신들의 사유재산을 지키려 한다. 반대로 부를 빼앗긴 사람은 억울함 때문에 범죄를 저지르고 결국 벌을 받게 된다.

> 나는 20년 동안 저 푹푹 찌는 늪 지대에서 낮이면 하루 종일 망그로브 나무 아래서 일하고 밤에는 사슬에 묶인 채 더러운 죄수 막사에 갇혀 있었다. 그리고 모기떼에 뜯기고 학질에 시달리고 백인 죄수를 괴롭히는 걸 낙으로 삼는 시꺼먼 교도관 놈들한테 이리저리 채이며 살아왔다. 나는 그렇게 해서 아그라 보물을 손에 넣은 거야. 그런데 너희들은 내가 이 피의 대가를 다른 놈이 즐길 수 있게 해주지 않았다고 해서 정의 운운하는 거냐? 엉뚱한 놈이 내 돈으로 으리으리한 집에서 편안하게 살고 있다는 걸 알면서 감방에서 살아가느니, 차라리 스무 번이라도 교수형을 당하거나 통가의 독침에 맞는 게 나을 거다.
>
> (『네 개의 서명』, 163쪽)

살인을 저지르고 보물을 훔쳐 템즈 강에 던져 버린 스몰이라는 범죄자가 자신의 억울함과 분노를 털어놓는 장면이다. 객지에서 20년 동안 겪었던 고생이 잘 표현되어 있다. 그는 숄트 소령과 모스턴 대위에게 어렵게 모은 보물을 빼앗겼고 지옥 같은 수용소에서 간신히 살아나왔다. 억울함을 법적으로 구제받을 길이 없기에 그가 선택한 길은 개인적인 복수였다. 하지만 영국 내에서 그 복수는 한갓 범죄일 뿐이었다. 홈즈 소설에 따르면, 식민지에서 벌어진 범죄는 그곳에서 해결해야 할 문제이지 영국 안으로 끌고 들어올 문제는 아니다. 특히 식민지에서 쌓은 부에 정의 여부를 따져서는 안 된다. 과정이야 어찌 되었든 영국에서 자리 잡은 평화가 깨지는 일이 일어나선 안 되기 때문이다.

이런 사회에서 복수하는 사람의 정의는 충분히 인정받지 못한다. 비록 부정적인 방법을 사용했더라도 식민지에서 성공해 돌아온 사람은 선이다. 반대로 실패하고 본국으로 돌아와 복수를 생각하는 패배자들은 악이다. 『네 개의 서명』에서 보물을 강탈한 모스턴 대위와 솔트 소령의 자녀들은 매우 교양 있는 인물로 그려진다. 반대로 실패자 스몰은 추하게 묘사된다. 「보스콤 계곡 사건」에서 호주 은행강도 출신의 부자 존 터너가 상식 있는 인물인 데 반해 마부 출신으로 그의 범죄를 알고 있는 찰스 매카시는 저열한 인물이다. 정부와 사회 역시 어느 쪽 편도 들어주지 않는 것으로 해서 상황을 인정한다. 사건을 해결하는 탐정 홈즈의 입장도 크게 다르지 않다.

귀환자들에 대한 경계는 이방인 혐오에 비하면 상대적으로 작은 문제이다. 19세기 후반 영국인들에게 외국인들은 민족적, 인종적, 문화적 차이로 인해 이해와 소통이 불가능한 경멸의 대상으로 여겨졌다. 나아가 평화로운 영국 사회와 가정을 침입하는 공포의 대상으로 인식되었다.

이들은 선천적으로 보기 흉한 외모를 타고났는데, 머리는 기형적으로 크고 눈은 작고 매서우며 이목구비는 제멋대로이다. 그리고 손발이 유난히 작다. 완강하고 사나운 기질 탓에, 이들을 교화하려는 영국 관헌의 시도는 번번이 실패로 돌아갔다. 난파선의 선원들에게 이들은 항상 공포의 대상이 되었는데, 이들은 돌을 매단 곤봉으로 생존자의 머리를 때리거나 독침을 날린다. 이러한 학살 뒤에는 반드시 식인 축제가 벌어진다. (『네 개의 서명』, 115쪽)

스몰은 안다만 제도 원주민 통가와 함께 살인을 저지른다. 통가는 작은 몸과 독침 무기를 이용해 감쪽같이 솔트를 해치운다. 위 예문은 통가가 속한 안다만 제도 원주민에 대한 『대륙지명사전』이라는 책의 설명이다. 일부 인용이지만 인종에 대한 편견과 혐오가 노골적으로 드러남을 알 수 있다. 실제 당시 출간되었다고 하는 『인종에 관한 제국지명 사전』의 1권일 가능성이 크다고 한다. 그런데 당시의 글들에도 안다만 제도 주민에 대한 위와 같은 설명은 사실과 다르다는 내용이 많았다. 성격이 사악하지도 않고, 머리가 기형적이지도 않으며, 위에 묘사한 무기나 관습을 가지고 있지도 않았다고 한다. 성격도 쾌활해서 이야기하기를 좋아하고 활동적이라는 평가도 있다.[8] 식인종이라는 서술은 순전히 허구의 산물이며, 그들은 돌도끼나 독침도 사용하지 않았다고 한다. 이방인에 대한 편견이 대부분 그렇듯이 누군가의 악의적 의도나 상상으로 괴물을 만들어낸 것이라 볼 수 있다.

물론 추리소설의 작가는 소설 속 묘사가 사실과 조금 어긋난다고 해서 큰 문제가 되지 않는다고 항변할 수 있다. 그렇게 생각하는 사람이 있고 다르게 생각하는 사람도 있다고 문제를 대충 얼버무릴지도 모른다. 생각이 다르면 각자 다르게 생각하면 될 것이 아니냐고 문제를 희석할 가능성도 있다. 이는 추리소설 서사의 특징과도 관련된다. 일반적으로 추리소설은 하나의 목소리 말고 다른 목소리를 용납하지 않는다. 분열적인 시선도 용서하지 않는다. 인물들이 모두 제 목소리를 가져서는 원하는 목적지에 도달할 수 없어서이다. 추리소설의 서사에 갇힌 안다만 제도 출신의 통가에게 자신에 대한 편견을 바로잡을 기회는 주어지지 않는다.

추리소설의 세계관

추리소설은 탐정과 범인의 대립 구조를 바탕으로 미스터리한 범죄의 발생, 추적 및 체포, 범죄와 미스터리의 동시 해결이라는 장르적 규범 안에서 전개된다. 이러한 전형적인 구조 때문에 추리소설은 창조적인 서사를 지니지 못한 폐쇄적인 장르로 인식되어왔다.

실제로 추리소설은 쉽게 정형화되었다. 어떻게 범인이 등장하고 탐정이 어떤 방법을 사용하며 어디에서 반전이 이루어지는지가 스테레오타입으로 굳어졌다. 이는 편안하게 소설을 읽으려는 독자에게는 축복이지만 새로움을 추구하는 독자들에게는 아쉬움이다. 추리소설의 양이 증가하고 개성 있는 작가들이 등장하면서 추리소설 내에서도 분화가 일어난 것은 사실이다. 하지만 추리소설의 주류에서는 여전히 태생적인 특성이 유지되고 있다.

장르적 규범에 충실한 소설은 특정 장르의 공식을 향유하는 독자들이 특정한 관념을 받아들이고 공유하도록 만든다. 한 사회의 특정한 세계관이 장르를 민들고, 그 장르가 세계관의 확산과 강화에 이바지하는 현상이 발생하는 것이다. 고대 비극 이래 대부분의 문학 장르는 이런 체제에 기반하여 발전해 왔다. 근대 문학으로서 추리소설은 매우 보수적인 장르이다. 추리소설에서 사회는 합리성에 의해 작동되는 안정된 구조물이라는 개념으로 제시되며, 범죄는 이러한 구조에 균열을 일으킬 수 있는 위험 요소로 간주된다. 탐정은 범죄자의 체포를 통해 비합리와 무질서라는 요소를 제거하여 기존의 지배 체제를 안정시키는 데 이바지하는 인물이다.

경찰 등 국가기관이 아닌 탐정에 의해 해결되는 추리소설의 범죄는 사회적, 정치적 탐구의 대상이 아니라 행위의 과정과 결과만이 중시되는 미스터리의 성격을 띤다. 범죄는 개인적인 원인으로 치환되고 문제의 해결은 탐정의 뛰어난 능력을 증명할 뿐이다. 추리소설은 범죄에 담겨 있는 전복적 에너지를 감시하고 처벌하려는 지배 계급의 의지를 대변한다. 추리소설의 범죄자는 언제나 사회의 주류층이 아니고 사회의 안전을 위협하는 하층민이거나 이방인들이다. 따라서 그들을 제거하는 것은 사회의 안전을 회복하는 일이고 그 임무는 언제나 사회의 주류층 인물들에게 맡겨진다. 그래서 탐정으로는 백인 남성이 적당하다.

홈즈 역시 미스터리의 해결 과정에 흥미를 느끼는 탐정이다. 그는 사건의 사회적·정치적·경제적 의미에는 관심이 없다. 재미있는 수수께끼를 풀 듯이 사건 자체에만 몰입한다.

> 여보게 인생은 인간의 정신이 창조해 낼 수 있는 그 어떤 것보다 기기묘묘한 것일세. 인간의 상상력은 진부한 일상사에도 미치지 못하지. 만약 우리가 손에 손을 잡고 저 창문을 빠져나가 이 거대한 도시의 상공을 맴돌면서 지붕 밑에서 벌어지는 기이한 일들, 말하자면 이상한 우연의 일치, 수많은 계획, 엇갈리는 의도, 꼬리에 꼬리를 무는 놀라운 사건들, 대물림되는 인연, 그리고 기상천외한 결과들을 엿볼 수 있다면 관습적이고 결말이 뻔한 소설 나부랭이는 지루하고 무익한 것으로 여겨질 걸세.　　　　　　（「신랑의 정체」, 『셜록 홈즈의 모험』, 87쪽）

홈즈는 여러 작품에서 기이하다는 말을 사용한다. 그가 사건을 맡는 가장 중요한 기준이 이 기이함이다. 거대 도시에서 벌어지는 상상하기 어려운 사건을 만나고 그 사건을 흥미롭게 관찰하는 것이 사립 탐정인 홈즈의 직업이자 취미인 셈이다. 그는 기상천외한 일들을 '뻔한 소설 나부랭이'보다 거대한 도시에서 발견하려 한다. 이런 관찰자적 태도를 지닌 인물에게 사건의 이면 이해나 인간에 대한 공감을 기대하기는 어렵다. 때로 홈즈는 범인을 잡거나 살인을 예방하는 일보다 사건의 전모를 밝히는 데 더 집중한다. 사건의 전모를 이해하고 미스터리를 해결하기 위해 사건이 벌어지도록 내버려 두기도 한다. 예방조치를 하지 않아 살인을 막지 못하거나 범인을 놓치는 일도 있다. 사건이 벌어진 후에야 범인을 색출해 낼 수 있다는 점에서 보면 이것이 그에게는 합리적인 행동일 수 있다. (「장기 입원 환자」, 「그리스어 통역관」이 대표적인 예이다.)

홈즈 시리즈에서는 국가기구를 그리 긍정적으로 그리지 않는다. 앞서 본 자유주의 정부에 대한 부정적인 인식과 같은 맥락으로 이해할 수 있다. 실제로 셜록 홈즈가 탄생할 무렵인 빅토리아 시대 지배 계급은 자신들의 헤게모니를 위협하는 두 가지 세력의 도전에 직면했다. 하나가 노동계급에 의해 주도되는 혁명이라면 다른 하나는 경찰로 상징되는 국가기구의 강화였다. 지배 계급에게 국가의 통제와 개입은 노동계급의 성장만큼 불편한 것이었다. 홈즈 시리즈를 비롯한 영국 추리소설에서 경찰은 대개 독자적으로 범죄를 수사할 능력이 없는 무능한 존재로 그려진다.

> 그렉슨히고 레스트레이느는 형편 없는 집단에서 그나마 나은 인재들입니다. 둘 다 민첩하고 의욕이 넘치지만 틀에 박힌 사고를 벗어나지 못했어요. 그건 정말 놀랄 정도입니다. 게다가 두 사람 다 서로를 미워하지요. 직업 여성들처럼 질투심이 많거든요. 만약 둘 다 이 사건에 뛰어들었다면 일이 꽤 재미있어질 겁니다. (『주홍색 연구』, 43쪽)

레스트레이드는 시리즈에 가장 자주 등장하는 경찰이다. 그는 검은 눈동자에 쥐새끼처럼 생긴, 얼굴이 노리끼리해 보이는 사내로 표현된다. 하층민 범죄자의 인상과 크게 다르지 않다. 실제로 19세기 후반 영국의 일반 경찰은 대부분 중하류 계급 출신으로 이루어져 있었다고 한다. 런던 경찰국의 다른 경찰 토비아스 그렉슨은 그중 똑똑한 인물로 거론되지만 레스트레이드와 큰 차이는 없어 보인다. 홈즈는 이런 두 사람이 경찰에서는 똑똑한 편이라고 하니 경찰 조직이 어떤지는 짐작할 수 있다고 말한다. 국가기관에 대한 노골적이고 야비한 비하라 할 만하다. 수십 편의 작품에서 두 경찰은 자신의 어리석음에도 불구하고 홈즈와 대립하는데, 홈즈는 너그럽게도 사건이 해결되면 두 사람에게 공을 돌린다. 특이한 점은 홈즈는 레스트레이드 경감 이상의 직위에 있는 경찰을 한 번도 만나지 않는다는 사실이다. 개인적으로 작위가 있는 귀족 경찰 간부를 만났을 때 홈즈의 태도가 어떠했을지 궁금하지만 아쉽게도 작가는 그런 장면을 보여주지 않는다.

그리고 보면 홈즈가 긍정적으로 보는 인물은 그리 많지 않다. 홈즈와 맞먹는 탁월한 지적 능력을 지닌 범죄자 모리아티에 대해서도 홈즈의 평가는 박한 편이다. 범죄의 우두머리로서의 모리아티의 이미지는 이전의 악당 소설이나 범죄 문학에서 보이는 범죄자 이미지와 다르다. 범죄자의 기발함과 영리함을 예찬하는 경향은 완전히 사라졌으며, 그에 대한 어떠한 연민이나 낭만적 미화도 없다. 의로운 도적들의 대명사인 로빈후드와 달리 모리아티는 기괴한 외모를 가진 파충류의 이미지로 표현된다. 모리아티의 교활함과 민첩함은 세상에 악의 그림자를 넓히는 어둠의 힘일 뿐이다.

살펴본 대로, 근대 추리소설을 대표하는 캐릭터로서 홈즈는 상식과 이성으로 설명되지 않는 공포의 근원을 추적하여 공동체의 위기를 해결하는 바람직한 남성 영웅상을 만들었다. 그는 안개 자욱하고 귀환자들이 넘치는 암울한 도시 런던에서 합리적으로 범죄의 고리를 풀어간다. 연작 초반 홈즈는 과학과 이성을 신뢰하는 모범적인 측면과 자신만의 별난 취향에 몰두하는 반사회적 측면을 함께 보여주어 대체 불가능한 존재감을 발휘했다. 하지만 연작이 이어지며 매번 비슷하게 반복되는 사건 속에서 홈즈는 올바른 인간성이나 정의로운 판단이라는 윤리의 영역으로 자신을 확장한다. 이런 변화는 홈즈를 개인의 사생활에 관여해서 윤리적 훈계를 즐기고 어리석은 일탈을 바로 잡으려는 진부한 캐릭터로 보이게 만들기도 한다.[9]

홈즈 이전, 탐정의 원조 뒤팽

홈즈 시리즈가 근대 추리소설을 대표한다는 데는 이견이 없을 것이

---

* **제임스 본드와 이단 헌트** 탐정의 전성기는 20세기 전반이 지나면서 기울어 갔다. 두 차례의 세계대전을 거치고 냉전이 시작되면서 세계는 이념 경쟁이라는 새로운 국면을 맞이하게 되었다. 시대의 변화는 부르주아들의 사유재산을 지키는 탐정이 아니라 국가나 이념을 수호하는 스파이 영웅들을 만들어냈다. 스파이가 등장하는 첩보물 역시 추리소설의 서사에 바탕을 두고 전개된다. 대표적인 캐릭터는 영국 정보국 MI6 소속인 007 제임스 본드이다. 이언 플레밍에 의해 창조된 제임스 본드는 1952년 2월 첫 번째 소설 『카지노 로얄』에 등장하여 14편의 제임스 본드 시리즈에서 활약했다. 이 시리즈에는 단순한 악당이 아니라 소련의 KGB나 스펙터 같은 거대 조직이 등장한다. 소설을 바탕으로 영화가 만들어졌고 영화가 흥행하자 원작 없는 새로운 영화 시리즈도 만들어졌다. 냉전이 끝나고 난 후에는 국가나 이념이 아니라 테러범들이 공공의 적으로 등장했다. 〈미션 임파서블〉과 그와 유사한 시리즈가 〈007〉 시리즈를 대신하게 되었다. 〈미션 임파서블〉의 주인공 이단 헌트는 IMF라는 가상의 미국 첩보 기관 소속이다. 이 시리즈에 등장하는 악은 이념이나 자본, 개인의 욕망을 아우르는 다면적인 성격을 띠고 있다.

다. 하지만 홈즈가 최초의 탐정은 아니며, 가장 흥미로운 탐정도 아니라는 사실도 분명하다. 홈즈가 그랬듯이 탐정 역시 시대의 산물이기에 그 시대에 맞는 새로운 탐정이 새롭게 창조되곤 한다.

다음은 최초의 추리소설로 꼽히는 「모르그 가의 살인」의 일부이다.

인간은 정신적 활동을 통해 대상을 분석한다. 그러나 정신 그 자체는 분석의 대상이 될 수 없다. 사람들은 단지 정신적 활동을 통해서만 인간 정신의 특성을 감지할 수 있을 뿐이다.

정신적 특성을 다분히 많이 소유한 사람들에게, 정신은 기쁨의 원천이다. 건강한 사람이 신체적 능력을 발산하고 근육을 움직이는 운동에서 즐거움을 찾듯, 정신적 특성이 발달한 사람은 '대상을 분석하는' 정신적 활동에서 자부심을 갖는다. 그런 사람은 정신적인 능력을 발휘하는 일이라면 아무리 하찮은 일이라도 마다하지 않고 능력을 발휘하고 기쁨을 누린다.

그는 수수께끼와 난제, 암호를 좋아하고 그것을 풀 때 일반적인 사람에게는 초인적으로 보이는 예리함을 나타낸다. 그가 내리는 결론은 논리정연한 방법을 통해 얻어진 것이지만 직관처럼 보인다.[10]

이 예문은 추리소설을 읽는 재미에 대한 추리소설 작가의 해설이라 불러도 좋은 글이다. 위의 화자는 어려운 문제를 풀어내는 정신적 활동의 기쁨에 대해 말한다. 정신적 특성이 발달한 사람은 대상을 분석하는 데서 자부심을 느끼고, 정신적인 능력을 발휘하는 일이라면 하찮은 데서도 기쁨을 느낀다고 주장한다. 추리소설에서 탐정이 사건을 해결하면서 느끼는 즐거움이 이것이라 할 수 있다. 한편 독자들은 고도의 정신적 활동으로 대상을 분석하는 탐정을 통해 대리만족을 느낀다. 나아가 사건이 해결되는 과정에 간접 참여함으로써 지적인 즐거움을 누릴 수 있다.

이런 탐정의 전형은 런던의 홈즈가 아니라 파리의 뒤팽이다. 뒤팽의 성격은 홈즈와 비슷하다. 그는 지적인 게임을 즐기는 인물로 사회적인 문제에는 큰 관심이 없다. 그는 변덕이 심하고 자기만의 세계에 빠져 있기를 좋아한다. 당연히 사회성은 부족한 편이다. 뒤팽은 홈즈처럼 침묵 속에서 한참을 보내다 급작스럽게 질문을 던지는 버릇도 가지고 있다. 「모르그 가의 살인」은 "나는 C. 오귀스트 뒤팽이라는 남자를 알게 되었다."로 시작한다. 왓슨을 연상케 하는 서술자와 뒤팽은 포부르 생제르맹에 있는 둘의 방에서 생활한다.

이 소설에서 사건을 해결하는 방법은 홈즈를 읽은 독자들에게는 익숙하다. 뒤팽은 신문에 광고를 내어 범인이 자신의 하숙집으로 찾아오지 않을 수 없게 만든다. 그는 추론을 통해 범인이 누구인지 알고 있으나 확인을 위해 용의자에게 설명을 요구한다. 뒤팽은 이미 짐작하고 있는 내용이었지만 다른 인물들과 독자는 이 설명으로 인해 비로소 사건의 전모를 알게 된다. 「모르그 가의 살인」에서는 이 설명을 통해 용의자가 혐의를 벗게 된다. 뒤팽은 경찰에게 진상을 설명해주고 사건을 마무리 짓는다. 경찰은 자존심이 상하지만 어찌할 수 없다. 이 소설에 등장하는 경찰 이름은 르봉인데 레스트레이드나 그렉슨과 비슷한 역할을 한다. 홈즈의 소설 중 『네 개의 서명』이나 「얼룩 띠의 비밀」에서는 「모르그 가의 살인」과 유사한 살인 방법이 사용된다.

뒤팽이 등장하지는 않지만 포우의 소설 「황금 곤충」은 미스터리 추리물의 전형을 창조한 작품이다. 코난 도일은 이 작품의 모티브를 「춤추는 사람 그림」과 「머그레이브의 암호문」에서 그대로 사용하였다. 포우는 숫자 암호에서 빈도수에 따라 알파벳 e에 해당하는 숫자를 골라내고 그 이후에 다른 숫자의 의미를 풀어내는 방식을 사용했는데 도일은 「춤추는 사람 그림」에서 그 방식을 반복하고 있다. 숫자 대신 사람 그림을 사용해서 복잡하게 만들었지만, 오히려 그림의 의미를 제대로 살리지는 못했다. 포우의 암호가 보물이 묻혀 있는 지점을 알려주는 비교적 비밀스러운 표지였다면 코난 도일의 그림은 비밀 편지를 위한 기호였다. 「황금 곤충」에서 암호는 큰 나무의 가지에 걸린 해골을 찾아 거기에서 수직으로 내려온 자리에서 동심원을 그리면 보물을 찾을 수 있다는 지시였다. 「머그레이브의 전례문」의 암호도 큰 느릅나무 그늘 밑의 지하실에 보물이 있다는 사실을 알려준다.

포우의 작품으로 작가나 학자들에게 가장 큰 영향을 끼친 소설은 아마도 「도둑맞은 편지」일 것이다.

> "저, 어떤 지체 높은 분으로부터 친히 정보를 받았는데, 대단히 중요한 서류를 왕실에서 도둑맞았다네. 누가 훔쳤는지는 알고 있네. 이 점에는 의심의 여지가 없지. 훔치는 것을 보았으니까. 여전히 그 손안에 있다는 것도 알고 있네."[11]

소설의 내용은 이렇다. 공개되면 최고 권력자의 명예에 큰 문제가 생길 만큼 중요한 왕족의 편지를 도둑맞았다. 편지가 공개되었을 때 일어날 모종의 결과가 나타나지 않았다는 점에서 그 편지가 아직 도둑의 손에 있다는 사실은 분명하다. 도둑은 펼쳐진 편지를 가볍게 바꿔치기하여 절도해 갔는데 편지의 주인은 범행을 직접 보고도 제3자가 주변에 있어 적극적으로 막지 못했다. 경찰이 도둑인 D 장관의 집과 사무실 등을 아무리 뒤져도 편지는 찾을 수가 없었다. 이에 파리 경찰 국장 G 씨가 뒤팽을 찾아온다. 뒤팽은 장관의 집에 들러 숨기지 않은 것처럼 완벽하게 숨긴 편지를 바꿔치기해서 돌아온다. 편지를 훔치는 방법과 숨기는 방법, 그것을 찾는 뒤팽의 추리 과정은 이후 권력의 문제, 무의식의 문제 등 다양한 인문학적 상상력을 자극하는 소재가 된다.

홈즈 시리즈 첫 번째 단편인 「보헤미안 스캔들」은 공개되면 높은 사람의 명예를 해치게 되는 사진을 찾아 달라는 의뢰로 시작한다. 「찰스 오거스틴 밀버턴」은 비밀 서류를 구해 협박으로 돈을 버는 인물이 피해자 부인에게 복수 당하는 내용이다. 「금테 코안경」에서도 빼앗긴 일기를 찾기 위한 작업 중 살인사건이 일어난다. 「두 개의 얼룩」 역시 「도둑맞은 편지」의 모티프를 차용한 소설이다. 수상과 장관이 의뢰인인 이 사건은 외국의 군주가 보낸 중요한 편지를 찾는 내용이다. 의뢰인은 만약 그 편지가 공개될 경우 유럽 전역에 중대한 위기가 닥칠 것이라고 걱정한다. 이런 위험 때문에 경찰에게 수사를 맡기지 못하고 사립 탐정인 홈즈를 고용한다.

포우의 추리소설을 몇 편을 살펴보았는데, 뒤팽을 포함하여 추리소설 애독자들을 설레게 한 탐정들의 목록을 간단히 정리하면 다음과 같다.

작가	탐정	대표작	활동
에드거 앨런 포	오귀스트 뒤팽	『모르그 가의 살인』 『황금 곤충』 『도둑맞은 편지』	19세기 중반 미국
에밀 가보리오	르콕 탐정	『르루주 사건』 『서류 113호』 『르콕 탐정』	19세기 중반 프랑스
코난 도일	셜록 홈즈	『주홍색 연구』 『네 개의 서명』 『바스커빌 가문의 개』 『너도 밤나무 집』	19세기 후반 ~20세기 초반 영국
모리스 르블랑	아르센 뤼팽	『괴도 신사 아르센 뤼팽』 『아르센 뤼팽 대 셜록 홈즈』 『기암성』 『813』	20세기 초반 프랑스
G.K. 체스터턴	브라운 신부	『결백』 『지혜』 『의심』 『비밀』	20세기 초반 영국

애거사 크리스티	에르퀼 푸와로, 제인 마플	『오리엔트 특급 살인』『ABC 살인사건』『그리고 아무도 없었다』『나일강의 죽음』	20세기 중반 영국
조르주 심농	메그레 경감	『수상한 라트비아인』『교차로의 밤』『갈레 씨 홀로 죽다』『제 1호 수문』	20세기 중반 벨기에

주요 추리소설 작가

홈즈 이후, 브라운 신부와 푸아로

홈즈가 뒤팽의 영향을 받았듯이 이후에 등장하는 탐정들은 홈즈의 영향을 받았다. 브라운 신부와 에르퀼 푸아로 역시 그렇다.

브라운 신부는 영국 작가 체스터튼이 창조해낸 인물이다. 성 프란시스 사비에르 수도회 소속인 그는 둥근 얼굴에 키가 작고 항상 낡은 우산을 손에 들고 다닌다. 날카로움은 전혀 찾아볼 수 없는 외모에 공허한 눈을 가진 인물로 묘사된다. 체스터튼의 소설 스타일은 코난 도일보다 포우에 가깝다고 할 수 있다. 전반적으로 암울한 분위기 속에 의문 가득한 사건들을 펼쳐 보여준다. 홈즈는 사건에 대해서 기괴하다는 말을 자주 사용하는데, 브라운 신부 시리즈야말로 기괴한 이야기들로 가득 차 있다. 브라운 신부는 의뢰받은 사건을 추적하는 전문 탐정이 아니다. 우연히 또는 의도적으로 사건 현장에 있게 되어 사건의 전후 맥락을 밝혀낼 뿐이다. 범죄를 해결한다기보다는 기괴한 사건의 진상을 파헤치는 인물이다.

브라운 신부의 파트너는 범죄자 출신의 프랑스인 탐정 에큘 플랑보인데 그는 왓슨과는 전혀 다른 개성을 가지고 있다. 그는 키도 크고 몸도 날래고 머리도 좋아 브라운 신부의 행동대원 역할을 한다. 브라운 신부는 사건이 전개되는 동안 그림자처럼 뒤에 숨어 있다가 소설 마지막에 등장해 문제의 본질을 밝혀낸다. 이런 이유로 홈즈 시리즈에 비해 브라운 시리즈에는 반전이 많다.

단편 「존 불노이의 기이한 범죄」는 브라운 시리즈의 성격을 잘 보여주는 소설이다. 무명의 옥스퍼드 대학 출신 학자 존 불노이는 소박하게 칩거해서 사는 인물이다. 어느 날 저녁 신문 기자 둘이 그가 사는 펜드레곤 파크를 방문한다. 한 저속한 신문사에서 온 댈로이 기자는 스캔들 거리를 취재하려 하고, 미국 신문 기자 키드는 불노이가 쓴 논문에 관한 인터뷰를 시도한다. 한편 불노이와 이웃에 사는 클로드 챔피언 경은 영국의 10대 명사 가운데 한 명이다. 대단한 스포츠맨이자 정치가이며 부유한 인물이다. 둘은 어울리지 않을 것 같지만 학창 시절부터 친한 사이였다. 비록 부유한 대지주와 가난한 무명학자로서 지위는 달랐어도 변함없이 친밀한 관계를 유지하고 있었다.

천박한 댈로이 기자는 얼마 전부터 챔피언 경이 불노이의 아내에게 치근덕거리기 시작했다는 소문에 관심이 많다. 이날 밤은 클로드 챔피언 경이 〈로미오와 줄리엣〉의 야외 공연을 열기로 한 날이었다. 클로드 경이 로미오 역을 맡았고 불노이의 아내가 줄리엣 역할을 맡았다. 선정적 기사 소재가 필요한 기자에게는 더없이 좋은 밤이었다. 연극이 공연되는 시간, 최근 발표된 불노이의 논문에 관심이 많은 키드 기자는 불노이 집을 방문한다. 그때 현관문을 열고 나온 사람은 수수한 차림새의 나이 지긋한 하인이었다. 미리 약속하고 왔음에도 불구하고 기자는 불노이가 급한 일이 있어서 외출했다는 답을 듣는다. 그런데 이 시간쯤 펜드라곤 파크에서 챔피언 경이 목숨을 잃는다. 그는 죽으면서 "불노이가…… 내 칼을…… 나에게 던졌어……"라는 애매한 말을 남긴다. 사람들은 친구와 아내가 연극에 출연하는 줄 알면서도 그 자리에 오지 않은 불노이를 의심한다. 불노이가 살인 예상 시간에 집에도 극장에도 없었다는 사실이 그를 불리하게 만든다.

하지만 브라운 신부는 이 사건을 살인이 아닌 자살로 결론짓는다. 챔피언 경은 평소에도 불노이를 질투하고 있었다. 불노이가 부자이자 유명인인 자신을 전혀 부러워하지 않는다는 이유에서였다. 이런 질투는 불노이가 논문으로 유명해지자 더욱 커졌다. 참다못한 챔피언 경은 불노이의 아내에게 구애하는 등 그를 자극하기 위한 행동에 더 적극적으로 나섰다. 하지만 불노이의 아내도 그의 애정 공세에 흔들리지 않았다. 이에 분통이 터질 정도로 질투를 느낀 챔피언 경은 펜드라곤 파크의 저택에서 스스로 목숨을 끊은 것이다. 하지만 그가 죽을 때도 불노이는 집에서 혼자 행복한 독서에 열중하고 있었다.

진실을 알고 있는 불노이의 부인은 다음과 같이 말한다.

> 제 남편은 아주 훌륭한 사람이에요. 클로드 경은 성공했고 명성을 떨쳤지만 훌륭한 사람은 못 되죠. 제 남편은 크게 성공하지도 못했고, 세상에 이름을 날리지도 못했지만, 그런 것을 꿈꾸지도 않았어요. 자기가 담배를 피운다고 해서 유명해지지는 않을 것처럼, 사상가로서 유명해질 거라는 기대도 전혀 하지 않았답니다. 그이는 세속적인 면에서는 백치나 다름없어요. 한마디로 훌륭한 백치인 셈이죠. 그이는 학창 시절에 그랬던 것처럼 늘 한결같이 클로드 챔피언 경을 좋아했어요. 어린애들이 마술 공연을 보고 감탄하는 것과 비슷한 마음으로 말이에요. 하지만 챔피언 경을 부러워하지는 않았어요. 챔피언 경은 그이가 자기를 부러워하게 되기를 바랐죠. 하지만 그이가 절대로 챔피언 경을 부러워하지도 시기하지도 않자, 챔피언 경은 결국 정신 이상을 일으켜 자살까지 한 거예요.[12]

이 사건에서 브라운 신부가 밝혀낸 불노이의 범죄는 하나이다. 미국

기자가 인터뷰하기 위해 찾아왔을 때 그는 집에 있었다. 하지만 불노이가 집에 있는지 묻는 기자에게 집사인 척하고 그가 외출했다고 거짓말을 했다. 독서에 방해를 받고 싶지 않았기 때문이다. 욕심이라고는 전혀 없는 사람이 하는 행동이다. 이 기자는 많은 지면을 할애하여 불노이의 이론을 소개해주었던 잡지사 소속이었다. 욕망으로 가득한 사람들이 보기에 불노이는 이해하기 어렵고 질투까지 느낄만한 인물임이 분명하다. 챔피언 경의 자살은 매우 기괴하지만, 그의 자살이 전하는 메시지가 결코 허황되지는 않다. 오히려 인간 본성의 일면을 간취하여 극적으로 표현했다는 느낌을 준다.

에르퀼 푸아로는 애거사 크리스티에 의해 창조된 탐정으로 작은 키에 왁스로 딱딱하게 만든 콧수염을 기르고 다닌다. 지나치게 깔끔한 성격 탓에 집 안의 모든 물건은 사각형으로 정리되어 있다. 벨기에 사람으로 제1차 세계대전 중에 영국으로 망명해 사립 탐정 일을 시작했다. 까탈스러운 면이 없지 않지만 홈즈와 달리 사교적이고 유머러스한 면도 있다. 『스타일스 저택의 괴사건』(1920년)으로 데뷔할 때부터 60세 정도의 신사였고, 마지막 작품인 『커튼』(1974년)에서 사망한다. 몇몇 사건에서는 탐문 수사도 하지만 본인의 연배와 경륜을 활용하여 대체로 심리 수사를 하는 경우가 많다. 그가 활약한 작품은 『오리엔트 특급 살인』, 『3막의 비극』, 『구름 속의 죽음』, 『ABC 살인사건』, 『나일강의 죽음』 등 수십 편에 이른다.

푸아로의 탄생에 가장 큰 영향을 준 캐릭터 역시 셜록 홈즈이다. 그는 홈즈만큼 괴짜이며 의사 출신의 화자인 헤이스팅스를 가까이 두고 있다. 홈즈의 레스트레이드처럼 경찰청의 잽 경사와 구면이고 평생 독신으로 살아간다. 하지만 그는 지저분하고 게으른 홈즈와 달리 결벽증이 심하다. 홈즈처럼 코카인을 즐기기보다는 식도락과 여행을 즐긴다. 홈즈가 일벌레 기질이 있다면 푸아로는 한량 기질이 있다고 할 수 있다. 푸아로는 홈즈처럼 철저하게 귀납적인 방법에 의지하지도 않는다. 그는 비합리적 사고와 직감을 이용하여 사건 전체에 다가가는 방법을 더 선호한다. 두 탐정의 이러한 차이는 19세기 후반에 탄생한 캐릭터와 20세기에 탄생한 캐릭터의 차이라 봐도 좋을 것이다.

부활하는 홈즈

홈즈 시리즈로 인기를 끌었지만 코난 도일은 시리즈의 인기가 자신의 문학에 도움이 되지 않는다고 생각했다. 스스로 자신 있다고 생각한 역사 소설 분야의 성과가 추리소설에 가려진다고 불만을 드러내기도 했다. 그래서 도일은 두 번째 단편집 『홈즈의 회상록』을 마지막으로 시리즈를 끝내려 했다. 작품집 끝에 실린 「마지막 사건」에서 홈즈는 라이헨바흐 폭포 아래로 떨어져 실종된다. 모리아티 교수와 숙명적인 싸움을 벌이다 영웅적인 죽음을 맞은 것이다. 하지만 홈즈의 죽음을 아쉬워한 독자들의 요구가 빗발치자 코난 도일은 홈즈를 부활시킨다. 오랜 침묵을 깨고 새로 발표한 소설이 『바스커빌 가문의 개』이다. 이어 단편 「빈집의 모험」을 통해 폭포 사건 이후 홈즈가 지낸 시간에 대한 '해명'이 이루어진다.

그 이후에도 코난 도일은 홈즈 시리즈를 중단하려는 결심을 여러 번 했다고 한다. 하지만 이미 홈즈는 그의 의지대로 죽일 수 있는 인물이 아니었다. 독자들은 이미 홈즈가 자신처럼 살아 있는 인물이라고 느끼고 있었다. 그래서 실제로 존재하지도 않던 베이커 거리 221번지 B호는 영국에서 가장 유명한 주소가 되었고, 런던 관광의 필수 코스가 되었다. 코난 도일이 죽은 후에도 홈즈를 주인공으로 하는 작품은 계속 발표되고 있다. 이제는 소설이 아니라 영화와 드라마에서도 그를 쉽게 만날 수 있고, 런던뿐 아니라 뉴욕이나 도쿄에서도 그의 아류들을 찾아볼 수 있다. 스위스의 아름다운 폭포에서 부활한 홈즈는 지금까지도 부활을 계속하고 있는 셈이다.

홈즈의 부활은 캐릭터가 얼마나 강한 힘을 갖는지 보여주는 좋은 예이다. 익숙한 캐릭터에 새로운 이야기를 담아 대중들의 관심과 흥미를 끌어내는 콘텐츠 활용의 좋은 예라고 할 수도 있다. 코난 도일이 어떤 소설을 썼던, 현재는 탐정 홈즈가 주인공으로 등장하면 모두 홈즈 이야기이다. 워낙 익숙해서 그렇겠지만 홈즈의 성격 중 특정 부분을 부각해도 대중들은 별 거부감을 느끼지 않는다. 마치 살아 있는 사람의 성격이 늘 같을 수 없다고 인정하는 것처럼. 최근 작품들에서는 홈즈가 아닌 왓슨이나 마이크로프트, 모리아티에 대한 새로운 이야기가 추가되기도 한다.

홈즈는 셜로키언과 도일리언이라는 팬 그룹 또는 추종자들을 만들어냈다. 그들은 홈즈를 진지한 탐구대상으로 연구하면서 동시에 놀이로 즐긴다. 소설에 구체적으로 명시되지 않은 사실들을 채워나가는 작업이 대표적이다. 말하자면 이런 질문을 한다. 수수께끼 같은 정부 관료 마이크로프트가 혹시 영국 정보기관의 M이 아닐까? 「얼룩 띠의 비밀」에서 홈즈는 그림스비 로일롯 박사를 의도적으로 살해한 것이 아닐까? 라이헨바흐 폭포에서 홈즈가 살아났다면 모리어티도 살아 있어야 하지 않을까? 수많은 사람이 아무도 대답해 줄 수 없는 이런 질문에 빠져 있는 한 홈즈는 죽었다고 할 수 없다. 질문이 던져지면 언제든 새로운 이야기가 만들어지게 마련이니까.

언데드, 이방인에 대한 두려움

『드라큘라』, 〈살아있는 시체들의 밤〉

산 자와 죽은 자 사이

〈부산행〉이라는 좀비 영화를 본 적이 있다. 극장이 아닌 집에서 영화 채널을 통해 보았기 때문인지 공포감은 별로 없었다. 특별히 재미있다는 느낌은 받지 못했고 다만 이제는 괴물까지 수입해서 쓰는구나 하는 생각에 몇 번 쓴웃음을 지었던 것 같다. 한국 영화에서 좀비를 처음 본 건 〈곡성〉에서였다. 한국 귀신, 일본 귀신 등 여러 종류의 귀신이 등장하는 이 영화에 뜬금없이 사지를 꼬는 좀비가 나타났는데 영화에서 그리 비중이 큰 괴물은 아니었다. 떼를 이루지 못하고 숲에서 혼자 나타났으니 좀비로서는 좀 외로웠을 것이다.

개인적으로 흥미 있게 본 좀비 영화는 〈황혼에서 새벽까지〉였다. 처음 본 본격적인 좀비 영화여서 그랬는지 모른다. 주인공을 비롯한 몇몇 사람들이 좀비들이 가득한 술집에서 밤새 사투를 벌이는 내용이었다. 내가 알고 있는 좀비 이미지는 이 영화를 통해 형성되었다고 할 수 있다. 흉측한 외모를 가진 그들은 고통을 못 느끼며 언어를 잃어버려 효과적인 소통을 하지 못했다. 쉬지 않고 저돌적으로 목표를 향해 움직이며 상대방을 물어서 같은 좀비로 만들었다. 좀비에게 물린 사람은 어느 정도 시간이 지나면 괴상한 모습으로 변했고 일단 좀비가 된 후에는 인간 시절의 기억은 모두 잊어버렸다. 이 영화의 좀비들은 십자가나 성수를 두려워했다.

다른 좀비 영화처럼 이 영화에서도 왜 술집 사람들이 좀비가 되었는지에 대한 자세한 설명은 없다. 오락 영화인데 그냥 보여주기만 하면 되지 굳이 상세한 배경 설명을 할 필요는 없을지도 모른다. 사실 논리적이고 그럴듯한 설명을 기대한다면 이런 영화는 끝까지 보기 어렵다. 애초에 좀비 물은 주류 문화가 아닌 B급 문화를 자처하고 나서는 경우가 많았다. 하지만 애초에 하위문화로 출발했다고 이후에도 하위문화로 남아 있으라는 법은 없다. 역사적으로 여러 공포물의 괴물들이 그랬듯이 말이다.

〈황혼에서 새벽까지〉에서 내가 본 좀비들은 뱀파이어의 아류라는 인상을 주었다. 피에 굶주리지 않고서야 굳이 인간을 물겠다고 그렇게 죽기 살기로 달려들 필요가 있을까 싶었다. 물어서 개체 수를 늘리는 방법도 원래 드라큘라 류의 뱀파이어가 갖는 특징 그대로였다. 십자가를 두려워하고 햇빛을 보면 육체가 터져버린다는 설정도 그렇다. 물론 공포를 자아낼 수 있다면 괴물 사이의 이런 혼종이야 별 문젯거리가 되지 않는다. 뱀파이어나 좀비나 근원과 뿌리를 분명히 캐내기 어려운 민간전승과 대중 변이의 산물이란 점에서는 크게 다를 게 없다.

뱀파이어와 좀비는 언데드라는 점에서 비슷하다. 언데드는 삶과 죽음 사이에 있는 존재, 인간과 같은 방식으로는 죽지 않는 존재를 말한다. 뱀파이어는 낮에는 어두운 공간에서 숨어 지내다가 밤이 되면 깨어나 활동하는 것으로 알려져 있다. 좀비는 대부분의 생명 활동은 멈추고 일부만 살아 있는 존재이다. 언데드가 특별히 공포스러운 이유는 그들이 인간을 닮았기 때문이다. 그들은 일차 죽음으로 인간의 특징을 잃어버리고 대신 새로운 생명의 특징을 부여받은 존재들이다. 일반적으로 뱀파이어는 인간보다 힘이 세고 좀비는 고통을 느끼지 못한다. 그리고 이들은 인위적인

위대한 이야기 유산

방법이 아니면 죽지도 않는다.

전설 등을 통해 전승되어 온 캐릭터 뿐 아니라 새롭게 창조된 언데드 캐릭터도 있다. 마블 코믹스 엑스맨 시리즈의 뮤턴트 중 한 명인 울버린은 언데드로는 가장 유명한 캐릭터가 되었다. 그는 폭력적이어서 공포를 주기는 하지만 궁극적으로는 선한 편에 선다. 그는 죽지 않는 인간일 뿐 좀비와 같은 살아 있는 시체는 아니다. 인간의 특성을 유지하고 있기에 그는 불사라는 인간의 욕망을 만족시켜주기도 한다. 〈데드 풀〉이나 〈올드 가드〉에 나오는 주인공 역시 죽지 않는 존재들인데, 영웅 서사물인 이들 영화에서는 죽지 않는다는 특성이 중심 서사는 아니다.

현재 언데드는 대중문학과 영화에서 가장 사랑받는 콘텐츠이다. 괴물도 시대의 유행을 타기 마련인데 21세기 현대인들이 가장 좋아하는 괴물이 바로 언데드인 셈이다. 문화사적 측면에서 가장 중요한 언데드는 브램 스토커가 창조한 캐릭터인 '드라큘라'이다. 이 괴물은 이전까지 전해지던 뱀파이어 전설의 집대성이며 이후 생산될 언데드 캐릭터의 기준이다. 드라큘라 백작은 흡혈, 전염, 냉혈, 강간, 무덤, 송곳니, 변신, 박쥐, 이교도 등 다양한 공포 이미지를 가지고 있다. 이 글에서는 이런 드라큘라의 이미지가 형성된 과정과 그것이 좀비로 이어진 배경에 대해 살펴볼 것이다.

피를 먹는 존재들

비록 근대 들어 본격적인 문학의 영역으로 들어왔지만 뱀파이어와 유사한 이미지를 가진 존재들은 고대 전설에도 등장한다. 물론 이들은 현재 우리가 생각하는 뱀파이어 즉 '드라큘라'와 똑같지는 않다.

메소포타미아 전설에 등장하는 릴리트는 사악한 여성 악마이다. 전설에 따르면 그녀는 아담의 첫 번째 부인이었는데, 아담과 사사건건 다투다가 결국은 에덴동산에서 뛰쳐나와 홍해로 도망갔다. 그녀는 사악한 여귀가 되어서 온갖 악마들과 사랑을 나눈 후 수많은 자식을 낳았다. 반은 인간, 반은 맹금 모양을 한 릴리트는 냉혹하고 사악한 모습으로 밤마다 요람 속에 있는 아이들의 피를 빨았다고 한다. 『천일야화』에는 구울이라고 불리는 악마가 등장하는데, 그는 사람을 이빨로 물어서 마비시킨 뒤 먹어 치우거나 무덤에서 시체를 파내어 먹는다. 그는 인간의 감성을 가진 뱀파이어보다는 짐승에 가깝게 묘사된다. 이후 문학이나 다른 영역에서 구울은 좀비와 같은 언데드를 나타내는 용어로 사용되기도 한다.[1] 고대 그리스 신화에는 무시무시한 반인반수들이 득시글거린다. 그중 상반신은 인간 하반신은 뱀인 라미아는 아이들을 산 채로 잡아먹는 괴물이다. 특이하게도 고대의 흡혈귀 선조들은 지금과 달리 대부분 여성이었다.

고대 로마에서 흡혈귀의 유래를 찾는다면, 밤중에 나타나 상대의 의지와는 상관없이 성교하는 존재들인 몽마, 즉 인쿠부스와 수쿠부스를 들 수 있다. 이들은 잠자고 있는 상대와 성교를 함으로써 그들의 생기를 뽑아 가는데 희생자들은 대체로 이런 사실을 알아차리지 못하고, 어렴풋하고 관능적인 꿈 정도로만 여긴다. 남성형 몽마는 중세 기독교 세계에서 사탄과 연관된 존재로 여겨졌다. 여성형 몽마인 수쿠부스는 주로 마법사와 동침했고, 인쿠부스는 마녀와 동침했다. 특히 후자의 경우 교합이 억지로 강요되는 게 아니라 오히려 마녀가 자발적으로 나서는 경우가 더 많았고 그럼으로써 사탄의 정부가 되어 신성모독을 행했다.[2] 아서왕 전설에 등장하는 마법사 멀린은 몽마의 아들로 알려져 있다.

피를 먹는 악마 이야기가 전설로 존재했다면 살아 돌아온 시체 이야기는 현실에 바탕을 두고 있다. 근대 이전, 죽음을 완전히 확인하지 않고 사람을 매장하는 일은 심심찮게 발생했다. 전염병이 유행하던 시절에는 환자의 생사를 엄밀히 판단하지 않는 일이 많았다. 질병에 걸린 사람의 목숨보다는 질병에 걸리지 않은 사람의 목숨이 더 중요했기 때문이다. 전장에 널브러진 시체를 처리하는 과정에서도 그런 일은 발생할 수 있었다. 이밖에 다른 이유로도 매장된 인간의 육체가 생명을 유지한 예는 많았다. 포우의 소설 「때 이른 매장」에는 강직증에 걸린 주인공이 등장한다. 그는 불규칙적으로 혼수상태에 빠지는데, 땅에 묻힌 상태에서 의식이 돌아오는 경험을 한다.

이런 종류의 실제 경험은 문서로 기록되면서 '의미'를 부여받게 되었다. 의학적으로 분명한 이유를 밝힐 수 없는 상태에서 살아난 시체는 인간 이해의 바깥에 있었으며 그것은 당연히 공포를 불러일으켰다. 그 공포에는 살아 있는 인간을 매장했다는 죄책감에서 벗어나고자 하는 대중들의 바람도 포함되어 있었을 것이다. 살아 있는 인간을 매장했다고 생각하기보다는 죽은 자들에게 어떤 악마의 힘이 작용했다고 생각하는 편이 산 사람들의 정신 건강에 더 좋았다. 특히 죽음을 판단하고 매장을 주관하는 위치에 있었던 사람에게는 절대적으로 필요한 생각이었다.

교회학자인 월터 맵이 1182년에서 1192년 사이에 쓴 『조신들의 농담』과 1196년에 뉴버러의 윌리엄이 쓴 『잉글랜드의 역사』에는 죽은 자에 관한 온갖 이야기가 들어있다. 주로 파문을 당하고 죽은 자에 관한 이야기로, 그들은 밤마다 무덤에서 나와 생전에 자신과 가까웠던 사람들을 괴롭히거나 일련의 의문사를 일으켰다고 한다. 그들의 관을 열어보면 시체가 하나도 상하지 않은 채 온전했고 또 여기저기 피가 묻어 있었는데, 그 사악한 저주를 끝내는 유일한 길은 시체를 칼로 찌른 다음 불태워 없애는 것이었다고 씌어 있다. 당시에는 이런 유형의 살아 있는 시체를 지칭하는 말이 없었기 때문에 기록자들은 '피를 빨아먹는 시체'라는 라틴어 'cadaver sanguisugus'를 썼다. 이들이 바로 흡혈귀라는 점은 의심의 여

지가 없다.[3]

역사에서 현재의 뱀파이어와 가장 흡사한 인물은 왈라키아 공작 블라드 3세이다. 그는 트란실바니아 드러쿨레슈티 가문의 귀족으로 블라드 체페슈 또는 블라드 드러쿨레아라고 불렸다. 체페슈는 말뚝을 박는 자라는 뜻이며 드러쿨레아는 용의 아들이라는 뜻이다. 그는 오스만 투르크 제국의 침입에 맞서 용감히 싸운 민족의 영웅인 동시에 단지 재미를 위해 수천 명을 살해한 잔혹한 폭군이라는 두 얼굴을 가진 인물이었다. 그가 가장 좋아했다는 고문과 처형 방법은 포로들을 높은 말뚝 위에 올려놓고 그대로 놔두어 중력 때문에 저절로 포로들이 말뚝에 박히게 하는 것이었다. 블라드의 끔찍한 악행은 많은 연대기 작가들에게 좋은 이야기 소재를 제공했고, 결국 그는 흡혈귀 신화에 빠지지 않고 등장하는 전설 속의 인물이 되었다. 스토커의 소설 『드라큘라』의 뱀파이어가 그를 모델로 했다는 사실도 잘 알려져 있다.

피와 관련된 가장 끔찍한 일화를 남긴 인물은 헝가리의 에르체베르 바토리 여백작이다. 그녀는 젊음과 아름다움을 유지하기 위해 마을의 처녀들을 성에 가두고 그녀들의 피로 목욕을 즐겼다고 한다. 1610년 12월 바토리의 사촌인 기오르기 투르소 백작이 일군의 군인과 기병대를 이끌고 성에 들어가 지하 감옥에 갇힌 처녀들을 구했는데, 감옥에는 수십 구의 시체가 있었다고 한다. 바토리 여백작은 왕가의 친척인 덕분에 목숨은 구했지만, 창문과 문이 폐쇄된 방에서 남은 생을 마쳐야 했다. 그녀는 죽어서도 피의 쾌락을 찾아 계속 나타났고, 진정한 의미의 흡혈귀가 되었다는 이야기가 전한다.[4] 바토리는 단순히 피만을 원했던 것이 아니었다. 소녀들이 고문을 받고 괴로워하다가 피를 흘리며 서서히 죽어가는 모습을 보고 쾌락을 즐겼다. 이러한 욕망을 채우기 위해서 그녀는 '철의 처녀(Iron Maiden)'와 같은 고문 도구들을 만들기도 했다.

두 역사적 인물에 대한 기록을 모두 사실로 받아들여야 할지는 의문이다. 블라드 공작이나 바토리 여백작은 모두 부유하고 영향력 있는 이들이었고 이들에 대한 일상적인 모함이 피와 관련되어 발전했을 가능성이 없지 않다. 블라드가 행한 고문과 처형 방식이 오늘날의 잣대로 볼 때는 극도로 야만스럽게 보일지 모르나 그가 헝가리와 투르크 같은 주변 열강으로부터 자국을 보호하기 위해 어쩔 수 없이 가혹한 통치를 할 수밖에 없었다고 이해할 수도 있다. 바토리는 본인이 참석하지도 않았을 법적 소송에서 유죄를 선고받았는데, 거기서 확정되었을 그녀에 대한 소문이 어느 정도 진실이었는지는 확인하기 어렵다. 두 인물이 이교도인 투르크와 가까운 동유럽 귀족이었다는 점도 공교롭다. 하지만 여기서 우리가 역사적 사실 여부를 본격적으로 따지려는 것은 아니다. 민간에서 떠돌던 이야기가 뱀파이어라는 이미지를 만드는데 어떻게 영향을 주었는지에 관심을 둘 뿐이다.

언데드와 인격 괴물

언데드가 공포와 혐오를 주는 이유 중 하나는 그들이 인간을 닮은 존재여서이다. 그들은 인간의 운명을 거슬러 죽음에서 돌아왔고, 그 때문에 인간에게는 영원히 타자일 수밖에 없는 존재가 되었다. 19세기 초 어느 날 언데드 혹은 인격 괴물은 우연히 소설사에 등장한다.

영국의 낭만주의 시인 바이런은 주치의 폴리도리와 하인 세 명을 데리고 런던을 떠나 제네바 근처에 있는 호텔에 도착했다. 바이런은 호텔 숙박부에 자신의 나이를 장난스럽게 100살로 기록하였다. 그리고 이틀 후인 1816년 5월 27일 바이런은 셸리 부부와, 셸리의 처제 클레어를 만났다. 일행은 낮에는 호수에서 배를 타고, 저녁에는 함께 문학 이야기를 나누었다. 폭풍우가 치는 어느 날 밤 그들은 괴테의 〈파우스트〉를 읽은 감상에 빠진 채 섬뜩하고 낯선 현상들에 관한 대화를 나누었고, 그 대화가 끝날 무렵 바이런이 한 가지 내기를 제안했다. 유령 이야기를 직접 써서 경연을 해 보자는 제안이었다.

처음에 이 제안을 진지하게 받아들인 이는 셸리 부인(사실은 아직 결혼 전이었다.)뿐이었다. 그리고 그녀는 SF소설의 효시가 되는 소설 『프랑켄슈타인』(1818년)을 썼다. 이 작품에서 프랑켄슈타인 박사는 시체들을 모아 꿰매어 새로운 생명을 창조하는 데 성공한다. 그렇게 만들어진 괴물은 유아와 같은 지적 능력과 흉측한 외모를 가졌지만, 점차 지적 능력을 키워 가며 인간의 감정까지 갖게 된다. 하지만 흉측한 모습 때문에 끝내 인간 세계에 섞이지 못하고 자신을 창조한 프랑켄슈타인에게 복수하기로 결심한다. 박사는 박사대로 새로운 생명을 창조한 데 대한 자부심을 품게 되지만, 그의 끔찍한 외모와 앞으로 벌어질 일에 대한 두려움 때문에 괴물을 방치하고 만다. 시간이 지나면서 프랑켄슈타인은 자신이 감당할 수 없는 일을 벌였다는 사실을 깨닫고 괴물과 맞선다. 여하튼 이 소설은 이후에 수많은 '인조인간', '안드로이드', 'AI' 이야기를 낳았다.

바이런을 수행했던 의사 존 폴리도리 역시 나중에 「뱀파이어」라는 단편을 써서 발표한다. 이 작품은 단순히 문학적 야망 때문이 아니라 스위스에서 함께 지내던 예술가들에게 좋은 대우를 받지 못한 것에 대한 일종의 앙갚음으로 쓰였다. 그가 발표한 소설에는 카리스마 넘치는 귀족 주인공 루스벤이 등장하는데 그는 고약한 난봉꾼 바이런을 모델로 한 인물이었다. 폴리도리의 루스벤은 이후 등장하게 될 드라큘라와도 비슷한 면이 많은 인물이었다. 여인의 목에서 피를 취하는 귀족 남성 뱀파이어는 이 소설에 의해 정형화되었다고 할 수 있다.[5] 『프랑켄슈타인』의 괴물이나 「뱀파이어」의 루스벤은 같은 언데드이지만 그 전통은 매우 다르다. 실제로 시체에 '새로운' 생명을 부여한 괴물과 달리 뱀파이어는 어떤 특별한 이유로 '다시' 살아난 존재이다.

다음은 루스벤 경에 대한 묘사이다.

> 미녀들의 경쾌한 웃음소리만이 그의 주의를 끄는 것 같았다. 그러나 그의 눈길 한 번으로 웃음은 사라졌으며, 경솔한 사람들은 공포에 사로잡혔다. 그들은 외경심을 느끼면서도 왜 그런지를 알지 못했다. 어떤 이는 상대방의 얼굴을 집요하게 응시하는 그의 눈을 이유로 들었다. 무표정하면서도 날카로운 시선이다. 납빛으로 물든 그의 두 뺨을 떠올리는 사람도 있었다. 독특한 분위기 덕분에 그는 집집마다 초대를 받았다. 모두 그를 보고 싶어 했다. 격렬한 흥분에 익숙해 있다가 다소 따분해진 사람들은 정신을 쏙 빼놓는 대상을 만나게 되어 기뻐했다. 핏기도, 겸손의 홍조도, 강렬한 열정도 없는 오싹한 안색임에도 이목구비와 얼굴선이 아름다운 남자였다.[6]

루스벤은 여성들에게 큰 인기를 누리고 있는 사교계의 남성이다. 그는 핏기없는 얼굴에 상대를 오싹하게 하는 인상을 가진 인물이었지만 상대방으로 하여금 경외심을 느끼게 하는 카리스마를 가지고 있었다. 청년 오브리는 그의 아름다움과 낭만적 성격에 경도되지만, 요부들을 유혹하고 처녀들을 망치는 그의 행각에 환멸을 느껴 혼자 여행을 떠난다. 오브리가 보기에 루스벤은 겉과 속이 다른 위선자이며 타인을 불행으로 이끄는 행복 파괴자였다. '그에게 자선을 받은 사람은 누구든지 그것이 저주였음을 깨닫'게 되고, '빈자를 위한 그의 선행이 자비에서 비롯한다고 보기는 어려'우며, '루스벤 경의 너그러움은 여간해서는 숨겨지지 않는 경멸에서 나온 것'이라 생각한다.

그리스에서 유적 답사를 하던 오브리는 루스벤을 다시 만나 함께 여행한다. 여행 중 숲에서 강도를 만난 루스벤 경은 총상을 입는다. 숨을 거두기 전 루스벤 경은 자신에 관한 모든 것을 비밀에 부쳐 아무것도 말하지 말 것을 오브리에게 강요한다. 오브리는 무슨 일이 생기든 무엇을 보든 앞으로 일 년 동안 루스벤이 저지른 죄악이나 죽음에 대해 누구에게도 말하지 않겠다고 맹세한다. 이어 루스벤 경은 산 꼭대기 바위에 자신의 시체를 놓아두라고 강도들에게 말하고 죽는다. 강도에게서 탈출한 오브리가 다시 바위를 찾았을 때 시체는 이미 사라지고 없었다.

영국으로 돌아온 오브리는 자신의 여동생을 통해 루스벤을 다시 만나게 된다. 루스벤은 맹세를 잊지 말라는 말로 오브리를 위협한다. 루스벤에 대한 공포와 경멸 때문에 몇 달 앓아누웠던 오브리는 여동생의 결혼 소식을 듣는다. 동생의 결혼 상대가 루스벤이라는 사실을 알게 된 오브리는 급히 결혼식장을 찾아가지만, 광인 취급을 받고 쫓겨난다. 우울증과 신경 쇠약으로 오브리는 숨을 거두고, 후견인들이 오브리 양을 구하러 갔을 때는 이미 루벤스 경은 자취를 감춘 뒤였다. 오브리의 누이동생은 이미 뱀파이어의 허기를 실컷 채워준 희생양이 되어 죽어 있었다. 이 소설에서 뱀파이어는 생명을 연장하기 위해 끊임없이 아름다운 여성의 생명을 착취한다. 뱀파이어에게 당한 여성은 뺨과 입술에서 핏기가 사라졌고, 목에는 혈관을 찢어낸 잇자국이 남아 있었다고 한다.

뱀파이어의 진화

뱀파이어에게 희생된 자는 뱀파이어가 된다는 설정이 최초로 등장한 소설은 「부르달라크 가족」(번역 제목은 「흡혈귀 가족」)이다. 한적한 교외의 성에서 저녁 모임이 열렸다. 참석자들은 각기 고향의 미신이라든지 전설

이야기를 나누었다. 고령의 망명객인 프랑스 인 듀르푸에 후작은 자신의 경험이라며 기묘한 이야기를 들려준다.

몰다비아 공국 외교관으로 임명되어 가던 그는 강물이 불어 움직이지 못하고 세르비아의 어느 농가에 머물게 되었다. 그 집의 연장자인 고르샤 노인은 숲속으로 들어가게 되었는데 열흘 후에도 돌아오지 않으면 자신을 집으로 들이지 말라고 가족들에게 당부한다. 열흘 만에 돌아온 고르샤 노인은 밤에 손자를 데리고 밖으로 나간다. 아들 게오르규는 노인을 의심하고 말뚝도 준비하지만 아무 조치도 취하지 않아 손자는 죽고 만다. 가족들이 경계하자 고르샤는 숲으로 사라지고 후작도 강물 사정이 좋아져 몰다비아로 들어가 6개월간 바쁘게 일한다. 다시 그 마을 근처를 지나게 된 후작은 성모 수도원에 들러 수도사에게 고르샤 노인 집안의 이야기를 듣는다. 고르샤 노인은 아직도 건강하냐고 후작이 묻자 신부는 다음과 같이 말한다.

"아닙니다. 그런 게 아니라…… 그는 틀림없이 매장되었습니다. 심장에 말뚝이 박혀서 -. 그런데 그는 게오르규의 큰아들 피를 빨아 먹은 것입니다. 그리고 그 아들은 밤중에 집에 돌아와서 추워 죽겠으니 집안에 들여보내 달라고 울었다는 것입니다. 어리석은 그의 어머니는 자기 손으로 그 아들을 매장했었는데도 불구하고 자식을 차마 무덤으로 쫓아버릴 수가 없어서 집안에 들여놓았던 것이지요.

그 아들은 눈 깜짝할 사이에 어머니에게 덤벼들었고, 그녀의 피를 빨아 먹고 말았습니다. 그녀도 매장되었는데 돌아와서 작은 아들의 피를 빨아 먹었습니다. 그리고 남편의 피도, 시동생의 피도 빨아 먹었다는 것입니다. 이렇게 해서 일가족 모두가 똑같은 운명에 처해진 것입니다."[7]

이 소설에서 처음으로 부르달라크가 된 이는 고르샤 노인이다. 그가 열흘 동안 숲에서 돌아오지 않으면 집에 들이지 말라고 한 것은 위험한 숲에서 자칫 부르달라크가 될 가능성이 있기 때문이었다. 그러나 가족은 노인을 집에 들였고 손자와 게오르규 가족 모두 부르달라크가 되고 만다. 위 수도사는 어떤 순서로 불행한 가족이 하나씩 피해자가 되었는지를 자세히 묘사한다. 언데드가 흡혈을 위해 가족에게 무서운 이빨을 들이미는 장면을 떠올리면 오싹하고 끔찍한 느낌이 든다.

세르비아 전승에 의하면 숲에는 살아 있는 사람의 피를 빨기 위해 무덤에서 나오는 시체인 부르달라크/블다라크가 있다고 한다. 부르달라크들은 자기네 근친자라든가 친구들의 피를 기꺼이 빨아대는데, 그들에게 피를 빨린 사람들은 죽고 말며, 그들 역시 부르달라크가 된다고 한다. 보스니아라든가 헤르체고비나에서는 주민들이 모두 부르달라크인 마을도 있다고 한다. 부르달라크의 시체는 피를 빨아 통통한데 그들을 처치하기 위해서는 심장을 말뚝으로 꿰뚫은 다음 광장에서 불태워 버려야 한다고 전한다. 시체에 말뚝을 박았을 때 시체가 신음 소리를 냈다는 증언도 있다.

소설 「부르달라크 가족」은 현재 우리가 알고 있는 뱀파이어나 좀비의 특성이 원형처럼 잘 묘사된 작품이다. 수도사는 '흡혈귀가 된다는 것은 전염병과 같은 것'(42쪽)이라고 정확히 설명한다. 후작은 신부의 말을 듣고도 그 집을 방문하는 실수를 범하여 쫓기는 신세가 되지만 연인이 준 십자가 목걸이 덕에 목숨을 구한다. 뱀파이어 무리가 마차를 타고 도주하는 후작을 잡기 위해 달려오는 장면은 현대의 좀비 영화를 떠올리게 한다.

뱀파이어 중 가장 유명한 여성은 아마도 카르밀라일 것이다. 아름다운 여성 뱀파이어와 동성애 모티프를 차용한 소설 「카르밀라」(1872년)는 이후 뱀파이어 영화 등에 큰 영향을 미쳤다. 서술자는 스티리아 지역에서 아버지와 둘이 사는 19세 여인 로라이다. 어느 날 그녀와 아버지의 성 근

　　　　　　　　　　　　위대한 이야기 유산

처에서 한 노부인의 마차가 전복되는 사고가 발생한다. 마차에 타고 있던 딸이 의식을 잃자 부인은 그녀를 성에 남기고 떠난다. 로라는 노부인의 딸 카르밀라가 어린 시절 어느 밤엔가 자신을 찾아온 여인과 닮았다고 느끼나 내색은 하지 않는다. 탁월한 아름다움을 가진 여인 카르밀라는 자신의 과거와 주변에 대해서는 함구한다.

한적한 성에서 외롭게 살던 로라에게 카르밀라의 존재는 점점 중요해진다.

> 기이하고 아름다운 내 친구는 한 시간 내내 냉담하다가도 어느새 내 손을 잡고 다정히 어루만질 때가 있는데, 그때는 좀처럼 손을 놓아주지 않았다. 약간 홍조를 띤 얼굴, 나를 황홀히 쳐다보는 나른하면서도 이글거리는 눈빛, 드레스가 살랑거릴 만큼 가쁜 숨결, 그것은 연인의 열정과도 같아서 나를 당혹하게 했다. 혐오스러웠지만 거부할 수 없었다. 그녀는 흡족한 눈빛으로 나를 끌어당기고 뜨거운 입술로 내 뺨 구석구석 입을 맞추었다. 그리고 거의 흐느낌에 가깝게 속삭였다.
> "너는 내 거야. 내 것이어야 해. 너와 나는 영원히 하나야."
> 그러고는 의자에 털썩 주저앉아 자그마한 손으로 눈가를 짚었다. 그때마다 나는 떨고 있었다.[8]

위 예문에는 카르밀라가 로라에게 친근감을 표현하는 모습이 자세히 묘사되어 있다. 이러한 친밀감의 표시는 다정스럽다기보다 섬뜩하다. 기꺼이 받아들이기는 어렵지만 거부할 수 없는 힘에 끌리고 있는 로라의 상태도 짐작이 된다. 카르밀라는 로라에게 애정을 보이면서 '내 것'이라고 말하는데, 그 의도에 '피'가 포함되어 있다는 생각을 하면 약간 오싹해지기도 한다. 하지만 로라 역시 카르밀라에게 친구 이상의 감정으로 빠져

들고 만다.

그런데 카르밀라가 성에 온 뒤로 마을에서 젊은 여인들이 연이어 사망하는 사건이 벌어진다. 삼림 감시원의 딸이 앓다 죽었고 젊은 농부의 딸도 중병에 걸린다. 흡혈귀를 의심한 약사는 흡혈귀 방지 부적을 로라에게 주기도 한다. 한편 카르밀라는 밤마다 몽유병에 걸린 사람처럼 산책을 다니고 기독교적인 의식에는 히스테리 반응을 보인다. 어느 날 성에서 오래된 초상화를 복원해 걸던 중 카르밀라와 닮은 초상화가 발견되어 주변이 경악하는 일이 벌어지기도 한다. 초상화의 주인공은 백 년도 훨씬 전에 살았던 카른슈타인 백작 부인인 미르칼라였다. 카르밀라가 온 후 로라는 꿈꾸듯 "두 개의 바늘 같은 것으로 목 부분을 찔리는 기분"을 느끼는데 의사는 그녀의 목에서 손톱만한 파란 상처가 아물지 않고 있음을 확인한다.

카르밀라에 대한 의문은 로라 아버지의 친구인 슈피엘스도르프 장군이 방문하면서 풀린다. 장군은 석 달 전 조카딸을 잃었는데 두 여인이 집을 찾아온 이후 괴이한 일이 벌어졌다고 한다. 로라의 집에 카르밀라가 머물게 된 것처럼 젊은 여인 밀라르카와 그의 어머니가 찾아왔고 딸만 장군의 성에 남게 되었다. 밀라르카는 오후가 되어서야 일어나고 언제나 방문을 안에서 잠그는 등 눈에 띄는 행동을 했다. 새벽에 성의 창문 너머로 그녀를 봤다는 사람들도 있었다. 그녀가 성에 온 후 조카딸은 목 아래쪽을 찌르는 것 같은 날카로운 고통을 느끼거나 이상한 꿈을 꾸곤 했다. 의사는 뱀파이어의 입술이 닿으면 반드시 생긴다는 작고 검푸른 자국을 보고 공격을 받은 것이 틀림없다고 진단했다. 그리고 얼마 지나지 않아 조카딸은 사망했다.

장군은 복수를 위해 카른슈타인 백작 부인이던 미르칼라의 무덤을 찾는다. 성당 묘지에서 무덤을 찾던 중에 카르밀라가 나타나자 장군은 그녀를 향해 도끼를 휘두르지만 아쉽게 놓치고 만다. 카르밀라가 사라지자

위대한 이야기 유산

며칠 동안 시달려온 로라의 고통도 사라진다. 장군은 로라의 아버지에게 카르밀라가 밀라르카이며 백작 부인으로 불린 초상화의 주인 미르칼라와 동일인이라고 확인해 준다. 마침 오랫동안 뱀파이어를 연구해온 보르덴부르크 남작이 성당을 찾아와 셋은 함께 뱀파이어의 무덤을 찾는다.

미르칼라의 유해는 장례식 이후 백오십 년이 흘렀음에도 생기가 느껴졌다. 그녀는 눈을 뜨고 있었으며, 관에서 시취(屍臭)도 풍기지 않았다. 현직 의사와 조사관의 일원으로 참여한 의학자 둘은 놀랍게도 시체에서 희미하지만 분명한 호흡과 심장 박동에 상응하는 움직임을 확인했다. 더없이 유연한 팔다리, 탄력적인 피부, 그리고 납관 바닥에서 이십 센티 높이까지 고여 있는 핏물에 시체의 상당 부분이 잠겨 있는 것은 바로 뱀파이어의 존재를 알리는 흔적이자 증거였다. 오랜 관습에 따라 관에서 시체를 꺼낸 뒤 날카로운 말뚝을 그 심장에 박았다. 그 순간 시체에서 산 자의 마지막 신음처럼 날카로운 비명이 흘러나왔다. 그 다음 시체의 목을 잘랐다. 잘린 목에서 피가 솟구쳤다. 시체의 몸뚱이와 머리는 장작더미에 올라 재로 변한 뒤, 강에 흩뿌려졌다.[9]

뱀파이어를 퇴치하는 방법을 자세히 묘사한 부분이다. 날카로운 말뚝을 심장에 박고, 시체의 목을 자른 다음 태워서 재를 뿌리는 순서이다. 이후의 작품들에서도 뱀파이어를 완전히 죽이기 위해서는 이와 같은 방법을 사용한다. 무덤 속의 시체에서 호흡과 심장 박동이 느껴지고 관 바닥에 핏물이 고여 있다는 설정은 조금 특별해 보인다. 이후 소설에서는 시신이 썩지 않았다거나 피부가 여전히 탄력을 유지한다는 정도로 묘사되는 것이 보통이다. 「카르밀라」는 무덤 속에서 시체가 살아나오는 이야기는 아니다. 아직 죽지 않은 시체에서 영혼이 빠져나와 악행을 저지른다는 설정이다. 어떻게 영혼이 육체를 가진 것처럼 행동하게 되는지 등에 대한 자세한 설명은 없다.

뱀파이어와 인간 사이의 사랑을 다룬 테오딜 고티에의 「죽은 여인」 (1836년)은 뱀파이어 이야기가 낭만주의와 결합한 예라고 할 수 있다. 낭만주의 문학의 독보적인 환상소설로 꼽히는 이 작품은 악마의 유혹이라고 느끼면서도 피할 수 없었던 성직자의 금지된 사랑 이야기이다. 우연히 만나게 된 창녀 클라리몽드의 신비한 아름다움에서 벗어나지 못하던 신부는 사제로 도시를 떠난 후에야 그녀에게서 벗어난다. 하지만 신부를 사랑한 클라리몽드는 죽어서까지 신부를 찾아온다.

돌아온 그녀는 피에 매우 민감하다.

> 나는 과일을 깎다가 실수로 그만 손가락을 깊이 베고 말았어, 상처에서 새빨간 피가 흘러나왔고, 몇 방울은 클라리몽드에게 튀었어. 그런데 그녀가 눈을 반짝이더니 여태 한 번도 본 적 없는 난폭하고 야만적인 기쁨의 표정을 짓더군. 그녀는 원숭이 혹은 고양이처럼 민첩하게 침대에서 뛰어나와, 상처가 난 내 손가락을 덥석 움켜잡고는 황홀한 표정으로 내 피를 빨기 시작했어. 셰리 혹은 시러큐스 포도주를 음미하는 미식가처럼 그녀는 입안에 피를 넣고 천천히, 흡족한 표정으로 삼켰지. 반쯤 감긴 그녀의 눈동자가 점점 타원형으로 변해갔네.[10]

몸이 쇠약해지고 차가워져 가던 그녀는 우연히 신부의 피를 맛보고 힘을 되찾는다. 이후 클라리몽드는 신부에게 잠이 드는 약을 탄 음료를 마시게 하고 피 한 방울씩을 조심스럽게 마시며 생기를 이어간다. 신부에게 고통을 주게 될까 걱정하여 최소한의 피를 취하며, 다른 사람의 피가 아니라 사랑하는 사람의 피를 마시는 것에 기뻐한다. 약에 취한 듯 현실과 꿈이 뒤섞인 속에서 신부 역시 클라리몽드와 행복한 시간을 보낸다. 낭만주의적인 상상력 때문인지 이 소설의 뱀파이어는 사람을 피의 재물로만 생각하고 잔인하게 해치려고 하는, 감정이라고는 털끝만치도 없는 그런 피조물은 아니다.

그녀는 신부를 사랑하고 신부도 클라리몽드를 진정으로 사랑했다. 다만 사제로서 악마(이 소설에서 신부의 스승인 세라피옹 신부는 악마라는 표현을 쓴다.)와 사랑한다는 사실을 용납할 수 없기에 갈등한다. 이들의 사랑은 이성보다는 감정을 내세우고 선악의 구분마저 초월한 곳에 존재한다. 둘의 사랑은 어떤 조건도 따르지 않으며 감정의 떨림이라는 충동에만 충실하다. 하지만 세라피옹 신부에 의해 둘의 사랑은 막을 내린다. 세라피옹은 무덤에 성수를 부어 그녀의 시체를 재로 만든다.

근대의 뱀파이어

브램 스토커의 『드라큘라』(1897년)[11]는 전설로 전해오던 민담과 단편적으로 소설화되었던 뱀파이어 이야기의 결정판이다. 이 소설을 통해 폴리도리의 「뱀파이어」, 레퍼뉴의 「카르밀라」, 라이머의 「바니 더 뱀파이어, 피의 축제」, 톨스토이의 「부르달라크 가족」 등에서 발전되어 온 뱀파이어 이미지가 트란실바니아의 부유하고 매력적인 드라큘라 백작의 이미지로 통일된다.

무엇보다 『드라큘라』는 전설과 신화 속의 뱀파이어를 근대의 공포로 전환시켰다. 이전까지 여러 작가에 의해 작품화된 뱀파이어의 공포를 모으는 데 그치지 않고 사람들이 미래에 경험하게 될 새로운 공포까지 보여주었다. 『드라큘라』는 단순히 으스스한 공포, 이성으로 이기지 못하는 자연의 신비로 독자들을 자극한 작품이 아니다. 이 소설은 근대의 큰 주제들인 정체성, 정상과 비정상, 성적 욕망 등 인간성의 근본 문제를 다루고 있으며 거기서 비롯되는 인간의 원초적인 불안감을 자극한다.

소설의 내용을 정리하면 이렇다. 변호사인 조너선 하커는 런던에 저택을 매입하려는 드라큘라 백작의 의뢰를 받고 트란실바니아를 방문한다. 그의 성에서 끔찍하고 기이한 사건들을 목격한 조너선은 백작이 뱀파이어라는 것을 눈치채고 기적적으로 탈출한다. 한편 영국에 있는 조너선의 약혼자 미나는 친구 루시가 몽유병 증상을 보이며 나날이 창백하고 쇠약해지는 것을 걱정한다. 루시의 구혼자들은 반 헬싱 박사에게 의뢰해 그녀의 병을 고치려 하지만 결국 루시는 숨을 거두고 만다. 이후 흡혈귀가 된 루시가 런던의 어린아이들을 습격하는 일이 발생하자 반 헬싱 박사 일행은 무덤을 열고 심장에 말뚝을 박아 그녀를 영원히 잠재운다. 이후 반 헬싱 일행은 영국으로 들어온 드라큘라의 행적을 추적한다. 이 과정에서 미나가 드라큘라에게 물려 흡혈귀가 될 위기에 처하고, 이들은 드라큘라가 은신처로 삼기 위해 가져온 50개의 흙 상자 중 49개를 파괴하는 데 성공한다. 이에 백작은 남은 상자 하나를 가지고 자신의 성으로 돌아가려하지만, 트란실바니아의 성까지 추격한 반 헬싱 일행은 난투 끝에 드라큘라를 물리친다. 드라큘라가 죽자 미나는 저주에서 벗어난다.

간단히 정리하면 이 소설은 드라큘라 백작과 그를 물리치기 위해 결성된 반뱀파이어 원정대의 이야기라고 할 수 있다. 트란실바니아의 드라큘라 백작이 영국에 들어왔으나 정착하지 못하고 다시 고향으로 돌아가는 이야기라고 할 수도 있다. 위 요약으로만 보면 잘 정돈된 서사처럼 보이지만 『드라큘라』는 여러 명의 서술자와 다양한 서술 형식 때문에 쉽게 읽히는 소설은 아니다. 일기나 편지, 전보, 신문 기사 등을 이용해 등장인물들의 경험을 나열하는 식으로 쓴 소설이다.

이 소설은 공포소설의 존재 이유 혹은 조건에 대해 생각할 거리를 많이 제공해준다. 『드라큘라』는 시대를 초월한 보편적 악에 대한 이야기가 아니라 이 소설이 탄생한 시대적 배경, 즉 19세기 말 영국의 상황에서 사람들이 느끼던 막연한 공포감과 불안, 믿음을 드러내는 이야기이다. 즉, 뱀파이어로 재현된 악의 이면에는 빅토리아 시기 가부장제를 위협하는 세기말의 시대적 상황에서 만연했던 음울한 계시록적 불안과 동요가 드리워져 있는 것이다.[12]

뱀파이어가 두려운 원초적인 이유는 인간이 가지고 있는 접촉 공포 때문이다. 이런 오래된 접촉 공포가 근대에 들어서는 이방인이나 이교도에 대한 공포로 나타나곤 하였다. 최근 소설이나 영화에 자주 등장하는 외계인에 대한 공포도 넓게 보면 접촉 공포의 연장이라고 할 수 있다. 영화에 등장하는 많은 외계인이 흉한 외모에 적대적인 행동 양태를 보이는 이유도 여기에 있다. 인류 발전에서 접촉 공포는 긍정적인 역할을 해 왔다. 낯선 대상과 만나는 것을 두려워하고 모르는 것에 접근하기를 꺼리는 심리는 종족 보존에 큰 도움이 되었을 것이 확실하다.

이방인에 대한 접촉 공포에는 경제적, 이데올로기적, 심리적, 성적, 종교적 요인이 포함된다. 드라큘라는 당시 서구에서 보기에는 야만의 땅이었던 트란실바니아에서 온 이상한 존재였다. 이는 결정적인데, 드라큘라가 이방인인 이유는 그가 '다른' 지역 출신이기 때문이다.

> 여자들은 멀리서 볼 때는 예뻐 보였다. 하지만 낙낙한 소매가 달린 흰옷을 입고 있었던 그들의 옷 허리 부분은 몹시 촌스러웠고, 그들 대부분은 발레할 때 입는 옷처럼 펄럭거리는 긴 띠가 많이 달린 벨트를 차고 있었다. 물론 그들도 속옷을 입기는 하였다. 우리가 본 가장 기이한 사람들은 그 누구보다도 야만적으로 보였던 슬로바키아인들이었다.
>
> (조너선 하커의 일지, 5월 3일, 64~65쪽)

드라큘라 백작의 성으로 향하는 조너선 하커는 서유럽 사람들과 다른 동유럽 사람들을 마치 야만인처럼 생각한다. '그들도 속옷을 입기는 하였다'는 말은 비아냥거리는 듯한 느낌마저 준다. 서구인들의 우월감은 드라큘라 성으로 가는 하커가 시종 새로운 세계를 여행하는 듯한 태도를 보인다는 데서도 드러난다. 그는 자신이 미지의 땅으로 들어가고 있다고 느끼는데 이는 아마도 영국인들이 인도나 아프리카를 방문할 때 취했을 법한 태도이다. 그래서인지 하커의 일지에는 이 지역의 지질학적·인종학적·역사적 사실을 기록한 부분이 많다. 이 역시 '미지'의 땅을 침범한 탐험가들이 주로 했던 일이다.

드라큘라 백작 역시 서구인인 하커나 그의 동료들이 보기에는 야만인에 불과하다. 보통 야만인이 그렇듯이 드라큘라는 문명인들에게 위험한 존재이다. 그 위험성은 문명화되지 않은 여러 증거를 통해 드러난다. 기괴한(사실은 익숙하지 않은) 외모와 인간보다 강한 힘은 가장 눈에 띄는 증거이다. 인간이 갖지 못한 신비한 능력들은 마법이나 악마와 바로 연결되고 드러나지 않은 의도는 음모나 계략으로 의심받는다.

우리 인간들 사이에서 살고 있는 이 흡혈귀는 스무 명의 장정과 맞먹는 힘을 가지고 있고, 몇백 년을 살아 왔기 때문에 그 누구보다도 교활하오. 그자는 죽은 사람들과 영교를 함으로써 점을 칠 수도 있고, 죽은 사람들에게 자기 마음대로 명령할 수도 있소. 또한 그 자는 동물적이지만 동물 이상의 존재요. 아무런 죄의식도 느끼지 못하는 악마와도 같지만, 그렇다고 아무런 감정도 없는 것은 아니오. 그자는 어디에서든 어느 한계 내에서 자신이 원하는 모습으로 나타날 수 있고, 일정 범위 내에서는 폭풍이나 안개 그리고 천둥까지도 마음대로 조종할 수 있소. (미나 하커의 일기, 9월 30일, 463쪽)

하커는 실제 드라큘라 성에 며칠 머물며 그가 얼마나 두려운 존재인지를 목격한다. 위 예문은 구사일생으로 드라큘라 성에서 탈출한 조너선 하커가 약혼녀 미나에게 전해주는 드라큘라에 대한 정보이다. 그가 종합한 드라큘라의 능력은 이전 뱀파이어 소설을 종합한 것보다 더 커 보인다. 그는 스무 명의 장정과 맞먹는 힘을 가지고 있고 죽은 사람들과 교류할 수 있으며 아무런 죄의식도 느끼지 않는다. 몇백 년을 살아왔고 변신 능력이 있으며 폭풍이나 안개 등 자연까지 마음대로 조종한다. 위에서 말한 대로 드라큘라는 악마라고 해도 좋은 존재이다.

그러나 다르게 생각할 수도 있다. 공포를 일으킬만한 요소가 이렇게 다양하다는 것은 실제 드라큘라의 공포가 추상적이라는 의미로 해석되기도 한다. 공포에 사로잡힌 사람이 낯선 대상을 보았을 때 상상할 수 있는 다양한 두려움의 요소들이 드라큘라라는 대상에 종합된 것이라 할 수 있다. 만약 드라큘라가 이런 능력을 지녔다면 인간의 힘으로 그를 제거하는 일이 가능하지도 않을 것이며, 굳이 하커를 불러 영국행을 타진해볼 필요도 없었을 것이다. 이전 뱀파이어의 특성을 이어받아 완성된 캐릭터를 만들었지만, 결과적으로 드라큘라 캐릭터는 이전보다 더 추상적이면서도 광범위한 공포를 상징하게 된 것이다.

침략자 드라큘라

드라큘라 성에 있을 때 하커를 놀라게 한 것은 드라큘라의 두려운 행동만이 아니었다. 그는 성의 서가에서 영국의 역사, 지리, 정치, 경제, 식물학, 지리, 법 관련 책들과 제본된 신문, 잡지들을 발견했다. 심지어 그곳에는 런던의 주소록, 육군과 해군의 목록 그리고 법령집도 있었다. 처음에 하커는 상상도 못했던 곳에서 자국의 책들을 마주치자 자국의 영향력이 엄청나게 확대되었다는 사실에 고무되어 반가운 마음을 금치 못했다. 하지만 곧 그곳에 소장된 내용이 마치 적에 관한 정보를 수집하려는 사람의 것처럼 느껴져 놀랐다. 드라큘라는 영국에 대해 오랜 기간 연구했고 이주를 실행하기 위해 하커를 부른 것이었다. 성에서 도망친 하커에게 도움을 받지는 못했지만 결국 드라큘라는 영국에 들어와 여러 문제를 일으킨다.

영국에 들어온 드라큘라는 여성들의 피를 오염시켜 뱀파이어로 만든다. 그 첫 번째 희생자는 아름답지만 철없는 아가씨 루시였다. 루시는 하루에 세 남자의 청혼을 받고 그 사실에 환희를 느낀 자유분방한 여성이다. 그녀는 좋게 말하면 모든 남자의 사랑을 받는 여자이고 나쁘게 말하면 유혹에 쉽게 넘어가는 종류의 여인이었다. 드라큘라에게 희생되는 것을 막기 위해 반 헬싱 박사는 남자들의 피를 수혈하도록 조치한다. 드라큘라에게 빼앗긴 피를 보충해주려는 것이었다. 수혈의 효과도 없이 그녀가 죽자 주변 사람들은 장례를 치러주지만, 그녀는 언데드가 되어 밤마다 아이들을 해친다. 이에 반 헬싱 일행은 그녀를 완전히 죽이기 위해 무덤으로 들어간다.

관 속에 있던 것이 몸을 비틀었다. 벌어진 붉은 입에선 끔찍스럽고 섬뜩한 비명이 흘러나왔다. 사지가 흔들리고 거칠게 뒤틀렸다. 날카로운 하얀 이빨을 갈자 입술이 찢어지고 입은 붉은 피거품에 싸였다. 하지만 아서는 전혀 머뭇거리지 않았다. 전혀 흔들림 없이 팔을 올렸다 내리치는 아서는 천둥의 신 토르처럼 보였다. 그가 자비의 말뚝을 점점 깊숙이 박자, 말뚝에 뚫린 심장에서 피가 솟구쳐 나와 사방으로 뿜어졌다. 아서의 표정은 굳어졌지만 자신의 의무를 다해야겠다는 결의 같은 것이 엿보였다. (수어드 박사의 일기, 9월 29일, 432쪽)

반헬싱을 비롯한 남자들이 루시의 시체를 꺼내 완전히 목숨을 끊는 장면이다. 사랑하던 연인, 아끼던 여인에 대한 자비나 동정은 전혀 찾아볼 수 없다. 어쩔 수 없이 가련한 희생자의 생명을 끊는다기보다 냉정한 응징을 하는 듯한 느낌을 준다. 약혼자 아서가 '천둥의 신 토르'처럼 '전혀 흔들림 없'이 망치질하는 모습은 매정하기조차 하다. 그녀에게 청혼했던 아서, 수어드, 모리스는 심장에 말뚝을 박고 머리를 잘라야 흡혈귀가 다시 살아날 수 없다는 반 헬싱의 말을 충실히 따른다. 괴물을 죽이는 것은 어쩔 수 없는 일이지만, 그 과정에 지난 기간 쌓인 인간적 애정이 전혀 개입하지 않는다는 사실은 놀랍기까지 하다.

루시가 이런 참혹한 최후를 맞는 이유는 당연히 뱀파이어가 되어 한 나쁜 짓, 앞으로 저지를지도 모르는 나쁜 짓 때문이다. 그녀는 밤마다 아이를 유혹해 해쳤기 때문에 그녀를 살려두면 계속 유사한 악행을 저지르고 다닐 것이 확실하다. 하지만 루시를 이처럼 처참하게 처리한 데는 다른 이유도 있었다. 루시는 성적으로 방탕한 여인으로 그려진다. 우선 드라큘라에게 피를 빼앗기는 것 자체가 성적인 행위를 떠올리게 한다. 그리고 그녀는 피가 모자라게 되어 세 남자에게 차례로 수혈을 받았는데, 수혈 역시 이 소설에서는 성적인 행위를 암시한다.

> "바로 그거네. 루시에게 자기 피를 수혈해 주었기 때문에 루시가 사실상 자기 신부가 된 것과 다를 바 없다고 아서가 말하지 않았나?"
>
> "그랬었죠. 그렇게 생각하는 게 아서에게는 큰 위안이 되었을 겁니다."
>
> "아마도 그랬을 거네. 하지만 존, 난처한 일이 하나 있어. 아서의 말이 사실이라면 다른 사람들은 어떻게 되는가? 허허! 그 말이 사실이라면 이 사랑스러운 아가씨는 다부처(多夫妻)가 되는 셈이지."
>
> (수어드 박사의 일기, 9월 22일, 364쪽)

수혈 행위가 성행위와 동일시되는 것은 피를 내놓은 사람이 모두 남자라는 것과도 무관하지 않다. 위에서 반 헬싱은 루시가 다부처가 되었다는 말을 하는데, 이 역시 성행위와 수혈을 동일시하는 인식으로 볼 수 있다. 아서가 수혈 후 루시를 자기 신부가 된 것으로 여겼다는 말도 같은 맥락이다. 반 헬싱은 최종적으로 그녀를 죽이는 역할은 아서가 해야 한다고 주장한다. 아서가 루시 가슴에 말뚝을 박는 행위는 흡혈귀를 제거하는 일임과 동시에, 약혼자로서 약속을 지키지 못한 여성에 대한 응징일 것이다. 드라큘라가 특히 남성들에게 퇴치대상이 되는 이유는 그가 여성(소설에서는 백인 미혼 여성)들을 목표로 삼기 때문이다.

이런 해석이 지나치게 소설을 성적으로 읽는 것일 수도 있다. 하지만 이 소설이 빅토리아 시대에 나왔다는 점을 상기해보면 꼭 과도한 해석이라 보기도 어렵다. 주지하다시피 빅토리아 여왕이 재위하던 1837년부터 1901년까지는 영국이 최고의 전성기를 누리던 시기였다. 이 시기의 산업과 경제 발전은 한편으로는 도덕을 강조하는 보수적인 사회를 만들었다. 이런 도덕주의로 가장 먼저 억압받은 것은 성이었다. 성적 억압은 남녀 모두에게 가해졌지만 언제나 그랬듯이 여성들에게 더 엄격한 기준이 적용되었다. 여성들의 성은 자유로워서도 안 되고 쾌락으로 추구되어서도 안 되었다.

같은 드라큘라의 피해자이면서도 루시와 다른 대접을 받는 미나를 통해서도 이는 확인할 수 있다.

그자는 셔츠를 풀어 헤치더니 길고 날카로운 손톱으로 자기 가슴의 혈관을 쨌어요. 그리고 피가 뿜어 나오기 시작하자, 한 손으로 제 양손을 꼭 붙잡고 다른 손으로 제 목을 잡아 제 입을 상처 부위에 대고 눌렀죠. 그래서 전 숨이 막혀 죽거나 그자의 피를 삼킬 수밖에 없었

위대한 이야기 유산

던 거예요. 오, 하나님! 제가 무슨 짓을 한 겁니까?

(수어드 박사의 일기, 10월 3일, 540쪽)

소설 속에서 미나는 강제적으로 드라큘라와 접촉하게 된다. 루시가 몽유병 증세 때문에 '자발적으로' 드라큘라를 만났다면 미나는 '고양이에게 억지로 우유를 먹이려고 주둥이를 접시에 처박고 있는 아이'처럼 드라큘라의 피를 마신다. 자신의 의지와 상관없이 괴물의 피에 오염된 셈이다. 따라서 미나는 루시보다 훨씬 더 드라큘라에 대한 자각이 강하다. 자신이 그에 의해 해를 입었으며 그를 물리치는 일에 어떻게든 도움을 주어야 한다고 생각한다. 낯선 남성과의 접촉이지만 루시가 상간에 가까운 접촉을 한 반면 미나는 강간에 가까운 접촉을 했다고 볼 수 있다.

게다가 루시가 반모성적인 인물인데 비해 미나는 모성적인 인물이다. 그는 하커의 충실한 아내이자 비서이며, 아무에게도 수혈을 받지 않았고, 드라큘라가 죽은 후에는 하커의 아들도 낳는다. 이는 루시가 밤마다 아이들을 유혹하고 출산은 한 적이 없다는 사실과 분명히 대조된다. 보수적인 사회에서 성적 쾌락을 추구하고 아이는 낳지 않는 여성은 자주 부정적으로 그려진다. 드라큘라에게 피를 빼앗기고도 미나가 죽지 않은 이유는 루시에 비해 그녀가 당대 남성들이 바라는 여성상에 훨씬 가까웠기 때문일 것이다.

어찌 되었든 이 반뱀파이어 원정대는 드라큘라를 습격해 물리친다.

내가 바라보는 동안, 지는 해를 바라보고 있던 백작의 증오에 찬 표정은 승리의 표정으로 바뀌고 있었다.

하지만 바로 그 순간 남편의 커다란 칼이 번쩍하고 내리쳤다. 남편의 칼이 백작의 목을 자르고, 그와 동시에 모리스 씨의 보이나이프가 백작의 심장에 꽂히는 순간 나는 비명을 질렀다.

그것은 기적과도 같았다. 바로 내 눈 앞에서 그것도 숨 한 번 들이킬 정도로 짧은 순간에, 백작의 몸은 산산이 부서져 먼지가 되어 날아가 버린 것이다. (반 헬싱 박사의 비망록, 11월 6일, 672쪽)

루시의 경우와 비슷하게 백작의 목을 자르는 인물은 미나의 남편 하커이다. 그를 도와 심장에 칼을 꽂는 이는 미국인 모리스이다. 드라큘라가 아내 미나를 괴롭혔으니 하커가 백작에게 복수의 칼을 드는 이유는 충분히 납득할 만하다. 하지만 모리스의 역할에 대해서는 의문이 없지 않다. 그가 왜 최종적인 해결자가 되었는지는 분명하지 않다. 또 모리스는 이 싸움에서 유일하게 목숨을 잃는 인물이다. 그가 미국인이라는 점에 주목해 볼 수밖에 없는데, 그것이 미국에 대한 영국인 작가의 우호적 시각인지 적대적 시각인지 판단하기 어렵다. 여하튼 위 장면은 이방인과 외부의 위협으로부터 사회와 가정을 지키려는 남성성의 승리를 상징적으로 보여 준다.

다섯 남자의 투쟁이 승리했다고 해서 이 소설에서 드라큘라에 대한 공포가 완전히 사라지지는 않는다. 백작은 먼지가 되어 흩어지는데, 그것이 죽음을 의미하는지 변신을 의미하는지 분명하지 않기 때문이다. 변신이라면 공포는 전혀 제거되지 않은 셈이다. 드라큘라가 죽었다고 해도 다른 흡혈귀들이 드라큘라의 뒤를 이을 수도 있다. 가깝게는 미나와 그의 아들이 흡혈귀일 가능성도 배제할 수 없다. 미나가 드라큘라와 피를 나눈 사실은 변하지 않기 때문이다.

은유로서의 전염병

뱀파이어 이야기에 담긴 공포는 악인이나 괴물이 제공하는 공포와 근본적으로 다르다. 그 차이는 전염성에서 비롯된다. 전염성으로 인해 뱀파이어는 무한정 새로운 개체를 만들 수 있다. 또 흡혈은 성적인 쾌락처럼 인간을 유혹한다. 앞서 본 루시의 경우 반은 자발적으로 흡혈의 유혹에 빠진 인물이었다. 근대 자본주의나 상품도 전염병처럼 퍼진다는 점에서 뱀파이어와 유사하다. 거기에 자본은 노동자들의 피와 땀을 빨아들임으로써 성장한다. 이런 이유로 인해 드라큘라는 외부에서 영국으로 들어온 전염병의 이미지를 갖는다.

이 소설에서 드라큘라를 퇴치하는 반 헬싱과 존 수워드의 직업은 의사이다. 그들이 흡혈귀에 접근하는 방식은 의사가 질병을 퇴치하는 방식과 같다. 이전 소설에서 악의 화신인 뱀파이어를 퇴치하는 역할은 목사나 신부의 몫이었으나 이제는 과학자의 몫이 된 것이다. 이런 변화는 악이 무제한의 힘이 아니라, 발견되고 관찰되고 치료될 수 있는 종류의 것이라는 새로운 시대 인식을 보여준다. 뱀파이어조차 원인을 파악하고 적절한 치료법을 찾는다면 충분히 치료할 수 있는 병으로 인식된다.

질병이라는 관점에서 보면 드라큘라는 세 가지 이미지를 함께 가진 존재이다. 그는 성적인 느낌을 주는 접촉을 통해 피를 오염시키는데 이는 당시 문제 되던 전염병 매독을 떠올리게 한다. 드라큘라가 나타날 때 안개나 작은 알갱이의 형태를 띠는 데서는 '나쁜 공기'에 의한 감염을 연상할 수 있다. 더 직접적으로는 드라큘라를 아예 커다란 병원균으로 볼 수 있다.[13]

뱀파이어의 흡혈은 이교도들이 가지고 들어온 종교라든지 자본, 문란한 성 문화 등의 전파를 의미한다. 동방 종교는 서구 종교를, 외부 자본은 현지 자산을, 외래 문화는 전통을 침탈하고 훼손시킨다. 이런 사실에

비추어 보면 드라큘라는 단순히 괴물이기 때문에 두려운 것이 아니다. 외부에서 들어온 강력한 세력에 대한 서구인들의 근본적인 거부감이 드라큘라를 통해 드러났다고 보아야 한다. 19세기 말 영국은 쇠퇴해 가는 국운에 대한 우려와 동시에 주변국의 성장에서 오는 위협을 구체적으로 느끼고 있었다. 당시 보수적인 지식인들은 자국의 위기와 함께 동양 세계의 지위 상승에 대한 적대감을 공공연히 드러내기도 했다. 동쪽을 야만의 땅 이교도의 땅으로 무시하려 했지만 무의식 속에는 그들에 대한 두려움이 잠재해 있었던 것이다.

실제로 드라큘라는 자본가의 미덕을 갖추고 있는 인물이다. 일단 그는 귀족처럼 보이지만 귀족의 과시적 소비를 하지 않는다. 먹지도 마시지도 않고, 사랑을 나누지도 않으며, 연회를 베풀거나 거대한 저택을 짓지도 않는다. 심지어 난폭한 행동을 할 때도 그 목적이 쾌락은 아니다. 그는 필요한 만큼 피를 마시고 한 방울도 낭비하지 않는다. 사람의 목숨을 함부로 해치거나 필요 없는 피해자를 양산하지도 않는다. 이는 모두 청교도적인 자본가의 자질이라 할 수 있다. 경제적으로 드라큘라는 부자이다. 성에 갇혀 있던 하커는 드라큘라 성에 금과 옛날 돈이 쌓여 있는 것을 발견한다. 또, 드라큘라는 고향에서 싣고 온 50개의 흙 상자를 배치하기 위해 영국 전역의 성을 '현금'으로 매입한다. 마술적 능력을 발휘하면 굳이 합법적으로 성을 매입해야 할 필요가 없었을 텐데도 그는 그렇게 행동했다.

이렇게 보면 드라큘라 백작은 서구 자본에 맞서는 비서구권 자본가의 은유이기도 하다. 드라큘라에 맞서는 남성들이 서구 자본주의 선진국의 부르주아(네덜란드 과학자 반 헬싱, 영국인 정신과 의사 스워드 박사, 영국인 귀족 아더 고달밍, 텍사스 출신 미국인 퀸시 모리스, 영국 변호사 조나단 하커)라는 점도 이런 설명을 그럴듯하게 만든다. 드라큘라를 무찌르는 이 반뱀파이어 원정대에는 하층민이 없다. 이들은 전문직에 종사하는 중산층이거나 그들의 생각에 보조를 맞추는 귀족이다. 말하자면 이들은 외부 자본의 침탈을 두려워하고 그것을 막아내야 하는 당사자들이다.

지금까지 폴리도리의 「뱀파이어」에서 스토커의 『드라큘라』에 이르기까지 뱀파이어 관련 작품들을 살펴보았다. 근대 들어 뱀파이어에 대한 실질적인 공포가 사라지자 뱀파이어는 은유로 사용되기 시작했다. 그 은유는 현재도 유용하다. 다음에 살펴볼 좀비는 뱀파이어를 은유한 존재이다. 언데드라는 점도 그렇지만 전염이나 자본, 거기서 발전한 식인의 주제는 뱀파이어에서 따온 것이 분명하다. 둘을 구분하자면 좀비 이야기에는 소비의 욕망이라는 새로운 요소가 중요하게 부각된다는 점이다.

살아 있는 시체들

뱀파이어가 인간의 피를 빨아들여 생명을 서서히 시들게 한다면 좀비는 왕성한 식욕으로 인간의 육체를 단번에 먹어 치운다. 좀비는 죽은 이후 다시 살아난 시체라는 점에서 뱀파이어와 비슷하다. 하지만 드라큘라처럼 독립적으로 움직이기보다 집단으로 움직이기 때문에 독자나 관객에게 주는 공포는 더 크다. 게다가 외모가 흉측하고, 움직임 역시 부자연스러워 혐오감을 유발한다. 그들은 피곤을 모르는 강한 지구력으로 쉬지 않고 인간을 사냥한다. 이 점은 여러 괴물 중 좀비가 가진 고유한 특징이다.

이런 좀비 이미지는 사실 뱀파이어처럼 확실히 정립되었다고 보기 어렵다. 그들이 등장하는 영화나 소설마다 좀비에 대한 묘사가 다르기 때문이다. 전설로서의 뱀파이어가 다양한 버전을 거쳐 비교적 단일한 이미지를 갖게 되었듯이 탄생한 지 얼마 안 된 좀비는 지금 그런 과정을 겪는 중이다. 같은 언데드로서 뱀파이어와 좀비의 차이는 그들이 탄생하고 소비되는 시대의 차이를 그대로 보여준다. 드라큘라가 이방인 혹은 낯선 것에 대한 두려움을 표현한 캐릭터였다면 좀비는 군중 혹은 익숙한 것에 대한 두려움을 표현한다. 이는 근대 자본주의 사회와 현대 대중 소비 사회의 대표적인 공포이기도 하다.

기원을 찾아가면 좀비는 부두교 의식에서 시작되었다고 한다. 부두교는 서아프리카와 카리브해 그리고 미국의 일부 지역에서 발견되는 민간신앙인데 너무나 복잡해서 그 개념을 정의하거나 연구하기가 지극히 어려운 종교이다. 현재 우리가 부두교라고 부르는 민간신앙은 부두교 신자나 그 전승 지역의 관념을 반영하는 무수한 믿음 가운데 하나라고 말할 수 있을 뿐이다.[14]

부두교의 좀비를 정리하면 이렇다. 부두교 제사장 운강에게는 특별한 능력이 있는데, 그는 이미 죽어서 땅에 묻힌 시체를 반의식 상태로 깨울 수 있다고 한다. 운강은 사람을 죽은 것처럼 만드는 독약의 정확한 양과 그를 무덤에서 깨우는 비법을 알고 있다는 것이다. 좀비를 만드는 의식은 아프리카 베냉에서 왔다고도 하고 서인도제도의 아이티에서 발생했다고도 한다. 어디서 시작되었든 좀비에 관한 소문들은 흑인 노예가 존재하던 지역을 중심으로 광범위하게 퍼져 있다. 좀비를 만든다는 것은 사람이 지닌 영혼 가운데 일부를 빼앗는다는 말이다. 일단 영혼의 일부를 잃으면 좀비는 주변에서 일어나는 일에 대해 자각은 하지만 스스로 반응할 수 있는 의시는 잃게 된다. 좀비는 그에게 주술을 건 운강의 의지에 따라 조종될 뿐이다. 살아 있는 시체가 된 그는 초점 없는 눈빛을 하고 콧소리를 내며 걸음걸이마저 뻣뻣해 진짜 '저세상'에서 온 것처럼 보이게 된다. 그리고 가끔 제정신으로 돌아온 좀비들은 스스로 제 무덤으로 돌아간다고 한다.[15]

이와 같은 부두교의 좀비는 현재 영화 등을 통해 볼 수 있는 좀비와 여러 면에서 다르다. 무덤에서 돌아온 존재라는 점은 같아도 부두교의 좀

위대한 이야기 유산

비는 영혼의 일부를 잃어버렸을 뿐 완전히 죽은 것은 아니다. 일반적으로 좀비의 특징으로 여겨지는 전염성도 가지고 있지 않다. 짐승처럼 인간을 물거나 인육을 먹는 일은 더더욱 없다. 부두교의 좀비는 엄밀히 말하면 노예에 가깝다. 살아 있으나 자유 의지가 없는 존재이다. 만약 현대인들을 좀비로 비유한다면 영화에 등장하는 살아 있는 시체보다는 영혼의 한쪽을 잃어버린 부두교 좀비에 가깝다.

부두교의 좀비는 현대 소설의 소재로 사용되기도 한다. 조이스 캐롤 오츠의 소설『좀비』는 자신에게 복종하는 노예를 갖고 싶은 서른한 살 백인 남성의 이야기이다. 어린 시절부터 강박증에 시달려온 쿠엔틴은 전두엽 절제술을 통해 자신의 노예를 만들기로 결심한다. 할머니 건물의 관리인으로 살면서 그는 '건포도 눈' 등에게 좀비 실험을 한다. 그는 실험에 실패하면 그들의 시체를 적당히 유기한다. 현재는 어린 흑인 소년에게 성폭력을 행사한 죄로 보호관찰을 받고 있지만, 그의 살인은 매우 주도면밀하여 아무런 흔적도 남기지 않는다.

무고한 사람을 납치하여 폭력을 가하거나 터무니없는 실험을 하고 결국 살인을 저지르는 쿠엔틴의 행위는 공포와 혐오의 감정을 자극한다. 1인칭 서술자가 살인자 쿠엔틴 본인이어서 공포감은 한층 더해진다. 그는 잔인하고 끔찍한 행위를 아무런 죄책감 없이 차분하게 묘사하기 때문이다. 평범한 독자라면 살인을 저지르는 범죄자의 심리를 따라가는 일이 그리 유쾌할 리 없다. 물론 작가는 이를 통해 악의 본질, 인간성의 어두운 측면을 적나라하게 보여주기는 한다. 그게 이 소설의 주제일 것이다.

진정한 좀비는 영원히 내 것이 될 것이다. 그는 모든 명령과 변덕에 복종할 것이다. "네, 주인님" "알겠습니다, 주인님" 하면서, 내 앞에서 무릎을 꿇은 채 나를 올려다보며 말할 것이다. "사랑합니다, 주인님. 오직 주인님뿐입니다."

그렇게 될 것이고 그런 존재일 것이다. 진정한 좀비는 '아니다'라
는 말은 한마디도 할 수 없고 오직 '그렇다'라는 말만 할 수 있으니까.
그는 두 눈을 맑게 뜨고 있지만, 그 안에서 내다보는 것은 없고 그 뒤
에서는 아무 생각도 없을 것이다. 어떠한 심판도 하지 않을 것이다.

내 좀비의 눈에는 공포란 없을 것이다. 기억도 없을 것이다. 기억
이 없으면 공포 따윈 없을 테니까.[6]

연쇄 살인범인 쿠엔틴이 좀비를 두고 싶어 하는 이유는 무엇일까. 소
설에 자주 나오듯 좀비는 아무 반대도 없이 자신이 시키는 대로 무조건
복종하는 노예이다. 그런 좀비를 소유하고 싶어하는 쿠엔틴은 늘 주눅이
들어 살아왔다. 그는 철학과 물리학 박사이자 유명한 대학교수인 아버지,
의사인 어머니, 교감 선생님인 누나를 두고 있다. 할머니 역시 교양을 갖
춘 백인 부자 노인이다. 반면에 쿠엔틴은 다른 사람의 눈을 제대로 맞추
지 못하는 살찌고 머리숱 적은 문제아이다. 짐작하건대 그는 한 번도 자
신의 말을 진지하게 조건 없이 들어주는 사람을 만나보지 못했을 것이다.

연쇄 살인범은 상대방의 고통에 공감하는 유전자에 문제가 있다고
한다. 실제로 그것이 유전자 문제이든 아니든 쿠엔틴은 상대방의 고통을
고려하지 않는다. 좀비를 갖고 싶다는 생각이 굳어지자 그의 이성은 모두
그 계획을 실현하는 데 집중된다. 자신을 따르지 않아 상처 입고 피 흘리
는 대상을 책망하기까지 한다. 살인 계획에 차질이 생길까 걱정하여 "아,
하나님. 당신이 존재한다면 지금 날 도와주세요!"라고 기도할 정도이다.
이렇게 보면 이 소설에서 진정한 좀비는 주인공 쿠엔틴이다. 그는 철저히
자기 욕망의 노예이며 연민이나 양심을 보존해주는 영혼의 중요한 부분
을 잃어버린 존재이다.

변화하는 좀비

현재 영화나 소설에 자주 등장하는 좀비는 조지 로메로의 좀비 3부작에서 비롯되었다고 보는 것이 통설이다. 〈살아있는 시체들의 밤〉(1968년), 〈시체들의 새벽〉(1978년), 〈시체들의 낮〉(1985년) 3부작은 저예산 영화로 큰 인기를 얻었다. 특히 기념비적인 영화 〈살아있는 시체들의 밤〉 이후 좀비는 죽음에서 되살아나 어기적거리며 걷는 흉측한 존재들을 가리키는 고유명사가 되었다.

이 영화는 전편에 흐르는 카니발리즘과 비도덕적인 마지막 장면 등 당시에 터부시되던 내용을 과감히 다루었다. 그러면서도 당시의 세태를 반영하는 독자적인 휴머니즘을 표현하여 오랫동안 사랑받는 작품이 되었다. 개혁파, 보수파, 흑백 갈등, 반공 이데올로기, 베트남전쟁 등 당시 미국 내에 존재하던 다양한 갈등 상황을 좀비의 습격이라는 극적인 상황 안에 압축해 보여주었다는 평가를 받는다. 이 영화는 이미 널리 쓰이던 컬러 필름이 아닌 흑백 필름을 사용하였고, 다큐멘터리 같은 촬영 기법을 통해 관객의 상상력을 최대한 끌어내려 하였다.

영화의 내용은 이렇다. 남매인 바바라와 죠니는 어머니의 묘를 찾던 중 좀비로부터 갑작스러운 습격을 받는다. 좀비와 맞서던 오빠가 쓰러지자 공포에 빠진 바바라는 근처 주택으로 피해 들어간다. 흑인 청년 벤 역시 좀비들을 피해 집으로 들어온다. 그는 좀비로부터 자신을 지키기 위해 문과 창문을 봉하는 등 바쁘게 움직인다. 라디오와 음식 등을 챙기던 벤은 먼저 들어와 지하실에 숨어 있던 젊은 남녀와 중년 부부 그리고 좀비에게 물려 누워있는 그들의 딸을 만나게 된다. 이렇게 빈집에 모인 사람들은 외부와 단절된 채 살아 있는 시체들의 무리에 둘러싸인다. 그 과정에서 지하실에 숨어 있을 것인지 집을 빠져나갈 것인지를 두고 다툼이 벌어지기도 한다. 벤 일행은 TV를 통해 다시 살아난 시체들이 인간들을 습격하여 죽인 후 먹는다는 사실을 알게 되고 탈출을 시도한다. 그러나 빈 집에 모였던 사람들은 차례로 좀비들에게 희생당한다. 마지막 살아남은 벤마저 좀비를 사냥하기 위해 조직된 민병대들에게 좀비로 오인되어 사살당한다.

갑작스러운 좀비 발생의 원인에 대해 이 영화는 인공위성이 폭발했을 때 생긴 방사능 때문이라고 암시한다. 대부분의 공포 영화가 그렇지만 이 영화에서도 발생의 원인보다는 발생 이후에 벌어진 재앙이 더 중요하다. 좀비에게 물린 사람은 얼마의 시간이 지난 후 좀비가 된다. 이를 막기 위해서는 좀비가 된 시신을 바로 소각해야 한다. 이 영화의 좀비는 인육을 먹기 위해 움직이는 것 같다. 실제로 인육을 먹는 장면이 몇 번 나오는데, 특히 혼수상태에서 깨어난 딸이 간호하던 어머니를 물어 죽이고 팔을 뜯어 먹는 장면이 인상적이다.

사실 왜 이전까지 존재하지 않던 좀비가 갑자기 나타나는지를 설명하는 일은 그리 쉽지가 않다. 〈살아있는 시체들의 밤〉뿐 아니라 좀비를 다룬 작품은 모두 이 어려운 숙제를 풀어야 한다. 가장 편리하고 설득력 있는 설명은 바이러스에 의한 감염이다. 인간에 맞설 수 있는 지구상의 거의 유일한 생명이 바이러스라는 점에서 그들의 공격은 그럴듯할 뿐 아니라 공포스럽다. 사실 바이러스가 인간을 공격해 피해를 준 역사는 셀 수 없이 많다. 좀비가 바이러스에서 시작되었다면 살아 있는 시체는 흑마술의 산물이나 초자연적인 힘의 결과물이 아니라 현실에 상존하는 위협이 된다. 비록 지금 눈에 보이지 않더라도 언젠가 발생할 수 있는 질병인 것이다.

좀비가 바이러스에 의해 오염된 사체라는 주장을 담고 있는 책 『좀비 서바이벌 가이드』[17]에 따르면 바이러스의 이름은 솔라눔이다. 솔라눔은 맨 처음 감염될 때부터 두뇌에 침투할 때까지 혈류를 타고 움직인다.

이 바이러스는 대뇌 전두엽의 세포를 이용하여 번식하며, 그 과정에서 전두엽을 파괴한다. 그러는 동안 인체 기능은 완전히 정지한다. 그러나 두뇌는 여전히 살아 있으며, 바이러스에 의해 뇌세포가 복제되어 신체는 완전히 다른 기관으로 탈바꿈한다. 이 새 기관의 중요한 특징은 산소에 의존하지 않는다는 점이다. 이렇게 새로 만들어진 생물이 바로 좀비, 즉 살아 있는 시체 집단의 일원이다.

바이러스 솔라눔은 전염률 100%에 치사율 또한 100%라 한다. 이 바이러스는 물이나 공기를 통해 전염되지 않는다. 감염은 체액이 직접 유입될 때만 일어난다. 좀비에게 물리는 것은 가장 잘 알려진 전염 수단이지만 유일한 전염 경로는 아니다. 아물지 않은 상처를 좀비 몸에 난 상처에 비비거나 좀비의 몸뚱이가 폭발하면서 튀긴 분비물을 뒤집어쓰고 감염된 사례도 있다. 솔라눔 바이러스는 크기와 종, 생태계와 상관없이 모든 생물에 치명적이다. 그러나 죽은 후에 다시 깨어나는 것은 오직 인간뿐이다. 일단 바이러스에 감염되고 나면 살릴 방법은 없다. 자살을 택한 감염자는 반드시 뇌를 먼저 제거해야 한다.

이 책에 따르면 좀비가 된 후 실제로 변하는 것은 감염된 뇌가 되살아난 몸뚱이를 이용하는 방식뿐이다. 인간의 몸은 좀비의 뇌가 가진 도구이며, 쓸 수 있는 도구 또한 그것이 전부이다. 몸의 원래 주인이 할 수 있는 수준에서 좀비의 뇌는 몸을 움직일 수 있다. 다만 좀비의 뇌는 평범한 인간이라면 결코 버티지 못할 만큼 자기 육체를 거칠게 다루는 것이 가능하다. 좀비는 불임 생물이며 그가 가진 가장 큰 육체적 장점은 지구력이다. 고통과 피로가 체력적 한계와 연결되는 일이 좀비에게는 없다. 좀비는 먹는 것 말고는 아무 본능도 없는 자동인형 혹은 자동 기계이다. 좀비는 한 가지 목적을 위해 움직이는 기계이며 어떤 조작에도 아랑곳하지 않는 이 기계를 멈추는 방법은 파괴뿐이다. 좀비를 처치하는 방법은 뇌를 제거하는 것이다. 좀비 바이러스는 처치당한 좀비의 몸속에서 최대 48시간 살아남는다. 가장 안전하고 효과적인 방법은 소각이다.

뱀파이어가 그랬듯이 좀비들도 작품의 양이 늘면서 다양하고 새로운 개성을 부여받고 있다. 예를 들면, 〈웜 바디스〉(2013년)와 〈인 더 플레쉬〉(2013년)에 등장하는 좀비는 인간처럼 스스로 생각할 줄 안다. 〈월드워Z〉(2013년)에는 육식 동물처럼 재빠른 좀비가 등장하고, 〈인베이젼〉(2007년)에는 외계인 같은 좀비가 등장한다. 〈인새니테리움〉(2008년)에서처럼 미치광이 같은 좀비, 〈레지던트 이블〉 시리즈에서처럼 돌연변이 같은 좀비도 있다. 〈28일 후〉(2002년)와 〈28주 후〉(2007년)에는 바이러스 같은 좀비, 그리고 〈나는 전설이다〉(2007년)에는 뱀파이어 같은 좀비가 나온다.[18]

21세기 들어 좀비를 소재로 한 작품들은 인류의 종말론적 상황을 배경으로 하는 인류 재난 서사의 형식을 취한다. 이제 좀비들은 언제 어디서건 간에 조건만 갖추어지면 출몰할 수 있는 존재, 마치 수억만 마리의 메뚜기 떼, 벌 떼 그리고 새 떼 등과 같은 현실적인 존재가 되었다.[19] 그들은 점점 더 인간에 가까워지고 있으며 전통적인 방법으로는 퇴치하기 어려운 까다로운 존재가 되어가고 있다. 이러다 보면 좀비를 살아 있는 시체가 아니라 새로운 생명으로 인정해야 하는 날이 올 수도 있다.

공포물의 존재 이유

역사 이래로 항상 시대와 지역을 대표하는 괴물이 존재했다. 요르문간드, 케르베로스, 메두사, 트롤, 사탄, 레비아탄, 아귀, 헬하운드, 고질라 등 그 수는 셀 수 없이 많다. 그런 맥락에서 보면 현재를 대표하는 괴물은 외계인이나 좀비이다. 둘은 외부로부터의 침략과 내부로부터의 반란을 상징한다고 볼 수 있다. 외계인에 대한 공포가 과학의 발전으로 만나게 될 미지의 세계에 대한 두려움의 표현이라면 좀비에 대한 공포는 인간관계 혹은 인간성에 대한 두려움의 표현이다. 가끔 둘은 결합하기도 하는데, 〈에이리언〉 시리즈의 괴물이 대표적인 예라 할 수 있다.

좀비는 뱀파이어의 공포를 계승하면서 그들에게 없던 집단성이 강화된 존재이다. 드라큘라가 지적 엘리트였다면 좀비들은 욕망으로 가득한 군중이다. 절제나 자기 통제와 같은 19세기적 미덕은 좀비에게 어울리지 않는다. 그들은 가족이나 이웃을 구별하지 못하고 오직 식욕만을 채우기 위해 존재한다. 무엇보다 두 괴물은 피를 통해 상대를 전염시킨다는 공통점을 가지고 있다. 외모가 주는 혐오감이나 전염력이라는 면에서는 뱀파이어보다 좀비가 훨씬 더 자극적이다.

그렇다면 사람들은 왜 끔찍하고 혐오스러운 존재가 등장하는 공포물을 좋아하는 것일까? 독자나 관객이 공포물에서 느끼는 것은 두려움과 호기심, 혹은 혐오감과 매혹이 뒤섞인 모순적인 감정이다. 이런 모순된 감정은 분열된 사회의 공포를 느끼면서도 그를 치유하려는 보편적인 인간

＊**에이리언(Alien)** 영화 〈에이리언〉 시리즈에 등장하는 가상의 생명체이다. 영화 내에서는 주로 괴물로 불리고 짐승, 벌레 등으로 불리기도 한다. 1979년 〈에이리언〉 1편이 상영된 후 1997년까지 4편이 발표되었다. 이후 1편 이전의 이야기를 다룬 프로메테우스 시리즈도 제작되고 있다. 영화뿐 아니라 게임의 캐릭터로 활용되면서 에이리언은 드라큘라나 좀비 못지않은 유명 캐릭터로 자리 잡았다. 괴물의 외모는 인간을 닮았지만, 피부는 검고 뼈대가 징그럽게 겉으로 드러나 있다. 길쭉한 머리 역시 중요한 특징인데 입을 벌리면 안에서 다른 입이 튀어나온다. 에이리언이 공포스러운 이유는 그들이 인간의 몸을 숙주로 사용한다는 점 때문이다. 에이리언 유충은 숙주의 위 속에서 자라며 어느 정도 자라면 숙주의 가슴을 뚫고 밖으로 나온다. 이때 숙주는 장기 손상과 과다 출혈로 사망한다. 밖으로 나온 새끼는 여러 번 허물을 벗어가며 짧은 기간에 2m 이상의 거대한 성체로 성장한다.

욕망과 관계된다. 다시 말해 공포물을 통해 독자나 관객은 현재에 상존하는 위협 혹은 미래에 올지도 모르는 위협을 상상하고 그것으로부터 어떻게 사회를 지킬 수 있을까를 고민하는 것이다. 시대의 괴물은 그 공포와 불안의 내용을 상징적으로 보여주는 존재이다.

치유를 지향하는 이런 경향성은 보수적인 면을 가지고 있다. 공포물은 대부분 현재의 가치 유지와 새로운 변화 사이에서 전자를 선택하기 때문이다. 같은 맥락에서 공포물은 현실의 변화에는 크게 공헌하지 못한다. 공포물의 핵심이 치유에 있다고 하지만 사실은 문제의 봉합에 그치는 경우가 많다. 이야기 속에서는 공포의 책임을 괴물에게 돌리고 괴물을 제거하면서 문제를 해결할 수 있지만, 실제 현실에서는 그렇게 할 수 없다. 현실의 문제들은 드라큘라나 좀비처럼 무섭지 않지만 퇴치하기는 훨씬 더 어렵다. 그래서 끔찍하기는 해도 공포물의 감상은 사실주의 소설을 읽는 것보다 덜 고통스럽다.

주석

문명화 과정, 점토판에 새긴 최초의 신화: 『길가메시 서사시』

1 신시아 브라운, 『빅히스토리』, 이근영 역, 바다출판사, 2017, 23쪽.

2 위의 책, 76~77쪽 참조.

3 위의 책, 158쪽.

4 조철수, 『수메르 신화』, 서해문집, 2003, 6쪽.

5 위의 책, 30쪽.

6 앤드류 로빈슨, 『문자 이야기』, 박재욱 역, 사계절, 2003, 16쪽.

7 새뮤얼 노아 크레이머, 『역사는 수메르에서 시작되었다』, 박성식 역, 가람기획, 2000, 13쪽.

8 조철수, 앞의 책, 35쪽.

9 위의 책, 41쪽.

10 위의 책, 47쪽.

11 위의 책, 50쪽.

12 폴 존슨, 『2천 년 동안의 정신1 – 새로운 종교의 탄생』, 김주한 역, 살림, 2005.

13 N. K. 샌다스, 「프롤로그」, 『길가메시 서사시』, 이현주 역, 범우사, 2000, 11~12쪽. 본 텍스트는 이후 본문에 페이지만 표시한다.

14 신시아 브라운, 앞의 책, 154쪽.

15 위의 책, 117쪽.

16 김산해, 『최초의 신화 길가메쉬 서사시』, 휴머니스트, 2005, 231쪽.

운명과 명예, 서유럽 인문학의 시원: 『일리아스』, 『오뒷세이아』

1 그리스인이라는 말은 로마 사람들이 부른 그라이키(Graeci)에서 유래했다. 트로이 전쟁 당시에는 아카이오이 족이라는 이름이 주로 사용되었다. 호메로스는 때로 다나오스 인, 아르고스 인으로 부르기도 한다. 호메로스 이후에는 헬레네스라는 이름으로 불렸다.

2 그리스군은 항해 중 부상당한 그를 외딴 섬에 남겨두고 트로이에 도착한다. 하지만 그의 활이 없이는 트로이를 점령할 수 없다는 것을 알고 다시 그를 찾아 나선다.

3   이 글에서는 천병희 번역의 『일리아스』(2015, 숲)와 『오뒷세이아』(2015, 숲)를 판본으로 한다.

4   김봉철, 『그리스 신화의 변천사』, 길, 2014, 35쪽.

5   위의 책, 41쪽.

6   위의 책, 46쪽.

7   라틴어로 쓰인 이 작품에는 그리스 신들의 이름이 희랍어가 아닌 라틴어로 되어 있다. 예를 들어 제우스가 유피테르, 헤라가 유노, 디오니소스가 박카스로 불린다.

8   송문현, 「트로이 전쟁-전승과 증거 사이」, 『서양고대사연구』 21, 2007.12, 34쪽.

9   페르낭 브로델, 『지중해의 기억』, 강주헌 역, 한길사, 2012, 370쪽.

10 이진성, 『그리스 신화의 이해』, 아카넷, 2010, 55쪽.

11 송문현, 「청동기시대 후기 뮈케네 세계와 에게의 교역」, 『서양고대사연구』 43, 2015, 129쪽.

12 김진경, 『고대 그리스의 영광과 몰락』, 안티쿠스, 2009, 66쪽.

13 위의 책, 26쪽.

14 이태수, 「호메로스의 영웅주의 윤리관」, 『서양고전학연구』 50, 2013, 7쪽.

15 장영란, 「고대 그리스의 탁월성의 기원과 고난의 역할」, 『동서철학연구』 제83호, 2017.3, 348쪽.

16 이타케는 발칸 반도 서쪽에 있는 작은 섬이다. 한반도로 치면 강화도나 백령도 정도의 위치라고 할 수 있다. 트로이 전쟁에 참여한 오디세우스의 함대는 미노스와 스파르타의 왕인 아가멤논이나 메넬라오스의 함대 세력과 비교가 되지 않을 만큼 초라하다. 오디세우스가 실제로는 그리 영향력 있는 군주가 아니었음을 알 수 있다.

17 상담 상대, 지도자, 스승의 의미로 쓰이는 '멘토'라는 단어는 오디세우스의 충실한 조언자이자 그의 아들 텔레마코스의 스승인 멘토르에서 유래했다.

18 이영순, 「가족 영웅의 모태, 오디세우스 신화」, 『문학과 영상』 2005 가을겨울, 251 ~252쪽.

19 『율리시스』에 대해서는 졸고 『고전의 이유』(뜨인돌, 2017) 14장을 참조해주기 바란다.

절대 반지, 탐욕이 부른 세상의 종말: 『에다』, 『니벨룽겐의 노래』

1   '에다'는 증조할머니를 의미하는 고대 게르만어라는 설이 유력하다. 여기서는 두 권의 『에다』를 함께 말할 때는 『에다』로 표기한다.

2   전경옥, 「북유럽 신화를 통해 본 신화 윤색의 정치사상」, 『정치사상연구』 8, 2003 봄,

78쪽.

3 페터 아렌스, 『유럽의 폭풍』, 이재원 역, 들녘, 2006, 153쪽.

4 위의 책, 172쪽.

5 위의 책, 204쪽.

6 안인희, 『게르만 신화 바그너 히틀러』, 민음사, 2003, 338쪽.

7 위의 책, 339쪽.

8 이민용, 「게르만 신화집 에다에 나타난 스토리텔링 전략」, 『헤세연구』 36, 2016, 86쪽.

9 이 표시는 1부의 첫 번째 장, 첫 번째와 두 번째 시라는 의미이다.

10 위앤커, 『중국신화전설』 1, 전인초·김선자 역, 민음사, 2009, 32쪽.

11 캐빈 크로슬리-홀런드, 『북유럽 신화』, 서미석 역, 현대지성사, 1999, 25쪽.

12 겨울에도 푸른 겨우살이는 켈트 신화에서는 부활의 상징이다. 제임스 프레이저는 『황금가지』에서 황금가지가 실은 겨우살이라 밝히기도 했다. 『에다』에서도 겨우살이에 의한 죽음은 파멸을 의미하지만 부활로 이어질 것을 암시한다고 볼 수 있다.

13 전경옥, 앞의 책, 76쪽.

14 오디세우스와 세이렌에 대해서는 이 책 2장에서 자세히 다루었다.

15 크림힐트는 하겐에게 다음과 같이 말한다. "용의 상처에서 뜨거운 피가 흘러내렸고, 그래서 그 용감하고 탁월한 전사가 그 피로 목욕을 하고 있었을 때, 그의 양 어깻죽지 사이로 상당히 큰 보리수 이파리 하나가 떨어졌지요. 그래서 바로 그곳에 상처를 입힐 수가 있는 것입니다. 이것이 바로 내가 그토록 크게 걱정하고 있는 이유인 것입니다."(허창운 역, 『니벨룽겐의 노래』, 1:15, 902, 범우사, 2000, 219쪽)

타락 천사, 지옥과 연옥의 탄생: 『신곡』, 『실낙원』

1 단테 알리기에리, 『신곡』, 한형곤 역, 서해문집, 2005. (인용은 본문에 표시)

2 존 밀턴, 『실낙원』, 조신권 역, 문학동네, 2010. (인용은 본문에 표시)

3 미르치아 엘리아데, 『세계종교사상사』 1권, 이용주 역, 이학사, 2005, 77쪽.

4 앨리스 터너, 『지옥의 역사』 1, 이찬수 역, 동연, 1998, 36쪽.

5 미르치아 엘리아데, 앞의 책, 174쪽.

6 「사자의 서」는 고대 이집트 시대 관속에 미라와 함께 매장한 사후 세계에 대한 안내서이다. 파피루스나 가죽에 교훈이나 주문을 상형문자로 기록하였다.

7 앨리스 터너, 앞의 책, 44~46쪽.

8   위의 책, 51~52쪽.

9   A.N. 윌슨, 『사랑에 빠진 단테』, 정해영 역, 이순, 2012, 16쪽.

10   프루 쇼, 『단테의 신곡에 관하여』, 오숙은 역, 저녁의책, 2019, 42쪽.

11   최재헌, 『다시 읽는 존밀턴의 실낙원』, 경북대학교출판부, 2004, 8쪽.

12   송홍한, 「왜 밀턴인가? 자유사상과 심중낙원을 중심으로」, 『밀턴과 근세영문학』 19, 2009, 140쪽.

13   A.N. 윌슨, 앞의 책, 434쪽.

14   프루 쇼, 앞의 책, 43쪽.

15   위의 책, 44쪽.

16   이상엽, 「Dante의 『신곡』 제1곡 연구」, 『이탈리아어문학』 51집, 2017, 101쪽.

17   A.N. 윌슨, 앞의 책, 171~172쪽.

18   프루 쇼, 앞의 책, 92쪽.

19   그리스 신화에 나오는 날개 달린 정령들로 하피 또는 하르피이아라고 불린다. 여자의 머리와 날카로운 발톱을 달고 있는 새로 아이들과 인간의 영혼을 잡아먹고 산다.

20   자크 르 고프, 『연옥의 탄생』, 최애리 역, 문학과지성사, 1995, 111쪽.

21   위의 책, 32쪽.

22   프루 쇼, 앞의 책, 332쪽.

23   엘리스 터너, 『지옥의 역사』 2, 이찬수 역, 동연, 1998, 300~301쪽.

24   자크 르 고프, 앞의 책, 43쪽.

25   A.N. 윌슨, 앞의 책, 42쪽.

26   프루 쇼, 앞의 책, 266쪽.

27   위의 책, 266쪽.

28   최재헌, 앞의 책, 39쪽.

29   프루 쇼, 앞의 책, 208쪽.

30   위의 책, 209쪽.

원탁과 성배, 기사 이야기의 모든 것: 『아발론 연대기』

1   유럽의 중세(中世, Medium aevum)는 서로마 제국이 멸망(476년)하고 게르만 민족의 대이동(4세기~6세기)이 있었던 5세기부터 르네상스(14세기~16세기)까지의 시기를 이르는 말이다. 경제적으로 봉건제, 종교적으로 기독교가 지배하던 시기이다.

2   장 마르칼(Jean Markale)은 켈트 문화 전문가로 켈트에 관련한 책을 수십 권 출간했다.
    20세기 후반에 출간된 『아발론 연대기』는 아서 탄생부터 성배 탐색까지의 전설을 하
    나의 이야기로 묶어낸 책이다. 이 글에서는 장 마르칼의 『아발론 연대기』 1~8권(김정
    란 역, 북스피어, 2005년)을 텍스트로 한다.

3   브르타뉴(Bretagne)는 프랑스 브르타뉴반도에 위치하며 프랑스로부터 비교적 고립되
    어 있다. 서쪽으로는 대서양, 동쪽으로는 노르망디, 페이드라루아르와 접한다. 5~6세
    기에 로마인들이 물러간 후 아일랜드와 브리타니아로부터 많은 수의 켈트족이 옮겨왔
    다. 브르타뉴에서는 오랫동안 켈트 계통 언어가 사용되었다.

4   이상 브리튼의 역사에 대해서는 안 베르텔로트의 『아서왕-전설로 태어난 기사의 수호
    신』(채계병 역, 시공사, 2008) 참조.

5   『아발론 연대기』의 이 부분은 웨일스 이야기 『막센의 꿈』, 라틴어 문헌 『브리튼 열왕
    기』, 로베르 드 보롱의 『메를랭』의 종합이다.

6   찰스 스콰이어, 『켈트 신화와 전설』, 나영균·전수용 역, 황소자리, 2009, 38쪽.

7   안 베르텔로트, 앞의 책, 40쪽.

8   권설녀, 「아서왕 문학 수용 연구-토마스 맬러리의 『아서왕의 죽음』을 중심으로」, 『세
    계역사와 문화 연구』 35, 2015, 224쪽.

9   위의 글, 225쪽.

10 유희수, 「12세기 궁정식적 사랑의 메타포와 사회 현실」, 『프랑스사 연구』 18, 2008, 9쪽.

11 안 베르텔로트, 앞의 책, 36쪽.

12 이화영, 「볼프람 폰 에센바흐의 파르치팔에 나타난 갈등 연구」, 『헤세연구』 36, 2016,
    112쪽.

13 알베르 베갱·이브 본푸아 편역, 『성배의 탐색』, 장영숙 역, 문학동네, 1999.

14 이상은 『아발론 연대기』 1권 권말의 「아서왕 이전의 역사」에서 발췌한 내용이다. 『아
    발론 연대기』 1권은 로베르 드 보롱의 『조제프』와 고티에 맙이 썼다고 잘못 알려진
    『에스트와르 두 생 그랄』을 참조했다고 한다.

15 볼프람 폰 에센바흐, 『파르치팔』, 허창운 역, 한길사, 2005.

16 이 텍스트에는 바그너의 오페라로 유명해지는 퍼시발의 아들 로엔그린이 등장한다.

17 김정희, 「아서왕 신화의 형성과 해체(2)」, 『불어불문학연구』 46권 1호, 2001, 138쪽.

18 위의 글, 135쪽.

19 유희수, 앞의 글, 10쪽.

20 이건우, 「보편적 신화소로서의 주권여신」, 『인문논총』 49집, 2003, 270~271쪽.

21 켈트 신화에 의하면 로마가 들어오기 전 브리튼과 아일랜드에는 거녀(巨女)들이 살고

있었다고 한다.

22 이에 대해서는 『아발론 연대기』 7권, 390~391쪽 참조.

23 몽마는 인쿠부스와 수쿠부스로 나뉜다. 남성형 몽마 인쿠부스는 중세 기독교 세계에서 사탄과 연관된 존재로 여겨졌다. 여성형 몽마인 수쿠부스는 주로 마법사와 동침하고, 인쿠부스는 마녀와 동침한다.

24 고혜영, 「요정 모르간 연구」, 『동화와 번역』 19권, 2010, 18쪽.

25 딜문과 발할라에 대해서는 이 책의 1장과 3장 참조.

26 브리크루는 연회 자리에서 쿠 훌린, 코날 케르나크, 로에가레 부어다크 세 영웅을 부추겨 여인 쿠라드미르를 두고 경쟁하게 했다. 모든 시험에서 쿠 훌린이 최고를 차지했으나 코날과 로에가레는 결과를 받아들이지 않았다. 이에 먼스터 출신의 쿠 리가 흉측한 몰골로 변장하고 세 영웅을 각각 찾아가 자기 목을 쳐 보라고 하고, 만일 목을 치지 못하면 자기가 그들의 목을 치겠다고 도전했다. 코날과 로에가레는 쿠 리를 참수했으나, 쿠 리는 잘린 목을 집어 들어 도로 붙이고 목을 내밀라고 했다. 그러자 코날과 로에가레는 도망가 버렸다. 쿠 리의 도끼를 받아들일 만큼 용감한 사람은 쿠 훌린밖에 없었고, 쿠 리는 쿠 훌린의 목을 치는 대신 그가 챔피언이라고 선언했다.(이에 대해서는 https://ko.wikipedia.org/wiki/쿠_훌린, 참조)

상인들의 땅, 판타지와 우화의 세계: 『천일야화』, 『칼릴라와 딤나』

1 앙투안 갈랑, 『천일야화』 1~6, 임호경 역, 열린책들, 2010. 이 책의 인용은 본문에 쪽수만 표시한다.

2 『천일야화』의 배경은 동쪽 인도에서 서쪽 이집트에 이르는 광대한 지역을 아우른다. 그런데 아프리카에서 중앙아시아에 이르는 이슬람 지역을 아우르는 적당한 단어는 없다. 아라비아라고 하면 이란이나 중앙아시아, 북아프리카를 배제하는 문제가 있고, 이슬람 지역이라고 하면 세계 종교를 지역에 가둔다는 느낌이 있다. 이 글에서는 이집트와 인도를 포함하여 '중동과 중앙아시아'라는 표현을 사용한다.

3 이희수, 『이슬람 학교』 1, 청아출판사, 2015, 23쪽.

4 위의 책, 189~201쪽.

5 최은희, 「앙투완느 갈랑의 천일야화와 그 모방작에 관한 연구」, 『외국문학연구』 59, 2015.8, 387쪽.

6 리처드 프랜시스 버턴, 『아라비안나이트』 1, 김병철 역, 범우사, 1992, 38쪽.

7 하룬 알라시드(763년~809년, 재위 786년~809년)는 실제 아바스 왕조의 제5대 칼리프로 『천일야화』에 자주 등장한다.

8 최은희, 「천일야화의 정령들을 통해 본 문명의 팔랭프세스트」, 『한국프랑스어문교육학회 가을 정기 국제학술대회 논문집』, 2011, 117쪽.

9 장세원, 「천일야화의 세계문학적 위상과 현대 아랍문학에 끼친 영향」, 『중동문제연구』 제11권 3호, 2012, 126쪽.

10 바이다바, 『칼릴라와 딤나』, 이동은 역, 강, 1998.

11 이동은, 「옮긴이의 말」, 위은 책, 393쪽.

12 이희수, 앞의 책, 142쪽.

대륙의 파란, 허구보다 재미있는 역사: 『사기』

1 진나라가 쇠퇴하고 한나라가 천하를 통일하기 전 시대를 이른다. 주로 초나라와 한나라가 대결하던 시기이다.

2 양중석, 「사마천이 서술한 여태후 이야기」, 『중국문학』 76, 2013, 23쪽.

3 양중석, 「사마천이 남긴 이릉에 대한 기억」, 『중국문학』 96, 2018, 19~20쪽.

4 궁형(宮刑)은 고대 중국에서 시행되던 5가지 형벌 가운데 하나로서, 사형에 버금가는 최고의 형벌이었다. 남자의 경우 고환을 제거하거나 썩히는 형벌이었다.

5 이인호, 「사기의 허구성과 사마천의 인생관」, 『중국어문논총』 28, 2005, 107쪽.

6 항우(項羽)는 진나라 말기의 군인이자, 초한전쟁 때 초나라의 군주로 초나라의 명장 항연의 후손이다. 진왕 자영을 폐위시켜 주살한 후로 초 패왕에 즉위함으로써 왕이 되었고, 한나라와의 전쟁에서 패해 스스로 목숨을 끊었다. 유방(劉邦)은 한나라를 건국한 한 고조(高祖)(재위 기원전 202년~195년)를 말한다. 장쑤성 패현 출신의 백수건달이었으나 진나라 말기에 항우를 물리치고 두 번째로 대륙을 통일했다.

7 이상의 신화에 대해서는 위앤커, 『중국신화전설』 1(전인초·김선자 역, 민음사, 2009) 2부 황염 편을 참조했다.

8 위의 책, 258~259쪽.

9 사슴을 가리켜 말이라 한다는 뜻이다. 조고의 위세가 무서워 그가 사슴을 말이라 하여도 아무도 아니라 말할 수 없었다는 데서 유래한 말이다.

10 레닌의 죽음 이후 소비에트 연맹이나 박정희의 죽음 후 대한민국의 운명이 진나라의 운명과 얼마나 달랐을까를 생각하면 새삼 역사 앞에서 겸허해진다. 또 안타까움을 넘어 비애를 느끼게 된다.

11 추(雛)는 항우가 타고 다니던 명마 오추마, 우(虞)는 항우의 애첩 우희를 말한다.

12 김민호, 「백이숙제는 본래 충절의 상징이었을까?」, 『중국문학연구』 75, 2018, 3쪽.

13 위의 글, 17쪽.

군웅할거, 난세의 영웅과 간웅: 『삼국지연의』

1   동아시아 한자 문화권에서는 한 사람이 여러 개의 이름을 가진 예가 흔하다. 본명에
    해당하는 이름은 휘(諱)이다. 관례를 치르고 받은 이름은 자(字)라 불렀다. 호(號)는 주
    변 사람들이 부르는 별칭 정도에 해당한다. 『삼국지연의』에서는 휘와 자를 함께 사용
    한다. 유비의 이름은 비이지만 자는 현덕이어서 주로 유현덕이라 불린다.

2   조영록, 「동아시아 정통론의 전개에서 본 『삼국지』와 『삼국연의』의 세계」, 『동아시아
    고대학』 44, 2016, 274쪽.

3   이 책을 줄여서 보통 『삼국지연의』라고 부른다. 이 글에서도 『삼국지연의』라 부르기
    로 한다.

4   최형권·박남용, 「고우영과 천웨이둥의 만화삼국지의 인물형상 및 서사전략 비교연
    구」, 『중국어문학논집』 77, 2012, 364쪽.

5   방각본은 목판에다가 내용을 새겨 인쇄 출간한 책을 말한다.

6   삼국지 관련 방각본 작품 목록은 이은봉, 「방각본 『삼국지』의 변개 양상 연구」(『고소설
    연구』 30, 2005, 334쪽)를 참조했다.

7   판소리 다섯 마당은 〈수궁가〉, 〈심청가〉, 〈적벽가〉, 〈춘향가〉, 〈흥부가〉를 말한다. 본래
    판소리 열두 마당에 속했다 사라진 일곱 마당은 〈가짜신선타령〉, 〈강릉매화타령〉, 〈무
    숙이타령〉, 〈배비장타령〉, 〈변강쇠타령〉, 〈옹고집타령〉, 〈장끼타령〉이다.

8   김상훈, 「〈적벽가〉의 원형과 형성 재검토」, 『판소리연구』 37, 2014, 69쪽.

9   소설을 개작한 〈적벽가〉는 다시 『화용도』라는 소설로 개작되기도 한다.

10 배연형 채록, '폴리돌판 〈적벽가〉', 『화용도 전집』(2), (주)서울음반, 1993. (김상훈, 「군사설
    움타령'의 형성과 변모 양상 연구」,(『판소리연구』 42, 2016, 80쪽)에서 재인용.)

11 김상훈, 「'군사설움타령'이 형성과 변모 양상 연구」, 『판소리연구』 42, 2016, 42쪽.

12 서대석, 「판소리 다섯 마당」, 『한국민속대백과사전』, http://folkency.nfm.go.kr/kr/
    topic/detail/1144.

13 조성면, 「고전 〈삼국지〉의 현대적 수용과 변용의 양상」, 『대중서사연구』 18, 2012.6,
    195쪽.

14 무봉, 「소설 개사 및 시국 은유-요시카와 에이지 『삼국지』의 전쟁관 시론」, 『한중인문
    학연구』 63, 2019, 82쪽.

15 권용선, 「요시카와 에이지 삼국지의 수용과 사적 의미」, 『한국학연구』 15, 2006, 200쪽.

16 인용하는 『삼국지연의』는 솔출판사에서 2003년 간행한 김구용 번역본이다. 인용은

본문에 권수와 쪽수만 적는다.

17 말(斗)은 부피를 재는 단위로 한 말은 18리터 정도의 부피이다. 열 되는 한 말이고, 열 말은 한 섬이다.

18 남덕현, 「關羽 문화현상 고찰」, 『CHINA 연구』 10, 2011, 281쪽.

19 권기성, 「〈적벽가〉에서 관우의 인물형상과 사회사적 의미」, 『인문학연구』 39, 2019, 24쪽.

양반과 백정, 신분 사회의 모순과 비극 : 『임꺽정』

1 영화 관람객 수 통계는 2021년 〈영화관입장권통합전산망〉을 참고하였다. (https://www.kobis.or.kr/kobis/business/stat/offc/findFormerBoxOfficeList.do)

2 홍명희, 『임꺽정』 1~10, 사계절, 1996.

3 홍명희, 「작가의 말-임꺽정전 의형제 편 연재에 앞서」, 〈조선일보〉, 1932.11.30. (신문, 잡지, 실록 기록은 강영주 편 『벽초 홍명희와 임꺽정의 연구 자료』(사계절, 1996)에서 재인용하였다.)

4 김인숙, 『조선4대 사화』, 느낌이 있는 책, 2009, 179쪽.

5 『명종실록』 권25, 제20책, 508쪽.

6 홍명희, 「임꺽정전을 쓰면서-장편소설과 작자심경」, 〈삼천리〉 제5권 9호, 1933.9.

전래동화, 가부장적 이념의 흔적들 : 『어린이와 가정을 위한 이야기』

1 마리아 니콜라예바, 『용의 아이들』, 김서정 역, 문학과지성사, 2004, 186쪽.

2 『어린이와 가정을 위한 이야기』는 1812년 초판이 발행된 후 여러 차례 개정되었다. 최종판은 1857년에 출간되었다. 이 책은 흔히 KHM으로 표기하고 최종판의 수록 순서에 숫자를 붙여 개별 동화를 표시한다. 여기서는 김열규 번역의 『그림 형제 동화 전집』(현대지성, 2015)을 텍스트로 하였다. 인용 쪽은 본문에 표시한다.

3 김완균, 「19세기 독일의 전설 모음집에 나타난 민속성과 이데올로기 연구」, 『외국문학연구』 17, 2004, 61쪽.

4 이선자, 「그림 동화에 나타난 여성의 성숙」, 『외국문학연구』 41, 2011, 260쪽.

5 마리아 니콜라예바, 앞의 책, 31쪽.

6 이혜정, 『그림 형제 독일 민담』, 뮤진트리, 2010, 5쪽.

7 강태호, 「헨젤과 그레텔 다시 읽기」, 『독어교육』 45, 2009, 329쪽.

8 김경연, 「메르헨의 문자화 과정 연구」, 『동화와 번역』 16집, 2008.12, 69쪽.

9 우리에게 그림 동화만큼 잘 알려진 동화는 안데르센(덴마크, 1805년~1875년)의 창작동화이다. 그의 작품으로는 「눈의 여왕」, 「미운 오리 새끼」, 「백조 왕자」, 「벌거벗은 임금님」, 「성냥팔이 소녀」, 「인어공주」 등이 유명하다.

10 박지희, 「샤를 페로와 그림 형제의 동화의 비교」, 『기호학 연구』 35집, 2013, 205~206쪽.

11 샤를 페로, 「잠자는 숲속의 공주」, 『페로 동화집』, 전세철 역, 노블마인, 2005, 28쪽.

12 박지희, 앞의 글, 212쪽.

13 손은주, 「가시 장미 유형의 민담 연구」, 『카프카연구』 28, 2012, 300쪽.

14 김정철, 「「개구리 왕자」 민담의 편찬과정을 통해 본 그림 민담 양식의 특징」, 『인문논총』 32, 2013.10, 406쪽.

15 송희영, 「19세기 초 독일 시민계급의 이데올로기와 그림동화」, 『독어교육』 76, 2019.12, 204쪽.

16 정은실, 「동화해석의 다양성에 관한 연구: 신데렐라를 중심으로」, 『대한문학치료연구』 5, 2015.3, 69쪽.

17 조현준, 「〈빨간모자〉와 성의 정치학: 페로, 그림, 그리고 안젤라 카터」, 『동화와 번역』 15, 2008, 228쪽.

탐정 소설, 범죄를 다루는 사적인 방법 : 『셜록 홈즈』

1 이 글에서 〈셜록 홈즈〉 시리즈는 백영미가 번역하고 황금가지 출판사에서 간행한 전집(2002년)을 텍스트로 한다.

2 임영준·이영숙, 「셜록 홈즈의 사례를 통한 콘텐츠 확장성 연구」, 『멀티미디어학회 논문지』 20권 10호, 2017.10, 1693쪽.

3 마틴 부스, 『코난 도일』, 한기찬 역, 작가정신, 2007, 190쪽.

4 마이클 더다, 『코난 도일을 읽는 밤』, 김용언 역, 을유문화사, 2013, 46쪽.

5 마틴 부스, 앞의 책, 69~70쪽.

6 에른스트 블로흐, 「탐정 소설에 관한 철학적 견해」, 서요성 역, 『오늘의 문예비평』, 2006.3, 146쪽.

7 문상화, 「영국 식민지 경영의 두 얼굴-코난 도일의 탐정 소설에 나타난 귀환자들의 성격 분석」, 『영어영문학21』 26권 4호, 2013, 52쪽.

8 허정애, 「퉁가는 말할 수 있는가?」, 『19세기 영어권 문학』, 2015.2, 173~174쪽.

9 김지은, 「탐정서사에서 진실 찾기의 이율배반」, 『세계문학비교연구』 제67집, 2019 여름호, 42쪽.

10 에드거 앨런 포우, 「모르그 가의 살인」, 『우울과 몽상』, 홍성영 역, 하늘연못, 2002, 417쪽.

11 에드거 앨런 포우, 「도둑맞은 편지」, 위의 책, 550쪽.

12 체스터튼, 「존 불노이의 기이한 범죄」, 『지혜』, 봉명화 역, 북하우스, 2002, 244쪽.

언데드, 이방인에 대한 두려움 : 『드라큘라』, 〈살아있는 시체들의 밤〉

1 한혜원, 『뱀파이어 연대기』, 살림, 2004, 80~81쪽.

2 요아힘 나겔, 『뱀파이어, 끝나지 않는 이야기』, 정지인 역, 예경, 2012, 36쪽.

3 장 마리니, 『흡혈귀-잠들지 않는 전설』, 장동현 역, 시공사, 1996, 23~24쪽.

4 위의 책, 36~37쪽.

5 이 소설은 1819년 〈뉴 먼슬리 매거진〉에 발표되는데 바이런의 이름으로 발표되어 더 화제가 되었다. 편집자에 의해 유명인의 이름이 도용된 것이다.

6 존 폴리도리, 「뱀파이어」, 『뱀파이어 걸작선』, 정진영 역, 책세상, 2006, 125~126쪽.

7 알렉세이 콘스탄티노비치 톨스토이, 「흡혈귀 가족」, 『러시아 괴담』, 박종복 편역, 명문당, 2000, 41쪽.

8 조셉 셰리든 레퍼뉴, 「카르밀라」, 『뱀파이어 걸작선』, 앞의 책, 47쪽.

9 위의 책, 117~118쪽.

10 테오딜 고티에, 「죽은 연인」, 위의 책, 307쪽.

11 브램 스토커, 『주석 달린 드라큘라』, 김일영 역, 황금가지, 2013.

12 김지영, 「19세기 전염병 이미지의 변화와 브람 스토커의 『드라큘라』」, 『현대영미어문학』 34, 2016.8, 26쪽.

13 위의 글, 27~28쪽.

14 밥 커랜, 『언데드 백과사전』, 정탄 역, 책세상, 2010, 196쪽.

15 라에네크 위르봉, 『부두교-왜곡된 아프리카의 정신』, 서용순 역, 시공사, 1997, 61~62쪽.

16 조이스 캐럴 오츠, 『좀비』, 공경희 역, 포레, 2012, 244~245쪽.

17 맥스 브룩스, 『좀비 서바이벌 가이드』, 정성주 역, 황금가지, 2011.

18 김성범, 「21세기 왜 다시 좀비 영화인가?」, 〈씨네포럼〉 18, 2014, 135~136쪽.

19 위의 글, 141쪽.

김한식

충북 청주에서 태어나 서울에서 자랐다. 고려대학교에서 한국 현대문학으로 박사학위를 받았고, <작가세계> 신인 평론상을 수상해 문학평론가 이름을 얻었다. 『현대소설과 일상성』, 『현대문학사와 민족이라는 이념』, 『도시에서 살아남기』 등의 연구서와 『세계문학 여행』, 『고전의 이유』, 『고전의 질문』 등의 교양서를 낸 바 있다. 현재 상명대학교 한국언어문화전공에 적을 두고 문학을 강의하고 있다.

위대한 이야기 유산

초판1쇄 인쇄 2022년 8월 19일
초판1쇄 발행 2022년 8월 26일

지은이   김한식
펴낸이   이대현

편집   이태곤 권분옥 임애정 강윤경
디자인   안혜진 최선주 이경진
마케팅   박태훈 안현진

펴낸곳   도서출판 역락
출판등록 1999년 4월 19일 제303-2002-000014호
주소   서울시 서초구 동광로 46길 6-6 문창빌딩 2층 (우06589)
전화   02-3409-2060   팩스   02-3409-2059
이메일   youkrack@hanmail.net
홈페이지   www.youkrackbooks.com

ISBN   979-11-6742-359-7 03800

이 저서는 2020년 대한민국 교육부와 한국연구재단의 저술출판지원사업의 지원을 받아 수행된 연구임(NRF-2020S1A6A4043861)
This work was supported by the Ministry of Education of the Republic of Korea and the National Research Foundation of Korea(NRF-2020S1A6A4043861)